Klarant Verlag

W0350334

Bärbel Muschiol wurde 1986 in Weilheim, Oberbayern, geboren. Glücklich verheiratet lebt und arbeitet sie mit ihrem Mann und ihren zwei Kindern heute noch immer im tiefsten Bayern. Im Genre Erotik und in der Belletristik hat sich die Autorin mittlerweile einen festen Platz in den Bestsellerlisten geschaffen.

Bärbel Muschiol

Der Rockerclub

Gegen jede Regel

Klarant Verlag

Copyright © 2019 Klarant GmbH, 28355 Bremen
Klarant Verlag, www.klarant.de
ISBN: 978-3-96586-046-9
1. Auflage, 2019
Umschlagabbildung: Klarant Verlag unter Verwendung von shutterstock-Bildern.
Alle Rechte vorbehalten. Das Werk darf – auch auszugsweise – nur mit Genehmigung des Verlages wiedergegeben werden.
Printed in the EU.

Besuchen Sie uns im Internet: www.klarant.de

Schießpulverküsse

Prolog

Evelyn

Es ist Mitternacht, der Himmel ist wolkenverhangen, eine Ratte durchsucht den am Boden liegenden Unrat nach etwas Essbarem.

Die Laterne an der Kreuzung flackert und brummt. Es wird nicht mehr lange dauern, bis sie, genau wie die anderen, aus- und nie wieder angeht. Die Politiker kümmern sich nicht um dieses Viertel, am liebsten würden sie verdrängen, dass es überhaupt existiert.

Dort, wo die Reichen leben und die vielen Touristen Fotos schießen, ist alles schick.

Aber hier, in Austin, weit im Westen Chicagos, kommt man sich vor wie in einer anderen Welt. Wir nennen uns hier die Vergessenen ...

Die Silhouetten der Hochhäuser, die Downtown schmücken, lassen sich hier nur erahnen, sie sind so wenig greifbar wie das angenehme Leben dort.

Die meisten meiner Freundinnen haben nach der Schule das Viertel verlassen und woanders ihr Glück gesucht. Manche kamen nach Jahren gebrochen zurück, andere hingegen sind längst tot und der winzige Bruchteil, der es tatsächlich geschafft hat, sich eine bessere Existenz aufzubauen, versucht verzweifelt, den Ort seiner Herkunft zu vergessen. Für mich kam es nie in Frage, von hier wegzugehen.

Dieses Viertel ist meine Heimat, etwas anderes kenne ich nicht. Meine Mutter hat das anders gesehen. Kurz nach meinem vierten Lebensjahr hat sie ihre Sachen gepackt und ist verschwunden. Der kurze, zehn Zeilen lange Brief, in dem sie sich dafür entschuldigt hat, dass sie uns verlässt, ist das Einzige, was mir von ihr geblieben ist. Eine Zeit lang habe ich sie dafür gehasst, mittlerweile empfinde ich nichts mehr, wenn ich an sie denke.

Ich kenne die Gefahren, die hier auf mich lauern, weiß, wem ich besser aus dem Weg gehen sollte, und auf wen ich mich verlassen kann.

Viele denken, dass sich eine alleinstehende Frau nicht verteidigen kann.

Darüber kann ich nur lachen. Dank meines Dads bin ich gut im Umgang mit Waffen. Besser als die meisten Männer, die ich kenne.

Ein golden lackierter Mercedes rauscht an mir vorbei, die dumpfen Bässe des wütend klingenden Rap-Songs hallen bedrohlich durch die Straßenschluchten.

Schnell verstecke ich mich ums nächste Eck, suche im Schatten der Gasse Schutz und warte, bis Big Z vorbeigefahren ist. Mit diesem Typen ist nicht zu spaßen! Er denkt, dass er der Boss des Viertels ist, und dass sich die Menschen, die hier wohnen, seinem Kommando unterwerfen müssen.

Aber damit täuscht er sich. Ich werde das nie tun, eher sterbe ich!

Es ist mir völlig egal, wie viel Geld, Macht und Waffen er besitzt – über mich kann er nicht bestimmen. In der letzten Zeit ist es schwieriger geworden, ihm und seinen Schlägern aus dem Weg zu gehen. Die vergangenen Wochen waren besonders hart.

Aus einem mir unerfindlichen Grund taucht er immer häufiger vor meinem Haus auf. Was mir zugegebenermaßen Angst macht.

Während ich mich im ersten Stock eingerichtet und mir ein gemütliches Nest geschaffen habe, befindet sich im Erdgeschoss das *Billy's,* die kleine Kneipe, die einst mein Vater eröffnet hat, und die ich nun weiterführe. Mein Dad war ein guter Mann, zumindest bis zu dem Tag, an dem er betrunken in seinen Wagen gestiegen und frontal in einen Laster gefahren ist.

Laut den Cops war er sofort tot.

Ich weiß bis heute nicht, ob es ein Unfall oder Selbstmord war.

Im Gegensatz zu mir und meinem Bruder ist er nie darüber hinweggekommen, dass Mum uns verlassen hat. Der Alkohol ist irgendwann zu seinem besten Freund geworden.

Kurz nach Dads *Unfall* wurde dann mein Bruder Billy bei einer Schießerei getötet.

Alle haben ihn nur *Kill Bill* genannt und das hatte durchaus seinen Grund.

Wo immer es Ärger gab, er war garantiert dabei – und in Austin gibt es so gut wie immer Ärger. Während ich schon immer versucht habe, mein Leben auf die Reihe zu bekommen und legal Geld zu verdienen, hat mein Bruder jede Menge krumme Dinger gedreht.

Vom Autodiebstahl bis zum Drogenhandel war er überall dabei.

Kurz bevor er sich hat abknallen lassen, ist er ins Waffengeschäft eingestiegen. Ich hatte ihm gleich gesagt, dass das mit die beschissenste Idee ist, die er jemals hatte. Aber seit wann hören große Brüder schon auf ihre kleinen Schwestern? Eben, niemals, darum kam es auch, wie es kommen musste.

Ich bin hier in Austin geboren, aufgewachsen und zu Hause. Der Asphalt der Straßen ist mit dem Blut und dem Schweiß meiner Familie getränkt. Eines Tages wird dieses Viertel auch mein Untergang sein, doch bis dahin werde ich kämpfen ...

1. Kapitel

Ryker

„Fuck! Meine Kippen sind alle."

Genervt zerknülle ich die Packung und werfe sie Chazz, meinem Clubbruder, vor die Füße. Als ich vor zehn Jahren beschlossen habe, dem Red Devils Motorcycle Club beizutreten, war er schon seit ein paar Monaten Prospect. Zusammen mussten wir die vielen Toten wegschaffen, die unser Club damals, nicht nur sprichwörtlich, am Straßenrand zurückgelassen hat. Es war eine harte Zeit und es gibt nicht viel, woran ich mich gern erinnere.

Aber das spielt auch keine Rolle. Die blutigen Jahre sind vorbei, wir haben beide unser Back Patch bekommen und der Club hat es geschafft, sich von der Krise zu erholen.

Jetzt sind wir fett im Geschäft, geben den Ton an und gewinnen die Stadt Stück für Stück zurück. *Verdammt!* Unsere Käufer reißen uns die Waffen regelrecht aus den Händen.

An sich ist das gut, nicht mal die 20 Prozent Preiserhöhung hat die Idioten abgeschreckt. Im Gegenteil, viele haben uns noch mehr geboten, wenn wir sie dafür als Erstes mit den neuen Lieferungen versorgen. Die Nachfrage nach Granaten, Sprengstoff jeglicher Art, Kalaschnikows, Maschinengewehren und Munition ist so hoch wie noch nie.

Für uns ist das perfekt – für den Moment zumindest. Doch dieses stetige Aufrüsten verheißt schlechte Zeiten.

Wir alle spüren es – ahnen es und wollen es dennoch nicht wahrhaben. Es steht ein Umbruch an. Verschiedene Straßengangs schließen sich zusammen, begraben ihre Toten und bilden immer gefährlichere und mächtigere Gruppierungen.

Dieser Big Z, der hier in dem Viertel die Menschen in Angst und Schrecken versetzt, ist zwar nur einer von vielen, doch er gehört definitiv mit zu den gefährlichsten.

Ich habe Banks, unseren Präsidenten, schon ein paar Mal gewarnt und ihm davon abgeraten, diesem schießwütigen Irren Knarren zu verkaufen, doch bisher hat er meine Warnung immer in den Wind geschlagen und mir vorgeworfen, dass ich paranoid bin.

Bloody Hell! Vielleicht bin ich das sogar. Aber ein wenig Paranoidität kann in solchen Zeiten sicherlich nicht schaden.

Gerade hier, im Westen Chicagos, kann man spüren, dass die Stadt kocht.

Immer mehr Psychopathen wollen ihr Stück vom Kuchen abhaben und versuchen mit Schutzgeld, Überfällen und anderen krummen Dingern ein paar Dollars zu verdienen.

Für viele von ihnen geht es ums nackte Überleben. Nichts macht einen Mann gefährlicher als Verzweiflung – das weiß niemand besser als ich. Die Wirtschaftskrise hat in allen sozialen Schichten ihre Spuren hinterlassen.

Bevor ich zum Club gekommen bin, war ich nicht besser als all die armen Schweine, die für ein paar tausend Dollar einen Auftragsmord ausführen.

Im Gegensatz zu ihnen habe ich jedoch immer gewusst, dass man, wenn man in dieser Welt überleben will, Männer braucht, die einem den Rücken decken.

Dank dem Leder, das ich trage, und der Position, die ich mir erarbeitet habe, kann ich nachts ruhig und ohne den Finger am Abzug schlafen. Das war nicht immer so und ich bete zu Gott, dass es zukünftig so bleibt.

Obwohl ich ein Killer und ein gefürchteter Member der Red Devils bin, bin ich zugleich ein sehr religiöser Mensch.

Die meisten meiner Brüder glauben an nichts. Sie fürchten weder die Hölle noch hoffen sie auf den Himmel. Sie existieren einfach und befassen sich nicht damit, wie es nach dem Tod weitergeht. Ich bin da anders. Es mag scheinheilig sein, wenn ein Mörder wie ich in regelmäßigen Abständen in die Kirche geht, dennoch tue ich es.

Wären die Karten meines Lebens anders gemischt worden, hätte ich mir vielleicht nie das Blut meiner Opfer von den Händen waschen müssen, ehe ich sie fürs Gebet gefaltet habe. Wer weiß, vielleicht mache ich mir auch nur was vor?

Ich bin was ich bin – alles andere ist reine Spekulation.

Früher oder später wird jeder für seine Sünden bestraft. Wie die meisten Menschen hoffe ich auf das *Später*, aber das liegt in Gottes Händen.

„Mir reicht's! Ich hab die Schnauze so voll von diesem ewigen Wacheschieben. Ich will ein kaltes Bier und eine heiße Bitch und das am besten in der Reihenfolge."

Chazz lacht und spuckt neben seinem Stiefel auf den Boden.

„Ach verdammt. Ich nehme auch beides gleichzeitig, Hauptsache diese Scheiße hier hat bald ein Ende."

Mir geht es da wie ihm, nur bin ich disziplinierter.

„Du weißt, wie wichtig es ist, dass wir hier sind. In den Kisten da drinnen lagern Waffen im Wert von einer halben Mille. Also reiß dich gefälligst zusammen. Die Knarren werden nächste Woche verkauft, alles nur eine Frage der Zeit. Danach kannst du so viele Nutten ficken, wie du willst."

Fluchend lehnt er sich an die Wand, streckt die Beine aus, überkreuzt sie und wippt mit dem rechten Fuß ungeduldig auf und ab.

„Fuck Ryker, deine Geduld will ich haben."

Hat er aber nicht, und aus eben diesem Grund ziert das *Sergeant-at-Arms-Patch* auch meine Kutte und nicht die seine.

Chazz handelt oft impulsiv und unüberlegt, was dem MC schon so einige Male Probleme bereitet hat.

Mein Handy vibriert, ich lese die Textnachricht und tippe Blake, dem Vize unseres Clubs, eine kurze Antwort.

Ein plötzlicher Lärm lässt mich alarmiert aufspringen. Gebannt beobachte ich, was sich an der Kneipe gegenüber abspielt. Mit einer abgesägten Schrotflinte bewaffnet setzt die junge Inhaberin einen Kerl vor die Tür. Der Typ ist so besoffen, dass er kaum noch laufen kann. Er brüllt sie an, wirft mit Drohungen um sich und verpisst sich anschließend. Seit wir die Waffen vor etwas über zwei Wochen hier untergebracht haben, beobachte ich das Mädchen nun schon und ich muss zugeben, dass es echt tough ist.

Klein und verdammt krass drauf. Die Frau hat mehr Mut, als gut für sie ist, was bedeutet, dass sie eines Tages mit einer Kugel im Kopf enden wird.

„Voll verrückt!"

Nicht sicher, was Chazz meint, sehe ich zu ihm rüber.

„Was?"

Mit einem Kopfnicken deutet er auf die andere Straßenseite.

„Die Tussi ist echt heiß. Ich meine so richtig. Wenn sie die meine wäre, würde ich ihr nicht erlauben, jede Nacht alleine in diesem Drecksladen zu stehen. Mag sein, dass sie bis jetzt gut klargekommen ist, aber irgendwann gerät sie an einen Kerl, der ein ‚Nein' nicht einfach so akzeptiert und dann ist sie gefickt. Und das wortwörtlich."

Dasselbe habe ich mir auch schon gedacht – dasselbe und noch ganz andere Sachen. Diese Frau hat eine seltsame Wirkung auf mich.

Das ist nicht gut.

„Nicht unser Problem!"

Chazz nickt.

„Mag sein. Trotzdem gefällt es mir nicht."

Seit wir hier Wache schieben, war ich ein paar Mal drüben, hab Zigaretten gekauft oder was zum Trinken geholt und darum weiß ich auch, dass die Kleine wirklich eine Wucht ist.

Mit ihren langen rabenschwarzen Haaren und den eisblauen Augen ist sie ein echter Blickfang. Sie ist klein, geht mir nicht mal bis zur Schulter und hat perfekte Kurven.

Ich bevorzuge es, wenn an Frauen was dran ist, nichts ist schlimmer wie so ein dürres Knochengestell mit Nippeln. Erst als sie sich sicher ist, dass der Typ nicht zurückkommt, nimmt sie die Flinte runter, lässt ihren Blick prüfend über die Umgebung gleiten und verschwindet dann wieder im Inneren. Ich weiß längst, dass sie über der Kneipe wohnt, gerne Bücher liest und auf dem Rücken ein Sternen-Tattoo trägt.

Keine Ahnung, warum sie die verdammten Vorhänge nicht zuzieht, doch jede Nacht bietet sie mir eine echt geile Show.

Fuck! Seit wir hier Wache schieben, habe ich eigentlich nichts anderes getan, als eine Kippe nach der anderen zu rauchen und das Mädchen von gegenüber zu beobachten.

Wenn das so weitergeht, werde ich mit einer Dauererektion an Lungenkrebs sterben.

Keine Ahnung wieso, aber sie fasziniert mich.

Soweit ich weiß, heißt sie Evelyn, wird aber von den meisten ihrer Gäste nur Lyn genannt. Das Viertel, in dem sie lebt, ist hart und tödlich, doch sie kämpft sich durch, steht mit beiden Beinen im Leben und lässt sich nicht unterkriegen. Diese Frau ist eine Kämpferin, das bewundere ich. Hinzu kommt, dass sie eine absolute Granate ist.

Die paar Mal, die ich im *Billy's* war, um Chazz und mir ein Bier zu holen, konnte ich ihre Schönheit aus der Nähe betrachten.

Ebenmäßige Haut, lange Wimpern und eine kleine runde Nase. Hinzu kommt, dass sie nach Erdbeeren riecht – hätte nicht gedacht, dass ich diesen Geruch jemals sexy finden würde.

Evelyn ist die perfekte Mischung aus stark und süß, und unter anderen Umständen hätte ich sie mir längst gepackt und gefickt.

So aber konzentriere ich mich auf meine Aufgabe. Als Sergeant at Arms des Red Devils Motorcycle Clubs gehört es zu meinen Pflichten, mich um den Ankauf, die Lagerung und den Verkauf der Waffen zu kümmern. Die Sicherheit des Clubs unterliegt meiner Verantwortung und die nehme ich nicht auf die leichte Schulter. Wenn die Sache hier abgewickelt ist und das Lager leer, komme ich zurück und kümmere mich um Evelyn, bis dahin jedoch gehört meine volle Aufmerksamkeit unserer wertvollen Ware.

Der goldene Mercedes, der auf den Parkplatz der Kneipe fährt, lässt meinen Puls in die Höhe schnellen.
„Was will der Wichser hier? Der soll sich verpissen!“
Chazz stößt sich von der Wand ab und stellt sich neben mich.
Seine Glock aus dem Hosenbund ziehend, löst er die Sicherung und legt den Finger auf den Abzug. Wie immer allzeit bereit ...
Big Z hat längst erfahren, dass der MC die Halle gekauft hat. Es gefällt ihm nicht, dass wir hier sind und das lässt er uns deutlich spüren. Zu seinem Glück musste ich Banks versprechen, dass wir uns bedeckt halten und nicht mehr Aufmerksamkeit als nötig auf uns ziehen. Ansonsten hätten wir diese Witznummer auf zwei Beinen längst abgeknallt.
Dieser Möchtegern-Gangster glaubt allen Ernstes, dass es uns beeindruckt, wenn er in dieser lächerlichen Karre durch die Gegend cruist, minderjährige Mädchen auf den Strich schickt und zum Spaß in die Luft ballert.
Anstatt auszusteigen, bleiben er und seine Männer im Mercedes sitzen, sie lassen nur die Scheiben runter. Einer seiner Handlanger streckt den Lauf einer Kalaschnikow aus dem Fenster, zielt auf uns und grinst dabei blöd.
„Wo sind wir hier? Im Kindergarten, oder was? Diesem Pisser sollte mal einer erklären, dass man nur mit Waffen rumspielt, wenn man auch genug Eier hat, abzudrücken“, meint Chazz.
Ich nicke zustimmend, ziehe meine Knarre aus dem Holster, das sich unter meiner Kutte befindet, checke routiniert das Magazin und überquere seelenruhig die Straße.
Chazz lacht hinter mir, dem Wichser in dem goldenen Mercedes rutscht das dümmliche Grinsen aus der Visage. *Gut so!*
Ich habe es so satt, mich mit diesem Affen herumärgern zu müssen. Nur weil ich Banks versprochen habe, dass ich Big Z am Leben lasse, bedeutet das noch lange nicht, dass ich nicht ein für alle Mal klären kann, wer in diesem Viertel verdammt noch mal das Sagen hat.
Ohne auch nur mit der Wimper zu zucken, bleibe ich vor dem Benz stehen, packe die Kalaschnikow, die noch immer auf mich gerichtet ist, am Lauf, ziehe sie mit einem Ruck zu mir und lasse sie dann mit voller Wucht in die Fresse des Idioten krachen, der meinte, mich herausfordern zu müssen.
Knochen knacken, Blut spritzt und Flüche werden laut.
Geduldig warte ich, bis sein Schmerzensschrei verhallt ist.

„Das nächste Mal, wenn du auf mich zielst, solltest du besser bereit sein, den Abzug zu drücken. Denn wenn du es nicht tust oder auch nur eine Sekunde zögerst, werde ich dir in beide Beine schießen, dir die Kniescheiben zertrümmern und dich anschließend vom Sack bis zur Nasenspitze aufschlitzen! Hast du das verstanden, Arschloch?"

Er heult wie ein Baby, spuckt ein paar seiner Zähne aus und nickt heftig.

Sehr schön. „Dann wäre das schon mal geklärt."

Big Z, der am Steuer sitzt und während der ganzen Aktion kein einziges Wort gesagt hat, wirkt so, als würde er gleich vor Wut platzen. Da ich ein Mann bin, der gerne beendet, was er anfängt, sehe ich ihn abwartend an und gebe ihm so die Chance, zu reagieren.

Doch anstatt mir zu drohen oder seine Waffe zu ziehen, zischt er seinem verletzten Kumpel wütend zu, dass er gefälligst nicht seinen Wagen vollbluten soll, ehe er Gas gibt und davonrauscht. *Interessant!* Chazz taucht neben mir auf. Zusammen sehen wir dem davonrasenden Mercedes nach.

„Sehr geil, Sergeant."

„Das wird noch ein Nachspiel haben."

Er nickt, und steckt die Hände in die Hosentaschen.

„Jepp das wird es, ich kann es kaum erwarten!"

Wir sehen den Idioten nach, bis sie um die nächste Ecke abbiegen.

„Fürs Erste werden die sich nicht mehr blicken lassen. Lust auf ein Bier?"

Chazz grunzt zustimmend, zusammen betreten wir das *Billy's*, setzen uns an einen freien Tisch, der sich ganz hinten im Gastraum befindet, und von dem aus wir ungehinderte Sicht auf unsere Lagerhalle haben. Während Chazz sofort wieder aufspringt, um sich aus dem Automaten zwei Schachteln Marlboro zu holen, bleibe ich sitzen und suche die Kneipe nach dem Mädchen ab.

Evelyn steht hinter der Theke und zapft zwei Bier. Sie scheint zu spüren, dass sie beobachtet wird, langsam hebt sie den Kopf, unsere Blicke begegnen sich und meine Eier ziehen sich erregt zusammen.

Fuck!

Sie muss einfach nur dastehen und ich krieg 'nen Ständer. Was zum Teufel ist los mit mir? Der abgewetzte Denim-Stoff ihrer Jeans presst sich wie eine zweite Haut an ihren runden Arsch. Das schwarze, spitzenbesetzte Tanktop schmiegt sich an ihre Taille und betont die Rundungen ihrer Titten. Pinke BH-Träger lugen darunter hervor, machen mich neugierig auf den Rest ihrer Unterwäsche.

Sie trägt ausgelatschte Sneakers, silberne runde Ohrringe und ein wenig Schminke.
„Soll ich dir ein Tuch bringen? Du sabberst.“
Zu Chazz sehend, schnappe ich mir eine der Zigaretten-Packungen, reiße die Folie ab und strecke unter dem Tisch die Beine aus.
„Fick dich.“
Er lacht.
„Ich mich oder du sie?“
Noch immer lachend, zündet er sich eine Kippe an und sieht zu Evelyn.
„Sie ist heiß! Die Kleine gehört definitiv zu der Sorte Frau, die einem beim Bumsen fast den Schwanz abreißt vor lauter Wildheit.“
Es gefällt mir nicht, wie er über sie spricht. Und dass es mir nicht gefällt, gefällt mir noch viel weniger!
„Halt's Maul, Alter.“
Mir auch endlich eine Zigarette anzündend, stecke ich die Schachtel ein und ziehe den Rauch so tief es geht in meine Lunge hinein.
„Warum? Sie ist einfach nur irgendeine Tussi.“
Nein, das ist sie nicht – nicht für mich zumindest.
„Wenn du sie anrührst, schnür ich dich zu einem handlichen Paket zusammen und versenke dich im Hafen. Dann bist du Fischfutter und kannst mir nicht mehr auf die Nerven gehen.“
Seine Augen blitzen vor Belustigung und mir wird klar, dass er gewonnen hat.
Er wollte mich reizen, wollte herausfinden, wie ich zu dem Mädchen stehe, und das ist ihm gelungen.
„Schon gut, reg dich ab. Du kennst mich, ich bevorzuge Nutten. Die sind weniger kompliziert, stellen keine Ansprüche und halten die Klappe. Zumindest sobald man sich über den Preis einig geworden ist.“
Einen prüfenden Blick aus dem Fenster werfend, rauche ich die Marlboro fertig und warte, bis wir endlich bestellen können.
Zur Hölle! Diese Nachtschichten zerren an meinen Nerven. So langsam spüre ich eben doch, dass ich keine zwanzig mehr bin.
In wenigen Monaten werde ich vierzig. Voll krass! Um ehrlich zu sein, habe ich nie damit gerechnet, so alt zu werden. Die Art zu leben, für die ich mich entschieden habe, ist gefährlich.
Live fast – love hard – die young!

2. Kapitel

Evelyn

Er ist wieder hier, doch dieses Mal ist er nicht allein.
Bis jetzt kam er immer nur kurz rein, hat sich Zigaretten und zwei Flaschen Bier geholt und ist wieder nach draußen verschwunden.
Er und der andere Kutten tragende Typ sitzen seit einiger Zeit Nacht für Nacht vor der alten Lagerhalle auf der anderen Straßenseite und bewachen irgendetwas. Was genau, keine Ahnung. Ich will es gar nicht wissen! Je weniger ich mich in die Machenschaften meiner Nachbarn einmische, umso besser ist es. Selige Unwissenheit hilft mir dabei, gut zu schlafen. Nichtsdestotrotz bin ich in diesem Fall wirklich neugierig. Die Red Devils lassen sich hier in Austin eigentlich nicht so oft blicken. Wenn sie es dann aber tun, kracht es für gewöhnlich so richtig. Dieser Motorradclub ist dafür bekannt, Verwüstung und Tod zurückzulassen.

Die Member der Devils machen keine halben Sachen.

Big Z ist schon gefährlich, aber die Biker sind noch mal 'ne ganz andere Nummer.

Um ehrlich zu sein, weiß ich nicht, wie ich es finden soll, dass sie hier Fuß gefasst haben. Entweder verschlimmert ihre Anwesenheit alles nur noch oder aber es bessert sich einiges – beides ist möglich. Für diese Rocker ist Big Z nichts weiter als ein räudiger Straßenköter, sie könnten ihn mühelos verschwinden lassen, doch sie haben es noch nicht getan.

Am Anfang dachte ich, dass Big Z wegen mir immer häufiger hier aufgetaucht ist, aber mittlerweile habe ich begriffen, dass ihn die Biker nervös machen.

Das gefällt mir, sehr sogar. Jeder, der diesem Bastard das Leben schwer macht, ist mir herzlich willkommen. Wäre da nur nicht die Tatsache, dass mich dieser eine Rocker so schrecklich durcheinanderbringt.

Er ist groß, wenn ich neben ihm stehe, fühle ich mich winzig, hat schulterlange dunkle Haare und graue, wolfsartige Augen, die so wirken, als ob sie schon viel zu viel Leid auf dieser Welt gesehen hätten. Alles an diesem Mann wirkt hart, abweisend und tödlich, was durchaus damit zu tun hat, dass er an seinem rechten Oberschenkel eine lederne, ziemlich große Messerscheide befestigt hat, in der ein langer Dolch steckt, und dass er stets bewaffnet ist.

Natürlich habe ich die Knarre bis jetzt noch nicht gesehen, aber das ist auch gar nicht nötig. Dieser Biker strahlt eine Unbesiegbarkeit aus, die nur Männer an sich haben, die wissen, dass sie ganz oben an der Nahrungspyramide stehen.

Shit! Wahrscheinlich braucht er weder das Messer noch seine Waffe, um innerhalb von kürzester Zeit alle Kneipengäste kaltzumachen.

Seltsamerweise finde ich seine unerschütterliche Ausstrahlung extrem anziehend.

Das könnte zum einen daran liegen, dass ich in dieser Kneipe faktisch aufgewachsen bin und somit mein ganzes Leben schon von Männern wie ihn umgeben war. Zum anderen aber auch daran, dass ich es leid bin, mich zu fürchten. Als die Freundin von einem dieser Devils wäre ich sicher. Absolut und völlig sicher – quasi unantastbar.

Niemand, der nicht völlig lebensmüde ist, würde es wagen, sich an dem Eigentum eines Red Devils zu vergreifen. Und als seine Frau wäre ich sein Eigentum, das ist bei den Rockern irgendwie so. Klingt zwar ziemlich heftig, ist auf eine schräge und machoartige Art und Weise jedoch auch höllisch sexy.

Nur weil ich sehr wohl in der Lage bin, mich selbst zu verteidigen, heißt das nicht, dass ich es nicht schön finden würde, einen Beschützer zu haben. Tief in unseren Herzen sind wir Mädchen da alle gleich – wir sehnen uns nach Sicherheit, Geborgenheit und Liebe. Letzteres hingegen ist ein Luxus, auf den ich durchaus auch verzichten könnte.

Dieser Rocker sieht sowieso nicht so aus als ob er zu solch einer reinen Emotion imstande wäre.

Können Killer überhaupt lieben?

Über die seltsame Frage nachdenkend, bahne ich mir einen Weg durch das *Billy's* und bleibe vor dem Tisch, an dem es sich die zwei Biker bequem gemacht haben, stehen.

„Was kann ich euch bringen?"

Der etwas kleinere der beiden sieht mich kurz an, dann grinst er und bestellt ein Bier. Entschlossen mir das Chaos, das der düstere und größere in mir auslöst, nicht anmerken zu lassen, sehe ich zu Mister ‚*Dunkel und Gefährlich*' und warte, dass er ebenfalls ein Bier ordert. Doch anstatt etwas zu sagen, bleibt er reglos sitzen, starrt mich an und raucht seine Zigarette.

Mein Puls schnellt in die Höhe, mein Magen rutscht mir in die Kniekehlen und in meinen Ohren beginnt es zu dröhnen.

Gott, dieser Kerl ist so verflucht, extrem, verdammt heiß!

Oh nein! Ich hatte zu lange keinen Sex mehr. Wenn ich nicht so untervögelt wäre, würde ich mich jetzt nicht anstellen wie eine unerfahrene Jungfer, die noch nie mit einem echten Mann geredet hat.

Da er sich Zeit lässt, nutze ich den Moment, um ihn genauer anzusehen.

Das Leder seiner Kutte ist abgewetzt und mit verschiedenen Patches übersät.

Manche sind kreisrund, die meisten sind quadratisch und andere haben die Form eines Totenkopfs. Auf seiner linken Brustseite befindet sich eine weiße Raute, auf der das so typische 1-Prozent-Zeichen zu sehen ist. Etwas weiter unten steht in großen schwarzen Lettern SGT-AT-ARMS geschrieben und noch etwas weiter Richtung Hosenbund prangt ein blutroter Aufnäher, auf dem sich drei Zahlen befinden: 311.

Auch ohne nachzufragen weiß ich, was die Ziffern bedeuten – Cop Killer. Die Zahlen stehen für die Buchstaben C und K und sind der beste Beweis dafür, dass mit diesem Kerl nicht zu spaßen ist.

Auf der Kutte des anderen Bikers befindet sich an derselben Stelle ein anderes Patch, auf dem *Enforcer* geschrieben steht. Was ihn als den Vollstrecker des Clubs ausweist.

Kein Zweifel, diese zwei sind so richtig böse Buben!

„Willst du nichts trinken?“

Selbst mir fällt auf, wie quietschig und nervös ich klinge.

Reiß dich gefälligst zusammen!

„Wirkt mächtig nervös, die Kleine. Findest du nicht auch, Ryker?“

Ryker? Was ist das denn für ein Name?

Der Vollstrecker zwinkert mir locker zu und lehnt sich entspannt zurück.

Keine Ahnung, ob er ein Arsch oder einfach nur verdammt ehrlich ist.

„Aye, das ist mir auch schon aufgefallen.“

Oha, da ist sie wieder, diese Reibeisenstimme, die jedes Mal wieder dafür sorgt, dass sich die Härchen in meinem Nacken aufstellen.

„Ich bin nicht nervös, sondern gestresst. Also was ist jetzt? Von mir aus kannst du auch verdursten.“

Ryker runzelt die Stirn und schnalzt mit der Zunge.

„Bisschen zickig, aber ich kenn da ein Gegenmittel. Geh auf die Knie und mach den Mund auf.“

So ein Arsch ...

Genervt verdrehe ich die Augen.

„Leck mich!“

Damit hat er nicht gerechnet, er wirkt überrascht.

„Soll das etwa ein Angebot sein, Evelyn?“

Allein wie er meinen Namen ausspricht und dass er diesen nicht abkürzt, wie alle anderen es tun, lässt mich noch nervöser werden.

Hilfe! Dieser Devil ist noch gefährlicher für mich, als ich dachte.

Die Vergangenheit hat mich gelehrt, dass ich, was Männer betrifft, einen ganz schlechten Geschmack habe. Ich entscheide mich immer für die Raubtiere und wundere mich dann, dass ich gebissen werde. Wobei dieser Ryker eher so wirkt, als würde er mich gleich mit Haut und Haaren fressen wollen.

„Das ist eine Kneipe und kein Bordell. Wenn du billige Huren suchst, dann bist du hier falsch und musst drei Straßen weiter."

Sein Kumpel verschluckt sich am Rauch seiner Zigarette und schlägt sich mit der Faust gegen den Brustkorb, während mich der Rocker mit den Wolfsaugen eindringlich ansieht. Sein Blick gleitet hinab zu meinem Dekolleté, legt sich auf den Rand meiner Jeans, dort, wo ein dünner Streifen meines Bauchs rausschaut und leckt sich träge die Lippen. Da ich meine Klappe schon weit genug aufgerissen habe und es nicht sonderlich schlau ist, ihn noch weiter zu reizen, drehe ich mich sicherheitshalber um und mache mich daran, das Bier für den Vollstrecker zu holen.

Die Kiste ist leer und der Zapfhahn spuckt nur Schaum. Das hat mir gerade noch gefehlt.

Fluchend mache ich mich auf den Weg zum Kühlraum, steige die Stufen runter und will das Licht anschalten. Bis auf ein kurzes Flackern bleibt es jedoch dunkel. *Scheiße!*

Genervt öffne ich den Kühlraum, entferne das leere Bierfass und wuchte das nächste unter die Anlage. Erst als das erledigt ist, schnappe ich mir einen neuen Kasten und mache mich wieder auf den Weg nach oben. Ich komme genau bis zur Mitte der Treppe, ehe mir eine dunkle Gestalt entgegenkommt. *Ryker* ... Vor lauter Schreck stoße ich ein Quietschen aus, mir rutscht beinahe der Bierkasten aus den Fingern.

Das Licht von oben wird von seinem Rücken abgefangen, sodass ich nun völlig im Dunklen stehe, und lässt seine Schultern noch breiter aussehen, als sie es eh schon sind. Seine Silhouette hat etwas Dämonisches, am liebsten würde ich mich umdrehen und irgendwo verstecken. Aber was würde mir das helfen? Dann wäre ich allein mit ihm im Keller und das wäre echt gruselig.

„Was soll das? Gäste haben hier nichts zu suchen!"

Wortlos nimmt er mir das Bier ab und lässt den schweren Kasten an seiner Hand baumeln. Das Gewicht scheint er überhaupt nicht wahrzunehmen – Angeber.

„Ein Bier bestellen, ich sitze nicht gerne auf dem Trockenen."

„Also doch kein Bordellbesuch?“

Der Rocker dreht sich leicht zur Seite, sodass wieder mehr Licht zu mir durchdringt.

„Ich zahle nicht fürs Ficken! Bei Chazz sieht das anders aus. Er fickt ausschließlich nur Schlampen.“

Er sagt das so selbstverständlich, als würden wir uns übers Wetter unterhalten.

„Aha. Danke für die Info.“

Unsere Blicke begegnen sich, neben seinen Mundwinkeln bilden sich zwei Grübchen. Der Hauch eines Lächelns zuckt über sein finsteres Gesicht, wieder stellen sich die Härchen in meinem Nacken auf. Entschlossen schnell von hier weg und aus seiner unmittelbaren Nähe zu kommen, quetsche ich mich an ihm vorbei. Mein Po streift über seine Hüfte. Er stößt ein Knurren aus, in meinem Unterleib pocht es erregt. *Halleluja!*

Er folgt mir schweigend, zurück im Gastraum nimmt er sich wie selbstverständlich eine Flasche aus dem Kasten und geht zurück zu seinem Clubbruder.

Mit zittrigen Fingern räume ich die Flaschen in die oberste Schublade der Theke und vermeide es tunlichst, in seine Richtung zu schauen. Was gar nicht so leicht ist, denn ich spüre seinen intensiven Blick auf meinem Gesicht. Dieses Spiel zieht sich über die nächsten Stunden, was meinem armen Herzen nicht gerade dabei hilft, endlich wieder im richtigen Takt zu schlagen. Im Gegenteil, es steht kurz vor dem Kollaps!

Die viele Arbeit und die ständig neu eingehenden Bestellungen helfen mir dabei, mich abzulenken. Doch egal wie beschäftigt meine Hände auch sind, Ryker will mir einfach nicht aus dem Kopf gehen. Erst als sich das *Billy's* langsam leert und ich mit dem Aufräumen beginne, komme ich dazu, mir eine Raucherpause zu gönnen. Mit einer Dose Coke in der einen und einer Kippe in der anderen Hand, setze ich mich an den Hinterausgang auf die Stufe und lehne mich rücklings gegen die Hausmauer. Seufzend richte ich den Blick gen Himmel, betrachte den sichelförmigen Mond und fülle meine Lunge immer wieder mit dem warmen Rauch.

Der Tag war lang und anstrengend und ich kann es kaum erwarten, endlich in mein Bett zu kommen. Alles was ich will, ist eine heiße Dusche, acht Stunden Schlaf und meine Ruhe. Doch bevor ich endlich in mein Bett komme, muss ich noch die zwei Biker loswerden.

„Erschöpft?“

Verdammt, ich habe ihn gar nicht kommen hören.

„Für so einen großen Mann bewegst du dich erstaunlich lautlos."
„Klingt wie ein Vorwurf."
Ryker setzt sich ungefragt zu mir, streckt seine langen Beine aus und überkreuzt sie an den Knöcheln.
„Ist auch einer. Ich mag es nicht, wenn sich die Gefahr anschleicht."
Ein raues Lachen rumpelt in seinem Brustkorb.
„Ich bin nicht geschlichen."
An meiner Cola nippend, versuche ich ihn einfach auszublenden und weiter den Sternenhimmel zu betrachten. Aber das ist gar nicht so leicht. Ryker ist mir so nah, dass mir sein herber Geruch in die Nase steigt. Rauch, Leder, Bier und der Duft der Seife, der seiner Haut anhaftet. Diese Mischung ist so unverkennbar männlich, dass ich mich leicht zu ihm rüberlehne, nur um sie deutlicher wahrnehmen zu können.
In genau dem Moment, in dem ich ihn inhaliere, sieht er zu mir. Unsere Blicke begegnen sich, irgendetwas passiert zwischen uns.
Meine Sinne konzentrieren sich nun vollends auf den Biker, ich spüre die warme Brise, die durch meine Haare weht, und ertrinke in seinen silbern wirkenden Iriden.
„Du denkst also, dass ich eine Gefahr für dich darstelle?"
Dunkel und rau erinnert mich der Klang seiner Stimme an Zartbitterschokolade und Karamell – die reinste Versuchung!
„Ich denke es nicht nur, ich weiß es!"
Seine Pupillen weiten sich, er zündet sich ebenfalls eine Zigarette an und lässt meine Worte auf sich wirken.
Die Minuten vergehen, wir verbringen sie in einvernehmlichem Schweigen.
Erstaunlicherweise fühlt es sich überraschend gut an, Ryker in meiner Nähe zu haben und einfach so neben ihm zu sitzen.
Erst als ich den Filter meiner Kippe über den Hof schnipse und dabei zusehe, wie er verglüht, sieht er wieder zu mir.
„Du täuschst dich."
Nicht sicher was er meint, wende ich den Blick vom Mond ab und riskiere es, ihm direkt in die Augen zu sehen.
„Was meinst du?"
„Es gibt keinen Grund für dich, mich zu fürchten."
Oh …
„Sicher?"
Er nickt, meine Atmung setzt aus.
Himmel …
„Was machst du hier draußen, Devil?"

Wieder bilden sich diese zwei sexy Grübchen auf seinen Wangen. Bei jedem anderen Mann hätte ich sie als süß bezeichnet, doch an diesem Outlaw ist absolut nichts *süß*.

Der dunkle Bartschatten, der seinen eckigen Kiefer ziert, lockt mich. Wie es sich wohl anfühlt, mit den Fingern über die schwarzen Stoppeln zu streichen?

Keine Ahnung wo ich den Mut hernehme, doch ich tue es einfach und finde es heraus. Erstaunlich weich kratzt sein Bart über meine Fingerspitzen, ein Kribbeln rieselt an meiner Wirbelsäule hinab.

„Fuck Mädchen, ich habe mich getäuscht."

Erschrocken ziehe ich meine Hand zurück.

Was zur Hölle tue ich da nur?

„Womit?"

„Du solltest dich doch vor mir in Acht nehmen. Wie es aussieht, bin ich für dich besonders gefährlich!"

Verdammt!

Seine Warnung lässt mich aufspringen. Mit zittrigen Beinen gehe ich zurück in den Gastraum, mache die Theke sauber und kassiere die restlichen Gäste ab. Der Vollstrecker der Red Devils war schon weg, als ich meine Pause beendet hatte, auf dem Tisch lagen zwanzig Dollar. Ziemlich viel für zwei lächerliche Bier.

Ryker kam nicht zurück. Über die Tatsache, dass ich deswegen enttäuscht war, will ich lieber gar nicht erst nachdenken. Eine Stunde später sperre ich endlich alles ab und gehe hoch in meine Wohnung. Auf die Dusche verzichte ich und kaum, dass mein Kopf das Kissen berührt, schlafe ich auch schon ein ...

Ich träume von einem großen schwarzen Wolf, der mich durch die finstere Nacht jagt. Er knurrt, seine weißen Fangzähne schimmern im aschfahlen Mondlicht, während er immer näher auf mich zukommt. Anstatt vor ihm davonzulaufen, gehe ich auf ihn zu und strecke meine Hand nach ihm aus.

Sein Fell ist weich, es fühlt sich gut an, ihn zu berühren. Auf einmal richtet er sich auf und verwandelt sich in einen Mann. Plötzlich steht Ryker vor mir, zieht mich in seine Arme und flüstert mir zu, dass er mich fressen wird und dass ich keine Angst davor haben soll.

Als ich das nächste Mal meine Augen öffne, bin ich verschwitzt, mein Herz rast und zwischen meinen Schenkeln pocht es erregt. Seufzend stehe ich auf, hole mir eine kalte Wasserflasche aus dem Kühlschrank und riskiere einen Blick aus dem Fenster.

Erste Sonnenstrahlen vertreiben von Osten her die Dunkelheit.

Der Himmel schimmert in verschiedenen Orangetönen, die Biker sind längst verschwunden.

Müde gehe ich wieder ins Bett und beschließe, mir noch ein paar Stunden Schlaf zu gönnen. Dieses Mal träume ich nichts, worüber ich wirklich froh bin.

Es ist etwas verstörend, von einem attraktiven Werwolf bei lebendigem Leib gefressen zu werden und das auch noch erregend zu finden.

3. Kapitel

Ryker

Müde reibe ich mir über die Stirn, höre zu, was Blake redet, und frage mich, warum zum Teufel ich nicht in meinem Bett liege. Diese Versammlung dauert ewig und raubt mir den letzten Nerv.
Zwei unserer Nutten wurden verprügelt, in einem unserer Laufhäuser fehlt ein Teil der Einnahmen und wir müssen uns um einen Drogendealer kümmern, der in unserem Revier seinen Scheiß verkauft. An sich kein Thema, so lange er uns 33 Prozent seiner Einnahmen zukommen lässt. Gierig wie er ist, hat er nicht nur *vergessen* den Club zu bezahlen, sondern auch seinen Stoff mit so viel Arsen gestreckt, dass die Leute sterben wie die Fliegen, was die Sache äußerst unschön werden lässt. Klar sind das Probleme, die geklärt werden müssen – aber nicht von mir.

Zum Teufel, weder gehöre ich der *Red Light Crew* an noch ist das Eintreiben von Schulden meine Aufgabe. Ich handle mit Waffen, schütze den Club und töte alles und jeden, der den Red Devils schaden will. Ich gähne laut und zünde ich mir eine Kippe an, was mir einen wütenden Blick meines Vizes einbringt.

„Langweile ich dich etwa, Bro?"

Chazz stolpert viel zu spät in die Besprechung, setzt sich auf seinen Stammplatz und sieht mindestens so fertig aus, wie ich mich fühle. Blake stößt einen Fluch aus, springt von seinem Sessel auf und starrt ihn wütend an.

„Wo verfickt noch mal warst du?"

Chazz bleibt unbeeindruckt und hält sich an seiner Kaffeetasse fest.

„Bei irgend so einer Bitch, die keinen Wecker hatte. Sorry, Alter."
Während Banks es mit Humor nimmt, kocht Blake vor Wut. Vielleicht hätte er die Nacht auch lieber mal im Bett einer Hure verbringen sollen. Dann hätte er jetzt garantiert bessere Laune.

„Da ihr zwei euch sichtlich langweilt, trage ich es euch auf, herauszufinden wer unsere Girls verprügelt hat. Kümmert euch um diesen Bastard und sorgt dafür, dass er für den Dienstausfall aufkommt. 5000 Dollar pro Nutte empfinde ich als angemessen."

Irritiert sehe ich ihn an.

„Warte mal, Bruder, ich glaube, ich habe mich verhört. Die Bitches sind nicht mein Problem." Ich tippe mir auf das Leder. „Oder siehst du hier irgendwo ein *Red-Light-Patch*?"

Seine Augen blitzen schadenfroh, er wendet sich Banks zu, dieser dreht sich, ohne aufzustehen, samt seinem Sessel um, holt etwas aus dem Safe und wirft Chazz und mir eine Sekunde später einen neuen Aufnäher zu.

„Fuck!“

Meine geringe Freude über dieses Aufgabengebiet bringt die anderen am Tisch zum Lachen.

„Kann ich diese *Ehre* ablehnen?“

Blake und Banks schütteln zeitgleich den Kopf.

Was ein Bullshit!

Chazz, der sowieso die meiste Zeit seines Lebens in irgendeiner billigen Muschi verbringt, freut sich doch tatsächlich über den Aufnäher.

Mieser Verräter!

Meine Faust kribbelt, will unbedingt in sein Gesicht.

Rabble, der Kassenwart des Red Devils Motorcycle Clubs, sagt zu, dass er sich um die verschwundenen Einnahmen kümmert. Nikko, ein Member, dem erst vor etwas über einem Jahr sein Top-Rocker überreicht wurde, wird damit beauftragt, sich um den Dealer zu kümmern. Nikko gehört, genau wie ich, Chazz oder Rabble zu den *First 9* des MCs, was bedeutet, dass er zu den neun wichtigsten Mitgliedern gehört und somit volles Stimmrecht hat.

Die Allgemeinheit geht davon aus, dass in einem Motorradclub das Recht des Stärkeren gilt, aber das ist falsch. Bei uns und in den meisten Clubs wird Demokratie in Reinform praktiziert. Ein Mann, eine Stimme. Wir leben in einer Hierarchie. Das macht es mitunter etwas schwieriger, Entscheidungen zu treffen, aber das ist okay. Im Zweifel gilt das Mehrheitsvotum.

Dreißig Minuten später ist alles geklärt, Banks beendet die Sitzung, meine Brüder machen sich daran, die ihnen zugewiesenen Aufgaben zu erledigen, ich hingegen bleibe reglos sitzen und betrachte zähneknirschend das neue Patch. Diese Scheiße hat mir gerade noch gefehlt.

Mir eine Zigarette anzündend, stehe ich auf, packe den Aufnäher und lasse ihn in meiner geballten Faust verschwinden.

„Reg dich ab, Ryker! Wirst sehen, das Ding ist das Beste, was dir passieren konnte. Jede Menge frische, feuchte Muschis, die nur darauf warten, dass du dich um sie kümmerst.“

Am liebsten würde ich kotzen.

„Frisch! Du hast einen schrägen Humor, Präs!“

Er lacht.

„Du bist der einzige Typ, den ich kenne, der keine Nutten mag. Was ist los mit dir, Alter? Das ist unnatürlich, das ist dir hoffentlich klar!“

Frustriert sehe ich ihn an. Banks und Chazz lieben Bitches, ich hingegen finde sie nur widerwärtig.

„Ich bin ein Jäger – ich bevorzuge die Jagd und das Gefühl des Triumphs, das sich einstellt, wenn ich erfolgreich war. Stell dir vor, ein Reh legt sich willig vor einen Wolf ... Das ist gegen die Natur.“

Grinsend lehnt er sich an den Tisch und verschränkt die Arme vor der Brust.

„Dein Vergleich hinkt. Wenn der Wolf mit dem Reh fertig ist, ist es tot. Ich hingegen habe die nette Angewohnheit, die Huren am Leben zu lassen.“

Er will mich einfach nicht verstehen.

Ein letztes Mal an der Marlboro ziehend, drücke ich die nur halb gerauchte Zigarette im Aschenbecher aus.

„Du hast recht, Präs. Dafür solltest du echt heiliggesprochen werden.“

Spaßeshalber boxt er mir gegen die Schulter. Zusammen gehen wir zum großen Hauptraum, der den Mittelpunkt unseres Clubhauses darstellt. An der Bar befehle ich Lou, einer der Clubschlampen, dass sie mir ein Bier bringen soll.

Es mag zwar sein, dass der Tag gerade erst angefangen hat, aber Fuck! Für mich kann er gar nicht schnell genug enden!

4. Kapitel

Evelyn

Die Tage vergehen, ziehen sich wie Kaugummi und rauben mir den letzten Nerv.

Ich glaube, ich bin urlaubsreif. Was kein Wunder wäre, ich bin jetzt sechsundzwanzig und bin noch nie weggefahren.

Unglaublich! Aber irgendwie war nie die Zeit dafür. Selbst jetzt, wo ich einfach nur am Strand liegen und es mir gut gehen lassen will, fesselt mich das *Billy's* an sich. Natürlich wäre es ganz einfach, die Kneipe für ein paar Tage zuzusperren, aber das kann ich mir echt nicht leisten.

Kein Umsatz – kein Geld!

Die Sonne scheint, es ist ein herrlicher Tag. Ein paar Kinder spielen auf der Straße mit einem abgewetzten Ball, alles könnte friedlich sein. Könnte wohlgemerkt, denn mein Instinkt verrät mir, dass Ärger in der Luft liegt. Irgendetwas stimmt nicht!

Big Z fährt beinahe stündlich hier vorbei, er wirkt nervös, was garantiert mit den Bikern zu tun hat. Seit der Nacht, in der er mich vor sich gewarnt hat, hat Ryker sich nicht mehr bei mir blicken lassen. Tagsüber sitzen zwei andere Kutten tragende Männer vor der Halle, aber sobald die Sonne untergeht, übernehmen er und der Vollstrecker wieder den Wachdienst. Hin und wieder begegnen sich unsere Blicke über die Straße hinweg, dann nickt er mir kurz zu und das wars.

Ich verstehe das einfach nicht. *Verdammt!*

Ich hätte schwören können, dass der Sergeant an mir interessiert ist.

Aber wenn er es wäre, würde er doch einfach ins *Billy's* kommen, anstatt unzählige Stunden reglos wie ein Stein dazusitzen und was weiß ich nicht was zu bewachen.

Männer! Alles Arschlöcher!

Mir ist klar, dass ich eigentlich keinen Grund habe, auf Ryker wütend zu sein. Es ist ja nicht so, dass er mir irgendetwas versprochen hätte. Aber trotzdem ...

Irgendwie fühlt es sich so an, als ob ich abserviert worden wäre und das gefällt mir nicht.

Frustriert setze ich mich auf die Stufe, zünde mir genau wie in der Nacht, als er sich zu mir gesetzt hat, eine Kippe an, lehne den Kopf an die Hauswand und schließe die Augen.

Es ist Ende August. Dieser Sommer ist der heißeste, den wir jemals hatten. Keine Ahnung wann es das letzte Mal geregnet hat, ich habe längst aufgehört, die trockenen Tage zu zählen.

Das kraftvolle Brummen mehrerer Motorräder durchbricht die Stille, übertönt das Lachen der Kinder. Obwohl ich beinahe vor Neugierde sterbe und ich unbedingt wissen, will, ob der Devil mit den Wolfsaugen wieder da ist, lasse ich die Augen zu und rauche weiter meine Zigarette.

Soll sich dieser Outlaw doch zum Teufel scheren!

Ich renne keinem Mann hinterher, auch nicht, wenn er verflucht sexy ist, so gut wie nur aus Muskeln besteht und nach Abenteuer riecht.

Auf einmal verschwindet die Sonne. Was ist denn jetzt los?

Blinzelnd sehe ich nach, warum ich plötzlich im Schatten sitze, und blicke prompt in Rykers markantes Gesicht.

„Was willst du, Devil? Du stehst mir in der Sonne."

Er sagt nichts, lässt seine Augen über meine nackten Beine gleiten, hinauf zu meinen kurzen Hotpants und zu dem dünnen Trägertop, das ziemlich tief ausgeschnitten ist.

„Hab gehört, dass Big Z heute ziemlich in Aktion ist. Es wäre vielleicht besser für dich, wenn du deinen Arsch nach drinnen bewegst."

Echt jetzt? Erst macht er mich an, dann lässt er sich tagelang nicht blicken und jetzt besitzt er die Frechheit, mir sagen zu wollen, was ich zu tun habe.

„Ist dir der Fahrtwind zu Kopf gestiegen oder was soll die Scheiße?"
Er wirkt irritiert. Ryker scheint es gewohnt zu sein, dass die Leute seinen Befehlen Folge leisten.

„Zick nicht rum, Baby."

Wow! Der hat vielleicht Nerven!

Langsam stehe ich auf, werfe die Zigarette auf den Boden und stelle mich auf die Stufe, sodass ich fast auf Augenhöhe mit ihm bin.

„Du glaubst, nur weil du seit ein paar Nächten auf was weiß ich was aufpasst, kennst du das Viertel hier? Aber da täuschst du dich! Du bist ein Fremder, ein Eindringling, der sich, sobald seine Angelegenheiten geklärt sind, auf Nimmerwiedersehen verpissen wird. Ich hingegen wohne schon mein ganzes Leben hier. Ich kenne dieses Viertel, die Menschen, die hier leben und die Gefahren, die hinter jeder Ecke lauern. Also komm bloß nicht auf die bescheuerte Idee, mir sagen zu wollen, was ich zu tun und zu lassen habe!"

Er legt die Stirn in Falten, packt mich an der Hüfte und hebt mich von der Stufe, um mich auf den Boden zu stellen. Jetzt reiche ich ihm nicht mal mehr bis zur Schulter.

„Hat dir schon mal jemand gesagt, dass du echt süß bist, wenn du die Krallen ausfährst?"

Arghhh ... Dieser Kerl treibt mich in den Wahnsinn!

„Ich bin nicht süß, ich bin gefährlich!"

Anstatt mich ernst zu nehmen, beginnt er laut zu lachen.

„Oh Baby! Menschen die anderen erst erklären müssen, dass sie gefährlich sind, sind meiner Erfahrung nach absolut harmlos."

Jetzt reicht's!

Dieser aufgeblasene Machoarsch wird gleich sein wahres Wunder erleben.

Den Drang, ihm die Augen auskratzen zu wollen, unterdrückend, lege ich den Kopf leicht schief, sehe ihn unter halb gesenkten Lidern an und lecke mir mit der Zungenspitze über die trockenen Lippen, ehe ich mein Top noch etwas weiter nach unten zupfe und ihm so einen noch tieferen Einblick gewähre. Genau wie erwartet springt er voll drauf an – typisch Mann! Zufrieden, dass mein Plan funktioniert, streiche ich mit den Fingerspitzen über das raue Leder seiner Kutte, spüre die vielen Patches und beuge mich etwas weiter zu ihm vor.

Ryker scheint zu denken, dass ich ihn küssen will.

So ein Idiot! Vor einer Sekunde habe ich ihn noch beleidigt, wie kann er davon ausgehen, dass ich ihn jetzt verführen will? Mit der rechten Hand über sein Hemd streichend, spüre ich die harten Wölbungen seines Sixpacks. Mich an ihm reibend, lasse ich meine Finger weiter unter seine Kutte gleiten. Genau wie erhofft spüre ich die Lederriemen seines Holsters. Um ihn abzulenken, schiebe ich mein Knie zwischen seine Beine, sehe ihm erst in die Augen und dann auf die Lippen. Geschickt löse ich den Druckknopf, mit dem seine Waffe in dem Holster befestigt ist, und ziehe sie blitzschnell hervor. Noch bevor Ryker kapiert, was los ist, habe ich die Glock längst entsichert und den Finger am Abzug. Überrascht starrt er in den Lauf seiner eigenen Knarre und zieht die Augenbrauen nach oben.

„Wenn ich wollte, wärst du jetzt tot!"

„Ach, wäre ich das?"

Ich nicke zufrieden.

„Du bist auf den ältesten Trick der Menschheit reingefallen, Biker!"

Seine Mundwinkel zucken, wieder bilden sich diese sexy Grübchen.

„Und du begehst gerade einen Anfängerfehler, Baby!

Bevor ich auch nur erahnen kann, was er vorhat, hat er mich auch schon wieder entwaffnet und mit dem Rücken gegen mein Haus gepinnt.
„Scheiße!“
Mein Fluch amüsiert ihn.
„Der größte Fehler ist, zu reden. Verschwende kein einziges Wort an dein Opfer. Im Normalfall weiß es ganz genau, aus welchem Grund du es tötest.“
Absolut gnadenlos ...
„Ich werde es mir merken!“
Obwohl es mir mehr als gut gefällt, seinen Körper so nah an dem meinen zu spüren, versuche ich mich zu befreien. Meine Ehre verlangt von mir, dass ich zumindest so tue, als hätte ich was gegen die Art, wie er mich überwältigt hat.
„Jetzt, wo du mich gefangen genommen hast, was hast du da mit mir vor, Devil?“
Seine Lippen verziehen sich zu einem Killerlächeln, das mein Herz völlig aus dem Takt bringt. Langsam, ohne jegliche Hast, steckt er sich die Waffe hinten in den Hosenbund, stemmt anschließend seine Hände direkt neben meinem Gesicht gegen die Mauer und nimmt mich so noch mehr gefangen. Ich bin umgeben von Wärme, Leder und Muskeln. Keine Ahnung wann ich einem Mann das letzte Mal so nah war?!
Es ist schon verdammt lange her ... zu lange ...
Ryker hält sich an seinen eigenen Tipp, verschwendet keinen Atem für irgendwelche Worte, sondern streicht mit seinen Lippen über die meinen.
Sie sind warm und weich und bilden einen perfekten Kontrast zu den kratzigen Bartstoppeln, die über meine Haut schaben und mich erschaudern lassen.
Tief einatmend fülle ich meine Lungenflügel mit seinem unverkennbaren Geruch.
Dieser Rocker riecht nach Rauch, Benzin und Schießpulver – eine extrem anziehende Mischung.
„Öffne dich mir!“
Ich tue es, seine Zunge teilt meine Lippen, trifft auf die meine und wühlt sich träge durch meinen Mund.
Ohhhh ... Er schmeckt sogar noch besser, als er riecht.
Seufzend kralle ich mich am Revers seiner Kutte fest, drücke mich an seinen harten Brustkorb und küsse ihn. Meine Gier nach ihm hat fast schon etwas Verzweifeltes.

Die meiste Zeit macht es mir nichts aus, alleine zu sein.
Ich bin eine Überlebenskünstlerin, ich komme gut zurecht. Aber gerade nachts, wenn ich allein in meinem Bett liege, sehne ich mich nach starken Armen, die sich um mich schließen und einen warmen Körper, der sich an den meinen presst.
Unser Zungenspiel wird immer wilder. Wir küssen uns so stürmisch, dass unsere Zähne aufeinanderschlagen. Leckend, knabbernd und neckend erobert er meinen Mund, vergräbt seine linke Hand in meinen Haaren und zieht meinen Kopf nach rechts, sodass er mich in den Hals beißen kann.
Ich keuche, winde mich an der rauen Wand und zucke in dem Moment zusammen, in dem Ryker seine Finger unter mein Shirt schiebt und meine Brust umfasst.
Mit geblähten Nasenflügeln sieht er auf mich herab, sein Daumen reibt über meinen geschwollenen Nippel.
„Fuck! Du bist der Hammer, Baby!"
Als er in meine Brustwarze kneift, wimmere ich leise und biege den Rücken durch.
Ich bin so erregt, dass ich wahrscheinlich nicht mal protestieren würde, wenn er jetzt seine Hose aufmachen und mich direkt hier an Ort und Stelle ficken würde. Mit einer Hand fahre ich durch seine langen Haare. Im Dunkeln wirken sie beinahe schwarz, doch im Tageslicht erkennt man die Braunreflexe mancher Strähnen.
Dieser Outlaw hat etwas von einem Wildpferd, das sich von nichts und niemanden domestizieren lassen wird.
„Sieh mich weiter so an Evelyn und du landest in der Horizontalen!"
Wenn ich ein kluges Mädchen wäre, würde ich seine Worte als genau das wahrnehmen, was sie auch waren – eine Warnung. Doch ich bin so erregt, dass ich beschließe, sie als Versprechen zu nehmen.
Ryker ist genau mein Typ: groß, muskulös, gefährlich und dominant. In der Vergangenheit hatte ich schon einige Kerle wie ihn, und an jedem habe ich mir die Finger verbrannt. Eigentlich sollte ich es besser wissen, ich sollte diesen Red Devil von mir stoßen und ihn am besten ignorieren. Aber zum Teufel! Keine Frau, in der auch nur noch ein Hauch Leben steckt, könnte die Anwesenheit dieses Rockers einfach so ausblenden. Wieder küsst er mich, dieses Mal hingegen fester, härter und bestimmender. Das, was er mit seiner Zunge macht, ist nicht einfach nur ein Kuss, sondern ein Vorspiel. Seine Zähne graben sich in meine Unterlippe, beißen zu und entlocken mir ein Stöhnen. Der bittersüße Schmerz zuckt direkt in meinen Unterleib.

Keine Ahnung wie lange dieses Spiel noch gegangen wäre und wie weit wir es noch getrieben hätten. Wahrscheinlich wären wir schlussendlich im *Billy's* gelandet und ich hätte mich von ihm über die Theke gebeugt vögeln lassen, doch so weit kommt es nicht.

Der laute, unverkennbare Knall eines Schusses dröhnt plötzlich über den Hof, lässt mich erschrocken zusammenzucken. Das Geschoss schlägt so dicht neben meinem Gesicht in der Wand ein, dass ich sogar das Zischen gehört habe. Mauerstücke platzen ab, zerkratzen meine Wange und fallen in meinen Ausschnitt.

Im Gegensatz zu mir bleibt Ryker die Ruhe selbst. Einen Fluch ausstoßend, dreht er sich blitzschnell um, schirmt mich mit seinem Körper vor der drohenden Gefahr ab und zieht seine Waffe. Zitternd beobachte ich, wie er die Umgebung nach dem Schützen absucht, als er ihn entdeckt, schnellt sein Arm nach oben und er drückt zweimal hintereinander ab.

Sein gezischtes „Verdammt!" verrät mir, dass er ihn wohl verfehlt hat.

Mit einem Ruck dreht er sich wieder zu mir um, packt mich an den Haaren und sucht meinen Blick.

„Geht es dir gut?"

Das Ohr, neben dem die Kugel eingeschlagen ist, fühlt sich seltsam an, irgendwie taub. Ein lauter Pfeifton hallt durch meinen Gehörgang.

„Ich wurde nicht getroffen."

Rykers Mimik verfinstert sich noch etwas mehr.

„Danach habe ich nicht gefragt. Ich will wissen, ob es dir gut geht! Bist du verletzt?"

„Ja es geht mir gut. So gut wie es einem eben gehen kann, wenn man dem Tod gerade so von der Schippe gesprungen ist. Und nein, ich wurde nicht getroffen. Ein paar Zentimeter weiter nach links und ..."

Ich führe den Satz nicht zu Ende, das ist auch gar nicht nötig, denn Ryker sieht genau, wie nah das Projektil neben unseren Köpfen eingeschlagen ist.

„Geh ins Haus und bleib da!"

Niemals ...

„Nein, ich verfolge den Schützen!"

Er starrt mich fassungslos an.

„Geh in das Haus oder du wirst es bereuen!"

Noch bevor ich weiß, was los ist, schlingt er mir seinen Arm um die Taille, hebt mich hoch, trägt mich ein paar Schritte weit ins Innere und stellt mich ab.

„Mädchen verfolgen keine Killer, das ist Männersache!“ Völlig überrumpelt lasse ich zu, dass er mir einen weiteren Kuss auf den Mund pinnt, dann bin ich plötzlich alleine und die Türe wird zugeschlagen.

Halleluja! Was zur Hölle war das denn?

Wir haben uns gestritten, geküsst und dann wurden wir beinahe erschossen ...

Obwohl meine Knie zittern, eile ich ihm hinterher, beobachte über die Straße hinweg, wie er und zwei weitere Biker auf ihre Harleys steigen und davonrasen. Das Dröhnen der Motoren hallt noch lange, nachdem sie aus meinem Sichtfeld verschwunden sind, durch die Straßenschluchten. Ryker und seine Männer werden den Typen jagen und töten. Dank dem Ruf, der den Membern des Red Devils Motorcycle Clubs vorauseilt, weiß ich, dass sie erst ruhen werden, wenn diese Aufgabe erledigt ist.

Meine Schrotflinte aus dem Schrank holend, gehe ich ins Badezimmer und betrachte die Schürfwunden in meinem Gesicht. Sie sind nur oberflächlich und werden schnell verheilen. Das war nicht das erste Mal, dass auf mich geschossen wurde, und es wird sicherlich auch nicht das letzte Mal gewesen sein.

In diesem Fall hingegen bin ich mir nicht mal sicher, ob die Kugel überhaupt für mich gedacht war. Es ist gut möglich, dass es der Schütze nur auf Ryker abgesehen hat. Genaugenommen ist es sogar sehr wahrscheinlich. Nachdem ich die Wunden desinfiziert habe, sehe ich meinem Spiegelbild in die Augen und streife mit den Fingern über meine geschwollenen Lippen.

Ob es jetzt wieder vier Tage dauert, bis ich ihn wiedersehe?

Es wäre klug, diesem Rocker und seinem Club aus dem Weg zu gehen – sehr klug sogar!

Der heutige Vorfall ist der beste Beweis dafür, dass da irgendeine Sache läuft, aus der ich mich lieber raushalten sollte.

Das Pfeifen in meinem Ohr lässt langsam nach, das Prickeln in meinem Bauch hingegen bleibt. Was für ein verrückter Nachmittag. Fliegende Kugeln und unerwartete, magische, tiefe, erregende, heiße Küsse – Schießpulverküsse, denn um genau zu sein, hat Ryker ganz genau danach geschmeckt. Nach Abenteuer, Gefahr, fantastischem Sex und Schießpulver ...

5. Kapitel

Ryker

Was zur Hölle ...

Mir ist schon vieles passiert, aber das ist echt der Hammer!

Da hat es ein harmloses Mädchen geschafft, mich zu entwaffnen, nur um mir eine Minute später das Hirn aus dem Kopf zu küssen.

Diese Lippen ... Diese Zunge ... Fuck! Holy Fuck!

Es hätte nicht mehr viel gefehlt, und ich hätte sie im Stehen und gegen die Wand gedrückt gefickt.

Dass auf mich geschossen wird, ist nichts Neues, das bringt mich längst nicht mehr in Rage. Was mich aber höllisch stört, ist, wenn mir jemand in den Rücken schießen will! Das ist gegen die Regeln, so etwas machen nur Verräter und feige Schweine!

Und die Tatsache, dass derjenige Evelyns Tod einfach so in Kauf genommen hat, stört mich am allermeisten.

Welcher normale Mann schießt auf Frauen?

Zusammen mit Chazz und Nikko fahre ich die Straßen ab und suche nach dem Arschloch mit dem roten Hoodie. Da wir die Verfolgung recht schnell aufgenommen haben, besteht eine realistische Chance, den Schützen zu finden. Nach zehn Minuten erfolgloser Suche sehe ich eine Querstraße weiter eine Person mit einem roten Kapuzenpullover aus einem Haus kommen. Mit einem Handzeichen gebe ich den anderen zu verstehen, dass sie langsamer fahren sollen. Der Verdächtige sieht sich mehrmals um, als er uns entdeckt, gibt er Fersengeld und fängt an zu laufen.

Was für ein Idiot! Auffälliger wäre es nicht mehr gegangen.

Ich gebe Gas, lege mich so tief in die Kurve, dass mein Knie über den Asphalt streift, und fahre den Wichser, als er die Straßenseite wechseln will, beinahe über den Haufen. Chazz kommt mit quietschenden Reifen zum Stehen.

„So ein Amateur! Man könnte fast meinen, dass er erwischt werden wollte."

Er klingt belustigt, die Waffe, die er in seiner rechten Hand hält, ist auf den vor uns liegenden Chinesen gerichtet, seine Augen funkeln eiskalt.

Nikko lenkt sein Bike so, dass er direkt neben meiner Harley stoppt.

„Aye, das ist der Schütze, kein Zweifel."

Sehr schön, dann wollen wir die Sache mal angehen.

In jedem anderen Viertel Chicagos hätten wir das nicht auf offener Straße geklärt, aber in Austin interessiert es keine Sau, wenn am helllichten Tag jemand abgeknallt wird.

Ich mache mir nicht die Mühe, den Schalldämpfer auf meine Pistole zu schrauben, sondern steige einfach nur ab, schiebe mir die Haare aus dem Gesicht und ballere dem Schlitzauge, ohne zu zögern, zwei Kugeln ins Bein. Er schreit entsetzt auf, versucht, davonzukrabbeln, erkennt aber recht schnell, dass er uns nicht entkommen kann.

Heulend packt er sein blutendes Bein und sieht panisch zu mir hoch.

Nikko schnalzt belustigt mit der Zunge und stützt sich mit den Armen auf dem Lenker seiner silbernen Harley ab.

„Die perfekte Ausgangssituation, um ein Gespräch zu beginnen!“

„Jepp das sehe ich auch so.“

Meine Kippenschachtel aus der Hosentasche ziehend, schüttle ich eine heraus und zünde sie mir an.

Erst als meine Lungenflügel mit dem warmen Rauch gefüllt sind, gehe ich vor dem Chinesen in die Hocke und sehe ihn fragend an.

„Was sollte das? Ich bin mir ziemlich sicher, dass wir uns noch nie gesehen haben, also warum zum Teufel schießt du auf mich?“

Er zittert, und sieht panisch zu der 9-Millimeter in meiner Hand.

„Das habe ich nicht. Wirklich, ich wollte niemanden töten. Das schwöre ich!“

Hält der uns für völlig bescheuert?

Chazz lacht und schüttelt den Kopf.

„Ich schwöre dir, die Leute werden immer dümmer, Bro.“

Ja, das ist mir auch schon aufgefallen.

„Dafür, dass du niemandem abknallen wolltest, ist deine Kugel aber verdammt nah an meinem Kopf eingeschlagen.“

Die Blutlache unter seinem Bein wird immer größer, was bedeutet, dass ich eine Arterie getroffen habe. Uns rennt die Zeit davon. In spätestens fünf Minuten verliert er das Bewusstsein, in zehn ist er tot.

„Das war keine Absicht.“

„Das spielt für mich keine Rolle. Unabsichtlich tot ist genauso tot wie absichtlich tot.“

Er stammelt etwas, dass ich nicht verstehe, erst als ich den Lauf meiner Waffe gegen seine Stirn drücke, schafft er es wieder, verständliche Worte zu formulieren.

„Es ging nicht um euren Club, sondern um das Mädchen.“

Nicht sicher, ob ich mich verhört habe, tausche ich einen irritierten Blick mit Chazz.

„Evelyn?“

Das Schlitzauge nickt, anscheinend denkt er, dass mich diese neue Info milde stimmen wird – weit gefehlt.

„Warum bei allen Höllen willst du ein Mädchen killen?"

Er schüttelt den Kopf.

„Nicht töten nur erschrecken."

Was ein Bullshit!

„Für *nur* erschrecken hast du verflucht gut gezielt."

Darauf sagt er nichts, was auch besser für ihn ist.

„Was hat sie dir getan, dass du zu solchen Maßnahmen greifst?"

Nikkos Frage, ist gar nicht schlecht. Gebannt warte ich auf die Antwort.

„Nichts. Ich handle im Auftrag von Big Z."

Fuck! Das alles wird immer beschissener.

„Weißt du, was er mit der Kleinen vorhat? Irgendetwas will er mit der Aktion doch bezwecken."

Nickend dreht er sich auf die Seite und versucht mit seinen Händen, die Blutung zu stoppen. Ein vergeblicher Versuch, wie die rote Pfütze beweist.

„Er will sie einschüchtern und ihr Angst machen. Soweit ich weiß, will er sie dazu bringen, in ihrem Laden Drogen zu verkaufen, im Ausgleich würde er ihr seinen Schutz anbieten."

Dieser kranke Bastard!

„Ohne eine akute Bedrohung würde sein Plan nicht aufgehen."

Chazz brummt ein mürrisch klingendes „So sieht es aus, Bro."

Heulend betrachtet der Chinese das viele Blut, das aus den Schusswunden läuft.

„Ihr müsst mich zu einem Arzt bringen oder ihr habt mich auf dem Gewissen."

Nikko zündet sich völlig entspannt ein Zigarillo an, der würzige Geruch steigt mir in die Nase, dann tauscht er mit Chazz einen amüsierten Blick.

„Welches Gewissen?"

Der zuckt mit den Schultern und sieht zu mir.

„Hey Sergeant, Gewissen? Was ist das?"

Ich gehe auf das Spiel ein.

„Keine Ahnung, aber macht euch mal keinen Kopf, ich bin mir ziemlich sicher, dass wir Devils so etwas Lästiges nicht haben."

„Kommt schon! Bitte! Ich habe euch doch gar nichts getan!"

Gott wie ich es hasse, wenn sie zum Flehen anfangen.

„Nichts getan? So, so ... Du hast mir beinahe in den Rücken geschossen und auf das Mädchen gezielt, das ich ficken will. Nur zur Info. Ich habe schon wegen weniger getötet."

Der Chinese kapiert langsam, das seine Zeit abgelaufen ist.

„Wenn ihr mir helft, dann verrate ich euch, was Big Z als Nächstes plant."

Chazz und Nikko strafen seine Worte mit Desinteresse.

„Woher soll ich wissen, dass das kein leeres Versprechen ist?"

„Big Z plant, euch heute Abend zu überfallen. Er ist scharf auf die Browning's vor allem auf die M2's."

Zum Teufel!

„Woher weiß dieser Wichser, was wir lagern?"

Chazz spricht aus, was ich mir denke.

Das Schlitzauge stirbt langsam vor sich hin, seine Aussprache wird immer undeutlicher, nicht mehr lange und er kippt einfach um.

Ein Auto kommt uns entgegen, Nikko zieht seine Waffe, der Fahrer wendet den Wagen und rast in die entgegengesetzte Richtung davon.

„Big Z hat hunderte Spione. Er weiß über alles, was in diesem Viertel passiert, Bescheid. Er hasst euch Rocker, für ihn seid ihr die Pest. Sein Ziel ist es, euch aus Austin zu vertreiben."

Das ist nichts Neues.

„Woher weißt du das alles?"

„Z redet nicht – er schreit! Einer von euch hat seinem Cousin mit einer Kalaschnikow ein paar Zähne ausgeschlagen. Danach ist er explodiert, hat ein paar Stühle zerschmettert und auf seine Familie geschworen, euren Club und alle, die euch nahestehen zu vernichten."

Scheiße! Das wird Banks nicht gerne hören ...

„Wir werden Vorkehrungen treffen müssen!"

Chazz startet sein Bike. „Ich fahre zurück zur Halle. Sicher ist sicher!"

Vom Blutverlust geschwächt fällt der Chinese auf die Seite, seine Stirn knallt gegen den Asphalt.

„Was ist jetzt? Helft ihr mir?"

Bestimmt nicht ...

„Nein, wir werden dich nur nicht töten."

Seine Augen fallen zu, der Griff, mit dem er sein Bein umfasst, wird immer lockerer.

„Wenn ihr mich einfach liegen lasst, habt ihr mich auf dem Gewissen."

„Ich dachte, wir hätten längst geklärt, dass wir Devils kein Gewissen haben."

Im Augenwinkel sehe ich eine alte Frau an uns vorbeigehen, Sie blickt stur geradeaus, ignoriert unsere Anwesenheit und hofft, auf diese Weise, keinen Ärger auf sich zu ziehen.

Ich werde ihr nichts tun. Warum sollte ich auch? Sie ist nicht diejenige, die auf mich geschossen hat. Mit einem Handzeichen gebe ich Nikko zu verstehen, dass wir hier fertig sind. Er schnippt den glühenden Stummel des Zigarillos in die Blutlache und startet sein Bike mit einem kraftvollen Tritt.

Ich mache es ihm nach, sehe ein letztes Mal zu dem ausblutenden Chinesen und gebe Gas. Über die eben erhaltenen Infos nachdenkend, folge ich Nikko zurück zum Lager. Dort angekommen unterdrücke ich den Drang, nach Evelyn sehen zu wollen, sondern ziehe mein Handy aus der Tasche und rufe meinen Präsidenten an.

Wie erwartet ist er über die Entwicklung der ganzen Sache nicht sonderlich glücklich. Er flucht und ist wütend auf mich. Ich wusste ja gleich, dass er nicht sonderlich glücklich darüber sein wird, dass ich dem Wichser die AK in die Fresse geschlagen habe.

Aber was sein musste, musste sein ...

An dem Tag, an dem ich mich von Typen wie Big Z bedrohen lasse, soll mich am besten gleich der Schlag treffen. Wenn ich Wert auf so einen Schwachsinn wie Diplomatie legen würde, dann wäre ich Politiker und kein Devil geworden.

Keine fünf Minuten nachdem ich mit Banks telefoniert habe, tauchen Rabble, Blake und Diego auf. Sehr gut, Verstärkung!

Diego ist unserer neuester Prospect und ein echt zäher Hund. Völlig egal was anliegt, er bleibt ruhig, führt jeden Befehl umgehend aus und macht keine Fehler. Dank seiner mexikanischen Wurzeln hat er dunkle Haut, braune Augen und braune Haare – irgendwie ist einfach alles an ihm braun, was ihm den Spitznamen Brownie eingebracht hat.

Kaum dass die drei abgestiegen sind, kommen sie auf uns zu. Schnell bringen wir sie auf den neuesten Stand.

„War ja so klar, dass du es nicht schaffst, dich verdeckt zu halten, Ryker!“

Blake lacht. „Ich hätte dem Wichser auch die Zähne ausgeschlagen.“

Er setzt sich zu mir und boxt mir gegen die Schulter.

Unser VP ist genau wie ich für seine Gewaltbereitschaft bekannt. In dieser Hinsicht sind wir aus demselben Holz geschnitzt.

Seinen Blick über die Umgebung schweifen lassend, stößt er ein unzufriedenes Brummen aus und befiehlt Diego, sich eine der Brownings und einen Munitionsgürtel zu schnappen und auf dem Flachdach Stellung zu beziehen.

„Was für eine beschissene Lage. Wir sitzen hier wie auf einem Präsentierteller.“

Meine Kippen rausholend, biete ich ihm auch eine an. Er nickt, klemmt sie sich in den Mundwinkel und wartet darauf, dass ich ihm Feuer gebe.

Kaum das ich den ersten Zug inhaliert habe, taucht Evelyn auf. Kiste für Kiste trägt sie das Leergut raus und stapelt es neben dem Müllcontainer zu den bereits dort stehenden Bierkästen.

Als ob sie meinen Blick gespürt hätte, ruckt ihr Kopf in meine Richtung. Wir sehen uns an, es ist ihr deutlich anzusehen, dass sie wegen irgendetwas wütend auf mich ist. Weiber!

Die soll mal einer verstehen ...

Für eine Weile hält sie meinem Blick stand, dann streckt sie mir ihren Mittelfinger entgegen und beginnt, mich zu ignorieren.

Jepp, sie ist echt verdammt süß und megascharf!

Jetzt, wo ich weiß, dass es Big Z auf sie abgesehen hat, wird der Drang, sie beschützen zu wollen, immer stärker. Noch unterdrücke ich ihn, mal sehen, wie lange mir das noch gelingt. Evelyn ist nicht mein Problem. Sie ist nur irgendein sexy Ding, das das Pech hat, an einem echt beschissenen Ort zu leben. Wäre sie ein Teil vom Club oder würde ich Anspruch auf sie erheben, dann würde sie unter dem Schutz des Red Devils Motorcycle Clubs stehen.

Doch das ist ein großer Schritt, den ich nicht mal annähernd in Erwägung ziehe. Ja, unser Kuss war gut – verdammt gut, aber deswegen halse ich mir noch lange keine Lady auf. Wobei Evelyn definitiv das Zeug zu einer richtig guten Bikerbraut hätte.

Allein die Erinnerung daran, wie sie mich entwaffnet hat, lässt mich blöd grinsen.

Holy Fuck! Sie dachte wirklich, dass sie die Oberhand hat. Irgendwie putzig! Waffe hin oder her, sie hatte nicht die geringste Chance gegen mich. Wenn ich jetzt beschließen würde, die Straße zu überqueren, sie mir über die Schulter zu werfen und zu ficken, hätte sie mir nichts entgegenzusetzen.

Das kleine Gedankenspiel lässt mich hart werden.

Ob sie sich wohl wehren würde? Bestimmt!

Wahrscheinlich würde sie am Anfang zicken, doch nach ein paar Minuten würde sie nachgeben und mich anflehen, noch tiefer zu stoßen. Wenn ich sie bumse, was nur noch eine Frage der Zeit ist, werde ich keine Gnade kennen und sie so hart rannehmen, bis sie laut kreischend unter mir liegt und mich um mehr anbettelt.

So sweet Evelyn auch aussehen mag, sie ist kein unschuldiges kleines Ding, das man sanft anfassen muss. Diese Frau weiß, wie es läuft, und genau das macht sie so sexy.

„Deinem Blick nach zu urteilen, habe ich da was verpasst, Ryker!“

„Nö, hast nichts verpasst.“

Chazz mischt sich lachend in unser Gespräch ein.

„Unser Sergeant hatte sich die Kleine gerade vorgenommen, aber dann ist ihm das schießwütige Schlitzauge dazwischengekommen.“

Genau wie ich beobachtet Blake, wie Evelyn noch ein paar Mal hin und her geht. Sein Blick ist auf ihren runden Arsch gepinnt, er stößt einen lauten Pfiff aus.

„Holy Shit! Das Gerät würde ich auch gerne mal reiten!“

„Fass sie an und du bekommst es mit mir zu tun!“

Blake zieht die Augenbrauen in die Höhe und grinst zufrieden.

Bullshit! Er wollte wissen, wie ich zu der Kleinen stehe, und ich habe ihm gerade die Antwort geliefert!

„Wenn du das Mädel willst, warum hockst du dann hier und starrst sie an, anstatt sie dir einfach zu nehmen?“

Gute Frage ...

„Ist grad nicht der richtige Zeitpunkt, um sich zu vergnügen.“

„Ach nein?“

Er wirkt überrascht.

„Was spricht dagegen, etwas Druck abzubauen? Ich an deiner Stelle würde längst bis zu den Eiern in diesem Arsch stecken, eine Faust in ihren Haaren und meine Zähne in ihrem Hals!“

Ach, was er nicht sagt.

„Dann lässt dein Pflichtgefühl zu wünschen übrig, VP!“

Ein letztes Mal an meiner Kippe ziehend, lasse ich den Filter fallen und trete die Glut mit meiner Stiefelspitze aus.

„Falls du es schon vergessen hast, aber wir warten darauf, dass uns so ein größenwahnsinniger Pisser angreift.“

Blake lacht.

„Sorry Ryker. Aber vor dem letzten Buchstaben des Abc fürchte ich mich garantiert nicht. Soll er ruhig kommen, dieser Bastard, dann wird er mit unseren Waffen und unserer Munition Bekanntschaft machen.“

Da scheint sich aber einer sicher zu sein.

„Jetzt, wo dieser Standpunkt hier nicht mehr sicher ist, sollten wir schauen, dass wir unsere Ware möglichst bald woanders unterbringen können.“

Zu meiner Überraschung sieht er das anders.

„Das werden wir nicht tun! Diese Lagerhalle ist perfekt – dieses Viertel ist perfekt! Hier gibt es so gut wie keine Bullen und die wenigen, die sich hierher trauen, sind so korrupt wie nur möglich. Banks und ich sind uns einig darüber, dass wir diesen Big Z plattmachen und Austin übernehmen wollen. Dass du seinem Cousin die Fresse eingeschlagen hast, hat die ganze Angelegenheit nur etwas beschleunigt. Gekracht hätte es so oder so!"

Wie beruhigend.

„Dieses Thema hätte eigentlich an den Tisch gehört!"

Seine Mundwinkel nach unten ziehend, sieht er mich gelangweilt an.

„Was hättest du da groß abstimmen wollen?"

Auch wieder wahr.

„Nichts wahrscheinlich."

„Eben, also reg dich ab, pack dir die Tussi da drüben und genieß, dass du am Leben bist. In ein paar Stunden bist du es vielleicht nicht mehr."

Unentschlossen strecke ich die Beine aus.

„Die Tussi heißt Evelyn. Big Z hat es auch auf sie abgesehen. Er will, dass sie für ihn in ihrer Kneipe mit Drogen dealt."

Chazz gibt ein Grunzen von sich.

„Sobald du eine Muschi mit ihrem richtigen Namen ansprichst, wird es kompliziert."

Was für eine Weisheit!

Blake sieht Chazz an und schüttelt den Kopf.

„Was um alles in der Welt redest du denn da? Ein Name ist nur ein Name."

Das sieht unser Vollstrecker anders.

„Falsch! So lange du Frauen mit Bitch, Baby oder Darling ansprichst, ist alles locker. Aber der echte Name bedeutet, dass du sie respektierst. Und glaube mir, das darfst du auf keinen Fall tun. Frauen haben da so einen Tick, die denken immer gleich an Babys, Hochzeiten und Monogamie."

Das letzte Wort spricht er aus, als würde er daran ersticken.

„Du bist total gestört, Bro. Kein Wunder, dass du für Sex immer bezahlen musst."

Während Blake und Chazz ihre Diskussion weiterführen, stehe ich auf und gehe zu Nikko rüber.

„Was denkst du, Alter? Wie wird die Scheiße hier ablaufen?"

Er lehnt sich mit verschränkten Armen an seine Harley.

„Schnell und heftig. Die Wichser haben keine Ahnung von gar nichts. Sie werden auftauchen und wie wild losballern."

Aye, das sehe ich auch so.

„Mein Plan sieht folgendermaßen aus. Wir beide postieren uns im ersten Stock über der Kneipe. Big Z's Leute werden frontal auf das Lagerhaus zustürmen, was bedeutet, dass wir sie von hinten angreifen und so die Falle zuschnappen lassen."

Wie erwartet spinnt er den Plan gleich weiter.

„Und noch bevor die Arschlöcher wissen, was los ist, ist alles vorbei. Klingt gut. Aber was ist aus deiner Keine-Kugel-in-den-Rücken-Regel geworden?"

Die setze ich für heute außer Kraft.

„Ich ziele einfach auf die Köpfe."

Lachend streckt er mir seine geballte Faust entgegen. Ich schlage mit meiner dagegen – wir sind uns einig.

„Dein genialer Plan hat nicht rein zufällig etwas mit dem Mädchen zu tun, dem das *Billy's* gehört?"

Eine berechtigte Frage, auf die ich ehrlicherweise keine Antwort habe.

Seit meiner Zeit beim Club habe ich unzählige Frauen gefickt. Manche waren mir wichtig, andere nicht. Bei Evelyn ist das anders, sie ist die erste, die mich wirklich fasziniert. Die Art, wie sie sich bewegt, wie sie spricht und sich die Haare aus dem Gesicht streift. Ihr Körper ist der Hammer, sie ist stark und mutig, und sie schmeckt nach frischem Erdbeerkuchen.

Der Klang ihrer Stimme und das Funkeln in ihren Augen ...

Holy Fuck!

„Nein! Sie hat absolut nichts damit zu tun!"

Nikko sieht mich belustigt an, fragt aber nicht weiter nach. Kluger Mann! Wir wissen beide, dass ich gerade gelogen habe.

Die Tatsache, dass ich dafür sorgen kann, dass sie in Sicherheit ist, wenn die Scheiße hier losgeht, beruhigt mich. Ich will dieses Mädchen in meiner Nähe wissen und dafür sorgen, dass Big Z sie nicht erwischt. Wenn der verdammte Chinese die Wahrheit gesagt und Z wirklich so viele Informanten in dem Viertel hat, dann weiß er bestimmt längst, dass ich mich für diese Frau interessiere. Das Letzte, was ich gebrauchen kann, ist, dass er Evelyn in diese Scheiße mit reinzieht. Typen wie er neigen dazu, sich an den Schwächsten zu vergreifen, um sich stark und mächtig zu fühlen.

„Alles klar. Ich werde rübergehen und sie aufklären."

„Mach was du für richtig hältst, Ryker. Aber pass auf, dass dir diese Muschi nicht das Hirn vernebelt."

Wie bitte?!

„Pass mal lieber auf, dass ich dir keine verpasse."

Er sieht mich herausfordernd an, ich wende mich einfach ab und überquere die Straße.

Soll ihn doch der Teufel holen!

6. Kapitel

Evelyn

Ich schufte wie eine Besessene und versuche alles, um Ryker aus dem Kopf zu bekommen, es funktioniert natürlich nicht. Von mir selbst genervt, hole ich ein extra großes Glas aus dem Schrank und fülle es bis zum Rand mit Rotwein.

Keine Ahnung wie, aber es muss mir gelingen, diesen Biker zu vergessen. Allein die Tatsache, dass er seelenruhig auf der anderen Straßenseite sitzt und mit seinen Kumpels ratscht, macht mich wütend und beweist auf eindrucksvolle Weise, dass er ein Arsch ist!

Ich meine, er kann nicht einfach so rüberkommen, mich mit seiner Zunge ficken, denn genau das war es, was er getan hat, als Kuss kann das absolut nicht bezeichnet werden, und mich dann einfach so stehen lassen.

Ja gut, zu seiner Entschuldigung muss ich zugeben, dass er mich nicht *einfach so* stehen gelassen hat, sondern dass er sich auf die Jagd nach dem Schützen gemacht hat, der es auf ihn abgesehen hatte.

Aber damit scheint er ja jetzt fertig zu sein. Also warum verflixt noch mal kommt er nicht her und sagt mir, was los ist? Ich kenne den Grund. Ich wusste von vornherein, was für eine Art Mann er ist und dennoch war ich dumm genug, mich auf ihn einzulassen.

Schön blöd, ich weiß!

Jetzt stehe ich hier und sehe alle paar Minuten aus dem Fenster, um zu prüfen ob er noch da ist. *Mist! Mist! Mist!*

Ryker ist ein A.R.S.C.H.L.O.C.H. und ich bin viel zu intelligent, um mich auf ein Member des Red Devils Motorcycle Clubs einzulassen. Ab jetzt – ab genau dieser Sekunde, werde ich diesen Rocker keines Blickes mehr würdigen. Heute Nacht suche ich mir irgendeinen Kerl, der es Wert ist, mich befriedigen zu dürfen, und damit hat sich die Sache. Der einzige Grund, aus dem ich so heftig auf seinen Kuss und seine Nähe reagiert habe, ist der, dass ich völlig untervögelt bin.

Zufrieden mit meiner Analyse setze ich mich auf die Theke, lasse die Beine baumeln und nippe an meinem Merlot.

Fruchtig, herb und zugleich süß benetzt der Wein meinen Gaumen. Ich zünde mir eine Kippe an und genieße die kurze Pause. Jetzt, wo ich beschlossen habe, dass mir dieser Red Devil peripher am Arsch vorbeigeht, fühle ich mich gleich viel besser.

„Na Schätzchen, genießt du die Ruhe vor dem Sturm?“
Ich muss mich nicht umdrehen, um zu wissen, wer meine Ruhe stört, diese dunkle, raue Stimme würde ich unter Tausenden erkennen.

„Bis gerade habe ich das und sobald du wieder verschwunden bist, werde ich es wieder tun. Also mach ’nen Abgang, Ryker.“

Natürlich hört er nicht auf mich, sondern durchquert den Gastraum und kommt auf mich zu. Unsere Blicke begegnen sich, meine verräterischen Hormone spielen sofort wieder verrückt.

Verdammich! Dabei war ich doch so entschlossen, diesen unmöglichen Biker ein für alle Mal zu ignorieren. Mit seiner schwieligen Daumenkuppe über meine mit Merlot benetzte Unterlippe streichend, stößt er ein wildes Knurren aus und vergräbt seine beiden Hände in meinen Haaren.

Mir den Kopf in den Nacken ziehend, beugt er sich zu mir vor und leckt über meinen geschlossenen Mund.

„Köstlich!“

Wider besseren Wissens muss ich grinsen.

Zu meinem Pech stehe ich auf die richtig schmutzigen Jungs, vor allem, wenn sie in Spiellaune sind.

„Wenn du einen Wein willst, musst du es nur sagen. Unglaublich, aber das hier ist eine Kneipe, hier werden alkoholische Getränke verkauft.“

Seine wolfsgrauen Iriden funkeln belustigt.

„Und was, wenn ich nicht den Wein, sondern das Mädchen will?“
So so, jetzt sind wir also wieder an *dem* Punkt gelandet. Wir sind uns so nah, dass sein warmer Atem über meine Stirn streift. Ein Schauer lässt mich erbeben, meine Brustwarzen ziehen sich erregt zusammen.

„Ich bin mir ziemlich sicher, dass ich dir schon mal erklärt habe, dass sich ein paar Querstraßen weiter ein Bordell befindet.“

Ryker nickt und schnalzt mit der Zunge.

„Schon vergessen, Baby? Ich zahle nicht für Sex.“
Wie könnte ich ...

„Ich biete dir auch nicht meinen Körper, sondern ein Glas Merlot an.“

Wieder leckt er über meine Lippen, seine Zunge neckt meinen Mundwinkel, ich vergesse zu atmen. Geschickt zieht er meine Unterlippe zwischen seine Zähne, löst seine rechte Hand aus meinen Haaren und streicht langsam, an meiner Wirbelsäule nach unten, packt mich am Po und zieht mich noch ein Stückchen näher zu sich heran. Instinktiv schiebe ich meine Finger unter sein Leder, zupfe an seinem Hemd und kratze mit den Fingernägeln über die Wölbungen seines Sixpacks.

Heilige Scheiße! Dieser Mann scheint nur aus Kraft und Muskeln zu bestehen. Kurz über seinem Hosenbund stoppe ich, dort scheint sich eine Narbe zu befinden, denn die Haut ist rau und hat eine wulstige Erhebung.

Ich nehme mir Zeit, diese zu erkunden, stelle zufrieden fest, wie ihn ein Zucken durchläuft, und folge der dünnen Spur Haare, die in seiner Jeans verschwindet.

„Das ist ein gefährliches Spiel, Evelyn. Spiele es nur, wenn du auch bereit bist, es zu Ende zu bringen.“

So unschuldig wie möglich grinse ich ihn an und ziehe dabei einen Schmollmund.

„Sorry, Ryker. Ich habe keine Ahnung, wovon du redest. Willst du jetzt etwas Rotwein oder eher nicht?“

Einen Fluch ausstoßend, reißt er mich an den Haaren nach hinten, erschrocken quietsche ich auf. Mein Glas fällt zu Boden, zerbricht in tausend Scherben. Nun liege ich schwer atmend vor ihm. Die kalte Steinplatte der Theke lässt mich erschaudern.

Nicht sicher, ob ich genug Mut habe, um das hier zu beenden, versuche ich ein Gespräch zu beginnen.

„Hast du den Schützen erwischt?“

Er knurrt ein kaum verständliches „Ja“.

„Weißt du, warum er auf dich geschossen hat?“

Es ist Ryker deutlich anzumerken, dass er keine große Lust hat, sich mit mir zu unterhalten.

„Das hat er nicht. Du warst sein Ziel.“

Erschrocken richte ich mich auf.

„Wie bitte, was?“

Fluchend stemmt er die Hände in die Hüften, kneift kurz die Augen zusammen und hilft mir anschließend dabei, mich wieder aufzusetzen.

„Der Chinese, der heute Nachmittag neben unseren Köpfen in die Wand geschossen hat, wurde von Big Z damit beauftragt, dich einzuschüchtern. Er wollte dich gar nicht treffen, sondern dir nur Angst machen.“

Nur? Na super!

Meine Gedanken überschlagen sich, es fällt mir schwer, das alles zu verstehen.

„Das ist ihm gelungen. Aber was hätte Big Z davon?“

Rykers Iriden bekommen einen eiskalten Ausdruck.

„Laut dem Schlitzauge hat Z vor, dir seinen Schutz anzubieten, wenn du im Gegenzug seine Drogen im *Billy's* verkaufst.“

Das klingt alles völlig verrückt!

„Niemals! Erstens kann ich mich sehr gut selbst verteidigen und zweitens würde ich mich nie auf solche Geschäfte einlassen. Ich hasse Drogen.“

Angst und Unsicherheit breiten sich in meinem Inneren aus, lassen mein Herz beinahe erstarren. Wenn Big Z zu solchen Methoden greift, dann scheint es ihm ernst zu sein. Was, wenn ich nicht auf seinen Vorschlag eingehe? Zu welchen Maßnahmen wird er dann greifen? Beim nächsten Mal bekommt der Chinese vielleicht nicht mehr den Befehl daneben zu schießen ... *Oh Gott! Oh mein Gott!*

Ryker steht reglos da, wie aus Stein gemeißelt und beobachtet mich mit gerunzelter Stirn. Nach und nach wird mir erst bewusst, was hier beinahe passiert ist. Ryker wusste das alles die ganze Zeit, doch anstatt sofort zu mir zu kommen und mich aufzuklären lässt er sich stundenlang Zeit und versucht dann, als er endlich auftaucht, mich zu ficken.

Aufgebracht springe ich von der Theke, stürze auf ihn zu und boxe ihm mit aller Kraft gegen die Schulter.

„Du Schuft! Du blöder Verräter! Warum hast du mir das alles nicht gleich gesagt? Ist dir dein Spaß wichtiger als meine Sicherheit?“

Überrascht reißt er die Augenbrauen hoch. So, als ob er überhaupt nicht verstehen könnte, warum ich so wütend auf ihn bin.

„Reg dich ab, ich bin doch jetzt hier.“

Wahrscheinlich soll ich ihm dafür auch noch dankbar sein.

„Toll, wirklich nett. Was ist, wenn Big Z dem Chinesen das nächste Mal den Auftrag gibt, mich zu töten? Was dann? Hm? Ach Scheiße!“

Ryker packt mich an den Armen und zwingt mich so, still stehen zu bleiben.

„Dieses Arschloch wird nie wieder auf dich schießen! Nie wieder! Kapiert?“

Irritiert sehe ich ihn an.

„Ach und woher willst du das wissen? Kannst du hellsehen oder so etwas?“

„Tote benutzen keine Waffen!“

Seine Stimme klingt völlig emotionslos. Was mir viel mehr Angst macht, als die Tatsache, dass Big Z es auf mich abgesehen hat.

„Du hast den Schützen umgebracht?“

Der Rocker nickt, mir wird schlecht.

„Warum?“

Wahrscheinlich ist das die denkbar dümmste Frage, die ich stellen konnte. Aber das muss ich einfach wissen.

„Niemand schießt ungestraft auf einen Devil oder deren Mädchen."
Bämmm ...
Mit dieser Antwort hätte ich nie im Leben gerechnet.
„Ich bin nicht dein Mädchen."
„Im Moment nicht. Aber zu diesem Zeitpunkt warst du es – wenn auch nur für ein paar Minuten."
So sieht er das? Ist ja heftig!
Das alles ist zu viel, ich reiße mich von dem Biker los, schnappe mir die Weinflasche, verzichte dieses Mal auf ein Glas und gönne mir mehrere große Schlucke. Erst als er mir den Merlot abnimmt, riskiere ich es, ihn wieder anzusehen.
„Das alles ist völlig verrückt. Ich meine, verdammt ... Das ändert einfach alles."
Mir ist klar, dass er meine Worte jetzt auf unseren Kuss oder das mit Big Z beziehen kann. Mir ist beides recht, weil ich irgendwie auch beides meine.
„Hör mir zu, Evelyn. Ich werde nicht zulassen, dass dir etwas passiert. Big Z stellt keine Gefahr für dich dar."
Warum sagt er das?
„Was meinst du damit?"
Mit einer Hand fährt er sich durch seine langen Haare, am liebsten würde ich es ihm nachmachen und mich an ihn lehnen. Ich erinnere mich nur zu gut, wie fantastisch es sich angefühlt hat, in diesen starken Armen zu liegen.
„Wir haben erfahren, dass Big Z uns heute Nacht einen Besuch abstatten will, und wir werden vorbereitet sein. Wenn alles nach Plan läuft, ist dieser Wichser bei Sonnenaufgang Geschichte."
Das klingt zu schön, um wahr zu sein.
„Warum erzählst du mir das?"
„Weil wir deine Hilfe brauchen."
Am liebsten würde ich laut loslachen. Bei was bitte könnte der Sergeant des Red Devils Motorcycle Clubs meine Hilfe brauchen?
„Und wie habt ihr euch das vorgestellt? Was soll ich tun?"
In dem Moment, in dem er mir die Flasche Wein in die Hand drückt, wird mir klar, dass mir nicht gefallen wird, was ich gleich hören werde.
„Setz dich, Kleines."
Ich denke nicht daran.
„Danke, ich stehe lieber."
Seufzend packt er mich kurzerhand an der Hüfte, hebt mich hoch und setzt mich auf der Bar ab.
„Eine Sache solltest du dir schnellstens angewöhnen."

„Ach und die wäre?“
Seine Mundwinkel zucken.
„Meine Befehle auszuführen.“
Ganz bestimmt nicht.
„Vergiss es!“
„Dachte ich mir schon, dass du das sagen wirst.“
Kluges Bürschchen.
Er bietet mir eine Zigarette an, die ich dankend annehme. Kaum dass ich den ersten Zug genommen habe, beginnt er zu reden.
„Wie schon erwähnt, werden wir Big Z eine Falle stellen, aber dafür müssen wir in dein Haus, hoch in den ersten Stock!“
Niemals! Das können die Biker vergessen. Wenn es den Devils nicht gelingt, Z ein für alle Mal unschädlich zu machen, und er herausfindet, dass ich seinen Feinden geholfen habe, bin ich erledigt! Dann wird es mein geringstes Problem sein, dass er will, dass ich für ihn deale.
„Tut mir leid, aber das geht nicht.“
Rykers Mimik verdunkelt sich schlagartig.
„Du verwechselst da was, Püppchen. Das war keine Bitte um Erlaubnis, sondern eine Feststellung. Wir werden nach oben gehen und tun, was getan werden muss, ob dir das gefällt oder nicht.“
Wütend werfe ich meine Kippe nach ihm, der er mühelos ausweicht.
„Danke!“
Irritiert sieht er mich an.
„Wofür?“
„Dafür, dass du mir bestätigt hast, dass du ein widerwärtiges Arschloch bist!“
Verblüfft äfft er mich nach. „Widerwärtiges Arschloch? Echt jetzt? Scheiße Baby! Ich habe dir heute deinen Arsch gerettet und den Schlitzaugen, der es auf dich abgesehen hatte, kaltgemacht. Und Fuck! Ich habe mir einen Plan ausgedacht, bei dem ich bei dir sein und dich beschützen kann, und du nennst mich ein Arschloch?“
Arsch gerettet? Bei mir sein? Beschützen? Von wegen!
„Mach mal ’nen Punkt, Ryker! Ich habe dich nie um irgendetwas gebeten. Und gekillt hast du für mich auch keinen. Du hast dein Rockerding durchgezogen und das war’s.“
Ich bin so wütend, dass ich anfange zu zittern.
„Mein Haus ist mein Haus, und aus dem schmeiß ich dich jetzt raus. Mach mit Big Z, was du willst, aber bilde dir ja nicht ein, dass du hier der gute Samariter bist.“
Während ich immer lauter werde, wird Ryker immer leiser – gefährlich leise, um genau zu sein!

Keine Ahnung womit ich gerechnet habe, vielleicht damit, dass er mich anschreit, aggressiv oder handgreiflich wird, aber nicht damit, dass er still bleibt, sich umdreht und geht.

Was ist denn jetzt los?

Verwirrt sehe ich ihm nach, dann springe ich von der Bar und laufe ihm hinterher.

„Hey? He! Was soll das?"

Er bleibt nicht stehen, sodass ich ihn von hinten am Arm packe und zum Stehenbleiben zwingen will. Ein lächerlicher Versuch, denn er schüttelt mich mühelos ab.

„Scheiße, Ryker! Was soll das?"

„Du wolltest, dass ich gehe, also gehe ich!"

Stimmt, das wollte ich, komischerweise weiß ich jetzt nicht mehr so genau, was ich eigentlich will. *Ach verdammt ...*

„Und was, wenn ich es jetzt nicht mehr will?"

Er bleibt so abrupt stehen, dass ich gegen seinen Rücken pralle und ins Stolpern gerate. Knurrend dreht er sich zu mir um und sieht mich finster an.

„Hör zu, Püppchen. Auf diese Kinderkacke habe ich keinen Bock. Diese ganzen Spielchen rauben mir den letzten Nerv. Ich bin ein Devil und kein Depp. Also entweder wirst du dir klar, was Sache ist, oder du lässt mir meine Ruhe."

Das nenne ich mal eine klare Ansage.

„Und was, wenn ich mir nicht sicher bin, was ich wirklich will?"

Plötzlich grinst er. „Dann finden wir es am besten heraus."

Bevor ich auch nur erahnen kann, wie das gemeint ist, finde ich mich in seinen starken Armen wieder, seine Hände auf meinem Arsch und seine Zunge tief in meinem Hals. Keuchend erwidere ich seinen Kuss, schlinge meine Arme um seinen Nacken und ignoriere die warnende Stimme in meinem Kopf, die mir lauthals mitteilt, dass ich gerade einen riesigen Fehler begehe.

Das weiß ich auch so – ich spüre es bis in meine Zehenspitzen und dennoch stoppe ich den Devil nicht, als er mich hochhebt und in den ersten Stock trägt. Zielsicher geht er den Flur entlang, so als wüsste er genau, wie meine Wohnung aufgeteilt ist. Irgendwie unheimlich.

Mit mir in den Armen lässt er sich auf das Sofa fallen. Nun sitze ich rittlings und mit gespreizten Beinen auf seinem Schoß. Wir küssen uns erneut, von der Gier, mit der er vorgeht, wird mir schwindelig.

Ich keuche, reibe mich an ihm und spüre, wie er seine Hand in meinen Haaren vergräbt. Das ist etwas, das er gern zu machen scheint ...

Verdammt! Vor weniger als einer Stunde habe ich beschlossen, diesen Biker zukünftig aus dem Weg zu gehen, und jetzt sitze ich hier und sehne mich nach seinen Berührungen. Der Geruch von Leder, Mann und Rauch steigt mir in die Nase, lässt meine Sinne verrücktspielen. Die Küsse dieses Devils sind teuflisch, sie lassen meinen Slip feucht werden und sorgen dafür, dass mein Hirn offline geht.

Rykers Finger streifen an meinem Top entlang, spuren mein Dekolleté nach und ziehen den Stoff nach unten. Er beißt die Zähne so fest zusammen, dass sein Kiefer knackt, und betrachtet meine, nun nur noch mit den filigranen Spitzen meines BHs bedeckten, Brüste.

Seine Mimik verändert sich, jegliche Weichheit weicht aus seinen markanten Gesichtszügen – alles an diesem Rocker wirkt hart, gnadenlos und höllisch sexy.

Ich bin verloren!

Mir war schon immer klar, dass mein Männergeschmack eines Tages mein Untergang sein wird. Heute ist es so weit ...

Brummend beugt er sich vor, drückt sein Gesicht zwischen meine Brüste und atmet tief ein. Kratzend reiben seine Bartstoppeln über meine empfindliche Haut. Dick und hart presst sich sein Glied gegen meinen Po. *Halleluja!* Dieser Devil ist verdammt gut ausgestattet!

Mit rasendem Puls beobachte ich, wie er mit seinen Zähnen den dünnen Stoff zerbeißt und meinen Nippel in seinen Mund saugt.

Rau und heiß und feucht. Leckend verwöhnt er das sensible Fleisch beißt sachte zu und entlockt mir so einen Aufschrei.

„Ich werde dich jetzt hart ficken und dann gehörst du mir!“

Rykers Worte reißen mich aus meinen Gedankengängen und holen mich zurück ins Hier und Jetzt!

Was zur Hölle?

„Ich gehöre niemandem!“

Ein Lächeln zupft an seinen Mundwinkeln.

„Das werden wir ja sehen!“

Zweifel steigen in mir auf. Vielleicht ist das hier doch keine so gute Idee. „Lass mich sofort los!“

„Vergiss es, Evelyn!“ Seine silbernen Iriden sind beinahe schwarz geworden, seine Lippen hat er zu einem dünnen Strich zusammengepresst.

„Ich will nicht mit dir schlafen, ich glaube, das ist ein Fehler.“

„Zu spät, du kannst mich nicht mehr aufhalten.“

Mit schnellen ruckartigen Bewegungen zerreißt er zuerst mein Top, macht an meinem eh schon zerstörten BH weiter und versucht anschließend, den Knopf meiner Hose zu öffnen. Ich schlage seine Finger weg und versuche, von seinem Schoß zu klettern.

„Was soll das werden?"

Seine Stimme klingt wie das Grollen eines Gewitters.

„Wir beenden das hier und dann vergessen wir, dass es je stattgefunden hat."

„Vergiss es! Erst scharfmachen und dann abspringen. Da mache ich nicht mit. Keine Ahnung mit was für Typen du bisher zu tun hattest, aber ich bin keiner von diesen Idioten."

Stimmt, er ist viel gefährlicher.

„Bitte Ryker, lass mich einfach gehen."

Mit einem Fluch wirft er mich von sich runter, sodass ich seitlich auf die Couch falle.

Groß und kraftvoll steht er vor mir, er strahlt so viel Dominanz aus, dass mir das Atmen schwerfällt. Seine Augen ruhen auf mir, seine Wangenmuskulatur zuckt leicht.

Hilfe!

Ohne meinen Blick freizugeben, fasst er sich in den Schritt und positioniert seinen Schwanz um.

„Dich gehen lassen? Ich soll dich gehen lassen? Fuck, Evelyn! Hast du denn nichts begriffen? Verstehst du nicht, in welcher Lage du dich befindest?"

Oh doch, das verstehe ich sehr wohl – in einer aussichtslosen. Wenn es den Bikern gelingt, Big Z zu vernichten, dann übernehmen sie die Kontrolle über das Viertel, was für das *Billy's* wahrscheinlich verheerende Auswirkungen haben wird. Wenn sie verlieren, dann wird Z mich zerstören, weil ich mich mit seinen Feinden verbündet habe.

So oder so, ich bin erledigt ...

Seine Augen verengen sich zu schmalen Schlitzen.

„Zur Hölle, Weib!" Aufgebracht fährt er sich mit den Fingern durch seine langen dunklen Haare. „Von deinem hin und her bekomme ich noch ein Schleudertrauma." Er atmet gepresst aus, schüttelt den Kopf und sieht mich finster an.

„Seit wir diese Lagerhalle gekauft haben, beobachte ich dich. Nacht für Nacht sehe ich dir dabei zu, wie du alleine in einer Kneipe voller Kerle stehst, wie du kämpfst, um nicht unterzugehen und wie du dich ausziehst, bevor du ins Bett gehst. Die Sterne auf deinem Rücken, die Kurve deiner Schultern und die Art, wie du dich bewegst, treiben mich in den Wahnsinn! Ich will dich, Baby! Ich will dich seit verdammt vielen Tagen. Ich habe versucht, mich zurückzuhalten, habe alles getan, um dir aus dem Weg zu gehen. Glaube mir, eine Lady ist das Letzte, was ich im Moment gebrauchen kann. Doch seit unserem Kuss, seit du dich an mich gepresst und mich jeden Zentimeter deines kleinen, weichen Körpers hast spüren lassen, kann ich an nichts anderes denken, als daran, in dich zu stoßen und dich zu ficken. Ich will dich! Und glaube mir, das passt mir genauso wenig wie dir. In der Vergangenheit hatte ich genug Frauen, um zu erkennen, wenn mir eine gefährlich werden könnte. Und du bist höllisch gefährlich! Zwar hoffe ich, dass sich meine Gier nach dir nach dem ersten Sex auflöst, doch tief in meinem Inneren weiß ich es besser. Ich weiß, dass ich dich will, jetzt und für lange Zeit. Bei allen Devils! Allein bei der Vorstellung, dich auf meinem Bike und in meinem Bett zu haben, werde ich so hart, dass es schmerzt."

Oh wow! Doppel wow, um genau zu sein!

Was soll ich dazu sagen? Von all dem, was ich eben gehört habe, interessiert mich eine Sache ganz besonders.

„Du hast mich beobachtet?"

Er nickt. Mein Herz beginnt zu rasen. Ich lecke mir über die trockenen Lippen und halte seinem eindringlichen Blick stand.

„Wenn ich jetzt keinen Rückzieher mache, was passiert dann?"

„Dann packe und ficke ich dich."

Klingt gut.

„Und danach?"

Ryker bedenkt mich mit seinem Killerlächeln.

„Danach gehörst du mir und wir finden heraus, was das zwischen uns ist."

Klingt perfekt.

„Wie wäre es mit einem Deal? Sex gegen Schutz?"

Er lacht laut auf und reibt sich über die Stirn. Seine Augen gleiten über meinen entblößten Oberkörper und verweilen auf meinen Brüsten.

„Du verkaufst dich unter Wert, Mädchen."

Mag sein, aber nur auf diese Weise kann ich zumindest versuchen, die Regeln zwischen uns zu bestimmen. Ich brauche das Gefühl, alles unter Kontrolle zu haben.

„Das sollte nicht dein Problem sein, Devil."

Ryker nickt, und zündet sich eine Zigarette an.

„Ist schon verrückt. Da begegne ich zum ersten Mal einer Frau, die mich wirklich interessiert, und ausgerechnet die versucht, mich auf Abstand zu halten."

Es ist ihm deutlich anzuhören, dass ihm das nicht sonderlich gefällt. „So würde ich das nicht nennen. Schließlich stehst du in meinem Wohnzimmer und ich sitze halb nackt vor dir, anstatt dir eine Ladung Schrot zu verpassen."

Lachend reicht er mir die Kippe, ich nehme sie, ziehe ein paar Mal daran und sehe ihn abwartend an. „Also Mädchen, wenn ich mich auf deine verrückte Idee einlasse, müssen wir ein paar Dinge klären."

Gespannt sehe ich ihn an.

„Welche?"

Er nimmt mir die Zigarette wieder ab, setzt sich auf den hölzernen Wohnzimmertisch und streicht mit seinen Fingern über mein Schlüsselbein, umfasst meine rechte Brust und kneift mir in den Nippel.

„Erstens gehörst du mir – ich dulde keine anderen Männer. Fasst dich irgendein Kerl an, knalle ich ihn wie einen räudigen Köter ab. Zweitens, wenn ich für deine Sicherheit verantwortlich bin, musst du auf mich hören. Das ist wichtig! Ich bin kein Fan von unnötigen Risiken."

Das klingt vernünftig. Dennoch ahne ich, dass da noch ein Punkt fehlt.

„Und was ist mit drittens?"

Ryker legt den Kopf schief und grinst mich an.

„Drittens ficke ich dich wann, wo, wie und so oft ich will!"

Hmmm ... Dieser Punkt unserer Vereinbarung gefällt mir besonders gut.

„Kommen wir zur Laufzeit. Wie lange soll das zwischen uns so gehen?"

Er brummt, schnippt die Kippe aus dem geöffneten Fenster und zieht mich auf seinen Schoß. „Ich würde sagen, das lassen wir auf uns zukommen."

Plötzlich steht er mit mir in seinen Armen auf und beißt sich an meinem Hals fest. Der leichte Schmerz zuckt durch meine Nervenbahnen, bringt mich zum Quietschen. Eine Sekunde später werde ich von harten Muskeln, weicher Haut und purer Kraft auf den Boden gepresst. Sein heißer Atem streift mein Gesicht, sein Blick bohrt sich tief in den meinen.

Rykers unverkennbarer Geruch steigt mir in die Nase und vertreibt alle Zweifel.

Ich reagiere instinktiv auf diesen Rocker. Er hat auf mich dieselbe Wirkung wie ein Mentos auf eine Flasche Cola.

Er küsst mich grob und brutal, dringt mit seiner Zunge tief in mich ein, raubt mir die Luft zum Atmen.

Hilflos liege ich unter ihm, werde von seinem Gewicht auf den Laminat gedrückt. Ich versuche, ihn von mir runterzustoßen, um mehr Bewegungsfreiheit zu bekommen, doch ich schaffe es nicht.

Seine Berührungen sind nicht bittend oder zärtlich, sondern grob und fordernd. Mein Devil nimmt sich, ohne zu zögern, was er will – mich.

Da mir klar ist, dass sie nichts bringt, stelle ich meine Gegenwehr ein und überlasse ihm die Führung. Ryker bemerkt meine Veränderung. Sofort wird unser Kuss etwas zärtlicher. Seine Lippen verschlingen mich nicht mehr, sie verführen mich zu einem sinnlichen Tanz.

Seine Lippen geben die meinen frei, seine Zunge umschmeichelt mein Ohrläppchen, ehe er es sachte in seinen Mund saugt.

Ein heißer Schauer lässt mich erbeben, aus meiner Kehle löst sich ein sehnsüchtiges Seufzen. Mit rauer Stimme flüstert er mir ins Ohr, dass ich mich fallen lassen und ihm die Kontrolle überlassen soll und dass ich bei ihm sicher bin. Verrückterweise spüre ich bis tief in mein Inneres, dass er die Wahrheit spricht.

Warum auch immer, aber dieser gefährliche Outlaw hat sich in den Kopf gesetzt, mich zu ficken und zu beschützen. Das Schicksal scheint es endlich einmal gut mit mir zu meinen ...

Mein Kinn umfassend, tackert er erneut seine vollen Lippen auf die meinen.

In einem verboten sinnlichen Rhythmus reibt er seinen harten Schwanz zwischen meinen Beinen auf und ab. Und trotz des störenden Stoffs unserer Hosen reagiert mein Unterleib mit purer Lust.

Heiße Feuchtigkeit benetzt meine Schamlippen, ein sehnsüchtiges Pochen hallt in meinem Bauch nach. Herausfordernd sieht er mich an, öffnet meine Shorts, zieht sie nach unten und schiebt seine Finger in meinen Slip.

Als er spürt, wie feucht und bereit ich für ihn bin, stößt er ein wildes Fauchen aus.

„Das reinste Paradies ... Jetzt gehörst du mir, Mädchen!“

Ich will ihm widersprechen, doch er lässt es nicht zu, sondern legt mir seine Hand auf den Mund.

„Sei einfach still und akzeptiere diese Tatsache, du kannst längst nichts mehr daran ändern.“

Langsam dringt er mit zwei seiner Finger tief in mich ein, krümmt sie leicht und trifft so auf meinen G-Punkt.

Oh mein Gott ...

Ich winde mich und zerfließe regelrecht unter ihm.

Seine große Hand, die noch immer auf meinem Mund liegt, erstickt mein Stöhnen.

Hilflos schiebe ich mein Becken vor, komme ihm willig entgegen und flehe stumm nach mehr. Seine silbernen Augen fixieren die meinen, fasziniert beobachte ich Ryker dabei, wie er seine Finger aus mir herauszieht, sie an seine Lippen hält und an ihnen schnuppert. Nachdem er das getan hat, schiebt er sie sich in den Mund und lutscht an ihnen.

Was??????

„Du riechst nicht nur köstlich, du schmeckst auch so.“

Erneut fasst er mir zwischen die Schenkel, besitzergreifend umfasst er meine Mitte.

Das zwischen ihm und mir fühlt sich so gut und richtig an, dass ich längst nicht mehr daran denke, dass dieser Sex nichts weiter ist als ein Teil unserer Abmachung.

„Wenn ich meine Hand wegnehme, versprichst du mir dann, artig zu sein und mir nicht mehr zu widersprechen?“

Ich nicke. Kaum dass er meinen Mund freigegeben hat, schnappe ich japsend nach Luft. So schnell, dass ich es kaum mitbekomme, zieht er mich aus und entledigt sich anschließend seiner Jeans. Nackt und entblößt liege ich nun vor ihm und fühle mich so schutzlos wie noch nie zuvor in meinem Leben.

Groß und beeindruckend kniet Ryker zwischen meinen gespreizten Beinen. Verschlingt mich gierig mit seinem Blick. Bestimmend spreizt er meine Schenkel immer weiter, sodass seinen Augen nicht die geringste Kleinigkeit verborgen bleibt.

Langsam streifen seine Finger durch meinen Spalt, dringen in mich ein, rauben mir den Atem. Zitternd beobachte ich Ryker dabei, wie er seinen Kopf senkt und sich zu mir vorbeugt. Quälend langsam leckt seine Zungenspitze über meine empfindliche Klitoris. Züngelnd verwöhnt er meine Muschi, seine Finger ficken mich immer schneller, vor meinen Augen zucken grelle Blitze.

„Ahhhhhh ...“

Mein lauter Schrei hallt durch das Wohnzimmer, vermischt sich mit den Geräuschen, die von draußen zu uns dringen.

Eine unglaubliche Lust baut sich in mir auf. Jeder Zentimeter meiner Haut glüht und prickelt. Ich verliere den Bezug zur Realität, alles was ich noch wahrnehme, ist der Red Devil, der mich regelrecht auffrisst. Ungeduldig vergrabe ich meine Finger in seinen Haaren, presse seinen Mund fester auf meine Mitte.

Mein Orgasmus ist so nah – zum Greifen nah.

Gerade als ich denke, dass er mich kommen lässt, stoppt er sein Zungenspiel.

Keuchend reibe ich mich an ihm, doch der Devil kennt kein Erbarmen.

Frustriert öffne ich die Augen, sehe ihn an und stelle fest, dass er mich beobachtet.

„Warum hörst du auf?“

„Ich genieße den Anblick.“

„Mach weiter. Bitte! Ich will dich in mir – tief und bis zum Anschlag in mir. Mach, dass ich alle Angst und alle Probleme vergesse und nur noch dich spüre.“

Kaum dass ich es ausgesprochen habe, blähen sich seine Nasenflügel, seine Kieferpartie spannt sich an, seine Augen glühen teuflisch.

Alles an diesem Biker wirkt hart, einschüchtern und tödlich.

Umso erstaunter bin ich, als unser nächster Kuss so zärtlich und sanft ist wie noch keiner zuvor.

Es sollte sich nicht so unglaublich gut anfühlen, in seinen Armen zu liegen.

Sehnsüchtig kralle ich mich an seinem Leder fest und ziehe ihn auf mich. Die Tatsache, dass ich komplett nackt bin, und er nur seine Hose ausgezogen, aber sein Hemd und seine Kutte angelassen hat, sorgt dafür, dass ich mich noch kleiner und verletzlicher fühle, als ich es eh schon bin.

Wenn er wollte, könnte er mich vergewaltigen und schwer verletzen. Doch stattdessen, lässt er sich Zeit, bereitet mir Lust und sorgt dafür, dass ich so feucht werde, dass es mir an den Beinen hinabrinnt und auf den Boden tropft.

„Wenn du jetzt nicht Nein sagst, ficke und behalte ich dich.“

Unsere Blicke begegnen sich, ich vergesse zu atmen.

Ich hatte schon so einige Männer und daher weiß ich auch, dass das hier alles andere als einfach nur bedeutungsloser Sex ist. Genau jetzt passiert etwas zwischen uns, etwas, das ich nicht mit Worten beschreiben, aber tief in meinem Herzen spüren kann.

„Ich sage nicht Nein, ich will dich Ryker! Also los ... Worauf wartest du? Zeig mir, wie es ist, von einem Red Devil gebumst zu werden.“

Amüsiert schüttelt er den Kopf.

Dank seines tiefen Lachens bebt sein Brustkorb.

„Oh Baby, so langsam wird mir erst bewusst, wie dringend du jemanden brauchst, der auf dich aufpasst. Anstatt mich herauszufordern, solltest du dich um deine Sicherheit sorgen. Sieh dich an. So klein und zerbrechlich. Wenn ich nicht aufpasse, verletze ich dich, ohne es zu bemerken. Ich werde dafür sorgen, dass du das komplette Haus zusammenschreist und das ganze Viertel hört, dass du ab jetzt mir gehörst."

Bestimmend zieht er mich zu sich, umfasst mit seinen Fingern meine Scham und dringt mit zweien in mich ein. Meine Brustwarze in seinen Mund saugend, lässt er mich seine Zähne spüren. Ryker verführt mich nicht – er verschlingt mich regelrecht.

Plötzlich löst er sich von mir, greift nach seiner Hose und zieht seinen Geldbeutel hervor. Noch bevor ich kapiere, was er macht, holt er ein Kondom heraus, reißt die Verpackung auf und rollt sich den schwarzen Gummi über seine beeindruckende Erektion.

Keine drei Herzschläge später liegt er wieder auf mir.

Endlich spüre ich die dicke Spitze seiner Eichel an meinem Eingang. Und während unsere Blicke ineinander verhakt sind, schiebt er sich immer tiefer in mich.

Das dekadente Gefühl der Dehnung und die Art, wie er mich packt und auf seinen Schwanz schiebt, sind der Hammer.

Wimmernd presse ich mich ihm entgegen, genieße seine Härte.

Mit jedem Zentimeter, den er mich mehr ausfüllt, mit jedem geteilten Atemzug und jedem sanften Kuss wird die Bindung zwischen uns stärker.

Endlich rammt er sich mit einer kraftvollen Bewegung bis zum Anschlag in mich. Ryker hat sein Wort gehalten, mein lauter Schrei hallt von den Wänden wider.

Zuerst bewegt er sich quälend langsam, dann immer schneller und schneller ...

Das klatschende Geräusch unserer aufeinandertreffenden Körper vermischt sich mit seinem dunklen Knurren.

„Mehr! Gib mir alles!"

Fluchend packt er mich noch fester, ehe er mich gnadenlos nimmt. Verschwitzt und atemlos spanne ich meinen Unterleib an, beobachte wie in Trance sein Mienenspiel.

„Fuck Evelyn, davon werde ich nie genug bekommen!"

Sein gnadenloser Rhythmus löscht die Realität aus – alles, was jetzt noch zählt, sind er und ich und das Gefühl, mit ihm aufs Innigste verbunden zu sein.

Stöhnend vergrabe ich meine Finger in seinen Armen, suche verzweifelt nach Halt, während ich mich in meiner Lust verliere ...

Zuckend, bebend und laut kreischend werde ich von einem heftigen Orgasmus hinfort gerissen.

Rykers animalisches Stöhnen wird immer lauter, sein gebrülltes ‚Fuck' hallt genau wie mein Schrei durch das Zimmer, ehe er sich heiß und pumpend in mir ergießt.

Ich spüre, wie sich eine angenehme Mattigkeit in mir ausbreitet, es fühlt sich an, als würde ich auf Wolken schweben und das, obwohl ich weiß, dass wir auf dem harten Boden liegen.

„Holy Fuck!"

Ryker flucht, zieht sich aus mir heraus und lässt sich neben mich fallen.

„Das war ..."

Da mir die richtigen Worte fehlen, bringe ich den Satz nicht zu Ende, sondern verstumme und schließe kurz die Augen.

In meinem Inneren herrscht ein totales Chaos, was ich alles andere als gut finde. Bis jetzt dachte ich wirklich, dass ich Sex und Gefühle trennen kann, doch bei diesem Rocker fällt mir das schwer. Die Art, wie er mich angefasst, geküsst und genommen hat, war unglaublich.

Er hat mir das Gefühl gegeben kostbar und wichtig zu sein. Das hat mir mehr als gut gefallen. Ganz davon abgesehen ist er verdammt gut gebaut und weiß ganz genau, wie er seinen Schwanz einsetzen muss, um Frauen zum Stöhnen zu bringen. Ich sehe zu dem offenen Fenster und seufze leise.

Ryker bemerkt, was los ist, und lacht zufrieden.

„Du gehst ab wie eine Wildkatze, das gefällt mir. Beim nächsten Mal will ich dich oben haben. Es muss geil sein, von dir geritten zu werden und dabei beobachten zu können, wie deine Titten auf und ab hüpfen."

Wildkatze?

So hat mich auch noch keiner genannt ...

Erschöpft bleibe ich liegen und beobachte, wie er aufsteht und sich seine Hose anzieht. Sein Blick fällt auf meine Pussy, das Grau seiner Augen verdunkelt sich.

„Du solltest zukünftig nur noch Röcke tragen und auf Unterwäsche verzichten."

Lachend lasse ich meine Knie auseinander fallen und sehe ihn herausfordernd an.

„Und wieso sollte ich das?"

„Weil ich dich mehrmals täglich ficken werde und ich kein besonders geduldiger Mann bin."

Oh ja, das ist mir bereits aufgefallen. Mein Top und meinen BH hat er bereits zerrissen.

Gerade als er seinen Gürtel schließt, taucht plötzlich ein Mann im Türrahmen auf. Erschrocken setze ich mich auf, winkle die Knie an und schlinge meine Arme darum, sodass alle meine wichtigen Körperstellen bedeckt sind.

„Na Bro? Fertig? Deine Kleine muss ja ganz schon wild sein. Das gefällt mir, hab allein vom Zuhören 'nen Ständer gekriegt."

Oh mein Gott ist das peinlich!

Ryker, der bis eben noch entspannt gewirkt hat, setzt wieder seine Böse-Biker-Miene auf und bindet seine langen Haare zu einem Knoten zusammen.

„Halt's Maul Nikko und verpiss dich!"

Anstatt auf seinen Clubbruder zu hören, bleibt dieser Nikko einfach nur stehen und sieht mich gierig an. Das scheint Ryker überhaupt nicht zu gefallen, denn er geht auf seinen Kumpel zu und rammt diesem die Faust in den Bauch. Zufrieden beobachte ich, wie der Eindringling vornüber kippt und mit schmerzverzerrtem Gesicht nach Luft schnappt.

„Ich sagte, verpiss dich! Und wenn du sie jemals wieder auch nur eine Sekunde zu lang anstarrst, lasse ich dich deine Zähne schlucken. Verstanden?"

Nikko nickt, stolpert aus dem Wohnzimmer und lässt uns wieder alleine.

Beschämt lege ich die Hände vors Gesicht und fange an, daran zu zweifeln, dass es gut war, mich auf diesen Club einzulassen.

Was habe ich nur getan?

Ich weiß genau, was für Männer das sind, und dieses Sergeant-Patch auf Rykers Leder verrät mir und dem Rest der Welt, dass er einer der gefährlichsten von ihnen ist. Und dennoch habe ich ihn angefleht, mich zu ficken, ich habe regelrecht darum gebettelt, dass er es mir besorgen soll. Was ist nur los mit mir?

Vielleicht war ja der Rotwein schlecht?

Oder vielleicht habe ich einen Hirntumor, der mich dumme, verrückte und absolut seltsame Entscheidungen treffen lässt?

„Hör auf damit, es bringt dir nichts!"

Verwirrt sehe ich ihn an.

„Was meinst du?"

„Das Bereuen. Wir haben einen Deal und ich habe nicht vor, diesen so schnell zu beenden. Für dich gibt es kein Entkommen. Also steh auf, Kopf hoch und Klamotten an. Es ist nur eine Frage der Zeit, bis Big Z hier auftaucht und uns die Kugeln nur so um die Ohren fliegen.

Du solltest ein Schild an die Türe hängen und das *Billy's* für heute geschlossen lassen. Ansonsten ist das Risiko, dass Unbeteiligte getroffen werden, ziemlich hoch!"

Für dich gibt es kein Entkommen ...

Sechs Wörter reichen aus um das postkoitale Glücksgefühl, das ich bis eben noch verspürt habe, völlig zu zerstören. Plötzlich wird mir das alles zu viel. Am liebsten würde ich ihn zum Teufel jagen.

„Kannst du bitte rausgehen, während ich mich anziehe?"

Überrascht sieht er mich an.

„Was?"

„Du sollst rausgehen!"

Er lacht so laut, dass ich erschrocken zusammenzucke.

„Ja, das habe ich gehört. Ich verstehe nur nicht, warum ich das tun sollte? Ich habe dich geleckt, dein Geschmack liegt noch auf meiner Zunge. Du bist erst vor wenigen Minuten zuckend auf meinem Schwanz gekommen und jetzt stört es dich, dass ich dich nackt sehe? Ich habe das Muttermal gesehen, das links an deiner inneren Schamlippe ist, und ich weiß, welchen Rosaton deine Nippel haben, fast den gleichen wie deine Klitoris. Also hör auf zu zicken und zieh dich verdammt noch mal an!"

Ähm, ja ...

Als ich mich immer noch nicht rühre, sondern einfach sitzen bleibe, kommt er auf mich zu und geht vor mir in die Hocke, sodass wir fast auf Augenhöhe sind.

„Noch bevor der Tag vorbei ist, werde ich bis zu den Eiern in deinem prallen Arsch stecken. Also hör auf zu bocken und akzeptiere die Tatsache, dass du jetzt mir gehörst. Es ist ja nicht so, dass ich dich nicht gewarnt hätte."

Argh ...

Ich denke nicht nach und zögere nicht, sondern hole aus, um ihm eine zu verpassen – meine Hand will unbedingt in sein Gesicht! Dumm nur, dass Ryker die Ohrfeige kommen sieht, und mühelos abfängt. Jetzt sind seine Finger schraubstockartig um mein Handgelenk geschlungen.

„Grober Fehler, Evelyn! Probier das noch mal und ich lege dich über's Knie."

Verdammt! Meint er das ernst?

„Diesen Streit kann ich nicht gewinnen was?"

Seine Mundwinkel zucken.

„Nein Süße, kannst du nicht!"

„Dachte ich mir schon."

Lachend pinnt er mir einen Kuss auf den Mund, teilt mit seiner Zunge geschickt meine Lippen und stiehlt mir den Atem.

Als er sich wenige Augenblicke später wieder von mir löst, bin ich atemlos. Er steht auf, zieht mich nach oben und lässt seinen Blick demonstrativ über meine Haut gleiten.

„Du bist wunderschön, verteufelt sexy, riechst nach Erdbeeren und schmeckst nach Sonnenschein. Sobald die Scheiße heute geregelt ist, werde ich mir viel Zeit nehmen, um dich zum Schreien zu bringen. Aber fürs Erste werde ich dafür sorgen, dass dir dieser Big Z nie wieder zu nahe kommt."

Seufz ... Das ist fast schon romantisch. Zwar auf eine düstere, heiße und erotische Art, aber die passt perfekt zu Ryker.

Ich gebe mich geschlagen, mache mich auf den Weg ins Schlafzimmer und ziehe mich an. Anstatt, wie von ihm befohlen, einen Rock zu nehmen, entscheide ich mich für eine Jeans, auf den Slip verzichte ich tatsächlich.

Denn völlig egal, wie sehr ich mich ziere, kann ich es in Wirklichkeit kaum erwarten, diesen Biker wieder in mir zu spüren ...

7. Kapitel

Ryker

Kaum dass Evelyn zu zicken aufhört und im Schlafzimmer verschwindet, taucht Nikko wieder auf.

„Die meisten Typen haben nach dem Ficken gute Laune, bei dir ist das wohl eher andersherum.“

Ich ignoriere sein dummes Gelaber und sehe ihm dabei zu, wie er zwei Maschinengewehre zum Fenster trägt. Über seiner Schulter hängen mehrere Munitionsgurte, sein Oberkörper steckt bereits in einer Flakweste.

„Es geht nicht um den Fick. Es geht um das Mädchen. Mach sie nicht an und wir kommen bestens klar.“

Er kapiert wohl endlich, dass ich es ernst meine, und nickt.

„Schon gut, die Kneipenmaus gehört dir.“

Nichts anderes wollte ich hören.

„Wie sieht es aus? Ist alles ruhig? Irgendetwas Verdächtiges?“

„*Jetzt* ist wieder alles ruhig, deine Süße hat das ganze Viertel zusammengeschrien.“

Sie ist nicht meine Süße, aber das werde ich Nikko nicht auf die Nase binden. Mir ist egal, was meine Brüder denken. Es liegt an Evelyn, ob sie ihnen von unserem Deal erzählen will oder nicht.

Mir ist es einerlei. Alles was für mich zählt, ist, dass allen klar ist, dass dieses Mädchen für unbestimmte Zeit mir gehört!

Fasst sie jemand an, breche ich ihm die Hand, so einfach ist das!

Ich halte mein Leben gerne unkompliziert. Irgendwie habe ich die Befürchtung, dass sich das mit Evelyn an meiner Seite nicht mehr so leicht bewerkstelligen lassen wird.

Diese Frau ist völlig verrückt! Ihre Stimmung wechselt schneller als das Wetter, aber verdammt, ihre Pussy ist so verflucht eng, das entschädigt für alles.

Noch bevor Nikko die Browning richtig aufgestellt hat, taucht auch schon der goldene Mercedes auf. Um Chazz und die anderen zu warnen, gebe ich einen Warnschuss ab, nehme anschließend die Fahrerseite ins Visier und betätige wieder und wieder den Abzug.

Vier weitere Autos tauchen auf, jedes ist voll besetzt. Die Scheiben werden heruntergelassen und das Feuer eröffnet.

Innerhalb weniger Minuten bricht die Hölle los!

Ich höre Evelyn schreien und sehe im Augenwinkel, wie sie auf mich zu rennt.

Ohne den Blick von dem goldenen Mercedes abzuwenden, befehle ich ihr, sich flach auf den Boden zu legen.

Ich sehe das grelle Zucken des Mündungsfeuers und weiß, das Diego ebenfalls dabei ist, so viele Wichser wie nur möglich kaltzumachen. Zwei Motorräder tauchen auf, Handgranaten fliegen durch die Luft, der Lärm lässt mir die Ohren klingeln. Chazz wird von einer Druckwelle erfasst, durch die Luft geschleudert und bleibt reglos liegen. Blake eilt auf ihn zu und zieht ihn ins Innere der Halle.

Von hier oben beobachte ich, wie Rabble sein Magazin wechselt, zielt und abdrückt. Er trifft, der Kopf des Typen, der neben Big Z auf dem Beifahrersitz gesessen hat, zerplatzt wie eine reife Melone.

Nikko stößt ein begeistertes „Yeah!“ aus, ich höre Evelyn schluchzen.

So viel zum Thema, dass sie sehr gut auf sich selbst aufpassen kann.

Keiner von uns hat damit gerechnet, dass Big Z so eine Show abziehen würde, aber fuck! Mir soll es recht sein.

Wieder und wieder drücke ich ab, das laute Rattern der Maschinengewehre ist alles, was ich noch wahrnehme. Die Minuten verstreichen, die Türen und das Dach des Mercedes sind völlig durchlöchert. Die Kugeln durchdringen das Auto, als würde es aus Pappe bestehen. Mir ist klar, was das bedeutet.

Ich stelle das Feuer ein und betrachte das Kriegsszenario.

„Hey Bro, hast du die panzerbrechende Munition rangeschafft, oder was?“

Nikkos fieses Grinsen bestätigt mir, dass ich mit meiner Vermutung richtig liege.

„Die wollte ich schon immer mal ausprobieren. Geil, oder? Das Zeug durchschlägt echt alles!“

Reglose Körper so weit das Auge reicht, tausende Hülsen die in der untergehenden Sonne golden funkeln, Blut und zerstörte Autos.

Unter den umgekippten Motorrädern liegen die Leichen der Fahrer. Es riecht nach Schießpulver und auslaufendem Benzin. Nach und nach kehrt Stille ein, auch Diego nimmt den Finger vom Abzug.

Soweit ich das von hier oben erkennen kann, sind keine Devils unter den Opfern.

„Ich wette mit dir, dass in den Autos kniehoch das Blut steht!“

„Blut ist mir egal, das Einzige, was zählt, ist, dass wir Big Z und seine Männer erwischt haben, der Rest interessiert mich einen Dreck.“

Den Ständer der Browning einklappend, packe ich das Gewehr weg und befehle Nikko, es mir nachzumachen.

„Das mag zwar Austin sein, aber bei dem Ausmaß, den diese Scheiße hier angenommen hat, wird den Cops nichts anderes übrig bleiben, als anzurücken. Geh runter, sorg dafür, dass alle Türen geschlossen sind, und sag Blake und den anderen, dass sie sich verziehen sollen. Ich komme gleich nach. Chazz hat es erwischt, aber ich denke, den hat nur die Granate ausgeknockt."

Nikko nickt und eilt nach unten. Ich schließe die Fenster, mache die Rollos zu und schalte das Licht ein. Wenn die Bullen auftauchen, ist es besser, wenn es so aussieht, als wäre niemand da. Das Letzte, was ich gebrauchen kann, ist, dass Evelyn noch mehr in diesen Bullshit reingezogen wird. Erst als ich alles abgeriegelt habe, gehe ich zu dem am Boden liegenden Mädchen, das am ganzen Leib zittert und schluchzt.

Ihr Körper ist steif, ihre Augen sind fest zusammengekniffen.

Für sie mag das heftig gewesen sein, ich hingegen weiß, dass es weitaus schlimmer hätte kommen können. Es gab, wie erwartet, kaum Gegenfeuer. Unser Plan ist aufgegangen. Big Z und die anderen waren voll auf das Lagerhaus konzentriert – wir haben ihnen nicht mal die Möglichkeit gegeben, auszusteigen, sondern sie noch in ihren Autos abgeknallt. Dieser Sieg zeigt unseren Feinden, was mit ihnen passiert, wenn sie sich mit dem Red Devils Motorcycle Club anlegen.

Unser Club ist dafür bekannt, keine Gnade zu kennen, die vielen Leichen da unten sind der beste Beweis dafür, dass wir keine halben Sachen machen.

„Sieh mich an, Evelyn!"

Sie schüttelt den Kopf.

„Es ist vorbei, Baby."

Blinzelnd öffnet sie die Augen.

„Vorbei?"

„Big Z und seine Wichser sind Geschichte. Die, die uns angegriffen haben, sind alle tot und der Rest seiner Gang wird sich in alle Winde zerstreuen. Keiner der Bastarde wird jemals freiwillig zugeben, dass er für diesen Wichser gearbeitet hat. Unser Revier hat sich gerade um ein Stadtviertel vergrößert. Der Westen Chicagos wird nun von den Devils kontrolliert!"

Ohne auf ihre Gegenwehr zu achten, hebe ich sie vom Boden auf. Evelyn fühlt sich eiskalt an, sie steht unter Schock. Ich beschließe kurzerhand, sie mitzunehmen, und trage sie die Stufen runter.

„Mach deine Augen zu, ich will nicht, dass du das siehst."

Sie versteckt ihr Gesicht an meinem Hals. Sie muss wirklich verängstigt sein, denn das ist das erste Mal, dass sie ohne Widerworte tut, was ich sage.

„So schlimm?"

„Schlimmer!"

Ein Schauder lässt sie erbeben. Ich drücke sie fester an mich und bringe sie in die Lagerhalle. Kaum dass ich diese betreten habe, fällt mein Blick auf Chazz.

Bis auf eine Beule und ein paar Kratzer kann ich keine Verletzungen an ihm erkennen.

„Wie geht es dir, Bro?"

Er zuckt mit den Schultern.

„Gut so weit. Mir brummt der Schädel und es kotzt mich an, dass ich den ganzen Spaß verpasst habe."

Ja, das kann ich mir vorstellen.

„Hast einen auf Disneyprinzessin gemacht, was? Tausend-Jahre-Schlaf und so."

Er streckt mir seinen Mittelfinger entgegen und betrachtet das völlig verstörte Mädchen in meinen Armen.

„Wo sind die anderen?"

„Nikko, Rabble und Diego sind bereits auf dem Weg zurück zum MC. Blake telefoniert mit Banks und organisiert ausreichend Dollarbündel. Diese Scheiße hier zu vertuschen, wird den Club ein Vermögen kosten."

Allerdings, aber das war es wert.

„Dieses Viertel wird unseren Geschäften guttun. Wirst sehen, die Auslagen haben wir schnell wieder eingespielt."

Mit einem Kopfnicken deutet er auf Evelyn.

„Wie ich sehe, gehst du als Gewinner aus der ganzen Scheiße hervor."

Seinen Kommentar einfach übergehend, versuche ich, Evelyn auf einer der vielen Holzkisten abzusetzen. Was gar nicht so leicht ist, denn sie klammert sich mit aller Kraft an mir fest.

„Du musst mich loslassen, Süße. Ich muss mich um ein paar Dinge kümmern."

Sie wirkt entsetzt und schüttelt heftig den Kopf.

„Dann nimm mich mit."

„Später nehme ich dich mit zu mir, aber jetzt musst du kurz hier warten, ich muss was nachsehen, und glaube mir, da willst du nicht dabei sein."

Mit deutlichem Widerwillen löst sie ihre Arme von mir.

Mit einem Handzeichen gebe ich Chazz zu verstehen, dass er sie im Blick behalten soll und gehe raus auf die Straße.

Ich glaube erst, dass Big Z tot ist, wenn ich es mit eigenen Augen gesehen habe. Sollte er wider Erwarten noch leben, werde ich ihn mit Blei vollpumpen. Als Sergeant ist es meine Aufgabe, alles und jeden zu töten, der dem Club schaden will, und die nehme ich sehr ernst!

8. Kapitel

Evelyn

Keine Ahnung wie lange ich hier sitze und gegen die dreckige Wand der Lagerhalle starre. Es fühlt sich an, als wären es Stunden.
Dank dem Sirenengeheul und dem Blaulicht, das durch das offen stehende Tor zuckende Schatten wirft, weiß ich, dass die Cops eingetroffen sind. Und das will schon was heißen!
Es muss echt heftig zur Sache gehen, damit sich die Polizei in unserem Viertel blicken lässt.

Da bis jetzt noch kein Cop mit gezogener Waffe in die Halle gestürmt ist, weiß ich genau, was sich da draußen abspielt.

Alles korrupte Schweine!

Wahrscheinlich lässt sich der Einsatzleiter gerade sein Jahresgehalt verdoppeln, mir soll es recht sein. Solange die Red Devils bereit sind, ausreichend Schmiergelder zu bezahlen, werden die Cops einen Teufel tun und den Bikern in die Geschäfte pfuschen.

Wie sagt man so schön? Eine Hand wäscht die andere. In diesem Fall sollte es wohl besser heißen, eine Hand füllt die andere.

Der Vollstrecker des Clubs, mittlerweile weiß ich, dass er Chazz heißt, sitzt völlig entspannt neben mir und tippt eine endlos scheinende Textnachricht.

„Willst du nicht mal nach Ryker sehen? Was, wenn er Hilfe braucht?“

Irritiert sieht er mich an.

„Ryker? Hilfe? Oh Mädchen, du musst noch viel über den Mann, von dem du dich ficken lässt, lernen.“
Damit könnte er recht haben.

„Kann ich mir eine Kippe von dir schnorren?“
Ohne zu zögern, wirft er mir seine Packung zu. Trotz meiner noch immer zitternden Hände gelingt es mir, sie aufzufangen.

Gerade als ich mir eine Marlboro angezündet habe, kommt Ryker auf uns zu. Er wirkt zufrieden, fast schon irgendwie glücklich.

Er unterhält sich mit einem weiteren Devil. Als die beiden nah genug bei mir sind, kann ich das Vizepräsidenten-Patch auf dessen Leder erkennen. Wenn ich mich recht erinnere, wird der VP des MCs Blake genannt. Laut den Gerüchten, die über diesen Rocker im Umlauf sind, ist er einer der gefährlichsten Männer des Landes. Seltsam.

Trotz seiner Glatze und dem über und über tätowierten Schädel wirkt er gar nicht wie ein irrer Serienkiller, genau genommen finde ich ihn sogar sympathisch. Ein weiterer Beweis dafür, dass meine Menschenkenntnis nicht gerade die beste ist.

„Evelyn, das ist Blake."

Nicht sicher, wie ich mich verhalten soll, stehe ich auf, was sich als keine gute Idee herausstellt. Jetzt, wo der Schock nachlässt und sich das Adrenalin langsam abbaut, macht mein Kreislauf schlapp. Meine Knie geben nach. Erschrocken versuche ich, mein Gleichgewicht wieder zu finden, doch es klappt nicht. Gerade als ich befürchte, auf den Boden zu knallen, macht Ryker einen großen Schritt auf mich zu und fängt mich auf.

„Verflucht, Mädchen. Ich habe dir gesagt, du sollst sitzen bleiben!"

Echt? Hat er das? Keine Ahnung.

Mich an seine Brust drückend, hebt Ryker mich kurzerhand in seine Arme und macht keine Anstalten, mich abzusetzen. Blake, der uns beobachtet hat, tauscht einen amüsierten Blick mit Chazz.

Was soll mir das verraten?

Mein Hirn fühlt sich an wie Mus, darum denke ich nicht weiter darüber nach, sondern lehne meinen Kopf gegen Rykers Schulter. Nicht zum ersten Mal muss ich mir eingestehen, dass ich mich in den Armen dieses Bikers verflucht wohlfühle.

„Konntet ihr alles klären?"

Der Vize nickt.

„Ja, alles geregelt. Es gibt nichts, worüber du dir Sorgen machen brauchst."

Aha, interessant! Die Straße draußen ist mit Leichen übersät, ich befinde mich in einer Halle, in der so viele Waffen gelagert werden, dass man damit einen Krieg anfangen könnte, und genieße die Gesellschaft von drei Killern, die mir, sollte ich ihnen einen Grund geben, ohne zu zögern das Genick brechen werden. Aber okay, wenn der Vize des Red Devils Motorcycle Clubs zu mir sagt, dass ich mir keine Sorgen zu machen brauche, wird das sicherlich so sein ...

Ironie off!

Die drei unterhalten sich noch über etwas, doch sie verwenden irgendwelche Abkürzungen, sodass ich keine Ahnung habe, wovon die Rede ist.

Also halte ich meine Klappe, genieße den Umstand, dass ich in Rykers Armen liege, und frage mich bestimmt zum einhunderttausendsten Mal, wie ich da überhaupt hingekommen bin.

Keine Ahnung, wie lange ich meinen Gedanken nachgehangen bin. Erst als Ryker mit seinen Lippen über meine Stirn streift, merke ich, dass Chazz und Blake gegangen sind.

„Geht es dir gut?“

Soll das eine Fangfrage sein?

„Keine Ahnung. Ich meine, so etwas wie heute habe ich noch nie erlebt und glaube mir, Schießereien sind nichts Neues für mich. Bis jetzt war ich echt davon überzeugt, dass ich gut auf mich aufpassen kann, aber im Moment fühle ich mich wie eine Maus, die beinahe unter die Räder einer Harley geraten ist.“

Ein Schnauben ausstoßend, trägt er mich aus der Halle zu seinem Bike.

„Du kannst gerne meine Maus sein, aber du wirst nicht unter die Räder geraten. Dafür sorge ich, versprochen. Außerdem haben wir einen Deal, schon vergessen?“

Wie könnte ich?! Sobald ich die Augen schließe, spüre ich ihn immer noch tief in mir.

„Du hast gesagt, der Westen wird ab heute von deinem Club kontrolliert. Ich lebe auch im Westen, bedeutet das, dass ich ab jetzt auch deiner Kontrolle unterstehe?“

Ein Knurren ausstoßend, bleibt er stehen und sieht zu mir herab.

„Ganz genau das bedeutet es. Gerade du unterstehst meiner Kontrolle! Zumindest für die Dauer, die ich auf dich aufpasse.“

Oh ... Oh ...

In einem strengen Tonfall befiehlt er mir, wieder die Augen zu schließen. Dieses Mal tue ich es nicht, sondern sehe mir das Massaker, das Ryker zusammen mit seinen Brüdern angerichtet hat, genau an. Mir dreht sich der Magen um, mein Sichtfeld wird schwarz.

So viel Blut – so viele Leichen ...

Das alles haben gerade Mal sechs Red Devils angerichtet, was für eine Verwüstung wäre wohl entstanden, wenn sich der ganze Club beteiligt hätte?

„Du hättest auf mich hören sollen, Evelyn. Ich will nicht, dass du Albträume bekommst!“

Ob das der wahre Hauptgrund dafür ist, dass er wollte, dass ich das alles nicht sehe?

Oder will er einfach nicht, dass ich kapiere, dass ich mich auf den Teufel höchstpersönlich eingelassen habe?

Ich schlucke schwer und zwinge mein Hirn dazu, wieder zu funktionieren.

Wie viele dieser Toten wohl auf Rykers Konto gehen?

Was bedeutet das alles für mich und welche Auswirkungen hat es auf das *Billy's*?

Hinter der Lagerhalle angekommen, setzt Ryker mich auf seiner Harley ab, stülpt mir seinen Helm auf den Kopf und lässt den Verschluss einrasten. Eine Sekunde später sitzt er auch schon vor mir, packt mich an den Händen und zieht sie nach vorne.

„Halt dich fest. Wenn was ist, klopf zweimal und ich halte an."

Ein „Okay", murmelnd, spüre ich, wie die Maschine zum Leben erwacht. Vor meinem geistigen Auge ploppen Dutzende Erinnerungen wie Seifenblasen auf. Das letzte Mal, als ich auf einem Motorrad gesessen bin, war das zusammen mit meinem Bruder.

Er hatte sich irgend so eine schicke Maschine geklaut. Wir sind stundenlang durch die Stadt gefahren, haben uns amüsiert und sind abends zusammen ins Kino gegangen. Das war einer der wenigen guten Tage, die ich mit ihm hatte.

Nicht sicher, wohin Ryker mich eigentlich bringt, lehne ich meinen Kopf gegen seinen Rücken und warte einfach ab. Wir fahren geschätzte zwanzig Minuten und halten vor einem ziemlich massiv aussehenden Eisentor. Dank der Stacheldrahtrollen, die sich auf der obersten Stange befinden, erinnert es mich irgendwie an ein Gefängnis. Ich entdecke mehrere Sicherheitskameras und eine mindestens vier Meter hohe Mauer, die der Grenze des weitläufigen Grundstücks folgt und somit den Club vom Rest der Welt abschirmt.

Ach du heilige Scheiße!

Ich weiß genau, wo er mich hingebracht hat, zum Clubhaus der Devils. Unsicher darüber, ob ich dieses Tor passieren will, klopfe ich ihm auf den Bauch. Doch anstatt, wie angekündigt, stehen zu bleiben, gibt Ryker einfach Gas und hält erst wieder an, nachdem er sich in einer langen Reihe unterschiedlicher Harleys eingereiht hat.

Er drückt meinen Schenkel, ich weiß, dass er mich damit auffordern will, abzusteigen. Ich tue es nicht, sondern bleibe einfach sitzen und betrachte die Umgebung.

Aufgestapelte Reifen, unzählige Motorräder, verrostete Ölfässer, verschlossene Tore und zwei große Grills. Das Gebäude ist ein würfelförmiger, drei Stockwerke hoher Betonbau mit weißen Wänden. Der gehörnte Skull, der das Zeichen der Red Devils ist, prangt gut drei Meter groß auf der Westwand und wird von mehreren Spots beleuchtet. Wütend klingende Musik dröhnt aus der offen stehenden Tür.

Zwei Tussis mit langen, wasserstoffblond gefärbten Haaren stolpern auf den Hof raus, beide sind ziemlich spärlich bekleidet und sturzbetrunken. Sie kichern und tuscheln miteinander.

Die kleinere der beiden verliert einen ihrer High Heels und scheint es nicht mal zu bemerken.

Ryker, dem ich wohl zu lange brauche, klappt den Ständer aus und steigt ab.

Mit den Händen fährt er sich durch seine langen, vom Fahrtwind verstrubbelten Haare. Er hat nie heißer ausgesehen ...

Geschickt zieht er mir den Helm aus und hängt ihn anschließend über den Lenker.

„Warum hast du mich hergebracht?"

„Weil du nicht allein sein wolltest."

Stimmt.

„Du hättest auch bei mir übernachten können."

„Ich ficke dich nicht in einem Haus, vor dem Dutzende von Leichen liegen. Die Polizei wird die ganze Nacht brauchen, um die Sauerei zu beseitigen."

Ähm. Ja. Was ist die angemessene Reaktion auf so eine Aussage?

„Wie umsichtig von dir."

Meinen ironischen Tonfall ignorierend, zwinkert er mir frech zu.

„Du musst dich nicht bedanken."

„Das hatte ich auch nicht vor."

Grunzend verschränkt er die Arme vor der Brust, was seinen Bizeps auf eindrucksvolle Weise in Szene setzt, und runzelt die Stirn.

„Was soll das werden, Evelyn? Willst du die restliche Nacht zickend auf meinem Bike sitzen oder kommst du mit rein? Ich dachte, wir duschen zusammen, essen was und dann bring ich dich ins Bett, damit ich mich bis zu den Eiern in deinen süßen Arsch rammen kann."

Duschen klingt gut, essen noch besser und das mit dem Sex ... *puuhhh* ... Ryker ist verdammt gut gebaut und nicht gerade zärtlich.

An sich mag ich Analsex, ob das mit ihm auch so ist, weiß ich nicht. Allein bei der Vorstellung, seinen großen harten Schwanz von hinten in mir aufzunehmen, bekomme ich kaum noch Luft und mir wird ganz heiß. Bis zu einem gewissen Grad erregen mich Schmerzen, ich mag es, an meine Grenzen gebracht zu werden, aber das könnte wohl darüber hinaus gehen ...

„Wenn du mich weiter so ansiehst, beuge ich dich über mein Bike und ficke dich gleich hier."

Seine Stimme klingt rau und erregt.

„Warum, wie sehe ich dich denn an?“
„Verängstigt und zugleich erregt. Du fragst dich, wie es sich wohl anfühlt, wenn ich es dir von hinten besorge. Sei geduldig, Baby. In weniger als einer Stunde wirst du es wissen.“
Mein Unterleib zieht sich erregt zusammen, was wohl Beweis genug dafür ist, dass mir einfach nicht mehr zu helfen ist.
Ich habe all die Leichen gesehen, bin Zeuge seiner Grausamkeit geworden und will ihn trotzdem in mir spüren.
Mit zitternden Knien steige ich endlich von seinem Bike, lasse zu, dass er mir seinen Arm um die Schultern schlingt und mich in das Clubhaus führt.
„Es gibt nicht viele Regeln, an die du dich halten musst. Aber eine ist besonders wichtig, bleib immer in meiner Nähe, lass dich nicht anquatschen und flirte mit keinem Typen, wenn du nicht bereit bist, vor ihm auf die Knie zu gehen, um seinen Schwanz zu lutschen.“
Ähm ja.
„Gut zu wissen!“
Ryker lacht, zieht mich die Treppe nach oben und geht an mehreren verschlossenen Türen vorbei, ehe er einen Schlüsselbund aus der Hosentasche zieht und seine Wohnung aufsperrt. Noch bevor er das Licht eingeschaltet hat, packt er mich an den Haaren, stößt mich grob gegen die Wand und pinnt seinen Mund auf den meinen. Wild, tief und gierig wühlt sich seine Zunge durch meinen Mund. Er beißt mir in die Unterlippe, leckt über die gepeinigte Stelle und schiebt mir eine Hand in die Hose.
Als er feststellt, dass ich keinen Slip trage, stößt er ein anerkennendes Brummen aus.
„Wenn du jetzt einen Rock anhättest, wäre ich schon so gut wie in dir.“
Die Schenkel fest zusammenpressend, entweicht mir in dem Moment, in dem er damit beginnt, über meine Klitoris zu kreisen, ein sehnsüchtiges Keuchen. Erregt presse ich mich seinen Fingern entgegen, packe mir sein Leder und küsse ihn so stürmisch zurück, dass unsere Zähne gegeneinanderschlagen.
Genauso plötzlich, wie er über mich hergefallen ist, löst er sich jetzt wieder von mir.
„Fuck Frau, du machst mich wahnsinnig. Du musst nur neben mir stehen und ich bin so hart, dass ich kaum laufen kann.“
Da ist sie wieder, diese düstere, versaute Romantik, auf die ich so stehe.

„Tja, das ist nur fair. Spätestens wenn du heute Nacht mit mir fertig bist, werde ich diejenige sein, die nicht mehr laufen kann. Das gleicht die Sache dann wieder aus, meinst du nicht?“

Ich lächle Ryker an, lasse ihn stehen und gehe in die dunkle Wohnung. Endlich schaltet er das Licht ein und ich kann mich genauer umsehen. Wobei es nicht viel zu entdecken gibt. Der Flur ist bis auf ein paar Bikerstiefel leer, es gibt drei Garderobenhaken und einen ausgelatschten grauen Teppich.

In den anderen Zimmern sieht es nicht besser aus. Im Wohnzimmer stehen eine Couch, ein Fernseher und ein Tisch, auf dem sich eine Sammlung von leeren Bierflaschen befindet. An der Wand hängen verschiedene Poster, auf denen unterschiedliche Harleys abgebildet sind. Vorhänge oder Kissen sucht man hier vergebens.

„Wenn ich sage, dass ich es gemütlich finde, wäre das gelogen.“

Lachend zieht er sein Handy aus der Tasche, tippt eine kurze Nachricht und wirft es anschließend auf das schwarze Sofa. Dann kommt er zu mir, streicht meine Haare beiseite und fährt mit seinen schwieligen Fingerspitzen über die empfindliche Haut an meinem Nacken.

„Ich verbringe kaum Zeit hier. Eigentlich nutze ich die Wohnung nur zum Schlafen. Also ist es mir egal, wie sie aussieht.“

Er muss ein wirklich seltsames Leben führen.

„Zwar verbringe ich die meiste Zeit unten in der Kneipe, aber mein Zuhause ist mir wichtig. Meine Wohnung ist mein Zufluchtsort, dort kann ich mich vor der ganzen Welt verstecken.“

Seine Finger schlingen sich nun um mein Genick, er lässt mich seine Kraft spüren, mein Puls schnellt in die Höhe.

„Vor mir nicht. So lange ich dich nicht freigebe, gibt es keinen Ort, an dem ich dich nicht finden werde.“

Diese Aussage überrascht mich.

Ich sehe zu ihm hoch und suche seinen Blick.

„Warum? Warum willst du mich?“

Er verzieht keine Miene.

„Du faszinierst mich. Die letzten Wochen habe ich damit verbracht, dich zu beobachten, du bist wie ein Rätsel, das ich lösen will.“

Und was passiert, wenn ihm das gelungen ist?

Darüber will ich im Augenblick lieber nicht nachdenken. Wenn ich klug wäre, sollte ich ... Ja, was denn eigentlich?

Ryker möglichst schnell loswerden oder ihn so fest wie möglich an mich binden?

Scheiße! Keine Ahnung!

Dieser Biker ist tödlich, absolut gnadenlos und gehört definitiv mit zu den gefährlichsten Männern dieses Landes. Wenn es mir gelingen würde, ihn um den kleinen Finger zu wickeln, hätte ich nichts mehr zu befürchten. Jetzt, wo die Red Devils mein Viertel übernommen haben, wäre es mehr als gut für mich, unter dem Schutz seines Clubs zu stehen. Wobei es sicherlich auch ein gewisses Risiko birgt die Nähe dieses Rockers zu suchen. Ich kann nur hoffen, dass er niemals richtig wütend auf mich wird. Wenn es hart auf hart kommt, habe ich ihm absolut nichts entgegenzusetzen.

„Und was, wenn ich mich gar nicht vor dir verstecken, sondern mich an dich lehnen und bei dir bleiben will?“

Der Griff, mit dem er mich hält, wird noch einen Ticken fester.

„Dann ist das gut für dich, Mädchen. Denn dann wird es dir leichter fallen, mir zu gehören.“

Gott, ich stehe auf seine besitzergreifende Art. Zwar kann ich immer noch nicht so ganz nachvollziehen, warum er so versessen darauf ist, mich zu besitzen, aber ich werde mich nicht dagegen wehren.

Warum sollte ich auch? Im Moment hat es nur Vorteile für mich.

Wollen wir hoffen, dass es so bleibt.

Meinen Hintern an ihm reibend, lehne ich mich gegen ihn und überlasse ihm so die Führung. Ryker kapiert sofort, dreht mich zu sich um und sieht mir tief in die Augen.

„Lass uns duschen gehen. Ich will mir das Blut abwaschen, ehe ich dich ficke.“

Seine Worte lassen meine romantischen Vorstellungen mit einem Schlag verpuffen und zeigen mir deutlich, wie verdammt hart die Realität wirklich ist.

Ohne auf meine Zustimmung zu warten, führt er mich ins Badezimmer, beginnt dort mich auszuziehen und stellt das Wasser an. Ohne seinen Blick von mir abzuwenden, entledigt er sich Stück für Stück seiner Kleidung und erlaubt mir so das erste Mal, einen Blick auf seinen beeindruckenden Körper.

Dutzende Tattoos zieren seine Haut. In der Mitte seiner Brust befindet sich ein Kruzifix, in dem das Gesicht Jesu zu erkennen ist, der Dornenkranz auf dessen Kopf ragt über die Konturen des Kreuzes hinaus. Diese Tätowierung wurde so genau gestochen, dass ich kaum den Blick abwenden kann, weil ich immer neue Details erkenne. Lateinische Wörter rahmen das Kreuz ein. Ich tippe, dass es sich dabei um Bibelverse handelt, aber da ich kein Latein spreche, weiß ich es nicht genau.

Schwarze Engelsflügel bedecken seine rechte Schulter, der traurige Engel, zu dem diese gehören, befindet sich direkt auf seinem Bizeps und wird von purpurfarbenen Rosen eingerahmt. Diese wunderschönen Blütenköpfe sind die einzigen Tattoos, die in Farbe gestochen wurden, und heben sich deshalb besonders deutlich von den anderen ab.

Auf der Haut seines linken Arms thront der gehörnte Skull der Red Devils. Angeblich trägt jeder Member dieses Clubs irgendwo auf seinem Körper so ein Tattoo. Weiter unten, auf der Höhe seines Ellenbogens, entdecke ich zwei Spielkarten – ein König und eine Königin. Erst bei genauerem Hinsehen stelle ich fest, dass der King und die Queen keine normalen Gesichter haben, sondern nur aus den dunklen Umrissen zweier Totenköpfe bestehen. Er trägt eine imposante Krone, sie hat eine Rose in den Haaren und sieht aus melancholisch wirkenden Augen zu ihm hinüber. So als würde sie sich wünschen, die Karten neu mischen zu können. In dem Moment, in dem Ryker sich umdreht, um die Wassertemperatur zu prüfen, fällt mein Blick auf den riesigen schwarzen Adler, der dank seiner ausgebreiteten Schwingen seinen kompletten Rücken einnimmt.

Neben den Rosen gefällt er mir am besten.

Ohne zu zögern, strecke ich die Hand nach ihm aus und spure mit den Fingerspitzen die einzelnen Federn nach.

„Er ist wunderschön – du bist wunderschön."

Ein Knurren ausstoßend wirbelt er zu mir herum, packt sich meine Hand, sieht mich finster an.

„Ich bin nicht schön, ich bin tödlich. Vergiss das nie, Evelyn. Wenn ich ein besserer Mann wäre, würde ich dich wegschicken. Meine Welt ist nichts für ein Mädchen wie dich, genauso wenig wie meine Gesellschaft. Aber Gott hat uns zusammengeführt, nur er weiß, warum er mir ein Mädchen wie dich geschickt hat – seine Wege sind unergründlich. Doch nun, wo ich dich habe, werde ich den Teufel tun und dich wieder gehen lassen. So lange wir nicht wissen, was das zwischen uns ist, werde ich auf dich aufpassen und sicher gehen, dass dir die Schatten dieser Welt nichts anhaben können. Danach sehen wir weiter ..."

Gott? Der Teufel? Schatten?

Je mehr Zeit ich mit diesem Biker verbringe, je mehr wird mir klar, was für eine komplexe Persönlichkeit er ist.

„Ich wusste nicht, dass du gläubig bist."

Ein trauriges Lächeln umspielt seine Mundwinkel.

„Wie dir sicherlich schon aufgefallen ist, halte ich mich nicht gerade an Gottes Gebote. Woher hättest du es also auch wissen sollen?"

Er zieht mich unter den heißen Wasserstrahl, schlingt seine Arme um meine Mitte und bettet sein Kinn auf meinem Scheitel. Für eine kleine Ewigkeit stehen wir nur so da, halten uns fest und lassen zu, dass uns der nebelartige Dampf von der Realität abschirmt.

Ich seufze leise, spüre, wie die Anspannung der letzten Stunden von mir abfällt, und vertraue mich ganz Ryker an. Bis jetzt habe ich immer alleine gekämpft, ich musste immer stark sein, nach vorne und nach hinten sehen, um meine Zukunft zu planen und um die Probleme meiner Vergangenheit abzuwehren. Zum ersten Mal seit einer gefühlten Ewigkeit gibt es jemanden, der mich beschützen will, und das fühlt sich gut an.

Mein Bruder hatte zwar immer behauptet, dass er auf mich aufpassen würde, aber am Ende des Tages war meistens ich diejenige, die versucht hat, das Chaos, das er angerichtet hat, wieder zu richten. Ryker mag einer von den Bösen sein, aber das könnte durchaus Vorteile für mich haben.

Mit ihm an meiner Seite wird es niemand wagen, mich zu bedrohen. Die Red Devils haben das Viertel, in dem ich lebe übernommen, jetzt muss ich nur noch aufpassen, dass mich dieser Club nicht verschluckt.

„Woran denkst du gerade?“

Ich beschließe, ehrlich zu ihm zu sein.

„Daran, dass ich mich auf einen Deal mit einem gottesfürchtigen Devil eingelassen habe, und dass ich aufpassen muss, nicht in seinen Armen verloren zu gehen.“

Mit seinen Lippen über meine Stirn streifend, vergräbt er seine Finger in meinen Haaren und zieht mir den Kopf in den Nacken.

„Ist die Gefahr, dass das passiert, denn so groß?“

Ich nicke, mein Herz beginnt zu rasen. Fasziniert beobachte ich, wie sich seine Iriden verdunkeln. Dick und hart presst sich sein Schwanz gegen meinen Bauch, sorgt dafür, dass mir die Knie weich werden und sich mein Unterleib erregt zusammenzieht.

„Lass mich dich ins Bett bringen, ich muss dich spüren.“

Mit dem Ellenbogen schaltet er das Wasser aus, trägt mich aus der Dusche direkt in sein Schlafzimmer. Mit mir in seinen Armen lässt er sich auf die Matratze fallen, wir sind nass, doch das stört keinen von uns. Seine Zunge zeichnet die Konturen meiner Lippen nach, ehe sie sachte in mich eindringt.

Unfähig ihm zu widerstehen, gebe ich mich dem Kuss hin, sauge sein herbes Aroma in mich ein, sehne mich nach mehr.

Dieser Biker geht mir unter die Haut.

Ryker lässt sich Zeit, intensiviert den Kuss mit jedem Zungenschlag etwas mehr.

Verzweifelt kralle ich mich an ihm fest, trinke das Knurren, das er von sich gibt.

Zwischen meinen Schenkeln pulsiert es sehnsüchtig, meine Nervenbahnen stehen in Flammen und meine Sinne prickeln vor Lust.

Unser Kuss ist nicht sanft und unschuldig, er ist wie ein verheerender Tornado: unkontrollierbar, allumfassend, zerstörerisch und verschlingend. Erst als ich nach Luft schnappe, löst er eine seiner Hände aus meinen Haaren.

Der eindringliche Blick seiner silbernen Augen bohrt sich tief in mein Herz. Sachte streichen seine Finger über meinen Bauch, ehe sie tiefer gleiten und besitzergreifend meine Scham umfassen.

Mein Devil senkt seinen Kopf und leckt mit seiner rauen Zungenspitze über meine empfindliche Brustwarze. Saugend zieht er sich tief in seinen heißen Mund, knabbert leicht an ihr, ehe er mich seine scharfen Zähne spüren lässt und zubeißt.

Der bittersüße Schmerz lässt mich leise aufschreien, ehe er wie ein Blitz direkt in meinen Kitzler schießt.

Oh das fühlt sich gut an ... so verdammt gut!

Lusttrunken streiche ich über seine zuckenden Muskeln, umfasse seinen Nacken und vergrabe meine Nägel in seiner Haut.

Meine Erregung wächst von Sekunde zu Sekunde, wenn ich ihn nicht bald in mir spüre, schreie ich.

Erst als ich am ganzen Leib zittere, mein Atem stoßweise kommt und meine Sinne verrücktspielen, lässt er meinen Nippel aus seinem Mund gleiten, schlingt einen Arm um meine Taille und wirbelt mich herum, sodass ich bäuchlings auf der Matratze liege und sich mein Po gegen seinen harten Schwanz drückt.

Groß und beeindruckend ragt er über mir auf.

Erstaunlich sanft streichen seine Finger an meiner Wirbelsäule hinab zu meinem Hintern, zwischen meine Beine, bis sie die weichen Falten meiner Scheide erkunden.

Stöhnend presse ich mich seiner geschickten Hand entgegen.

Meine Pussy reagiert mit purer Lust, wird immer nasser und feuchter.

Keuchend schließe ich die Augen, presse die Stirn gegen das Laken und stöhne leise.

Mit genau dem richtigen Druck umkreist er meinen Kitzler, dringt mit einem Finger in mich ein, touchiert meinen G-Punkt.

Ich zucke und kreische.

„Von deinen süßen Schreien werde ich niemals genug bekommen."

Den Kopf zur Seite drehend, lecke ich mir über die trockenen Lippen. Rykers animalischer Blick ruht auf meinem Gesicht, er beobachtet mich und jede meiner Regungen ganz genau.

Zuckend und pulsierend zieht sich mein Unterleib zusammen, ich kralle meine Finger in das Kissen, stöhne laut.

Er lässt mich sein Gewicht spüren, pinnt mich noch fester auf das Bett.

In dieser Position kann ich jeden seiner Muskeln spüren.

Groß, böse und im Augenblick ganz und gar mein ...

Willig spreize ich die Beine noch etwas mehr. Ryker versteht sofort und reibt mit seinem harten Schwanz über meine weiche Mitte. Seine dicke Eichel badet regelrecht in meiner Nässe. Ich spüre, wie er immer härter wird, sein Bizeps zuckt.

Ein wildes Geräusch löst sich aus seiner Kehle, während er zwei seiner Finger bis zum Anschlag in mich rammt und seine Zähne in meiner Schulter vergräbt.

Der Atem meines Rockers kommt immer abgehackter, er ist kurz davor, die Beherrschung zu verlieren.

„Fuck Baby! Du bist so heiß und eng! Deine Pussy ist mein Paradies."

Kaum dass er mir seine Finger entzieht, spüre ich ein unangenehmes Gefühl der Leere in mir.

„Bitte Ryker, nimm mich ... fick mich, benutze mich. Ich gehöre dir ..."

„Du musst wahnsinnig sein, denn wenn du es nicht wärst, wärest du vorsichtiger und würdest mich nicht noch weiter reizen."

Er schließt die Augen, seine Nasenlöcher blähen sich.

„Wenn du wüsstest, wie sehr ich dich will, wenn du auch nur erahnen könntest, wie es tief in meinem Inneren aussieht, würdest du mich um Gnade anflehen, anstatt deinen Arsch an mir zu reiben."

Vielleicht hat er damit recht, und ich weiß nicht, was ich fordere, was ich aber ganz genau weiß, ist, dass ich alles von ihm will – einfach absolut alles ...

Seine rechte Hand umschließt meinen Nacken, seine linke wühlt sich durch die weichen Falten meiner zuckenden Muschi.

Ihm hilflos ausgeliefert, beobachte ihn dabei, wie er versucht, seine Selbstbeherrschung aufrechtzuerhalten.

Ich sehe den Kampf, den er mit sich selbst ausficht, spüre regelrecht, wie er sich dazu zwingt, sanft zu sein.

Der Sturm, der in den Tiefen seiner Wolfsaugen wütet, raubt mir den Atem.

Sein Daumen reibt über meine Perle, seine Finger schieben sich immer und immer wieder tief in mich.

Stöhnend ergebe ich mich der Lust, die durch meine Adern rauscht, es fühlt sich an, als würde ich innerlich brennen.

Erregt biege ich den Rücken durch und komme ihm so noch etwas entgegen.

„Du gehörst mir, Evelyn! Bei allen Heiligen ... es gibt nichts Geileres, als dich nackt und schutzlos unter mir liegen zu haben."

Erneut fährt er mit seinen Fingern durch meine Pospalte, reibt über meine Rosette und dringt einen Atemzug später mit seinem Zeigefinger in meine dunkle Grotte ein.

„Oh Baby, ich will dich auf alle nur erdenklichen Arten ficken."

Schluchzend zwinge ich mich dazu, mich zu entspannen. Es ist schon verdammt lange her, dass ich auf diese Art genommen wurde.

„*Schhhh* entspann dich, überlass dich mir."

Zitternd atme ich mehrmals tief durch und tue, was er verlangt. Sein dicker Schwanz reibt über meine empfindliche Klit, ehe sich die runde Wulst seiner Eichel in mich schiebt. Diese doppelte Penetrierung lässt mich beinahe kommen. Ryker atmet hörbar ein, schiebt seinen Finger noch etwas tiefer in meinen Po.

„Oh Mädchen, du bringst eine Seite in mir zum Vorschein, von der ich nicht einmal wusste, dass sie überhaupt existiert!"

Keuchend presse ich mein Gesicht tiefer gegen die Matratze, vor meinen geschlossenen Augen flirren goldene Funken.

Ein dünner Schweißfilm bedeckt meine Haut, mein Atem kommt rau und laut.

Langsam entzieht er mir seinen Finger, ich wimmere, will Ryker am liebsten auffordern, ihn mir zurückzugeben. Er bewegt sich hinter mir, ich höre es knistern und weiß, dass er sich gerade ein Kondom überrollt. Ich nutze die kurze Pause und versuche, mich auf das Kommende vorzubereiten.

Endlich umfasst er mit seinen großen Händen bestimmend meine Taille, hebt mich etwas an und schiebt sein hartes, verdammt dickes Glied ein paar Zentimeter tief in mich hinein.

Ohhhhh jaaaaa ...

Es fühlt sich so groß und dick an, reibt über die Innenwände meiner Scheide und dehnt mich bis aufs Äußerste.

Meine Atmung kommt beinahe vollständig zum Erliegen. Mein Puls donnert durch meine Venen, während ich mich in der Intensität dieses intimen Augenblicks verliere.

Ich spüre, wie Ryker seine Finger tief und schmerzhaft in mein Fleisch gräbt und weiß, dass er mich gleich so richtig ficken wird.

„Ich spüre, wie deine gierige Pussy versucht, mich tiefer reinzuziehen. Du kannst es gar nicht erwarten, hart rangenommen zu werden."

Atemlos fordere ich ihn auf, mich endlich zu ficken.

„Stütz dich am Kopfende des Bettes ab."

Mit letzter Kraft schiebe ich meine Arme nach oben und tue, was er von mir verlangt.

Er raunt mir etwas zu, doch durch das Rauschen in meinen Ohren kann ich nicht verstehen, was er sagt.

Kreisend zieht er sich aus mir zurück, reibt mit der Spitze seiner Eichel über meine Rosette, und bringt sich in Position.

In der einen Sekunde habe ich noch das Gefühl, dass ich in tausend Teile zerspringe, wenn er nicht endlich in mich eindringt, in der nächsten bohrt er sich so tief in meinen Po, dass ich mit dem Kopf gegen die Wand geknallt wäre, wenn er mich nicht festgehalten hätte. Unfassbar dick, steinhart und groß dehnt er mich bis aufs Äußerste. Ein bitterer Schmerz zuckt durch meinen Unterleib, mein lauter Schrei vertreibt die Stille, während er sich immer und immer wieder bis zur Wurzel in mir vergräbt.

Ryker fickt mich mit all seiner Kraft, ignoriert meine Tränen und nimmt sich, was er braucht – mich. Sein Griff ist so fest, dass ich mit Sicherheit blaue Flecken bekommen werde. Mein Unterleib pocht heftig, versucht sich seinen Ausmaßen anzupassen. Immer und immer wieder schiebt er sich in mich, macht mich zu der Seinen und flüstert mir zu, dass ich nur für ihn geschaffen wurde. Der anfängliche Schmerz vergeht, verwandelt sich in Lust, entlockt mir ein leises Keuchen.

Pure, reine Leidenschaft durchströmt meine Adern, lässt meine Synapsen durchbrennen. Ryker fordert meine Kapitulation, er will, dass ich mich ihm unterwerfe, ich tue es und vertraue mich ihm vollständig an. In meinem Unterleib baut sich ein immer stärker werdender Druck auf, gerade als ich mir sicher bin, es nicht einen Atemzug länger auszuhalten, explodiere ich regelrecht.

Schreiend, wimmernd und stöhnend presse ich mich noch etwas fester auf seinen Schwanz, spüre, wie er seine Hand zwischen meine Beine schiebt, und mit einem Finger in mich eindringt.

Ich biege den Rücken durch und entscheide mich dafür, aufs Ganze zu gehen.

Dieser Biker ist mit einem Casinobesuch zu vergleichen.

Wenn man eine gewisse Grenze überschritten hat – einmal alles auf Rot gesetzt und aufs Ganze gegangen ist, gibt es kein Zurück mehr. Entweder alles oder nichts!

Der Orgasmus, der über mir hereinbricht, ist so heftig, dass ich schluchzend zusammenbreche, vor meinen Augen wird es schwarz. Alles was ich noch wahrnehme, ist die Hitze seines Körpers und die unglaubliche Lust, in der ich zu ertrinken drohe. Zitternd und verschwitzt liege ich unter ihm, versuche, frischen Sauerstoff in meine Lunge zu bekommen und spüre, wie Ryker seine eigene Erlösung jagt. Wenige Stöße später findet er sie, in meinem Arsch pulsiert es, was mich ebenfalls erneut kommen lässt.

Die Finger in das Kissen krallend, breche ich kraftlos zusammen.

Ich bin so erschöpft, dass ich nicht mal mehr ein Stöhnen zusammenbringe.

In meiner Brust breitet sich ein warmes Gefühl aus, ich weiß, was es bedeutet und versuche, die Gefühle, die ich für diesen Devil entwickle, zu unterdrücken.

Es ist nur ein Deal!

Ein einfacher Tauschhandel, von dem wir beide profitieren.

Je öfter ich mir das einzureden versuche, je unglaubwürdiger klingt es. Mir einen Klaps auf die Pobacke verpassend, zieht Ryker sich mit einem Ruck aus mir heraus, pinnt einen Kuss zwischen meine Schulterblätter und lässt sich stöhnend neben mir aufs Bett fallen.

„Fuck Baby, deine Pussy ist schon geil, aber dein Arsch? Oh yeah ... der ist der Wahnsinn! Für das Exklusivrecht an deinem Körper bin ich bereit zu töten. Vergiss das nicht ...“

Wie sollte ich soooooo etwas vergessen?

Erschöpft lasse ich zu, dass er mich an seine Brust zieht, seinen Arm um mich schlingt und seine Hand besitzergreifend auf meinen Po legt.

Ich bin wund, mein Hintern brennt und mein Herz macht verrückte Dinge. Dennoch fühle ich mich so wohl wie schon lange nicht mehr.

Ein gottesfürchtiger Killer, wie verrückt ...

„Warum hast du nicht längst einen Kerl?“

Die Frage überrascht mich.

„Ich bin Single, weil die Auswahl scheiße ist!“

Er lacht und verpasst meinem Hintern einen weiteren Klaps.

„Das mit der Auswahl hat sich für dich eh erledigt.“

Gut zu wissen.

Für eine Weile liegen wir einfach nur da, keiner von uns sagt ein Wort, mir fallen die Augen zu.

„Ich will, dass du mich morgen genauso aufweckst.“

Lachend rollt er sich auf mich, drückt mir einen Kuss auf die Lippen und stemmt seine Ellenbogen neben meinem Kopf auf das Bett.

Unter ihm gefangen, seufze ich zufrieden, schlinge ihm meine Arme um den Nacken und küsse die kleine Kerbe an seinem Kinn.

„Warum morgen und warum wecken? Ich bin noch lange nicht mit dir fertig!"

Wie zum Beweis reibt er seinen bereits erneut anschwellenden Schwanz an meinem Oberschenkel.

„Du bist ja unersättlich."

Er grinst.

„Wenn es um dich geht, kann ich einfach nicht anders."

Ich suche seinen Blick, sehe ihm tief in die Augen und zögere kurz, ehe ich ihm die Frage stelle, die mich einfach nicht mehr in Ruhe lässt.

„Warum tust du das alles? Wieso bin ich hier, und warum hast du dich auf diesen Deal eingelassen?"

Jegliche Erheiterung weicht aus seinen Gesichtszügen, schlagartig wirkt Ryker wieder absolut ernst und bedrohlich.

Oh, oh ...

Was ist denn jetzt los? Hätte ich das nicht fragen dürfen?

„Du bist hier, weil ich dich will! Ich habe mich auf diesen Deal eingelassen, weil es für dich wichtig war, der Sache zwischen uns einen Stempel aufzudrücken. Früher oder später wirst du erkennen, dass ich dich auch ohne diese verrückte Vereinbarung beschützen werde, und du wirst dir eingestehen müssen, dass du hier bei mir bist, weil du genau wie ich spürst, dass du hierher gehörst."

Er macht eine kurze Pause, gibt mir einen Moment, um seine Worte zu verstehen.

„Mein Leben ist gefährlich, Evelyn. Oft entscheiden Sekunden über Tod oder Leben. Ich bin es gewöhnt, meinem Instinkt zu vertrauen und nicht alles zu hinterfragen, sondern gewisse Dinge einfach zu akzeptieren. Seit ich dich das erste Mal dabei beobachtet habe, wie du dich ausgezogen hast, wollte ich dich. Nacht für Nacht bin ich vor der Lagerhalle gesessen und konnte es kaum erwarten, dass du das *Billy's* endlich abschließt und hochgehst. Das war mein Tageshighlight. Du hast mich angefixt, Baby. Seit wir uns geküsst haben, geht mir dein Erdbeerduft nicht mehr aus der Nase. Zuerst dachte ich, wenn ich dich erst mal gefickt habe, wird diese Gier nachlassen – weit gefehlt.

Jetzt, wo ich weiß, wie es ist, in dir zu sein, will ich mehr und immer mehr ... Schiebe es ruhig auf den Deal, aber tief in deinem Inneren weißt du, dass du dich von mir nicht in den Arsch ficken lassen hast, weil du dir damit meinen Schutz erkaufen wolltest, sondern weil du mich genauso sehr in dir haben willst, wie ich in dir sein will!“

Ryker hat recht, doch noch bin ich nicht bereit, das auch laut auszusprechen. Ich streiche über das Spielkartentattoo und genieße, wie die Muskeln an genau dieser Stelle dank meiner Berührung zu zucken beginnen.

„Du bist der King und ich bin die Queen. Zwischen uns liegen jede Menge anderer Karten, aber wenn wir die neu mischen, haben wir eine gute Chance, zusammenzufinden.“

Der Zug um seinen Mund wird noch etwas strenger, zwischen seinen Brauen bilden sich zwei tiefe Falten.

„Weck keine Hoffnung, wo keine ist!“

„Das tue ich nicht.“

Eine Art Fauchen ausstoßend, kneift er die Augen zusammen.

„Du willst meine Queen sein?“

„Ich würde gerne herausfinden, wie es *wäre,* deine Queen zu sein. Lass uns sehen, was das zwischen uns ist – lass uns zusammen sein. Nach einer Weile werden wir wissen, ob es funktioniert und wohin es führt.“

Seine Iriden blitzen auf.

„Ist das dein Ernst, Baby?“

Ich nicke zögerlich.

„Ja, ist es. Ich bin süchtig nach deinen Schießpulverküssen.“

Ein raues Lachen ausstoßend, streicht er mit seinen Lippen über die meinen.

„Und ich bin süchtig nach deinem Erdbeermund.“

Er küsst mich, ich küsse ihn zurück, vergesse die Zeit, vergesse das Leben und vergesse zu atmen.

Alles was zählt, sind er und ich und die Chance, die uns das Schicksal gibt. Obwohl ich weiß, dass es nicht sein kann, schmecke ich schon wieder die herbe Würze, die Gefahr und die Tödlichkeit des Schießpulvers an seinen Lippen.

Meine Finger in seinen Armen vergrabend, schließe ich die Augen, spreize die Beine und nehme ihn tief in mir auf.

Stück für Stück bahnt er sich seinen Weg in meinen Körper, berührt mein Herz und entlockt mir ein Stöhnen.

Ich finde keine Worte, um das, was mich mit diesem Biker verbindet, beschreiben zu können – aber das ist nicht schlimm.

Denn was ich im Augenblick fühle, ist mir Antwort genug ...

Epilog – 1 Jahr später

Ryker

„Mach schon Prospect, ich hab nicht den ganzen Tag Zeit."

Diego bedenkt mich mit einem wütenden Blick, lässt die Kisten mit den Waffen fallen, die er eigentlich gerade in den Van laden wollte, und stemmt die Hände in die Hüfte.

„Es wurden schon Männer wegen weniger getötet."

„Halt's Maul Sergeant. Ich hab es so satt, dass du mich weiterhin wie einen Anwärter behandelst."

Oh ja, das weiß ich. Und genau darum tue ich es ja.

„Komm schon, pack die Lieferung endlich ein, ich brauch ein kaltes Bier und eine Kippe."

Ein wissendes Grinsen breitet sich auf seinem Gesicht aus.

„Lass mich raten, du willst ins *Billy's*."

Und wie ich das will!

„Ich werde mich nie daran gewöhnen, meine Lady mit einem Haufen notgeiler Kerle in dieser Kneipe alleine zu lassen."

Nur die Tatsache, dass Evelyn seit ein paar Wochen mein Leder trägt, lässt mich einigermaßen ruhig bleiben.

Kein Typ im Westen Chicagos würde es wagen, meine Old Lady anzufassen – dafür habe ich gesorgt!

Wenn es um diese Frau geht, kann ich nicht klar denken. Am liebsten würde ich Nacht für Nacht bei ihr an der Bar sitzen, die Waffe in der Hand und den Finger am Abzug ...

Der einzige Grund, aus dem ich das nicht tue, ist, dass meine Süße das nicht will. Ja, ich, der harte Rocker, würde so ziemlich alles tun, um sie glücklich zu machen.

Und wenn das bedeutet, dass ich dafür sorge, dass ihre Kneipe gut läuft und ihr ein paar Stunden am Tag ihre Freiheit lassen muss, dann ist das eben so. Um gegen meine immer stärker werdende Ungeduld anzukämpfen, streiche ich über das neue Patch, das meine Kutte ziert. Es hat die Form einer Spielkarte. Das Motiv ist leicht zu beschreiben, denn die darauf abgebildete Queen gleicht eins zu eins dem Tattoo, das ich auf meinem Arm trage. Ich kämpfe erst gar nicht gegen das dümmliche Grinsen, zu dem sich meine Lippen verziehen, an.

Allein das Wissen, dass sich auf dem Ladyleder meiner Frau der passende King befindet, macht mich unfassbar glücklich.

Meine Brüder wissen nicht, was es mit diesem Patch auf sich hat, und dabei wird es auch bleiben. Niemand kann verstehen, was Evelyn und mich verbindet – niemand, nur wir beide.

Ich danke Gott jeden Tag aufs Neue, dass er mir diese Frau geschickt hat, denn niemand weiß besser wie er, dass ich sie eigentlich gar nicht verdient habe.

Evelyn ist mein Paradies auf Erden!

Irgendwann kommt der Tag, an dem mich der Sensenmann holen kommt, und an dem ich in die Hölle einfahren werde, doch bis es so weit ist, genieße ich jede Sekunde, die ich mit meinem Mädchen verbringen kann. Ihr Erdbeerduft, das Blau ihrer Augen und die samtene Beschaffenheit ihrer Haare ...

Diese kleine Frau hat mich so fest an den Eiern wie nur irgend möglich.

Sie ist zum Mittelpunkt meiner Welt geworden und ich werde sie bis zu meinem letzten Atemzug beschützen!

Sollte ihr jemals etwas passieren, werde ich mir eine Kugel in den Kopf jagen – ein Leben ohne sie ist für mich unvorstellbar geworden ...

Es hat vierzig Jahre gedauert, bis ich den Sinn meiner Existenz gefunden habe – ich hoffe, dass mir noch weitere vierzig bleiben, um diesen zu genießen.

Durch die Kutte hindurch reibe ich über das Kreuz, das auf ewig meinen Brustkorb ziert und bete zu Gott, dass er mir seine Gnade erweist.

Dass dieses Mädchen für mich bestimmt ist, gleicht einem Wunder – einem Wunder, das ich bis zu meinem letzten Herzschlag auskosten werde ...

Death or Alive

Prolog

Scarlett

„Komm schon Mädchen, zier dich nicht so. Ich weiß, dass du es willst!“

Der Griff, mit dem er mich gegen die Wand pinnt, ist erbarmungslos. Seine viel zu feuchten Lippen pressen sich auf meinen Mund, mir wird schlecht, ich kämpfe gegen den Drang an, mich übergeben zu müssen.

„Lass mich sofort los! Wenn mein Vater erfährt, was du da gerade tust, bist du gefeuert!“

Er lacht, schüttelt den Kopf und beginnt, meine Brust zu kneten. Er ist grob und es schmerzt, doch ich gönne ihm nicht den Triumph, in Tränen auszubrechen.

„Dein Vater kann, dank dir, nicht auf mich verzichten. Deine nächtlichen Eskapaden bereiten ihm große Probleme. Ohne meine Hilfe wird er es nie schaffen, wieder gewählt zu werden.“

Bruce klingt selbstsicher, in seiner Stimme schwingt nicht der geringste Zweifel mit. Er weiß, dass er recht hat, und das schmerzt viel mehr als alles, was er mir antun kann. Ricardo Sanchez ist nur eine Sache wichtig – seine Karriere.

Selbst wenn Bruce es gelingt, mich zu vergewaltigen, und mein Dad es erfährt, wäre dessen einzige Sorge, dass nichts an die Öffentlichkeit gelangt.

Ich plane schon seit Jahren abzuhauen, raus aus dieser Stadt und so weit wie möglich weg von Chicago. Der einzige Grund, aus dem ich es nicht längst getan habe, ist Angst.

Die Welt ist groß, verdammt groß und extrem gefährlich.

Im Gegensatz zu Chicagos Einwohnern weiß ich längst, wer die Bösen und wer die Guten sind. Ich kann mit ruhigem Gewissen behaupten, dass die Anzugträger viel gefährlicher sind, als die Kutten tragenden Biker, die auf ihren Harleys durch die Gegend cruisen.

Mein Vater ist korrupt, selbstsüchtig und nur auf seinen Ruf bedacht.

Dass ich ihm völlig egal bin, habe ich früh begriffen. Meine Mutter ist bei meiner Geburt gestorben und seitdem bin ich durch die fürsorglichen Hände Dutzender Nannys gereicht worden.

„Wenn du dich freiwillig auf den Rücken legst, verspreche ich dir, dass ich dafür sorgen werde, dass es dir gefällt.

Oh wie nett!

„Lass mich sofort los! Jetzt! Oder ich schreie!“

Lachend presst er seine Hand auf meinen Mund, ich kann kaum noch atmen.

„Danke für die Warnung."

Scheiße!

Zappelnd und tretend versuche ich, Bruce abzuwehren. Mit den Zähnen schnappe ich nach seiner Hand, vor meinen Augen breiten sich schwarze Flecken aus.

Mein Herz rast, es schlägt so fest gegen meine Rippen, dass es schmerzt. Wieder versuche ich, Bruce zu beißen – wieder gelingt es mir nicht. *Hilfe!*

So langsam macht sich der Atementzug bemerkbar, Flammen tanzen in meinem Brustkorb, meine Lunge brennt, verzehrt sich nach frischem Sauerstoff.

Mit letzter Kraft wehre ich mich gegen ihn, ziehe mein Knie hoch und will es Bruce in die Weichteile rammen, doch er weicht mir geschickt aus.

„Du dreckige Schlampe!"

Mein Sichtfeld engt sich immer mehr ein. Nicht mehr lange und der Sauerstoffentzug fordert seinen Tribut.

Ich will ihn anflehen, mich loszulassen, doch die Hand auf meinem Mund verhindert das.

„Seit Jahren rennst du in deinen kurzen Kleidchen vor meiner Nase rum, wackelst mit dem Arsch, machst mich scharf und wirfst mir diese eindeutigen Blicke zu. Damit ist jetzt Schluss. Du bist jetzt achtzehn, Scarlett. Du weißt, wie man fickt. Für all die Typen aus den Bars und Clubs hast du auch schon die Beine gespreizt, dann kannst du es zukünftig auch für mich tun."

Zukünftig? Oh Gott ... Er plant noch öfters über mich herzufallen!

Bruce irres Lachen hallt von den Wänden meines Zimmers wider, er versucht nicht mal, leise zu sein.

Endlich löst er seine Hand von meinem Mund und schiebt sie stattdessen in meine Hose. Keuchend schnappe ich nach Luft, eine Sekunde später und ich wäre einfach umgekippt. „Dein Körper gehört mir. Deine Fotze hat mir schon so viel Ärger bereitet, dass es nur fair ist, wenn ich sie mir endlich nehme. Du hast keine Ahnung, wie viel Arbeit es macht, die Scheiße, die du anrichtest auszubügeln. Wenn du meine Tochter wärst, hätte ich mich deiner längst entledigt. Ein Skandal jagt den anderen, du bist ein Problem, Scarlett. Ich habe deinem Vater versprochen, dass ich mich ab jetzt um dich kümmere, und damit fange ich nun an!"

Das Brennen in meiner Lunge lässt langsam etwas nach. Tränen verschleiern mir die Sicht, pure Panik pulsiert durch meine Venen.

„Bitte Bruce. Das kannst du nicht machen."

„Ich kann und ich werde!"

Seine Finger schieben sich zwischen meine Beine, teilen meine Schamlippen.

Allein die Vorstellung, dass er, mit welchem Körperteil auch immer, in mich eindringt, lässt mich würgen. Eine Welle, bestehend aus Angst und Ekel, schwappt über mir zusammen, ich ertrinke regelrecht in meinem Entsetzen. Hektisch trete ich nach seinem Schienbein, dieses Mal treffe ich ihn sogar.

„Miststück!"

Bruce packt mich an den Haaren, schleudert mich zu Boden und verpasst mir einen kraftvollen Tritt in den Bauch. Ein unglaublicher Schmerz zuckt wie ein Blitz durch meine Nervenbahnen.

Mit einem gepressten *uuuffff* weicht mir sämtliche Luft aus der Lunge. Wieder fühlt es sich so an, als würde ich ersticken.

Vor Zorn bebend, steht er über mir. Bruce ist kein besonders großer Mann, doch er hat genug Kraft, um mich fertigzumachen.

„Dafür wirst du büßen!"

Ich erkenne meine Chance, kämpfe gegen die lähmende Furcht an und versuche, Richtung Türe zu entkommen.

„Was soll das werden, Scarlett? Wir sind noch nicht miteinander fertig."

Keuchend, zitternd und tränenüberströmt robbe ich über den kalten Marmorboden. Bruce spielt mit mir, genießt seine Macht und lässt mich mehrere Meter weit kommen, ehe er seinen Gürtel öffnet und das Leder aus den Schlaufen zieht.

„Bitte nicht ..."

Er grinst zufrieden. Es ist ihm deutlich anzusehen, dass er mein Flehen genießt.

Anstatt Gnade walten zu lassen, beugt er sich zu mir, fängt meine Hände ein, fesselt sie mit seinem Gürtel.

Hysterie breitet sich in mir aus. Wieder und wieder trete ich nach ihm, schreie so laut ich kann und kämpfe mit aller Kraft.

Das Letzte, was ich sehe, ist seine geballte Faust, die meinem Gesicht mit besorgniserregender Geschwindigkeit immer näher kommt.

Der Schlag an sich tut weit weniger weh, als befürchtet, dafür ist die Dunkelheit, die mich plötzlich umfängt, viel schwärzer, als erwartet.

Ich spüre noch, wie meine Hose heruntergerissen wird, dann drifte ich hinfort ...

Die Angst wird weniger, der Schmerz löst sich auf und ich falle in ein Vakuum bestehend aus Gleichgültigkeit und bleierner Schwere.

Der winzige Teil meines Hirns, der noch funktioniert, flüstert mir leise zu, dass, wenn ich aufwache, nichts mehr so sein wird, wie es einmal war ...

1. Kapitel

Blake

„Bullshit, Präs! Wir sind ein Rockerclub und kein Kindergarten. Soll dieser Pisser seine Tochter doch selber einfangen."

Fluchend ziehe ich die Zigaretten aus der Tasche und zünde mir eine an. Den ersten Zug inhalierend, genieße ich den vertrauten Geschmack und fülle meine Lunge mit dem Nikotin.

Es ist vier Uhr nachmittags, ich bin erst seit einer Stunde wach und habe schon die Schnauze voll von dieser ganzen Scheiße!

Während Chazz Banks, unseren Präsidenten, anschreit, kippe ich mir ein Glas Whisky in die Kehle und hoffe, dass die Marlboro und der Alkohol meine Kopfschmerzen vertreiben. Die letzte Nacht war hart und erst nach Sonnenaufgang vorbei. Seit wir vor einigen Wochen unser Territorium um ein Stadtviertel Chicagos erweitert haben, befindet sich unser MC im Ausnahmezustand.

Als Vizepräsident des Red Devils Motorcycle Clubs ist es meine Aufgabe, dafür zu sorgen, dass all die selbst ernannten Kings und Bosse der vielen Gangs, die in Austin ihr Unwesen treiben, kapieren, wer ab jetzt das Sagen hat.

Chicago gehört uns, der Hafen, die Straßen und alles, was diese Stadt ausmacht, ist nun unsere Spielwiese. Wer dort seinen Geschäften nachgehen will, muss das zuerst mit uns abklären. All die Dealer, Zuhälter, Schutzgelderpresser und Buchhalter müssen den Red Devils ab jetzt von jedem verdienten Dollar 30 Prozent abgeben.

Es erklärt sich von selbst, dass die meisten die eine oder andere Ermahnung brauchen, bis sie endlich kapiert haben, wie das ab sofort läuft. Und Fuck! Am liebsten würde ich einfach allen, die sich uns widersetzen, eine Kugel in den Kopf ballern, aber so leicht geht das nicht. Zumindest behauptet das Banks. Die Devils waren schon immer dafür bekannt, nicht zu diskutieren, sondern einfach abzudrücken. Aber dank unserer neuen Clubphilosophie sind wir jetzt auf Kuschelkurs. Was bedeutet, dass geredet wird – viel geredet – zu viel ...

Letzte Nacht habe ich meine Fäuste sprechen lassen, ich denke, diese Art der Kommunikation ist neben fliegenden Kugeln und zerschmetterten Kniescheiben die effizienteste. Die Diskussion und das Geschrei um mich herum ausblendend, betrachte ich meine aufgeschürften Fingerknöchel, balle eine Faust und lasse die Knochen knacken.

„Yeah Vize, langweilen wir dich? Sollen wir die Besprechung vielleicht an irgendeinem anderen Tag fortsetzen?“

Obwohl Banks Stimme nur so von Ironie durchtränkt ist, klingt dieser Vorschlag einfach himmlisch ...

Alles was ich will, ist noch ein Whisky, eine enge, heiße Pussy und ein paar Stunden Schlaf. Es ist mir so was von drecksegal, wer die entlaufene Tochter des Bürgermeisters wieder einfängt, ich werde es nicht tun.

Also warum hocke ich hier eigentlich? Ganz einfach. Weil bei diesen Sitzungen der First Nine, also der neun wichtigsten Member des MCs, Anwesenheitspflicht gilt.

Und als Vizepräsident stehe ich an Position Nummer zwei der Hierarchie.

„Macht ruhig weiter, aber erwartet nicht, dass ich bei dieser Aktion auch nur einen Finger rühre!“

Chazz, der das Amt des Vollstreckers bekleidet, beginnt laut zu lachen und reibt sich über die Stirn. Ryker, der Sergeant at Arms der Devils, sieht mich nur amüsiert an und lehnt sich entspannt in seinem Stuhl zurück.

„Was glaubst du eigentlich, wer du bist?“

Banks Stimme grollt durch den abhörsicheren Raum.

Diese Frage lässt sich leicht beantworten.

Auf das *VP-Patch*, das meine Kutte ziert, tippend, fülle ich meine Lunge erneut mit Rauch. „Ich bin der Vize dieses Clubs und kein verdammter Kopfgeldjäger. Soll Sanchez seine Tochter selber einfangen. Die Göre ist kein Clubproblem.“

Mit der geballten Faust auf den Tisch schlagend, kneift Banks sich mit zwei Fingern in den Nasenrücken.

Shit! Was läuft hier?

Warum bei allen Höllen setzt er sich so für ein Mädchen ein, dass uns im Grunde genommen scheißegal sein kann?

„Diese Göre, wie du sie nennst, kann aber ganz schnell zu unserem Problem werden.“

Daran zweifle ich.

„Hast du sie gefickt? Ist ihre Pussy aus Gold, oder was?“

Während Chazz noch immer lacht, treten Banks vor lauter Zorn die Augen aus dem Kopf.

„Selbst wenn ich sie gefickt hätte, was ich definitiv nicht habe, würde das keine Rolle spielen. Alles was zählt, ist, dass dieses Miststück einen USB-Stick bei sich trägt, auf dem gewisse Informationen gespeichert sind. Sanchez wollte sich wohl eine Rückversicherung schaffen, und hat die letzten Treffen mit uns aufgezeichnet. Das hätte er nicht tun dürfen, und dafür werde ich ihn bestrafen – doch bevor ich mich um das Arschloch von einem Bürgermeister kümmere, müssen wir das Mädchen einfangen und die Aufzeichnungen sicherstellen! Wenn die Staatsanwaltschaft diese Scheiße in die Finger kriegt, sind wir erledigt. Dann fahren wir alle ein und das lebenslänglich! Jetzt endlich verstanden, warum diese *Göre* sehr wohl *dein* Problem ist?"

Fuck off! Das hat uns gerade noch gefehlt ...

„Dafür wird Sanchez bluten. Ich habe diesen aufgeblasenen Lackaffen noch nie leiden können."

Zustimmendes Gemurmel wird laut.

Banks lässt sich zurück in seinen Sessel fallen und schließt für einen Moment die Augen. Er wirkt genauso müde, wie ich mich fühle.

Die vergangenen Wochen haben bei uns allen Spuren hinterlassen. Mit einer Ausnahme – Ryker. Er hat sich bei der Aktion in Austin eine Old Lady angelacht und rennt seitdem mit einem Dauergrinsen durch die Gegend.

Er wirkt so fucking glücklich, dass ihm die Sonne regelrecht aus dem Arsch scheint. Aber verdammt ... Wenn es einer verdient hat, endlich seinen Frieden gefunden zu haben, dann er. Chazz knallt seine Bierflasche auf den Tisch.

„Wir müssen diese Tussi finden. Wir müssen sie aufspüren, einkassieren und ihr diesen Stick abnehmen. Im Grunde genommen müssen wir sie für immer zum Schweigen bringen. Diese Kleine weiß zu viel! Sie kann uns allen das Genick brechen!"

Mir ist klar, dass er recht hat, dennoch gefällt es mir nicht, worauf diese Sache hinausläuft.

„Wie alt ist Sanchez Tochter?"

Ryker sieht mich nachdenklich an.

„Ich glaube, dass sie gerade erst volljährig geworden ist."

Holy Fuck! Dann ist sie noch ein halbes Kind.

Chazz, der vor Wut kocht, steht auf und wirkt entschlossen.

„Alles klar. Ich übernehme diesen Job. Wenn ich mit dieser Bitch fertig bin, wird sie wie vom Erdboden verschluckt sein. Das schwöre ich euch."

Noch bevor Banks auf Chazz Angebot eingehen und ihm den Auftrag erteilen kann, das Mädchen zu töten, ergreife ich, wider besseren Wissens, das Wort.

„Als Vize ist es meine Aufgabe die Frau zu finden und die Aufzeichnungen sicherzustellen. Du Chazz bist der Vollstrecker, dir bleibt der Bürgermeister. Mach ihm klar was mit Leuten passiert, die uns verarschen wollen. Und mach es ihm so deutlich klar, dass er nie wieder auf die bescheuerte Idee kommt, den Club zu hintergehen.“

Von meiner Reaktion überrascht, sieht Ryker zu mir.

Im Gegensatz zu ihm und Chazz habe ich noch keine Frauen auf dem Gewissen.

„Bist du dir sicher, dass du das durchziehen willst, VP?“

Fuck nein! Das bin ich ganz und gar nicht.

Aber wenn ich zulasse, dass Chazz, der Bluthund, sich auf die Suche nach der Göre macht, ist das ihr Todesurteil. Keine Ahnung warum mich das so stört, aber so ist es nun mal.

„Aye das bin ich. Dieses Problem muss beseitigt werden.“

Banks und die anderen nicken zustimmend.

„Du weißt, wie es läuft, Vize. Fang das Miststück ein: Death or Alive. Ist mir egal, in welchem Zustand du sie hierher schleifst! Kapiert?“

Es mag gnadenlos klingen, aber Ryker hat recht. Death or Alive. Wobei ich den Fokus erst mal auf das *or Alive* lege.

Alles andere wird sich dann schon zeigen.

„Betrachtet diese Angelegenheit als erledigt und kümmert euch um Sanchez. Der Rest ist ab jetzt mein Problem.“

Banks sieht mich amüsiert an. Wir kennen uns seit über zwanzig Jahren. Was bedeutet, dass er ganz genau weiß, warum ich mich freiwillig für diesen Bullshit gemeldet habe.

Niemand weiß besser, wie sehr ich Gewalt Frauen gegenüber verabscheue.

Die nächste Stunde werden noch einige kleinere Punkte besprochen. Ich klinke mich aus, ignoriere das Stimmengewirr um mich herum und inhaliere eine Kippe nach der anderen.

Es war richtig, dass ich nicht zugelassen habe, das Chazz sich auf die Jagd nach der flüchtigen Bürgermeistertochter macht, dennoch habe ich überhaupt keinen Bock, mich um dieses Mädchen zu kümmern. Ich meine, Fuck! Ich bin mehr als doppelt so alt wie sie.

In den letzten fünfundvierzig Jahren habe ich so einige Aufträge übernommen. Aber kleinen Gören nachzujagen, ist selbst für mich neu.

Zu anstrengend, zu nervenaufreibend, einfach zu alles ...

Death or Alive! Das gefällt mir nicht – das gefällt mir ganz und gar nicht!

Bis jetzt hat sich das mit der Familienplanung zu meinem Glück verhindern lassen. Aber bei Gott. Sollte ich jemals eine Tochter haben, werde ich ihr nie, absolut niemals einen Killer hinterherschicken. Völlig egal was sie getan hat, zu so einer Maßnahme würde ich niemals greifen.

Dieser MC und all seine Member sind meine Familie.

Durch sie habe ich erfahren, was es bedeutet, nicht allein zu sein und wie gut es sich anfühlt, wenn es Menschen gibt, die einem den Rücken stärken. Ich mag keine Frau und keine Kinder haben, dennoch ist mir die Familie, die ich habe, heilig, und darum weiß ich auch, dass ich Sanchez, sollte es Chazz bei meiner Rückkehr noch nicht getan haben, abknallen werde.

Welcher Vater beauftragt einen MC damit, die eigene Tochter kaltzumachen? Das ist irre, so etwas darf es einfach nicht geben.

Wie kam die Kleine überhaupt erst an die Aufzeichnungen?

Ganz genau, da hat Papa wohl nicht aufgepasst ...

Dass es überhaupt erst so weit gekommen ist, ist Sanchez Schuld. Wenn also wegen diesem Dreck jemand eine Kugel in den Kopf bekommt, dann er.

Kaum dass Banks die Besprechung für beendet erklärt hat und Chazz in Richtung Bar verschwunden ist, taucht Evelyn im Türrahmen auf. Seit sie offiziell zu Rykers Old Lady geworden ist, verbringt sie immer mehr Zeit im Club. Was ich gut finde, Lyn passt perfekt zu uns. Sie ist stark, witzig, hat einen Bomben-Körper und ist eine absolute Waffennärrin. Es war klug von Ryker, dass er sie so schnell in sein Bett und auf sein Bike gezerrt hat. Wenn er es nicht getan hätte, wer weiß, vielleicht hätte ich dann mein Glück bei ihr versucht.

Sie trägt hautenge Jeans, ein schwarzes Top, das ihren Bauch frei lässt, ausgelatschte Sneakers und hat diesen gewissen Ausdruck in den Augen, den Frauen an sich haben, wenn sie hart gefickt werden wollen.

„Hey Devil, hast du endlich Zeit für mich?“

Ryker grinst, springt von seinem Stuhl auf und boxt mir im Vorbeigehen gegen die Schulter.

„Keine Ahnung, warum du dir das aufgehalst hast, VP. Aber verdammt! Ich bin froh, dass ich diesem Miststück nicht nachjagen muss.“

Seine Lady hört, was er sagt und sieht ihn finster an.

„Die Zeiten, in denen du Frauen nachgejagt bist, sind vorbei. Kapiert? Sollte ich dich jemals dabei erwischen, wie du es mit einer anderen treibst, hole ich meine Schrotflinte raus und schick dich auf direktem Weg in die Hölle.“

Mein Bruder schüttelt amüsiert den Kopf.
„Keine Sorge Baby, die einzige Frau, die ich will, bist du."
Ihr gemurmeltes, „Das will ich dir auch geraten haben!", bringt mich zum Lachen.
Fuck yes! Rykers Lady ist der Hammer. Ich steh auf Frauen, die wissen, was sie wollen, und sich im Ernstfall nicht wie kleine Mäuse in dunklen Ecken verstecken, sondern kämpfen.
Mir eine neue Kippe anzündend, beobachte ich, wie sie an ihm hochspringt, die Beine um seine Mitte wickelt und sich von ihm davontragen lässt.
Lyn ist laut beim Ficken, es wird nicht lange dauern, bis ihre Schreie über das Clubgelände schallen.
Vielleicht sollte ich es Ryker nachmachen?
Vielleicht sollte ich mir, wenn die Scheiße mit Sanchez Tochter erledigt ist, eine Frau suchen, ihr mein Leder anziehen und das Leben genießen. Ich bin jetzt fünfundvierzig. Wie viele gute Jahre bleiben mir noch? Zwanzig? Falls ich überhaupt so alt werde. Wenn man es genau nimmt, habe ich die durchschnittliche Lebenserwartung eines Devils längst überschritten.
Wir Biker sterben nicht alt und krank in unseren Betten, sondern auf den Straßen dieser Stadt. Vielleicht wird es wirklich Zeit, dass ich es etwas ruhiger angehen lasse, nicht mehr so viele Bastarde töte, sondern mir etwas aufbaue.
Ryker macht es richtig. Seit er Evelyn für sich beansprucht hat, ist er ruhiger und zufriedener geworden.
„Was auch immer du gerade denkst, Bro. Lass es!"
Banks wirft mir eine rot-weiß gestreifte Dose Budweiser zu, öffnet die seine und gönnt sich einen großen Schluck.
Ich tue es ihm nach und leere das Bier in einem Zug.
Erst als ich das Aluminium mit einer Hand zerdrückt und in den Mülleimer geworfen habe, gehe ich auf Banks Aussage ein.
„Du hast keine Ahnung, was ich denke."
„Doch Bruder, habe ich."
Wieder zünde ich mir eine Zigarette an, die letzte in der Schachtel.
„Kannst du jetzt Gedanken lesen, oder was?"
Er stößt ein Grunzen aus und sieht mich an.
„Das ist nicht nötig. Den Mist, den du dir da gerade zusammenfantasierst, denke ich mir alle paar Monate, aber im Gegensatz zu dir bin ich intelligent genug, um ihn als das zu erkennen, was er ist – Mist!"
Hölle! Auf diesen Vortrag habe ich jetzt echt keinen Bock.

„Du hast keine Ahnung, was in meinem Kopf vorgeht, Alter."
Banks widerspricht mir lachend.

„Und wie ich das habe. Du willst Wurzeln schlagen, dir eine Hausmaus anlachen und all den Dreck, der sich in den letzten fünfzehn Jahren vor deinen Füßen angesammelt hat, einfach vergessen."

Kommt gut hin ...

„Und warum soll das Mist sein? Mir gefällt die Vorstellung, ein Mädchen zu besitzen, ein Haus zu bauen und es die zweite Hälfte meines Lebens etwas ruhiger angehen zu lassen."

Gegen das rautenförmige *1%-Patch,* das sich auf meiner Brust befindet, schnippend, zieht er herausfordernd eine Augenbraue in die Höhe.

„Ohne all den Bullshit, den deine Existenz ausmacht, würdest du verrecken. Du bist der Vizepräsident dieses Clubs. Du lebst und du stirbst für diese Scheiße! Verdammt! Du atmest nur noch wegen diesem MC. Falls du es jemals schaffst, ein Mädchen zu finden, das du wirklich und wahrhaftig für dich beanspruchen willst, gebe ich dir sechs Monate, bis du durchdrehst. Du brauchst das Blut an deinen Händen, die Leichen an deinem Wegrand und die Freiheit auf der Straße! Dieses Leben ist eine Last und zugleich ein Segen. Du bist wie ich Bro – darum weiß ich, was in deinem Kopf abgeht!"

Er täuscht sich. Er muss sich täuschen ...

„Die Leichen, das Blut und die Straße lösen sich nicht in Luft auf, nur weil ich mir eine Lady anschaffe. Und dieses Patch", ich zeige auf die Raute, „wird es ebenfalls nicht tun."

Banks runzelt die Stirn.

„Du meinst das ernst?"

Fuck! Keine Ahnung!

„Das wird sich zeigen."

Er nickt, geht zum Tresor und zieht eine rote Mappe hervor.

Wortlos wirft er sie vor mir auf den Tisch.

„Was ist das?"

„Das mein Bruder, ist deine Fährte. Die Infos, die wir über Scarlett Sanchez haben, befinden sich dort drinnen."

Interessant. Die wenigen Seiten durchblätternd, sehe ich ihn irritiert an.

„Echt jetzt? Ihr Name und die Nummer ihrer Sozialversicherung? Eine Kopie ihres Reisepasses und eine Kopie ihres Führerscheins. Das war's! Willst du mich verarschen?"

Seine Augen blitzen belustigt auf.

„Mehr haben wir nicht. Sanchez und seine Tochter scheinen sich nicht besonders nah zu stehen."
Ach wirklich. Was er nicht sagt.
„Das dachte ich mir. Warum sollte sie sonst mit Daddys geheimen Aufzeichnungen durchbrennen?"
Sich auf seinen Sessel fallen lassend, legt er die Füße hoch und sieht mich schadenfroh an.
„Du hast dich freiwillig gemeldet."
Aye, das habe ich, und ich bereue es jetzt schon.
„Irgendetwas stimmt da nicht. Du wirst schon sehen, die Kacke wird uns nur so um die Ohren fliegen."
Desinteressiert klappt er sein Notebook auf.
„Nein, wird sie nicht. Du hast zugesagt, dich um diese Angelegenheit zu kümmern, also tust du das auch. Denk dran. Death or Alive. Ist mir egal, ob du das Miststück tot oder lebend zurückbringst, aber du bringst es zurück! Wenn es dir lebend gelingt, dann können wir das Töchterchen sicherlich noch gewinnbringend für uns einsetzen."
Das Pochen hinter meinen Schläfen erreicht einen neuen Höhepunkt.
„Du bist ein blöder Wichser, Bro."
Seine Mundwinkel ziehen sich nach unten. Er besitzt doch glatt die Frechheit, das als Kompliment aufzunehmen.
„Jepp, das weiß ich. Und du bist der Idiot, der einer verzogenen Göre nachjagen muss. Also mach dich an die Arbeit."
Ihm meinen Mittelfinger entgegenstreckend, marschiere ich aus dem Büro, setze mich an die Bar und befehle Sally, der Clubmaus dahinter, dass sie mir ein Glas, Eiswürfel und einen Wodka bringen soll.
Noch bevor ich einen ersten Schluck nehmen kann, stoße ich gegen die Mappe und werfe sie so zu Boden.
Das ist echt nicht mein Tag!
Diego, unser Prospect, hebt die Unterlagen auf und reicht sie mir.
Sein Anwärterjahr hat er so gut wie hinter sich. In meiner Zeit beim Club habe ich einige Loser kommen und gehen sehen. Viele junge Kerle sind scharf darauf, sich eine Kutte zu sichern, nur wenige schaffen es.
Daran, dass Diego sich sein Back Patch sichern wird, besteht für mich kein Zweifel.
Er ist hart im Nehmen, schießt schneller als Lucky Luke und ist absolut loyal. Eine verflucht wichtige Eigenschaft.
Seine mexikanische Herkunft kann er nur schlecht verleugnen. Er hat braune Haare, braune Augen und braune Haut, weshalb er von vielen einfach nur Brownie genannt wird.

„Danke, Bro."
Sein Blick fällt auf die Flasche vor mir.
„Schlechter Tag?"
So kann man es nennen.
Ich sage nichts, beobachte nur, wie er sich neben mich setzt und fragend auf die Mappe deutet.
„Was ist das?"
„Bullshit!"
Die erste Seite aufschlagend, liest er sich den Namen durch.
„Scarlett Sanchez. Etwa *die* Scarlett?"
Seine Frage überrascht mich.
„Du kennst die Tochter des Bürgermeisters?"
Er zuckt mit den Schultern.
„Kennen wäre übertrieben. Dank ihres ausschweifenden Lebensstils steht ständig etwas über sie in der Boulevardpresse. Typisch It-Girl. Große Titten kleines Hirn."
Irritiert sehe ich ihn an.
„Du liest diese Scheiße?"
Er zieht eine Grimasse.
„Nein, meine kleine Schwester. Für die ist diese Sanchez auf verdrehte Art ein Vorbild."
Na klasse ...
„Hast du ein Bild von ihr? Auf den Kopien ist nicht wirklich was zu erkennen."
Sein Handy aus der Tasche ziehend, tippt er ihren Namen in der Suchleiste von Google ein und schiebt es mir anschließend rüber.
„Echt heiß das Chica und kein Kind von Traurigkeit. Angeblich fickt sie alles, was einen Schwanz hat."
Diegos Stimme ausblendend, scrolle ich mich durch die tausend Fotos, die mir angezeigt werden. Auf den ersten paar Bildern steht sie steif in irgendeinem Designerkleidchen neben ihrem Vater und lächelt kühl in die Kamera. Die Anlässe sind immer die gleichen.
Charity-Veranstaltungen, politische Treffen, Benefizkonzerte und all dieser aufgeblasene Scheiß, auf den sich die Reichen in ihren überteuerten Fummeln nun mal so fotografieren lassen.
Je weiter ich nach unten scrolle, je weniger Stoff bedeckt den Körper des Mädchens. Hohe Absätze, kurze Röcke und offene, verwuschelte Haare in Kombination mit roten Lippen, grell geschminkten Augen und einem übertriebenen Lachen.
Auf manchen dieser Bilder wirkt sie wie ein Partyluder.

Oft hat sie eine Flasche Champagner in der einen und eine Kippe in der anderen Hand.

Eine Frau – zwei Welten. An der Seite ihres Vaters wirkt Scarlett wie die perfekte Vorzeigetochter. Wie passt das alles zusammen?

Die spießige Bürgermeistertochter und das stets angetrunkene Partyluder? Ganz unten an der Seite angekommen, lese ich mir die Schlagzeile von einem dieser Klatschblätter durch.

‚Vergewaltigungsvorwürfe gegen Bruce Rice, den PR-Manager ihres Vaters.'

Neugierig klicke ich auf den Link und widme meine Aufmerksamkeit nun dem kompletten Artikel. Das dazu abgelichtete Bild sorgt dafür, dass sich mir der Magen umdreht. Ein nacktes, verletztes und anscheinend bewusstloses Mädchen der Welt preisgegeben ...

Warum zum Teufel hat Sanchez nicht verhindert, dass es gedruckt wird? Für einen Mann in seiner Position wäre es ein Leichtes gewesen, auf die Zeitung einzuwirken. Wer auch immer diesen Artikel verfasst hat, muss ein gewaltiges Arschloch sein. Zwei Sätze stechen mir besonders ins Auge:

... Nun erhält die missratene Tochter des Bürgermeisters die Quittung für ihren exzessiven Lebensstil ...

... Wer sich wie eine Hure kleidet – wird auch wie eine behandelt ...

Etwas, das sich verdächtig nach Wut anfühlt, breitet sich in mir aus. Egal wie sexy sich die Göre auch angezogen haben mag, ein Nein ist ein Nein! Eine Vergewaltigung ist mit nichts zu entschuldigen.

Diego, der den Artikel ebenfalls gelesen hat, gibt ein desinteressiertes Grunzen von sich.

„Diese Kleine macht nur Ärger, ist ständig besoffen und fickt mehr Männer als ich Nutten. Wer weiß, ob sie sich diese Vorwürfe nur ausgedacht hat. Und selbst wenn nicht, diese Scheiße hat sich angekündigt. Darüber, dass sein Töchterchen abgehauen ist, ist Sanchez bestimmt nicht traurig. Kann mir vorstellen, dass er sogar froh darüber ist, dass sie endlich weg ist. In ein paar Monaten stehen die Wahlen an. Negativschlagzeilen und ein missratenes Töchterlein sind das Letzte, was der Bürgermeister jetzt gebrauchen kann. Soweit ich weiß, will er erneut kandidieren."

Das würde auch das *Death or Alive* erklären.

Eine tote Tochter würde Sanchez bei seinen Wählern unzählige Sympathiepunkte einbringen. Wie es scheint, hatte mein Instinkt recht, diese Angelegenheit ist verworrener, als ich dachte. Falls die Sache eskaliert und ich Scarlett tot zurückbringe, würde es Sanchez nur in die Hände spielen.

Nur weil sich der Bürgermeister auf einen Deal mit uns eingelassen hat, bedeutet das noch lange nicht, dass er es gut findet, dass der Red Devils Motorcycle Club in Chicago das Sagen hat.

Wenn er könnte, würde er unseren Club dem Erdboden gleichmachen. Darüber, wie sehr er uns schmutzige Biker hasst, hat er nie einen Hehl gemacht.

Er würde sicherlich nur zu gern auf die Tausende von Dollars, die er von uns als Schmiergeld erhält, und mit denen er seinen Wahlkampf finanziert, verzichten, wenn er uns dafür auf ewig im Cook County in Illinois verrotten lassen könnte.

Ich weiß genau, wie er es nennen würde: Einen Sieg über das organisierte Verbrechen dieses Landes. *Dass ich nicht lache ...*

Er, der Mann, der seiner Tochter einen Killer hinterherschickt, wagt es, über unsere Art zu leben zu urteilen.

Ich traue Sanchez durchaus zu, dass er uns die Drecksarbeit erledigen lässt, nur um diese anschließend gegen uns zu verwenden.

Was könnte seiner politischen Karriere einen besseren Schub geben, wie der tragische Tod seines einzigen Kindes? Wenn wir nicht aufpassen – wenn ich nicht aufpasse, windet er sich wie eine Schlange aus der Schlinge, die Banks ihm um den Hals legen wird, und sorgt dafür, dass der berüchtigte Outlaw-Club für den Mord an seiner Tochter zur Rechenschaft gezogen wird.

Das werde ich zu verhindern wissen ...

Erneut tippe ich mich durch die Fotos. Auf Seite zwei der Suchergebnisse entdecke ich eines, auf dem ich Scarlett kaum wiedererkannt hätte. Dieses Bild stammt von ihrem Facebookaccount. Ihre Füße stecken in rosa Ballerinas, sie trägt eine eng anliegende Jeans mit Löchern an den Knien und eine weiße Bluse.

An ihren Handgelenken baumeln silberne Armreifen, in ihren Ohren stecken Perlenohrringe. Ich vergrößere es und betrachte die puppengleichen Gesichtszüge. Tiefgrüne Augen, lange, schwarze Wimpern, eine kleine Nase und volle Lippen.

Sie scheint an diesem Tag kein Make-up getragen zu haben, denn das ist das erste Foto, auf dem ich ihre Sommersprossen erkennen kann.

Ihre dunkelbraunen Haare fallen ihr in Wellen über die Schultern. Obwohl sie auf diesem Bild, im Vergleich zu den vorherigen, extrem viel Stoff am Leib trägt, finde ich sie auf dem Foto besonders sexy.

Vielleicht liegt das an der Verletzlichkeit in ihrem Blick, oder vielleicht bin ich einfach nur ein perverses Schwein, das auf kleine Mädchen steht ... So oder so speichere ich das Bild auf Diegos Handy ab und schicke es mir per WhatsApp zu.

Er bemerkt das natürlich und sieht mich irritiert an.

„Was soll das werden, VP?"

„Ich brauche dieses Bild."

Er lacht.

„Wozu? Als Wichsvorlage? Da hätte ich an deiner Stelle eins genommen, auf dem sie weniger anhat."

Das glaube ich ihm sofort.

„Es ist mein Job, sie zu finden und zurück nach Chicago zu bringen."

Jetzt lacht er noch lauter.

„What a Fuck! Du? Warum? Seit wann ist diese Tussi ein Clubproblem?"

Da es ihm als Anwärter untersagt ist, an den Besprechungen der First Nine teilzunehmen, erkläre ich ihm in groben Zügen, was Sache ist. Als ich damit fertig bin, schütte ich mir den Rest des Wodkas in die Kehle und fülle das Glas sofort wieder auf.

Diego schüttelt den Kopf und lässt sich von Sally ebenfalls ein Glas bringen.

„Pass mal gut auf, dass du dir an dieser Scheiße nicht die Finger verbrennst."

Wie zu erwarten, hat Diego die Komplexität der Angelegenheit sofort erkannt.

„Das werde ich, glaube mir."

Er zündet sich eine Zigarette an und starrt der Bitch hinter der Bar auf den Arsch.

„Du wirst sie nicht kaltmachen?"

Gute Frage.

„Wenn es sich vermeiden lässt, nicht."

Er nickt. Ich hole ebenfalls meine Kippen hervor.

„Wenn du Hilfe brauchst, sag es."

Und wie ich die brauche.

„Beschaff mir eine Übersicht von ihren Konten. Ich will alle Kreditkartenabrechnungen und dergleichen ... Wenn ich der Spur des Geldes folge, müsste es ein Leichtes sein, sie aufzuspüren."

Diego nickt.

„Wird erledigt, Boss.“
Den Wodka leerend, packt er sein Handy, steht auf und macht sich an die Arbeit.

Das Telefon aus der Tasche ziehend, checke ich kurz meine Mails und tippe dann auf die WhatsApp, in der sich das Foto von Sanchez Tochter befindet. Erneut ihre Gesichtszüge studierend, stoße ich einen derben Fluch aus.

Fuck, ist dieses Mädchen schön ...

Ich werde sie finden und zurückbringen. Doch bevor ich sie bei ihrem *besorgten* Vater abliefere, werde ich sie ficken.

Als kleine Entschädigung dafür, dass ich ihr hinterherjagen musste.

Das ist nur fair!

Beth, eine der Freitagnacht-Nutten, stolziert in kniehohen Stiefeln an mir vorbei. Ihre braunen Haare reichen ihr bis über die Schulterblätter. Der Stofffetzen, der wohl ihr Rock sein soll, endet so knapp über den Arschbacken, dass nicht viel der Fantasie überlassen bleibt. In der Vergangenheit habe ich mir Beth schon so einige Male geschnappt. Die Clubmaus ist gut, sie hat nicht gerade die engste Pussy, ist aber verdammt kreativ, wenn es darum geht, einem den Schwanz zu lutschen.

Ohne lang darüber nachzudenken, strecke ich den Arm nach ihr aus, packe sie am Handgelenk und ziehe sie zu mir.

Mit einem Quietschen prallt sie gegen meine Schulter. Sie auf meinen Schoß ziehend, schiebe ich eine Hand zwischen ihre Schenkel, drücke ihr die Knie weiter auseinander und reibe über die weichen Falten.

Sie ziert sich etwas, erst als sie kapiert, wessen Finger sich tief in ihr feuchtes Loch schieben, hört sie auf zu zicken.

„Blake ...“, schnurrt sie mir ins Ohr, lässt ihre Zunge vorschnellen und saugt sich an meinem Hals fest. *So ist es immer ...*

All die Schlampen, die sich zu jeder Tages- und Nachtzeit im Club aufhalten sind nur hier, weil sie hoffen, eines Tages ein Ladyleder tragen zu dürfen. Es ist ihnen egal, wer sie fickt, solange es zu ihrem Vorteil ist. Dank den Patches, die mein Leder zieren und dem Rang als Vizepräsident, kann ich sie alle haben. Ich könnte die perverseste Scheiße mit ihnen anstellen und keine würde sich beschweren.

All die Tussis ficken nicht mich, sondern das, was ich darstelle. Sie sehnen sich nach einem Beschützer, Ansehen, finanzieller Sicherheit und hoffen auf ein besseres Leben.

Bullshit!

Ich beschwere mich nicht darüber und ich bin der Letzte, der ihnen klarmachen wird, dass sie sich meinen Schwanz noch tausend Mal in den Arsch schieben lassen können und es trotzdem nichts an ihrem Status ändert. Bis jetzt ist mir noch keine Frau begegnet, die es wert gewesen wäre, für sie auch nur auf einen Teil meiner Unabhängigkeit zu verzichten. Bis zu einem gewissen Grad hat Banks mit dem, was er gesagt hat, recht. Männer wie er und ich sind nicht einfach nur ein Teil des Clubs, wir *sind* der verdammte Club!

Geht es den Devils schlecht – geht es uns schlecht. Wir leben für fliegende Kugeln, brauchen das Gefühl des drohenden Todes im Nacken, um uns so richtig lebendig zu fühlen. Nutten, Bikes, Waffen, Kämpfe und Krieg – wenn das alles wegfällt, bleibt mir nichts mehr.

Eine Tatsache, die mich seit Längerem zum Nachdenken bringt.

Vielleicht kommt die Scheiße mit der Bürgermeistertochter genau zum richtigen Zeitpunkt. Ein paar Tage auf der Jagd nach einem hübschen Mädchen, meine Harley, die Straße, ein unbekanntes Ziel und ich. *Fucking perfekt!*

Beth beginnt, auf mir herumzurutschen, presst ihren Arsch gegen meinen Schwanz, reibt sich an meiner Hand.

Sobald ich sie gefickt und etwas Druck abgebaut habe, mache ich mich auf den Weg. Ich will für den Prospect hoffen, dass er bis dahin eine erste Spur hat. Ich habe keinen Bock nach Süden zu fahren, wenn sich diese Scarlett im Norden versteckt hält.

Den Wodka und das Glas packend, hebe ich die Bitch hoch, trage sie durch den großen Hauptraum des Clubs und werfe sie in einem der Gästezimmer, die sich im ersten Stock befinden, auf ein ungemachtes Bett.

„Zieh den Rock und das Top aus. Die Stiefel kannst du anlassen."

Ich ziehe mir den abgewetzten Holzstuhl, der neben der Tür steht, zurecht, setze mich und beobachte, wie Beth den Reißverschluss des Minis nach unten zieht. Das Glas mit Wodka füllend, stelle ich es zusammen mit der Flasche neben mir auf den Tisch und lehne mich entspannt zurück.

Einen Atemzug später steht sie nur noch mit String und Stiefeln vor mir. *Fuck!* Was ein Anblick ...

„Knie dich hin."

Beth zögert kurz, erst als ich warnend eine Augenbraue hochziehe, sinkt sie anmutig vor mir auf den Boden.

Ihre Beine hält sie leicht gespreizt, sodass ich einen Blick auf die Stelle werfen kann, an dem der schwarze Tanga versucht, ihre Pussy zu bedecken.

Entschlossen, mir Zeit zu lassen, gönne ich mir einen Schluck des eisgekühlten Wodkas.
„Reib dir über die Titten."
Sie tut es, meine Eier ziehen sich erregt zusammen.
„Zwick dir in die Nippel." Sich lasziv über die Lippen leckend, beginnt sie die zusammengezogenen Warzen zu zwirbeln. „Fester!"
Die Bitch scheint zu spüren, dass ich heute nicht sanft zu ihr sein werde. Ihre Pupillen weiten sich. Trotz der Angst, die sich in den Tiefen ihrer Augen spiegelt, kann ich Beth ansehen, dass sie es kaum erwarten kann, dass es richtig zur Sache geht.
„Wie willst du mich heute, Devil?"
„Zieh den String aus und beug dich über's Bett."
So anmutig, wie mit diesen Absätzen möglich, erhebt sie sich, streift das winzige bisschen Stoff nach unten und beugt sich über die Matratze.
„Beine auseinander, zeig mir, was du hast!"
Zitternd tut sie, was ich will, ihre Schamlippen öffnen sich, mein Blick fällt auf das runzlige Loch ihres Arschs und die feuchten Falten darunter.
Nicht zum ersten Mal fällt mir auf, wie attraktiv die kleine Bitch eigentlich ist. Unter anderen Umständen – in einem anderen Leben, hätte sie richtig schön sein können. Doch die Jahre als Bikernutte sind nicht spurlos an ihr vorüber gegangen. Zu viel Alk, zu viele Kippen und zu viel harter Sex haben sie ausgelaugt.
Den Wodka trinkend, stehe ich auf, gehe zu ihr und reibe mit der Hand über die pralle Rundung ihrer Pobacke.
Beth erschauert, ihre Atmung beschleunigt sich.
Ich streiche durch den Spalt ihrer Arschbacken bis hinab zu ihrer zuckenden Muschi. Heiß und feucht umfängt ihre Pussy meinen Daumen. Den Finger in sie schiebend, beiße ich die Zähne fest aufeinander und zwinge mich dazu, langsam vorzugehen.
Ein Drei-Sekunden-Fick wird mir nicht ausreichen – nicht heute. Ich muss dringend etwas Druck ablassen, zumindest wenn ich mich bestmöglich auf die vor mir liegende Aufgabe, Miss Scarlett Sanchez einzufangen, konzentrieren will.
Den Blick auf Beths Hinterkopf pinnend, stelle ich mir vor, dass es des Bürgermeisters Tochter ist, deren Pussy sich zuckend um meinen Daumen verkrampft.
Sofort schwillt mein Schwanz an, wird hart und steif.
Bloody, fucking Hell!
Was ist nur los mit mir?

Bis jetzt habe ich diese Göre nur auf verschiedenen Fotos gesehen und dennoch kann ich es kaum erwarten, sie hart zu ficken.

Fluchend ziehe ich meinen Finger aus der Möse der Bitch, packe sie an den Haaren und drücke sie vor mir zu Boden. Falls Beth mein plötzlicher Stimmungswechsel verwundert, lässt sie es sich nicht anmerken.

Sobald sie vor mir kniet, beginne ich damit, meinen Gürtel zu öffnen.

Kaum dass ich meine Hose nach unten geschoben habe, packt sie mich an den Eiern und leckt sich die Lippen.

Aye, sie weiß ganz genau, wie es läuft.

Pumpend massiert sie meine Erektion vom Schaft bis zur Wurzel, erhöht den Druck und lässt die Daumenkuppe über den kleinen Schlitz an der Spitze gleiten.

Zischend lasse ich meinen Atem entweichen. *Genau das ist es ...*

Mit geballten Fäusten beobachte ich die Bitch dabei, wie sie ihren Kopf senkt. Ihr heißer Atem streift über meine Eichel, ehe sie die Wulst in den Mund nimmt.

Eng, nass, schlüpfrig ...

Saugend und lutschend sorgt Beth dafür, dass sich eine angenehme Leere in meinem Kopf ausbreitet und ich mich nur auf ihre weichen Lippen konzentriere.

Ihre raue Zunge spurt die Konturen der Ader nach, die sich über die Unterseite meines Gliedes windet. Beth ist voll auf mich konzentriert, so als könnte sie sich nichts Besseres vorstellen, als genau jetzt vor mir zu knien und mir zu Willen zu sein.

Sie lässt mich die Zähne spüren, ehe sie mich Zentimeter für Zentimeter in ihre Kehle gleiten lässt. Gekonnt erhöht sie den Druck, rote Punkte breiten sich vor meinem Sichtfeld aus.

„Fuck Yes!“

Ungeduldig packe ich sie an den Haaren, wickle sie mir um die Faust und stoße hart zu.

Beth hat kein Problem mit dem Deep Throat. Sie schluckt tapfer, eine Träne rinnt ihr aus den Augenwinkeln. Sie lässt sich Zeit, sie scheint es nicht eilig zu haben, das nächste Mal durchatmen zu können.

Die Augen auf ihren Scheitel gepinnt, ramme ich mich wieder und wieder in ihren Mund. Jedes Mal noch etwas tiefer als zuvor. Mein Atem kommt rau und stoßweise.

Was gibt es Besseres, um Stress abzubauen, als die feuchten Lippen einer Frau? Ein heißer Blitz zuckt an meinem Rücken entlang, schlägt direkt in meinen Hoden ein.

Verdammt!

Es wird nicht mehr lange dauern, ehe ich sie meinen Saft schlucken lasse. Obwohl sich die Bitch wirklich Mühe gibt, ist es ihr nicht gelungen mich von dem Mädchen abzulenken.

Wütend beginne ich damit, ihren Kopf tiefer auf meinen Schwanz zu drücken, während ich zeitgleich in einen schnellen Rhythmus verfalle.

Bei allen Devils ...

Beths Atmung stockt, während sich ihre Fingernägel tief in meine Haut graben.

Anstatt sich gegen meine Grobheit zu wehren, lässt sich die Bitch alles gefallen, was ich ihr antue – und fuck – ich nehme keine Rücksicht auf die Tränen, die ihr über die Wangen rinnen.

Der Moment ist so geil, dass ich für einen kurzen Augenblick all den Bullshit, der mich in letzter Zeit so nervt, vergesse. Stöhnend ramme ich mich wieder und wieder in ihre Kehle, wühle mich durch ihre Haare und ziehe mich ein letztes Mal zurück.

„Sieh mich an, Bitch."

Sie öffnet die Augen und sucht meinen Blick. Ihre Wimpern sind verklebt, schwarze Ränder haben sich unter ihren Augen gebildet.

Langsam ziehe ich mich aus ihrer Kehle heraus, sodass meine Eichel auf ihrer Unterlippe liegt. Meine Muskeln sind so angespannt, dass es schmerzt.

Ohne ihren Blick freizugeben, schiebe ich mich wieder tief in ihren Mund. Beths Rachen krampft, sie stützt sich ergeben an meinen Oberschenkeln ab.

Ein Knurren ausstoßend, schließe ich die Augen, stelle mir Scarletts unschuldiges Gesicht vor und lasse zu, dass mich die Erlösung packt.

Schub für Schub pumpe ich mein Sperma in den Hals der Bitch.

Ihre Schluckbewegungen massieren bis auf den letzten Tropfen alles aus mir heraus.

Normalerweise fühle ich mich nach einem Blowjob entspannt und glücklich – normalerweise. Mag sein, dass mein Schwanz mit der Bitch zufrieden ist – er war noch nie besonders wählerisch, Hauptsache ein Ventil, um Druck abzulassen, ein anderer Teil meines Ichs sehnt sich jedoch nach mehr, nach etwas Bedeutsamen ...

What a fuck!

Kaum dass ich Beths Haare losgelassen habe, weicht sie zurück und wischt sich mit der Hand über den Mund. Wenn sie denkt, dass ich jetzt mir ihr fertig bin, muss ich sie enttäuschen. Die Unruhe, die mich seit Wochen im Griff hat, ist so stark wie zuvor.

Ich werde diese Clubmaus jetzt so lange ficken, bis ich endlich wieder klar im Kopf bin.

Ohne zu zögern picke ich Beth vom Boden auf und werfe sie auf das Bett. Erschrocken reißt sie die Augen auf und sieht mich unsicher an. Entschlossen, mir alles zu nehmen, was sie zu bieten hat, umfasse ich ihre Titten und massiere das feste Fleisch.

Meine Lunge bis zum Anschlag mit frischem Sauerstoff füllend, zwinge ich mich dazu, ruhig zu bleiben. Es ist nicht die Schuld der Bitch, dass sie die falsche Frau ist – es ist nicht ihre Schuld, dass ich seit einer Ewigkeit nur Huren gebumst habe, und deren langsam überdrüssig werde.

Erkundend lasse ich meine Finger über ihrem Bauch bis hinab zwischen ihre Schenkel gleiten. Beth ist zwar feucht, doch noch nicht ausreichend genug. Ungeduldig schiebe ich meinen Finger in ihre Pussy, stimuliere den schwammigen Punkt über ihrem Schambein und reibe mit dem Daumen über ihre Klit. Sie keucht, zuckt und beißt sich auf die Unterlippe.

Ist das wahre Lust? Oder nur eine eingespielte Show?

Ich weiß es nicht, und bei allen sieben Höllen, es ist mir scheißegal.

Beth will mir die Kutte von den Schultern schieben, ich fange ihre Hände ein und presse sie auf die Matratze.

„Was soll das?“

Erschrocken sieht sie mich aus weit aufgerissenen Augen an.

„Ich dachte ...“

„Was bist du? Eine Philosophin oder eine Clubhure?“

Sie scheint zu verstehen, dass ich keinen Bock auf dieses Theater habe. Hier geht es nur um Sex – nicht mehr und nicht weniger.

Sie fasst nach meinem bereits erneut hart werdenden Schwanz, und lässt ihre Finger über die komplette Länge streichen.

Gierig lasse ich meinen Blick über ihre Hüfte hinab zu ihrer Pussy gleiten. Sofort spreizt sie ihre Beine noch etwas weiter.

Ihre Mitte ist nass und geschwollen. Es mag sein, dass sie sich vor mir fürchtet, dennoch erregt es sie, unter mir zu liegen.

Ohne den Blick abzuwenden, fische ich ein Kondom aus der Innentasche meiner Kutte und streife es mir über, bringe mich zwischen ihren Knien in Position und stoße mich tief in ihren bebenden Körper. *Bloody Hell!*

Zuckend zurrt sich ihr Unterleib um meinen Schwanz zusammen.

Nicht in der Lage, mich auch nur eine Sekunde länger zu beherrschen, verliere ich die Kontrolle. Immer wieder treibe ich mich bis zum Anschlag in sie, lasse sie meine Kraft spüren und meiner Gewalt ihren Lauf.

Beths Schreie werden immer lauter, sie beginnt unkontrolliert zu zucken und ihre Augen rollen nach hinten. Eine dünne Schweißschicht überzieht meine Haut – *fuck off* – das fühlt sich verdammt gut an! Meine Hoden ziehen sich puckernd zusammen.

Wie von selbst umfassen meine Hände ihre Kehle, langsam drücke ich zu, schnüre ihr die Luft ab und genieße die Angst, die sich auf ihrem Gesicht abzeichnet.

Stöhnend ficke ich sie noch etwas härter, werfe den Kopf in den Nacken und schreie meine Erlösung aus mir heraus.

Ich verkrampfe mich, spritze ab und schließe die Augen.

Das war nicht schlecht ... gar nicht schlecht ...

Die Nutte unter mir loslassend, ziehe ich mich zurück, rolle den Gummi von meiner erschlaffenden Erektion und lasse ihn auf den Boden fallen.

„Was ist nur los mit dir, Blake?“

Eine berechtigte Frage, auf die ich keine Antwort habe.

Den Gürtel schließend, zucke ich gleichgültig mit den Schultern.

Bevor ich mich abwenden und sie alleine zurücklassen kann, richtet sie sich auf und packt mich am Handgelenk.

„Ich mache diese Scheiße schon zu lange, ich weiß, wie es läuft, Blake. Du verrottest innerlich, stumpfst ab und verlierst den Rest Menschlichkeit, den du dir bis jetzt bewahren konntest.“

Damit könnte sie recht haben.

„Das ist nicht dein Problem, Beth.“

Sie nickt.

„Stimmt. Das ist es nicht. Aber wenn du klug bist, dann gehst du. Schaffst Abstand zwischen dir und dem Club und nimmst dir eine Auszeit.“

Mit der Hand reibe ich mir über die Glatze, spüre die Konturen der drei Würfel, die ich mir vor Jahren über das linke Ohr tätowieren lassen habe, und die mich an die Willkürlichkeit des Schicksals erinnern sollen, und sehe Beth an.

„In dir steckt wohl doch eine kleine Philosophin.“

Ein scheues Lächeln huscht über ihre Lippen.

„Nein, ich sehe nur genauer hin.“

Mit dem Handrücken streiche ich ihr sanft über die Wange.

„Du bist viel zu gut für diesen Bullshit hier. Vielleicht bin ich nicht der Einzige, der fortgehen sollte.“

Auf wackeligen Beinen steigt sie aus dem Bett und steht nun, nur mit ihren Stiefeln bekleidet, vor mir.

„Soll das ein Angebot sein, VP?“
Etwas, das verdächtig nach Hoffnung aussieht, glimmt in ihren Augen auf. Ich lege den Kopf schief und presse die Lippen zusammen.
„Sorry Baby, wenn du auf der Suche nach ’nem Kerl bist, musst du dich anderweitig umsehen.“
Beth wirkt nicht im Geringsten überrascht.
„Warum, weil ich eine Bitch bin?“
„Nein, weil wir sind, wer wir sind ...“
Sich auf die Zehenspitzen stellend, haucht sie mir einen federleichten Kuss auf die Wange.
„Oh Devil ... In wem steckt hier der Philosoph?“
Ihre Kleider aufhebend, presst sie sich die Sachen gegen die Brust und verlässt das Zimmer. Irritiert bleibe ich noch ein paar Sekunden lang stehen, ehe ich nach der Wodkaflasche greife und mehrere große Schlucke nehme.
Holy Shit!
Beth hat recht, ich brauche eine Auszeit. Aber nicht aus den Gründen, die sie vermutet. Das Töten macht mir nichts aus.
Ich bin durch und durch ein Killer. Was mir eher Probleme bereitet, sind die Tage, an denen ich mir nicht das Blut meiner Opfer von den Händen waschen muss.
Es sind die friedlichen Tage, die mir klarmachen, dass mir etwas fehlt. Was genau das ist, kann ich nicht definieren, und genau darin liegt das Problem. Ich zünde mir eine Kippe an und mache ich mich auf die Suche nach Diego.
Sollte er schon eine Spur haben, kann die Jagd beginnen.
Scarlett Sanchez weiß es vielleicht noch nicht, aber ihre Tage in Freiheit sind gezählt ...

2. Kapitel

Scarlett

Ich genieße die Ruhe, lausche den Bäumen, die sich im Wind wiegen und schließe die Augen. Das Rascheln der Äste, das Zwitschern der Vögel und das Plätschern des Wassers.

Hier in Woodbury ticken die Uhren anders als in Chicago.

Die Zeit scheint langsamer zu laufen und die Menschen sind ruhiger und friedlicher.

Natürlich kann man Woodbury nicht mit Chicago vergleichen, aber das will ich auch gar nicht. Von hier bis nach Kanada sind es knapp 2000 Meilen, falls ich also erneut flüchten muss, ist es ein Leichtes für mich, das Land zu verlassen.

Keine Ahnung wieso, aber diese Tatsache beruhigt mich.

Bis jetzt hat mich keiner erkannt, ein Umstand, den ich sehr zu schätzen weiß. Aber selbst wenn irgendjemand schon mal was über mich gelesen haben sollte, spielt es keine Rolle. Niemand interessiert sich hier für Ricardo Sanchez oder seine skandalöse Tochter.

Was ein echter Segen ist. Ich kann den ganzen lieben langen Tag tun und lassen was ich will, ohne dass ich Angst davor haben muss, dass irgendwo ein Paparazzo auf der Lauer liegt und heimlich Fotos von mir macht. In Chicago war das anders.

Völlig egal, was ich getan oder gesagt habe, die Schmierfinken, die für die vielen Boulevard-Zeitschriften arbeiten, haben es immer geschafft, sich das Maul über mich zu zerreißen. Am Anfang habe ich noch großen Wert auf die Meinung dieser Leute gelegt, das hat sich aber sehr schnell geändert.

Irgendwann war es mir einfach egal, was sie über mich geschrieben haben, und nach einer gewissen Zeit bin ich zu dem Mädchen geworden, das eh schon alle in mir gesehen haben.

Zu viel Alkohol, harte Drogen, unzählige Liebhaber und ein zu lautes Lachen. Ich habe wirklich alles versucht, um die Leere, aus der mein Leben bestand, zu füllen – gebracht hat es nichts. Nacht für Nacht habe ich irgendwas geschluckt, um den Ärger zu vergessen. All die bunten Pillen haben mir geholfen, dem Erwartungsdruck meines Vaters standzuhalten. Zumindest für den Moment. In dem verzweifelten Versuch, die Einsamkeit zu bekämpfen, war ich bei meinen Liebhabern nicht wählerisch. Alles was ich wollte, war ein warmer Körper, an den ich mich schmiegen konnte.

Irgendwie ist die Hoffnung, dass ich irgendwann mal auf einen Mann treffe, der mich wirklich will, erst in der Nacht gestorben, in der Bruce mich vergewaltigt hat.

Erst als ich Stunden später, nachdem er mich k. o. geschlagen hat, mit höllischen Schmerzen aufgewacht bin, wurde mir klar, dass ich möglichst schnell abhauen muss. Anstatt zum Arzt bin ich duschen gegangen und anstatt zur Polizei zum nächsten Busbahnhof.

Noch bevor die Sonne aufgegangen war, hatte ich Chicago hinter mir gelassen. Alles was ich mitgenommen habe, sind meine Kreditkarten und eine Tasche voller Klamotten. Umso entsetzter war ich, als ich zwei Tage nach meinem Fortgehen im Internet über ein Foto gestolpert bin, auf dem ich nackt und bewusstlos auf dem Boden liege. Es muss in der Nacht aufgenommen worden sein, in der Bruce über mich hergefallen ist. Meine Schreie wurden also sehr wohl gehört ...

Ich tippe, dass mich jemand vom Personal gefunden und das schnelle Geld gewittert hat.

Es spricht für sich, dass ich als Erstes an meinen Vater gedacht habe und daran, wie schlecht sich dieser Artikel auf seine Wahl auswirken wird. Statt mich darüber aufzuregen, dass jemand meine Notlage ausgenutzt hat, um sein Konto zu füllen.

Aber so war mein bisheriges Leben – jeder war sich selbst der Nächste. Es gab keinen Zusammenhalt, kein Mitgefühl und auch sonst keine Menschlichkeit.

Selbst jetzt, drei Wochen nachdem ich Chicago hinter mir gelassen habe, vermisse ich nichts und niemanden. Im Gegenteil, seit ich in das kleine, vollmöblierte Häuschen am Waldrand gezogen bin, finde ich zu mir selbst. Die Albträume, in denen Bruce über mich herfällt, werden endlich weniger und auch die Panikattacken lassen langsam nach. Keine Ahnung, ob ich jemals wieder einem Mann vertrauen kann, die Zeit wird es zeigen.

Eine kuschelige Decke über den Beinen, schlage ich mein Buch auf und versuche, mich auf die Geschichte zu konzentrieren – es gelingt mir nicht.

Obwohl ich nicht glaube, dass mein Vater mir jemanden hinterhergeschickt hat, der mich zurückbringen soll (ich schätze, dass er verdammt froh ist, mich los zu sein), habe ich seit ein paar Tagen das Gefühl, beobachtet zu werden.

Vielleicht bin ich auch nur dank der langen Zeit, in der ich mich vor all den Fotografen verstecken musste, paranoid geworden. Wer weiß das schon? Unsicher lasse ich meinen Blick über die Umgebung schweifen und kann nichts Verdächtiges entdecken.

Bis auf die Dreizehnstreifen-Hörnchen-Familie, die in einer der Tannen lebt, bin ich allein. Ein weiterer Grund, warum ich mich für Minnesota und nicht für Florida entschieden habe. Von Partys, Lärm und Drogen habe ich für die nächsten Jahre definitiv genug.

Vielleicht suche ich mir einen ehrlichen und anständigen Kerl vom Land. Einen Holzfäller zum Beispiel. Die haben dicke Muskeln und sind stark genug, um mich vor Bruce zu beschützen.

Außerdem können sie gut mit Kettensägen und Äxten umgehen.

Zwei Fähigkeiten, die ich garantiert zu schätzen weiß, sollte Bruce es tatsächlich wagen und irgendwann hier in Woodbury auftauchen.

Seufzend stehe ich auf, lege den Roman beiseite und zünde mir eine Zigarette an. Mich an den Terrassentisch lehnend, lasse ich den Kopf in den Nacken fallen und beobachte, wie die Wolken gen Süden ziehen.

Der unverkennbare Geruch von Regen liegt in der Luft. Ich bin nur 400 Meilen von Chicago entfernt, doch das Wetter hier ist völlig anders. Das letzte Gewitter war eine wahre Götterdämmerung.

Die Blitze waren so grell, dass ich schon dachte, der Himmel steht in Flammen, und der Donner hatte so unglaublich viel Kraft, dass der Boden unter meinen Füßen zu beben angefangen hat. Das Unwetter ging die ganze Nacht und es war verdammt unheimlich so ganz alleine in einem fremden Haus. Anstatt mich wie ein verängstigtes Kind unter der Bettdecke zu verstecken, habe ich es mir auf der Couch gemütlich gemacht und mich ein bisschen über meine neue Heimat informiert.

Ich wusste zum Beispiel nicht, dass Minnesota ein Staatsmotto hat: *L'Étoile du Nord.*

Das ist Französisch und bedeutet *Stern des Nordens.*

Diesem romantisch klingenden Motto verdankt Minnesota seinen Beinamen Nordsternstaat. Das hat fast schon was Märchenhaftes. Vielleicht hat der Nordstern ja Erbarmen und schickt mir meinen Prinzen ...

Bis jetzt habe ich es vermieden, Pläne zu schmieden. Da ich absolut keine Ahnung habe, wie meine Zukunft aussieht oder wie es weitergehen soll, habe ich beschlossen, einfach alles auf mich zukommen zu lassen. Ich bin jetzt achtzehn, noch habe ich alle Zeit der Welt, um mich neu zu orientieren.

Wieder und wieder fülle ich meine Lunge mit dem warmen Rauch, beobachte die Hörnchenfamilie, wie sie Vorräte für den nächsten Winter im Boden vergräbt, und kämpfe gegen den Drang an, mir über die Schulter sehen zu wollen.

Zum Teufel! So langsam werde ich echt verrückt.

Meine Kopfhaut prickelt, mein Herz beginnt zu rasen.
Blitzschnell drehe ich mich um die eigene Achse und sehe in die Richtung, in der ich jemanden vermute.

Doch da ist niemand – absolut niemand.
Die Straße ist leer, ich bin allein. *Verdammt!*
Wütend auf mich selbst, drücke ich die Zigarette am Boden aus, werfe sie in die verrostete Dose, die ich in der Garage gefunden habe, und die nun als mein Aschenbecher fungiert, hole mein Buch und gehe zurück ins Haus.

Obwohl ich mich nun mit eigenen Augen davon überzeugt habe, dass da niemand ist, kann ich das Gefühl von fremden Augen auf meiner Haut nicht abschütteln.

Ob das die Folgen der Vergewaltigung sind? Keine Ahnung!

Alles was ich weiß ist, dass ich mich erst wieder einigermaßen sicher fühle, wenn ich im Haus bin und dafür gesorgt habe, dass alle Türen verschlossen und alle Fenster verriegelt sind.

Ob das jemals wieder endet?

Ob dieses Angstgefühl jemals wieder verschwindet?

Ich hoffe es. Das ist keine Art zu leben ...

3. Kapitel

Blake

Entspannt lehne ich mich an mein Bike, klemme mir die Kippe in den Mundwinkel und ziehe das vibrierende Handy aus meiner Hosentasche. Es ist Banks.

Ich weise den Anruf ab und stecke das Telefon wieder weg. Ich weiß, warum er mich anruft, und ich weiß auch, was er mich fragen wird.

Er will wissen, warum zur Hölle ich so lange brauche, um ein wehrloses kleines Mädchen einzufangen.

Eine Frage, die ich ihm nicht beantworten kann, zumindest nicht, ohne ihn anzulügen.

Seit ich vor drei Tagen in Woodbury, einer kleinen Stadt im Washington County, angekommen bin, beobachte ich die Tochter des Bürgermeisters. Ich folge ihr gleich einem Schatten, behalte stets Abstand und lasse sie nicht aus den Augen. Sie aufzuspüren war ein Kinderspiel, sie hat nicht mal versucht, ihre Spuren zu verwischen. Was äußerst seltsam ist.

Wenn ich wichtige Informationen gestohlen hätte, würde ich untertauchen. Aber sie hat nichts unternommen, um unsichtbar zu werden. Das Mädchen hat Chicago einfach nur verlassen, ist mit dem Bus nach Norden gefahren, hat im Bundesstaat Minnesota Stopp gemacht und sich dort ein kleines Haus gemietet.

Trotz meiner Vorsicht scheint Scarlett meine Anwesenheit zu spüren.

Sie wirkt unruhig und sieht sich immer wieder verängstigt um.

Keine Ahnung, warum ich mich ihr nicht längst gezeigt habe, vielleicht weil ich instinktiv ahne, dass da etwas nicht stimmt.

Sie wirkt nicht wie ein männerverschlingendes Partyluder.

Dieses Mädchen strahlt eine unglaubliche Verletzlichkeit aus, die meinen Beschützerinstinkt zum Vorschein kommen lässt.

Am liebsten würde ich mir die Kleine packen, in meine Arme ziehen und unter meinen Schutz stellen. Aber das ist aus Tausenden von Gründen unmöglich. Einzig das Wissen, dass sie Aufnahmen in ihrem Besitz hat, die dem Club erheblich schaden können, hält mich davon ab, mich einfach wieder auf meine Maschine zu setzen und zu verschwinden. Scarlett Sanchez wirkt so, als hätte sie in ihrem kurzen Leben schon genug mitgemacht ...

Fuck!

Es liegt nicht in meiner Macht, zu entscheiden, wie es mit ihr weitergeht. Sie hat sich dafür entschieden, den USB-Stick einzustecken und die Daten für was weiß ich nicht was zu nutzen und sich somit selbst zur Zielscheibe gemacht.

Wie kann sie nur so naiv sein und glauben, dass ihr dieser Stick Sicherheit bringt?

Doppel Fuck!

Es spielt keine Rolle ...

Ich bin der Vizepräsident des Red Devils Motorcycle Clubs, es ist meine Aufgabe, das Mädchen und die Aufnahmen zurück nach Chicago zu bringen. Dass ich es bisher nicht getan habe, ist mit nichts zu entschuldigen.

Niemand hält mich davon ab, durch den Garten zu marschieren, die Scheibe der Terrassentüre einzuschlagen und mir dieses Mädchen zu packen – niemand außer mir selbst.

Death or Alive ...

Alles ist egal, Hauptsache dem Club droht keine Gefahr mehr.

Im Grunde genommen ist Scarlett Freiwild. Was auch immer Sanchez' PR-Manager ihr angetan hat, es ist nichts im Vergleich zu dem, was ich ihr antun könnte. Niemand würde mich zur Rechenschaft ziehen – niemand würde es erfahren.

Aber ich tue es nicht – ich tue gar nichts!

Ich stehe einfach nur da, beobachte das Haus, bewache die Frau und frage mich, was mit mir verdammt noch mal los ist?!

Fluchend reibe ich mir über den kahl rasierten Schädel und verpasse dem Vorderreifen meines Bikes einen wütenden Tritt.

Fuck – Fuck – Fuck!

Was soll das werden?

Wie lange will ich noch hier stehen und mich zum Trottel machen?

Einen Tag? Eine Woche?

Egal wie lange ich es aufschiebe, es ändert nichts an den Tatsachen ...

Früher oder später werde ich dieses Mädchen mit meiner Anwesenheit konfrontieren und sie zurück zu ihrem Vater bringen müssen. *Zur Hölle!*

Ich bin ein Red Devil! Es gehört nicht zu meinen Angewohnheiten, im Dunklen zu stehen und zu beobachten.

Was ich mir vornehme, ziehe ich eiskalt durch – eigentlich.

Wieder vibriert mein Handy, wieder ziehe ich es aus der Tasche, wieder ist es Banks.

Dieses Mal gehe ich ran, noch bevor ich etwas sagen kann, dröhnt seine wütende Stimme aus dem Hörer.

„Wo zum Teufel steckst du, VP?“
„In Woodbury.“
Er grunzt.
„Das weiß ich längst, da du dich nicht gemeldet hast, habe ich den Standort deines Handys geortet.“
Na klasse! Für solche Spielchen fehlt mir echt der Nerv.
„Warum fragst du mich das dann?“
Banks flucht,
„Halt’s Maul und sag mir, was los ist, Alter.“
„Nichts ... Nichts ist los ... verdammt!“
Für ein paar Sekunden schweigen wir, ich zünde mir eine neue Kippe an und beobachte wie in dem Haus, in dem sich das Mädchen aufhält, im ersten Stock das Licht angeht.
„Korrigier mich, wenn ich mich täusche. Aber du hast die Bitch gefunden, du weißt, was zu erledigen ist und trotzdem hast du es nicht getan! Was verflucht ist los, Bro?“
Ich beschließe, ehrlich zu sein.
„Da stimmt was nicht, Präs. Die Kleine macht es mir viel zu leicht. Sie versucht nicht mal, sich zu verstecken.“
Er stößt ein freudloses Lachen aus.
„Ich bin wütend auf dich, Blake. Und es macht es nicht gerade besser, dass du bist jetzt nichts unternommen hast, wenn du einfach so zugibst, dass du leichtes Spiel hast.“
Aye, das ist mir klar.
„Shit, ich brauche mehr Zeit. Gib mir eine Woche, dann liefere ich dir Sanchez Tochter.“
Banks schnaubt, ich kann mir nur zu gut vorstellen, wie er an seinem Schreibtisch sitzt, die Waffe vor sich liegend, und einen Whisky in der Hand.
„Was machen diese sieben Tage für einen Unterschied?“
Das weiß ich auch noch nicht so genau.
„Mein Instinkt sagt mir, dass an der Sache etwas faul ist. Bevor uns die ganze Scheiße um die Ohren fliegt, muss ich wissen, was genau hier abgeht. Ich traue dem Bürgermeister durchaus zu, dass er dem Club eine Falle stellen will, und er seine Tochter als Köder nimmt. Dieser Bastard hasst uns, das weißt du, Banks.“
Den Rauch der Zigarette inhalierend, lasse ich ihn durch die Nase entweichen.
„Wenn du sagst, dass da was faul ist, dann glaube ich dir. Pass auf deinen Rücken auf. Wenn du Verstärkung brauchst, sag es und ich schicke dir Diego und Chazz.“

Ich danke ihm, wir verabschieden uns und das Telefonat ist beendet.

Einen letzten Zug nehmend, schnippe ich die Zigarette vor mir auf den Boden und trete sie mit der Stiefelspitze aus.

Für heute habe ich die Schnauze voll – ich mach ’nen Abgang. Morgen werde ich mir dieses Mädchen packen und alles, was ich wissen will, aus ihr herausschütteln. Sollte sie es wagen, mich anzulügen, werde ich sie kurzerhand auf mein Bike werfen und sie zurück nach Chicago schleifen.

In dem Moment, in dem ich mich abwenden und auf meine Maschine steigen will, um in das Motel zu fahren, in dem ich untergekommen bin, nehme ich im Augenwinkel eine Bewegung wahr.

Eine komplett in schwarz gekleidete Gestalt nähert sich, von der anderen Seite des Grundstücks aus, dem Haus. Am Körperbau kann ich erkennen, dass es sich dabei um einen Mann handeln muss.

Etwas Silbernes blitzt in seiner Hand auf, ich sehe genauer hin und entdecke die Waffe.

Was zur Hölle hat das zu bedeuten?

Mit dem Ellenbogen die Scheibe der Terrassentüre einschlagend, verschafft er sich Zutritt. Jepp, so hätte ich es auch gemacht. Dass er diese Seite des Hauses nimmt, bedeutet, dass er sich mit dem Gebäude befasst hat. Das Klirren der auf den Boden fallenden Glasscherben vermischt sich mit dem panischen Schrei des Mädchens.

Fluchend beobachte ich, wie die rechte Hand des Einbrechers nach oben ruckt, obwohl ich keinen Knall höre, weiß ich, dass er den Abzug betätigt hat. *Fuck!*

Scarlett ist definitiv kein Zufallsopfer und der Kerl ist garantiert ein Profi. Ohne zu zögern, ziehe ich ebenfalls meine Knarre, entsichere sie und renne über die Wiese. Das Mädchen schreit wieder, der Wichser folgt ihr ins Haus. Mit noch größeren Schritten laufe ich zu Scarlett. Ich folge dem Lärm, steige über die Scherben hinweg und finde mich in der Küche wieder.

„Zier dich nicht so Püppchen. Je schneller du eine Kugel im Kopf hast, umso besser.“

Die Stimme des Mannes klingt gleichgültig, geradezu emotionslos. Er muss sich in einem Zimmer rechts von mir aufhalten.

„Wer sind sie? Warum tun sie das?“

Das Mädchen klingt erstaunlich ruhig.

„Wer ich bin, spielt keine Rolle ... Bevor ich es vergesse, dein Vater bat mich, dich von ihm zu grüßen, ehe ich dich kaltmache.“

Ein weibliches Schluchzen hallt zu mir durch, lässt mich die Fäuste ballen.

Sanchez, dieses Arschloch, kann es wohl kaum erwarten, sein Töchterlein endlich tot zu sehen. Aber warum?

Warum heuert er einen Killer an?

Zweifelt er daran, dass sich der Club um Scarlett kümmert?

Dauert es ihm zu lang oder gibt es noch einen weiteren Beweggrund, aus dem er sein Mädchen tot sehen will. Diese ganze Scheiße wird immer noch komplizierter.

Ich brauche Antworten!

„Bitte, tun sie das nicht ... bitte ..."

Ihr Flehen geht mir durch Mark und Bein.

„Halt die Schnauze und geh auf die Knie."

Wieder gibt sie ein Schluchzen von sich, ich bin kurz davor durchzudrehen. Allein das Wissen, dass dieser Wichser hier ist, um die Frau, die mich wie noch keine zuvor fasziniert, umzubringen, stellt gefährliche Sachen mit mir an.

„Warum auf die Knie? Bist du nicht in der Lage abzudrücken, wenn ich dir auf Augenhöhe begegne?"

Der Angreifer stößt ein bellendes Lachen aus.

„Glaub mir Püppchen, dich zu töten bereitet mir nicht die geringsten Schwierigkeiten. Aber die Devils sind dafür bekannt, ihre Opfer hinzurichten, sie exekutieren sie regelrecht. Und da dein Tod den Bikern zugeschoben werden soll, muss ich mich an ihre Vorgehensweise halten."

What a fuck! Es ist also tatsächlich so, wie ich es mir gedacht habe. Sanchez will den Club vernichten. Er hat den MC auf seine Tochter angesetzt, um ihn anschließend für den Mord dranzukriegen.

Was für ein Vater setzt einen Gunman auf seine eigene Tochter an? Das ... *or Alive* stand für ihn wohl nie wirklich zur Debatte.

Stellt sich mir die Frage, ob der Bürgermeister den Killer nur geschickt hat, weil ich ihm zu lange gebraucht habe und er ungeduldig geworden ist, oder ob das von vornherein sein Plan war?

Es wird ihm leichter fallen, mir den Mord seiner Tochter zuzuschieben, wenn nachgewiesen werden kann, dass ich tatsächlich in Woodbury gewesen bin. *Zur Hölle!*

Dafür werde ich diesen Bastard kaltmachen!

Ich schleiche mich weiter vor, riskiere einen Blick und sehe, wie Scarlett ihrem potentiellen Mörder gegenübersteht. Dicke Tränen rinnen ihr in Strömen über die Wangen. Trotz der Angst, die sich deutlich in ihrer Körperhaltung zeigt, funkeln ihre Augen kämpferisch. *Respekt!*

In der Vergangenheit habe ich mich oft genug in ihrer Position befunden.

Ich habe schon Dutzende Male in den Lauf einer Waffe gesehen – aber ich war auch schon oft derjenige mit dem Finger am Abzug und daher weiß ich auch, dass die meisten Menschen im Angesicht des Todes nicht so mutig sind, wie sie es gerade ist.

Gestandene Männer, harte Kerle aus dem Milieu oder Member von anderen OMC's (Outlaw Motorcycle Clubs) haben sich im Angesicht des Todes in heulende, sabbernde und flehende Muschis verwandelt, die mich angebettelt haben, sie zu verschonen.

Doch anstatt sie am Leben zu lassen, habe ich stets auf das *Expect-No-Mercy-Patch* auf meiner Kutte getippt, das Magazin geladen und abgedrückt.

In meiner Welt gibt es keine Gnade und keine zweiten Chancen.

Wer mich einmal hintergangen oder meinen Club bedroht hat, ist ein toter Mann.

Give Respect to get Respect – so einfach ist das!

Anstatt sich, wie aufgefordert, auf den Boden zu knien, drückt das Mädchen die Schultern durch und reckt das Kinn in die Höhe.

Bei allen Devils, noch nie fand ich eine Frau anziehender, wie die Tochter des Bürgermeisters in genau diesem Moment. Die Stärke, den Mut und die Willenskraft, die sie aufbringt, imponieren mir und sorgen dafür, dass es in meiner Hose eng wird.

Tief Luft holend, stemmt sie die Hände in die Hüften und kneift die Augen zusammen.

„Mein Vater hat mir schon so viel angetan, der Tod ist bei Weitem nicht das Schlimmste davon. Dennoch verabscheue ich Menschen, die nicht zu ihren Taten stehen. Es beschämt mich, durch die Hand eines hinterfotzigen Arschlochs zu sterben. Sie sind es nicht wert, mir das Leben zu nehmen."

Bämm! Yes Baby! Respekt!

Dieses Mädchen hat ein Rückgrat aus Stahl.

Der Killer steht mit dem Rücken zu mir gewandt da, den Lauf der Waffe auf Scarletts Stirn gerichtet.

Er geht nicht auf ihre Worte ein, legt lediglich den Kopf leicht schief und wiederholt seine Forderung.

„Auf die Knie."

Unsicherheit huscht über ihr Mienenspiel, dennoch bleibt sie kerzengerade stehen.

„Niemals!"

Einen Fluch murmelnd, zuckt der Killer mit den Schultern.

„Wie du willst!“

Jetzt oder nie ...

Entschlossen diese Scheiße zu beenden, verlasse ich meine Deckung und betrete mit einem großen Schritt das Wohnzimmer.

Das Mädchen keucht, genau wie erwartet, erschrocken auf, was den Hitman alarmiert. Mit den geübten Reflexen eines Killers dreht er sich blitzschnell zu mir um.

Er ist gut, aber nicht so gut wie ich.

Mit einem gezielten Schlag entwaffne ich ihn. Die Pistole fällt scheppernd zu Boden, ein Schuss löst sich, ich nehme mir nicht die Zeit, zu prüfen, wo die Kugel einschlägt, sondern packe den Bastard am Kopf und sehe ihm tief in die Augen.

„Wir treffen uns in der Hölle, Arschloch!“

Noch bevor meine Worte verklungen sind, reiße ich seinen Kopf nach rechts, überdrehe seine Wirbelsäule und genieße das vertraute Knacken seines Genicks.

Kraftlos, wie eine Marionette, bei der die Schnüre durchgeschnitten wurden, sinkt er zu Boden. Die Augen weit aufgerissen starrt er in die endgültige Leere des Todes.

Scarletts Kreischen dröhnt in meinen Ohren. Entsetzt weicht sie vor mir zurück, stolpert über einen Sessel und fällt auf den Arsch.

Heftig zitternd und immer noch heulend, kriecht sie immer weiter von mir weg.

Die silberne Halbautomatik des Killers aufhebend, lege ich die Sicherung ein und stecke sie mir hinten in den Hosenbund.

„W... Wer ... Wer si… sind Sie?“

Ihr Stottern ist der beste Beweis dafür, dass sie endgültig am Ende ist. All der Mut, den sie eben noch bewiesen hat, ist verschwunden. Jetzt liegt ein zu Tode verängstigtes, blutjunges Mädchen vor mir, dass mich ansieht, als wäre ich das größte Monster, das je gelebt hat. Was echt lustig ist, wenn man bedenkt, dass ich sie gerade gerettet habe.

„Blake ...“ Ich erkenne den Augenblick, in dem sie versteht, *wer genau* ich bin. „... der Vizepräsident des Red Devils Motorcycle Clubs.“

„Du wirst mich töten.“

Das klingt nicht nach einer Frage, sondern eher nach einer Feststellung.

„Falls es dir entgangen ist, habe ich dir gerade den Arsch gerettet.“

Sich etwas aufrechter hinsetzend, wischt Scarlett sich mit dem Handrücken über die Augen.

„Vielleicht magst du nur einfach keine Konkurrenz?“

Fuck! Sie ist echt süß ...
„Dieser Wichser", ich deute auf den Leichnam hinter mir, „war keine Konkurrenz."

Irritiert runzelt sie die Stirn.

„Nein?"

Ich schüttle den Kopf, und kann nichts gegen das Grinsen tun, das an meinen Mundwinkeln zupft. Wie sie da so vor mir liegt – unbeschreiblich schön, zu Tode verängstigt, mit verheulten, tiefgrünen Augen, verwuschelten braunen Haaren und den vollen Lippen – noch nie habe ich mich zu einer Frau so hingezogen gefühlt, wie in diesem Moment.

„Steh auf."

„Warum? Willst du mich etwa im Stehen abknallen? Dein Kollege da wollte mich auf den Knien."

Herr Gott, ganz schön eigensinnig die Kleine.

„Keine Konkurrenz, kein Kollege! Kapiert? Ich werde dir nichts tun. Versprochen! Es gibt nur einen Grund, auf den ich dich auf Knien vor mir sehen will ... Also steh auf!"

Sie tut es nicht, sondern bleibt reglos liegen, und starrt mich weiterhin so an, als würde sie damit rechnen, dass ich ihr jede Sekunde wie ein tollwütiger Wolf an die Kehle springe.

„Was ist das für ein Grund?"

Echt jetzt?

Langsam ziehe ich eine Augenbraue in die Höhe und sehe sie einfach nur an. Eine leichte Röte überzieht ihre Wangen. Sie scheint es begriffen zu haben.

„War das Versprechen ernst gemeint?"

„Ja! Zu 100 Prozent! Und wenn nicht, dann würde ich dir das wohl kaum auf die Nase binden."

Misstrauisch steht sie auf – endlich.

„Schwöre es mir. Schwöre mir auf deinen Club, dass du mir nichts tun wirst."

Kluges Mädchen. Ich beschließe sie zu testen.

„Du traust mir nicht, das ist dein gutes Recht. Also woher willst du wissen, dass ich diesen Schwur einhalte."

Mit schmerzverzerrtem Gesicht reibt sie sich über das Handgelenk. Sie scheint sich verletzt zu haben.

„Ich weiß nicht viel über euch Biker und das, was ich weiß, macht mir Angst. Aber es heißt, dass euch nichts auf der Welt so wichtig ist wie euer Leder, eure Harleys und euer Club. Und es wird sich erzählt, dass ihr eure Schwüre immer einhaltet. Was soll ich also anderes machen, als dich auf das schwören zu lassen, was dein Leben definiert?“

Holy Shit! Wirklich raffiniert die Süße.

In einer dramatischen Geste lege ich mir die linke Hand auf die Brust, zwinkere Scarlett verschwörerisch zu und räuspere mich.

„Ich schwör’s dir Baby!“

„Formulier es genauer.“

Die Kleine hat einen echten Unterhaltungswert.

Vor Furcht erschaudernd, mit einer Leiche im Wohnzimmer und einem Biker gegenüberstehend, der mit Sicherheit das Doppelte von ihr auf die Waage bringt, kämpft sie mit den wenigen Mitteln, die ihr geblieben sind.

Der unerklärliche Beschützerinstinkt, den ich ihr gegenüber empfinde, erreicht eine neue Intensität.

„Ich schwöre dir, dass dir vor mir keine Gefahr droht.“

Das scheint sie mir zu glauben, denn sie bricht förmlich in sich zusammen. Der Schock setzt ein, ihre Beine geben nach. Bevor sie hart aufschlagen kann, packe ich sie an der Taille und hebe sie hoch.

Ihre Zähne schlagen aufeinander, ein dünner Schweißfilm überzieht ihre Haut, sie fühlt sich eiskalt an.

„Klapp mir jetzt nur nicht zusammen, Mädchen.“

„Er wollte mich töten.“

Ich trage sie aus dem Raum, den Flur entlang und raus in den Garten. Dort setze ich mich mit ihr in den Armen auf die Bank.

„Jetzt ist er tot und kann dir nichts mehr antun.“

Sie schüttelt den Kopf und birgt ihr tränennasses Gesicht an meinem Hals. *Verflucht!*

Es sollte sich nicht so gut anfühlen, sie in den Armen zu halten ...

„Nicht der Killer, mein Vater.“

„Der wird es auch bald sein. Wegen diesem Bastard musst du dir keine Sorgen mehr machen.“

Sie schnieft, ein Beben erschüttert ihren kleinen Körper.

Ohne mir über die Bedeutung der Geste Gedanken zu machen, bedecke ich Scarlett mit dem Leder meiner Kutte.

„Du willst ihn töten?“

Falsche Wortwahl. Ich will nicht, ich werde!

„Er hat uns verraten und verkauft. Sein Plan ist es den Club zu zerschlagen – das werde ich niemals zulassen!“

Sich noch fester an mich pressend, beginnt sie heftig zu schluchzen.

„Aber er ist der Bürgermeister von Chicago.“

Als ob das eine Rolle spielt.

„Er könnte auch der verdammte Präsident sein. Das macht keinen Unterschied!“

Ein Hicksen löst sich aus ihrer Kehle.

„Dann liege ich also gerade in den Armen von dem Mörder meines Vaters?“

Ich nicke.

„So sieht es aus.“

Scarlett löst sich etwas von mir, stemmt ihre winzigen Hände gegen meinen Oberkörper und sucht meinen Blick.

„Schwöre es!“

Verwundert sehe ich sie an.

„Noch ein Schwur?“

Sie nickt, ihre Tränen versiegen.

„Ja. Schwöre mir, dass du ihn tötest.“

Wow! Das ist heftig.

„Dieser Mann ist deine Familie, deine einzige, wenn ich recht informiert bin. Wenn er tot ist, wirst du um ihn trauern.“

Eine Mischung aus Verzweiflung und Resignation breitet sich in ihren Augen aus.

„Ich werde trauern und ich werde weinen, aber ich werde auch endlich wieder ohne Angst schlafen können.“

So etwas sollte keine Tochter über ihren Dad sagen müssen.

„Gut, wenn das so ist, dann schwöre ich es.“

Sie presst die Lippen zusammen, scheint über irgendetwas nachzudenken.

„Du bist ein Killer?“

Gespannt, worauf sie hinaus will, nicke ich.

„Was kostet ein Auftragsmord?“

Die Antwort ist einfach.

„Deine Seele.“

Viele denken, dass es leicht ist, mit dem Tod Geschäfte zu machen. Aber dass ist es nicht. Die meisten zerbrechen unter der Last, für das Ableben eines Menschen verantwortlich zu sein.

„Meine Seele ist längst verloren. Glaube mir, Devil. Ich rede von Dollars. Was kostet es, wenn du jemanden für mich umbringst?“

Obwohl ich ahne, um wen es geht, will ich den Namen aus ihrem Mund hören.

„Nenn mir die Zielperson und ich nenne dir einen Preis.“

„Bruce Rice.“

Bingo!

Diesen Drecksack mache ich mit dem allergrößten Vergnügen kalt.

„Einen Dollar!“
Ungläubig zieht sie die Nase kraus, jetzt erinnert sie mich an ein kleines Kätzchen.
„Ich mache keine Witze, sondern meine das absolut ernst. Was verlangst du?“
Wenn sie denkt, dass ich ihre Vergewaltigung zum Lachen finde, täuscht sie sich.
„Das ist mein voller Ernst! Diesen Hurensohn kille ich nur allzu gern. Ich habe das Bild von dir gesehen, das, auf dem du nackt, bewusstlos und zwischen den Beinen blutend auf dem Boden liegst. Bruce Rice ist ein toter Mann, das garantiere ich dir!“
Unsicherheit flackert in ihren Iriden. Auf ihrer Unterlippe kauend, wehrt sie sich gegen meinen Griff. Mit dem Wissen, was ihr zugestoßen ist, akzeptiere ich ihren Willen, auch wenn es mir schwerfällt, sie loszulassen, und stelle sie auf die Füße. Erst als ich mir sicher bin, dass sie nicht erneut umkippt, gebe ich sie ganz frei.
Zögernd fasst sie in die Tasche ihrer Jeans und zieht einen zerknitterten Schein hervor.
Hochkonzentriert streicht sie ihn glatt, schluckt schwer und reicht ihn mir anschließend.
„Wenn ich es mir aussuchen kann, dann will ich, dass du dir Zeit mit ihm lässt und einen ganz bestimmten Satz zu ihm sagst.“
Gebannt sehe ich sie an.
„Welchen?“
Nervös knetet sie ihre Finger, wendet sich von mir ab und starrt gedankenverloren in den Waldrand, der an das Grundstück ihres gemieteten Hauses grenzt.
Sie holt zittrig Luft und wirft mir einen unsicheren Blick zu, ehe sie zum Sprechen ansetzt.
„Sag: *Wenn du dich freiwillig auf den Rücken legst, verspreche ich dir, dass ich dafür sorgen werde, dass es dir gefällt.*“
Meine Kopfhaut beginnt zu prickeln, die Muskeln in meinen Armen zucken, sehnen sich danach, etwas, beziehungsweise jemanden, kurz und klein zu schlagen. *Fuck!*
Das muss der PR-Manager in besagter Nacht zu Scarlett gesagt haben. *Verdammtes Schwein!*
Gegen den Sturm, der in meinem Inneren tobt, ankämpfend, betrachte ich das vor mir stehende Mädchen.
Ich kann verstehen, warum dieser Bruce sie begehrt. Scarlett Sanchez ist ein faszinierendes Geschöpf.

Stark und doch zerbrechlich – unschuldig und dennoch verteufelt sexy. Während er sich dazu entschieden hat, sie zu verletzen, sehne ich mich danach, sie zu beschützen.

Ja, ich will sie ficken! Verdammt!

Jeder Mann, der auch nur einen Funken Leben in sich trägt, will das. Und ja, ich will es ihr so hart besorgen, dass sie schreit. Aber ich will, dass es Lustschreie sind, ich will, dass sie sich an mir festkrallt und heiser um mehr bettelt.

Während der PR-Manager ihres Vaters sie zerbrechen will, will ich sie verehren.

Woher diese seltsamen Bedürfnisse kommen, weiß ich nicht, sie sind einfach da und werden mit jeder Minute, die ich in ihrer Nähe verbringe, stärker. Seit ich Chicago hinter mir gelassen habe, habe ich Stunden damit verbracht dieses Foto von ihrem Facebookaccount zu studieren.

Ich stecke in der Scheiße – bis zum Hals – das ist mir klar und dennoch stört es mich nicht. Das Einzige, was mich wirklich ankotzt, ist, dass sie immer mehr Abstand zwischen uns schafft und im Augenblick so wirkt, als würde sie am liebsten so schnell es geht davonlaufen.

Ein Ruck geht durch ihren Körper, bevor sie den ersten Schritt machen kann, stoße ich ein warnendes Grunzen aus.

„Wenn du abhaust, werden alle Schwüre hinfällig."

Ungläubig kneift sie die Augen zusammen.

„Das kannst du nicht tun!"

Ach nein? Interessant!

„Ich kann und ich werde ... Also setz dich und beweg dich nicht von der Stelle während ich mich um die Leiche in deinem Wohnzimmer kümmere."

Einen Fluch ausstoßend, lässt sie sich auf die Bank plumpsen und verschränkt trotzig die Arme vor der Brust.

Ihr Verhalten bringt mich zum Lachen.

„Du siehst süß aus, wenn du schmollst."

„Hmpf ... ich schmolle nicht, sondern ich bin wütend."

Aha.

„Gut dann bist du eben süß, wenn du wütend bist."

Wieder flucht sie, mein Lachen wird lauter.

„Du bist ein Arschloch, Blake."

Ach, was sie nicht sagt.

„Aye, das bin ich, und das solltest du lieber nie vergessen, Mädchen!"

Den Dollar von ihr zusammenfaltend, stecke ich ihn demonstrativ in die Innentasche meiner Kutte, und bestätige ihr somit erneut, dass ich den Auftrag annehme.

Bruce Rice ist ein toter Mann, genau wie Ricardo Sanchez.

Ohne sie eines weiteren Blickes zu würdigen, gehe ich in das Haus und kümmere mich um den ganzen Bullshit.

Das alles ist für mich reine Routine und wird mir keine schlaflosen Nächte bereiten – was ich von dem Mädchen da draußen nicht behaupten kann.

Sie wird mich garantiert in meine Träume verfolgen ...

4. Kapitel

Scarlett

Lieber Gott hilf mir!

Was passiert hier gerade?

Ich fühle mich wie eine Außenstehende – so als würde ich neben mir stehen und die ganze Katastrophe als Unbeteiligte betrachten.

Was wahrscheinlich auch der Grund dafür ist, dass ich so ruhig bleibe und keinen Nervenzusammenbruch erleide ...

Sprachlos beobachte ich, wie der Rocker eine Schubkarre und einen Spaten aus der Garage holt, den toten Killer, den mir mein Vater geschickt hat, auflädt, sich seine Kippe in den Mundwinkel klemmt und ohne einen Blick zurück in den Wald marschiert.

Himmel hilf ... Ist das ein Albtraum oder die Realität?

Wann hat das Schicksal eigentlich beschlossen, aus meinem Leben einen Horrorfilm zu machen? Erst nach und nach sickert das ganze Ausmaß der Skurrilität in meinen Verstand ein. Es dauert einige Zeit, bis ich das alles verstehe.

Mein Herz zieht sich gepeinigt zusammen, es blutet und friert nach und nach ein. Es fühlt sich so an, als hätte ich einen Eisklotz in meinem Brustkorb. Mein Vater will mich umbringen lassen – einfach so – sein einziges Kind, sein eigen Fleisch und Blut ...

Das ist so verdammt heftig, dass ich nicht weiß, wie ich damit umgehen soll. Zumindest bin ich nicht paranoid. Ich habe es mir nicht eingebildet, sondern ich wurde tatsächlich beobachtet. Wenn mich der Vizepräsident des Red Devils Motorcycle Clubs nicht gerettet hätte, dann wäre ich längst tot. Aber woher kam dieser Biker eigentlich so plötzlich? Und was hatte er in meinem Haus zu suchen?

Ich glaube nicht an Zufälle. Woodbury ist kein Ort, an dem man einfach so einem der Chicagoer Devils über den Weg läuft.

Also was zum Henker hat dieser Rocker hier gemacht?

Ist er mir gefolgt? Wenn ja, warum? Ich meine, aus welchem Grund hat er den Weg von 400 Meilen auf sich genommen?

Tausend Fragen zucken wie Blitze durch meinen Kopf, hinter meiner Stirn beginnt es schmerzhaft zu pochen.

Einen Blick Richtung Waldrand riskierend, überlege ich mir, ob er das Grab schon ausgehoben hat? Es ist bestimmt schon eine halbe Stunde her, dass er zwischen den Bäumen verschwunden ist ...

Wie lange dauert es wohl, jemanden zu vergraben?

Auf einen Schlag wird mir übel. Mein Magen zieht sich schmerzhaft zusammen, ich muss würgen. Erschrocken stolpere ich über die Terrasse, lasse mich auf die Knie fallen und übergebe mich in das Gras.

Würgend kneife ich die Augen zusammen, stütze mich am Boden ab und beginne zu weinen. „Das habe ich alles nicht verdient ...“

Über die Ungerechtigkeit des Lebens jammernd, zucke ich erschrocken zusammen als ein paar abgewetzte, schwere Bikerstiefel in meinem Sichtfeld auftauchen.

„Was man verdient und was man bekommt, sind zwei völlig unterschiedliche Dinge. Hör auf dich zu bemitleiden, steh auf und kämpfe.“

Überrascht, dass er schon wieder zurück ist, wische ich mir über den Mund und sehe zu ihm auf.

„Was machst du hier?“

Seine Mundwinkel zucken.

„Hätte ich im Wald bleiben und Totenwache halten sollen?“

Ich schüttle den Kopf.

„Nein, ich meine, was machst du hier in Woodbury?“

Schlagartig wird er ernst, seine markanten Gesichtszüge wirken hart und gnadenlos.

Halleluja! Instinktiv spüre ich, dass dieser Biker 1000-prozentig gefährlicher ist, als der Killer, den mir mein Vater geschickt hat.

„Hör auf, dich dumm zu stellen, Scarlett. Du weißt ganz genau, warum ich hier bin!“

Ach, tue ich das?

„Nein! Wieso? Hat dich auch mein Vater geschickt? Willst du mich erschießen oder mir ebenfalls das Genick brechen?“

An seinem Kiefer beginnt ein Muskel zu zucken, Angst breitet sich in mir aus.

„Verarsch mich nicht, Mädchen. Ich bin kein besonders geduldiger Mensch.“

Danke für die Warnung.

„Und ich kann keine Gedanken lesen. Also raus mit der Sprache, warum bist du mir nach Woodbury gefolgt?“

Blake sagt nichts, beobachtet mich dabei, wie ich aufstehe, und verschränkt die Arme vor der Brust. Der ausgewaschene Stoff seines Shirts spannt sich über den harten Muskelbergen.

Die Sehnen unter seiner tintenverzierten Haut zucken, mein Mund wird trocken. *So viel Kraft!*

Wenn er wollte, könnte er mich einfach packen, hochheben und in zwei Teile zerbrechen. Wahrscheinlich müsste er sich dafür nicht mal besonders anstrengen.

Ein äußerst beunruhigender Gedanke ...

„Ach Mädchen. Was hast du gedacht was passiert, wenn du mit dem Stick abhaust? Du hast deinem Vater die Aufzeichnungen gestohlen, ich bin hier, um dich und den USB-Stick zurück nach Chicago zu bringen."

USB-Stick? Aufzeichnungen? Ich verstehe kein Wort ...

„Das muss ein Irrtum sein. Ich habe keine Ahnung, wovon du da sprichst, Blake. Aber ich kann dir sagen, dass ich nie wieder zu meinem Vater zurückkehre. Eher sterbe ich ..."

Ein Knurren löst sich aus seiner Kehle, die Härchen auf meinen Armen stellen sich auf.

„Sag das nicht zu laut, Scarlett. Dein Tod ist für viele eine längst beschlossene Sache."

Ach du Heilige ...!

„Ich habe keinen Stick, ehrlich! Ich weiß ja nicht mal, wovon du sprichst, verdammt!"

Blake sieht mich prüfend an, dann stößt er ein lautes „Fuck!" aus.

Sich an den Tisch lehnend, zieht er eine Zigarettenschachtel hervor, schüttelt eine Kippe raus und zündet sie sich an. Der warme Rauch steigt mir in die Nase, ich atme tief ein und seufze anschließend. Ein Grübchen bildet sich auf der stoppeligen Wange des Rockers, er reicht mir die Marlboro und zündet sich eine neue an. Das Nikotin und den Tabak inhalierend, schließe ich für einen Moment die Augen.

Endlich lässt die Übelkeit nach.

„Glaubst du mir, dass ich keinen USB-Stick habe?"

Zu meiner Erleichterung nickt er.

„Aye, das tue ich. Mittlerweile ergibt das alles einen Sinn."

Das kann ich nicht gerade behaupten, ich verstehe von der ganzen Scheiße, die um mich herum passiert so langsam überhaupt nichts mehr.

„Kannst du mir sagen, warum du denkst, dass ich irgendwelche Aufzeichnungen bei mir habe? Und was hat das alles mit deinem Club zu tun? Bis zum heutigen Tag bin ich nie auch nur einem von euch Devils begegnet."

Zwischen seinen emotionslos wirkenden braunen Augen bilden sich zwei tiefe Falten.

„Die Sache wird dir nicht gefallen!"

Welche eine Überraschung ...

„Mir gefällt so gut wie nichts von dem, was mir passiert.“

Blakes Mundwinkel ziehen sich nach unten, die Kette, die an seinem Oberschenkel baumelt und mit der sein Portemonnaie an seinem Gürtel befestigt ist, klirrt leise, als er sich bewegt.

„Der Bürgermeister und der Club haben einige Geschäfte am Laufen. Es geht um Waffen, Drogen, Glücksspiel und Nutten. In regelmäßigen Abständen finden Treffen statt, bei denen alle wichtigen Details besprochen werden. Dein Herr Vater hat diese Besprechungen ohne unsere Erlaubnis aufgezeichnet. Er hat behauptet, dass du die Aufnahmen eingesteckt hast und abgehauen bist. Wir mussten davon ausgehen, dass du sie an die Presse verkaufen willst, das konnten wir nicht zulassen. Du verstehst?“

Der Klang, den seine Stimme angenommen hat, verrät mir, dass er vor nichts und niemanden zurückgeschreckt wäre, um an diese Aufzeichnungen zukommen.

Meine Gedanken überschlagen sich. Ich rechne eins und eins zusammen, der Eisklotz in meinem Inneren wird immer größer.

„Du bist hier, um mich zu beseitigen. Du willst mich zum Schweigen bringen.“

Seine Iriden beginnen zu glühen, er gibt ein wütend klingendes Schnauben von sich.

„Ich bin vor drei Tagen in Woodbury angekommen. Wenn ich es wollte, wärst du längst tot.“

Auweia ...

„Soll ich dir etwa dafür danken, dass du mir bis jetzt noch nicht das Genick gebrochen hast?“

An seiner Zigarette ziehend, lässt er den Rauch eine Minute später durch seine Nase entweichen.

„Mein Auftrag war, dich aufzuspüren, und dich tot *oder* lebendig zurück nach Chicago zu bringen. Death or Alive ... Ich habe mich für das *or Alive* entschieden.“

Was soll ich dazu sagen?

„Wie es aussieht, lässt mein Vater nichts unversucht ... Wenn er erfährt, dass ich immer noch lebe und dass sein Killer gescheitert ist, wird er einen neuen engagieren. Er ist kein Mann, der einfach so aufgibt.“

Ein eiskaltes Grinsen zuckt über das Gesicht des Bikers.

„Du vergisst, dass die Tage deines Vaters gezählt sind. Sobald wir zurück in Chicago sind, töte ich ihn.“

Wie sollte ich das vergessen ...

„Ich kann nicht zurück. Bitte, tu mir das nicht an.“

„Du musst. Aber sobald die Scheiße geklärt ist, steht dir die Welt offen. Keiner wird dich davon abhalten, wieder zu gehen."
Wer's glaubt, wird selig.
„Als ich auf dem Boden liegend aufgewacht bin, blutend und vergewaltigt, habe ich mir geschworen, diese Stadt zu verlassen und nie wieder zurückzukommen."
Kaum dass meine Stimme verhallt ist, geht ein Ruck durch Blakes Körper. Jeder seiner Muskeln spannt sich an, seine Mimik wirkt so hart, als wäre sie aus Granit gemeißelt.
Dieser Outlaw hat eine seltsame Wirkung auf mich.
Keine Ahnung, woran das liegt, vielleicht an der Gnadenlosigkeit, die er ausstrahlt. Auf seine ganze eigene und höllisch düstere Art ist dieser Rocker extrem sexy.
Ups ... Wo kommt denn dieser Gedanke her?
„Dann wird es vielleicht Zeit für einen neuen Schwur."
Fragend erwidere ich seinen eindringlichen Blick.
„Und welcher soll das bitte sein?"
Sich von dem Tisch abstoßend, stellt Blake sich direkt vor mich, streicht mit der schwieligen Kuppe seines Daumens über meine Schläfe und beugt sich leicht zu mir vor.
„Schwöre Rache!"
Er hat leicht reden.
„Das ich nicht lache. Wie groß bist du? Zwei Meter? Du wiegst sicherlich doppelt so viel wie ich und bist ein Mann. Glaube mir, du hast keine Ahnung, wie schwer es ist, eine Frau zu sein. Ganz davon abgesehen bist du der Vizepräsident des gefürchtetsten Rockerclubs des Landes. Ich kann mir nicht vorstellen, dass es auch nur eine Sache auf der Welt gibt, vor der du dich fürchtest. Wenn du wolltest, könntest du deine Waffe ziehen und die Hälfte der Einwohner von Woodbury in einer Nacht töten. Du bist quasi unbesiegbar, wofür ich dich übrigens echt beneide!"
Mit geblähten Nasenflügeln und ohne meinen Blick freizugeben, fasst er hinter sich, zieht eine silberne Waffe hervor und hält sie mir entgegen. Unsicher betrachte ich die Pistole in seiner Hand.
Ich erkenne sie sofort wieder, das ist die Waffe, mit der mich der Killer hinrichten wollte. Ich würde sie unter Tausenden wiedererkennen ...
Langsam will ich danach greifen, doch bevor meine Fingerspitzen den kalten Stahl berühren, ziehe ich die Hand zurück und schüttle den Kopf.
„Nimm sie, Mädchen."

„Nein, ich will nicht."
Blake nickt, so als ob er mit dieser Reaktion gerechnet hätte.
„Es spielt keine Rolle, wie groß du bist oder wie viel Gewicht du auf die Waage bringst. Diese Knarre ist in deiner Hand genauso tödlich wie in meiner. Es kommt nur auf eine einzige Sache an – die Bereitwilligkeit zu töten!"
Ganz genau ...
„Und die habe ich nicht. Herr Gott! Warum kann mich keiner verstehen? Alles was ich will, ist ein ganz normales Leben. Ich will mir einen netten Mann suchen, einen der mich gut behandelt und der mich vor allen Bruce's dieser Welt beschützt. Ich will ein gutes Leben, eine Familie, die ich lieben kann und meinen Frieden."
Ich bemerke erst, dass ich wieder zu weinen angefangen habe, als Blake mir mit seinen rauen Fingern die Tränen aus dem Gesicht streicht.
„Klingt nach einem guten Plan. Er hat nur einen Haken. Ein netter Mann wird nie in der Lage sein dich zu beschützen. Such dir einen bösen – such dir ein wahres Monster. Nur wer die Gefahren dieser Welt kennt, kann sie auch abwehren."
Ich schlucke schwer, lecke mir über die trockenen Lippen. Plötzlich sind wir uns so nah, dass ich die schwarzen Sprenkel in seinen Iriden erkennen kann. Blakes würziger Geruch steigt mir in die Nase.
Dieser Biker riecht nach Leder, Schießpulver, Seife und Rauch. Ohne mir darüber bewusst zu sein, lehne ich mich noch etwas weiter zu ihm vor, atme tief ein und seufze leise.
Ich soll mir also ein Monster suchen?
Wie praktisch, dass ich bereits eines gefunden habe ...
„Tu das nicht, Mädchen."
Irritiert lege ich den Kopf schief.
„Was soll ich nicht tun?"
„Mich so ansehen, als wäre ich die Lösung für all deine Probleme."
Habe ich das etwa?
„Hast du nicht vor einer Minute selbst gesagt, dass ich mir einen bösen Beschützer besorgen soll?"
Seine Nasenflügel blähen sich, er wirkt wie ein Raubtier auf der Jagd.
„Aye, das habe ich ... Aber glaube mir, du willst mich nicht als deinen Mann."
Tief in meinem Inneren spüre ich, dass ich die nächste Frage nicht stellen sollte, ich tue es trotzdem.
„Und warum nicht?"

„Weil ich dich verschlingen würde, Baby. Ich würde dich inhalieren, behalten, besitzen und so allumfassend vereinnahmen, dass du in mir verschwinden würdest.“

Sein Blick bohrt sich so tief in den meinen, dass ich erschaudere. Ich halte ihm nicht länger stand, senke die Augen und betrachte die Patches auf seiner Kutte.

Welcher Frau auch immer es gelingen wird, sich diesen Outlaw zu schnappen, sie wird sich nie wieder vor irgendwelchen Killern fürchten müssen – sie wird sich wahrscheinlich vor absolut gar nichts mehr fürchten müssen. Wenn Blake mein Mann wäre, wäre ich nie vergewaltigt worden, dessen bin ich mir gewiss.

Diese gnadenlose Entschlossenheit, die er ausstrahlt, geht mir unter die Haut.

„In dir zu verschwinden, erscheint mir als keine schlechte Option.“

Seine Wangenmuskulatur zuckt. Die Sehnen an seinem Hals treten deutlich hervor.

Holy Shit! Dämonisch schön ...

„Du spielst ein gefährliches Spiel, Scarlett. Ich bin keiner von den Typen, mit denen du bisher zu tun hattest. Wenn du mich herausforderst, werde ich die Herausforderung annehmen, und dann werde ich dir die Entscheidung, wie es mit dir weitergeht, abnehmen!“

Oh ...

Bevor ich auf diese Aussage reagieren kann, unterbricht uns das Vibrieren seines Handys. Mit einem derben Fluch richtet er sich auf, reibt sich über den kahlen Schädel und geht mit einem „Yeah Präs, was gibt's?“ ans Telefon.

Ich nutze die Unterbrechung, um wieder zu Atem zu kommen. Auf wackeligen Beinen stehe ich auf, gehe ins Haus und hole mir eine Flasche Wein aus dem Kühlschrank.

Auf ein Glas verzichte ich, setze mich auf die Arbeitsplatte und trinke den Weißwein bis zur Hälfte aus.

Blakes Stimme dringt bis zu mir durch, ich höre seine gemurmelten Worte, kann aber nicht verstehen, was genau gesprochen wird.

Er geht vor der eingeschlagenen Terrassentüre auf und ab.

Ich nutze die Gelegenheit, um mir diesen Rocker mal genauer anzusehen.

Sein glatt rasierter Schädel ist genauso braun gebrannt wie sein Gesicht. Eine seiner geraden Augenbrauen wird von einer Narbe durchtrennt, seine Nase erzählt eine ganz eigene Geschichte, sie ist der sichtbare Beweis dafür, dass Knochenbrüche zum Alltag eines Red

Devils gehören. Blake hat volle Lippen und eine kleine Kerbe am Kinn, die trotz seines Fünftagebarts deutlich zu sehen ist.

Sein viriler Hals ist muskulös und von Sehnen durchzogen. An den Stellen von Blakes Körpers, die nicht von Klamotten verborgen sind, kann ich unzählige Narben und die verschiedensten Tattoos erkennen. Über seinem linken Ohr befinden sich mehrere Würfel, was sie wohl zu bedeuten haben?

Es gibt Menschen, die suchen die Motive ihrer Tätowierungen rein nach optischen Gründen aus, Blake hingegen wirkt eher wie jemand, der sich die Tinte wegen einer bestimmten Bedeutung in die Haut stechen lässt.

Meine Menschenkenntnis war noch nie die beste, doch zu welcher Kategorie Mann dieser Rocker gehört, ist leicht zu erkennen.

Alleine die Tatsache, dass er der Vizepräsident eines Motorcycle Clubs ist, verrät schon einiges. Die vielen verschiedenen Patches, die seine Kutte zieren, lassen keinen Freiraum für Zweifel.

Blake ist ein Mörder und ein Copkiller. Die zwei *LL* auf dem runden Aufnäher, der sich auf seiner rechten Schulter befindet, sind die Abkürzung für Lounge Lizard. Dieses Patch verrät mir, dass er für seinen Club eine längere Haftstrafe abgesessen hat.

Direkt daneben befindet sich das *Unholy Ones* Abzeichen. Ich kenne mich nicht gut in der Welt der Biker aus, aber ich weiß auch, was dieses Patch bedeutet. Es tragen nur die Member, die ihre Loyalität zum MC mit ziemlich krassen Aktionen bewiesen haben.

Es ist der beste Beweis dafür, dass Blake bereit ist, bis zum letzten Atemzug für seinen Club zu kämpfen. Für diese unzerstörbare Treue bewundere ich ihn. Mein Leben besteht aus Verrat, Misstrauen und Hass, bei ihm muss das anders sein ...

Wieder trinke ich von dem Wein, unglaublich wie schnell so eine große Flasche leer sein kann. Bis Blake sein Telefonat beendet hat, ist der Sauvignon Blanc bis auf den letzten Tropfen *verdunstet* und entfaltet bereits seine beruhigende Wirkung.

Blake sieht die leere Flasche in meinen Händen und zieht in einer spöttischen Geste eine Augenbraue nach oben.

„Durst?"

„Jetzt nicht mehr."

Die Beine überkreuzend, schnorre ich mir eine Zigarette bei ihm.

„War das dein Präsident? Hast du ihm gesagt, dass ich den Stick nicht habe und das du jetzt wieder zurück nach Chicago fährst?"

Lachend reicht er mir die Kippe und gibt mir ganz gentlemanlike Feuer.

„Tattoos und Ritterlichkeit, das gefällt mir."
„Ja das war Banks, und ja ich habe ihn auf den neuesten Stand der Dinge gebracht. Er erwartet *uns* bis morgen Abend."
Verdammt! Verflucht! Verschissen ...
„Uns? Ich habe dir gesagt, dass ich nicht mitkomme."
Er atmet so tief ein, dass sich sein Brustkorb wölbt und sich der Stoff des Shirts über seinen Muskelbergen anspannt.
„Wie es mit dir weitergeht, entscheidest nicht du!"
Das ist lachhaft.
„Natürlich tue ich das!"
Angst kriecht an meiner Wirbelsäule nach oben. Ich versuche, sie mir nicht anmerken zu lassen.
„Hör zu, Scarlett. Mein Auftrag lautet dich tot oder lebend zurückzubringen. Mach es uns beiden nicht schwerer als nötig."
Tot oder lebend ...
Ich habe mich schon gewundert, warum ich das alles so gut wegstecke – warum ich so gelassen bleibe. Meine Reaktion auf das Geschehene ist nicht normal! Aber dieser erneute Hinweis darauf, wie wenig mein Leben wert ist, lässt mich erschaudern.
Gleich einem Kurzfilm spielt mir mein Hirn die Ereignisse der vergangenen Stunde noch mal vor. Ich erstarre! Das Zittern beginnt in meinen Füßen, arbeitet sich langsam an meinen Beinen nach oben und ergreift dann vollständig von mir Besitz.
Meine Zähne schlagen klappernd aufeinander, ich bekomme kaum noch Luft. Japsend versuche ich, meine Lunge mit Sauerstoff zu füllen, es funktioniert nicht. Im Gegenteil, es fühlt sich so an, als wäre ein Band um meinen Oberkörper geschlungen das sich sekündlich enger zusammenzieht.
Ich habe eine imaginäre Schlinge um den Hals, der ich nicht entkommen kann. Die leere Flasche gleitet mir aus den Fingern, wie paralysiert beobachte ich, wie sie fliegt, auf den Fliesen aufschlägt und in tausend kleine Stücke zerplatzt. Scherben surren durch die Küche, mein entsetzter Schrei hallt mir in den Ohren nach.
Der Killer in meiner Küche hat den Killer meines Vaters getötet ...
Tränen verschleiern mir die Sicht, am liebsten würde ich einfach fallen und wie die Flasche zerspringen.
Dann hätte ich das alles hinter mir, dann wäre der Albtraum, zu dem sich mein Leben entwickelt hat, endlich vorbei.
„Schock und Alkohol, keine gute Mischung."

Blake kommt auf mich zu, seine prankenartigen Hände packen mich an den Schultern. Er will mich hochheben, eiskaltes Entsetzen flutet meine Venen, lässt meinen Kreislauf beinahe kollabieren.

„Nein! Stopp! Fass mich nicht an! Lass deine Finger von mir!“

Meine Gegenwehr einfach ignorierend. Schlingt er mir einen Arm um die Taille und presst mich an seine Brust.

„Du bist der Tod, du bist der Teufel ...“

Immer hysterischer werdend, trete ich nach ihm, als das nicht funktioniert, beiße ich ihm kurzerhand in den Hals. Blake flucht, seine Finger graben sich so fest in mein Fleisch, dass es schmerzt, doch er lässt mich nicht los.

„Zur Hölle, Weib!“

Mit großen Schritten trägt er mich durch die Wohnung in mein Schlafzimmer und wirft mich auf das Bett.

Noch bevor ich mich aufrichten konnte, legt er sich auf mich.

Er zerdrückt mich fast mit seinem Gewicht, macht mich bewegungsunfähig.

Angst ist ein Euphemismus für das, was ich gerade empfinde. Mein Herzschlag setzt für eine kleine Ewigkeit aus. Mein Brustkorb brennt, ich hyperventiliere, verschlucke mich an meinen hektischen Atemzügen und ersticke beinahe. Kalter Schweiß überzieht meine Haut. Instinktiv presse ich die Beine zusammen und kämpfe wie eine Furie.

„Hör auf mit der Scheiße, bevor du dich noch verletzt!“

Mein Ziel ist es, ihn zu verletzen, aber das scheint ihm nicht klar zu sein, was bedeutet, dass ich mich nicht so gut dabei anstelle.

„Lass mich sofort los! Oder hast du auch vor, mich zu vergewaltigen?“

Schlagartig verändert er seine Position. Er liegt noch immer auf mir, pinnt mich weiterhin auf die Matratze, aber er hebt den Kopf, sodass sich unsere Blicke begegnen.

„Fuck! Was glaubst du, wer ich bin? Ich habe noch nie eine Frau zum Sex gezwungen und ich werde es auch niemals tun. Bullshit, Scarlett! Denk an den Schwur, den ich dir geleistet habe.“

Wie sollte ich den vergessen?!

Aber woher soll ich wissen, dass ich ihm vertrauen kann?

Anstatt mich der Situation zu ergeben, kämpfe ich immer stärker. Meine Muskeln brennen wie Feuer, ich keuche und spüre wie mir langsam, aber sicher die Kraft ausgeht.

Blake braucht genau drei Handgriffe, um mich endgültig zu überwältigen.

Weinend drehe ich den Kopf zur Seite, kneife die Augen zusammen und gebe auf.

Ich. Kann. Nicht. Mehr!

Und damit meine ich nicht nur im Moment ...

Auch wenn ich ganz wirke, ist mein Inneres genauso zersplittert wie die Weinflasche. Irreparabel zerstört.

Keine Ahnung, womit ich rechne, vielleicht damit, dass dem Biker die Geduld ausgeht und er mir einfach den Kopf so weit nach hinten dreht, bis mein Genick bricht.

Doch er reagiert ganz anders als erwartet – verständnisvoll und ruhig.

„Schhhh ... Baby, hol tief Luft. Konzentrier dich ganz darauf ein- und auszuatmen."

Seine Stimme klingt beschwichtigend.

„Ich will sterben."

Keine Ahnung wo die Wörter herkommen, aber in dem Moment, in dem ich sie ausspreche, weiß ich, dass sie wahr sind. Ich bin es so leid, zu kämpfen.

„Du wirst leben. Dafür sorge ich. Alles andere lasse ich nicht zu!"
Schluchzend sehe ihn an.

Blakes Augen wirken schwarz, der Zug um seinen Mund kann nur mit einem Wort beschrieben werden – entschlossen.

Mein Bedürfnis nach Nähe überwiegt. Ich überwinde meine Angst, berge mein Gesicht an der Kuhle an seinem Hals und atme seinen Geruch ein. Er ist warm und strotzt nur so vor Kraft. Alles an ihm ist hart, ich bin von seinen Muskeln und dem Leder seiner Kutte umgeben.

„Halt mich fest, bitte ..."

Der schmerzhafte Griff, mit dem er meine Handgelenke auf das Bett gepresst hat, lässt nach, er rollt sich neben mich, zieht mich wie ein Kind an seine Brust und wickelt seine Arme um mich. Wieder bin ich seine Gefangene, nur dieses Mal auf eine vollkommen andere Art.

Dem kraftvollen *Bumm-Bumm-Bumm* seines Herzens lauschend, beruhige ich mich wieder etwas. Zutiefst erschöpft schließe ich die Augen und sauge seine Wärme in mich auf.

Mit ruhiger Hand streicht Blake mir immer wieder über den Kopf und an meinem Rücken hinab, stoppt erst kurz vor meinem Hintern. Unglaublich, dass ein Mann wie er so sanft sein kann ...

„Dein Herz hat aufgehört zu rasen, geht es dir besser?"

Da ich meiner Stimme nicht traue, nicke ich nur.

„Du hattest einen Nervenzusammenbruch. Hab mich schon gewundert, dass du so ruhig gewesen bist. Das war wohl der Schock!" Oder Unzurechnungsfähigkeit, wer weiß das schon so genau?

Ich meine, mein jetziges Verhalten ist doch genauso ungewöhnlich?

Wie ist denn die angemessene Reaktion auf das, was passiert ist?

Gibt's überhaupt eine?

Ich weiß es nicht!

Alles was ich weiß ist, dass es sich viel zu gut anfühlt, in den Armen dieses Red Devils zu liegen ...

5. Kapitel

Blake

In der letzten Nacht habe ich Stunden damit verbracht Scarlett in den Armen zu halten, die feinen Züge ihres Gesichts zu studieren und den Geruch ihrer Haare einzuatmen.

Dieses Mädchen riecht nach grünen Äpfeln und Sommer.

Der Nervenzusammenbruch, den sie erlitten hat, war heftig. Es hätte mich auch sehr gewundert, wenn sie die ganze Scheiße einfach so weggesteckt hätte. Die Tatsache, dass ihr Vater sie um jeden Preis tot sehen will, der Killer in ihrem Wohnzimmer und mein plötzliches Auftauchen – das alles war zu viel für sie.

Schon während ich diese Frau aus der Ferne beobachtet habe, hat sie mich fasziniert. Aber jetzt, wo ich sie stundenlang festgehalten und über sie gewacht habe, ist diese Faszination in Besessenheit umgeschlagen. Ich will Scarlett besitzen, sie schmecken und ficken und ich will ihr dabei helfen den ganzen Bullshit unbeschadet zu überstehen. Wieder und wieder höre ich ihre vor Verzweiflung durchtränkte Stimme.

... Ich will sterben ... Halt mich fest, bitte ...

Ersteres werde ich niemals zulassen und sie zu halten ist mir, weiß Gott, nicht schwergefallen. Während ich nach einem Sinn suche – einer Aufgabe, die mein Leben neben dem Club erfüllt, scheint Scarlett jemanden zu brauchen, der ihr den Arsch rettet und der auf sie aufpasst. Dieses Mädchen ist genau zum richtigen Zeitpunkt in mein Leben getreten.

Sie weiß es zwar noch nicht, aber sie gehört mir – mir ganz allein und ich werde alles in meiner Macht Stehende tun, um dafür zu sorgen, dass sie mich wieder anflehen wird, sie in die Arme zu nehmen. Dank ihrer Vorgeschichte werde ich mich in Geduld üben müssen. Keine Ahnung, wie lange es dauern wird, bis sie mir so weit vertraut, dass ich sie ficken kann, aber sie ist es wert, zu warten.

Während Scarlett geschlafen hat, bin ich zu dem Motel gefahren, habe meine Sachen gepackt und alles für die heutige Abreise vorbereitet.
Ich kann verstehen, dass sie nicht zurück nach Chicago will, doch sie hat keine andere Wahl.

Solange Ricardo Sanchez am Leben ist, ist seine Tochter nicht sicher. Ganz davon abgesehen hat sie als mein Mädchen gar keine andere Wahl, als sich mit dem Gedanken, wieder zurückzukehren, anzufreunden.

„Bist du fertig?"

Mit den Fingerknöcheln gegen die geschlossene Badezimmertüre klopfend warte ich ungeduldig darauf, dass Scarlett endlich rauskommt.

„Komm schon, Mädchen. Uns steht ein langer Ritt bevor. Es liegen 400 Meilen vor uns."

Bis auf den laufenden Wasserhahn höre ich nichts.

Ungeduldig reibe ich mir über den Kopf.

„Scarlett! Verdammt! Mach diese verfluchte Türe auf!"

Wieder keine Reaktion, eine ungute Vorahnung breitet sich in meinem Magen aus.

Ohne zu zögern, lasse ich meinen Stiefel auf der Höhe des Schlosses gegen die Türe krachen. Das Holz splittert, gibt nach und springt auf. Mein Blick fällt sofort auf das offen stehende Fenster – dieses Miststück!

Fluchend stelle ich das Wasser aus, renne zur Haustüre und raus auf die Straße. Mein Kopf schnellt erst nach links, dann nach rechts – von Scarlett fehlt jede Spur.

Dieses Luder hat mich total verarscht!

Wenn Banks erfährt, dass ich mich von einem kleinen Mädchen habe abziehen lassen, lacht er sich tot. Meinem Instinkt folgend, wende ich mich nach rechts, renne los und komme an einigen Häusern vorbei. Wenn ich sie wäre, wo würde ich dann hinlaufen?

Ihren Geldbeutel, den Pass und die Autoschlüssel habe ich sicherheitshalber einkassiert und bereits in der Satteltasche meines Bikes verstaut. Sie hat also kein Geld und auch sonst nichts ... *Fuck!*

Die Erkenntnis trifft mich wie ein Schlag.

Holy Shit! Dieses verfluchte Weib ist überhaupt nicht abgehauen, sie wollte mich das nur glauben machen, damit sie sich ihre Sachen zurückholen und verschwinden kann. Mit vor Wut geballten Fäusten drehe ich um und eile zurück zu ihrem Haus.

Gerade als ich die Einfahrt betrete, öffnet sich das Garagentor und Scarlett springt regelrecht in ihren Wagen.

„Respekt Baby, ich bin beinahe auf deinen Trick reingefallen."

Sie hört mich, ihr Kopf zuckt in meine Richtung, jegliche Farbe weicht ihr aus dem Gesicht.

„Aber wie? Was machst du hier?“
Tja! Wenn sie mir entwischen will, muss sie sich etwas Besseres einfallen lassen.
„Ich sorge dafür, dass du keine Dummheiten machst, Mädchen!“
Mit den Zähnen knirschend, steigt sie wieder aus und sieht mich misstrauisch an.
„Warum bist du so versessen darauf, mich nach Chicago zu schleifen?“
Weil ich dich besitzen will!
Weil du mir gehörst!
Weil ich deinen Geruch nicht mehr aus der Nase bekomme!
Weil du mich in den Wahnsinn treibst – verdammt noch mal!
Ich sage nichts von dem, was mir durchs Hirn zuckt, sondern lehne mich an die Garagenwand und zünde mir seelenruhig eine Kippe an.
„Es muss sein! Noch ist dein Vater nicht eliminiert. Außerdem hast du mich angeheuert, um diesen Bruce kaltzumachen. Wenn du jetzt abhaust, woher willst du wissen, dass ich mir den Dollar auch verdiene?“
Mit gespielter Gelassenheit sieht sie zu mir rüber.
„Ich vertraue dir einfach.“
Was für eine nette Lüge ...
„Nein tust du nicht, sonst hättest du nicht versucht, mir zu entwischen.“
Die Stirn runzelnd, verschränkt sie die Arme vor der Brust, was zur Folge hat, dass das runde Fleisch ihrer Titten nach oben geschoben wird. Ich werde hart, frage mich, welche Farbe ihre Nippel wohl haben und wie sie schmecken ...
Unter anderen Umständen würde ich mir das Mädchen einfach packen, über die Motorhaube beugen und mich mit einem kraftvollen Stoß in ihrer engen Pussy versenken.
So aber ziehe ich meine Waffe, ziele auf den Vorderreifen ihres Wagens und drücke ab. Es knallt, das Projektil, bahnt sich seinen Weg durch den Gummi, die Luft entweicht zischend.
„Scheiße! Warum hast du das gemacht?“
„Weil ich dir ebenfalls nicht vertraue!“
Schnaubend stampft sie mit dem Fuß auf den Boden, der Saum ihres gelben Sommerkleidchens, bauscht sich, entblößt ein Stückchen mehr von ihrem Oberschenkel.
Mein Schwanz wird noch härter.
„Ich hatte dir gesagt, dass du eine lange Jeans anziehen sollst, so kannst du nicht auf meine Maschine steigen.“

Ein fieses Grinsen zupft an ihren Lippen, lässt ihre smaragdgrünen Augen kämpferisch aufblitzen.
„Ich habe gar nicht vor, mich auf dein blödes Motorrad zu setzen!"
Irgendwie süß, wie sie versucht, sich gegen das Unvermeidliche zu wehren.
Offensichtlich bin ich bis jetzt zu freundlich zu ihr gewesen.
In Anbetracht dessen, was sie die letzten Monate alles durchstehen musste, wollte ich sie nicht noch mehr verängstigen.
Das büße ich jetzt! *Shit!*
Wenn Chazz hier wäre, würde er sich anpissen vor Lachen. Vielleicht wird es Zeit, Scarlett zu demonstrieren, was passiert, wenn man sich mit einem Devil anlegt.
Ich stoße mich von der Wand ab und gehe auf sie zu. Langsam streife ich mit dem Lauf meiner Waffe an ihrem schlanken Hals entlang und durch das Tal zwischen ihren Brüsten.
„Nett wie ich bin gebe ich dir fünf Minuten, um dich umzuziehen und alles, was du mitnehmen willst, einzupacken. Solltest du es wagen, nach Ablauf dieser Frist nicht fertig zu sein, wird der Reifen nicht das einzige sein, aus dem ich etwas Luft ablasse!"
Zufrieden beobachte ich, wie sie erschaudert, ihre Pupillen weiten sich erschrocken.
„Du hast mir geschworen, dass du mir nichts tust!"
Ah, dieses Spiel ...
„Und ich habe dir gesagt, dass dieser Schwur hinfällig wird, wenn du abhaust."
Unsicher beißt sie sich von innen auf die Wange.
„Aber ich bin nicht abgehauen."
„Stimmt. Aber du wolltest es."
Sie keucht, als ich die Waffe fester gegen ihre Haut presse und über ihr Schlüsselbein gleiten lasse.
„Das ist nicht dasselbe, Blake."
„Ich will dir nicht wehtun, Scarlett. Aber ich werde es, wenn du mich weiterhin zum Narren hältst."
Die Maske der Zivilisation ablegend, erlaube ich ihr einen Blick auf mein wahres Ich. Auf den Killer, auf den Mann, der das Blut seiner Opfer genauso dringend braucht, wie die Luft zum Atmen. Erschrocken stolpert sie einen Schritt zurück, dreht sich um und rennt ins Haus. Na also, geht doch. Warum nicht gleich so?
Zufrieden, dass sie meinen Bluff nicht durchschaut hat, rauche ich die Zigarette fertig und folge ihr ins Schlafzimmer.
Egal was ich behauptet habe, ich hätte nie auf sie geschossen.

Ich will diese Frau, seit ich dieses Foto von ihr auf Diegos Handy gesehen habe.

Nach letzter Nacht, nach all den Stunden, die sie schlafend und schutzlos in meinen Armen gelegen hat, gehört Scarlett mir.

Der Altersunterschied von siebenundzwanzig Jahren interessiert mich nicht ...

Alles was für mich zählt, ist, dass ich ab jetzt dafür sorgen werde, dass ihr niemand mehr Schaden zufügen wird.

6. Kapitel

Scarlett

Das kraftvolle Vibrieren zwischen meinen Beinen nimmt zu, was bedeutet, dass Blake mal wieder Gas gibt.

Das tut er gerne und oft. Sein Fahrstil kann nur als aggressiv und rasant beschrieben werden.

Geschwindigkeitsbegrenzungen und andere Verkehrsregeln scheinen für die Member des Red Devils Motorcycle Clubs nicht zu gelten.

Ich sitze mit weit gespreizten Beinen hinter Blake, meine Schenkel drücken sich an die seinen, sein unverkennbarer Geruch wird mir zusammen mit dem Fahrtwind tief in die Lunge gepresst.

Diese Position hat etwas erschreckend Intimes. Bevor wir losgefahren sind, hat er sich meine Hände gepackt, sie zu sich vorgezogen und mir mit tiefer, dunkler Stimme erklärt, dass ich mich an ihm festkrallen soll, wenn ich nicht den Asphalt küssen will.

So wie ich das sehe, ist dieser Biker meine einzige Sicherheit, und das nicht nur während des Motorradfahrens. So wütend ich auch auf ihn bin, weil er mich zwingt, nach Chicago zurückzukehren, mindestens so dankbar bin ich ihm auch.

Blake hat mir das Leben gerettet, wenn er nicht gewesen wäre, würde ich mit einem Loch im Kopf in dem Haus in Woodbury liegen und absolut niemand würde mich vermissen. Ein schmerzhafter Stich zuckt durch meinen Brustkorb, ich kämpfe gegen die aufsteigenden Tränen an und zwinge mich, tapfer zu sein.

Meile für Meile bringen wir hinter uns.

Städte fliegen an uns vorbei, alles, was sich neben dem Highway befindet, verschwimmt zu einer unbedeutenden farbigen Masse.

Nur noch wenige Tage und mein Vater ist ein toter Mann. So oft ich es auch drehe und wende, es will sich keine Trauer einstellen, das Einzige, was ich empfinde, ist Erleichterung.

Welcher Mann hetzt seiner Tochter einen Killer hinterher?

Wie krank und karrierebesessen muss man sein, um so weit zu gehen? Ein Reporter von der Times hatte vor ein paar Jahren in einem seiner Artikel geschrieben, dass der Bürgermeister bereit ist, über Leichen zu gehen, um seine Ziele zu erreichen.

Mein Vater ist ausgerastet, hat seine Beziehungen spielen lassen und dafür gesorgt, dass der Journalist zwei Tage später entlassen wurde.

Damals war ich mir sicher, dass alles, was in dem Artikel stand, gelogen war – ich konnte mir nicht vorstellen, dass mein Dad ein skrupelloser, bestechlicher Politiker ist, der die Macht seines Amtes ausnutzt, um sein eigenes Konto zu füllen.

Ich habe mich getäuscht ...

Je länger wir fahren, umso schmerzhafter wird der Druck in meinem Brustkorb.

Wie lange wird es dauern, bis meine Rückkehr publik wird und sich die ersten Paparazzi auf die Lauer legen? *Oh Gott ...*

Ich will gar nicht wissen, was sie alles schreiben werden, wenn sie herausfinden, dass ich nun mit den gefürchteten Red Devils in Kontakt stehe. Bikerhure und Nutte werden wohl noch die freundlicheren Begriffe sein. Ich war so in meine Gedanken versunken, dass ich erst bemerke, dass wir fast da sind, als Blake den Blinker setzt und wir der Beschilderung zum East Jackson Boulevard folgen.

Eine halbe Stunde später passieren wir die Stadtgrenze, nach weiteren zehn Minuten halten wir vor den bewachten Toren des Motorcycle Clubs an. In der Vergangenheit bin ich des Öfteren an dem mit Stacheldraht, Sicherheitskameras und Mauern abgeschirmten Areal vorbeigefahren. Ich wäre nie auf die Idee gekommen, dass ich jemals so verrückt sein und es betreten werde.

Blake stellt die Beine auf den Boden und wechselt ein paar Worte mit den zwei Typen, die gerade Wachdienst schieben.

Das stabil aussehende Eisentor öffnet sich und wir passieren das Gelände. *Hilfe ...*

Dank meines missratenen Fluchtversuchs sind wir später von Woodbury losgefahren, als Blake es geplant hatte. Das Ziel fest im Blick, hat er uns nur zwei kurze Pausen zugestanden. Eine zum Tanken und eine in der ich was trinken und die Toilette benutzen konnte.

Keine Ahnung, wie lang wir unterwegs waren, es fühlt sich nach einer Ewigkeit an und das, obwohl mir bewusst ist, dass wir dank seines höllischen Fahrstils die Strecke garantiert in Rekordzeit hinter uns gebracht haben.

Wenn ich raten müsste, würde ich sagen, dass es früher Abend ist, siebzehn oder achtzehn Uhr vielleicht ...

Auf dem großen Hof stehen mehrere verrußte Ölfässer, die von Stühlen und Bänken umzingelt sind. Links, in einem offen stehenden Schuppen, stapeln sich unzählige Reifen. Dutzende Harleys stehen ordentlich in Reih und Glied nebeneinander, alle mit dem Hinterreifen zur Wand.

Die wenigen Sonnenstrahlen, die es durch die Wolkendecke schaffen, brechen sich am Chrom und zaubern bunte Lichtreflexe an die Wand. Die drei Tore der clubeigenen Werkstatt sind geöffnet.

Es wird gehämmert, geflext und geschraubt. Mehrere spärlich bekleidete Tussis kommen aus dem Clubhaus. Sie tragen hohe Heels und grellen Lippenstift. Ich weiß, dass es Frauen gibt, die darauf stehen, speziell von Rockern gefickt zu werden, eine Vorliebe, die ich nicht nachempfinden kann.

Ja, Blake ist auf seine düstere, tödliche Art verflucht sexy, aber er ist eben auch, was er ist – ein Killer, ein Waffenhändler und ein Zuhälter. Bis zum heutigen Tag bin ich den ledertragenden Harleyfanatikern aus dem Weg gegangen. Was durchaus daran liegen könnte, dass ich mich bisher immer vor ihnen gefürchtet habe.

Ab jetzt werde ich mich mit den Mitgliedern dieses Clubs auseinandersetzen müssen, ganz besonders mit dem Vizepräsidenten dieser kriminellen Vereinigung.

Es fällt mir noch immer schwer, zu glauben, dass ich nach meinem Nervenzusammenbruch gestern tatsächlich in seinen Armen eingeschlafen bin.

Auch wenn ich es mir nur ungern eingestehe, aber so sicher wie bei ihm habe ich mich seit Jahren nicht gefühlt. Für mein Alter habe ich schon so einige Liebhaber gehabt.

Bei all diesen Kerlen habe ich gehofft, etwas Geborgenheit zu finden, gefunden habe ich sie erst bei diesem furchteinflößenden, mit Tattoos übersäten Biker.

Genau wie erwartet, fährt er eine Schleife und reiht sich in die Reihe der dicken Maschinen ein. Der Motor verstummt, das Vibrieren zwischen meinen Beinen erlischt.

„Wir sind da, Baby."

Baby ... Jedes Mal, wenn er mich so nennt, beginnt es in meinem Bauch wie verrückt zu kribbeln.

Mir ist klar, dass er darauf wartet, dass ich absteige, doch ich kann mich nicht überwinden. Anstatt ihn loszulassen, kralle ich meine Finger noch etwas fester in sein Leder, schiebe meine Hände unter den Stoff seines Shirts und ertaste die warmen Wölbungen seines Sixpacks.

„Fuck Baby! Fuck! Was zur Hölle tust du da?"

Wenn ich das nur wüsste?

Die Muskeln beginnen an meinen Fingern zu zucken. Ein Knurren ausstoßend, packt er mich an den Handgelenken.

Ich rechne damit, dass er meine Hände wegzieht, doch er tut es nicht. Im Gegenteil, er zieht mich bestimmend noch etwas fester gegen seinen Rücken und stößt einen gezischten Fluch aus.

Von seiner Reaktion ermutigt, spure ich mit einem Fingernagel den Bund seiner Hose nach, fahre durch die Haare, die sich dort befinden und seufze leise.

„Wenn du so weitermachst, drehe ich mich zu dir um und ficke dich gleich hier auf meinem Bike."

Blakes Worte haben auf mich dieselbe ernüchternde Wirkung wie eine kalte Dusche. Blitzschnell, so als ob ich mich an ihm verbrannt hätte, befreie ich mich aus seinem Griff und ziehe die Hände zurück.

„Autsch ... das war eine deutliche Abfuhr."

Das hat er gut erkannt.

Mich an seinen Schultern abstürzend, steige ich von dem Motorrad und drücke wimmernd den Rücken durch.

Im Gegensatz zu mir scheinen für Blake die vielen Stunden im Sattel kein Problem zu sein. An dem Verschluss des Helms herumtastend, sehe ich ihm dabei zu, wie er die abgedunkelte Brille abnimmt und den Skull Bandana, der die untere Hälfte seines Gesichts verdeckt hat, nach unten zieht, sodass er lose an seinem Hals baumelt.

Extrem gefährlich und verflucht sexy ...

Amüsiert beobachtet er mich dabei, wie ich versuche, den Helm abzusetzen und scheitere.

„Oh Süße, das musst du noch üben."

Das glaube ich nicht.

„Ich werde zukünftig keinen Helm mehr brauchen."

Blakes Mundwinkel zucken, er fasst nur kurz unter mein Kinn, der Verschluss springt auf und er zieht mir seinen Helm vom Kopf.

„Danke für's Ausleihen."

Er zwinkert mir verschwörerisch zu.

„Jederzeit wieder."

Die Vorstellung, erneut hinter ihm auf seiner Harley zu sitzen und meine Arme um ihn zu schlingen, stellt verrückte Dinge mit mir an.

„Ich denke, das wird nicht nötig sein."

Sein gemurmeltes „Das werden wir ja sehen." entgeht mir nicht. Bevor ich etwas darauf erwidern kann, kommt einer der Rocker, der bis eben in der Werkstatt gearbeitet hat, auf uns zu. Die beiden begrüßen sich mit einer knappen Umarmung und Schulterklopfern, bei denen ich wahrscheinlich in die Knie gegangen wäre.

„Gut, dass du wieder da bist, VP."

Blake nickt.

„Yeah das finde ich auch, Bro."
Der Fremde mustert mich kritisch, ich tue es ihm nach. Er hat schulterlange schwarze Haare, fast so viele Patches auf dem Leder wie Blake und ein markantes Gesicht.
„Hübsch die Kleine. Bin froh, dass du losgezogen bist, um sie aufzuspüren. Wenn Chazz sie eingefangen hätte, sähe sie jetzt anders aus."
Die beiden lachen, war das etwa ein Witz, den ich nicht verstanden habe?
„War verflucht knapp! Sanchez, der Bastard, hat ein falsches Spiel mit uns getrieben."
Der Schwarzhaarige spuckt angewidert auf den Boden.
„Aye, Banks hat so etwas erwähnt. Ich hoffe, du hast dich um die Scheiße gekümmert?"
Blake nickt. „Logo. Einen Meter tief." Das Gespräch zieht sich in die Länge, ich verstehe kein Wort. Ich nutze die Gelegenheit und betrachte die Umgebung genauer.
Alles ist genauso, wie man es sich vorstellt, wenn man an einen Motorcycle Club denkt.
Der gehörnte Skull, der die Wand des viereckigen Betonbaus, vor dem wir stehen, ziert, hat tiefschwarze Augenhöhlen, die mich misstrauisch anstarren.
Laute Musik dröhnt aus den Boxen. Eine wütend klingende Männerstimme singt über Tod und Verrat – darüber könnte ich auch einen Song schreiben.
Erst als mein Name fällt, wende ich mich wieder Blake und dem anderen zu.
„Wenn ich deinen Blick richtig deute, dann wird sie bei dir unterkommen?"
Blake nickt.
„So sieht es aus, Ryker!"
Der Kerl, der wohl Ryker heißt, was ein seltsamer Name, lacht wissend. Ich entdecke das *Sergeant-Patch* auf seiner Kutte und weiß augenblicklich, mit wem ich es zu tun habe – dem Sergeant at Arms des Red Devils MCs. Wenn ich mich nicht täusche, ist dieser Ryker vom Rang her der dritthöchste in der Bikerhierarchie und kommt somit direkt nach Blake.
„Alles klar, dann bring sie hoch. Banks und die anderen erwarten dich schon. Ich trommle alle zusammen."

Blake nickt, schlingt mir die Finger um den Arm und zieht mich zu sich. Im ersten Moment lasse ich mir das gefallen, doch dann stemme ich mich gegen ihn und rufe laut „Stopp!".

Überrascht bleibt er stehen und runzelt die Stirn.

„Was stopp?"

„Na stopp einfach ... Was soll das werden? Wo bringst du mich hin? Und fragt mich eigentlich mal jemand, was ich will?"

Er lacht, tut ganz so, als ob ich einen Scherz gemacht habe – Arschloch!

„Hör zu, Mädchen. Es gibt einiges zu besprechen. Die nächsten Tage werden kompliziert und anstrengend und ich habe keine Zeit für deine Zickereien. Also sei still, lass dich hochbringen und warte, bis ich Zeit für dich habe."

Wie bitte?

„Spinnst du? Dir hat der Fahrtwind wohl das Hirn vernebelt. Du hast darauf bestanden mich zurück nach Chicago zu verschleppen und das hast du getan! Jetzt lass mich los, ich gehe."

Jegliche Belustigung weicht aus seinem Gesicht, mein Herz beginnt zu rasen.

„Und wohin willst du? Zu deinem Vater? Gute Idee, dann wird dich der nächste Killer, den er anheuert, in deinem Bett erwürgen. Oder vielleicht zu diesem Rice? Der kann es mit Sicherheit kaum erwarten, dich erneut auf den Boden zu werfen und so hart zu ficken, dass dir die Lichter ausgehen."

Seine Stimme ist kalt, schneidend und nicht lauter als sonst. Dennoch dröhnen die Worte so laut in meinem Kopf, als wenn er mich angebrüllt hätte.

Es ist nicht mal das, was er sagt, was mich so verletzt, sondern der Umstand, dass er recht hat. Wohin will ich eigentlich?

Ich habe kein Zuhause, nicht mehr zumindest, und ein Hotel kommt ebenfalls nicht in Frage. Es würde keine Stunde dauern, bis die ersten Paparazzi auftauchen würden, begierig darauf wartend, was die skandalöse Tochter des Bürgermeisters nun wieder anstellt.

Je länger meine Rückkehr unentdeckt bleibt, umso besser ist es für mich. „Ja meine Lage ist ziemlich verzweifelt, aber das gibt dir noch lange nicht das Recht, dich wie ein blödes Arschloch aufzuführen, Mister Vizepräsident!"

Ein grunzendes Lachen ertönt, überrascht sehe ich nach links und entdecke einen attraktiven und extrem angsteinflößend wirkenden Rocker, mit einem *Präsidenten-Patch* auf der Kutte.

„Holy Shit, Sweety. Du gefällst mir.“

Soll das etwa ein Kompliment gewesen sein?

Der Chefdevil und Blake begrüßen sich, dann wenden sich beide wieder mir zu.

„Sie ist ein echt hübsches Ding. Überrascht mich nicht, dass du sie haben willst. Der Präsident mustert mich eingehend, verpasst meinem Po einen Klaps und zieht die Mundwinkel nach unten.

„Ich wusste gar nicht, dass du auf so blutjunge Mädchen stehst, Bruder.“

Blake stößt ein missmutig klingendes Brummen aus.

„Glaube mir mein Freund, das war mir selbst nicht klar.“

Sich eine Zigarette anzündend, lehnt sich der Präsident, an den Türrahmen neben mir und inhaliert den ersten Zug.

„Wenn du sie behalten willst, musst du ihr die Regeln klarmachen. Sag ihr, wie der Laden hier läuft. Mit diesem Körper wird sie für einige Unruhen sorgen. Die ganzen schwanzgesteuerten Wichser werden sie als Frischfleisch ansehen. Markiere sie, räum von vornherein sämtliche Missverständnisse aus dem Weg, sonst wirst du Stress haben, die Hunde von dem Knochen fernzuhalten.“

Frischfleisch? Hunde? Knochen? Unruhen? Missverständnisse?

Obwohl ich direkt neben den beiden stehe, und sie dieselbe Sprache sprechen wie ich, verstehe ich dennoch kein Wort. Ich ahne, dass ich der Knochen sein soll, aber irgendwie ergibt das alles keinen Sinn ... Vielleicht ist diese Art der Kommunikation für Outlaws ganz normal, wer weiß das schon?

„Ich sorge dafür, dass allen klar ist, dass die Kleine tabu ist.“

Wie nett ... Mir reicht's!

„Die Kleine steht neben euch, sie kann euch hören – Überraschung!“

Der Präsident lacht, zwinkert mir zu und lässt uns wieder allein. Bevor er endgültig aus unserer Reichweite verschwindet, ruft er Blake über die Schulter zu, dass die Besprechung in zehn Minuten angesetzt ist, und dass er gefälligst pünktlich kommen soll. Dieser flucht, packt mich an der Taille und wirft mich kurzerhand über seine Schulter.

Das alles geht so schnell, dass ich keine Chance habe, ihn davon abzuhalten.

Erschrocken quietsche ich auf, vor meinen Augen dreht sich alles.

„Lass mich sofort runter! Was soll das? Unser Gespräch ist noch nicht beendet!“

Ein Knurren ausstoßend, trägt er mich durch den großen Hauptraum des Clubs, in dem sich nicht nur eine Bar, sondern auch Dutzende Sofas, Billardtische und Dartscheiben befinden.

Ich entdecke sogar einen Boxsack und mehrere blinkende Flipperautomaten. Aber bevor ich mir alles genauer ansehen kann, werde ich auch schon eine Treppe nach oben geschleppt.

Wütend schlage ich Blake auf den Rücken, zapple so wild ich kann, und versuche alles, um ihn dazu zu bringen, mich wieder hinzustellen.

Was natürlich nicht funktioniert!

Bis wir oben im ersten Stock ankommen, bin ich atemlos.

Seine Schulter bohrt sich in meinen Magen, die Muskeln in meinen Armen brennen.

Wir kommen an einigen Türen vorbei, dank der Tatsache, dass ich mit dem Kopf nach unten baumle, verliere ich schlussendlich die Orientierung. Als er endlich stehen bleibt, höre ich ein leises Piepen, das von einem Surren abgelöst wird. Die Tür, vor der er haltgemacht hat, springt auf, ein Licht geht an.

Noch immer macht Blake keine Anstalten, mich runterzulassen.

Mit großen Schritten trägt er mich einen schmalen Flur entlang, in einen großen Raum und an einem Fernseher vorbei.

Wo zur Hölle sind wir hier?

„Was soll das werden?“

Anstatt mir zu antworten, lässt er mich an seinem Brustkorb hinabgleiten. Kurz bevor meine Füße endlich wieder den Boden berühren, stoppt er die Bewegung und hält mich besitzergreifend fest. Seine Finger graben sich tief in meine Haut, unsere Nasen berühren sich fast, sein warmer Atem streift über meine Wange.

Unsere Gesichter sind sich so nah, dass ich die Fältchen an seinen Augenwinkeln erkennen kann. Blake beugt sich zu mir vor, schließt die Augen und reibt mit seiner Wange über die meine. Dick und kratzig schaben seine Bartstoppeln über meine Schläfe, ein Schauer lässt mich erbeben.

„Fuck Baby, wenn du nur nicht so verdammt schön wärst.“

Ich lecke mir über die Lippen. Wie es sich wohl anfühlt, von diesem Rocker geküsst zu werden?

„Was wäre dann?“

„Dann wäre es viel leichter für mich, in deiner Nähe einen klaren Gedanken zu fassen.“

Blake geht noch einen Schritt weiter, ich spüre die Wand an meinem Rücken, er presst mich fest dagegen.

Jeder vernünftige Mensch würde sich wehren, schreien und kämpfen, doch das will ich erstaunlicherweise gar nicht. Es fühlt sich viel zu gut an, von ihm gehalten und berührt zu werden.

Die Einsamkeit, die zu meinem steten Begleiter geworden ist, löst sich Stück für Stück auf, wird von einem warmen Prickeln abgelöst.

„Du treibst mich in den Wahnsinn, Scarlett."

Seine Stimme klingt rau und belegt, es ist ihm deutlich anzuhören, dass ihm dieser Umstand nicht so besonders gut gefällt.

In der einen Sekunde sind wir uns unglaublich nah, in der nächsten lässt er mich so abrupt los, als ob er sich an mir verbrannt hätte.

Einen Fluch ausstoßend, tritt er einen Schritt zurück, ich gerate ins Stolpern. Seiner Körperwärme beraubt, fröstelt es mich.

Mit beiden Händen fährt er sich über den tätowieren Schädel, seine Augen bohren sich in die meinen. Eine Mischung aus Furcht und Begierde breitet sich in mir aus, lässt mich die Distanz, die er zwischen uns geschaffen hat, überwinden.

„Du bist in Gefahr, Mädchen."

„Ja ich weiß, das ist irgendwie zur Gewohnheit geworden."

Ein trauriges Lächeln zupft an meinen Mundwinkeln.

Die Fäuste ballend, stößt Blake ein animalisches Knurren aus.

„Dann lass mich dich beschützen!"

Irritiert sehe ich ihn an.

„Aber warum solltest du das tun wollen?"

„Weil ich dich will, Baby. Ich will dich, seit ich dieses Foto von dir gesehen habe. Ich bin deiner Spur nach Woodbury gefolgt und habe dich tagelang beobachtet. Der Club saß mir im Nacken – es war mir egal. Ich habe nicht reagiert, meine Pflichten ausgeblendet und mir vorgestellt wie es wohl ist, ein Mädchen wie dich mein Eigen nennen zu können ..."

Mein Herz gerät aus dem Takt. Die Hand nach ihm ausstreckend, streiche ich über das raue Leder seiner Kutte, spüre die Patches und blende die warnende Stimme meines Unterbewusstseins aus. Es ist verrückt, aber genau wie letzte Nacht spüre ich instinktiv, dass ich bei diesem Outlaw sicher bin.

Wir kennen uns kaum, dennoch vertraue ich ihm ...

Unsicher ziehe ich ihn näher zu mir, stelle mich auf die Zehenspitzen und hauche ihm einen federleichten Kuss auf das Grübchen an seinem Kinn. Blake reagiert sofort, packt sich mein Gesicht und drückt seine Lippen fest auf die meinen.

Geschickt öffnet er mit seiner Zunge meinen Mund, stiehlt mir den Atem und pinnt mich erneut gegen die Wand. Wild, forschend und rau wühlt er sich durch meine Mundhöhle, presst seinen Unterleib gegen den meinen und lässt mich spüren, wie hart er ist.

Seufzend küsse ich ihn zurück, schmecke sein herbes Aroma und schlinge ihm die Arme um den Nacken.

Blake frisst mich regelrecht, seine Zähne schlagen krachend gegen die meinen. Ich spüre, wie er seine linke Hand in meinen Haaren vergräbt, meinen Kopf nach rechts reißt, und den Kuss vertieft.

Mit jedem weiteren Atemzug, mit jeder vergehenden Sekunde wird er zärtlicher. Die Eroberung wandelt sich in eine Verführung, ich zerfließe regelrecht an seiner Brust. Meine Lunge zieht sich zusammen, sehnt sich nach frischem Sauerstoff, doch ich will mich nicht von ihm lösen. Es fühlt sich viel zu gut an, von seinen muskulösen Armen gehalten zu werden.

Der Schrecken der vergangenen Wochen fällt nach und nach von mir ab, der Eispanzer, der sich um mein Herz gelegt hat, beginnt zu schmelzen, ich stöhne leise.

Blake gibt mich frei und lehnt seine Stirn gegen die meine, seine Atemzüge sind abgehackt und keuchend.

„Verflucht Mädchen, was machst du nur mit mir?"

Ganz genau dieselbe Frage könnte ich auch ihm stellen.

So wild, schön und verführerisch dieser Kuss auch gewesen sein mag, zu mehr bin ich nicht bereit – noch nicht zumindest.

„Ich brauche Zeit, Blake."

Ein Brummen vibriert in seinem Brustkorb.

Mit deutlichem Widerwillen löst er sich von mir und sieht mich aus schwarzen Augen an.

„So viel du willst, Baby. Aber nur, wenn du mir schwörst, dass du ab jetzt auf mich hörst. Du bist in meinem Club, das ist meine Welt – hier gelten meine Regeln."

„Was bedeutet das für mich?"

„Fürs Erste bleibst du hier in meiner Wohnung. Ich muss runter und meine Brüder auf den neuesten Stand bringen. Es gibt einiges, was geklärt werden muss. Sobald das erledigt ist, komme ich wieder zu dir und dann sehen wir weiter."

Klingt fair!

„Okay. Ich warte hier auf dich."

Er nickt zufrieden, auf seiner Stirn bilden sich zwei tiefe Falten.

„Schwöre es mir, Scarlett. Ich kann nicht klar denken, wenn ich befürchten muss, dass du erneut versuchst, abzuhauen."

Ich zögere kurz, er bemerkt es natürlich. Seine Mimik wird um eintausend Facetten, düsterer, jetzt wirkt er wieder wie der tödliche Killer, der er tief in seinem Inneren ist.

Der Eispanzer um mein Herz schließt sich wieder, das bisschen Wärme, das ich während unseres Kusses gespürt habe, löst sich auf.

„Ich schwöre es! Du weißt genau so gut wie ich, dass ich nirgendwo anders hinkann."

Und das ist nicht gelogen.

Mein Auto steht in Woodbury, zwar habe ich die Miete für das Haus sechs Monate im Voraus bezahlt, aber ich habe keine Ahnung, wann ich dahin zurückkehren werde. Davon abgesehen befinden sich all meine Sachen in den Satteltaschen seines Bikes. Ich habe kein Geld, keine Kreditkarten und auch sonst nichts, was mir dabei helfen könnte, zurück nach Minnesota zukommen.

Blake nickt, und schiebt beide Hände in seine Hosentaschen.

„Irgendwann wirst du nicht nur bei mir bleiben, weil du keine andere Wahl hast, sondern weil du es so willst."

Mit diesen Worten dreht er sich um und lässt mich alleine. Ich höre, wie die Türe hinter ihm ins Schloss fällt und lasse meinen angehaltenen Atem entweichen.

Ach du heilige Scheiße ...

Mit weichen Knien und zittrigen Händen lasse ich mich an Ort und Stelle auf den Boden sinken, winkle die Beine an und schlinge die Arme darum.

Mit seinem Geschmack auf den Lippen lasse ich den Kuss in Gedanken Revue passieren, wieder beginnt es in meinem Bauch wie verrückt zu kribbeln. Ich kann nicht abstreiten, dass Blake eine gewisse Wirkung auf mich hat ...

Dieser Rocker küsst wie der Teufel. Mehr als einmal habe ich ihn dabei erwischt, wie er mich mit seinen Blicken regelrecht verschlungen hat. Aus irgendeinem unerfindlichen Grund scheint sich der Vizepräsident des Red Devils Motorcycle Clubs in den Kopf gesetzt zu haben, mich für sich zu beanspruchen zu wollen.

Neugierig lasse ich die Augen über das Interieur der Wohnung gleiten. Eine typische Junggesellenbude. Dunkle Farben, keine Kissen oder Kerzen, dafür aber überdimensionale Poster von nackten Weibern und auf Hochglanz polierten Motorrädern. Überall liegen Klamotten verteilt, unter dem hölzernen Wohnzimmertisch liegt ein Paar dreckige Socken.

Gespannt, wie es in den anderen Zimmern aussieht, stehe ich auf und erkunde die Höhle des Löwen. Kaum zu glauben, über der Toilette hängt der Lenker einer Harley und in der Küche, die so aussieht, als wäre sie noch nie benutzt worden, stapeln sich mehrere rostige Motorradteile.

Der einzige Raum, den ich nur vom Türrahmen aus betrachte, ist Blakes Schlafzimmer. Ich rede mir ein, dass ich ihn nur nicht betrete, weil ich seine Privatsphäre nicht stören will, doch das ist nur eine faule Ausrede. Vielleicht schrecke ich vor dem überdimensionalen Bett, das vor dem Fenster steht, zurück, weil ich instinktiv ahne, dass ich eines Nachts darin landen werde – nackt und mit dem Vize der Devils aufs Innigste verbunden. Erschaudernd betrachte ich den Stapel Kondome, der links neben den Zigaretten auf dem Boden liegt.

Ich kann den warmen Rauch regelrecht schmecken ...

Meine Scheu überwindend, schleiche ich auf Zehenspitzen zu der Packung Luckys, schnappe sie mir und eile so schnell ich kann wieder raus in den Flur. Das Herz klopft mir bis zum Hals, ich fühle mich, als wäre ich gerade in eine Bank eingebrochen ...

Erleichtert gehe ich zurück ins Wohnzimmer und ziehe auf der Suche nach einem Feuerzeug die oberste Schublade der Kommode heraus. Erschrocken sehe ich auf den Revolver, der neben den Dutzenden von Spielkarten, die um ihn herum verteilt liegen, wie ein Spielzeug wirkt. Der perlmuttfarbene Griff sieht glatt und abgenutzt aus, einzelne Patronen rollen hin und her. Ich schlucke schwer, nehme ihn in die Hand und teste das Gewicht. Obwohl ich kein großer Waffenfan bin, muss ich zugeben, dass diese Pistole wunderschön ist.

Die Trommel rausklappend, stelle ich fest, dass der Revolver nicht geladen ist. Wie viele Waffen Blake wohl noch in seiner Wohnung herumliegen hat?

Eine? Zwei? Ein Dutzend?

Ich lege den Revolver zurück, finde ein silbernes Zippo, auf dem der gehörnte Totenkopf des MCs eingraviert wurde, und zünde mir eine Kippe an. Was Blake und seine Männer wohl besprechen?

Ob sie über mich reden?

Das werden sie bestimmt. Hoffentlich kann Blake seinen Präsidenten davon überzeugen, dass ich wirklich keinen USB-Stick bei mir habe und dass ich auch sonst nichts über die belastenden Aufnahmen weiß. Mein Vater muss endgültig durchgedreht sein.

Anders kann ich mir nicht erklären, dass er den Club hintergangen hat. Dass er mit den Rockern Geschäfte macht, überrascht mich längst nicht mehr. All die Anzugträger der Oberklasse sind mindestens so kriminell wie die ledertragenden Outlaws, sie legen einfach nur größeren Wert darauf, ihre dreckigen Machenschaften zu verstecken. Müde setze ich mich auf die Couch, lehne den Kopf gegen das weiche Polster, rauche die Lucky fertig und schließe für einen Moment die Augen.

Hätte mir vor ein oder zwei Monaten jemand gesagt, dass ich zwar meinen Plan, abzuhauen, umsetze, jedoch schon nach wenigen Wochen von dem Vizepräsidenten der Red Devils eingefangen und in sein Clubhaus verschleppt werde, hätte ich ihm nicht geglaubt.

Aber so spielt das Leben nun mal ...

Wir Menschen planen, hoffen und überlegen und schlussendlich sind wir absolut machtlos gegen das, was das Universum für uns geplant hat. Im Augenblick fühle ich mich wie ein Pingpongball, der immer wieder wild durch die Luft wirbelt, aufschlägt und weiterspringt, ohne zu wissen, wo er schlussendlich liegen bleiben wird.

Erst als ich die Zigarette fertig geraucht habe, stehe ich wieder auf und riskiere einen Blick aus dem Fenster.

Es ist noch immer taghell, dank der Uhr an der Wand weiß ich, dass es gerade mal kurz nach sieben ist, dennoch fühle ich mich völlig erschlagen. Die Ereignisse der letzten Tage fordern ihren Tribut, physisch wie psychisch. Das Wissen, dass mich mein eigener Vater tot sehen will, nagt an meiner Seele.

Zugegeben, ich war nicht annähernd das nette Vorzeige-Töchterlein, das er sich gewünscht hat, aber das ist doch noch lange kein Grund, mir einen Killer hinterherzuschicken.

Wie hat Blakes Auftrag noch mal gelautet? Er soll mich aufspüren, einfangen und *Death or Alive* zurück nach Chicago bringen.

Wie in einem verfluchten Western ...

Mein Vater hat sich dafür entschieden, dass ihm seine Karriere und die Macht, die er sich erarbeitet hat, wichtiger sind als ich.

Das ist hart, aber nicht sonderlich überraschend. Wir hatten nie eine besonders innige Beziehung. Dennoch fühlt es sich furchtbar an, hier zu stehen, die Silhouetten der Wolkenkratzer zu betrachten und zu wissen, dass die Biker wahrscheinlich in dieser Sekunde seinen Tod planen. Mein Magen zieht sich schmerzhaft zusammen und mein Herz beginnt zu rasen.

Ich wollte nicht mehr zurück in diese durchtriebene, durch und durch böse Stadt und dennoch stehe ich hier, anstatt mir einen netten und anständigen Holzfäller zu suchen.

Schön blöd ...

Seufzend kuschle ich mich auf das Sofa, winkle die Beine an und lege mir die gefalteten Hände als Kissenersatz unter den Kopf. Die Tür zum Wohnzimmer fest im Blick, warte ich darauf, dass Blake zurückkommt ...

7. Kapitel

Blake

Zufrieden lehne ich mich in meinem Sessel zurück, lege die Füße auf den Tisch und überkreuze die Knöchel.
Die Sitzung der First Nine hat geschlagene drei Stunden gedauert – drei gute Stunden. Alles ist geklärt, Sanchez ist so gut wie tot und Scarlett ist safe. Die Zigarette inhalierend, kippe ich mir das halb volle Glas Wodka in die Kehle, ziehe den Dollarschein aus der Innentasche meiner Kutte, lege ihn vor mir auf den Tisch und streiche ihn glatt.

Scarlett weiß es nicht, und sie wird es in den nächsten Tagen auch noch nicht erfahren, aber sie gehört mir. Zumindest soweit, wie das ohne ein Ladyleder möglich ist. Durch den Status als mein Mädchen steht sie unter dem Schutz des Clubs, somit ist sie für ihren Vater, Bruce und die restliche Welt unantastbar geworden.

Jeder der sie verletzt oder ihr auch nur zu nahe kommt, muss damit rechnen sich vor dem MC dafür verantworten zu müssen und was das bedeutet wird ihr Vater gleich morgen zu spüren bekommen.

Sobald das erledigt ist, werde ich mir das Vergnügen gönnen und mich um diesen Bruce Rice kümmern. Bei diesem Bastard werde ich mir viel Zeit lassen ...

Allein das Wissen, dass er Scarlett vergewaltigt hat, reicht aus, um mich an verflucht abartige Dinge denken zu lassen.

Wie genau ich vorgehen werde, beschließe ich erst vor Ort, schlussendlich werde ich ihm den Schwanz abschneiden und ihn ihm so tief in die Kehle rammen, dass der Wichser daran ersticken wird.

„Woran auch immer du gerade denkst, ich hoffe, es hat nichts mit dem Mädchen, das oben auf dich wartet, zu tun!"

Banks, den ich um ein Gespräch unter vier Augen gebeten habe, packt einen Stapel Unterlagen in den Safe und mustert mich kritisch.

„In gewisser Weise hat es das sehr wohl!"

Er zieht eine Grimasse, stemmt die Ellenbogen auf den Tisch und faltet die Hände so, dass seine Finger eine auf dem Kopf stehende Pyramide bilden.

In einer lässigen Bewegung schiebe ich den Dollar zu ihm rüber und schenke mir noch etwas von dem Wodka nach. *Verrückt!*

Das letzte Mal, als ich hier gesessen und die klare Flüssigkeit in mich reingeschüttet habe, ging es darum, Scarlett ausfindig zu machen und einzufangen.

Jetzt befindet sie sich oben in meiner Wohnung, und mein Besitzanspruch auf sie hallt noch immer von den Wänden des abhörsicheren Raums.

Bloody holy fuck!

Nie hat sich etwas besser und richtiger angefühlt, als diese Frau für mich zu beanspruchen.

Banks mustert den Schein skeptisch.

„Was hat es damit auf sich?"

„Dieser Dollar ist die Bezahlung für meinen nächsten Auftrag."

Ein Grunzen ausstoßend runzelt er die Stirn.

„Verarschst du mich, Alter?"

„Nope, nicht im Geringsten."

Er lässt die Arme fallen.

„Wer ist die Zielperson?"

„Bruce Rice, der PR-Manager des Bürgermeisters."

Fluchend steht er auf und schüttelt den Kopf.

„Laber keine Scheiße, Bro. Ich weiß, wer Rice ist! Was ich aber nicht weiß, ist, warum du dir für einen lumpigen Dollar die Finger dreckig machst? Bullshit! Die Kugel, die du ihm verpassen wirst, ist mehr wert ..."

Ich stehe ebenfalls auf und stemme die Fäuste auf die Tischplatte.

„Dieser Bastard hat Scarlett vergewaltigt, es gibt Fotos von ihr im Netz, auf denen kannst du dir ansehen, was er ihr angetan hat."

Die Mundwinkel meines Bruders zucken, an dem Ausdruck, den seine Augen angenommen haben, kann ich ablesen, dass er kapiert hat, worum es geht.

„Blut für Blut!"

Ich nicke.

„So sieht es aus!"

Mit einem Seufzen lässt er sich zurück in seinen Sessel fallen.

„Das mit der Kleinen scheint dir ernst zu sein."

„So ernst wie noch nichts zuvor!"

Er lacht, es klingt freudlos.

„Erst Ryker und dann du?! Scheint so, als hätte der Pussyfluch die Devils ergriffen."

Ich würde es eher einen Segen nennen, aber das ist wohl Ansichtssache.

„Tu was du tun musst, aber zuerst will ich das Arschloch von einem Bürgermeister plattmachen. Sanchez will unseren Untergang, keine Ahnung wie weit er diesen Plan schon vorangetrieben hat, aber wir müssen das schnellstmöglich stoppen, bevor wir Schaden nehmen."

So dringend ich mir diesen Bruce auch vorknöpfen will – erst der Club dann die privaten Belange – so war es schon immer und so wird es auch immer bleiben.
„Ehrensache, ich bin voll dabei. Du kennst mich Präs, erst das Leder dann das Leben!“
Banks nickt zufrieden, schnappt sich die Wodkaflasche und nimmt einen großen Schluck.
„Weiß die Kleine schon, was du mit ihr vorhast?“
Meine Mundwinkel zucken.
„Ich habe es angedeutet.“
Er schnalzt mit der Zunge und schiebt den Dollar wieder zu mir rüber.
„Fuck, Blake! Ich hoffe, du weißt, was du tust.“
„Scheiße, nein! Volles Risiko, wie immer ...“
In Wirklichkeit ist aber nichts wie immer.
Scarlett ist die erste Frau, die es schafft, mich zu faszinieren.
Dieses Mädchen will ich in meinem Bett, auf meinem Bike und in meinem Leben ...
Wie das funktionieren soll, keine Ahnung.
Sie hat um Zeit gebeten, die kann sie haben!
Das Einzige, was ich ihr nicht gewähren werde, ist mehr Freiraum. Solange ich mir nicht sicher sein kann, dass ihr Vater keinen offenen Auftrag mehr auf sie ausstehen hat, wird sie hinter den Mauern des Clubs bleiben und unter dem Schutz der Devils stehen. Danach? Danach sehen wir weiter, wobei ich mir nicht vorstellen kann, dass ich jemals bereit sein werde, sie freizugeben.
Das, was ich für diese Frau empfinde, ist wie eine Besessenheit – genauso unerklärlich, genauso stark und genauso krank.
Gegen diese Besessenheit werde ich nicht ankämpfen, ich werde sie nähren, stärken und genießen.
Durch Scarlett bin ich bereit, mich auf etwas einzulassen, was ich seit Jahrzehnten gemieden habe – Emotionen.
Neben all dem Tod, den ich bringe, und all der Zerstörung, die ich anrichte, ist sie wie ein Lichtstrahl in der Dunkelheit.
Für den Club werde ich weiterhin der eiskalte Killer sein, doch wenn ich dieses Mädchen in den Armen halte, werde ich mir erlauben, etwas zu fühlen ...
Banks erzählt mir noch etwas über irgendein Problem in Austin, dem westlichsten Gebiet unseres Reviers, doch ich höre ihm nur mit einem Ohr zu.

Es fällt mir schwer, hier zu sitzen und möglichst ruhig zu bleiben, wenn ich weiß, dass oben das Mädchen mit dem Apfelgeruch auf mich wartet.

Was Scarlett die letzten Stunden wohl getrieben hat?

Ich will für sie hoffen, dass sie auf mich gehört und in meiner Wohnung geblieben ist.

Dieser Club ist kein Ort für ein Mädchen wie sie, zumindest nicht, solange ich nicht allen Devils klargemacht habe, zu wem zur Hölle sie gehört. Wenn erst mal alle wissen, dass sie mein Eigentum ist, wird sich niemand trauen, seine Hand an sie zu legen.

„Hey Alter? Hast du gehört, was ich gesagt habe?"

Banks sieht mich fragend an.

„Nein. Was auch immer los ist. Austin ist das Aufgabengebiet unseres Sergeants. Wenn Ryker Hilfe braucht, soll er sich Nikko, Rabble oder Chazz schnappen."

Er lacht, ich stehe auf und gehe zur Türe.

„Tu nichts, was ich nicht auch tun würde, Vize."

So wie ich die Situation einschätze, werde ich heute Nacht überhaupt nichts tun.

Während ich durch den Hauptraum gehe, spiele ich mit dem Gedanken, mir eine Bitch zu schnappen, um etwas Druck loszuwerden, verwerfe ihn aber schnell wieder.

Ich will nicht einfach nur irgendeine Muschi, ich will Scarlett.

Vielleicht hat Banks doch recht – vielleicht wird unser MC doch von einem Fluch heimgesucht ...

In meiner Wohnung angekommen steige ich aus den Stiefeln, hänge meine Kutte an die Garderobe und mache mich auf die Suche nach Scarlett. Alles ist dunkel, es brennt kein Licht.

Die Waffe aus dem Holster nehmend, lege ich sie auf den Küchentisch und streife mir die ledernen Riemen ab. Die Schultern rollend, gehe ich ins Wohnzimmer, beinahe hätte ich sie übersehen.

Klein und zusammengerollt wie eine Katze liegt Scarlett auf der Couch. Ihre Lippen sind leicht geöffnet, der dunkle Kranz Wimpern zeichnet sich auf ihrer hellen Haut ab. Eine Strähne schlängelt sich gleich einer schwarzen Schlange über ihre Wange – diese Frau ist so unsagbar schön, dass ich es nicht in Worte fassen kann.

Sie ist so jung, was gewisse Zweifel in mir auslöst.

Habe ich das Recht, eine Frau wie sie in meine Welt zu ziehen?

Scheiße! Woher soll ich das wissen?

Wenn ich aber bedenke, was ihr bisher zugestoßen ist, und in welcher Lage sie sich befindet, spüre ich instinktiv, dass sie nur hier im Club sicher sein wird.

Im Gegensatz zu ihrem Vater werde ich mich um sie kümmern.

Sollte jemals wieder irgendein Wichser von der Zeitung auch nur ein böses Wort über sie schreiben, breche ich ihm die Hände.

Niemand wird sie jemals wieder respektlos behandeln, dafür werde ich sorgen ...

Für eine Weile stehe ich einfach da, präge mir den Schwung ihrer Lippen ein, die gerade Linie ihrer schmalen Nase und genieße die Geräusche ihrer gleichmäßigen Atemzüge. Erst als ich mich an ihr sattgesehen habe, schiebe ich meine Arme unter ihr hindurch, drücke sie an meine Brust und trage sie ins Schlafzimmer.

Dort lege ich sie auf die Matratze, steige aus meiner Jeans und lege mich zu ihr ins Bett. Sie regt sich, gibt ein unmissverständliches Murmeln von sich und winkelt die Beine an, sodass sich ihr runder Po direkt gegen meine Lenden presst.

Fuck! Mein Schwanz reagiert sofort, wird hart und drückt sich gegen Scarletts Rückseite.

Das wird eine lange, verdammt lange Nacht ...

Ihr einen Arm um die Mitte schlingend, ziehe ich sie noch ein Stückchen näher an mich heran, vergrabe meine Nase in ihren Haaren und atme tief ein.

Ihren süßen Geruch inhalierend, genieße ich das Gefühl, ihren kleinen, zarten Körper an dem meinen zu spüren und entspanne mich nach und nach immer mehr.

Warm, weich und so verlockend ...

Dieses Mädchen ist der Jackpot!

Den Druck in meinem Unterleib ignorierend, schließe ich die Augen und schlafe ein.

Eine Premiere! Zum ersten Mal in meinem Leben halte ich eine Frau einfach nur in den Armen – und zum ersten Mal fühle ich mich absolut zufrieden!

Acht Stunden später schlage ich die Augen wieder auf, das Mädchen noch immer fest umklammernd, ihren Geruch in der Nase. Wie es scheint, ist sie kein einziges Mal wach geworden.

Ich nehme mir fünf Minuten, bleibe liegen und streiche mit den Fingern über die samtene Haut an ihrem Hals.

Sie seufzt und streckt den Rücken durch. „Blake ...“ Sie murmelt meinen Namen, die Augen noch immer geschlossen.

Zur Hölle! So sollte jeder Tag beginnen ...

Vor den Fenstern ist es bereits hell, ich muss aufstehen. Es ist kurz nach sechs, um halb sieben treffe ich mich mit Banks, Ryker und Chazz. Wenn alles so läuft, wie geplant, dann braucht diese Stadt in wenigen Stunden einen neuen Bürgermeister ...

Ich widerstehe dem Drang, meine Lippen auf die ihren zu drücken, schnappe mir die Jeans und verlasse das Zimmer.

In der Küche schalte ich die Kaffeemaschine ein, gönne mir eine Zigarette und starre aus dem Fenster.

Zwanzig Minuten später verlasse ich die Wohnung, doch zuvor habe ich Scarlett eine kurze Nachricht geschrieben.

Wie sie wohl reagieren wird, wenn sie herausfindet, dass sie die Nacht in meinem Bett verbracht hat? Fast schon schade, dass ich ihre Reaktion nicht mitbekommen werde ...

8. Kapitel

Scarlett

Ich spüre wie ich hochgehoben und gegen eine mir nur allzu vertraute Brust gedrückt werde. *Muskeln, Hitze und Kraft ...*

Wenige Augenblicke später liege ich auf einer weichen Matratze, Blake drückt sich von hinten gegen mich, breitet eine warme Decke über mir aus.

Eigentlich sollte ich die Augen aufschlagen, ihn fragen, was er und seine Brüder besprochen haben und wie es nun weitergeht, doch ich bin zu müde, um mich mit dem ganzen Ärger, aus dem mein Leben besteht, auseinanderzusetzen.

Davon abgesehen fühlt es sich einfach viel zu gut an, in seinen starken Armen zu liegen und von seinem Geruch eingelullt zu werden. Ich fühle mich beschützt und geborgen – das ist schön ...

Wer hätte gedacht, dass ich mich ausgerechnet bei einem der gefürchteten Red Devils sicher fühlen würde.

Blake ist ein Killer, ein eiskalter Outlaw, der vor nichts zurückschreckt. Und gerade diese Bereitschaft zu tun, was getan werden muss, diese entschlossene Gnadenlosigkeit, die er ausstrahlt, lässt mich darauf hoffen, dass er tatsächlich stark genug ist, um mich vor all den Gefahren dieser Welt zu beschützen. Ich kuschle mich fester an ihn, spüre die Hitze, die von ihm ausgeht, und seine Erektion, die sich hart und fordernd gegen meinen Po drückt.

Gespannt was er tun wird, halte ich still, doch anstatt seine Überlegenheit auszunutzen, mich auf den Rücken zu drehen und hart zu ficken, hält er mich einfach nur schützend fest, inhaliert meinen Geruch und entspannt sich.

Ich kann regelrecht spüren, wie Blake all den Ballast, den er den ganzen Tag auf seinen breiten Schultern mit sich herumträgt, abwirft. Die Tatsache, dass er mir nichts aufzwingt, und das, obwohl sein Schwanz ungeduldig zuckt, verrät mir, dass ich diesem Devil vertrauen kann. Ich glaube, das ist das erste Mal in meinem ganzen Leben, dass jemand meine Bedürfnisse über die seinen stellt.

Ein warmes Prickeln breitet sich in meinem Brustkorb aus und mein Herz gerät ins Stolpern. Ohne es verhindern zu können, murmle ich seinen Namen, genieße es, wie sich die Vokale auf meinen Lippen anfühlen und überlasse mich seiner Verantwortung.

Eine große Hand legt sich auf meinen Bauch, verbrennt mich fast. Blake zieht mich noch etwas fester an sich, ich erschaudere wohlig.

Jetzt, in diesem Moment, sind wir ganz für uns.

Die Welt, mein Vater, Bruce und der Club zählen nicht – nichts ist mehr von Bedeutung – nichts außer er und ich – und die Art, wie er mich hält.

Umso überraschter bin ich, dass ich, als ich das nächste Mal die Augen öffne, alleine bin. Das Bett neben mir ist kalt, im Zimmer ist es taghell und von meinem Biker fehlt jede Spur. Seufzend drehe ich mich auf den Rücken, schließe kurz die Augen und kann nichts gegen das zufriedene Grinsen tun, zu dem sich meine Lippen verziehen.

Ich habe die letzte Nacht in den Armen des Vizepräsidenten des Red Devils Motorcycle Clubs verbracht und es war unglaublich schön. Durch das gekippte Fenster dringt das dunkle Geboller von Motorrädern zu mir herein. Gähnend stehe ich auf, biege den Rücken durch und reibe mir über die Stirn. Mein Blick fällt auf ein Stück Papier, das mit einem Dolch an der Türe befestigt worden ist. Neugierig durchquere ich den Raum und lese die kurze Nachricht.

Guten Morgen Baby
Pass auf dich auf, und verlasse auf keinen Fall das Gelände des Clubs!
Bis zum Abend bin ich wieder da.

Blake

Meine Mundwinkel zucken und in meinem Magen flattern Dutzende von Schmetterlingen wild durcheinander.

Baby ... Was soll dieser Kosename bedeuten?

Und was sagt es über mich aus, dass ich es schön finde, so von ihm genannt zu werden.

Verflixt! Blake ist mehr als doppelt so alt wie ich. Selbst wenn ich verrückt genug wäre, mich auf ihn einzulassen, wie soll das mit diesem riesigen Altersunterschied gut gehen?

Noch immer über die Art, wie er mir die Nachricht hinterlassen hat, schmunzelnd, versuche ich, den Dolch aus der Türe zu ziehen – keine Chance. Mit den Schultern zuckend folge ich dem verlockenden Kaffeegeruch, der in der Luft hängt. Ich folge ihm bis in die Küche, schenke mir eine Tasse voll ein und nehme mir eine Zigarette aus der auf dem Tisch liegenden Lucky Strike Schachtel.

Auch wenn es tausend Fragen gibt, die ich Blake stellen will, finde ich es eigentlich ganz gut, dass er schon weg ist.

Ich hätte keine Ahnung gehabt, wie ich mich nach unserer ersten gemeinsamen Nacht ihm gegenüber hätte verhalten sollen, wenn ich in seinen Armen aufgewacht wäre.

Wahrscheinlich hätte ich ihm einem Vorwurf machen müssen, weil er mich einfach so in sein Bett getragen und mich wie seine Geliebte festgehalten hat, doch das will ich ja gar nicht.

Im Gegenteil, ich hoffe wirklich, dass ich ab jetzt jede Nacht in seinen Armen schlafen darf ... Es war unglaublich schön, seine Kraft zu spüren und nicht einsam zu sein!

Die nächsten Stunden gelingt es mir, mein Hochgefühl am Leben zu erhalten, als es aber später Nachmittag wird und Blake immer noch nicht da ist, falle ich in ein Tief.

Im Fernsehen läuft nur Mist, sein Kühlschrank ist leer und mein Magen knurrt. Ich beschließe, meine Scheu zu überwinden, und seine Wohnung zu verlassen. Immerhin hatte er nur geschrieben, dass ich auf dem Gelände der Devils bleiben soll. Davon, dass ich mich in seiner Wohnung verbarrikadieren muss, war nie die Rede.

Mit schwitzigen Fingern und rasendem Puls öffne ich die Türe und sehe mich prüfend um. Entgegen meiner Erwartungen ist es erstaunlich ruhig. Irgendwie dachte ich immer, dass bei den Devils 24 Stunden am Tag Party ist. Auf Zehenspitzen schleiche ich mich zu der Treppe, die Blake mich gestern hochgetragen hat, und riskiere einen Blick nach unten – es ist niemand zu sehen.

Noch bevor mein Fuß die erste Stufe berührt, taucht eine junge, hübsche Frau neben mir auf. Sie hat schulterlange schwarze Haare, unglaublich intensiv blaue Augen und ist geschätzt ein paar Jahre älter als ich, was kein enormes Kunststück ist.

Zu meiner Überraschung trägt sie eine Kutte, ich dachte eigentlich immer, dass nur Männer Leder tragen.

„Hi, du musst Scarlett sein, ich bin Evelyn, die Lady von Ryker.“

Mit einem freundlichen Lächeln streckt sie mir ihre Hand entgegen. Ich ergreife sie, ohne lang darüber nachzudenken.

„Ähm ... ich bin Scarlett. Aber das weißt du ja schon.“

Sie nickt, und hakt sich, so als ob wir uns schon länger kennen würden, bei mir ein.

„Freut mich dich kennenzulernen. Echt! Ich finde gut, dass du da bist. Ich hätte nie gedacht, dass sich der mürrische Blake jemals für ein Mädchen entscheidet.“

Mürrischer Blake? Das gefällt mir ...

Nicht sicher, was ich darauf erwidern soll, wechsle ich einfach das Thema.

„Du bist mit Ryker zusammen? Er ist der Sergeant des Clubs, richtig?“
Sie nickt und führt mich die Treppe nach unten.
„Jepp, unsere Männer sind heute schon ziemlich früh losgefahren. Heute muss das Arschloch von einem Bürgermeister dran glauben. Dieser Wichser hat echt gedacht, dass er sich mit den Devils anlegen kann, so ein Idiot.“
Ich gerate ins Stolpern und kann mich gerade noch so am Geländer festhalten, um nicht die letzte Stufe runterzufallen.
Evelyn sieht mich bestürzt an.
„Oh sorry. Es tut mir leid. Ich habe ganz vergessen, dass er dein Vater ist.“
Ich zwinge mich zu einem künstlichen Lächeln, und schüttle den Kopf.
„Schon okay ... Egal was Blake und die anderen ihm antun, ich weiß, er hat es mehr als verdient. Trotzdem ist er mein Vater und trotzdem tut es irgendwie weh ... Was es eigentlich nicht sollte, nicht nach dem, was er mir angetan hat!“
Rykers Lady sieht mich mitfühlend an und reibt mir freundschaftlich über den Rücken.
„So ist das mit der Familie eben, glaub mir, ich kenne das!“
Erleichtert darüber, dass sie mich nicht verurteilt, beschließe ich, sie zu mögen.
„Was denkst du? Wann wird Blake zurückkommen?“
„Keine Ahnung. Es kommt nicht selten vor, dass sie den ganzen Tag und die Nacht unterwegs sind. Meistens treffe ich Ryker erst im *Billy's*.“
Fragend sehe ich sie an.
„*Billy's*?“
„Ja, das ist meine Kneipe.“
Bevor ich nach Woodbury abgehauen bin, war ich jede Nacht unterwegs, aber das *Billy's* kenne ich nicht. „Sie befindet sich in Austin, ich schätze, das war nicht so dein Viertel?“
Okay. Das erklärt einiges.
„Nein, da kenne ich mich nicht aus. Aber was nicht ist, kann ja noch werden ...“
Evelyn lacht.
„Das glaube ich kaum. Das ist nicht gerade das sicherste Stadtviertel für ein Mädchen wie dich. Außerdem wird Blake nicht zulassen, dass du dich dort herumtreibst. Zu gefährlich!“

Ich versuche, ihr diese Aussage nicht übel zu nehmen, aber es funktioniert nicht.

„Und was für ein Mädchen bin ich bitte in deinen Augen?"

„Eines, das nicht von der Straße kommt, du bist Geld und Luxus gewöhnt. Nimm es mir nicht übel, aber Leute wie du treiben sich nicht in Austin rum."

Damit hat sie recht.

„Glaube mir, wo ich herkomme, spielt keine Rolle mehr, dieses Leben ist vorbei."

Dieses Mal ist sie diejenige, die das Thema wechselt.

„Hast du Hunger? Ich wollte mir gerade ein Sandwich machen."

Ich sterbe fast vor Hunger.

„Klingt gut. In Blakes Wohnung gibt es nichts wirklich Essbares."

Evelyn führt mich durch den großen Hauptraum, der bei Tageslicht nicht mehr ganz so unheimlich wirkt wie letzte Nacht. Ich betrachte die samtenen Sofas und den auch ansonsten ungewohnt bunten Einrichtungsstil.

„Hier sieht es aus wie im Puff."

Rykers Lady prustet los, stößt zwei Schwenktüren auf und nickt.

„Das liegt daran, das die Hälfte der Möbel tatsächlich aus Bordellen stammen."

Oh ...

„Warum? Ich meine, seit wann stehen Outlaw Biker auf roten Samt und lila Seide?"

Sie fordert mich auf, mich zu setzen, ich ziehe mir einen der Hocker hervor und tue es einfach. Während sie unzählige Sachen aus dem mannshohen Kühlschrank holt, plappert sie munter vor sich hin.

„Das ist eine lange Geschichte. Die Cops haben das halbe Clubhaus kurz und klein geschlagen. Die Arschlöcher haben es eine Razzia genannt, in Wirklichkeit war die Aktion nichts weiter als ein Schwanzlängenvergleich. Eigentlich lassen die Bullen den MC zufrieden, aber na ja, es gibt Ausnahmen!"

Wie beruhigend ...

Während wir unsere Sandwiches belegen, unterhalten wir uns über alles Mögliche. Und ich bin ihr wirklich dankbar, dass sie auf nichts zu sprechen kommt, was in den vielen Schmierblättern geschrieben wurde.

„Nach dem Essen fahr ich zur Kneipe, wenn du willst, kann ich dich mitnehmen?"

Sie wischt sich einen Klecks Mayonnaise vom Mundwinkel.

„Hattest du nicht gesagt, dass ich mich nicht in Austin blicken lassen soll?“
Obwohl ich versuche, es zu verhindern, bemerke sogar ich, wie schnippisch ich klinge.
Ihre Cola-Dose abstellend, sieht sich mich amüsiert an.
„Du hast mich falsch verstanden, Scarlett. Ich freue mich, wenn du mich im *Billy's* besuchst. Weibliche Verstärkung wäre toll. Der Club ist über und über voll mit Testosteron. Ein bisschen Girl-Power würde ich super finden. Aber, ich weiß jetzt schon, dass es Blake nicht gefallen wird, wenn ich dich mitnehme, und ich befürchte, dass mein Laden nicht ganz das ist, was du gewohnt bist.“
Dieses Mal hat sie es netter formuliert.
„Warum Verstärkung? Hier rennen unzählige Frauen rum.“
Evelyn schnaubt abfällig.
„Das sind alles Clubnutten, die zählen nicht. Glaube mir, du wirst bald merken, was ich meine.“
Wieder betrachte ich das Leder, das sie trägt. Die Kutte ist leerer, auf der Vorderseite befindet sich nur ein Patch – der gehörnt Skull der Devils. Als sie aufsteht, um ihren Teller in das Spülbecken zu stellen, fällt mir zum ersten Mal der Schriftzug auf, der auf Evelyns Rücken prangt. *Property of Ryker* diese drei Wörter sind im Halbkreis über dem Totenkopf geschrieben, darunter steht *Red Devils Chicago*.
Die Lady des Sergeants bemerkt meinen fragenden Blick.
„Schick, oder? Ryker hat lang gebraucht, bis er mich dazu überreden konnte, sein Leder zu tragen. Nach einiger Zeit habe ich aber kapiert, dass es eine Ehre ist, und seitdem ziehe ich sie eigentlich nur zum Schlafen aus.“
Eine Ehre? Wieso?
„Es gefällt dir, dass er dich als sein Eigentum kennzeichnet?“
Sie nickt.
„Natürlich. Glaube mir, wenn Blake dir erst mal erklärt hat, was es bedeutet, wirst du es verstehen.“
Da bin ich mir nicht so sicher.
Ich tue es ihr nach, räume meine Sachen auf und folge ihr zurück in den Hauptraum.
„Also wie sieht es aus? Unsere Männer werden wohl noch länger weg sein. Soll ich dich mit ins *Billy's* nehmen?“
Sofort muss ich an den Dolch in der Türe und Blakes Nachricht denken. „Danke für das Angebot, aber ich kann nicht. Sorry ...“
Da sie mir echt sympathisch ist und ich sie nicht vor den Kopf stoßen will, erkläre ich ihr auch warum.

„Blake will nicht, dass ich das Clubgelände verlasse."
In ihren Augen blitzt es verstehend auf.
„Hör mal Scarlett, du bist neu in dieser Welt und Blake ist ein Devil der schlimmsten Sorte. Also erkläre ich dir jetzt mal, wie das läuft. Wenn es nach deinem Kerl geht, dann hockst du den ganzen Tag in seiner Bude, machst, was er will, und lässt dich nachts von ihm ficken. Und das wars ... Schrecklich, oder? Biker neigen dazu, etwas überbeschützend zu sein. Sie wollen ihren Spaß, sie jagen der Gefahr regelrecht nach und lieben das Abenteuer. Aber uns Ladys würden sie am liebsten in Knisterfolie einpacken. Wenn du also noch etwas Spaß in deinem Leben haben willst, musst du lernen, dich durchzusetzen. Ganz davon abgesehen ist auf Dauer nichts so langweilig wie eine Hausmaus, die immer schön dasitzt und wartet. Zeig Blake, wer in eurer Beziehung das Sagen hat, und gib ihm nie das Gefühl, dass er sich deiner sicher sein kann. Sonst langweilst du ihn ganz schnell und er wendet sich wieder den Clubnutten zu!"
Ach du heilige ...
„Danke für den Tipp, aber so ist es zwischen Blake und mir nicht."
Sie lacht so laut auf, dass sich alle in unserer Nähe zu uns umdrehen.
„Doch ist es. Du weißt es vielleicht noch nicht, aber du gehörst ihm. Also lern schnell wie es läuft, und dann ist das Leben als Old Lady eines Red Devils das Beste, was dir passieren konnte. Wenn ich auf Ryker gehört hätte, dann hätte ich das *Billy's* verkauft und wäre wahrscheinlich durchgehend schwanger." Sie schüttelt sich in gespieltem Entsetzen. „Eine gruselige Vorstellung ..."
Ich folge ihr raus auf den Hof.
„Danke, ich komme dich bestimmt bald mal besuchen, aber noch nicht heute."
Sie wirkt nicht überrascht.
„Alles klar. Dann viel Spaß beim Warten. Ich wette mit dir, dass du einschläfst, ehe er heimkommt."
Das hoffe ich nicht, wir müssen einiges besprechen ...
Nachdenklich sehe ich ihr dabei zu, wie sie in ihr Auto steigt und davonfährt.
Nicht sicher, wie ich mich den anderen Rockern gegenüber verhalten soll, gehe ich zurück in Blakes Wohnung und beginne zu warten.
Schlussendlich soll Evelyn recht behalten. Die Sonne geht unter, der Himmel wird schwarz und von Blake fehlt jede Spur.
Müde kuschle ich mich auf die Couch, schalte den Fernseher an und erstarre. Ein Foto meines Vaters flirrt über den Bildschirm, mir wird schlagartig schlecht.

Die Nachrichtensprecherin, berichtet in monotoner Stimme darüber, dass der Bürgermeister mit abgetrennten Händen im Hafenbecken treibend aufgefunden wurde.

Die Polizei geht davon aus, dass das Verbrechen erst vor wenigen Stunden passiert ist, da Ricardo Sanchez mittags, in Begleitung seines PR-Managers, in seinem Stammrestaurant gesehen wurde. Über die Todesursache wollen sich die Ermittler noch nicht äußern, aber das ist meines Erachtens auch gar nicht nötig. Schließlich hatte er verdammt noch mal keine Hände mehr ...

Tränen steigen mir in die Augen, mein Magen zieht sich krampfend zusammen. Ich schaffe es gerade noch so, aufzuspringen und ins Badezimmer zu rennen, ehe ich mich lautstark übergeben muss.

Gott ich bin so dumm ...

Ich weiß, dass er keine meiner Tränen wert ist und ich weiß, dass er mich mein Leben lang wie Scheiße behandelt und mir schlussendlich sogar einen Motorradclub und einen Killer hinterher geschickt hat, und dennoch kann ich nichts gegen den Schmerz, der sich in meiner Brust ausbreitet tun.

Wie war das noch mal? *Death or Alive ...*

Er ist tot und ich bin am Leben – welch eine Ironie.

So hatte er sich das garantiert nicht vorgestellt. Wahrscheinlich hat er gehofft, dass er durch den Tod seiner Tochter, also durch *meinen* Tod, in den Umfragewerten steigt und so erneut gewählt wird.

Die Menschen lieben Tragödien, wie sie aber zustande gekommen sind, spielt für die breite Masse keine Rolle.

Wieder übergebe ich mich, wieder hasse ich mich für meine Schwäche. Eigentlich sollte ich tanzen und feiern, stattdessen betrauere ich all das, was nicht war und nun auch niemals werden wird.

Er ist tot und ich bin sicher ...

An sich ist das gut, dumm nur, dass es sich nicht gut anfühlt.

Immer mehr Tränen laufen mir über das Gesicht, immer mehr Hass braut sich in mir zusammen. Blake und die anderen haben getan, was notwendig war. Ihnen mache ich keinen Vorwurf. Es waren die Entscheidungen meines Vaters, die seinen Tod verursacht haben, emotionslos betrachtet, hat er sich sein Grab selbst ausgehoben.

Wieder würge ich, das geht so lange, bis ich nur noch Galle spucke. Keine Ahnung wie lange ich im Badezimmer auf dem kalten Fliesenboden hocke.

Als ich endlich genug Kraft aufbringe, um aufzustehen und mich wieder auf die Couch zu legen, ist es längst nach Mitternacht.

Entschlossen, keine einzige Träne mehr um den Mann zu weinen, der sich mein Vater genannt hat, schalte ich den TV aus und schließe meine verquollenen Augen.

Ein Teil von mir hofft, dass mein Dad in der Hölle schmort, ein anderer Teil hingegen will ihm vergeben, doch das meiste von mir sehnt sich einfach nur nach Blake.

Vielleicht ist es krank, dass ich mir den Mörder meines Vaters herbeiwünsche, doch daran kann ich nichts ändern.

Nirgends auf der Welt habe ich mich jemals so sicher gefühlt, wie in den starken Armen dieses Rockers.

9. Kapitel

Blake

„Sie ist süß. Also versau es dir nicht mit ihr, ich mag sie."
Evelyn stellt mir ein Bier vor die Nase und sieht mich warnend an. Ryker, der unser Gespräch belauscht, wirkt belustigt.
„Das geht dich nichts an, Kleines."
Das scheint Evelyn anders zu sehen, denn anstatt mir endlich meine wohlverdiente Ruhe zu lassen, lässt sie das Geschirrtuch, mit dem sie die Gläser polieren will, gegen meinen Arm schnalzen.
„Sein kein Arsch, Blake. Sie wartet auf dich. Also was willst du hier?"
„Was ich will? Keine Beziehungstipps!"
Sie lacht, schüttelt den Kopf und zündet sich eine Zigarette an.
„Dieses Mädchen ist viel zu gut für dich."
Mit dieser Einschätzung liegt Rykers Lady garantiert richtig. Doch das ändert nichts an der Tatsache, dass ich Scarlett behalten werde.
„Ich habe heute ihren Vater getötet!"
Sie zuckt mit den Schultern.
„Ich weiß, es läuft in Dauerschleife in den Nachrichten. Der Bastard wurde ohne Hände im Hafenbecken treibend gefunden. Ein weiterer Grund, aus dem du schnellstens zum Club fahren und nach ihr sehen solltest."
Lieber nicht ...
„Ich bezweifle, dass sie von dem Mörder ihres Vaters, getröstet werden will."
Was für eine verfickt verfahrene Situation.
„Ja, das ist etwas kompliziert. Aber sie scheint eine vernünftige junge Frau zu sein, Blake. Natürlich weiß sie, dass ihr Vater verdient hat, was ihr mit ihm gemacht habt. Dennoch war er ihr Vater. Gefühle sind nicht immer logisch ... Man kann jemand hassen und ihn trotzdem betrauern. Aber das werdet ihr Kerle nie verstehen."
Stimmt, das werden wir nie.
Das Bier in einem Zug austrinkend, knalle ich die Flasche auf die Theke und ordere mit einer Handbewegung ein neues.
Evelyn ignoriert mich, ich stoße einen Fluch aus.
„Fuck! Kann man sich jetzt nicht mal mehr in Ruhe besaufen?"
„Nicht, wenn man sich dabei wie ein Arschloch benimmt."
Okay, das reicht.

Fluchend marschiere ich aus dem *Billy's*, steige auf mein Bike und starte mit einem kraftvollen Tritt den Motor. Ryker taucht neben mir auf, im Gegensatz zu mir, wirkt er ziemlich entspannt.

„Was geht ab, Bro?"

Blöde Frage ...

„Deine Lady ist verdammt anstrengend."

Ein zustimmendes Grunzen von sich gebend, stemmt er seinen rechten Fuß gegen den Vorderreifen meiner Harley.

„Zumindest habe ich eine Lady. Und daher kann ich dir aus Erfahrung sagen, dass Evelyn recht hat. Fahr zum Club und kümmere dich um dein Mädchen. Es braucht dich!"

Klasse ...

„Fängst du jetzt auch schon damit an."

Ryker nickt.

„Es spielt keine Rolle, dass du Sanchez die Hände abgehackt hast, alles was zählt, ist, dass du sie in den Arm nimmst und ihr dabei hilfst, diese echt krasse Scheiße durchzustehen."

Tief in meinem Inneren weiß ich, dass er recht hat. Dumm nur, dass heulende Mädchen nicht gerade mein Fachgebiet sind.

Demonstrativ auf seinen Fuß sehend, lasse ich den Motor aufheulen. Der Wichser hat doch echt den Nerv zu lachen. Einen Schritt zurücktretend, nickt er mir zu und ich fahre davon.

Fuck! Fuck! Fuck!

Vielleicht lag Banks mit seiner Einschätzung richtig, vielleicht sind Old Ladys mehr Fluch als Segen!

Am Club angekommen ignoriere ich die Bitch, die lallend auf mich zu stolpert, blende die Party um mich herum aus und nehme immer zwei Stufen auf einmal. Oben angekommen falle ich beinahe über die am Boden kniende Rothaarige, die eifrig an Banks Schwanz lutscht.

„Verflucht Vize, hast du keine Augen im Kopf?"

„Fuck off, Präs. Hast du kein Zuhause?"

Er lacht, packt die Clubmaus am Hinterkopf und drückt sie noch etwas fester gegen seinen Unterleib.

Ich lass mich nicht von ihm aufhalten und stoppe erst vor meiner Wohnungstüre. Was mich wohl dahinter erwartet?

Tief einatmend tippe ich den Code ein, gehe direkt ins Wohnzimmer. Wie gedacht, finde ich Scarlett auf der Couch, sie schläft. Es ist ihr deutlich anzusehen, dass sie bereits vom Tod ihres Vaters erfahren hat. Der Zug um ihren Mund wirkt angespannt, ihre Augen sind verquollen. *Fuck!*

Es steht außer Frage, dass Sanchez den Tod verdient hat, dennoch schmerzt es, zu wissen, dass ich für Scarletts Leid verantwortlich bin.

Genau wie gestern betrachte ich sie für eine Weile, wende mich dann ab und stelle mich unter eine kalte Dusche. Das eisige Wasser betäubt meine Nerven, prasselt auf mich nieder, schirmt mich von der Welt ab.

Erst als sich das Pochen hinter meinen Schläfen auflöst, und ich mir sicher sein kann, dass ich mir das Blut ihres Vaters restlos abgewaschen habe, trockne ich mich ab und mache mich auf den Weg, mein Mädchen ins Bett zu bringen.

Es mag sein, dass sie trauert, es ist auch durchaus möglich, dass sie mich hasst, dennoch wird sie diese und alle kommenden Nächte bei mir schlafen. Etwas anderes werde ich nicht zulassen ...

Ich hebe Scarlett hoch und trage sie ins Schlafzimmer, lege sie, genau wie gestern, auf die linke Bettseite und steige zu ihr. Trotz der eisigen Dusche beginnt sich mein Schwanz in der Sekunde zu regen, in der ich sie zu mir ziehe und meine Hand auf ihrem Bauch platziere.

Weich, warm und absolut perfekt schmiegt sich ihr Körper an den meinen.

Wie für mich geschaffen ...

Ein leises Seufzen ausstoßend, entspannt sie sich etwas. Ich raune ihr ins Ohr, dass alles okay ist und dass ich sie beschützen werde, dann schließe ich die Augen, vergrabe meine Nase in ihren Haaren und schlafe mit dem süßen Duft von grünem Apfel ein.

Kurz nach Sonnenaufgang stehe ich auf, presse ihr einen Kuss auf die Stirn und mache mich fertig. Scarlett wacht nicht auf, selbst dann nicht, als ich den Dollar aus meiner Kutte ziehe und ihn mit dem Dolch an die Tür pinne.

Ich mache mir nicht die Mühe, ihr eine Nachricht dazu zu schreiben, Scarlett wird auch so verstehen, was ich ihr damit sagen will.

Ein Wimmern ausstoßend, dreht sie sich auf den Rücken, ihre Lider zucken, sie wacht jedoch nicht auf.

Ohne einen letzten Blick auf mein Mädchen zu werfen, mache ich mich daran, die Welt um ein Arschloch zu erleichtern.

10. Kapitel

Scarlett

Noch bevor ich die Augen aufschlage, weiß ich, dass ich alleine bin. Der Killer meines Vaters und der Mann, in dessen Armen ich nun schon die dritte Nacht in Folge verbracht habe, ist weg.
Mich auf die Seite drehend, ziehe ich mir die Decke bis zum Kinn hoch, inhaliere Blakes Körpergeruch, der sich darin verfangen hat, und zwinge mich dazu, mich mit dem neuen Tag auseinanderzusetzen.

Ich meine, was soll nach gestern schon Schlimmes passieren?

Die Antwort bekomme ich in der Sekunde, in der ich die Augen öffne und den mit dem Dolch aufgespießten Dollarschein an der Tür entdecke.

Ach du heilige Scheiße ...

Mein Biker ist auf die Jagd gegangen – mal wieder.

Offensichtlich hat er es sich zur Aufgabe gemacht, die Monster meiner Vergangenheit auszulöschen.

Wie Bruce wohl reagieren wird, wenn Blake ihm mit gezogener Waffe gegenübersteht und mit dem Satz konfrontiert, den er in der Nacht zu mir gesagt hat, in der er mich vergewaltigt hat?

Nicht bereit aufzustehen, bleibe ich einfach liegen, starre den Dollar an und versuche, das Chaos in meinem Kopf zu sortieren.

Drei Nächte – kein Sex – aber dafür Schmetterlinge im Bauch ...

Blake scheint meine Bitte, dass ich noch Zeit brauche, zu akzeptieren. Ich kann mir nicht vorstellen, dass er es gewohnt ist, Frauen einfach nur im Arm zu halten und mit ihnen zu kuscheln. Blake der Kuschelrocker, das ist so irrwitzig, dass ich trotz des fiesen Stechens in meiner Brust zum Lachen anfange.

Was ist das zwischen uns?

Ein verrückter Deal?

Der Beginn von etwas Gutem oder aber die nächste Katastrophe meiner Existenz?

Ich weiß es nicht, und genau das ist das Komplizierte.

Wenn ich auf mein Gefühl höre, dann könnte dieser Biker der Richtige für mich sein, soweit ich das nach dieser kurzen Zeit schon sagen kann ...

Er ist stark, beschützend, zuverlässig und zugleich unglaublich zärtlich, und das Beste, er hat sich in den Kopf gesetzt, mich besitzen zu wollen. Keine Ahnung wieso und warum, aber es fühlt sich so unglaublich gut an, gewollt und begehrt zu werden.

Die Einsamkeit ist ein fieses kleines Biest, das einen von innen heraus zerfrisst. Nichts ist so schlimm, wie nicht um seiner selbst willen geliebt zu werden.

Eine Lektion, die ich auf dem harten Weg gelernt habe.

Ein Klopfen ertönt – dann das Schnappen der Wohnungstüre.

Oh mein Gott ...

Erschrocken zucke ich zusammen.

Wer ist das? Blake? Noch bevor ich aus dem Bett steigen kann, taucht auch schon Evelyn im Schlafzimmer auf.

„Hey Schlafmütze, aufstehen."

Im Gegensatz zu mir hat sie beste Laune.

„Ich will nicht."

Sie lacht.

„Komm schon, ich mach uns Frühstück."

Entschlossen nimmt sie mir die Decke weg und zieht irritiert die Augenbrauen nach oben.

„Schläfst du immer komplett bekleidet?"

Eine berechtigte Frage.

„Nein, das ist eher eine neue Angewohnheit."

„Und Blake hat da nichts dagegen? Das kann ich mir kaum vorstellen!"

Was soll ich dazu sagen?

„Zwischen uns ist es kompliziert."

Sie nickt.

„Ja das sehe ich. Aber kommen wir gleich zum Thema. Dein Kerl hat Diego losgeschickt, um deine Sachen zu holen. Was bedeutet, dass Unmengen von in Kisten gestopften Klamotten draußen im Hof stehen."

Wie bitte?

„Wer ist Diego?"

„Unser Prospect."

Jetzt bin ich genauso schlau wie vorher. Mein Unverständnis muss mir ins Gesicht geschrieben stehen, denn Evelyn seufzt leidgeplagt, setzt sich zu mir an die Bettkante und klärt mich geduldig auf. Sie erzählt mir von Rängen, Hierarchien, Clubgesetzen und tausend anderen Dingen. So viele Informationen in so wenig Zeit ...

Was mich allerdings mit am meisten überrascht ist, dass über die wichtigen Entscheidungen abgestimmt wird. Wer hätte gedacht, dass in einem Outlaw Motorcycle Club Demokratie herrscht?

„Und dieses Anwärterjahr mussten alle Member hinter sich bringen?"

Sie nickt ernst.

„Ja unglaublich, oder? Hier gibt es keine Möglichkeit sich einzukaufen. Alle Männer haben sich den Rang, den sie bekleiden, im Laufe der Jahre verdient."

Das gefällt mir. Wenn es in der Politik doch auch nur so wäre, dann wäre die Welt vielleicht ein besserer Ort.

„Und du sagst, meine Sachen sind hier, oder zumindest ein Teil davon?"

Das ist echt zu schön, um wahr zu sein.

Endlich kann ich mich frisch machen.

„Ja, Diego hat garantiert Spaß dabei gehabt, deine Dessous einzupacken. Vielleicht sollte ich Blake mal darauf hinweisen ... Er wird sicherlich ausflippen und den armen Anwärter mit einem Schlag in den Boden stampfen."

Überrascht sehe ich sie an.

„Oh du bist grausam."

„Nein, ich weiß nur die höhlenmenschartige Eifersucht der Männer einzusetzen. Das solltest du auch bald lernen, Liebes. Es macht Spaß und erleichtert dir das Leben enorm."

Danke, aber ich glaube, darauf verzichte ich.

Um das Thema zu wechseln, stehe ich auf.

„Was ist jetzt mit Frühstück?"

Sie klatscht begeistert in die Hände.

„Perfekt, ich dachte mir schon, dass du jemanden brauchst, der dir heute in den Arsch tritt. Dass mit deinem Vater ist heftig. Er hat es verdient, zu sterben, aber trotzdem spreche ich dir mein Beileid aus. Man kann sich seine Familie eben nicht aussuchen."

Ja leider ...

Ihr Blick fällt auf den mit dem Dolch aufgespießten Dollarschein.

Amüsiert zieht sie die Stirn kraus.

„Magst du mir das erklären?"

Ich zögere.

„Kannst du schweigen?"

Sie nickt, und fährt sich mit den Fingern über die Lippen, so als würde sie einen Reißverschluss zuziehen.

„Wie ein Grab. Das bringt dieses Leben so mit sich."

Das glaube ich gern. Vielleicht wird der heutige Tag doch nicht so beschissen, wie ich dachte. Im Augenblick fühlt es sich so an, als hätte ich eine neue Freundin gefunden. Das ist eine mehr, als ich bisher jemals hatte.

Die meisten Frauen, denen ich bisher begegnet bin, haben immer nur meine Nähe gesucht, weil sie sich einen Vorteil davon versprochen haben oder weil sie etwas von der Tochter des Bürgermeisters wollten.

Einen Gefallen, Aufmerksamkeit von der Presse oder Geld ...

Aber einfach nur eine normale Freundschaft, ganz ohne Bedingungen und Hintergedanken, ist etwas komplett Neues für mich.

Wieder etwas, für das ich Blake danken muss ...

So langsam wird die Liste verdammt lang.

11. Kapitel

Blake

Es war ein Leichtes, an die Adresse von Bruce Rice zukommen.
Das Luxus-Apartment, das er sich erst vor sechzehn Monaten im Noble Square in der Bosworth Ave gekauft hat, stinkt geradezu nach Falschgeld. Mittlerweile ist es zehn Uhr vormittags, dicke Limousinen füllen die Straßen, hunderte Menschen hetzen über die Gehwege.
Alles passt ins Gesamtbild – alles, außer dem Kutte tragende Biker auf seiner schwarzen Harley und den Tattoos auf dem Kopf.
Die Blicke der Leute sind mir egal, einzig die Tatsache, dass sich jeder an meine Anwesenheit erinnern wird, sobald Rice Tod publik wird, ist etwas ärgerlich. Aber Bullshit! Der Wichser stirbt heute, die ganze nebensächliche Scheiße wird sich schon regeln.

Die Bullen werden einen Scheißdreck tun und vor den Toren des Clubs auftauchen.

Ein ermordeter Bürgermeister und ein toter PR-Manager. Ich finde ja, dass ein vermisster Polizeichef gut zu der Mordserie passen würde.

Bevor ich von meinem Bike steige, nehme ich mir die Zeit und rauche in Ruhe eine Kippe. Gedanklich gehe ich all die verschiedenen Szenarien, die für Bruce in Frage kommen, durch. Im Grunde genommen ist es egal, was ich mit ihm mache, wenn ich den Wolkenkratzer verlasse, wird er tot und Scarlett sicher sein.

In meiner Tasche vibriert es, ich ziehe das Handy hervor und lese die Textnachricht von Rykers Old Lady.

Deinem Mädchen geht es gut. Diego hat ihre Sachen gebracht, wir frühstücken jetzt.
PS: Die Nummer mit dem Dollarschein ist ja mal echt mega.
Grüße Lyn.

Das sind ja mal gute Nachrichten.

Ich hoffe, die Mädels machen sich einen schönen Tag. Scarlett kann sich frei auf dem Clubgelände bewegen, verlassen wird sie es jedoch nicht, dafür habe ich gesorgt.

Nikko, der heute für die Wache eingeteilt ist, hat von mir die Anweisung bekommen, sie auf keinen Fall das Tor passieren zu lassen. Scarlett ist meine Gefangene, sie weiß es zwar nicht, aber für sie gibt es kein Entkommen mehr.

Das Smartphone zurück in die Tasche schiebend, klappe ich den Ständer aus und hänge meinen Helm über den Lenker. Noch bevor ich dazu komme abzusteigen, verlässt ein silberner Mercedes SUV die Tiefgaragenausfahrt und schlängelt sich in den Verkehr.

Ich erhasche einen Blick auf den Fahrer und stoße einen Fluch aus. Die alte Oma mit dem weißen Pudel an der Leine, die neben mir steht, zuckt erschrocken zusammen und sucht das Weite.

Ohne Zeit zu verlieren, starte ich meine Maschine, stülpe mir den Helm über den Kopf und folge dem Geländewagen. Bruce fährt stadtauswärts, das passt zwar nicht zu meinem ursprünglichen Plan, spielt mir jedoch in die Hände.

Bis jetzt wusste ich noch nicht, wie ich mir zu seinem Apartment Zutritt verschaffen sollte, beziehungsweise, wie ich unbemerkt an dem Portier vorbeigekommen wäre – das hat sich ja hiermit erledigt.

Dreißig Minuten später stoppt er an einer Tankstelle, ich halte Abstand, folge ihm anschließend weiter nach Westen.

Was hat dieser Bastard vor?

Wir passieren Austin, das Viertel, in dem wir erst vor kurzer Zeit Big Z plattgemacht haben. Einen Gangsterboss, der meinte, sich mit den Red Devils anlegen zu müssen. Die Zeitungen berichten noch heute von dem größten Blutbad, das Chicago, laut dem Artikel der Times, jemals erlebt hat. Ich halte das für eine maßlose Übertreibung, aber na ja, es war schon eine geile Aktion, die ich so schnell nicht vergessen werde. Bruce Mercedes wirkt zwischen all der Armut, die hier herrscht, und dem Dreck, der den Straßenrand säumt, völlig fehl am Platz.

Er hält vor einem chinesischen Restaurant, von dem ich weiß, dass es der Yeng-Familie gehört und dass einzig und allein der Wäsche des Drogengeldes dient.

Ein roter Drache mit goldenen Augen hängt über der Eingangstüre, zwei Typen stehen Wache. What a Fuck hat Rice hier zu suchen?

Austin gehört zu unserem Revier, wir würden es wissen, wenn Rice mit den Chinesen im Geschäft wäre. Oder? *Bloody hell!*

Ich hoffe, uns ist da nichts entgangen. Ich fahre weiter, stoppe hinter der nächsten Hausecke und ziehe mein Telefon hervor. Ryker nimmt nach dem zweiten Läuten ab.

„VP, was ist los?“

Ich komme ohne Umschweife zur Sache.

„Wie steht der Club zur Yeng-Familie?“

Er überlegt kurz.

„Gut. Sie zahlen ihre Abgaben pünktlich, machen keinen Ärger und passen sich unseren Gesetzen an. Warum? Gibt's Probleme?"

Das will ich nicht hoffen. Die Chinesen sind gut aufgestellt. Ein Krieg mit den Schlitzaugen würde starke Verluste bedeuten – personell wie finanziell.

„Rice stattet den Yengs gerade einen Besuch ab. Kannst du dir einen Reim darauf machen?"

Ryker lacht. Was geht denn jetzt ab?

„Ach Scheiße, du erledigst deinen Ein-Dollar-Job?"

Woher zum Teufel weiß er davon? Evelyn ... Verdammt! War ja klar, dass dieses Weib nicht die Klappe halten kann.

„Ich bin an der Sache dran."

Er lacht noch immer.

„Wo bist du? In Austin?"

„Aye, an der Ecke Maywood/River Side."

„Warte dort, ich komme zu dir. Chenyang schuldet mir noch einen Gefallen. Wenn du ihm sagst, dass du Price willst, wird er ihn dir auf einem Silbertablett mit Stäbchen im Arsch servieren."

Klingt perfekt.

„Wenn es so abläuft, teile ich meinen Sold mit dir."

Wieder lacht er, ohne ein weiteres Wort, legt er auf.

Ungeduldig behalte ich den SUV im Blick, ziehe meine Kippen hervor und zünde mir eine an. Was Scarlett wohl gerade macht? *Fuck!* Allein die Erinnerung, wie sie letzte Nacht in meinen Armen gelegen und sich an mich geschmiegt hat, lässt mich hart werden.

Wie viel kann ein Mann aushalten, bis er den Verstand verliert?

Noch eine Nacht mit ihrem Arsch an meinem Schritt und ich drehe durch. Es hat mich sämtliche Beherrschung gekostet, dass ich sie nicht einfach auf den Rücken gedreht und mich bis zum Anschlag in sie gerammt habe. Einzig das Wissen darüber, was Price ihr angetan hat, hat mich davon abgehalten.

Selbst jetzt muss ich nur an ihren Geruch denken und schon werde ich so hart, dass ich kaum noch geradeaus schauen kann. Ihr Vater ist erledigt – Bruce wird der nächste sein, der meine Wut zu spüren bekommt und dann gibt es keine dunklen Schatten der Vergangenheit mehr, die Scarletts Zukunft bedrohen – dann kann ich endlich um sie kämpfen.

Das vertraute Bollern von Rykers Harley nähert sich mir von hinten, das ging schnell.

Ich riskiere einen Blick über die Schulter und stelle fest, dass der Sergeant nicht allein gekommen ist. Chazz, der Vollstrecker der Devils, begleitet ihn.

Irgendwie hätte ich mir das auch denken können, wo immer auch Blut vergossen wird, ist Chazz in der Nähe. Dieser Bastard ist der brutalste von uns allen, fuck ich liebe ihn wie einen Bruder, dennoch kann ich nicht abstreiten, dass ihm ein paar Medikamente und ein mehrwöchiger Aufenthalt in einer geschlossenen Anstalt nicht schaden würden.

Ohne die Motoren auszuschalten, halten sie neben mir an und begrüßen mich mit einem Nicken.

„Das ging fix, wart ihr in der Nähe?"

Chazz zieht sich den Micky Mouse Bandana, der die untere Hälfte seines Gesichts bedeckt von der Nase und formt eine Kaugummiblase, die er mit einem lauten *Plopp* zerplatzen lässt.

Ein Killer mit einem Disneytick – ich sage doch, Pillen und Klapse.

„Sagen wir es mal so, VP. Der kleine Wichser, um den wir uns gerade gekümmert haben, verdankt dir einen schnellen Tod."

Hätte ich es mir denken können.

„Ihr hättet wegen mir nicht eure Arbeit unterbrechen müssen."

Ryker grinst.

„Wir wollen eben alle etwas von deinem Dollar abhaben."

„Klasse! So wird das nie was mit meiner Altersvorsorge."

Kurz nach dem SUV sehend, stelle ich fest, das Brice noch immer bei den Chinesen ist.

„Kein Thema, Bro. Scarlett ist wichtiger. Sie gehört jetzt zu dir und somit gehört sie auch zu uns. Also wenn du denkst, dass du diesen Bruce alleine kaltmachen kannst, täuschst du dich, wir wollen ein Stück abhaben. Nichts ist süßer als die Rache, die man für eine Frau ausführt."

Loyalität – Zusammenhalt – Zuverlässigkeit!

Die drei Pfeiler, auf denen wir unseren Club aufgebaut haben – nichts ist mir wichtiger im Leben! Ich sehe zu Ryker.

„Kannst du dir vorstellen, was der Wichser von der Yeng-Familie will?"

Er stößt einen Fluch aus und zündet sich eine Lucky an.

„Die Yengs sind fett im Geschäft. Drogen, Waffen und Auftragsmorde. Du sagst, was du brauchst, und für gewöhnlich ist 24 Stunden später der Deal abgeschlossen."

Interessant.

„Aber der Gunman, den ich in Woodbury vergraben habe, war kein Chinese."

Ryker zuckt mit den Schultern.

„Das hat nichts zu sagen. Vielleicht war er ein Söldner?"

Schon möglich.

„Was quatschen wir hier so lange? Lasst uns reingehen, die richtigen Fragen stellen, ein paar Knochen brechen und herausfinden, was für eine Scheiße hier gespielt mir."

Chazz Vorschlag gefällt mir. Ich ziehe meine Waffe, checke gewohnheitsmäßig das Magazin und entsichere sie.

„Alles klar, lasst uns anfangen."

Bereit, bis zum Äußersten zu gehen, steigen wir ab und parken unsere Bikes am Straßenrand. Wir lassen die Kreuzung hinter uns, Ryker runzelt die Stirn.

„Der Typ damals, der auf Evelyn geschossen hat, war auch Chinese. Wisst ihr noch wie wir ihn mitten auf der Straße abgeknallt haben? Seitdem habe ich eine Abneigung gegen jede Art von Stäbchenfressern. Es hat sich so etwas wie ein Tick entwickelt, wenn ich ein Schlitzauge sehe, will ich ihm meine Knarre in die Kehle rammen und mit Blei vollpumpen."

Chazz lacht und boxt unserem Sergeant gegen die Schulter.

„Verdammt ich liebe dich, Bruder."

Trotz der Anspannung, die nach und nach von mir Besitz ergreift, beginnen sogar meine Mundwinkel zu zucken.

Kaum dass wir vor dem Restaurant ankommen und die Wachen Ryker sehen, treten sie respektvoll beiseite. Mag sein, dass dieses Viertel dem Club gehört, doch unser Sergeant ist der King von ganz fucking Austin. Seitdem er hier für Ordnung sorgt, haben sich nicht nur unsere Einnahmen verdoppelt, sondern auch die Anzahl der Leichen, die Diego verscharren muss, ist in schwindelerregende Höhen geschossen ...

Vielleicht sollten wir uns einen weiteren Anwärter zulegen, nicht das der Kleine irgendwann ein Burn-out erleidet ...

Der süßliche Geruch von Soja, Nelken und Curry weht uns entgegen, mir dreht es den Magen um. *Einfach widerlich ...*

„Gott, dass es hier immer so stinken muss."

Chazz spricht aus, was ich mir denke. Ohne zu zögern, umrundet Ryker den Ausschank, marschiert in die Küche und öffnet eine unscheinbare Stahltüre.

Die Köche schenken uns kaum Beachtung, was mir verrät, dass sie es gewöhnt sind, keine Fragen zu stellen und dass es völlig normal für sie ist, dass Leute mit Knarren durch ihre Küche spazieren.

Noch bevor ich sehen kann, was sich abspielt, schnellt Rykers Arm nach oben, ein Schuss ertönt, dann hallt das schmerzhafte Keuchen eines Mannes von den Wänden.

Schreie werden laut, irgendjemand brüllt etwas auf Chinesisch – ich verstehe kein Wort.

Um für Ruhe zu sorgen, drückt Ryker erneut ab, Putz rieselt von der Decke, dann herrscht endlich Stille.

Ich schiebe mich an ihm vorbei und sehe, auf wen er geschossen hat – Bruce Rice.

„Ach verdammt, musste das sein?"

In einer entschuldigenden Geste verzieht er den Mund.

„Sorry Bro, er hat die Waffe zuerst auf mich gerichtet. Von diesem Wichser lasse ich mir keine Kugel verpassen."

Wie im Kindergarten ...

„Zumindest hat er ihm nur ins Bein und nicht in den Kopf geschossen. Also hör auf zu meckern Vize, und üb deine Rache."

Chazz hat recht, auf eine Schusswunde mehr oder weniger kommt es wirklich nicht an.

Bruce, der uns mit panisch aufgerissenen Augen beobachtet, stößt, als ich auf ihn zu gehe, ein verängstigtes Wimmern aus.

„Was wollt ihr? Warum tut ihr das?"

Erst als ich ihm so nah bin, dass mir der rostige Geruch seines Blutes in die Nase steigt, stoppe ich und sehe angewidert auf ihn herab. Unglaublich, dass so ein Loser es gewagt hat, mein Mädchen anzupacken. Für mich ist dieser Wichser nicht die geringste Herausforderung, Typen wie ihn habe ich schon zuhauf getötet.

Für Scarlett hingegen war er der große böse Mann, der sie überwältigt und vergewaltigt hat. Wut, so stark und rein, dass es mir den Atem raubt, steigt in mir auf.

Am liebsten würde ich seinen Kopf so oft und so fest gegen die Wand schlagen, bis er wie eine Melone zerplatzt. Während Ryker hinter mir dafür sorgt, dass sich die Chinesen verpissen, erinnere ich mich an den Satz, um den Scarlett mich gebeten hat.

„Wenn du dich freiwillig auf den Rücken legst, verspreche ich dir, dass ich dafür sorgen werde, dass es dir gefällt."

Chazz beginnt zu lachen, Bruce fallen vor Schreck beinahe die Augen aus dem Kopf.

Er scheint seine eigenen Worte sofort wiederzuerkennen.

Zumindest weiß er jetzt, warum er durch meine Hand sterben wird.

„Bitte, nicht! Bitte! Dieses Weib ist es doch nicht wert, sich die Finger schmutzig zu machen."

Ganz falsche Wortwahl – ganz falsch ...

Bruce kapiert, dass er so nie sein Leben retten wird und wechselt die Strategie.

„Komm schon, Biker. Ich habe Kontakte und kenne wichtige Personen. Ich kann euch von Nutzen sein."

Die Hände fest auf die Schusswunde pressend, versucht er, die Blutung zu stoppen. Ein lächerlicher Versuch. Was er wohl macht, wenn er aus zwei Löchern blutet?

Ich beschließe es herauszufinden, ziele auf seine rechte Schulter und drücke ab.

Sein Schrei vermischt sich mit dem lauten Knall – Musik in meinen Ohren. Minuten vergehen, ich genieße das Hier und Jetzt und habe es absolut nicht eilig.

Erst als er wieder zu Atem gekommen ist, versucht Bruce weiter, mich umzustimmen.

Was absolut aussichtslos ist, genauso gut könnte er versuchen die Zeit zu stoppen oder die Erdanziehungskraft umzukehren.

„Komm schon, Devil. Ich habe Geld, viel Geld. Sag mir, was Scarlett dir bezahlt, ich verdopple die Summe."

Ryker prustet los vor Lachen, Chazz stellt sich neben mich und grinst mich amüsiert an.

Ich gönne mir den Spaß.

„Einen Dollar."

Der ehemalige PR-Manager des toten Bürgermeisters, schüttelt irritiert den Kopf.

„Was?"

„Scarlett hat mir einen lumpigen Dollar gezahlt, und nicht mal den werde ich annehmen, dafür macht mir diese Scheiße hier viel zu viel Spaß."

Rice stottert, heult und schluchzt.

Mehr für sich selbst, wiederholt er das eben Gehörte.

„Einen Dollar ... nein niemals! Das geht nicht. Das kann nicht sein ... Mein Leben ist einen Dollar wert ... einen Dollar ... vier Quarter ..."

Er stößt ein gepeinigtes Lachen aus, eine Mischung aus Blut und Speichel tropft ihm aus dem Mundwinkel, rinnt ihm über das Kinn.

Bloody Fuck!

Ich scheine sein Herz oder etwas ähnlich Wichtiges getroffen zu haben, was bedeutet, dass ich mich beeilen muss, wenn ich will, dass er bei Bewusstsein ist, während ich ihm den Schwanz abschneide.

Mit einem Handzeichen gebe ich Chazz zu verstehen, dass er mit anpacken soll. Zusammen ziehen wir Bruce die Hose runter.

Sein Flehen einfach überhörend, ziehe ich den Dolch aus der Scheide an meinem Oberschenkel.

„Du liegst ja noch immer nicht auf dem Rücken. Warum? Scarlett hast du doch auch auf den Boden gepresst, ehe du wie ein Monster über sie hergefallen bist."

Mit weit aufgerissenen Augen schüttelt er den Kopf, während ich ihn auf die Fliesen drücke. In seiner eigenen Blutlache liegend, beginnt er wie ein Kind zu heulen.

„Egal wie sehr du es genossen hast, meine Frau zu vergewaltigen, ich garantiere dir, ich genieße meine Rache mehr."

Mit den Händen durch die Luft rudernd, versucht er, sich wieder aufzurichten.

„Bitte! Gnade! Ich wusste ja nicht, dass die Bitch dir gehört hat, sonst hätte ich sie nie angerührt, ehrlich Devil."

Auf das Wort eines Sterbenden ist niemals Verlass. Im Angesicht des Todes sagen die Leute absolut alles, in der Hoffnung, dass es ihnen das Leben rettet.

„Dieser Idiot scheint es einfach nicht zu kapieren, was VP?"

Ich ignoriere Chazz, beuge mich über Bruce und bohre ihm die Spitze meines Dolches tief in die Wange. Sein gellender Schrei lässt meine Ohren klingeln.

„Das ist dafür, dass du *mein Mädchen* gerade als Bitch bezeichnet hast."

Die Klinge langsam drehend, sehe ich ihm tief in die Augen und tippe mir mit dem Zeigefinger der freien Hand auf das *Expect no mercy-Patch* auf meiner Kutte.

„Erwarte keine Gnade, Arschloch, du hast sie Scarlett schließlich auch nicht gewährt."

Bruces Pupillen sind unfokussiert und glasig, ein klares Anzeichen dafür, dass er kurz davor ist ohnmächtig zu werden.

Den Dolch aus seiner Backe ziehend, trete ich einen Schritt zurück, ziehe die schwarzen Latexhandschuhe aus meiner Hosentasche und komme zum Finale.

Ich packe ihn am Schwanz, ziehe diesen stramm und schneide ihn mit einem geraden Schnitt ab. Bruce schreit und zappelt, sein Kopf kippt nach rechts – GAME OVER!

Chazz klopft mir auf die Schulter.
„Gute Arbeit, Boss. Ich hätte es nicht besser hinbekommen."
Bruce Kiefer aufklappend, stopfe ich ihm sein Glied tief in den Rachen, stelle zufrieden fest, wie seine Atemzüge immer rasselnder kommen, ehe sie eine Minute später verstummen.
„Das wäre erledigt."
Ich nicke Ryker zu, ziehe mir die Handschuhe von den Fingern und werfe sie in die immer größer werdende rote Pfütze.
„Wir sind hier fertig, lasst uns verschwinden."
Mein Sergeant nickt, neben ihm steht ein kleiner Chinese in einem silbern schimmernden Anzug.
„Chenyang hier kümmert sich um das Saubermachen."
Das Schlitzauge wirkt nicht begeistert, widerspricht Ryker jedoch nicht, sondern senkt in einer respektbezeugenden Geste den Kopf.
Chazz grunzt zufrieden und sieht mich belustigt an.
„Das nenn ich mal Service. Schade, dass das nicht immer so läuft, was VP?"
Für einen Moment spiele ich mit dem Gedanken, für Scarlett ein Foto von Bruces Leiche zu machen, entscheide mich dann aber dagegen. Meine Süße hat genug schreckliche Dinge erlebt, damit muss ich sie nicht auch noch belasten. Aus Erfahrung weiß ich, dass Mädchen Leichen nicht halb so interessant finden wie Schuhe oder Handtaschen, bei uns Männern ist das anders.
Vor mich hin pfeifend, durchquere ich die Küche und schnappe mir eine Handvoll Frühlingsrollen von einem bereitstehenden Teller.
So sehr ich diesen Chinafraß auch verabscheue, diese frittierten Gemüserollen sind gar nicht mal so übel ...
„Das wäre erledigt, Bro."
Ryker lehnt sich an die Hauswand und genehmigt sich eine Kippe.
Ich nicke zustimmend und tue es ihm nach.
Chazz telefoniert, geht ein Stück die Straße runter und starrt finster vor sich auf den Boden.
„Da stimmt was nicht, ist heute schon der vierte Anruf. Danach hat er jedes Mal total beschissene Laune."
Klingt verdächtig.
„Eine Frau?"
Wir sehen uns an und schütteln gleichzeitig lachend den Kopf.
Chazz ist dafür bekannt nur Nutten zu ficken und selbst die besucht er aus Prinzip nur einmal. Aus irgendeinem Grund ist er davon überzeugt, dass nur gekaufte Muschis, gute Muschis sind. Was natürlich totaler Bullshit ist! *Aber wenn er meint ...*

Trotz dieser Einstellung vergöttert er Evelyn und ich bin mir sicher, dass er Scarlett schon bald ebenfalls beschützen und schätzen wird.

Er scheint also nicht mit Old Ladys an sich ein Problem zu haben ... So wie ich das sehe, will unser Vollstrecker nur nicht riskieren, irgendwann selbst an eine Frau zu geraten, die ihm tatsächlich etwas bedeutet.

Ein zum Scheitern verurteilter Plan!

Ich wusste, dass ich Scarlett will, noch bevor ich sie in live gesehen habe – ein Foto von ihr hat ausgereicht, um mich meine Prioritäten neu sortieren zu lassen.

„Was auch immer es ist, entweder bekommt er es geregelt, oder wir werden es erfahren."

Mit der Zunge schnalzend, stemmt Ryker sich von der Hauswand ab.

„Ich habe ein echt schlechtes Gefühl, wollen wir hoffen, dass er alles im Griff hat."

In einvernehmlichem Schweigen rauchen wir die Zigaretten fertig, Chazz gesellt sich wieder zu uns und wir machen uns auf den Weg zu unseren Bikes.

Noch bevor ich aufgestiegen bin, zieht Chazz sich seinen Micky Bandana über die Nase und murmelt uns zu, dass er noch was zu erledigen hat. Eine Minute später ist er auch schon aus unserer Sichtweite verschwunden.

Vielleicht hat Ryker recht, vielleicht stimmt da tatsächlich etwas nicht?

„Ich hab meiner Süßen versprochen heute mal mehr Zeit mit ihr zu verbringen. Wie sieht es bei dir aus, Blake? Kommst du mit zum Club?"

Einen Fluch ausstoßend nicke ich und setze mir den Helm auf.

Der leichtere Weg wäre, auch heute wieder so lange unterwegs zu sein, bis Scarlett garantiert schläft, sie anschließend in mein Bett zu tragen, in die Arme zu nehmen und meine Erektion gegen ihren Arsch zu pressen. Aber so wird unsere Beziehung nie an Tiefe gewinnen ... So wie es aussieht, muss ich mich dem Mädchen, das ich mehr als den nächsten Atemzug begehre, stellen.

12. Kapitel

Scarlett

Ich nippe an dem Prosecco, dem wievielten Glas?
Keine Ahnung, es spielt keine Rolle. Alles was zählt, ist, dass ich mich herrlich leicht, unbeschwert und frei fühle.

Wir frühstücken seit gefühlten zwölf Stunden, in Wirklichkeit sind es gerade erst vier, wobei *erst* wohl nicht das richtige Wort für diese Zeitspanne ist. Ich habe Seitenstechen vor Lachen, mein Zwerchfell zwickt und ein fieser Schluckauf quält mich seit einigen Minuten. Macht es mich zu einem schlechten Menschen, weil ich hier sitze und glücklich bin, obwohl mein Vater noch keine vierundzwanzig Stunden tot ist? *Death or Alive ...*

Nicht zum ersten Mal denke ich über diese drei Worte nach. Vielleicht liegt in ihnen das Geheimnis – vielleicht konnte ich erst glücklich werden, nachdem mein Dad gestorben ist.

Die Welt mag einen an manchen Tagen riesig erscheinen, für uns beide war sie jedoch zu klein. Eine traurige Tatsache, die ich in einem weiteren, randvollen Glas Prosecco ertränke. Ein Typ namens Rabble leistet uns Gesellschaft – er hat Tequila ins Spiel gebracht – der wird mein Untergang sein.

Während er einen versauten Witz nachdem anderen reißt, zünde ich mir eine Lucky an, lehne mich zurück und schließe die Augen.

Die Sonne scheint mir ins Gesicht, Vögel zwitschern, aus der Werkstatt dringen derbe Flüche, lautes Gelächter und das Geräusch der verschiedenen Werkzeuge. Es riecht nach Sommer, Benzin und Kaffee.

Eine unglaubliche Ruhe breitet sich in mir aus, so langsam, akzeptiere ich die Tatsache, dass das Schicksal seine ganz eigenen Wege für uns hat.

„Unglaublich! Ich sitze im Hof des gefürchtetsten Motorcycle Clubs des Landes, bin angetütert von Sekt und Schnaps und bin absolut zufrieden und das, obwohl mein Leben in der Schwebe hängt und ich mir eigentlich fürchterliche Sorgen um alles machen sollte. Ist das verrückt?“
Ich merke erst, dass ich das laut ausgesprochen habe, als Evelyn mich freundschaftlich anstößt und mir den Arm um die Schultern legt.

Rabble grunzt, das ist etwas, das er anscheinend gerne macht.

„Outlaw Motorcycle Club, Süße. Beleidige uns nicht. Wir Devils gehören nicht zu diesen Sonntagsfahrer-Vereinen, die am Wochenende die Highways mit ihren Bikes verstopfen und abends wieder brav bei Frauchen am Tisch sitzen und Braten essen."

Evelyn lacht, leert ihr Sektglas und schiebt sich ein Stück Bagel in den Mund.

In einer entschuldigenden Geste hebe ich die Hände und sehe ihn zuckersüß an.

„Tut mir so leid, böser Outlaw Biker, verzeih mir meine Unwissenheit."

Er zwinkert mir verschwörerisch zu.

„Schon gut Baby, Blake muss dir eben erst zeigen, wie's läuft."

Blake ... Was er wohl gerade macht? Wie es ihm geht?

Ob er sich den Dollar schon verdient hat?

Obwohl ich die letzten Nächte in seinem Bett und in seinen Armen verbracht habe, vermisse ich ihn.

Wenn ich es nicht besser wüsste, könnte ich fast glauben, dass ich dabei bin, mich Hals über Kopf in diesen Rocker zu verlieben. Allein der Gedanke an ihn reicht aus, um meine Hormone verrücktspielen zu lassen, und dann noch diese verräterischen Schmetterlinge in meinem Bauch ...

„Ich kenne diesen Gesichtsausdruck, Liebes."

Evelyn reißt mich aus meinen Gedanken.

„Welchen?"

Sie legt den Kopf schief und sieht mir direkt in die Augen.

„Den einer Frau, die dabei ist, sich in einen Devil zu verlieben."

Mist, durchschaut ...

„Schön für dich, ich kenne ihn nicht."

Rabble's Handy klingelt, er nimmt das Telefonat an, steht auf und lässt uns alleine.

„Leugnen bringt nichts. Außerdem, warum solltest du das auch tun? Du gehörst quasi schon Blake, er hat dich vor all seinen Brüdern für sich beansprucht. Wenn du mich fragst, konnte dir eh nichts Besseres passieren. Männer wie Blake entscheiden sich, wenn überhaupt, nur ein einziges Mal im Leben für eine Frau, und unser Vize hat dich auserwählt. Du kannst dich glücklich schätzen. Du gehörst zu den wenigen Mädchen, die behaupten können, einen Kerl zu haben, der für sie, ohne zu zögern, durch die tiefste Hölle gehen würde. Blake würde für dich in den Krieg ziehen – er wird dir die Welt zu Füßen legen. Du musst es nur zulassen und zack hast du eine Clubfamilie, ein Zuhause und eine aufregende Zukunft."

Ich kämpfe gegen das trügerische Gefühl der Hoffnung, das in mir aufsteigt, an.

Eine Familie und ein Zuhause ... Die Zukunft, die Evelyn da beschreibt, ist zu schön, um wahr zu sein. So etwas kann es nicht geben ... so viel Glück habe ich nicht ...

„Was ist mit dem Altersunterschied?“

Rykers Old Lady zuckt mit den Schultern.

„Was soll mit dem sein? Wer interessiert sich schon für Zahlen?“

Sie streckt die Hand aus und tippt mir gegen den Brustkorb.

„Alles, was wichtig ist, ist das, was du fühlst, der Rest spielt absolut keine Rolle!“

Unsicher sauge ich meine Unterlippe zwischen die Zähne und kaue auf ihr herum.

„Ich habe Angst!“

Meine Stimme ist so leise, dass es mich wundert, dass sie mein Eingeständnis überhaupt gehört hat.

„Das ist, nachdem, was du erlebt hast, völlig normal! Überlass Blake die Führung, vertrau ihm und alles wird gut.“

Sie sagt das so leicht ...

Ich schnappe mir die Tequilaflasche, schenke uns beiden einen Shot voll ein, und seufze leise.

„Und du meinst, dass dir der Alkohol dabei hilft, mutig zu sein?“

„Na ja, ich hoffe es.“

An ihren Mundwinkeln zupft ein Lächeln.

„Na dann lass uns schnell machen, ich kann unsere Männer hören.“

Kaum dass ihre Worte verhallt sind, nehme auch ich das dunkle Blubbern der Motoren wahr. *Oh ... oh ...* Auf das Salz und die Zitrone verzichtend, schütte ich mir die klare Flüssigkeit in die Kehle und schenke uns beiden sofort nach.

Grinsend hebt sie ihr Schnapsglas, wir stoßen an und leeren so in kürzester Zeit vier weitere Shots.

In dem Moment, in dem Blake und Ryker auf den Hof fahren, beginnt der Boden unter meinen Füßen zu wanken.

„Okay, ich glaube, du bist jetzt mutig genug.“

Mit diesen Worten nimmt sie mir die Flasche ab und entfernt sie aus meiner Reichweite.

„Ich dachte, du bist meine Freundin?“

„Das bin ich auch, und gerade deswegen sorge ich dafür, dass du dich morgen noch an das erinnerst, was Blake heute mit dir anstellt.“

Hmmmm ... das klingt irgendwie ... na ja ... vielversprechend.

„Warum siehst du noch so nüchtern aus?“

Sie zieht die Augenbrauen hoch und steht auf.
„Ich bin Kneipenwirtin, schon vergessen? Ich verdiene mit Alkohol meinen Lebensunterhalt. Da zahlt es sich aus, trinkfest zu sein."
Klingt logisch ...
Die Rocker steigen ab, mein Blick fällt auf Blake, ein warmes Prickeln lässt mich erschaudern. Die Härchen in meinem Nacken stellen sich auf. Plötzlich kann ich es kaum erwarten, endlich wieder in seinen Armen zu liegen.
Ohne lang darüber nachzudenken gehe ich auf ihn zu, überwinde Schritt für Schritt die Distanz zwischen uns und gerate erst kurz vor ihm ins Stocken. Seine Augen brennen sich in meine Haut, verschlingen mich bei lebendigem Leib. Das Braun seiner Iriden wirkt dunkel und geheimnisvoll, fast schon magisch.
„Hey, mein Mädchen."
„Hey, mein Devil."
Ein wildes Knurren ausstoßend, packt er mich an den Schultern, zieht mich mit einem kraftvollen Ruck zu sich und pinnt seine Lippen auf die meinen. Keuchend öffne ich mich ihm. Meine Welt gerät ins Wanken, ich spüre seine warmen Hände, die sich in meinen Po graben, mich hochheben und an seine muskulöse Brust drücken.
Gierig wühlt sich seine Zunge durch meinen Mund, ich vergesse zu atmen, konzentriere mich nur auf das unglaublich schöne Gefühl, von Blake gehalten zu werden.
Wild und erbarmungslos stößt er sich in meinen Hals, ich erwidere den Kuss, mit all der Sehnsucht, die sich in den vergangenen Nächten in meinem Inneren aufgestaut hat. Unsere Zähne schlagen aufeinander, meine Lippe platzt auf, er leckt darüber und brummt dunkel.
Er knurrt ein „Fuck Baby" gegen meinen Mund, mein Herz gerät aus dem Takt. „Wenn du jetzt nicht aufhörst, bringe ich dich rein, trage dich in mein Bett und mache dich endlich zu der meinen."
Ein Hauch von Angst breitet sich in mir aus, doch das, was ich für diesen Biker empfinde, ist stärker. Evelyn hat recht, ich muss Blake vertrauen und ihm die Kontrolle überlassen – dann wird alles gut.
Um Blake zu zeigen, dass ich dasselbe will wie er und dass ich für ihn bereit bin, schlinge ich ihm meine Beine um die Taille und küsse ihn erneut. Dieses Mal übernehme ich die Führung, zumindest für die Dauer von ein paar Atemzügen, dann werde ich von seiner Zunge überwältigt und ergebe mich ihm seufzend.
Warm und fest presst sich sein Mund auf den meinen.

Ich spüre seine Hand in meinen Haaren, lege den Kopf in den Nacken und wimmere leise, als seine Zunge an meinem Kiefer nach unten gleitet und sich seine Zähne tief in meine Haut graben.

Saugend, leckend und beißend, bearbeitet er genau die Stelle meiner Kehle, an der sich mein Puls vor Erregung überschlägt. Der bittersüße Schmerz zuckt wie ein Blitz durch mein Inneres, schießt mir direkt in die pulsierende Stelle zwischen meinen Beinen.

Blake löst sich von mir, ich spüre, wie viel Kraft es ihn kostet, die nächste Frage zu stellen.

„Bist du dir sicher, Baby?“

Nein ganz und gar nicht ...

„Ja, absolut!“

Wieder löst sich ein animalischer Laut aus seiner Kehle, wieder überzieht eine Gänsehaut meine Arme.

Mit großen Schritten trägt mich mein Devil über den Hof, ins Clubhaus und hinauf in den ersten Stock. Kaum in seiner Wohnung angekommen, küssen wir uns stürmisch, meine Finger in das Leder seiner Kutte krallend, realisiere ich nur nebenbei, dass wir schon fast in seinem Schlafzimmer angekommen sind.

13. Kapitel

Blake

Es erfordert wirklich meine gesamte Selbstbeherrschung, damit es mir gelingt, zumindest einigermaßen ruhig vorzugehen.
Egal was Scarlett behauptet, ich sehe die Furcht in ihren Augen.
Im Vergleich zu mir ist dieses Mädchen ein zerbrechlicher Schmetterling. Nur eine zu feste Berührung, eine unbedachte Bewegung und ich könnte sie schwer verletzen. Das Vertrauen, das sie mir entgegenbringt, ehrt mich. Ich kann mir nicht annähernd vorstellen, wie schrecklich es sein muss, vergewaltigt zu werden ...

Fuck off! Bruce ist tot, meine Süße ist sicher und alles andere ist im Augenblick nicht von Bedeutung. Alles was zählt, sind sie und ich und was wir im Begriff sind zu tun.

Begierig wühle ich mich durch die heiße Höhle ihres Mundes, genieße ihr Gewicht in meinen Armen und inhaliere ihren unverwechselbaren Duft von frischen Äpfeln. Erst als sie sich wimmernd vorn mir löst, lege ich sie vorsichtig ins Bett und sehe ihr tief in die Augen. Ohne ihren Blick freizugeben, ziehe ich ihr das gelbe Kleid über den Kopf und sauge den Anblick, den sie mir bietet, tief in mich ein. Wie ein Tattoo nagle ich mir jedes Detail ins Hirn, sodass gar nicht erst die Möglichkeit besteht, dass ich jemals wieder auch nur die geringste Kleinigkeit vergesse.

Der pinke, glitzernde Stein ihres Bauchnabelpiercings, die Wölbungen ihrer Titten, und ihr verflucht schönes Gesicht. Wie zur Hölle soll es mir nur gelingen, bei diesem Anblick ruhig zu bleiben? Scarlett ist die erste Frau, die ich wirklich will.

Diese kleinen festen Titten passen perfekt in meine Handflächen und ihr Arsch ...

Ich bin verdammt noch mal kein Heiliger, und darum werde ich diesen Engel für mich beanspruchen und diese wunderschöne Frau für den Rest meines Lebens täglich ficken.

Zufrieden beobachte ich, wie sie meine Gier nach ihr in meinem Blick erkennt. Scarlett leckt sich mit der Zungenspitze über ihre Unterlippe.

Ohne groß darüber nachzudenken, schiebe ich meine Hand über die Seite ihres Gesichts, sodass ich mit den Fingerspitzen ihre Nacken umfassen kann.

Noch immer sind unsere Blicke ineinander verschlungen und ich weiß, dass ich nie wieder ein anderes Mädchen in meinem Bett will. Ein letztes Mal tief einatmend, schließe ich die Augen und küsse sie bestimmend.

Jede Zelle meines Körpers ist angespannt, dank meiner eisernen Zurückhaltung beginnen meine Muskeln zu schmerzen, es hilft nichts. Sie hat es verdient, dass ich mich zurückhalte – vor allem bei unserem allerersten Mal.

Meine Hände wandern über ihren Leib, ertasten jedes Fleckchen ihrer seidigen Haut, ehe sie sich besitzergreifend um ihre vollen Titten legen. Hart und gierig pressen sich ihre Nippel gegen meine Handflächen. Mein Schwanz ist schon jetzt so hart, dass es schmerzt ...

Anstatt scheu oder zurückhaltend zu sein, erwidert Scarlett meinen Kuss mit derselben Wildheit, die auch an mir zerrt.

Stöhnend presst sie sich meinen Händen entgegen, beobachtet mich unter gesenkten Lidern. Gierig streifen ihre Finger über meinen Rücken, treiben mich in den Wahnsinn.

Dieses Mädchen muss lebensmüde sein, anders kann ich mir nicht erklären, warum sie meine eh schon ungesund intensive Gier noch mehr anstachelt.

Bei allen Devils! Wie soll ich mich so zurückhalten?

Das Letzte, was ich will, ist ihr wehzutun, aber wenn Scarlett so weitermacht, werde ich wie eine Bestie über sie herfallen und sie besinnungslos ficken!

Fauchend und nach Atem ringend, beende ich unseren Kuss, fange ihre Hände ein und presse sie über ihrem Kopf auf das Kissen.

„Mach langsam, Baby."

Ihre Lippen sind feucht und von meinen Küssen geschwollen, ihre perfekten Titten kommen mir mit jedem Atemzug entgegen und ihre langen Beine hat sie um meine Hüfte geschlungen.

Ohne es beenden zu können, reibe ich meinen harten Schwanz durch den Stoff unserer Kleidung an ihrer Pussy.

Gebannt beobachte ich, wie sie stöhnend die Augen schließt und sich meinen reibenden Bewegungen entgegen presst.

„Sieh mich an, Mädchen."

Sie tut es, ihr Augenaufschlag killt mich ...

Ihr leicht abwesender Blick und der moschusartige Geruch ihrer Erregung lassen mich beinahe durchdrehen.

Weich und nachgiebig liegt sie unter mir, vertraut sich mir an.

Langsam lege ich mich auf sie, lasse sie mein Gewicht spüren und presse sie fest auf das Bett.

Mein Schwanz zuckt, will unbedingt in ihre nasse Möse.

Mit dem Daumen massiere ich ihren Kitzler durch den Stoff ihrer Shorts hindurch, reize ihre Nervenenden und beobachte zufrieden, wie sie leise wimmernd ihre Schenkel noch ein Stückchen weiter für mich spreizt.

14. Kapitel

Scarlett

Welle für Welle rast ein heißes Gefühl durch meinen Körper.
Blakes große Hand hält die meinen mühelos über meinem Kopf gefangen, während er mich mit seinem Gewicht tief in die Matratze presst. Seine Finger gleiten rhythmisch über meine Mitte und ich weiß, dass ich verloren bin.

Wenn sich diese Sache hier mit Klamotten schon so gut anfühlt.

Wie fantastisch muss es dann erst sein, wenn wir endlich nackt sind?

Oh Gott ... Ich hätte nicht gedacht, es jemals wieder genießen zu können, auf diese Art und Weise berührt zu werden.

Stöhnend schließe ich die Augen, seine Zähne graben sich in meinen Hals, ich liege zitternd unter ihm, während ich es kaum erwarten kann, ihn endlich in mir aufzunehmen.

Die Frage, ob das hier richtig ist, stelle ich mir erst gar nicht – denn es ist nicht nötig. Ich spüre bis in den hintersten Winkel meiner Seele, dass ich für diesen Biker geschaffen bin.

Wir küssen uns stürmisch, er beseitigt meinen Slip, mein BH verschwindet eine Sekunde später ebenfalls.

Blake kniet sich zwischen meine gespreizten Schenkel und lässt seinen Blick über meine nackten Kurven gleiten.

„Du bist der Wahnsinn, Baby!“

Zärtlich lässt er seine schwieligen Finger über meine Beine tanzen, bis sie die Innenseiten meiner Oberschenkel erreicht haben. Erschauernd schließe ich die Augen, während ich verzweifelt versuche, etwas Sauerstoff in meine Lungenflügel zu bekommen.

In der Sekunde, in der er meine, bereits feuchten Falten teilt, bin ich endgültig verloren. Meine Synapsen sprühen Funken, kleine Schweißtropfen bilden sich in meinem Nacken, während sein Daumen langsam in mich hinein gleitet.

Wimmernd genieße das Gefühl, das sein Finger in mir auslöst.

Blake beugt sich über mich, seine Zunge umrundet träge kreisend meine Brustwarzen, ehe er die linke sachte in seinen Mund saugt.

Er lässt mich seine Zähne spüren, ich schmelze dahin.

Verzweifelt versuche ich, seine Hose zu öffnen. Ich will diesen Devil endlich nackt auf mir spüren ... Jede Faser meines Ichs schreit nach seinem Eindringen, wenn er mir nicht bald gibt, was ich will, sterbe ich ...

„Bitte, Blake ..." Meine Worte verlieren ihre Bedeutung, als er mir seinen Daumen entzieht und dafür zwei andere Finger bis zum Anschlag in mich schiebt.

Keuchend kralle ich mich an seinen Schultern fest.

„Öffne die Augen, Baby. Ich will dich sehen, während du für mich kommst!"

Blinzelnd komme ich seinem Befehl nach und spüre, wie sich meine Scheidenwände bebend zusammenziehen. Ein immer stärker werdender Druck baut sich in meinem Unterleib auf. Es fühlt sich so an, als würde glühende Lava durch meine Adern rauschen ...

Stöhnend ertrinke ich in den warmen Tiefen seiner karamellbraunen Augen. Ich zucke, meine Zehenspitzen krümmen sich, der Druck in meinem Inneren implodiert ...

Ein Schrei löst sich aus meiner Kehle, meine Atmung stockt, ein Schauer nach dem anderen lässt mich erzittern. Der über mir hereinbrechende Orgasmus ist so stark, dass grelle Blitze vor meinen Augen zucken. Mein lustvolles Stöhnen vertreibt die Stille aus seiner Wohnung, vermischt sich mit seinem wilden Knurren.

Meine Nervenbahnen stehen in Flammen – so hat es sich noch nie zuvor angefühlt ...

Einfach unglaublich ...

Keuchend spüre ich, wie er seine Finger aus meiner Pussy zieht und beobachte gebannt, wie er sich seiner Kleidung entledigt. Als Erstes streift er sich die Kutte ab, anschließend legt er mehrere Waffen und Dolche auf die Kommode, unglaublich, was er so alles mit sich herumträgt. Ich erkenne auch die silberne Knarre, die er dem Killer in Woodbury abgenommen hat.

„Warum trägst du sie bei dir?"

Sein Kiefer zuckt.

„Jede Waffe hat ihre eigene Geschichte, ich verbinde sie mit unterschiedlichen Erinnerungen. Manche sind gut, manche eher weniger ... Wann immer ich diese Glock in der Hand halte, werde ich daran erinnert, wie wir uns das erste Mal gegenübergestanden sind.

Ich hatte dich gerade erst gefunden und war kurz davor, dich zu verlieren ... Diese Pistole erinnert mich daran, wie kostbar du bist, und dass ich verdammt gut auf dich aufpassen muss."

Wow ...

Wenn das alles nicht so heftig wäre, wäre es fast schon romantisch.

„Ich glaube, diese Rockerromantik gefällt mir, Devil."

Er zwinkert mir zu, öffnet seinen Gürtel und zieht sich die Hose samt Boxershorts aus.

Endlich kann ich ihn ohne störende Stoffschichten betrachten!

Sein breites Kreuz besteht nicht nur aus einem muskulösen Rücken, der sich an seiner Taille zu einem sexy Dreieck verjüngt, sondern er hat auch eine perfekt definierte Brust und ein extrem heißes Sixpack. *Nicht schlecht für sein Alter ...*

Dieser Biker ist ein großer Mann, der aus verflucht vielen Tattoos, Muskeln und Narben besteht. Sein Oberkörper ist mit Haaren bedeckt, aber nicht so, dass er mich an einen Bären erinnert, sondern gerade so viel, dass es mich in den Fingerspitzen juckt, weil ich ihn berühren möchte. Seine Oberschenkel sind breit, und zucken vor Ungeduld.

Blakes langer, dicker Schwanz reckt sich in meine Richtung.

Bläulich schimmernde Adern schlängeln sich um die komplette Länge, enden in einer wulstigen, violett schimmernden Eichel. *Halleluja!* Schwarze Tinte windet sich in verschiedenen Formen über seine Haut. Der gehörnte Totenkopf, Flammen, die sich um eine perfekt ausgearbeitete Harley rekeln und ein Schriftzug, der sich in geschwungenen Buchstaben um einen Teufel mit schwarzen Augenhöhlen windet: *LA VIDA LOCA.* Mein Spanisch ist nicht besonders gut, aber das verstehe ich sehr wohl – das verrückte Leben.

Links, nur wenigen Zentimeter über seinem Hüftknochen, befindet sich eine gut zehn Zentimeter lange Narbe. Darüber stehen vier dicke schwarze Buchstaben: GFOD.

Ich deute mit dem Finger auf das Tattoo und sehe ihn fragend an.

„Wofür steht diese Abkürzung?

Und woher hast du die Narbe? Die Verletzung muss schlimm gewesen sein."

Er nickt.

„Aye, die Klinge hätte mich fast in den Tod geschickt. GFOD – ist eine Erinnerung für mich und zugleich eine Warnung an all meine Feinde. Es bedeutet God forgives, Outlaws don't!"

Seine Aussage bestätigt nur, was ich längst geahnt habe: In der Welt der Biker gibt es keine Gnade. Blake senkt den Kopf und saugt meinen Nippel in seinen Mund, seine kratzigen Bartstoppeln reiben über mein Dekolleté. Wimmernd schnappe ich nach Luft, mein Unterleib zieht sich erneut erregt zusammen.

„Ich will dich in mir spüren, Devil!"

Über meine Ungeduld lachend, beginnt er, an meinem Schlüsselbein zu knabbern.

„Du machst es mir nicht gerade leicht, langsam vorzugehen."

„Warum langsam?"

Ein Brummen ausstoßend, stützt er sich auf seinen Ellenbogen ab, sieht auf mich herab und streicht mit seinen rauen Fingerspitzen über meine Stirn.

„Weil ich dich nicht verängstigen will, Baby."

Oh Gott, wenn ich mich nicht schon längst in ihn verliebt hätte, wäre es spätestens jetzt um mich geschehen ...

Ich mache mir nichts vor, Blake hat eine eiskalte, harte und tödliche Seite. Sonst wäre er nie zum Vize dieses Clubs gewählt worden.

Aber er kann auch extrem fürsorgend, zärtlich und beschützend sein. Dank dieser Kombination ist es ihm in Rekordgeschwindigkeit gelungen, mich für sich zu gewinnen.

„Ich vertraue dir, Killer."

Er runzelt die Stirn.

„Du dummes, dummes Mädchen. Wenn du klug wärst, würdest du mich anflehen dich freizugeben, Du solltest, so schnell es geht, aus meiner Reichweite verschwinden und nach Minnesota zurückkehren."

Seltsamerweise empfinde ich nichts als Geborgenheit. Seine Warnung löst in mir nicht einen Hauch von Angst aus.

Keine Ahnung, wen das von uns beiden mehr erstaunt?!

„Würdest du mich denn ziehen lassen?"

Blake überlegt kurz, dann stößt er ein entschlossenes „Nein!" aus.

„Egal wo du hingehst, ich werde dir folgen."

Nicht sicher, was ich darauf erwidern soll, schlinge ich ihm die Arme um den Nacken und küsse ihn sanft und sinnlich. Er reagiert sofort, lässt sich wieder auf mich herabsinken, bedeckt mich mit seinem Körper und stößt seine Zunge tief in meinen Hals.

Seine Finger gleiten über meine Flanken hinab zu meiner Mitte. Quälend langsam streicht er durch meine geschwollenen Falten, dringt mit dem Daumen in mich ein und treibt mich so erneut Richtung Höhepunkt. Auf der verzweifelten Suche nach noch mehr Nähe, pinne ich meine Lippen noch etwas fester auf die seinen. Blakes Zunge wühlt sich durch meinen Mund – es fühlt sich einfach richtig an, von ihm geküsst zu werden.

Sein Blick verweilt auf meinen Brüsten. Er fickt mich mit seinen Fingern, entlockt mir so laute Schreie. Der leichte Schmerz, die Dehnung und sein Geschmack, der meine Sinne verwirrt, all das berauscht mich regelrecht ...

„Oh Baby, ich werde dich nie wieder gehen lassen!"

Seine Erektion presst sich hart gegen die Innenseite meines Schenkels.

Ich greife nach seinem Schwanz, genieße das Gefühl der samtenen Härte. Mit einem Finger über den kleinen Schlitz an der Spitze kreisend, verteile ich die ersten Tropfen, die sich bereits darauf gebildet haben.

„Mach so weiter und es wird viel zu schnell zu Ende sein."

„Das ist nicht schlimm, wir haben alle Zeit der Welt, um das hier wieder und wieder zu tun."

Seine Iriden blitzen auf, ich beobachte, wie sich seine Nasenflügel blähen.

Blake verändert seine Position, sodass sein Schwanz gegen meinen Kitzler drückt. Wieder und wieder gleitet seine runde Eichel durch meinen Spalt. Mit dem Daumen meine Klit umzirkelnd, senkt er den Kopf und saugt sich an meinem Hals fest.

Erschaudernd presse ich mich seinem Glied entgegen und verliere mich in dem berauschenden Gefühl, begehrt zu werden.

Nach dem traumatischen Erlebnis mit Bruce hätte ich nicht gedacht, dass ich jemals wieder bereit bin, mich einem Mann hinzugeben.

Ich habe mich getäuscht ... Aber woher hätte ich auch wissen sollen, dass das Schicksal so eine Überraschung für mich bereithält und mir einen mutigen, starken, Kutte tragenden und Harley fahrenden Biker in den Weg stellt?

Dank Blakes besitzergreifender Art stehe ich kurz davor, zu explodieren.

Oh mein Gott ...

Wieder und wieder streicht er über meine zuckende Öffnung, fährt die Konturen meiner Scheide nach und saugt sich noch fester an meinem Hals fest.

Meine Zehenspitzen krümmen sich, mein Unterleib fühlt sich an, als würde er gleich in tausend glühende Funken zerspringen.

Keuchend spreize ich die Beine noch etwas weiter, bettle flüsternd nach mehr. Stöhnend winde ich mich auf der weichen Decke und presse mich ihm entgegen. Mit einem leisen *Plopp* lösen sich seine Lippen von mir, die Stelle an meinem Hals pulsiert.

„Bitte Blake ..."

Endlich erhört er mein Flehen und nimmt sich eines der am Boden liegenden Kondome. Zitternd beobachte ich, wie er sich das Latex über den Schwanz rollt, dann positioniert er sich auf mir und sieht mir tief in die Augen.

„Ab jetzt gehörst du mir, Scarlett!"

Ich nicke und spüre, wie er sich ein paar Zentimeter tief in mich schiebt.

„Mehr ... bitte ..."

Das Gesicht zu einer Fratze verziehend, stößt er einen leisen Fluch aus und rammt sich bis zum Anschlag in mich.

Mein Schrei hallt durch die Wohnung, ich vergesse zu atmen.

Blake in mir zu spüren, fühlt sich absolut richtig an. Fast so, als hätte ich mein ganzes Leben nur auf diesen Moment gewartet. Das, was da zwischen uns ist, ist nicht logisch oder rational ... Aber seit wann sind Gefühle das schon?

Die Liebe kommt ungeplant. Sie ist wild, unberechenbar und intensiv.

Schnell, kraftvoll und rhythmisch treffen unsere Körper wieder und wieder aufeinander. Ich biege den Rücken durch, grabe meine Fersen in seinen Po und fordere meinen Biker so auf, sich nicht zurückzuhalten.

Die absolute Dehnung in Kombination mit der göttlichen Pein und der Hitze, die er ausstrahlt, sind alles, was ich noch wahrnehme.

„Augen auf, Baby. Ich will, dass du siehst, wem du ab jetzt gehörst!"

Nach Luft schnappend, tue ich, was er verlangt, und versinke in den geheimnisvollen braunen Tiefen seiner Iriden. Blakes Stöße werden immer härter, sein Schwanz fühlt sich so gut an, dass ich nicht will, dass es jemals wieder endet.

Ein wildes Knurren ausstoßend, verändert er den Winkel, mit dem er in mich eindringt, und hakt sich meine Beine über die Schulter. *Ahhhh ...*

In dieser neuen Stellung fühlt sich sein Eindringen noch viel intensiver an.

Der Rhythmus, mit dem er mich nimmt, ist intensiv und tief und es dauert nicht lange, bis ein weiterer Höhepunkt dafür sorgt, dass ich mich in meiner Lust verliere. Mein Unterleib zieht sich bebend zusammen. Auch sein Atem kommt laut und rau.

Plötzlich versteinert er. Seine Oberschenkel zucken, fühlen sich an wie aus Granit, die Muskeln in seinem Bauch arbeiten heftig.

Mit zusammengebissenen Zähnen fickt er mich, so als würde sein Leben davon abhängen. Den Kopf in den Nacken werfend brüllt er ein „Holy Fuck!" gegen die Zimmerdecke. Mich an seinen Armen festkrallend, genieße ich das Pulsieren seiner Eichel und seine schier unermüdliche Kraft.

„Yeah ... Baby ... Yeah ... Das war unglaublich!"

Die Sehnen an seinem Hals treten deutlich hervor und seine Augen glühen dämonisch, während sein Schwanz tief in mir zuckt.

Ich bewege mich etwas, was ihm ein wildes Fauchen entlockt.

Blake versteift sich und kommt hart. Zuckend pumpt er sein Sperma in die dünne Gummimembran, die uns trennt. Dann öffnet er langsam die Augen und sieht geradezu ehrfürchtig auf mich herab.

„Das war höllisch gut."

Ich grinse, lege den Kopf schief und seufze zufrieden.

„Ja, das war es ..."

Langsam zieht er sich aus mir heraus, rollt das Kondom ab, verknotet es und wirft es neben dem Bett auf den Boden.

Mit einem *urghh* lässt er sich neben mir auf das Bett fallen, dreht sich zu mir und haucht mir einen feuchten Kuss auf die Stirn.

Mein Herz zögert nicht, lässt all seine Schutzmauern fallen und fliegt dem Rocker neben mir entgegen.

Einen Arm über seinen Brustkorb legend, streife ich mit den Lippen über das Würfeltattoo an seinem Ohr.

Wer hätte gedacht, dass ein Killer, ein Bikerclub und ein *Death or Alive* nötig sind, um mich mein Glück finden zu lassen?

„Was denkst du gerade?"

Blake lacht.

„Oh Baby, ich denke gar nichts, zum ersten Mal in meinem Leben fühle ich nur."

Ich weiß, was er meint, mir geht es ganz genauso.

Ich fühle mich glücklich ...

Ich fühle mich frei ...

Ich fühle mich geborgen ...

Verdammt, noch mal!

Zum ersten Mal in meinem Leben fühle ich mich geliebt ...

Leider habe ich keine Ahnung, was die Zukunft für uns bereithält, aber ich denke, wir haben gute Chancen auf ein Happy End – ich kann es regelrecht *fühlen* ...

Epilog

Scarlett

Im *Billy's* ist die Hölle los.

Evelyn steht hinter der Bar und Ryker lehnt an der Wand und beobachtet aus zusammengekniffenen Augen seine Lady.

Sein Gesichtsausdruck kann nur als mörderisch bezeichnet werden. Die Kneipe ist voller Männer, und jeder von ihnen hat ein Auge auf seine Frau geworfen.

Kein Wunder, dass das dem Sergeant nicht gefällt ...

Während ich unter dem Stress zusammenbrechen würde, scheint Evelyn in all dem Chaos regelrecht aufzublühen.

Jeder hier kann sehen, wie sehr sie das, was sie tut, liebt.

Den Zitronenschnitz mit dem Finger durch den Flaschenhals stoßend, gönne ich mir einen großen Schluck meines Desperados, ehe ich mich wieder meinem finster dreinschauenden Biker zuwende.

Vor uns auf der abgewetzten Tischplatte liegt der lange Dolch mit der unglaublich scharfen silbernen Klinge, daneben befindet sich der mittlerweile schon ziemlich mitgenommene Dollarschein, den ich ihm damals, vor knapp einem halben Jahr, in Woodbury überreicht habe. Mittlerweile habe ich das Haus am Waldrand leer geräumt und mit Blakes und Diegos Hilfe all meine Sachen, inklusive meinem Auto, zurück nach Chicago gebracht.

Es war ziemlich lustig zu beobachten, wie Blake, tausend Flüche ausstoßend, den Reifen gewechselt hat, den er damals einfach so zerschossen hatte. Erst war der Wagenheber kaputt, dann hatte das Ersatzrad ein Loch und zum Schluss war eine der Schrauben verschwunden ...

Manchmal lässt das Karma eben doch nicht allzu lange auf sich warten.

Am Anfang war es eine Sensation, dass die skandalöse Tochter des Bürgermeisters kurz nach dem mysteriösen Tod ihres Vaters

(der bis heute noch nicht aufgeklärt wurde) zum Vizepräsidenten des Red Devils Motorcycle Clubs gezogen ist. Aber schon nach wenigen Wochen hat sich das Interesse an meiner Person gelegt. Mittlerweile führe ich ein ganz normales Leben, zumindest so *normal* wie das in einem OMC eben möglich ist ...

Über den hölzernen Griff des Dolches streichend, erwidere ich den eindringlichen Blick meines Rockers.

„Diese Diskussion ist absolut lächerlich, Blake."
Er nickt und knurrt dabei unheilvoll.
„Ja, das ist sie. Gut das du das endlich einsiehst, Baby! Du bist meine Frau verdammt noch mal. Es ist mein gottgegebenes Recht, dich zu beschützen. Also steck den Dollar ein, küss mich und setz dich auf meinen Schoß. Dich besitzen zu dürfen, ist mir Belohnung genug!"
Da ist sie wieder, meine heiß geliebte Rockerromantik.
Über seine Aussage schmunzelnd, zupfe ich an dem Etikett meiner Flasche herum.
„Du willst also, dass ich mich auf deinen Schoß setze?"
Seine Finger zucken, seine Hände ballen sich zu Fäusten.
„Ja das will ich verdammt, und ich will, dass du endlich den verfickten Dollar einsteckst."
So langsam verliert Blake die Geduld, was mich belustigt grinsen lässt.
„Und was ist, wenn ich das nicht tue?"
Er kneift die Augen zusammen.
„Was? Dich auf meinen Schoß setzen oder den Dollar einstecken?"
„Letzteres. Du weißt, wie gerne ich in deinen Armen liege, darauf werde ich niemals freiwillig verzichten. Nicht in einer Millionen Jahren!"
Fluchend zieht er sein Zippo aus der Hosentasche, klappt den silbernen Deckel auf und schnappt sich den Geldschein. Gespannt sehe ich dabei zu, wie er den Dollar über die bläuliche Flamme hält und anzündet. Der Schein fängt sofort Feuer, rollt sich dank der Hitze zusammen und verbrennt vollständig. Zurück bleibt nur ein kleines Häufchen Asche und der verkokelte Geruch.
„Ich hoffe, du hast gut hingesehen, Baby. Denn das, was diesem Dollar passiert ist, wird allen Menschen widerfahren, die eine Gefahr für dich darstellen! Du bist mein Mädchen – meine Old Lady und ich werde dich bis zu meinem letzten Atemzug beschützen."
Tränen steigen mir in die Augen, ich stehe auf, umrunde den Tisch und setze mich rittlings auf seinen Schoß. Sofort schlingt Blake seine Arme um mich und presst mich besitzergreifend an seinen muskelbepackten Brustkorb.
Mit den Fingern über seine stoppelige Wange streichend, nähere ich mich seinen Lippen, wispere ihm leise zu, wie sehr ich ihn liebe, und küsse ihn anschließend zärtlich.
Mein Herz gerät aus dem Takt, meine Sinne spielen verrückt und die Welt um mich herum verliert mit jedem weiteren Zungenschlag an Bedeutung.

Nichts ist mehr wichtig, alles was zukünftig noch für mich zählt, ist der Biker, mit dem ich mein restliches Leben verbringen werde ...

Charming Bastard

Prolog

Charly

Skeptisch betrachte ich mein Spiegelbild und frage mich zum x-ten Mal, warum ich das eigentlich mache?
Warum sitze ich hier und lasse mich auf diese völlig verrückte Idee meiner besten Freundin Penny ein? Im Gegensatz zu mir hat sie das Leben schon immer locker genommen. Für sie ist jeder Tag eine neue Party. Das Geld, was sie verdient, haut sie sofort auf den Kopf.
Penny liebt das Abenteuer, die Männer und den Alkohol ...

An sich ja auch völlig okay.

Ich weiß nur nicht, ob ich das auch so will?!

Früher, vor einer Ewigkeit, wollte ich studieren und Ärztin werden – ein Traum, der ziemlich schnell geplatzt ist. Wer hätte gedacht, dass ein Studium so unglaublich teuer ist?

Meine Noten waren gut, jedoch nie so, dass ich auf ein Stipendium hätte hoffen können. Schlussendlich hat mir das Leben ziemlich schnell gezeigt, dass die Realität härter ist, als gedacht.

Nachdem meine Mum, einen Tag nach meinem achtzehnten Geburtstag, wegen dem Angriff auf einen Polizeibeamten für vier Jahre in den Knast musste, stand ich plötzlich alleine da.

Mittlerweile hat sie zwar schon drei Jahre abgesessen, hat aber dank ihres aufbrausenden Temperaments noch mal acht Monate dazubekommen ...

Wenn sie so weitermacht, wird sie noch ein Jahrzehnt einsitzen – was nicht mein Problem ist. Niemand hat sie dazu gezwungen, sturzbetrunken einen Polizisten anzugreifen und ihm mit dem Absatz ihres Schuhs ein Loch in den Kopf zu schlagen. Es war ebenfalls ihre Entscheidung, im Besucherraum des Bundesgefängnisses völlig auszurasten. Fluchend betrachte ich die Haarfarbe, zu der Penny mich überreden will, und seufze leidgeplagt.

„Und du meinst wirklich, dass das nötig ist?“

Sie nickt entschlossen.

„Ist es, glaub mir. Pink ist genau deine Farbe. Die Strähnen werden super zu deinen rabenschwarzen Haaren passen. Wenn ich mit dir fertig bin, wirst du die schönste und geheimnisvollste Hure des Landes sein.“

Bei dem Wort *Hure* zucke ich zusammen.

„Gibt es dafür denn keinen schöneren Ausdruck?“

„Liebesmädchen? Kurtisane? Prostituierte? Oder vielleicht Nutte? Was macht die Bezeichnung schon für einen Unterschied? So oder so? Du bist was du bist?“

Mein Magen dreht sich um, mir wird schlecht.

„Noch bin ich es nicht! Und vielleicht werde ich es auch niemals!“

Genervt verschränkt sie die Arme vor der Brust und zieht die Augenbrauen zusammen.

„Was soll das werden, Charly? Du verschwendest meine Zeit. Entweder ziehst du das jetzt durch oder eben nicht. Aber dieses hin und her, das kotzt mich langsam echt an. Wenn ich es nicht besser wüsste, würde ich dich für eine verklemmte Jungfrau halten.“

Sie hat recht – ich muss mich endlich entscheiden.

Entweder stehe ich weiter fünfzig Stunden die Woche im Supermarkt und schufte mich für sieben Dollar die Stunde zu Tode oder aber ich gehe ein Risiko ein, höre auf Penny und versuche mal was Neues.

Ich meine, was habe ich schon zu verlieren? Sex ist toll.

Und da Amor mich bisher konsequent ignoriert hat, habe ich auch kein Problem mit wechselnden Männern. Irgendwie habe ich bis jetzt immer noch auf meinen Prinz Charming gewartet. Welche Frau träumt nicht von der echten, wahren, großen Liebe?

Träume sind was Tolles, aber man muss sie sich auch leisten können. Weder kann man von ihnen abbeißen noch die Miete oder Rechnungen bezahlen. Ich mag Sex und ich mag Orgasmen.

Zwei Grundvoraussetzungen für das Gewerbe, in dem ich aller Voraussicht nach mein Glück versuchen werde.

Ich meine, was ist schon so schlimm daran, wenn ich zukünftig nicht einfach nur zum Spaß mit Männern schlafe, sondern um Geld zu verdienen?

Das Einzige, was mich wirklich zögern lässt, ist das Risiko, das diesem Job anhaftet. Woher soll ich wissen, dass die Kerle, die in das Bordell kommen, keine psychopathischen Serienmörder sind?

Penny hat mir zwar schon einhundert Mal versichert, dass das Bordell, in dem sie seit drei Jahren arbeitet, absolut sicher ist, aber na ja ... Wie sicher kann ein Freudenhaus sein, das von dem gefährlichsten Rockerclubs aller Zeiten betrieben wird?

Der Red Devils Motorcycle Club ist im ganzen Land bekannt.

Es vergeht kaum ein Tag, an dem die Medien nicht irgendetwas über diese Kutten tragenden Biker zu berichten haben.

Erst vor Kurzem stand in der Zeitung, dass Scarlett Sanchez, die Tochter des ermordeten Bürgermeisters, wohl mit Blake, dem Vizepräsidenten der Rocker, zusammen ist und sogar zu ihm in den Club gezogen sein soll. Ob da wohl ein Zusammenhang besteht?

Also zwischen dem Mord an ihrem Vater und ihrem neuen Kerl?

Wer weiß ... Es gibt Dutzende Spekulationen, aber bisher gibt es offiziell niemanden, der wegen dieser Tat verdächtig wurde.

Soweit ich weiß, wurde Ricardo Sanchez mit abgetrennten Händen im Hafenbecken treibend aufgefunden.

Echt gruselig ...

Ob die Art seines Todes eine tiefere Bedeutung hatte?

Na ja, ich meine, wenn einem beide Hände abgetrennt werden, bedeutet das dann, dass man zu gierig geworden ist, oder habe ich einfach zu viele Mafiafilme angeschaut?

Wer weiß schon, auf was für verrückte Methoden Kriminelle zurückgreifen?

Aber ich kann mir eigentlich nicht vorstellen, dass man als Frau mit dem Mörder des eigenen Vaters ins Bett steigt ...

Zwar bin ich bis jetzt keinem dieser Biker begegnet, aber wenn ich erst mal in ihrem Bordell arbeite, wird sich das wohl ganz schnell ändern. Allein bei der Vorstellung, mit einem dieser Devils ins Bett zu steigen, läuft es mir eiskalt den Rücken runter.

Penny, die bis jetzt mehr oder weniger geduldig neben mir gestanden hat, deutet den Gesichtsausdruck, den ich bei diesem Gedankengang wohl gehabt haben muss, falsch, wirft die Hände in die Luft und schnappt sich meine am Boden liegende Handtasche.

„Okay, lass uns gehen. Das ist Zeitverschwendung."

Der Stapel Rechnungen, der sich im Seitenfach der Tasche befunden hat, und seit Wochen darauf wartet, bezahlt zu werden, fällt auf den Boden. Fluchend hebe ich die vielen Briefe auf und stecke sie schnell wieder ein. *Oh verdammt!*

Im Grunde genommen habe ich gar keine andere Wahl ...

Sex und Geld oder 50 Stunden und Mindestlohn?

Die Entscheidung sollte mir eigentlich leichter fallen ...

Bevor Penny aus meiner Reichweite verschwinden kann, packe ich sie am Handgelenk, halte sie fest und ziehe sie wieder zu mir zurück.

„Du denkst wirklich, pinke Strähnen sind eine gute Entscheidung?"

Ihre Mundwinkel zucken amüsiert.

„Ja, Männer stehen auf so was, ich habe auch eine echt heiße Korsage und Strapse, die zu dem Farbton passen. Glaube mir, die Kerle werden sich darum prügeln, dich für eine Nacht besitzen zu dürfen ..."

All meine Zweifel beiseiteschiebend, setze ich mich wieder in den Friseurstuhl und nicke entschlossen.

„Gut, dann lass uns das durchziehen. Außerdem ist es ja durchaus möglich, dass es mir wie Pretty Woman ergeht und ich an einen heißen Millionär gerate, der sich auf den ersten Blick in mich verknallt."

Die Augen verdrehend, schüttelt sie entschieden den Kopf.

„Vergiss diesen ganzen romantischen Bullshit endlich und konzentrier dich aufs Wesentliche. Liebe ist nicht alles, Süße. Klar ist es schön, wenn man irgendwann mal auf einen Typen trifft, den mag echt gern hat, aber verdammt! Dein Ziel sollte es sein, dir aus eigener Kraft ein schönes Leben finanzieren zu können."

Wo sie recht hat, hat sie recht?

„Stimmt. Scheiß auf den Prinzen! Ab jetzt werde ich mich nur noch auf eine Sache konzentrieren – Dollars ohne Ende."

Sie klatscht begeistert in die Hände.

„Du meinst wohl, Sex ohne Ende, aber egal, endlich hast du kapiert, wie die Welt läuft."

Die Friseuse, die bis jetzt damit beschäftigt war, einer älteren Dame Dutzende von Lockenwicklern einzudrehen, kommt auf uns zu und fragt mich, ob ich mich endlich entschieden habe?

Dieses Mal nicke ich, ohne zu zögern, das habe ich – und zwar nicht nur meine Haarfarbe betreffend!

1. Kapitel

Chazz

Die Hände zu Fäusten ballend, lasse ich die Fingerknöchel der Reihe nach knacksen und starre angespannt auf meine abgewetzten Stiefelspitzen. *What a Fuck!*
Der Tag war lang und anstrengend – irgendwie ist *jeder* Tag lang und anstrengend.

Ich komme mir vor wie ein beschissener Kreisel, der sich wieder und wieder im Kreis dreht und dabei immer dieselben Spuren nachzieht.

Seit ich dem Red Devils Motorcycle Club beigetreten bin, kenne ich meinen Platz im Leben. Ich bin durch und durch ein Devil – ich würde, ohne zu zögern, für diesen Club sterben. Dennoch wäre ich froh, wenn bis zu diesem selbstlosen Akt noch ein paar Jahrzehnte ins Land ziehen würden. Und bis es so weit ist, werde ich alles in meiner Macht Stehende tun, um den Club zu stärken und seine Feinde zu töten ...
Gedankenverloren reibe ich mit dem Daumen über das *Enforcer-Patch*, das die linke Seite meiner Kutte ziert.

Als der Vollstrecker der Devils ist es meine Aufgabe, Ryker, dem Sergeant at Arms unseres MC's, zur Seite zu stehen – wir beide wachen über die Clubdisziplin.

Manche meiner Brüder nennen mich auch den Warlord – eine treffende Bezeichnung.

Ich urteile nicht über Leben und Tod – ich vollstrecke. Kein zweifeln, kein zögern, einfach nur töten. Das Morden gehört für mich genauso zum Alltag wie das Essen, das Ficken und das Scheißen. Obwohl unsere aus Leder, Waffen und Harleys bestehende Gemeinschaft demokratisch geführt wird, unterstehe ich als Enforcer einzig und allein dem Befehl des Präsidenten.

Ich sorge dafür, dass dessen Order befolgt wird. Ich bin derjenige, der durchs Land geschickt wird, wenn eine Aufgabe aus der Distanz erledigt werden muss. Gott ist mein Zeuge, bisher ist mir niemand, dessen Name mir genannt wurde, entkommen.

Die Gesellschaft würde mich als psychopathischen Serienkiller abstempeln, mein Club hingegen erweist mir für meine Arbeit Respekt.
Als Ausgleich zu dieser blutdurchtränkten Welt hat Banks, der Präsident der Devils, mir ein weiteres Aufgabengebiet übertragen: Nutten.

Das *Red-Light-Crew-Patch*, das die rechte Seite meiner Kutte ziert, sorgt dafür, dass ich kein Problem habe, eine Pussy zu finden, die mir dabei hilft, die Schwärze, die mich in manchen Nächten zu überwältigen droht, abzuwehren.

Es gibt nichts Lebensbejahenderes als eine enge, heiße und nasse Muschi.

Wer jetzt denkt, dass es in Bordellen und Laufhäusern zugeht, wie im verdammten Garten Eden, der täuscht sich.

Dutzende von Mädchen, Alkohol, Geld und notgeile Freier ergeben eine gewinnbringende, jedoch auch explosive Mischung.

Es vergeht kein Tag, an dem nicht irgendetwas ansteht.

Aber das ist okay, es ist gut, wenn was los ist, es hilft meinen Händen, beschäftigt zu bleiben, und lässt mir nicht genug Zeit, um viel nachzudenken.

Nutten sind gut, sie machen Spaß und helfen mir dabei, die Dinge im rechten Licht zu sehen. Sie haben nur einen Nachteil, sie hinterlassen einen schalen, ja fast schon bitteren Nachgeschmack.

Die letzten Jahre hat mich das nicht gestört, mittlerweile hingegen ... *Bullshit!*

Als Erster hat sich Ryker eine Old Lady genommen, kurze Zeit später hat sich auch Blake, unser Vizepräsident, ein Mädchen angelacht.

Jetzt, wo zwei von uns ihr Glück gefunden haben, kapiere ich erst, auf was ich all die Jahre verzichtet habe. Wobei verzichtet nicht der richtige Begriff ist, ich habe Gefühle gemieden wie der Teufel das Weihwasser. Ich wollte Sex and Drugs and Rock 'n' Roll und davon so viel wie möglich.

Huren sind die beste Erfindung der Menschheit!

Sie stellen keine Ansprüche und sind, solange die Bezahlung stimmt, äußert unkompliziert. Blutflecken, Waffen oder schlechte Laune ... Alles kein Thema! Je mehr grüne Scheine ich aus der Tasche ziehe, je stärker ist ihre Motivation, mich zu befriedigen.

Ich bin nicht geizig, wer mich zufriedenstellt, wird großzügig entlohnt. Es ist also nur natürlich, dass die meisten hoffen, mich als Stammkunden gewinnen zu können, aber das können sie vergessen. Die Welt, für die ich mich entschieden habe, ist verdammt gefährlich, fliegende Kugeln und explodierende Granaten sind keine Seltenheit. Um den Sensenmann immer einen Schritt voraus zu sein, halte ich mich deshalb an eiserne Regeln, und eine davon lautet: keine Pussy zweimal! Niemals! *Nichts ist so gefährlich wie Routine, sie macht einen faul und träge ...*

Ich ficke viele Huren, doch ich nehme mir jede nur einmal vor.

Das oberste Gebot lautet, jegliche Risiken zu minimieren.

Frauen, die sich einreden, dass sie aus irgendeinem verrückten Grund Ansprüche auf mich haben, verkomplizieren das Leben um ein Tausendfaches.

Zumindest dachte ich, dass es so ist.

Wenn ich mir aber Ryker oder Blake ansehe, bei denen scheint diese Für-immer-nur-noch-eine-Pussy-Nummer zu funktionieren.

Ihre Frauen sind klasse, absolutes Old-Lady-Material.

Evelyn ist eine Kämpferin, sie hat ein Rückgrat aus Stahl und trägt ihr Herz auf der Zunge. Scarlett hingegen ist verletzlich und empfindsam. Jeder Mann, der sie sieht, will sie auf sein Bike werfen und in seine Höhle verschleppen ... Auch wenn ich es nie laut aussprechen würde, beneide ich Ryker und Blake um das, was sie gefunden haben. Frieden!

Vielleicht sollte ich mir auch ein Mädchen suchen, eines, das mich akzeptiert, so wie ich bin, das mich nicht ändern will und das damit klarkommt, dass ich ein Killer bin.

Ein freudloses Lachen ausstoßend, ziehe ich meine Kippen aus der Tasche und zünde mir eine an. Was ein Bullshit!

Den Blick über den Hinterhof gleiten lassend, beobachte ich eine streunende Katze dabei, wie sie einer Ratte hinterher jagt.

Das laute Stöhnen einer Frau hallt durch ein offen stehendes Fenster, mein Schwanz zuckt auffordernd.

Ich lehne mich gegen die Hauswand, schließe die Augen und überlege, ob mir die weibliche Stimme, die heiser „Gib's mir!" schreit, bekannt vorkommt. Möglich wäre es, ich habe so ziemlich alle Nutten, die für den Club arbeiten, durch. Egal ob groß, klein, blond oder brünett, mollig oder dürr – solange das Gesamtpaket stimmt, habe ich keine besonderen Vorlieben ...

Nach Pit's Anruf vor zwei Stunden bin ich sofort zum *‚Black Panther'* gefahren und habe mich um die zwei jungen Typen, die erst in der Bar randaliert und anschließend unsere Girls belästigt haben, gekümmert. Für gewöhnlich wäre so ein Zwischenfall eine Aufgabe für das Securityteam, aber da es sich bei den Kerlen um Mitglieder einer bekannten Straßengang gehandelt hat, wollte Pit auf Nummer sicher gehen. Eine kluge Entscheidung.

Bei diesen Wichsern muss man aufpassen! Ein paar gebrochene Knochen und ein Telefonat später war die Sache allerdings geregelt.

Chris, der Anführer der *Angels*, hat mir zugesichert, dass er seinen Jungs klarmachen wird, dass sämtliche Locations der Red Devils für seine Männer tabu sind.

Bis jetzt haben wir keinen Ärger mit den *Angels*, wenn sich das aber ändern sollte, werde ich nicht zögern und jeden Engel, der mir über den Weg läuft, kaltmachen.

Zwar sind die Einnahmen, die der Club durch diese Wichser generiert, ein guter Nebenverdienst, aber auf diesen sind wir weiß Gott nicht angewiesen.

Wenn Chris seine Jungs nicht im Griff hat, stellt er ein Sicherheitsrisiko da.

Morgen werde ich Banks über den Vorfall informieren und mit ihm besprechen, wie es weitergeht, heute hingegen werde ich mir eine feuchte Pussy und ein warmes Bett suchen, und mir den Ärger der letzten Stunden aus dem Leib ficken.

Den glühenden Filter auf das Kopfsteinpflaster schnippend, stoße ich mich von der Wand ab und mache mich auf den Weg zur Bar.

Als Erstes brauche ich ein Glas Whisky und dann eine Bitch, die ich bisher noch nicht unter mir liegen hatte.

2. Kapitel

Charly

„Richte dich ein und mach es dir gemütlich, wir treffen uns in dreißig Minuten unten an der Bar. Okay?“
Okay? Nein ... Nichts ist okay!
Ich fühle mich, als hätte ich meine Prinzipien an der Eingangstüre des *‚Black Panther‘* zurückgelassen. Das Zimmer, das mir Pit, der Chef des Hauses, zugeteilt hat, befindet sich im dritten Stock des Bordells und ist überraschend groß. Ich würde es auf knapp vierzig Quadratmeter schätzen, hinzu kommt noch das kleine, angrenzende Badezimmer, in dem sich nicht nur eine Dusche, sondern auch eine Badewanne befindet.

„Erde an Charly, Erde an Charly – bitte kommen!“

Mist ...

„Ja kapiert. Wir sehen uns in einer halben Stunde unten.“

Sie nickt zufrieden, pinnt mir ein feuchtes Bussi auf die Wange und lässt mich mit all meinen Zweifeln allein.

Eigentlich hatte ich mich wirklich für diese Sache hier entschieden, aber jetzt, wo ich in dem Zimmer mit den roten Wänden und dem noch viel röteren Teppich stehe, bin ich mir nicht mehr so sicher, ob ich diese Nummer hier durchziehe.

Das überdimensional große Bett, das in der Mitte des Raumes steht, erinnert mich an das einer Prinzessin. Der weiche Stoff, der an dem geschnörkelten Himmel befestigt wurde, schimmert samten, die Bettwäsche ist schwarz wie die Nacht und verströmt einen dezenten Lavendelgeruch.

Direkt über der Matratze hängt an der Zimmerdecke ein gigantischer barocker Spiegel, der perfekt zu dem Rest der Einrichtung passt. Der Schminktisch neben dem Fenster und der Kronleuchter darüber ...
Seufzend lasse ich mich auf das Bett sinken und teste die Federung der Matratze. Nicht zu hart und nicht zu weich, sondern genau richtig.

Ein wichtiger Punkt, wenn man bedenkt, dass ich mein Geld auf dem Rücken liegend verdienen werde.

Die Härchen in meinem Nacken stellen sich auf, mein Herz beginnt zu rasen. Penny hatte mir zwar versichert, dass das *‚Black Panther‘* das schickste und edelste Bordell der Stadt ist, aber ich konnte mir nichts darunter vorstellen. Jetzt weiß ich, was sie gemeint hat.

Das alles hier erinnert eher an ein Pariser Hotel aus dem achtzehnten Jahrhundert und nicht an einen Puff, der von einem Haufen krimineller Biker geführt wird.

Wirklich sehr merkwürdig das alles ...

Das dumpfe Stöhnen, das durch die Wand zu mir hindurchdringt, verrät mir, dass meine Kolleginnen fleißig bei der Arbeit sind.

Dieser Pit hat mir alles ganz ausführlich erklärt.

Die Miete für das Zimmer kostet mich pro Woche 1000 Dollar, in dem Preis ist alles, was ich brauche, inbegriffen. Also Wasser, Strom, Heizung und Security. Wie viele Männer ich pro Tag, Nacht und Woche bediene, bleibt allein mir überlassen. Ebenfalls ist es ganz meine Entscheidung, was für Preise ich verlange und was ein Tabu für mich ist. Alles, was den Club interessiert, ist, dass ich bis Ende der Woche die 1000 Dollar auf den Tisch lege.

Zwar ist er nicht genauer auf die Details eingegangen, was mit mir passiert, wenn ich das Geld bis Sonntag nicht habe, aber der Blick, mit dem er mich gemustert hat, war mir Aussage genug.

Es ist definitiv nicht ratsam, sich die Red Devils zum Feind zu machen! Einen Blick auf die Koffer hinter mir werfend, kämpfe ich gegen die aufsteigenden Tränen an.

Im Moment ist die Vorstellung, für ein paar Dollar die Stunde die Regale in einem Supermarkt einzuräumen, wirklich sehr verlockend.

Ein Zittern durchläuft mich, meine Füße werden eiskalt.

Mit großen Schritten durchquere ich das Zimmer, reiße die bodentiefen Balkontüren auf und fülle meine Lunge mit der frischen Nachtluft. Mittlerweile müsste es so um die 22:00 Uhr sein.

Laut Penny herrscht jetzt Hochbetrieb. In guten Nächten hat sie drei bis vier Freier, eine unglaubliche Zahl. Ich kann mir nicht vorstellen, mit so vielen Männern in so kurzer Zeit Sex zu haben ...

Vielleicht ist das hier eine verdammt schlechte Idee?

Vielleicht sollte ich meine Sachen packen und so schnell wie möglich von hier verschwinden?

Anstatt meinem Fluchtinstinkt nachzugeben, öffne ich den ersten Koffer und staune nicht schlecht, als mein Blick auf eine Flasche meines Lieblingswodkas fällt.

Wo kommt die denn her? Ich entdecke die mit schwarzem Edding auf das Glas geschriebene Nachricht.

Trinken, nicht denken. Das hat mir in meiner ersten Nacht geholfen.
Hab dich lieb, P.

Ohne zu zögern schnappe ich mir den Wodka, drehe den Verschluss auf und trinke von der klaren Flüssigkeit.

Schluck um Schluck ertränke ich meine Zweifel, zehn Minuten später fühle ich mich ruhiger und in der Lage, mich um mein Arbeitsoutfit zu kümmern. Penny hat nicht gelogen, sie hat tatsächlich eine Korsage, die perfekt zu meinen neuen Strähnen passt.

Pink, mit schwarzen Längsstreifen, schwarzen Rüschen am Dekolleté und einhundert kleinen Häkchen, die es zu schließen gilt.

Dazu soll ich einen schwarzen String, ebenfalls pinke Strapshalter und Nylonstrümpfe tragen. Wenn ich das alles anhabe, sehe ich aus wie eine der Huren aus dem Videoclip von Christina Aguileras Song Moulin Rouge. Aber das ist ja auch der Sinn der Sache.

Ohne mir die Mühe zu machen, all meine Sachen auszuräumen, ziehe ich mich einfach um, nippe immer wieder an dem Wodka und spüre, wie der Alkohol seine beruhigende Wirkung entfaltet.

Fünf Minuten, bevor ich runter muss, setze ich mich mit meiner Kosmetiktasche an den Schminktisch und kümmere mich als Erstes um meine langen Haare. Geschickt kreiere ich eine Hochsteckfrisur und lasse zwei Strähnen verspielt über meine nackten Schultern hängen. Ein schwarzes, samtenes Halsband, silberne Creolen und ein gewagtes Make-up runden zusammen mit den High Heels mein Outfit ab.

Mit zitternden Händen trage ich etwas Lipgloss auf und betrachte anschließend mein Spiegelbild.

Ich sehe unglaublich aus – wie eine französische Kurtisane.

Meine Augen funkeln vor Nervosität, mein Herz rast.

Zwei Minuten bevor die veranschlagte halbe Stunde abgelaufen ist, verstecke ich den Zimmerschlüssel in meinem Dekolleté und ziehe die Türe hinter mir zu.

Lieber Gott steh mir bei ...

Keine Ahnung, ob Stoßgebete, die in einem Freudenhaus ausgestoßen werden, Gehör finden, aber falls ja, dann kann ich nur hoffen, dass der Herr ein wachsames Auge auf mich hat.

Durch viele der geschlossenen Türen dringen eindeutige Geräusche. Das diffuse Licht der Wandleuchten taucht den langen Gang in seinen rötlichen Schein. Für gewöhnlich ignoriere ich Aufzüge und nehme lieber die Treppe, aber heute sind meine Knie zu wackelig, also entscheide ich mich dafür, den Lift zu nutzen.

Unten im Erdgeschoss steige ich im Eingangsbereich aus, dieser teilt sich nach und nach in unterschiedliche Bereiche auf.

Dank des Rundgangs, zu dem Pit mich mitgenommen hat, weiß ich, dass sich die Bar den Flut entlang auf der rechten Seite befindet.

Die neugierigen Blicke der anderen Mädchen brennen sich in meine Haut. Manchen von ihnen nicke ich lächelnd zu, andere mustern mich so abweisend, dass ich sie einfach ignoriere.

Penny hatte recht, hier gibt es keine Freundschaften, sondern nur Konkurrenz. Das leise Klackern meiner Absätze, die auf den weißen Steinboden treffen, vermischt sich mit dem Dröhnen in meinen Ohren. Weder höre ich das Stimmengewirr um mich herum noch nehme ich die Musik wahr, die aus den in den Wänden integrierten Boxen kommt.

Alles wird gut! Ich schaffe das! Es ist nur Sex! Einfach nur Sex!

Ich versuche mich zu beruhigen, es klappt nicht.

Irgendwie fühle ich mich wie ein Schmetterling, der freiwillig in einen Käfig geflogen ist und nun an der Richtigkeit seiner Entscheidung zweifelt. Unsicher zupfe ich die Korsage zurecht, fülle meine Lunge mit frischem Sauerstoff und nehme die vielen Gerüche wahr, die in der Luft liegen.

Es riecht nach Parfüm, Vanille, Zigaretten und noch etwas, dass ich nicht genauer bestimmen kann. Entschlossen nicht schon in der ersten Nacht aufzugeben, schlucke ich meine Nervosität herunter und zwinge mich zu einem künstlichen Lächeln.

Die Männer, die sich eingefunden haben, taxieren mich mit ihren Blicken. Manche von ihnen sind wirklich verdammt attraktiv.

Einige tragen kostspielig aussehende Anzüge, andere hingegen sind legerer gekleidet. Einer von ihnen kommt direkt auf mich zu, noch bevor er mich ansprechen kann, taucht auch schon Penny neben mir auf, hakt sich bei mir ein und zieht mich an die Bar.

Vor Erleichterung rutscht mir beinahe das Herz in die Kniekehlen.

Mir ist klar, dass ich dem bevorstehenden ersten Mal Sex als Prostituierte nicht auf ewig ausweichen kann, doch jetzt wäre ich noch nicht bereit dazu gewesen.

„Du siehst einfach fantastisch aus, Süße. Die Kerle werden Schlange stehen, um dich ficken zu dürfen. Ich sollte wirklich Vermittlerprovision oder so etwas verlangen."

An den schwarzen Rüschen der Korsage zupfend, entblößt sie meinen Brustansatz etwas mehr und zwinkert mir frech zu.

„Ich hatte schon Angst, dass du es dir anders überlegt hast und abgehauen bist."

„Dass ich noch da bin, verdankst du dem Wodka."

Sie lacht, setzt sich auf einen der freien Barhocker und bestellt bei dem breitschultrigen Typen dahinter zwei Kurze.

Erst bei genauerem Hinsehen bemerke ich, dass seine Finger mit schwarzer Tinte überzogen sind. Die Tattoos überziehen seine beiden Handrücken und winden sich über die Gelenke an seinen Unterarmen nach oben. Alles an ihm wirkt hart, respekteinflößend und gefährlich.

„Yeah Baby, hast dich heute extra schick gemacht, was?"

Obwohl er mit meiner Freundin redet, bin ich diejenige, die im Fokus seiner Aufmerksamkeit steht.

„Nur für dich, Killer."

Killer? Oh weh ...

Hoffentlich ist das nur ein schräger Kosename.

Penny entgeht natürlich nicht, dass Killer mich anstarrt.

„Das ist Charly. Sei ja nett zu ihr! Sie ist meine beste Freundin und außerdem ist heute ihre erste Nacht."

Seine Nasenflügel blähen sich, er gibt eine Art Knurren von sich.

„Dachte ich es mir doch, dass ich Frischfleisch wittere."

Dieser Mann ist mir total unheimlich.

Ich zwinge mich zu einem zittrigen „Hallo." das ihn zum Lachen bringt.

„Ach du Scheiße! Du siehst aus wie die geborene Edelnutte und bist schüchtern wie eine verdammte Jungfrau. Sehr geil, Baby. Ehrlich! Wir Männer mögen diese Mischung aus versaut und unschuldig. Wenn du dich richtig anstellst, kannst du hier ein Vermögen verdienen!" Darauf erwidere ich nichts, was ist auch der passende Kommentar zu so einer Aussage? Penny grinst mich amüsiert an, Killer stellt uns die zwei Kurzen vor die Nase und ich betrachte die milchig-weiße Flüssigkeit der Shots.

„Was ist das?"

„Nicht fragen – trinken."

Penny zwinkert mir zu und kippt sich das Zeug in die Kehle. Unsicher nehme ich das Glas und rieche erst mal daran.

Absolut undefinierbar.

„Komm schon, auf was wartest du?"

Das Glas ansetzend, lege ich den Kopf in den Nacken und trinke den Schnaps.

Kaum dass die Flüssigkeit meine Kehle berührt, muss ich husten. Tränen steigen mir in die Augen, ich schnappe japsend nach Luft.

„Oh Hilfe, meine Speiseröhre steht in Flammen!"

Killer beugt sich über die Bar und nähert sich mir. Ich bin so perplex, dass ich erstarre und gar nicht auf die Idee komme, zurückzuweichen. Er schnuppert an mir wie ein Wolf, der eine Fährte aufgenommen hat.

„Fuck! Du riechst so süß, wie du aussiehst. Ob du auch so schmeckst?"
Die Unsicherheit muss mir ins Gesicht geschrieben stehen, denn er gibt ein bellendes Lachen von sich und macht sich wieder an die Arbeit.

Penny, die uns beobachtet hat, stupst mich mit der Schulter an.
„Relax. Du musst echt lockerer werden. Killer hat einen hammergeilen Schwanz, er würde dich definitiv zum Schreien bringen."
Darauf kann ich gut verzichten ...
„Danke für die Info."
Ganz von selbst füllt Killer unsere Gläser wieder auf. Wenn das so weitergeht, bin ich in kürzester Zeit viel zu betrunken, um Sex zu haben. Mir ihre Zigaretten rüberschiebend, lässt Penny ihren Blick über die anwesenden Herren gleiten. Ich zünde mir eine Gauloises an und versuche, mich zu entspannen.
Was bringt es mir, wenn ich hier sitze wie ein Reh, das auf seinen Jäger wartet?
„Bevor du loslegst, hast du noch irgendwelche Fragen?"
Tausende, doch es gelingt mir nicht, auch nur eine zu formulieren ...
„Woher wusstest du, dass dieser Job der richtige für dich ist?"
Sie denkt kurz nach, legt den Kopf schief und zündet sich ebenfalls eine Zigarette an.
„Wenn du wie ich aus der unteren Mittelschicht kommst, musst du deinem Glück selber etwas auf die Sprünge helfen, wenn du dich nicht zu Tode arbeiten willst, nur um halbwegs gut leben zu können.
Hier im *‚Black Panther'* kann ich mir meine Zeit selber einteilen, niemand schreibt mir vor, wie viel ich arbeiten muss oder was ich verlangen soll. Ich bin meine eigene Chefin, lerne Unmengen von Kerlen kennen, habe viel Sex und verdiene mehr als der Durchschnitt. Für mich ist das also der perfekte Beruf. Außerdem stört es mich nicht, eine Hure zu sein ... Wieso auch? Es ist nichts Schlimmes daran."
Wenn sie das sagt, klingt das alles so unkompliziert und einfach. Aber ich befürchte, dass es das nicht ist ...
„Und wie geht es jetzt weiter?"
Meine Frage amüsiert sie.
„Na ganz einfach, du bleibst hier sitzen, wunderschön und geheimnisvoll und wenn du einen Typen siehst, der dir gefällt, schnappst du ihn dir. Im Grunde genommen läuft es hier auch nicht viel anders als in irgendeinem Nachtclub. Nur dass die dummen

Spielchen wegfallen. Jeder im *‚Black Panther‘* weiß, worauf er aus ist. Die Männer auf deinen Körper und du auf ihr Geld. Keine Tricks, keine Lügen, einfach nur Sex gegen Bezahlung.“

Einfach nur?? Oh weh ...

„Und was ist mit dir?“

Sie rutscht von ihrem Barhocker, zupft ihren goldenen BH zurecht und gibt mir ein Küsschen auf die Wange.

„Ich bin für heute eingekauft – für heute und die restliche Woche.“

Überrascht sehe ich ihr nach, beobachte, wie sie sich einem attraktiven, schwarzhaarigen Mann nähert, sich auf die Zehenspitzen stellt und ihn stürmisch küsst. Er schlingt seine Arme um ihre Mitte, umfasst ihren Po und pinnt sie gegen die nächste Wand.

Die Beine um seine Taille schlingend, packt sie ihn an den Haaren und gräbt ihm die Fersen in den Rücken. Die beiden sehen sehr vertraut miteinander aus, unter anderen Umständen hätte ich darauf gewettet, dass Penny einen neuen Freund hat. *So aber ...*

Ich zwinge mich, den Blick abzuwenden, rauche meine Zigarette fertig und starre Löcher in die Wand. Killer schiebt mir einen weiteren Kurzen zu, den ich, ohne zu zögern, trinke.

Wunderschön und geheimnisvoll? Dass ich nicht lache!

Ich komme mir billig und lächerlich vor. Am besten sollte ich einfach hoch gehen, meine Sachen packen und so schnell wie möglich von hier verschwinden. Entschlossen genau das zu tun, schnappe ich mir die Zigarettenschachtel, die Penny liegen gelassen hat und rutsche vom Barhocker. In der Sekunde, in der meine Absätze den Boden berühren, beginnt der sich wellenförmig zu bewegen. Was ist denn jetzt los?

Ich komme mir vor wie auf der sinkenden Titanic und nicht wie in der Bar eines Freudenhauses.

Welch passender Vergleich!

Verzweifelt bemüht, mein Gleichgewicht wiederzufinden, bemerke ich den Mann, der sich mir vor links nähert, erst, als es für eine Flucht schon zu spät ist.

„Langsam, Mädchen. Du hattest wohl einen von Killers Kurzen zu viel.“ Die dunkle Stimme ist rau und kratzig und lässt mich neugierig den Kopf in die Richtung des Typen drehen – prompt ertrinke ich in opalgrünen Augen. Um mich zu stützen, legt er mir eine Hand auf die Taille, die Berührung verbrennt mich regelrecht durch den dünnen Stoff der Korsage hindurch. Ich atme zittrig ein. Der Geruch von Leder, Benzin und dem Hauch von Seife, der seiner Haut anhaftet, steigt mir in dic Nase.

Anstatt ihm auszuweichen bleibe ich einfach stehen und nehme mir die Zeit, den Fremden genauer anzusehen.

Kurze braune Haare, eine leicht schief stehende Nase, die so aussieht, als wäre sie schon ein paar Mal gebrochen gewesen und eine Narbe, die seine Oberlippe spaltet und seinen Mund der Symmetrie beraubt. Dicke Bartstoppeln zieren sein markantes Kinn, am Hals entdecke ich zwei weitere wulstige Narben, die so aussehen, als würden sie von einem Messer stammen. Obwohl dieses Gesicht hart, kantig und rau ist, ist es zugleich auf eine unperfekte Art schön.

Der Hals des Mannes ist breit und sehnig und mündet in einem muskelbepackten Nacken. Der Boden unter meinen Füßen bewegt sich erneut, meine Welt gerät ins Wanken, ich gerate ins Stolpern, was die Hand an meiner Taille dazu veranlasst, noch etwas fester zuzupacken. Die visuelle Entdeckungsreise fortsetzend, lasse ich meine Augen noch etwas weiter nach unten gleiten und erstarre in dem Moment, in dem ich die lederne Kutte entdecke, auf der in großen, geraden Lettern Red Devils geschrieben steht.

„Ach du heilige Scheiße!"

Mein gemurmelter Fluch lässt den Biker laut auflachen.

„Jepp, eine passende Reaktion würde ich sagen."

Ich versuche, einen Schritt zurückzuweichen, was der Devil jedoch nicht zulässt. Seine Augenbrauen ziehen sich finster zusammen, mein Herz gerät aus dem Takt. Hilfesuchend sehe ich zu der Stelle, an der sich bis vor Kurzem noch Penny aufgehalten hat, aber die ist verschwunden. *Verflixt!*

„Nimm deine Finger von mir!"

Zwar lacht er noch immer, aber seine Augen bekommen einen gefährlichen Glanz.

„Warum sollte ich? Ihr Huren seid doch dazu da, angefasst zu werden."

Die Gedanken in meinem Kopf überschlagen sich.

„Ich bin keine Hure. Das ist alles eine fürchterliche Verwechslung."

Ohne seinen Griff zu lösen, schiebt er mich ein Stückchen nach hinten, sodass er sich mein Outfit genauer ansehen kann. Seine Augen brennen sich in meine Haut, verweilen an meinem Dekolleté und gleiten einen Atemzug später weiter hinab zu den Strapsen und den Strümpfen.

Die Pupillen des Rockers weiten sich, an seinem Kiefer beginnt ein Muskel zu zucken und seine beeindruckenden Oberarme spannen sich an. Es ist ihm deutlich anzusehen, dass ihm gefällt, was er sieht.

„Oh Sweetheart, hast wohl so viel getrunken, dass du nicht mehr weißt, womit du dein Geld verdienst, was?"

Den Kopf schüttelnd, sieht er zu dem Typen hinter der Bar.

„Hey Killer, wie viele deiner Shots hatte die süße Bitch hier?"

„Nur ein paar."

Der Devil leckt sich über die Unterlippe, zieht mich mit einem Ruck wieder zu sich, senkt den Kopf und streift mit der Nase an meinem Schlüsselbein entlang.

Heiß weht sein Atem über meine Haut, er nähert sich meiner Kehle, seine Lippen saugen sich an mir fest, was zur Folge hat, dass meine Knie nun endgültig nachgeben. Lachend schlingt er mir einen seiner stahlharten Arme um die Taille und zieht mich so fest gegen seinen Körper, dass ich die Konturen der Waffe spüren kann, die sich unter seiner Kutte befindet.

„So empfindsam, das gefällt mir. Was kostest du die ganze Nacht?"

Wie bitte? Was?

„Ich habe es schon mal gesagt, das ist eine Verwechslung, ich bin keine Nutte! Also zumindest keine richtige. Ich wollte eine werden, habe es mir aber dann doch anders überlegt."

Seine Mundwinkel zucken.

„Wie kann man denn bitte keine *richtige* Nutte sein? Entweder man fickt für Geld oder eben nicht."

Argh ... Zugegeben, das war eine etwas unglückliche Formulierung.

„Sex ja – Geld nein! Kapiert?" *Mist!* Das war schon wieder völlig falsch. Das klingt, als ob ich es mit allen umsonst machen würde.

Der Biker nickt. „Aye, kapiert!"

Vor Wut schnaubend, boxe ihm gegen die Schulter, meine Finger knacksen – autsch.

„Sorry, das war nicht das, was ich sagen wollte ... Irgendwie bringe ich heute alles durcheinander! Ich bin keine Nutte! Verstehst du? Ich meine, ich wollte eine sein und habe es mir dann aber doch anders überlegt."

Der Rocker wirkt irritiert, was bei dem Durcheinander, das ich von mir gebe, keine große Überraschung ist. Wieder beginnt der Boden unter meinem Heels sich zu bewegen, wieder gerate ich ins Wanken.

Anstatt mich nun, wie erwartet, endlich loszulassen, hebt der Devil mich mühelos hoch und wirft mich über seine Schulter. Erschrocken kreische ich auf, was mir einen schmerzhaften Klaps auf den Po einbringt. Vor meinen Augen dreht sich alles, die Welt steht Kopf.

„Hey bist du bescheuert? Lass mich sofort runter!"

Seine Brust vibriert vor Lachen.

„Warum sollte ich?“
Blöde Frage.
„Weil ich es will!“
„Pech gehabt, Baby.“
Entschlossen, ihn dazu zu bringen, mich endlich abzustellen, balle ich meine Hände zu Fäusten und schlage wie wild auf seinen Rücken ein ... *Verdammt!* Es bringt nichts – er zuckt nicht mal zusammen. Während meine Arme nach und nach zum Brennen anfangen, setzt er seelenruhig seinen Weg fort. Fluchend gebe ich auf.
„Wohin bringst du mich eigentlich?“
„In dein Zimmer.“
Scheiße!
„Sehr gut, dann kannst du mir gleich dabei helfen, meine Sachen wieder runterzutragen.“
Wieder lacht er. Schön, dass ich ihn so amüsiere.
„Sorry! Aber ich habe schon was anderes vor.“
„Wirklich schade, dass du wegmusst. Wenn du es eilig hast, kannst du mich auch gleich abstellen.“
Wieder landet seine große, prankenartige Hand auf meiner Pobacke.
„Oh Baby, ich habe mich offensichtlich missverständlich ausgedrückt. Lass mich deutlich werden! Ich habe was anderes *mit dir* vor!“
Doppelte Scheiße!
„Ach, und was soll das sein?“
Zielsicher trägt er mich in den dritten Stock. Zum Teufel! Woher weiß dieser Devil, wo mein Zimmer ist?
„Als Erstes werde ich dich lecken, dann wirst du mir einen blasen und anschließend ficke ich dir die Seele aus dem Leib!“
Halleluja!
„Hörst du mir eigentlich nicht zu? Ich bin keine Prostituierte!“
Vor meiner Türe bleibt er stehen, zieht einen Schlüssel aus der Hosentasche und sperrt sie auf. Es ist echt unheimlich, dass er sich einfach so Zutritt verschaffen kann.
„Ist es normal, dass du einen Schlüssel hast? Ich dachte, Sicherheit wird im ‚*Black Panther*‘ großgeschrieben?“
Erst als er die Türe mit einem Tritt hinter uns zu kickt, bekomme ich meine Antwort.
„Die oberste Priorität ist die Sicherheit von euch Mädels. Das Securityteam ist Tag und Nacht in Einsatz, behält alles im Blick und ist jederzeit bereit, einzugreifen, falls es Probleme geben sollte. Da aber die meisten Zwischenfälle hinter verschlossenen Türen stattfinden, ist

es wichtig, dass die Wachen Schlüssel haben. Glaube mir, wenn du einen Typen auf dir liegen hast, der dich zu irgendeiner Handlung zwingen will, zu der du nicht bereit bist, wirst du nicht in der Lage sein, dem Sicherheitsteam die Türe zu öffnen.“

Klingt einleuchtend.

„Das erklärt aber nicht, warum *du* einen Schlüssel hast und woher du weißt, welches mein Zimmer.“

Langsam lässt er mich an seinem Körper herabgleiten, stoppt diese Bewegung erst, als wir uns Auge in Auge gegenüber sind.

Meine Füße baumeln noch immer in der Luft, dieser Biker ist mindestens vierzig Zentimeter größer als ich.

Wieder steigt mir dieser unglaubliche Geruch in die Nase, wieder beginnt es in meinem Bauch wie verrückt zu kribbeln.

Wie es wohl ist, mit einem der legendären Red Devils Sex zu haben?

„Es gab genau ein leeres Zimmer, und da du die Neue zu sein scheinst, war es mir klar, dass Pit dich hier untergebracht hat. Und was deine zweite Frage angeht, bin ich derjenige, der gerufen wird, wenn das Sicherheitsteam nicht mehr ausreicht. Sollte es jemals einer der Freier wagen, dich zu bedrohen oder zu verletzen, bin ich der Letzte, den dieses Arschloch in seinem Leben zu Gesicht bekommen wird."

Wow! Dank des vielen Alkohols, der durch meine Venen rauscht, dauert es einen Augenblick, bis ich das eben Gehörte kapiere.

„Du meinst, du bist mein Schutzengel?“

Seine Mimik verändert sich, das Grün seiner Augen wird ein paar Nuancen dunkler.

„Nein, Sweetheart. Ich bin kein Engel, ich bin der Teufel!“

„Das verstehe ich nicht!“

Seine Lippen zucken, es kostet mich einiges an Beherrschung, ihn nicht einfach zu küssen.

„Das musst du auch nicht. Alles was du wissen musst, ist, dass ich im Notfall da sein werde.“

Seltsamerweise beruhigt mich das.

Was völlig verrückt ist, denn bis jetzt war ich mir immer sicher, dass die Member des Red Devils Motorcycle Clubs die größte Gefahr für Mädchen wie mich darstellen.

Noch immer hänge ich in seinen Armen, wir sind uns so nah, dass ich die kleinen Fältchen an seinen Augenwinkeln erkennen kann.

„Jetzt, wo du mich hier hoch geschleppt hast, was hast du da genau mit mir vor?“

Mir ist klar, dass ich gerade mit dem Feuer spiele, dennoch kann ich es nicht lassen. Vielleicht liegt es an dem Zeug, das mir dieser Killer zu trinken gegeben hat, oder aber an der faszinierenden Ausstrahlung dieses Rockers.

„Nenn mir deinen Preis!"

Seine rechte Hand gleitet an meinem Rücken hinab, beginnt meinen Po zu kneten, während er zeitgleich an meinem Ohrläppchen knabbert.

Oh, das fühlt sich verteufelt gut an ...

„Was bist du bereit zu zahlen?"

Er lacht, stellt mich ab und packt mich bestimmend am Kinn, während sich seine unergründlichen grünen Augen tief in die meinen bohren. Rau und schwielig reiben seine Fingerkuppen über meine Haut, lassen mich erschaudern.

„So läuft das nicht, Baby. Ich sage dir, was ich alles mit dir anstellen will, und du musst entscheiden, wie viele Scheine ich dafür auf dein Kopfkissen legen muss."

Nervös sauge ich frischen Sauerstoff in meine Lunge.

„Das nenne ich dann wohl einen Anfängerfehler ..."

Ich binde ihm nicht auf die Nase, dass ich angetrunken genug bin, um auch ohne Bezahlung mit ihm schlafen zu wollen.

Warum das so ist und wieso sich mein Fluchtinstinkt in Luft aufgelöst hat, weiß ich nicht ... Im Grunde genommen ist das auch völlig egal. Vielleicht hat Penny ja mit dem, was sie gesagt hat, recht, vielleicht laufen die Dinge im *‚Black Panther'* wirklich viel unkomplizierter und einfacher, ab als ich dachte.

Oder vielleicht ist auch mein untrüglicher Herzschmerz-Kompass schuld. Wenn es im Umkreis von 1000 Meilen einen Mann gibt, von dem ich garantiert lieber die Finger lassen sollte, dann kann ich darauf wetten, dass ich mich zu genau diesem hingezogen fühle. So war das schon immer und so wird es wahrscheinlich auch immer sein ...

Wenn ich genauer darüber nachdenke, dann ist das Rotlichtgewerbe wie für mich geschaffen: Sex, Geld keine Liebe!

Mir wird erst jetzt klar, dass ich mich mit Penny überhaupt nicht über die Preise unterhalten habe. Woher soll ich also wissen, was ich verlangen kann?

Unsicher erwidere ich den eindringlichen Blick des Rockers.

„Willst du mich für eine Stunde oder für die ganze Nacht?"

Seine Antwort kommt wie aus der Pistole geschossen.

„Die ganze Nacht."

In meinem vorherigen Beruf habe ich für eine Fünfzig-Stunden-Woche, nach Abzug der Steuern, 1500 Dollar im Monat verdient.

Ich finde, das ist eine gute Zahl, wenn man bedenkt, dass er einer der gefährlichen Red Devils ist.

„Das kostet dich 1500 Dollar."

Ob der Preis zu hoch oder zu niedrig angesetzt ist, kann ich an seiner Mimik nicht erkennen, denn die bleibt absolut ausdruckslos.

Ohne mit der Wimper zu zucken, fasst er in seine Kutte, zieht eine Rolle Geldscheine hervor und zählt fünfzehn Einhundert-Dollar-Scheine ab. *Halleluja!*

Ich habe meinen Preis definitiv zu niedrig angesetzt, die Rolle in seinen Fingern, ist nicht im Geringsten dünner geworden. Die Scheine in der Mitte knickend, schiebt er sie in das Tal zwischen meinen Brüsten. Eine eigentlich harmlose Berührung, die meine Sinne jedoch völlig verrücktspielen lässt.

Oh mein Gott! Ich komme mir gerade vor wie Alice im Wunderland ...

Bis jetzt musste ich für diese Summe sechs Tage die Woche extrem hart arbeiten und jetzt verdiene ich sie in einer einzigen Nacht.

Das ist absolut unglaublich!

Noch dazu, weil der Biker, der vor mir steht, auf seine düstere Weise verdammt sexy ist. Wenn er keine perversen Neigungen hat oder plötzlich zum Serienkiller mutiert, dann wird es mir nicht schwerfallen, die nächsten Stunden seine Mätresse zu sein.

Die Geldrolle wieder in der Innentasche seines Leders versteckend, tritt er einen Schritt zurück und setzt sich auf den weißen Holzstuhl mit dem samtenen Polster.

In einer lässigen Geste zieht er eine Zigarettenschachtel hervor, zündet sich eine an und lehnt sich entspannt zurück.

Die Beine ausgestreckt und an den Knöcheln überkreuzt, wirkt er unglaublich heiß. Zum ersten Mal habe ich die Möglichkeit, ihn genauer zu betrachten. Nicht nur sein Gesicht ist attraktiv, sondern auch der Rest von ihm sieht sehr vielversprechend aus.

Trotz der Kleidung ist es ein Leichtes, zu erkennen, dass dieser Biker ein Kämpfer ist. Alles an ihm wirkt hart, gnadenlos und muskulös. Seine langen Beine stecken in einer ausgewetzten dunklen Jeans.

Die silberne Gliederkette, mit der er sein Portemonnaie an dem Gürtel befestigt hat, gleicht der, die er um den Hals trägt. Bis auf den Totenkopfring an seinem linken Daumen kann ich keinen Schmuck erkennen. Das schwarze Shirt, das sich unter seiner Kutte verbirgt, ist am Saum ausgefranst und hat bestimmt schon einige Jahre hinter sich.

Seine Füße stecken in schweren Bikerstiefeln, an seinem linken Oberschenkel baumelt eine Messerscheide, aus der ein goldener, mit Sternen verzierter Griff herausschaut.

Seine Kutte ist über und über mit Patches verziert.

Ich kenne mich zwar nicht allzu gut in der Welt der Rockerclubs aus, dennoch weiß ich, dass jedes dieser Abzeichen eine Bedeutung hat. Wenn ich mich nicht irre, stehen manche der Aufnäher für das Aufgabengebiet des Rockers, manche erinnern an die Opfer, die er schon für seinen Club erbracht hat und wieder andere sollen eine Warnung darstellen.

Das Leder dieses Devils ist mit Abzeichen nur so übersät ...

Einige sind schon längst verblichen, andere hingegen wirken wie neu. Zusammen erzählen sie eine Geschichte über den Mann, dessen Geld sich unter meiner Korsage befindet.

Mein Unterbewusstsein versucht verzweifelt, mich zur Räson zu bringen.

Diese Kerle sind Zuhälter, Waffendealer, Mörder, Casinobesitzer, Schutzgelderpresser, die Könige der Stadt und Kriminelle der schlimmsten Sorte ...

Obwohl mir das alles mehr als bewusst ist, und ich weiß, dass ich mich vor diesem Biker wirklich in Acht nehmen sollte, beschließe ich, ihm die Show seines Lebens zu bieten.

Wenn es mir gelingt, diesen Devil zufriedenzustellen, und er mich drei Mal die Woche aufsucht, dann sind das summa summarum 4500 Dollar, abzüglich der Raummiete würden 3500 Dollar übrig bleiben. Wenn ich jetzt die Summe mal vier nehme und auf den Monat hochrechne, stehe ich kurz vor einem Herzinfarkt ...

Gefahr hin oder her, Kutte hin oder her und Waffen hin oder her – für diese Summe würde ich auch mit dem Teufel höchstpersönlich ins Bett steigen ...

3. Kapitel

Chazz

Fasziniert beobachte ich, wie sich die unterschiedlichsten Emotionen auf den feinen Gesichtszügen des Mädchens abzeichnen: Angst, Erregung, Unsicherheit, Leidenschaft, Irritation, Begehren, Freude, Ungläubigkeit, Wut und viele weitere mehr ...

Diese süße kleine Nutte empfindet in einer Stunde mehr, als ich in einem ganzen Jahr. Ihre Schönheit ist mir auf den ersten Blick aufgefallen. Noch bevor ich sie angesprochen hatte, war mir klar, dass ich sie besitzen will.

Für einen Mann wie mich, der jede Nacht im Bett einer anderen Hure verbringt, war es ein Leichtes zu erkennen, dass dieses Mädchen neu im Rotlicht-Gewerbe ist.

Was ihr wohl widerfahren ist?

Was bringt eine junge und schöne Frau wie sie dazu, ihren Körper zu verkaufen? Die Welt des Rotlichts ist gefährlich, dreckig und hart, nicht gemacht für ein Mädchen wie sie. Meine Lunge mit Rauch füllend, lasse ich meine Augen langsam über die sanfte Rundung ihrer Schulter gleiten, an den vielen kleinen Häkchen zwischen ihren Titten herab bis zu den pinken Strapshaltern, die denselben Farbton haben, wie die Strähne in ihren Haaren.

„Du bist wunderschön.“ Die leichte Röte, die ihre Wangen überzieht, verrät mir, dass sie es nicht gewöhnt ist, Komplimente zu bekommen. „Wie heißt du?“

Sie lässt sich auf das Bett sinken, ihre Bewegungen sind anmutig und grazil und sorgen dafür, dass sich mein Schwanz immer härter gegen den unnachgiebigen Stoff meiner Jeans drückt. Was einem Wunder gleichkommt. Nach all den Jahren bin ich so abgestumpft, dass sich die Bitches ziemlich anstrengen müssen, um mein Interesse zu wecken.

„Eigentlich heiße ich Charlotte, aber alle nennen mich Charly.“

Charlotte ... Der Name passt zu ihr.

„Ich bin Chazz, der Enforcer des Red Devils Motorcycle Clubs.“

Obwohl sie bemüht ist, sich nichts anmerken zu lassen, kann ich an dem Aufblitzen ihrer Iriden erkennen, dass sie schon so einiges über mich gehört hat. Das wundert mich nicht, in Chicago sind so einige Gerüchte über mich in Umlauf. Die meisten handeln darüber, wie ich den ein oder anderen Typen kaltgemacht habe.

Kaum dass sie die silberne Spange aus ihren Haaren gezogen hat, verteilen sich die weichen Strähnen über ihrem Rücken.

Eine pinke Locke rekelt sich wie eine Schlange über ihrer Brust – so fucking sexy. Gegen ihre erneute Unsicherheit ankämpfend, beginnt sie damit, die obersten Häkchen der Korsage zu öffnen, entblößt so noch etwas mehr ihre Brüste.

„Vielleicht habe ich doch zu wenig für diese Nacht verlangt, Enforcer ... Ist es zu spät, um über einen Gefahrenbonus zu verhandeln?“

Respekt, sie ist mutiger, als ich dachte.

Den warmen Rauch durch die Nase entweichen lassend, löse ich die lederne Scheide von meinem Bein und lege sie neben dem Stuhl auf den Boden.

„Du hast deinen Preis hoch angesetzt – sehr hoch. Das mit dem Nachverhandeln solltest du vergessen und mich lieber schnellstens davon überzeugen, dass du die horrende Summe, die du verlangt hast, auch wert bist.“

Die Stiefel von den Füßen tretend, streife ich mir als Nächstes die Kutte von den Schultern und lege nicht nur das Holster samt der 9-Millimeter, die sich darin befindet ab, sondern auch die Beretta, die bis jetzt in meinem Hosenbund gesteckt hat.

Charlys graue Augen weiten sich erneut, nach und nach wird ihr wohl erst so richtig bewusst, an wen genau sie sich für diese Nacht verkauft hat.

„Und du bist wirklich für den Schutz der Hur... ähm ... Frauen zuständig?“

Ich nicke, klemme mir die Kippe in den Mundwinkel, und winke sie mit einer Handbewegung zu mir. Nach einem kurzen Blick auf die Waffen zieht sie das Dollarbündel aus ihrem Dekolleté und wirft die Scheine auf das Bett, ehe sie zögerlich aufsteht und die Distanz zwischen uns überwindet.

„Du hast keinen Grund, dich vor mir zu fürchten.“

Zweifelnd sieht sie mich an.

„Sicher?“

„Aye, außer du hast vor, dem Club zu schaden. Hast du das, Charly?“

Nervös beißt sie sich auf die Unterlippe.

„Nein, natürlich nicht.“

Wie sollte sie auch. Sie ist einfach nur eine harmlose kleine Frau.

„Dann hast du nichts zu befürchten.“

Mit einem Ruck ziehe ich sie auf meinen Schoß, nun sitzt sie rittlings auf mir, ihre Beine sind weit gespreizt, die milchweißen Hügel ihrer Brüste befinden sich direkt vor meiner Nase.

Der Versuchung nachgebend, vergrabe ich mein Gesicht zwischen ihren Titten, lecke über die samtene Haut und inhaliere ihren köstlichen Geruch.

Stöhnend reibt sie sich an meinem Oberschenkel, schlingt die Arme um meinen Nacken und presst sich mir entgegen.

Dafür, dass sie am Anfang behauptet hat, dass das alles eine Riesenverwechslung und sie überhaupt keine Nutte ist, macht sie ihre Arbeit verdammt gut. Sie schafft es, mich glauben zu lassen, dass sie mich tatsächlich will, und dass es ihr nicht nur ums Geld geht. Respekt! Das schaffen die Wenigsten ...

Irgendwie rechne ich die ganze Zeit damit, dass Charly ihre Meinung noch mal ändert, mir das Geld zurückgeben und abhauen will.

Aber bis jetzt hat sie noch nicht damit begonnen, sich gegen mich zu wehren. Kluges Mädchen ... In meiner derzeitigen Verfassung würde mich das wahrscheinlich nur noch mehr anturnen.

Fuck! Ich habe keine Ahnung, ob ich genug Selbstbeherrschung hätte, mich umzudrehen und zu gehen, falls sie das doch noch von mir verlangen würde.

Umso erleichterter bin ich, dass sie keine Anstalten macht, mich von sich zu stoßen.

Mit letzter Willenskraft zwinge ich mich dazu, etwas langsamer vorzugehen.

Diese Korsage, die Heels, der Strapsgürtel und der String sind einfach nur unglaublich heiß! Mit dem Finger fahre ich den spitzenbesetzten Rand der transparenten Strümpfe nach, meine Eier ziehen sich puckernd zusammen. So erregt wie in diesem Moment war ich schon seit Monaten nicht mehr. Noch mehr der winzigen Häkchen öffnend, klappe ich den Stoff auseinander, packe mir eine ihrer Titten und sauge den rosanen Nippel tief in meinem Mund. Das Mädchen schmeckt süß, riecht nach Vanille und stößt ein lustvolles Keuchen aus.

Einzig das Wissen, dass ich sie nicht nur für eine Stunde, sondern für die restliche Nacht gekauft habe, lässt mich einigermaßen ruhig bleiben.

4. Kapitel

Charly

Geschickt öffnet Chazz nun auch noch die restlichen Häkchen der Korsage, befreit meine Brüste und saugt meine Nippel abwechselnd in seinen heißen Mund. Wieder und wieder lässt er mich seine raue Zunge und seine scharfen Zähne spüren. Stöhnend biege ich den Rücken durch, presse mich ihm entgegen und sehne mich nach mehr.

Rau und hart schaben seine Bartstoppeln über meine Haut, das angenehme Kratzen lässt mich erschaudern.

Dieser Devil hat mich kaum berührt und trotzdem fühlt es sich so an, als würde ich in Flammen stehen.

„Ich will dich, Chazz!"

Sich von meiner Brust lösend, packt er mich am Po, steht mit mir in seinen Armen auf und trägt mich zum Bett. Pure Lust pulsiert durch meine Venen, lässt alles andere unwichtig erscheinen.

Die Hure und der Biker ... Im Augenblick spielt es keine Rolle, wer ich bin, oder wer er ist ... Wir sind wie zwei Magnete, die voneinander angezogen werden. Er wirft mich auf die Matratze, ich lande unter ihm, er legt sich auf mich. Um mich nicht mit seinem Gewicht zu erdrücken, stemmt er sich mit den Ellenbogen neben meinem Kopf ab und sieht aus grünen Augen auf mich herab.

„Du bist wunderschön und begehrenswert, Charly. In einer besseren Welt würde ein junges Mädchen wie du nicht auf die Idee kommen, sich an einen Outlaw wie mich zu verkaufen. Aber die Welt ist nicht gut, sie ist schlecht. Und ich bin ein egoistischer Bastard, der deine Situation ausnützt und es kaum erwarten kann, sich bis zum Anschlag in dich zu rammen."

Er macht eine kurze Pause, atmet tief durch und kneift kurz die Augen zusammen. Die Muskeln in seinen Armen spannen sich an, auf seiner Stirn tritt eine Ader hervor.

„Ich werde dich jetzt ficken, wieder und wieder, und wenn ich dann immer noch nicht genug von dir habe, werde ich dich für eine weitere Nacht kaufen!"

Wenn er sich das leisten kann?

„Der Preis wird nicht billiger."

Sein lautes Lachen hallt von den Wänden.

„Das Geld ist mir so was von scheißegal. Die Tatsache, dass ich wegen dir, einer Hure, die ich kaum kenne, wahrscheinlich bereit bin, meine eiserne Regel zu brechen, macht mir weitaus mehr Sorgen."

Irritiert sehe ich ihn an.

Wovon spricht er da?

„Was meinst du?“

„Jede Pussy nur einmal.“

Mist! So viel zu meiner genialen finanziellen Hochrechnung.

„Und wieso spielst du dann mit dem Gedanken, diese Regel wegen mir zu brechen?“

Chazz presst die Lippen so fest aufeinander, dass sie einen dünnen Strich bilden.

„Weil ich dich will. Seit ich dich in der Bar sitzen gesehen habe, frage ich mich, wie es ist dich zu ficken. Ich mag deinen Geruch, deinen Geschmack und den Hauch von Angst und Unsicherheit, der in deinem Blick liegt. Außerdem passt du perfekt. Eine Hure, die ihren Körper noch nie zuvor verkauft hat – ich bin quasi dein Erster. Das gefällt mir, gut sogar.“

Am liebsten würde ich ihm widersprechen und ihm sagen, dass er spinnt. Doch ich halte die Klappe. Das, was wir im Begriff sind zu tun, wird mich verändern, und ich habe keine Ahnung, inwieweit sich der Sex mit diesem Biker auf mein Leben auswirken wird.

Wenn ich wirklich mit ihm schlafe – wenn ich es tatsächlich durchziehe – macht mich das zu einer Nutte. Und wenn ich mich schon prostituiere, dann will ich auch ordentlich Geld damit verdienen. Was bedeutet, dass ich Chazz so verflucht glücklich machen werde, dass er seine idiotische Ein-Mal-Regel wieder und wieder für mich brechen und jedes Mal einen ordentlichen Stapel Dollars auf mein Kissen legen wird.

Erneut küsst er mich, dieses Mal verwandelt sich sein hartes, gnadenloses Zungenspiel nach wenigen Herzschlägen in eine bittersüße Verführung, der ich nicht widerstehen kann. Seinen harten Körper erkundend, öffne ich seinen Gürtel, mache mich an seiner Hose zu schaffen und ertaste eine beeindruckende Erektion.

Wow! Nicht schlecht ... Dick, lang und hart drückt sich sein Schwanz gegen meine Handfläche. Ein animalisches Knurren ausstoßend, reibt er sich an meinen Fingern, beißt die Zähne zusammen und stößt zischend den Atem aus.

„Fuck, Sweetheart!“

Die Stimmung des Devils verändert sich, die Luft um uns herum lädt sich elektrisch auf, mein Puls beginnt zu rasen, während wir uns die Klamotten regelrecht vom Leib reißen. An Chazz kantigem Kiefer zuckt ein Muskel, es ist offensichtlich, dass er sich kaum noch zurückhalten kann.

Seine dunklen Augen wandern über meinen Bauch, bis hinab zu meiner bereits feuchten Mitte.

Langsam, um ihn zu provozieren, spreize ich die Beine und reibe über meinen empfindlichen Kitzler, biete ihm eine kurze Showeinlage und genieße das verruchte Gefühl, das sich in mir ausbreitet.

Zwischen meinen Schenkeln kniend, richtet er sich zu seiner vollen Größe auf, und spurt mit seinen kratzigen Fingerspitzen meinen Bauchnabel nach, ehe er seine Hand auf die meine legt.

Die perfekt definierten Wölbungen seiner Bauchmuskulatur lassen mir das Wasser im Mund zusammenlaufen. *Sexy!*

Dieser Biker strotzt nur so vor Kraft und Vitalität. Jeder Zentimeter an ihm ist hart, mit Narben übersät und von Tinte durchzogen. Skulls, Waffen, Dolche, Rosen und Schriftzüge so weit das Auge reicht.

Der gehörnte Totenkopf, den ich auch schon auf seiner Kutte entdeckt habe, und der seinen kompletten Brustkorb einnimmt, fasziniert mich besonders. Langsam strecke ich die Hand nach ihm aus, spure die schwarzen Augenhöhlen nach und spüre, wie sich die Härchen in meinem Nacken aufstellen.

Die Aura von Gefahr und Gnadenlosigkeit, die ihn umgibt, war noch nie so stark wie in diesem Moment. Die Muskeln zucken unter meinen Fingern, Chazz Atem kommt abgehackt. Alleine das Wissen, dass er in wenigen Augenblicken all seine Kraft dafür einsetzen wird, um mich zu vögeln, lässt mich noch etwas feuchter werden.

Im harmonischen Zusammenspiel reiben unsere Hände durch meine Pussy, meine Zehenspitzen kringeln sich, es braucht nicht mehr viel, bis ich zuckend komme.

Mit einer geschickten Bewegung schiebt er meine Hand beiseite, und dringt mit zwei seiner Finger tief in mich ein.

Stöhnend winde ich mich unter ihm, genieße das Gefühl von seiner Haut auf der meinen.

„Yeah Baby, deine Pussy ist so nass, du kannst es wohl kaum erwarten, endlich gefickt zu werden.“

Seine raue Stimme hallt gleich einem Echo in meinem Unterleib wider, löst Wellen der Lust aus. Mich unter sich begrabend, pinnt er mich mit seinem Gewicht tief in die Matratze.

Ich hätte nie gedacht, dass sich gekaufter Sex so unglaublich gut anfühlen kann. Der Hauch des Verbotenen und das Wissen, dass ich meine eigenen Grenzen überschreite, wirken wie Öl, das ins Feuer gegossen wird.

Süchtig nach seiner Nähe schlinge ich meine Arme um seinen Nacken und fülle meine Lunge mit dem herben Geruch von Mann und Leder, der ihm anhaftet.

Für einen kurzen Moment sehen wir uns einfach nur an, ehe unsere Münder zu einem sinnlichen Kuss verschmelzen.

Seine Zähne in meiner Unterlippe vergrabend, stößt er ein dunkles Brummen aus. Der leichte Schmerz entlockt mir ein Wimmern. Verspielt züngelt Chazz über die gepeinigte Stelle und beginnt damit, erneut meinen Kitzler zu umzirkeln.

Heilige Mutter Gottes ...

Lange halte ich diese unglaubliche Mischung aus Lust und Schmerz nicht mehr aus.

Ich will diesen Biker, ich will ihn in mir und auf mir.

Ich will, dass er mich überwältigt und so hart fickt, dass ich mich fühle wie die Hure, die ich nun auch bin. Wieder und wieder wühlt er sich durch meinen Mund. Unsere Zungen spielen Fangen, entwischen sich und treffen doch immer wieder aufeinander. Als er sich eine gefühlte Ewigkeit später von mir löst, bin ich völlig atemlos.

Zitternd und verschwitzt liege ich unter ihm, vor meinen Augen flimmern grelle Blitze.

So wurde ich in meinem ganzen Leben noch nie geküsst ...

„Schau mir in die Augen, Kleines."

Über den abgedroschenen Spruch kichernd, tue ich, was er verlangt.

Chazz verpasst meiner pulsierenden Mitte einen harten Klaps, der mich gepeinigt zusammenzucken lässt. Anschließend verreibt er einen Teil meiner Feuchtigkeit über meinem Anus und übt mit dem Daumen leichten Druck aus.

Diese ungewohnte Penetrierung lässt mich zusammenzucken. Reflexartig weiche ich seinem Finger aus.

„Das will ich nicht!"

Er lacht.

„Aber ich, Sweetheart."

Unsere Blicke treffen sich.

„Dann hast du Pech gehabt. Analsex gehört nicht zu unserer Vereinbarung!"

Verwundert runzelt er die Stirn.

„Nenn mir einen Preis!"

Oh nein, das kann er vergessen.

„Nicht alles ist käuflich!"

Seine Iriden blitzen verstehend auf.

„Sag bloß, dein Arsch ist noch Jungfrau!?"
„Das geht dich einen Scheiß an, Devil!"
Chazz lacht, steigt aus dem Bett, schnappt sich seine Kutte und zieht die Rolle Scheine hervor.
„Wie viel?"
Was soll das werden?
„Ich habe doch schon Nein gesagt."
Fluchend zählt er weitere tausend Dollar ab und wirft sie mir auf den Bauch. Die Scheine kitzeln etwas, ich schüttle amüsiert den Kopf.
„Es bleibt bei einem Nein!"
Er wiederholt diesen Vorgang, das Bündel in seiner Hand ist immer noch nicht merklich dünner geworden. Als Member des gefürchtetsten Rockerclubs des Landes, scheint man auf jeden Fall keine Geldsorgen zu haben. Nun liegen zwanzig Einhundert-Dollar-Scheine auf meinem Bauch, doch ich spiele nicht annähernd mit dem Gedanken, diese als Bezahlung zu akzeptieren.
„Du bist ein harter Verhandlungspartner, Sweetheart."
„Und du bist ein sturer Scheißkerl. Ich habe Nein gesagt, und dabei bleibt es."
Dieses Mal macht er sich nicht die Mühe, Tausend Dollar abzuzählen, sondern wirft einfach eine unbestimmte Anzahl von Scheinen zu mir auf das Bett.
„Egal was du zu zahlen bereit bist, ich werde meine Meinung nicht ändern."
Seine Belustigung weicht Verärgerung.
„Du bist eine Nutte verdammt noch mal! Natürlich kann ich mir deinen Arsch kaufen. Also was soll das Gezicke?"
Groß, muskelbepackt und erregt steht er vor mir und sieht mich finster an.
Natürlich könnte ich all das Geld gut gebrauchen – ich bin pleite – doch ich spiele nicht für eine Sekunde mit dem Gedanken, schwach zu werden und meine Meinung zu ändern.
Dieser gefährliche Outlaw ist wohl noch nie auf eine integre Frau gestoßen. Ich denke, es wird Zeit, dass er lernt, dass man nicht alles auf der Welt kaufen kann.
Mich auf die Ellenbogen stützend, picke ich einen Hundertdollar Schein nach dem anderen von mir runter und werfe sie nach und nach neben dem Bett auf den Boden.

„In erster Linie bin ich ein Mensch, Chazz. Das ist mein Körper und ich kann entscheiden, was ich für Geld tue und was nicht. Also entweder hältst du dich an unseren ursprünglichen Plan, oder du nimmst all dein Geld und verschwindest."

Herausfordernd ziehe ich eine Augenbraue in die Höhe, die Zeit vergeht schleppend, mir ist das Risiko, das ich gerade eingehe, mehr als bewusst. Erstens brauche ich die 1500 Dollar und zweitens bin ich mit diesem gewaltbereiten Outlaw alleine. Wenn er beschließen würde, mich mit Gewalt zu nehmen, hätte ich ihm nichts entgegenzusetzen.

Verdammt! Mir bleibt nicht mal der Sicherheitsdienst. Schließlich ist Chazz der Boss dieses Etablissements. *Verflucht!* Ich stecke so richtig in der Klemme, so was schaffe auch nur ich! Wenn Penny wüsste, in was für eine verfahrene Situation ich mich gebracht habe, würde sie sich totlachen.

Ich kann ihr vorwurfsvolles *‚Typisch Charlotte!'* regelrecht hören.

Entschlossen mir meine aufkeimende Angst nicht anmerken zu lassen, setze ich mich so aufrecht wie möglich hin und verschränke die Arme vor der Brust.

„Also was ist jetzt, Rocker?"

Die Hände zu Fäusten ballend, stößt er ein wütend klingendes „Fuck!" aus, ehe er sein nun doch schmaler gewordenes Bündel auf den Boden wirft und mit zwei großen Schritten auf mich zukommt.

„Du treibst mich in den Wahnsinn, Frau!"

Selbst nackt und barfuß strahlt dieser Mann eine unglaubliche Autorität aus.

Einen Herzschlag später liege ich unter ihm begraben auf der Matratze, seine Zunge in meinem Hals, während sich sein harter Schwanz gegen meinen Bauch drückt.

Ich schlage ihm meine Nägel in die Schultern, trinke sein Fauchen und reibe mich an seiner Härte. Nicht bereit, einfach nur passiv unter ihm zu liegen, streiche ich zärtlich über die seidige Haut seiner Eichel, umfasse seinen harten Schaft und pumpe über die komplette Länge seines Gliedes.

Er stöhnt, fängt meine Hände ein und sieht mich warnend an.

Ich lege den Kopf zur Seite und lecke mir betont langsam die Lippen. Seine Nasenflügel blähen sich, sein anstehender Kontrollverlust ist ihm deutlich anzusehen. Er bewegt sich, kniet sich zwischen meine Beine und knurrt rau. Die dicke Wulst seiner Eichel reibt über meine Rosette.

„Nenn mir einen Preis!"

„Kann ich nicht!"

Einen Fluch ausstoßend, saugt er meinen linken Nippel in seinen heißen Mund und knabbert leicht an ihm. Chazz kratzige Bartstoppeln reiben über mein Dekolleté. Wimmernd schnappe ich nach Luft, der bittersüße Schmerz entlockt mir einen Schrei.

„Fick mich endlich!“

Über meine Ungeduld lachend gibt er meine Hände wieder frei.

Quälend langsam, streicht er mit seinen Fingern durch meine geschwollenen Schamlippen, dringt mit einem in mich ein und treibt mich so immer weiter Richtung Erlösung. Gierig pinne ich meine Lippen wieder auf die seinen. Chazz Zunge wühlt sich durch meinen Mund, es fühlt sich extrem gut an, von ihm geküsst und gehalten zu werden. Sein Blick verweilt auf meinen Brüsten. Ein weiterer seiner langen Finger findet seinen Weg in mein Inneres.

Immer wieder in mich stoßend löst sich ein dunkles Grollen aus seiner Kehle. Die Dehnung und sein Geschmack, der meine Sinne verwirrt, all das reicht aus, um mich über die Klippe zu schicken.

Die Mimik des Bikers verdunkelt sich, mein Liebhaber sieht mehr als nur ein wenig dämonisch aus.

„Fuck! Charly, Fuck!

Mit einem Finger über den kleinen Schlitz an der Spitze seines Schwanzes kreisend, verteile ich die ersten Tropfen, die sich bereits darauf gebildet haben.

Ein heißer Blitz zuckt durch meinen Unterleib. Endlich beginnt Chazz, sich zu bewegen. Sein Schwanz gleitet wieder und wieder durch meinen Spalt. Den Daumen auf meine Klit drückend, bewegt er ihn kreisend, senkt gleichzeitig den Kopf und beißt mir in den Hals.

Wie ein Vampir saugt er sich an mir fest und lässt seine Zunge versöhnlich über die malträtierte Stelle schnellen.

Erschaudernd presse ich mich seinem Finger entgegen und verliere mich in dem berauschenden Gefühl, das er in mir auslöst.

Der Druck, der sich in meinem Unterleib aufbaut, wird stetig stärker. Nicht mehr lange und ich explodiere wie eine Feuerwerksrakete.

Ich stand schon immer auf Kerle, die etwas Heroisches und Kraftvolles an sich haben.

Typen, die zupacken können, sind genau mein Metier.

Dieser Biker passt perfekt in mein Beuteschema, wobei es sich im Augenblick eher so anfühlt, als ob ich die Beute wäre ...

Unter anderen Umständen hätte er vielleicht mein Prinz Charming sein können, so aber?!

Wie hat er sich vorhin so passend betitelt? Einen Bastard?

Wenn ich an die vielen Waffen denke, die er mit sich herumträgt, seine lederne Kutte und die dicke Harley, die er garantiert fährt, ist er wohl eher ein Charming Bastard.
Wieder und wieder streicht Chazz mit seinen Fingern über meine zuckende Öffnung, fährt die Konturen meiner Scheide nach und saugt sich noch etwas mehr an meiner Kehle fest.
Meine Zehenspitzen krümmen sich, mein Unterleib fühlt sich an, als würde er gleich in tausend glühende Funken zerspringen.
Stöhnend spreize ich die Beine noch etwas weiter, flehe flüsternd nach mehr. Erneut verpasst er meiner Mitte einen Klaps, dieses Mal etwas fester. Wieder genieße ich den leichten Schmerz. Keuchend winde ich mich auf der weichen Decke, spüre die neben uns verteilten Dollarscheine und presse mich Chazz noch etwas mehr entgegen ...
Mit einem *Plopp* lösen sich seine Lippen von mir, während er mit seiner Hand durch den Spalt meines Pos streicht.
Er mustert mich eindringlich.
„Es ist nur eine Frage der Zeit, bis ich dich auf diese Weise ficken werde."
Niemals!
„Das werden wir ja sehen ..."
„Ich bin ein Devil, Sweetheart. Ich bekomme immer, was ich will. Immer und ausnahmslos!"
Während er spricht, gleiten zwei seiner Finger in meine zuckende Möse. Erst als er so tief wie möglich in mir ist, krümmt er sie und touchiert so meinen G-Punkt.
Bämm ... Ich bin Game over – oder als erster überm Ziel ...
So oder so fühlt es sich an, als würde ich fliegen.
Zuckend und bebend verliere ich mich in meiner Lust und werde von einem so heftigen Orgasmus hinfort gerissen, dass mein Sichtfeld verschwimmt und ich nur glitzernde, grelle Blitze sehe.
„Ahhhh! Bittteeee ... Jaaaaa!"
Mein heiserer Schrei vermischt sich mit seinem Zähnefletschen.
Ich stehe in Flammen, fühle mich wie Ikarus, der der Sonne zu nahe gekommen ist, und sich dabei die Flügel verbrannt hat.
Chazz hält mich, haucht unzählige Küsse auf meine Stirn und beobachtet mich dabei, wie ich langsam wieder zu mir komme.
Ich bin noch so durcheinander, dass ich nicht mitbekommen habe, wo er auf einmal das Kondom her hat. Keuchend und mit rasendem Puls beobachte ich, wie er sich den Gummi über den Schwanz rollt, sich vor mir positioniert und sich anschließend langsam jedoch unglaublich tief in mich schiebt.

Chazz dehnt mich, hält mich und beobachtet mich.

Es fühlt sich fast schon so an, als würde er mich in Besitz nehmen.

„Jetzt gibt es kein zurück mehr, Charly!"

So sehr ich das hier auch gerade genieße, ist mir schmerzlich bewusst, dass ich in genau diesem Moment zur Hure geworden bin.

Eigentlich sollte mich jetzt eine Welle, bestehend aus Scham und Selbsthass, überrollen, doch stattdessen fühle ich mich einfach nur gut und zufrieden ...

Wer hätte das gedacht?

Wieder und wieder spannen sich seine Muskeln an – wieder und wieder fickt er mich so kraftvoll, dass ich auf dem Bett ein Stück nach oben geschoben werde. Meine Welt reduziert sich auf den Rhythmus, den Chazz vorgibt, meine Sinne spielen verrückt.

Die dekadente Dehnung in Kombination mit der göttlichen Pein und der Hitze, die er ausstrahlt, sind alles, was ich noch wahrnehme.

„Augen auf, Baby. Ich will, dass du siehst, wer dich fickt."

Ich schnappe nach Luft und tue, was er von mir verlangt. Mich an seinen Armen festkrallend, ertrinke ich in den geheimnisvollen Tiefen seiner grünen Iriden.

Sein Schwanz fühlt sich so gut an, dass ich nicht will, dass es jemals wieder endet.

Ein wildes Knurren ausstoßend, verändert er den Winkel, mit dem er in mich eindringt, hebt meine Beine an und hakt sie sich über die Schultern. In dieser neuen Position fühlt sich sein Eindringen noch viel besser an. Die Art, wie er mich nimmt, ist intensiv und hart und es dauert nicht lange, bis ein weiterer Höhepunkt dafür sorgt, dass ich laut schreiend komme. Wimmernd spüre ich, wie sich mein Unterleib zuckend und krampfend zusammenzieht.

Chazz Atem kommt laut und rau, seine Stöße werden noch einen Ticken härter. Plötzlich versteinert er, die Hügel seines Sixpacks zucken und die Muskeln in seinen Beinen arbeiten heftig.

Den Kopf in den Nacken fallen lassend, brüllt er ein wütend klingendes „Holy shit!" an die Zimmerdecke. Sein Schwanz pulsiert tief in mir, das Puckern vermischt sich mit dem angenehmen Brennen zwischen meinen Beinen.

„Bloody Hell, Sweety, das war absolut unglaublich! Fucking incredible!"

Die Sehnen an seinem Hals treten deutlich hervor, sein Bizeps glänzt vor Schweiß, während sein Schwanz noch immer tief in mir zuckt.

Seine Worte entlocken mir ein Grinsen.

Fucking incredible also? Interessant!

Es dauert eine Weile, bis sich sein Atem wieder etwas normalisiert hat. Ich spüre wie einer der vielen Hundert-Dollar-Scheine an meinem Bein festklebt und muss grinsen.

Was für eine verrückte Nacht!

Ich hatte mit einem Member des Red Devils Motorcycle Clubs hemmungslosen und wilden Sex auf einem Bett voller Geldscheine.

Das ist fast schon dekadent. Vor allem, wenn man bedenkt, dass mein Konto seit Jahren kontinuierlich überzogen ist ...

Langsam zieht Chazz sich aus mir heraus, ich beobachte, wie er das Kondom abzieht und es neben dem Bett auf den Boden fallen lässt.

Mit einem gepressten *ufff* lässt er sich neben mir auf die Matratze fallen, streckt seinen Arm nach mir aus und reibt mit seinen Fingern über meine Brüste.

„Hast du denn immer noch nicht genug, Biker?"

Er schüttelt lachend den Kopf.

„Genug? Von dir? Noch lange nicht! Für die Summe, die ich für diese eine Nacht hingeblättert habe, werde ich dich noch ein Dutzend Mal ficken."

Ein Dutzend? Ohhhhh ... Ohhhhh ...

Mein Unterleib zieht sich erwartungsvoll zusammen, um ehrlich zu sein, kann ich mir Schlimmeres vorstellen, als wieder und wieder von diesem muskelbepackten Rocker überwältigt und zum Schreien gebracht zu werden.

Wie es Penny wohl gerade mit ihrem *Gast* geht?

Wie sie wohl reagieren wird, wenn sie erfährt, dass ich mir gleich in der ersten Nacht für die horrende Summe von 1500 Dollar einen Red Devil ins Bett gelockt habe?

Wahrscheinlich wird sie mir lobend auf die Schulter klopfen. Wenn ich ihr dann aber erzähle, dass ich ein Vermögen ausgeschlagen habe, nur weil ich nicht bereit war, meinen Hintern zu verkaufen, wird sie wohl einen Lachflash bekommen.

Zu Recht wahrscheinlich, aber das ist mir egal.

Chazz muss lernen, dass nicht alles auf Erden mit Geld zu erwerben ist und ich will, dass zumindest ein kleiner Teil meines Körpers privat bleibt. Bis jetzt bereue ich nicht im Geringsten, dass ich all die vielen grünen Scheine abgelehnt habe.

Im Gegenteil, ich bin absolut zufrieden mit meiner Welt.

Und außerdem, wie war das noch mal in dieser ganz berühmten Liebesschnulze mit Julia Roberts und Richard Gere?

Ich glaube, mich daran erinnern zu können, dass die Prostituierte in dem Film ebenfalls ein Tabu hatte, nämlich das Küssen. Ich finde, im Vergleich dazu ist mein Analsex-no-go noch ziemlich harmlos.

Chazz ist ein guter Küsser. Seine Zunge ist rau, sein Bart kratzig und er schmeckt nach Abenteuer, Sex und Herzschmerz.

Seufzend, winkle ich mein Bein an, drehe mich auf die Seite und spure mit den Fingerspitzen die Konturen seiner Tattoos nach.

„Ich hatte mir das Dasein als Freudenmädchen irgendwie anstrengender vorgestellt. Ich hatte zwei fantastische Orgasmen, habe gut verdient und die ganze Arbeit hast im Grunde du übernommen. Ich denke, das ist der perfekte Job für mich."

Auf Chazz Stirn bilden sich zwei tiefe Falten, in seinen Augen blitzt es belustigt auf.

„Freudenmädchen?" Er lacht. „Ach du heilige Scheiße, so habe ich bis jetzt auch noch keine Nutte genannt."

Das wundert mich nicht.

„Aber es ist doch eine passende Bezeichnung. Oder hat es dir keine Freude gemacht, mich zu ficken?"

Er streckt seinen langen Arm aus, zieht seine Jeans näher heran und holt eine Schachtel Marlboro aus der Gesäßtasche. Genüsslich zündet er sich eine der Zigaretten an und füllt seine Lungenflügel mit dem warmen Rauch.

Erst als er ihn eine Sekunde später wieder durch die Nase entweichen lässt, nimmt er unser Gespräch wieder auf und reicht mir dabei die Kippe.

„Es hat mir sogar große Freude gemacht, mich in deiner Pussy auszutoben. Und es wird mir noch viel mehr Freude machen, wenn ich dich so richtig hart in deinen süßen kleinen Arsch ficke."

Hartnäckig ist er ja ...

„Du armer kleiner Biker scheinst es nicht gewohnt zu sein, deinen Willen nicht durchsetzen zu können. Weine bitte nicht, aber *diese* Freude werde ich dir nicht gönnen."

Lachend nimmt er mir die Kippe wieder ab, legt sich einen Arm unter den Kopf und stößt ein zufriedenes Brummen aus.

„Ich kann nicht glauben, dass du all das Geld abgelehnt hast. Das waren mindestens 10 000 Dollar."

Da geht es mir wie ihm. Dennoch spüre ich bis in den hintersten Winkel meiner Seele, dass das die einzig richtige Entscheidung war.

Seufzend hole ich Luft, kuschle mich an ihn und schließe erschöpft die Augen.

Dass ich eine Hure bin, ist schlimm genug aber das bedeutet noch lange nicht, dass ich keine Sehnsüchte habe. Irgendwann, wenn ich einen Mann getroffen habe, dem ich wirklich vertraue, werde ich auch für diesen Schritt bereit sein, aber bis dahin, bleibt mein Hintern ungevögelt.

In Gedanken versunken entspanne ich mich und genieße die Pause, die in dem Moment endet, in dem er die Marlboro fertig geraucht hat. Noch während er den Rauch ein letztes Mal aus der Nase entweichen lässt, rollt er sich auf mich und presst sein bereits erneut hart werdendes Glied gegen meine empfindliche Mitte.

„Auf geht's Sweetheart. Es wird Zeit für Runde zwei ..."

Entschlossen pinnt er seinen Mund auf den meinen, küsst mich wild und stürmisch und raubt mir den Atem.

Die nächsten Stunden haben wir so viel Sex, dass ich den Überblick verliere. Keine Ahnung wie oft mich dieser Outlaw insgesamt zum Höhepunkt gebracht hat ...

Alles was ich weiß, ist, dass ich neben Chazz eingeschlafen und am nächsten Tag ohne ihn aufgewacht bin. Bis auf die vereinbarten 1500 Dollar, die ordentlich aufgestapelt neben meinem Kopfkissen liegen, sind alle anderen Scheine verschwunden.

Einzig das dumpfe Pochen zwischen meinen Beinen und die Tatsache, dass ich in einem Märchenbett in einem Bordell aufgewacht bin, hält mich davon ab, die letzten Stunden für einen verrückten Traum zu halten. Trotzdem zwicke ich mir sicherheitshalber noch mal in den Arm, bevor ich aufstehe, ins Badezimmer gehe und mir Chazz's Geruch von der Haut wasche. Selbst eine Stunde später, als ich mit frischen Croissants vor Pennys Türe stehe, bilde ich mir noch immer ein, Chazz Lippen und seine Zähne an meinem Hals spüren zu können.

Das violette, kreisrunde Mal, das meine Kehle ziert, und in dem seine Zahnabdrücke deutlich zu sehen sind, habe ich unter einer dicken Schicht Make-up versteckt. Trotzdem bin ich mir sicher, dass Penny es sofort entdecken wird ...

5. Kapitel

Chazz

Die Sonne scheint und der Himmel ist blau – sehr viel blauer als sonst – irgendwie strahlender und weiter ... Selbst das Gezwitscher der Vögel, das mir für gewöhnlich den letzten Nerv raubt, finde ich heute ganz angenehm. Überhaupt scheint heute ein verdammt guter Tag zu sein ... *Woran das wohl liegt?*

Obwohl ich die Antwort längst kenne, bin ich nicht bereit, mir einzugestehen, dass es die kleine, unverschämt teure Nutte von letzter Nacht ist, der ich mein ungewohntes Stimmungshoch verdanke.

Was ist nur in mich gefahren?

Aye, Charlys Kurven sind der Hammer, aber 10 000 Dollar für einen Arschfick?

Da muss ich doch glatt über mich selbst lachen.

Was für eine bescheuerte Idee! Ich sollte der Bitch für ihr *Nein* dankbar sein – dummerweise bin ich es nicht.

Zum Teufel! Ich bin es absolut nicht gewöhnt, dass eine Hure *Nein* zu mir sagt – dass überhaupt jemand *Nein* zu mir sagt, kommt so gut wie nie vor. Die meisten Menschen sehen meine Kutte, erahnen die Waffen, die sich darunter verbergen und erkennen meine Gewaltbereitschaft.

Ich bin der Vollstrecker der Red Devils – mein Wille ist Gesetz. Meistens zumindest, denn letzte Nacht hat sich eine junge, schöne und faszinierende Frau dazu entschlossen, sich mit mir anzulegen.

Verrückt! Völlig absolut verrückt!

Die Tatsache, dass sie sich mir verweigert hat, lässt mein Interesse an ihr in ungeahnte Höhen schnellen. Seit ich heute Morgen aus ihrem Bett gestiegen bin, kann ich an nichts anderes denken, als wieder dahin zurückzukehren. Und Fuck! Das ist absolut untypisch für mich.

Für gewöhnlich verschwende ich keine Gedanken an die Schlampen, die ich gefickt habe. Allein die Vorstellung, Charly wieder zu küssen, mich an ihrem Hals festzubeißen und mich zeitgleich bis zum Anschlag in ihre enge, feuchte und hammergeile Pussy zu rammen, lässt meinen Schwanz ungeduldig zucken.

Was hat dieses Mädchen nur an sich?

Ist es der Umstand, dass sie zwar eine Hure ist, aber irgendwie keine Richtige?

Bullshit! Keine Ahnung! Alles was ich weiß, ist, dass mich die Vorstellung, dass sich heute Nacht ein anderer Kerl an ihr austobt, unglaublich wütend macht.

Allein die Erinnerung daran, wie sie sich Freudenmädchen genannt hat ... So süß die Kleine. Unglaublich wie ein so unschuldiges Ding in einem unserer Bordelle landen konnte.

Charly passt nicht in das *‚Black Panther'*.

Alles an dieser Frau ist der reinste Widerspruch und das gefällt mir.

Weder hat sie besonders laut gestöhnt, um mir etwas vorzuspielen, noch hat sie sich verstellt, um mir zu gefallen. Sie war einfach sie.

Hat mir widersprochen, mich herausgefordert und mein verdammtes Geld abgelehnt.

Fuck!

Mein Entschluss, die kleine Bitch heute Nacht erneut für mich zu beanspruchen, wird mit jeder Sekunde stärker. Einfach unfassbar.

Ich bin bereit, meine eigenen Regeln zu brechen, und fühle mich fantastisch dabei!

Doppel Fuck!

Fröhlich vor mich hin pfeifend, schraube ich den Schalldämpfer an meine Beretta, checke das Magazin und gönne mir noch einen großen Schluck von meinem äußerst gut schmeckenden Kaffee.

Ich bin zu früh, viel zu früh, was bedeutet, dass ich schon seit geschlagenen dreißig Minuten im großen Hauptraum unseres Clubs sitze und darauf warte, dass sich meine Brüder endlich blicken lassen.

Banks, der Präsident der Devils, hat schon vor über einer Woche festgelegt, dass wir uns heute Rory Chaplin, den Polizeipräsidenten Chicagos, vornehmen.

Während es zu Rykers Aufgabengebiet gehört, sich um die Details zu kümmern, ist es mein Job, Chaplins Knochen zu brechen und sein Blut zu vergießen.

Seit der Bürgermeister ohne Hände im Hafenbecken treibend aufgefunden worden ist, versucht dieser Chaplin alles, um uns den Mord nachzuweisen.

Was ein Wichser!

Entweder ist er einfach nur besonders pflichtbewusst oder lebensmüde, aber egal was es ist, dass ihn antreibt, in wenigen Stunden spielt es keine Rolle mehr.

Chicago gehört uns, diese City und all ihre Straßen sind unser Revier. In den vergangenen Jahren haben wir viel zu hart gearbeitet, um uns jetzt von einem uniformierten Clown ins Handwerk pfuschen zu lassen.

Seit Sanchez Tod sollte jedem Politiker, Würdenträger und auch allen anderen Arschlöchern dieser Stadt klar sein, dass der Red Devils Motorcycle Club vor nichts und niemanden zurückschreckt und dass es besser ist, sich nicht gegen ihn zu stellen.

Wer auf ein langes Leben hofft, sollte am besten alles in seiner Macht Stehende tun, um gar nicht erst in unserem Radar aufzutauchen.

Blake kommt ums Eck. Er wirkt verschlafen und hat dasselbe blöde Grinsen im Gesicht wie ich.

Bei ihm ist das kein Wunder, schließlich hat er sich eine Lady angelacht.

Bei mir hingegen ...

„Hey Vize, sag mal, findest du auch, dass der Himmel heute besonders blau ist?"

Irritiert runzelt er die Stirn, reibt sich über den glatt rasierten Schädel und stößt einen gezischten Fluch aus.

„Morgen, Bro. Warum bist du denn so gut gelaunt?"

Eine berechtigte Frage. Ich beschließe, alles zu leugnen.

„Bin ich das?"

Blake nickt, setzt sich zu mir und deutet mit einem Nicken auf die vor mir liegende Beretta.

„Kannst es wohl kaum erwarten, Chaplin kaltzumachen, was?"

„Wie immer voller Arbeitseifer. Kennst mich doch."

Er mustert mich zweifelnd, zündet sich eine Kippe an und gähnt.

„Wo sind die anderen?"

Ich zucke mit den Schultern.

„Shit ... Ryker steckt vermutlich bis zu den Eiern in Evelyn und Banks? Weiß der Teufel, was unser Boss macht. Wahrscheinlich hockt er im Büro und erledigt langweiligen Präsidentenscheiß."

Ich gönne mir ebenfalls eine Zigarette, während ich sie rauche, frage ich mich, ob Charly schon wach ist und ob sie heute immer noch vorhat, ihr Dasein als Freudenmädchen zu beenden oder ob die letzte Nacht ihre Meinung geändert hat.

Einerseits hoffe ich, dass ich sie später im *‚Black Panther'* finden werde, andererseits, gefällt mir die Vorstellung, dass jeder Kerl in dieser Stadt sie für ein paar Dollar besitzen kann, überhaupt nicht.

Vielleicht sollte ich ihr einen Deal vorschlagen, einen, mit dem ich mir die Exklusivrechte an ihrer Pussy sichere ... *Holy Fuck ...*

Was zum Geier ist nur los mit mir?

Fest entschlossen, diese Bitch nicht anders zu behandeln als all die unzähligen Nutten vor ihr, verbanne ich Charly aus meinem Kopf.

„Was los mit dir, Chazz?"

„Nichts verdammt! Was soll schon los sein? War einfach eine anstrengende Nacht. Im *‚Black Panther‘* gibt's 'ne Neue, der musste ich erst mal zeigen, wie der Laden läuft."

Blake lacht und verschluckt sich dabei an dem Rauch seiner Kippe.

„Zeigen wie es läuft? Ah ja ... Genau! Und drum ist der Himmel für dich heute auch so blau, was Bro? Scheiße! Wenn ich es nicht besser wüsste, würde ich sagen, dass dir all diese Muschis das Hirn vernebeln. Vielleicht solltest du mal eine Pause einlegen und den Aufnäher da", er deutet auf das *Red-Light-Crew-Patch,* das mein Leder ziert, „an jemand anderen weitergeben."

Wie bitte?

„Einen Scheiß werde ich! Bist wohl selber scharf drauf, endlich mal wieder 'ne andere Pussy zu ficken. Hängt dir deine Lady schon zum Hals raus? Wenn du willst, nehme ich dir Scarlett gerne ab. Ein Mädchen wie sie hat einen Hurensohn wie dich gar nicht verdient!"

Kaum dass die Worte meinen Mund verlassen haben, gräbt sich Blakes Faust mit Wucht in meine Rippen. Sämtliche Luft wird mir aus der Lunge gequetscht, ein fieser Schmerz zuckt durch mein Rückgrat.

„Wenn du noch einmal ein Wort über die Pussy meiner Lady verlierst, oder sonst ein abfälliges Wort, mache ich dich kalt."

Habe ich das etwa?

In gebeugter Haltung rutsche ich vom Barhocker.

„Hast du mir nicht zugehört, Bruder? Ich habe gesagt, dass deine Frau viel zu gut für dich ist!"

Mehr als bereit, mich auf diese völlig sinnlose Schlägerei einzulassen, verpasse ich ihm einen Punch in die Nieren, was Blake ein wütendes Grollen entlockt. Noch bevor er weiß, was los ist, kracht meine Faust gegen seinen Kiefer. Zufrieden beobachte ich, wie sein Kopf nach rechts schnellt und seine Lippe aufplatzt.

Zufrieden schüttle ich die Finger aus, und winke ihn in einer herausfordernden Geste zu mir her.

„Na komm schon, Alter. Zeig, was du drauf hast!"

Er grinst, spuckt Blut und lässt den Kopf schnell von links nach rechts wackeln. Sein Nacken knackst, Vorfreude baut sich in mir auf.

Na also ...

„Wie ich sehe, verstehen wir uns, Enforcer."

„Und wie wir das tun!"

Sein Stiefel trifft auf mein Knie, meine Faust landet erneut in seinem Gesicht.

Wieder und wieder schlagen wir zu – jeder von uns kassiert ein paar heftige Schläge und landet ein paar gute Treffer.

Die Haut über meinen Fingerknöcheln platzt auf, meine Nase blutet. Blake schaut kein bisschen besser aus.

Ein irres Lachen steigt in meiner Kehle auf, Adrenalin rauscht durch meine Adern, die süße Bitch und ihr jungfräulicher Arsch werden immer nebensächlicher.

Je mehr Blut fließt, umso erträglicher wird der Druck in meinem Inneren. Einer der Barhocker kippt scheppernd um. Banks taucht neben uns auf, sieht, was los ist, und schüttelt tadelnd den Kopf.

„Ihr seid solche Idioten! Hebt euch eure Energie für Chaplin auf. Dieser Wichser wird nicht leicht zu schnappen sein."

Darum mache ich mir keine Sorgen. Sein Name steht auf meiner Liste, was bedeutet, dass er ein toter Mann ist. So oder so – ob leicht oder schwer – das Ergebnis ist dasselbe.

Weder Blake noch ich würdigen Banks Aussage eines Kommentares, sondern liefern uns einen weiteren, schnellen Schlagabtausch. Ryker taucht ebenfalls auf, mit einer Tasse in der Hand lehnt er sich neben unserem Präsidenten an die Wand und sieht entspannt zu, wie Blake mich in den Schwitzkasten nimmt.

Sein Arm drückt sich in meinen Hals, meine Lunge krampft. Nicht bereit, so leicht aufzugeben, lasse ich den Kopf nach hinten schnellen, und spüre das vertraute Knacken eines Knochens. Zack löst Blake den Griff, fast sich ins Gesicht und schreit mich wütend an:

„Du blöder Bastard hast mir die Nase gebrochen."

Er wirkt so überrascht, dass ich zum Lachen anfange.

„Jepp habe ich. Aber du Wichser wolltest mich in die Knie zwingen."

Wir starren uns an, ich versuche nicht zu blinzeln.

Jetzt bleiben uns genau zwei Möglichkeiten. Entweder wird aus der brüderlichen Rauferei eine echte Schlägerei oder aber wir holen uns einen Kaffee aus der Küche und versorgen unsere Wunden.

Blakes Mundwinkel zucken, dann stößt er einen lauten Fluch aus und spuckt erneut etwas Blut auf den Boden.

„Bullshit Chazz! Du hättest ja nicht ganz so fest zuschlagen müssen."

Mhmmmm ...

„Ja genau, du wolltest mich ausknocken. Den Triumph konnte ich dir nicht zugestehen."

Lachend streckt er mir seine blutverschmierte Hand entgegen, ich ergreife sie und drücke fest zu, was mir einen Schlag gegen die Schulter einbringt.

„Hast du etwa noch nicht genug?"

Pure Herausforderung schwingt in seiner Stimme mit.

„Ich? Also bei mir sind keine Knochen gebrochen."
Zumindest hoffe ich das, meine Rippen schmerzen höllisch, aber das werde ich ihm garantiert nicht sagen.

„Seid ihr jetzt endlich fertig mit dem Mist?"

Banks kommt auf uns zu. Eine Kippe im Mundwinkel und das klingelnde Handy in der Hand. Der Vize und ich tauschen einen prüfenden Blick und nicken gleichzeitig.

„Wunderbar, dann macht euch sauber und bewegt eure Ärsche ins Büro."

Vorsichtig den Rücken durchbiegend, stecke ich meine Waffe ein und folge Blake zu den Toiletten.

Ich drehe das Wasser an, stelle es auf kalt und halte meine Hände unter den Strahl.

„Hey Enforcer, sag mal, findest du auch, dass das Wasser heute besonders durchsichtig ist?"

Mir ist klar, dass er auf meinen Kommentar bezüglich des blauen Himmels anspielt, also lasse ich mich nicht reizen und zucke lediglich mit den Schultern.

„Du hast nur eine Nase und die habe ich dir schon gebrochen. Also halt's Maul, färb das verdammte Wasser rot und beeil dich ein bisschen. Ein gewisser Polizeichef wartet darauf, von uns die Kehle durchgeschnitten zu bekommen."

Blake grunzt zustimmend. Zehn Minuten später betreten wir Seite an Seite das Büro unseres Präsidenten und nehmen unsere Plätz ein.

Noch während ich mich setze, und dabei meine Kippen aus der Tasche ziehe, riskiere ich einen Blick aus dem Fenster und betrachte das Blau des Himmels – was zweifelsohne intensiver ist als sonst ...

Die nächsten dreißig Minuten besprechen wir die letzten Details, dann machen wir uns auf den Weg, um für Ruhe zu sorgen.

Wir haben lange gezögert und lange überlegt, ob wir Rory Chaplin tatsächlich beseitigen sollen – es führt kein Weg daran vorbei.

Dieser Wichser arbeitet seit Monaten auf seinen eigenen Tod hin, in meinen Augen hat er sein Grab Stück für Stück selbst ausgehoben, wir verpassen ihm nur den entscheidenden Stoß.

Dank Rykers Recherchen wissen wir, dass Chaplin sich heute um 10:00 Uhr mit seiner Lieblingsprostituierten im Warwick Allerton Hotel in Zimmer 202 trifft.

Doch anstatt auf Vivien zu treffen, werden wir ihn begrüßen.

Hätte er die kleine Nutte in der Vergangenheit besser bezahlt, wäre sie vielleicht nicht in Versuchung gekommen, ihren Stammkunden für 2000 Dollar zu verraten. So aber ...

Huren sind nur einer Sache treu – dem lieben Geld.

Eine Tatsache, die uns schon einige Male in die Hände gespielt hat. Vom Tellerwäscher bis zum Senatsabgeordneten, egal welche soziale Schicht, die Prostitution ist allgegenwärtig. Und da die meisten Schlampen Chicagos für den Club arbeiten, haben wir überall Augen und Ohren.

Vom Club bis zum Hancock Center, in dem sich das Hotel befindet, sind es geschätzte fünfzehn Fahrminuten, was bedeutet, dass wir gut in der Zeit sind.

Wir fahren in Formation. Zuerst Banks, dann kommt Blake, gefolgt von Ryker und mir.

Bis zu einem gewissen Grad ist diese Aktion für unseren Vize eine Privatangelegenheit.

Schließlich ist er nicht nur der Killer des ehemaligen Bürgermeisters, sondern dessen Tochter ist zugleich auch seine Old Lady. Eine etwas verzwickte Situation, die ich in dieser Komplexität auch noch nie erlebt habe.

All die alten Wunden können erst dann zu heilen beginnen, wenn der übermotivierte Polizeipräsident von der Bildfläche verschwunden ist.

Solange wir befürchten müssen, dass es dem Wichser doch noch gelingt, den Devils den Mord an Sanchez nachzuweisen, und die Presse wieder und wieder darüber berichtet, kann nie Gras über die Sache wachsen.

Scarlett ist ein tolles Mädchen, sie hat es verdient, glücklich zu sein.

Den Blinker setzend, folge ich Ryker in die Straße direkt hinter dem Hotel. Während Banks und Blake den offiziellen Eingang benutzen, werden wir uns durch den Personaleingang Zutritt verschaffen.

Sollte die Bitch doch noch Gewissensbisse bekommen und Chaplin warnen, läuft er uns so direkt in die Arme.

Wobei ich mir sicher bin, dass es nicht so weit kommen wird.

Vivien ist ein Profi, sie weiß wie es läuft und kennt uns Devils.

Eher würde sie sich die Zunge abbeißen, als dass sie dem Club in den Rücken fällt.

Im dritten Stock ankommend, deutet Ryker auf die linke Seite der Zimmertüren, auf der sich die geraden Nummern befinden.

Hinter uns öffnen sich die Lifttüren surrend, Banks und Blake kommen auf uns zu. Prüfend ziehe ich mein Handy hervor und checke die Uhrzeit: 10:13. Perfekt.

Wenn alles so läuft, wie mit Vivien besprochen, dann lutscht sie gerade Chaplin's Schwanz und wartet auf unser Kommen.

„Irgendwie echt scheiße, einem Typen seinen letzten Blowjob zu versauen."

Ryker lacht.

„Bei jedem anderen hätte ich ja vielleicht noch Mitleid aber nicht bei Chaplin. Dieser Wichser hat uns mehr als einmal ans Bein gepisst. Keine Ahnung ob er sich für einen Helden oder so hält, aber er wird gleich feststellen, dass er im Gegensatz zu Superman nicht kugelsicher ist."

Banks zieht seine Waffe, ich mache es ihm nach. Dank Ryker wissen wir, dass es keine Sicherheitskameras gibt, auf die wir achten müssen. Blake geht voraus, bleibt vor Zimmer 202 stehen und hebt den kleinen roten Teppich hoch, der vor der Türe liegt. Genau wie mit der Hure besprochen, befindet sich darunter die Keykarte.

Ein zufriedenes „Bingo!" murmelnd hebt er sie auf und dreht sich zu uns um.

„Seid ihr bereit, Jungs?"

Blake grinst. „Aber so was von. Zieh das Plastik durch den Schlitz und dann lass uns die Sache hinter uns bringen. Scarlett macht sich Sorgen. Je eher die Scheiße erledigt ist, umso besser."

Dank der Karte springt das rote Licht auf grün und das Schloss gibt mit einem Schnappen nach.

Den Finger am Abzug stürme ich direkt hinter Ryker in das Hotelzimmer und finde den ach so angesehenen und ehrenwerten Polizeipräsidenten vor der Bitch stehend vor. Die Hände in ihren Haaren vergrabend, stößt er sich wieder und wieder in ihren Rachen und grunzt dabei wie ein Schwein.

Chaplin ist so auf die Nutte konzentriert, dass er unsere Anwesenheit nicht sofort bemerkt, und Blake noch genug Zeit hat, ein schickes Foto zu schießen.

„Wir hätten die Türe doch eintreten sollen, dann wäre mir dieser Anblick erspart geblieben."

Banks Stimme dröhnt durch das Zimmer, Chaplin zuckt erschrocken zusammen und schubst Vivien von sich. Die Nutte grinst zufrieden und wischt sich mit dem Handrücken über den Mund.

„Wurde auch echt Zeit Jungs. Ich dachte schon, ich hab mich im Datum geirrt."

Chaplin zieht panisch seine Hose, die an seinen Knien hing, hoch und stolpert dabei über den hinter ihm stehenden Sessel.

„Fuck Vize. Du hättest statt dem Foto ein Video machen sollen. Wäre viel lustiger gewesen.“

Blake nickt und zieht erneut sein Telefon hervor.

„Na ja, dafür ist es nie zu spät. Das Arschloch ist doch so ein Fan von Beweisaufnahmen und dem ganzen Bullshit. Was ist da besser als ein live gefilmter Mord?“

Desinteressiert beginnt Vivien damit, ihre Klamotten aufzusammeln. Kaum dass sie fertig angezogen ist, wirft Banks ihr einen weißen Briefumschlag, in dem sich die vereinbarte Summe befindet, zu.

„Ich habe noch einen Bonus dazu gelegt.“

Sie wirkt zufrieden.

„Danke, Präsident.“

Banks macht ihr mit einer genervten Handbewegung klar, dass sie endlich verschwinden soll. Bevor sie jedoch die Türe erreicht, setzt er noch mal zum Reden an.

„Solltest du jemals auch nur ein Wort über diese Sache hier verlieren, bist du so gut wie tot. Kapiert, Bitch?“

Der Frau weicht sämtliche Farbe aus dem Gesicht, sie nickt panisch und eilt, so schnell sie kann, davon. Das Geklacker ihrer Absatzschuhe wird immer leiser, Ryker grinst zufrieden.

„Was für eine Welt. Ein mächtiger Polizeipräsident zu Fall gebracht von einer einfachen Prostituierten.“

Während meine Brüder und ich das alles sehr unterhaltsam finden, beginnt Chaplin wüste Drohungen auszusprechen.

Banks bleibt völlig ungerührt, lehnt sich an die gelb tapezierte Wand und zündet sich eine Lucky an.

„Die Worte eines toten Mannes ...“

Blake reicht ihm sein Handy, das Video läuft weiter.

„Wie sieht es aus, VP? Wenn du darauf bestehst, überlasse ich dir den Vortritt.“

Die Augen des Bullen weiten sich entsetzt. Blake will gerade ablehnen, als Chaplin ihn unterbricht.

„Sie sind der Biker, der dieses verlogene Miststück fickt. Wie war noch gleich ihr Name? Scarlett, wenn ich mich recht erinnere. Diese Ausgeburt von einer Tochter hat dem Bürgermeister nur Schande bereitet. Dass die Hure jetzt mit dem Killer ihres eigenen Vaters fickt, sagt doch schon alles.“

Wie zu erwarten, revidiert unser Vize wortlos seine Meinung und deutet auf meine Hand, in der sich die Beretta befindet.

Ich reiche sie ihm, und stecke mir anschließend einen Zimtkaugummi in den Mund.

„Mit Schalldämpfer, typisch Enforcer – allzeit bereit."
„Logo, was denkst du denn?"
Ein fieses Grinsen zeichnet sich auf seiner Mimik ab.
„Was ich mir denke? Warte, ich zeige es dir ..."
Seine Hand schnellt nach oben, ohne lang zu zielen, richtet er den Lauf auf den nun nicht mehr so vorlauten Polizeipräsidenten und drückt ab. Zuerst ertönt ein leises *Plopp*, dann ein lauter Schmerzensschrei. Getroffen sackt Chaplin zusammen und sieht entsetzt auf den immer größer werdenden Blutfleck, der sich auf seinem schneeweißen Hemd ausbreitet. Die Kugel hat ihn mittig ins Brustbein getroffen.
„Das war knapp. Trotzdem hast du das Herz verfehlt. Probier es erneut. Beim nächsten Mal triffst du bestimmt."
Blake zieht die Mundwinkel nach unten, so als ob er an seiner Zielsicherheit zweifeln würde. „Ja, meinst du?" Ich nicke.
„Klar. Und wenn du wieder nicht triffst, dann hacken wir dem Arschloch eben auch die Hände ab und lassen es im Hafenbecken eine Runde schwimmen, beim Bürgermeister hat das doch auch super funktioniert."
Trotz seiner beschissenen Lage und der höllischen Schmerzen, gibt Chaplin ein triumphierendes „Ich wusste es!" von sich.
Banks legt das Handy weg, und geht vor Chaplin in die Hocke.
„Und was hat dir dieses Wissen gebracht? Nichts außer den sicheren Tod."
Der Bulle spuckt Blut, nicht mehr lang und wir haben ein Problem weniger.
„Genugtuung."
Chaplin schafft es noch dieses eine Wort von sich zugeben, ehe Blake erneut zielt, abdrückt und dieses Mal *natürlich* mitten ins Herz trifft.
„Unglaublich das uns dieser Haufen Scheiße so viel Ärger bereitet hat."
Ryker spricht aus, was wir uns alle denken.
„Dank des Videos wird sich Chaplins Nachfolger garantiert kooperativer zeigen."
Banks lacht und nickt zustimmend.
„Da gehe ich jede Wette ein."
Nicht sicher, wie es jetzt weitergeht, sehe ich zu Blake.
„Was machen wir nun mit ihm? Liegen oder schwimmen lassen?"
Ich weiß genau, wie viel Spaß es unserem Vize bereitet, all seine Opfer ins Wasser zu werfen. Diese Vorliebe könnte fast schon als Tick bezeichnet werden.

Er überlegt kurz, betrachtet die halb angezogene Leiche. Chaplin hat es nicht mehr geschafft seine Hose wieder richtig anzuziehen.

„Liegen lassen! Ich habe keine Lust, mir jetzt auch noch Gedanken darüber machen zu müssen, wie wir ihn unbemerkt aus dem Hotel schaffen."

Kluge Entscheidung.

„Alles klar, dann lasst uns von hier verschwinden. Mir knurrt der Magen, ich hatte heute noch kein Frühstück."

Ryker beugt sich zu mir und schnuppert an meiner Schulter.

„Und auch noch keine Dusche. Du riechst nach Muschi und Vanille. Welche Bitch hatte denn dieses Mal die Ehre."

Ohne einen Blick zurück verlasse ich das nach Blut und Urin stinkende Zimmer, ziehe die Türe hinter uns zu und schiebe mir einen zweiten Kaugummi in den Mund.

Ryker und ich nehmen wieder den Hinterausgang. Bei meinem Bike angekommen, ziehe ich mir den Helm an und betrachte das Blau des Himmels ... Dieses verfluchte Mädchen, die abgelehnten 10 000 Dollar und ihr jungfräulicher Arsch treiben mich noch in den Wahnsinn! Wenn diese Charly doch nur nicht so perfekt zu dem passen würde, was ich suche. Eine Nutte, die keine Nutte ist, die ich aber dennoch für Sex bezahlen und mich an ihr austoben kann. Was würde sie wohl dazu sagen, wenn ich ihr heute erneut die 10 000 anbieten würde, aber für einen völlig anderen Deal?

In meinem Kopf beginnt sich eine Idee zu formen.

„Alles klar bei dir, Chazz?"

Rykers Frage reißt mich aus meinen Gedanken und holt mich zurück in die Realität.

„Mehr als klar ..."

Grunzend startet er mit einem Tritt sein Bike.

„Dann lass uns von hier verschwinden."

Er fährt los, ich folge ihm. Zusammen durchqueren wir die Stadt und überlassen Chaplin seinem Schicksal. Wie lange es wohl dauert, bis er gefunden wird?

Wobei die Frage wohl besser lauten sollte, wie lange es wohl dauert, bis sein Nachfolger gefunden und ernannt wird? Wollen wir hoffen, dass dieser nicht denselben Fehler wie Chaplin begeht, ich werde nicht zögern, wenn es darum geht, den Club zu schützen!

Dank Banks zuckendem Zeigefinger war der Polizeichef viel schneller tot, als geplant.

Wäre er durch meine Hand gestorben, hätte er viel länger leiden müssen. *Fuck! Passiert ist passiert.*

Jetzt muss ich mir nur überlegen, wie ich die Zeit bis heute Nacht rumbringe.

Für einen Moment spiele ich mit dem Gedanken, mir eine Bitch zu suchen, die mir dabei helfen soll, die Bitch von letzter Nacht zu vergessen, aber das ist ein hoffnungsloses Unterfangen.

Charly hat mich herausgefordert und Herausforderungen konnte ich noch nie widerstehen.

Ich werde meine eiserne 1x-Regel brechen und der Hure, die eigentlich gar keine ist, ein Angebot machen, das sie garantiert nicht abschlagen kann und das mir den Frieden bringt, den ich mir erhoffe ...

6. Kapitel

Charly

Nach einem langen und ausführlichen Frühstück sind Penny und ich zu dem Entschluss gekommen, dass die heutige Nacht zeigen wird, aus welchem Holz der Vollstrecker des Red Devils Motorcycle Clubs geschnitzt ist.

Es hat ziemlich lang gedauert, bis Penny mir die skurrile Geschichte von letzter Nacht geglaubt hat.

1500 Dollar bei meinem ersten Kunden ... Das scheint irgendwie unglaublich zu sein. Als ich ihr den Teil mit den weiteren Tausenden von Dollars erzählt habe, sind ihr vor Unglauben beinahe die Augen aus dem Kopf gefallen.

Im Gegensatz zu mir hätte sie keine Sekunde gezögert und ihren Arsch verkauft. Das ist der Unterschied zwischen uns.

Penny nutzt jede Gelegenheit ganz nach dem Motto *no risk no fun.* Ich hingegen wäge alle Möglichkeiten ab und verzichte lieber auf ein Bündel Geld, ehe ich meine Prinzipien verrate.

Mein Instinkt sagt mir, das Chazz heute Nacht wieder vor meiner Türe stehen wird, hundert Prozent sicher bin ich mir damit aber nicht ...

Schon verrückt, so sehr ich es auch versucht habe, es ist mir nicht gelungen, den Biker mit den grünen Augen aus dem Kopf zu bekommen. Penny meint, dass das normal ist, und dass sich jede Nutte eine Ewigkeit an ihren ersten Freier erinnert – ich hingegen weiß, dass meine Faszination an diesem Biker nichts damit zu tun hat, dass er mein erster war, sondern einzig und allein mit dem Mann an sich.

Wer hätte gedacht, dass es ausgerechnet einem gefährlichen und nach Leder riechendem Devil gelingt, mich so nachdrücklich zu beeindrucken? Seine Wildheit und die Dominanz, die er ausgestrahlt hat ... hach ... seufz ...

Wahrscheinlich bin ich verrückt, aber ich hoffe wirklich, dass er heute Nacht wieder in das *‚Black Panther‘* und erneut in mein Bett kommen wird.

An meiner Weinschorle nippend, tusche ich mir die Wimpern, bürste mir die Haare und entscheide mich für die schwarzen Spitzendessous und den eng anliegenden Minirock, der perfekt zu dem samtenen BH passt, den ich mir von Penny ausgeliehen habe.

Gerade als ich meine Kosmetiktasche nach meinem Lippenstift absuche, höre ich das Aufschnappen einer Türe.

Erschrocken zucke ich zusammen, stelle mein Make-up beiseite, riskiere einen Blick in das angrenzende Schlafzimmer und stehe prompt Chazz gegenüber. Obwohl mein Herz einen freudigen Satz macht, versuche ich, mir nicht anmerken zu lassen, wie toll ich es finde, dass er wiedergekommen ist, sondern zwinge mich zu einem finsteren Gesichtsausdruck.

„Was willst du hier?"

Anstatt mir zu antworten, lässt er seine Augen langsam über meinen Körper gleiten, verweilt an meinen Brüsten und stößt ein dunkles Grollen aus.

„Fuck, Mädchen! Ich habe fast vergessen, wie schön du bist!"

Mein verräterisches Herz gerät noch mehr aus dem Takt, dieser Mistkerl hat auf mich dieselbe Wirkung wie ein Cocktail auf Tequilabasis.

„Muss ich meine Frage wiederholen, oder was?"

Fest entschlossen die Unnahbare zu spielen, verschränke ich die Arme vor der Brust und ziehe fragend eine Augenbraue in die Höhe.

„Eine Nutte fragt einen Mann, warum er in ein Bordell gegangen ist ... Ist das der Beginn von einem schlechten Witz? Oder weißt du wirklich nicht, warum ich hier bin?"

Arghhh ... Dieser Biker ist unmöglich ...

„Ich will wissen, woher du die Frechheit nimmst, einfach so in mein Zimmer zu kommen? Scheiße, Chazz! Ich zahle Miete für diesen Raum, verdammt viel Miete und ich habe ein Recht auf meine Privatsphäre. Was wäre, wenn ich nicht allein gewesen wäre? Was, wenn ich gerade einen anderen Mann in meinem Bett gehabt hätte?

So funktioniert das nicht! Nur weil du einen Schlüssel hast, bedeutet das noch lange nicht, dass du ihn benutzen sollst!"

Anstatt schuldig zu wirken, funkelt Chazz mich wütend an.

„Du willst also einen anderen? Ja? Soll ich wieder gehen?"

Nein! Ja! Ach verflucht!

„Du weißt genau, was ich meine."

Er nickt, kommt auf mich zu und streicht mit seiner schwieligen Fingerkuppe über meine linke Gesichtshälfte. Mein verräterischer Körper reagiert sofort auf seine plötzliche Nähe. Meine Brustwarzen ziehen sich zusammen, stellen sich auf und zeichnen sich nun deutlich unter dem dünnen Stoff meines BHs ab. Ein Schauer lässt mich erbeben und meine Lippen prickeln begierig.

„Aye, Mädchen, das tue ich. Dennoch muss ich zugeben, dass mir der Gedanke, dass du dich an andere Typen verkaufst, überhaupt nicht gefällt. Aber darüber unterhalten wir uns später, jetzt muss ich dich erst schmecken!"

Mich am Kinn packend, presst er seine Lippen begierig auf die meinen, sein herber Geschmack entlockt mir ein Seufzen, während sich seine Zunge wild durch meinen Mund wühlt.

Willig sinke ich gegen das Leder seiner Kutte, reibe über die rauen Patches und genieße das Gefühl seiner sich darunter abzeichnenden Muskeln.

Herr Gott was hat dieser Rocker nur an sich, dass mich so durcheinanderbringt?

Ich schätze, es ist die einzigartige Kombination aus böse, gefährlich und dennoch zärtlich. Chazz weiß ganz genau, was er will, und er nimmt es sich – aber nicht, ohne dabei an meine Bedürfnisse zu denken.

„Fuck, Sweetheart! Was hast du nur mit mir gemacht? Ich habe dich und deine süße Pussy den ganzen Tag nicht aus dem Kopf bekommen! Du bist wie eine verfluchte Droge, von der man schon nach dem ersten Schuss nicht mehr loskommt!"

Seine Worte lassen mich hoffen, dass ich nicht die Einzige bin, die nach unserem Sex etwas neben der Spur steht. Wenn ich Chazz richtig verstehe, geht es ihm wie mir. Irgendwie beruhigend.

Er presst mir seine Hand auf den Rücken, drückt mich fester gegen seinen harten Schwanz. Plötzlich werde ich hochgehoben, durch den Raum getragen und auf das Bett gelegt.

Für eine Weile sehen wir uns einfach nur an, dann beginnen wir damit, uns auszuziehen. Klamotten fliegen durch die Luft, seine Knarre landet scheppernd auf dem Boden, der Dolch, den er immer bei sich zu tragen scheint, fällt zusammen mit seiner Jeans neben das Bett.

„Oh Mädchen, du bist so wunderschön ..."

Chazz berührt mich ehrfürchtig, verführt mich und streicht mit seinen rauen Händen über meine Taille.

Es ist nichts, was er nicht schon letzte Nacht getan hat, dennoch fühlt es sich heute ganz anders an. Irgendwie intensiver und intimer – geradezu besonders. Was bestimmt an dem Wissen liegt, dass er heute mit Absicht zu mir gekommen ist. Dass er nur für mich gegen seine Prinzipien verstößt! Zwischen diesem Red Devil und mir hat sich etwas verändert, ich weiß nur nicht, wie ich es beschreiben soll ...

Der Glanz, den seine Augen angenommen haben, und der entschlossene Zug um seinen Mund, zeigen mir, dass er sich nur mit größter Mühe kontrollieren kann.

Erstaunlich sanft haucht er feuchte Küsse auf meinen Bauchnabel, fährt mit seinen Händen über meine Beine, spreizt diese weiter und leckt durch meinen Spalt.

Die Berührung lässt mich zusammenzucken und entlockt mir einen lauten Schrei.

Geschickt teilt er meine Falten, züngelt über meinen Kitzler und saugt sich an mir fest.

Das Blut in meinen Adern beginnt zu kochen. Nur am Rande ist mir bewusst, dass wir für die kommenden Stunden noch keinen Preis ausgehandelt haben. Es ist nicht wichtig ... Wimmernd vergrabe meine Hand in seinen Haaren und drücke mich ungeduldig gegen seinen Mund. Chazz leckt mich mit einem unbändigen Hunger, beißt sachte in meine Klit und pustet über den gepeinigten Knubbel.

Oh wooooowwwwwww ...

Er leckt mich quälend langsam und saugt sich immer wieder an mir fest, bevor er mit seiner Zunge tief in mich eindringt.

„Du schmeckst nach Sonnenschein und Erlösung."

Seine Stimme klingt rau und erregt.

Fordernd hebe ich mein Becken hoch, flehe ihn so stumm an, endlich weiterzumachen. Doch anstatt mich wieder mit seiner Zunge zu verwöhnen, richtet er sich zu seiner vollen Größe auf.

„Nein, bitte ... warte! Nicht, nicht!"

Er lacht amüsiert auf und leckt sie über die Lippen.

„Um was bittest du mich, Süße?"

Der Ausdruck in seinen Augen lässt meine Synapsen zerplatzen und meine Sinne verrücktspielen.

„Mach weiter, lass mich kommen!"

„Du willst, dass ich dich zum Kreischen bringe? Ich werde dich jetzt ficken. Ich werde mich so hart in dich rammen, dass du zu atmen vergisst und mich anflehst nie wieder aufzuhören."

Das wollen wir mal sehen ...

Endlich legt er sich auf mich, pinnt mich mit seinem Gewicht tief in die Matratze. Seufzend fahre ich mit meiner Nase an seinem Hals entlang, inhaliere seinen herben Geruch und knabbere an seinem Ohrläppchen.

Seine Hände streichen über meine Brüste, hinab zu meinen Armen, über meine Taille bis zu meiner Hüfte.

Geschickt lässt er seine schwieligen Fingerspitzen über meinen Venushügel kreisen. Automatisch spreize ich die Knie etwas weiter, gewähre ihm so besseren Zugang zu meiner zuckenden Mitte.

Viel zu leicht streicht er über meinen Kitzler und dringt mit seinem Mittelfinger tief in mich ein.

Ooohhh mein Goottt ...

Ich schreie vor Lust und Erregung auf und ertrinke in den grünen Tiefen seiner faszinierenden Iriden. Es ist dem Rocker deutlich anzusehen, dass sich in den letzten Minuten etwas in ihm verändert hat, und dass seine Besitzgier um einiges stärker geworden ist.

Crazy!

Was geschieht nur mit uns?

Knurrend umzirkelt er geschickt meine Klitoris. Heiße Blitze der Lust zucken durch meine zitternden Beine. Wimmernd schließe ich die Augen und überlasse mich ganz seiner Führung.

„Küss mich, Baby!“ Sein Mund findet den meinen.

Ich schmecke mein eigenes Aroma auf seinen Lippen, duelliere mich mit seiner Zunge und kralle mich an seinen Schultern nach Halt suchend fest. Erst als wir beide atemlos sind, richtet er sich zwischen meinen Beinen auf und sieht gebannt zu mir herab.

Was für ein Anblick.

Das kraftvolle Spiel seiner beeindruckenden Muskulatur sorgt dafür, dass es zwischen meinen Schenkeln noch etwas feuchter wird.

Chazz breiter Rücken, die unzähligen Tattoos in Kombination mit den vielen Narben, die ihre ganz eigene Geschichte erzählen.

Dieser Devil übt mit seiner düsteren Art eine gewaltige Anziehung auf mich aus. Ich will spüren, wie mich dieser Körper wieder und wieder überwältigt, auf die Matratze drückt und bis zur Bewusstlosigkeit vögelt.

Die Hände nach ihm ausstreckend, streiche ich über die Wölbungen seines Bauches. Ein paar Atemzüge lang lässt er mich gewähren, ehe er sie einfängt und über mir in das Kissen presst.

„Stopp! Wenn du so weitermachst, drehe ich durch. Aber dieses Mal will ich dich nicht überfallen. Ich will mir Zeit lassen und mir jeden Augenblick tief ins Gehirn brennen.“

Das Gefühlschaos in meinem Inneren nimmt überhand. Um ihm zu zeigen, dass ich dasselbe will wie er, biege ich den Rücken durch und biete mich ihm wortlos an. Ein leises Brummen ausstoßend, saugt er an meinem Nippel, verwöhnt ihn mit seiner Zunge und beißt sachte zu.

Der leichte Schmerz rast wie ein Tornado durch meine Nervenbahnen.

Sein zuckender Schwanz drückt sich gegen meine Scham, verbrennt mich regelrecht.

Wieder küssen wir uns. Feucht und gierig treffen sich unsere Zungen, saugen und fordern immer mehr des anderen.

Kaum dass er meine Hände wieder freigegeben hat, packe ich ihn am Schwanz und massiere pumpend über die beeindruckende Länge.

Chazz Atem kommt schwer und rau. Er presst sein Glied gegen meine geschwollene Mitte, reibt immer wieder durch den nassen Schlitz.

Seine angespannten Oberarme und das deutliche Zucken seiner Wangenmuskulatur verraten mir, dass sich seine Beherrschung gerade in Luft auflöst.

Hungrig lasse ich meine Zunge über seine Brustwarze gleiten, knabbere daran und entlocke ihm so ein wildes Knurren.

„Fuck, Sweetheart."

Seine Hand wandert zielstrebig über meinen Bauch hinab zu meiner Pussy. Er verpasst meiner empfindlichen Mitte einen harten Klaps, umkreist meinen Kitzler, zupft leicht an ihm und entlockt mir einen hemmungslosen Schrei ...

Erregt drücke ich mich seinen Fingern entgegen.

Nicht mehr lange und ich werde in tausend Teile zerspringen.

Mich unter ihm rekelnd, kralle ich mich an seinen Schultern fest, hinterlasse rote Striemen auf seiner Haut und kennzeichne ihn als meinen Besitz. Erneut widmet er sich meinen Brustwarzen, erst als sie rot und empfindlich sind, lässt er wieder von ihnen ab.

Mit jedem Atemzug, mit jedem Herzschlag und jedem geteilten Kuss verfalle ich diesem Biker mehr und immer mehr ...

Zutiefst erregt und leise keuchend warte ich darauf, dass er endlich in mich eindringt und mir gibt, wonach ich mich so verzehre.

Wie in Trance beobachte ich den roten Teufel dabei, wie er ein Kondom aus seiner Hosentasche fischt, und sich, nachdem er es über seine beeindruckende Erektion gerollt hat, vor mir in Position bringt. Bestimmend öffnet er meine Beine noch etwas weiter, sodass ihm nicht das kleinste, intime Detail meiner Pussy verborgen bleibt.

Genau wie letzte Nacht genieße ich es, ihm ausgeliefert zu sein.

Zwei seiner Finger in mich schiebend, dehnt er mich etwas und bereitet mich so auf sein Eindringen vor.

Eine dünne Schweißschicht überzieht meinen Nacken, ein heftiges Kribbeln breitet sich in mir aus, macht mich beinahe wahnsinnig.

Stöhnend winde ich mich unter ihm, nehme alles und fordere noch mehr.

Einen Fluch murmelnd, beugt er sich über mich, leckt über mein Schlüsselbein und lässt mich seine Zähne spüren.

Mein Unterleib reagiert sofort und zieht sich puckernd zusammen, meine Zehenspitzen krümmen sich.

Der Höhepunkt, von dem ich urplötzlich überrollt werde, stellt alles, was ich bisher erlebt habe, in den Schatten.

Oh mein Gott!

Es fühlt sich so an, als würden lodernde Feuerperlen über meine Haut tanzen. „Sieh mich an, Charly!"

Ich tue, was er will, meine Scheidenwände zurren sich krampfend um seine Finger zusammen. Die Welt hört auf zu existieren, die Gedanken zerplatzen in meinem Kopf wie Seifenblasen.

Fordernd und mit seiner Geduld am Ende spreizt er meine Knie, seine Hände graben sich schmerzhaft tief in mein Fleisch.

„Und jetzt Baby, werde ich dich ficken wie noch kein Mann zuvor."

Das hat er gestern schon, aber das verrate ich ihm nicht.

Endlich legt er sich auf mich, das Gefühl seiner Haut, die über die meine reibt, ist unbeschreiblich intensiv. Dick und lang reibt seine breite Eichel über meine Mitte, legt sich auf meine feuchten Falten und dringt ein paar göttliche Zentimeter tief in mich ein.

Vor Lust getrieben, presse ich mich ihm entgegen und bettle keuchend nach mehr.

Wenn er mich nicht bald fickt und die Leere in mir vertreibt, schreie ich. Sein dicker Schwanz dringt langsam tiefer in mich ein, dehnt mich und nimmt mich vollständig in Besitz. Noch bevor ich weiß, wie mir geschieht, rammt er sich mit einem kraftvollen Stoß bis zum Anschlag in mich, was mir einen Schrei entlockt.

Unsere Körper verschmelzen miteinander – es fühlt sich fast so an, als wäre ich nur für diesen Biker geschaffen worden. Das bis jetzt nur leicht ausgeprägte Gefühl der Zusammengehörigkeit wird immer stärker, erreicht ein neues Niveau und stellt alles, was ich bisher in dieser Hinsicht erlebt habe, in den Schatten.

Ich bin verloren ...

Chazz erstarrt für einen Moment, die Muskeln in seinen Beinen zucken unkontrolliert, so als könnten sie es kaum erwarten in einen tiefen, gnadenlosen Rhythmus zu fallen. Ein raues Knurren ausstoßend, nutzt er seine Kraft für genau eine Sache – mich zu ficken. Seine Stöße werden immer härter, er vergräbt sich so tief in mir, dass ein leichter, jedoch dekadenter Schmerz entsteht.

Ich keuche. „Ja, das ist es ..." Was ihn dazu bringt, mich noch etwas härter zu bumsen. Unter halb geschlossenen Lidern beobachte ich sein Mienenspiel. Mit geblähten Nasenlöchern und offen stehendem Mund verändert er den Winkel, mit dem er in mich eindringt und trifft so bei jedem harten Vorstoß auf den empfindlichen Punkt tief in meinem Inneren.

Laut stöhnend presse ich den Kopf in das Kissen und versuche im ersten Moment, seinen kraftvollen Stößen etwas auszuweichen, nur um mich ihnen einen Herzschlag später doch wieder entgegenzupressen.

Bittersüße Lust ...

Chazz muss gespürt haben, dass ich ihn beobachte, denn er öffnet seine Augen und unsere Blicke begegnen sich.

Die Sehnen an seinem Hals treten deutlich hervor, es ist ihm anzusehen, dass er noch immer versucht, sich zu beherrschen.

Vereinzelte Schweißperlen bilden sich auf seiner Stirn. Bebend spannt sich sein Brustkorb an, die Wölbungen seines Sixpacks werden immer härter.

Chazz zieht sich langsam aus mir zurück nur um sich erneut in mich gleiten zu lassen – mehr brauche ich nicht.

Schreiend, zuckend, keuchend und zitternd verliere ich mich erneut in einem allumfassenden Höhepunkt. Die Kontraktionen in meinem Unterleib sind so stark, dass ich ihn mit mir reiße und spüre, wie er sich pumpend in mir ergießt.

Sein wildes Brüllen erinnert mich an ein gefährliches Raubtier.

Eine bleierne Mattigkeit breitet sich in mir aus, alles was ich höre, ist unser beider viel zu schnell kommender Atem und mein Puls, der durch meine Venen dröhnt und in meinen Ohren widerhallt.

Chazz sinkt auf mich, zerdrückt mich fast mit seinem Gewicht.

Als er bemerkt, dass er mich beinahe zerquetscht, stützt er sich auf die Ellenbogen ab und sieht zufrieden auf mich herab. Ich japse nach etwas Sauerstoff, berge mein Gesicht an seiner Kehle und hauche ihm federleichte Küsse auf seinen mit Bartstoppeln überzogenen Kiefer. Der Sex gerade war nicht nur gut – er war grandios.

Es hat sich nicht angefühlt wie zwischen einer Nutte und ihrem Freier, sondern nach der Vereinigung zweier Menschen, die sich wirklich wollen.

„Wir haben gar keinen Preis ausgehandelt."

Er lacht rau.

„Das ist nicht von Bedeutung, ich bin eh gekommen, um dir ein neues Angebot zu unterbreiten."

Der Klang seiner Stimme lässt mich hellhörig werden.

„Was für eines?"

Seine grünen Augen verdunkeln sich, plötzlich wirkt der Rocker über mir ernst und konzentriert. Was mich schrecklich nervös werden lässt.

„Du und ich – jede Menge Geld und noch mehr Sex. Ich will dich für mich. Exklusiv. Deine Pussy gehört mir."

Wow ... Ich meine: doppelt und dreifach wow!

„Exklusiv?"

Ich bin so durcheinander, dass ich nur dieses eine Wort rausbekomme.

„Jepp! Wenn dich ein anderer Typ anfasst, breche ich ihm sämtliche Knochen."

Das klingt ziemlich gewalttätig, aggressiv und extrem übertrieben, und zugleich soooo romantisch. Also auf eine schräge und ziemlich brutale Art zumindest. Trotzdem oder gerade deswegen lässt Chazz sexy Androhung mein Herzschlag aus dem Rhythmus geraten.

Ich wusste gar nicht, dass ich für diese düstere Rockerromantik so anfällig bin.

Obwohl ich am liebsten laut *‚Ja'* schreien würde, gelingt es mir gerade so, mich zu beherrschen.

„Erzähl mir mehr über die Details!"

Mit den Schultern zuckend, beugt er sich zu mir herab und drückt seine Lippen fest auf meine Stirn.

Gott ich liebe es, wenn er das tut!

„Was willst du wissen? Ich kaufe dich für das nächste halbe Jahr. Meine Bedingungen sind einfach zu verstehen: Du und ich, Sex ohne Tabus und jede Menge Spaß!"

Das klingt fast zu gut, um wahr zu sein,

„Und wo ist der Haken?"

An seinem markanten Kiefer beginnt ein Muskel zu zucken.

„Du misstrauisches kleines Luder."

Ich grinse.

„Na ja, die Devils haben da einen gewissen Ruf, weißt du?"

Chazz nickt und stößt ein wildes Brummen aus.

„Kein Haken. Aber ich will, dass du vierundzwanzig Stunden, sieben Tage die Woche für mich abrufbar bist. Wenn ich dich sehen will, kommst du, wohin ich es dir sage."

Hmmmm ... damit könnte ich leben ...

„Okay. Aber es gibt ein *Aber*!"

Wieder beginnt er zu lachen.

„Es gibt immer ein *Aber*, so ist das Leben nun mal, also spuck schon aus, was dir auf dem Herzen liegt, Sweetheart."

Auch wenn ich mir gerade ein bisschen lächerlich vorkomme, muss ich das klarstellen.

„Kein Analsex. Weder heute noch morgen noch in ein paar Monaten.“

Er wirkt nicht sonderlich überrascht.

„Das akzeptiere ich – wenn auch nur ungern.“

Männer ...

Für eine Weile sehen wir uns einfach nur an, ich lausche seinen Atemzügen und frage mich, ob das alles nicht doch ein verrückter Traum ist.

„Was bist du bereit, zu zahlen?“

Seine Lippen zucken, er schmunzelt.

„Nenn mir einen Preis.“

Mist! Das ist unfair. Was soll ich denn jetzt sagen? Sechs Monate, jeder Monat hat im Durchschnitt dreißig Tage. Wenn ich bei meinem Preis von 1500 Dollar die Nacht bleibe, sind das 270 000 Dollar. Das würde ich zwar gerne verlangen, kann ich aber nicht. *Hmmm ...*

Den Kopf schief legend, vergrabe ich meine Finger in seinen weichen Haaren und suche seinen Blick.

„Weil ich deinen Schwanz echt gerne mag und du eine äußerst geschickte Zunge hast, bin ich bereit, dir ein Sonderangebot zu machen. 60 000 Dollar für sechs Monate. Ein echtes Schnäppchen, findest du nicht?“

Einen lauten Fluch ausstoßend, kneift er die Augen zusammen und starrt mich finster an.

„Verstehe ich das richtig? Du willst ein Vermögen von mir, bist aber nicht bereit, dich in den Arsch ficken zu lassen. Scheiße Baby, ich müsste nur aus dieser Türe gehen und ein Zimmer weiter anklopfen und schon hätte ich eine Bitch die für schlappe fünfzig Dollar vor mir auf alle viere geht, damit ich ihr meinen Schwanz in den Arsch schieben kann.“

Damit hat er sicherlich recht, doch das ändert nicht das Geringste an meinen Bedingungen. Mit einer Hand reibt er sich über die Stirn, zwickt sich in den Nasenrücken und rollt sich neben mir auf die Matratze.

Habe ich es zu weit getrieben? Ich befürchte es fast.

Um Chazz davon zu überzeugen, dass ich jeden Dollar wert bin, setze ich mich mit gespreizten Beinen auf ihn, reibe meine noch immer feuchte Mitte an scinem Glied und sehe ihn herausfordernd an.

„Was ist jetzt, Devil? Das alles kann dir gehören, du musst nur *Ja* sagen.“

Ich packe mir seine Hände, presse sie auf meine Brüste und beginne damit, auf und ab zu wippen. Auf seine Reaktion und Erektion muss ich nicht lange warten. Ein Fauchen ausstoßend, festigt er seinen Griff, spielt mit meinem Nippel und zieht ihn in die Länge.

„Fuck! Wenn du nur nicht so wunderschön wärst ...“

Die Spitze seines Schwanzes in mir aufnehmend, grinse ich ihn herausfordernd an.

„Also, was ich jetzt? Feig?“

Stöhnend beißt er die Zähne zusammen. Zwischen seinen Augenbrauen bilden sich zwei tiefe Falten. Ich hab ihn fast so weit ...

„Du bist eine Teufelin! Ich weiß jetzt schon, dass du mich in den Wahnsinn treiben wirst, Mädchen.“

Ich zucke lässig mit den Schultern.

„Tja, dieses Risiko musst du wohl eingehen, wenn du meine Pussy ganz für doch alleine willst. Denk doch nur mal daran, wie oft du mich in diesen sechs Monaten ficken kannst. Hunderte Male ...“

Entschlossen mir diesen Mann und dieses Geld zu schnappen, lasse ich mich noch ein Stück weiter auf ihn herabsinken. Sein Gesicht wird zu einer Fratze der Lust.

„Nett wie ich bin, bekommst du diese Nacht sogar gratis. Das halbe Jahr beginnt erst Morgen bei Sonnenaufgang.“

Chazz stößt ein geknurrtes „Wirklich nett!“ hervor, ehe er mich an der Taille packt und sich bis zum Anschlag in mich rammt.

Sein gerauntes „Betrachte dich als gekauft!“ vermischt sich mit meinem lauten Schrei.

Hilflos kralle ich mich an ihm fest, sauge jedes Detail von ihm in mich auf und reite ihn so wild, dass ich nichts mehr außer seinen langen, gebogenen Schwanz wahrnehme.

Der Sex ist wild, animalisch und alles andere als zärtlich.

Wir kratzen uns, krallen uns ineinander fest und fordern immer mehr des anderen.

Keine Ahnung, was die nächsten sechs Monate für mich bereithalten, aber eines steht schon mal fest, ich werde verdammt gut auf mein Herz aufpassen müssen.

Dieser Red Devil hat mich seit unserem ersten Kuss gefangen genommen. All meine Instinkte verraten mir, dass er genau der Mann ist, den ich schon immer gesucht habe.

Aber ich konnte ihn natürlich nicht finden ...

Schließlich habe ich immer nach einem Prinz Charming gesucht, gefunden habe ich jedoch einen Leder tragenden und Harley fahrenden Charming Bastard.

Tief und hart in mich stoßend, graben sich seine Finger schmerzhaft in mein Fleisch. Morgen werde ich bestimmt dunkle Abdrücke tragen. Aber das stört mich nicht, im Gegenteil, ich mag es, wenn Chazz hart zupackt und mich spüren lässt, wie sehr er mich will.

Stoß für Stoß wird meine Sehnsucht nach diesem Biker stärker und meine Schreie lauter. Ich verliere mich in meiner Lust, spüre, wie meine Beine zu zittern beginnen und werde von einem so heftigen Orgasmus hinfort gerissen, dass ich kraftlos auf seiner Brust zusammensacke.

„Yeah Baby, yeah, das ist es."

Wieder und wieder spannt er die Hüfte an und bohrt sich in mein zuckendes Fleisch. Keine Ahnung wie lange er mich noch fickt.

Eine Minute – eine Stunde?

Ich habe jegliches Zeitgefühl verloren. Die Tatsache, dass ich die nächsten Monate wieder und wieder seinen Schwanz in mir spüren werde, macht mich unsagbar glücklich. Keine Ahnung was das zwischen diesem Rocker und mir ist – das nächste halbe Jahr werden wir es sicherlich herausfinden ...

Epilog

Chazz

„Es tut weh!“

Ja das tut es, aber auf eine gute Art.

Charlys Arsch ist so eng, dass er meinen Schwanz beinahe zerquetscht.

Vor mir kniend, stupst sie mit ihren Fingern gegen meinen Bauch, versucht mich so davon abzuhalten, mich noch tiefer zwischen ihre runden Backen zu stoßen.

Aber Fuck! Selbst wenn ich wollte, ich bin längst nicht mehr in der Lage aufzuhören.

Seit sechs verdammt langen Monaten wackelt sie nun schon in knappen Röcken und engen Dessous vor mir herum. Es war der Himmel und zugleich die Hölle.

Verdammt!

Es war schon so weit, dass ich sie in meinen Träumen in den Arsch gefickt habe. Was echt verrückt ist, weil ich den halben Tag damit verbracht habe, diese süße kleine Bitch zu bumsen.

Wobei Bitch noch nie die richtige Bezeichnung für mein Mädchen war.

Aye, sie hat in einem Bordell gearbeitet und ihren Körper verkauft, aber eben nur an mich. Ich war ihr erster Kunde und werde alles in meiner Macht Stehende tun, um ihr letzter Mann zu sein.

Sie mit meinem Leder zu kleiden, war definitiv schon mal der erste wichtige Schritt. Meine Brüder wissen längst, dass diese Frau mir gehört, jetzt kann es auch der Rest der Welt auf den ersten Blick erkennen.

Charly passt perfekt zu mir, sie ist nur für mich bestimmt – ohne sie wäre mein Leben schwarz und einsam.

Genau wie erwartet versteht sich meine Süße mit Scarlett und Evelyn blendend. Diese drei Ladys sorgen dafür, dass es im Club niemals langweilig wird – nicht, dass diese Gefahr je bestanden hätte.

Fluchend beiße ich die Zähne zusammen, beobachte meine Lady dabei, wie sie den Rücken durchbiegt und versucht, mich abzuschütteln.

Entschlossen ihr zu zeigen, wie verflucht gut es sich anfühlen kann, in den Arsch gefickt zu werden, packe ich mir eine Handvoll ihrer Haare, reiße ihren Kopf nach hinten und stoße noch etwas fester zu.

Sie kreischt erschrocken auf, was mich dazu bringt, mit der freien Hand kreisend über ihren Kitzler zu reiben. Die Anspannung weicht aus ihrer Haltung, wird von einem lustvollen Schauer abgelöst.

„Entspann dich Sweetheart, vertrau mir."

Ohne Unterbrechung über den geschwollenen Knubbel streichend, vergrabe ich meine Zähne in ihrem Schulterblatt und beiße zu. Süß und salzig zugleich flutet ihr Geschmack meine Sinne.

Alles für immer meins ...

Selbst nach all der Zeit, die sie nun schon mir gehört, konnte ich nicht herausfinden, was genau dieses Mädchen an sich hat, dass mich so fesselt. Aber das spielt auch keine Rolle, nicht mehr zumindest.

Ich habe um diese Frau gekämpft, habe mir Stück für Stück ihr Vertrauen und ihre Zuneigung erarbeitet und so dieses verführerische Geschöpf für mich gewonnen.

Falls ich auch nur den Hauch eines Zweifels in mir gehegt hätte, was ihre Gefühle für mich betrifft, wäre dieser spätestens heute Morgen verpufft.

Für kein Geld der Welt hat Charly mir erlaubt, auf diese Weise in ihren Körper einzudringen, doch heute hat sie sich mir von allein angeboten – sie hat sich mir auf die intimste Art geschenkt, die sie sich vorstellen konnte.

Ein warmes Brennen breitet sich in meinem Brustkorb aus, etwas, das sich verdächtig nach Liebe anfühlt, ergreift von mir Besitz.

Wer hätte gedacht, dass ich, der Enforcer des Red Devils Motorcycle Clubs in der Lage ist zu lieben.

„Mehr, Chazz ... mehr ... bitte!"

Ihr Flehen, lässt mir die Sicherungen durchbrennen.

Meine Old Lady mag es hart beim Sex – tief und hart – es wundert mich also nicht, dass ihr diese Art des Fickens gefällt.

Soweit ich weiß, empfinden Frauen beim Analsex nicht nur Lust, sondern auch Schmerz, eine Mischung, die perfekt zu meiner Süßen passt.

Ihre anfängliche Scheu überwindend, drückt sie sich immer fordernder gegen meinen Schwanz, bewegt die Hüfte und stöhnt zufrieden, als ich noch ein kleines Stück tiefer in sie gleite.

Ich verpasse ihrer Pobacke einen Klaps und streiche über die rot werdende Stelle.

„Ja, Baby. So ist es brav, beweg dich. Zeig mir, wie sehr du es willst."

Sie keucht, wirft den Kopf in den Nacken und erschaudert.

„Oh Gott! Bitte Chazz ... Es fühlt sich so gut an, so verdammt gut. Wenn ich das gewusst hätte ...“

Entschlossen mich so tief wie möglich in ihr zu vergraben, schließe ich die Augen und ficke sie mit aller Kraft.

Endlich! Endlich gehört sie mir komplett. Jetzt gibt es keine Tabus mehr zwischen uns. Meine Eier ziehen sich puckernd zusammen, Charlys Unterleib zuckt. Ein heißer Schauer rieselt an meiner Wirbelsäule nach unten, ich spüre, wie mein Sperma regelrecht zu kochen beginnt. Und während ich es Schub für Schub in ihre dunkle Grotte spritze, komme ich nicht gegen das zufriedene Grinsen an, zu dem sich meine Lippen verziehen.

Wieder ein erstes Mal – wieder etwas, das uns für immer miteinander verbinden wird ...

Erschöpft breche ich auf ihr zusammen, pinne meine Lippen auf die empfindliche Stelle zwischen ihren Schulterblättern und inhaliere den göttlichen Geruch meiner Frau.

„Jetzt gehörst du endgültig mir!“

Sie nickt, seufzt und dreht den Kopf zur Seite, sodass sich unsere Blicke begegnen.

„Das tue ich seit unserem ersten Mal.“

Ich spüre bis in den hintersten Winkel meines Herzens, dass diese Frau das Beste ist, was mir jemals passiert ist.

„Ich liebe dich, Chazz.“

Ihre geflüsterten Worte hallen gleich einem nie endenden Echo in meinem Kopf wider, brennen sich auf ewig in meinen Verstand ein. Unvergesslich und für alle Zeit ... Genau wie die vielen Tattoos, die meine Haut zieren.

„Du und ich – bis zum Tod!“

Sie nickt zustimmend.

„Bis zum Tod, Biker!“

So sieht es aus!

Denn genau das bedeutet es, die Old Lady eines Red Devils zu sein. Für Charly gibt es kein Schlupfloch, keinen Ausweg und kein Entkommen mehr. Dieses Mädchen ist mein Eigentum, und ich werde sie bis zu meinem letzten Atemzug beschützen ...

Beautiful Death

Prolog

Banks

Ein brennender Schmerz flammt auf, entlockt mir einen lauten Schrei und lässt mich würgen.

Die Klinge drückt sich tief in meine Haut, bahnt sich ihren Weg an meinem Hals hinauf bis zu meinem linken Ohr.

Vor meinen Augen wird es schwarz, die Qual, die das Messer mich spüren lässt, sorgt dafür, dass ich nicht mehr atmen kann. Ich kämpfe, zerre an den Fesselungen und höre das Lachen meines Feindes.

Gottes Gerechtigkeit trifft einen jeden von uns ...

Keine Ahnung warum ich mich ausgerechnet jetzt an die Worte des Priesters erinnere, mit dem ich mich vor ein paar Jahren in einem unserer Bordelle unterhalten habe.

Ich bin kein gottesfürchtiger Mensch – das Einzige, woran ich glaube, ist der Tod.

Dem Sensenmann kann niemand entkommen.

Egal ob reich oder arm, alt oder jung, gut oder böse – früher oder später hauchen wir alle unseren letzten Atemzug aus.

Vielleicht ist es für mich heute soweit – vielleicht ist für mich jetzt das Ende gekommen.

Bis zu diesem Moment habe ich nie an den Himmel oder an die Hölle geglaubt. Doch jetzt, wo ich spüre, wie die scharfe Klinge durch mein Gesicht schneidet, weiß ich, dass ich mich getäuscht habe.

Es gibt eine Hölle, doch anders wie von der Kirche behauptet, erwartet sie uns nicht nach dem Tod, sondern noch im Leben.

Man könnte fast von Schicksal sprechen. In den vergangenen Jahren habe ich unzählige Menschen getötet. Manchen habe ich einen schnellen Tod gewährt, andere habe ich gefoltert, verstümmelt und so lange gequält, bis sie mich angefleht haben, sterben zu dürfen.

Als Präsident des Red Devils Motorcycle Clubs hat es ganz einfach zu meinem Alltag gehört, Blut zu vergießen. Bis jetzt war ich immer der ausführende Part, ich war immer der Mann mit dem Messer.

Das Schicksal hat mich nun die Rollen tauschen lassen und somit sind es meine Schreie, die von den kahlen Betonwänden des zum Abbruch freigegebenen Hotels widerhallen. Der Schmerz ist so intensiv, dass ich kurz davor stehe, das Bewusstsein zu verlieren. Schwarze Ränder engen mein Sichtfeld immer mehr ein, nicht mehr lange und die Scheiße hier hat ein Ende.

Die Dunkelheit leckt an mir, hüllt mich ein und lässt mich vergessen, dass ich eigentlich noch nicht bereit bin, diese Welt zu verlassen.

Fuck! Ich hätte auf Blake, den Vizepräsidenten unseres Clubs, hören und nicht alleine herfahren sollen. Diese Entscheidung war ein Fehler, den ich mit dem höchsten Preis bezahlen werde. Wie arrogant ich doch war. Ich habe mich für unbesiegbar gehalten.

Eine geballte Faust kracht mit voller Wucht in meinen Magen, das letzte bisschen Sauerstoff weicht aus meiner Lunge.

Der heftige Schlag lässt mich die Augen aufreißen, holt mich zurück aus der Dunkelheit.

Keuchend kippe ich nach vorne, reiße an den Kabelbindern, mit denen meine Hände und Füße an dem Stuhl befestigt sind.

King beugt sich zu mir vor, kommt mir näher, seine Pupillen sind nur stecknadelgroß. Der Wichser ist voll auf Speed. An sich keine große Überraschung, wenn man bedenkt, dass sein schnell wachsendes Imperium auf die Produktion und den Handel synthetischer Drogen aufgebaut ist.

„Was soll das werden, Devil? Du willst mir doch nicht wegsterben, oder? Wir sind noch lange nicht miteinander fertig."

Zitternd beobachte ich, wie mein Blut von seinem Messer tropft.

Ein psychopathisches Funkeln breitet sich in seinen Augen aus, den Dolch an seine Lippen führend, leckt er an den roten Tropfen, mein Magen dreht sich um.

„Wir haben noch so viel vor – du und ich. Der Spaß hat doch eben erst angefangen!"

Fuck! Fuck! Fuck!

Zum ersten Mal bekomme ich zu spüren, wie es ist, das Opfer und nicht der Killer zu sein.

Aus Erfahrung weiß ich, dass King mich möglichst lange am Leben halten wird. Zumindest würde ich es so machen, wenn ich an seiner Stelle wäre. Mein Blick fällt auf die Waffe, die auf dem Tisch neben ihm liegt. Noch nie kam mir ein Kopfschuss so wünschenswert vor ...

„Beeil dich lieber, Bastard. Meine Brüder sind längst auf der Suche nach mir. Es wird nicht mehr lange dauern, bis sie hier auftauchen, und was dann passiert, glaube mir, das willst du nicht herausfinden."

Er stößt ein bellendes Lachen aus und bleckt die Zähne.

„Glaubst du, ich fürchte mich vor einer Horde stinkender Biker? Bullshit Banks, Bullshit. Sollen sie doch kommen, sollen sie versuchen mich zu töten – ich bin unsterblich!"

What a Fuck!

Den Dolch durch seine Finger tanzen lassend, legt er den Kopf leicht schief und betrachtet mein verunstaltetes Gesicht.

„Wunderschön. So unsymmetrisch und fratzenartig. Wenn ich mit dir fertig bin, wirst du nicht wiederzuerkennen sein."

Ich versuche stark zu bleiben und mich daran zu erinnern, wer ich bin. Es funktioniert nicht.

Angst, so intensiv und rein, wie ich sie noch nie zuvor verspürt habe, flutet meine Venen.

Wenn mir heute Morgen jemand gesagt hätte, dass ich heute sterben werde, hätte ich ihm nicht geglaubt.

Lachend richtet er die scharfe Spitze auf mein linkes Auge, kommt ihm immer näher, sodass ich mir sicher bin, dass er es mir ausstechen wird. Ich versuche zurückzuweichen, es geht nicht.

King wirkt sehr zufrieden mit sich.

Dass es so weit gekommen ist, ist meine Schuld.

Ryker, der Sergeant at Arms der Devils, hat mich schon vor Monaten darauf hingewiesen, dass King gegen unsere Regeln verstößt und den Club immer wieder herausfordert. Ich habe seine Warnungen nicht ernst genommen und somit für mein eigenes Todesurteil gesorgt.

„Sag bitte, bitte. Wenn du mich anflehst, es nicht zu tun, überlege ich es mir vielleicht noch mal anders."

Einen Scheißdreck werde ich tun: Ein Devil fleht nicht!

Mittlerweile ist das Messer nur noch wenige Millimeter von meinem Auge entfernt. Ich traue mich kaum zu blinzeln.

„Komm schon Rocker, sei nicht so stur!"

Entschlossen beiße ich die Zähne zusammen und bereite mich auf den anstehenden Schmerz vor.

Gerade als ich denke, dass jetzt der Zeitpunkt gekommen ist, an dem ich mein Augenlicht verlieren werde, ertönt ein lauter Knall.

Die Erde unter meinen Füßen beginnt zu beben, ein greller Lichtblitz macht mich blind.

Der Stuhl, an den ich gefesselt bin, kippt nach hinten, mein Hinterkopf schlägt mit voller Wucht auf den Betonboden.

Ich kann regelrecht spüren, wie mein Hirn durch den Aufprall gegen meinen Schädel klatscht. Alles wird dunkel, die höllischen Schmerzen, die meine Nervenbahnen zum Vibrieren gebracht haben, lassen nach, werden weniger, ich verliere das Bewusstsein. *Fuck!*

Es macht absolut keinen Spaß zu sterben ...

1. Kapitel

Mia

Herb und kalt rinnt das Bier über meine Kehle.

Ich schlucke es, mehr und mehr, so viel, bis die Flasche leer ist.

Mit einem Handzeichen gebe ich der Frau hinter der Bar zu verstehen, dass sie mir gleich ein neues bringen soll.

Die Klientel im *Billy's* ist rau und bunt gemischt. Vom einfachen Bauarbeiter, der seinen Feierabend genießt, über den Drogendealer von der nächsten Straßenecke bis hin zu den gefährlichen Membern des Red Devils Motorcycle Clubs ist jegliche Art von Männern hier vertreten. Frauen hingegen sind nur wenige da.

Evelyn, die Inhaberin der Kneipe, ist eine beeindruckende Persönlichkeit. Obwohl sie all ihre Familienangehörigen auf tragische Weise verloren hat, ist sie nicht aus Austin, dem dreckigsten Stadtviertel Chicagos, abgehauen. Oh nein, sie ist geblieben, hat gekämpft und gewonnen. Dafür respektiere ich sie.

Das Leben ist ein Spiel – ein hartes, gnadenloses und tödliches Spiel, in dem es keine festen Regeln gibt.

Von meinem Platz aus, dem hintersten Ecktisch, beobachte ich, wie sie auf mich zukommt, auf dem Weg mit ein paar Typen spricht und mir schlussendlich mein neues Bier bringt.

Evelyn ist attraktiv, ihre Augen funkeln nur so vor Glück.

Die lederne Kutte, die sie zu dem Jeansmini trägt, ist nicht einfach nur ein modisches Kleidungsstück aus irgendeiner Boutique, sondern eine fast identische Kopie der Kutte ihres Mannes.

Das *Property of Ryker,* das ihren Rücken ziert, verrät der Welt auf den ersten Blick, dass sie das Eigentum von einem der gefürchtetsten Rocker dieses Landes ist. Ryker, der Sergeant at Arms der Devils, ist ein Killer und er steht, genau wie Banks, dem Präsidenten des MCs, auf meiner Liste.

Nachdenklich zupfe ich das Etikett von der Flasche, zünde mir eine Zigarette an und lasse meinen Blick über die Anwesenden schweifen. Ursprünglich hatte ich geplant, Evelyn zu entführen, und sie als Köder zu benutzen, um ihren Rocker und all die anderen Devils in eine Falle zu locken. Ich wollte, dass all die harten Kerle dabei zusehen müssen, wie ich eine Old Lady ihres Clubs töte, ehe ich sie ebenfalls der Reihe nach erschossen hätte. Aber den Plan habe ich längst verworfen.

Dank meiner gründlichen Recherchen habe ich so einiges über Rykers Lady in Erfahrung gebracht und festgestellt, dass diese Frau nicht meine Feindin ist. *Verdammt!* Unter anderen Umständen hätten wir vielleicht sogar Freundinnen werden können.

Dank meines Gewissens muss ich mir eine andere Strategie einfallen lassen. Natürlich könnte ich auch einfach meine Waffe ziehen und jedem Red Devil, der mir über den Weg läuft, eine Kugel in den Kopf jagen. Aber das reicht mir nicht ... Diese Art des Todes wäre viel zu schnell ... Ich will, dass diese Arschlöcher leiden – ich will, dass sie mich um Gnade anflehen, die ich ihnen natürlich nicht gewähren werde.

King, mein Bruder, hat den Fehler gemacht und die Rocker unterschätzt, das wird mir nicht passieren. Ich weiß genau, mit welchen Monstern ich es zu tun habe.

Zwar hat er es geschafft, Banks ein neues Gesicht zu verpassen, aber getötet hat er ihn nicht. Bevor er dem Präsidenten die Kehle aufschlitzen konnte, wurde dieser von seinen Brüdern gerettet.

King war arrogant, er hat sich für unbesiegbar gehalten und sich zu viel Zeit gelassen – was sein Todesurteil war.

Auch wenn ich nicht mit allem, was mein Bruder gemacht und getan hat, einverstanden war, ist es meine Aufgabe, ihn zu rächen.

Blut für Blut – so will es das Gesetz der Straße.

Zwar habe ich mich, entgegen aller Erwartungen, geweigert, seine Nachfolge anzutreten, doch das bedeutet noch lange nicht, dass ich schwach bin.

Es war nie mein Ziel, die *King's* anzuführen. Zwar habe ich meinem Bruder hin und wieder geholfen, wenn er meine Hilfe gebraucht hat, aber das war es dann auch schon. Das Drogengeschäft macht einen innerhalb kürzester Zeit reich, zumindest, wenn man sich gut anstellt, und mein Bruder hat sich viele Jahre extrem gut angestellt.

Aber ich bin keine Anführerin und ich wollte auch nie eine sein. Alles was ich je wollte, war genug Geld, um ein anständiges Leben zu führen. Bandenkriege, Drogenlabore, Auftragsmorde und der ganze andere Bullshit sind einfach nichts für mich.

Für meinen Bruder war mein geschäftliches Desinteresse völlig okay. Er hat mir einen Kuss auf die Stirn gedrückt, mich in seine Arme gezogen und mich seinen Schatz genannt ... Er hat vom ersten Tag an akzeptiert, dass ich mich aus den richtig dreckigen Geschäften rausgehalten habe. Ich war seine kleine Schwester, er hat mich verwöhnt, beschützt und geliebt.

Während er der restlichen Welt nur seine tödliche und blutrünstige Seite gezeigt hat, war er zu mir immer gut.

Allein an ihn zu denken tut höllisch weh und aus genau diesem Grund sitze ich an diesem Tisch, in dieser Kneipe und plane den Tod des Präsidenten des Red Devils Motorcycle Clubs.

Was absolut verrückt ist, denn ich habe noch nie zuvor einen Menschen getötet ... Meine Unerfahrenheit stellt mich vor einige Probleme, was bedeutet, dass ich mir Zeit lassen, mir eine Strategie zurechtlegen und meinen Feind ganz genau beobachten muss, ehe ich zuschlage.

Natürlich ist es nicht allzu kompliziert, jemandem ein Messer in den Rücken zu stoßen, aber das reicht mir nicht aus.

Ich will, dass Banks für das, was er meinem Bruder angetan hat, leidet. Ich will, dass er weiß, aus welchem Grund er stirbt und dass er mir in die Augen sieht, während sein Herz aufhört zu schlagen.

Ein genialer Plan, nur bei der Umsetzung habe ich so meine Schwierigkeiten.

Nicht nur, dass dieser Rockerpräsident gut zwei Köpfe größer ist als ich und nur aus Muskeln zu bestehen scheint, im Gegensatz zu mir ist er auch ein erfahrender Killer. Den Gerüchten nach hat er mindestens einhundert Morde begangen, selbst für die Kreise, in denen ich mich bewege, ist das eine beeindruckende Zahl.

Als Frau muss ich anders denken als ein Mann. Ich muss meine Waffen mit Bedacht wählen, mir eine Strategie zurechtlegen und auf den richtigen Moment warten.

Das Zauberwort heißt Geduld – wie unpraktisch, dass ich noch nie besonders viel davon hatte. Bis jetzt sind nur drei Devils da, Blake der Vize, Ryker und Chazz, der Vollstrecker des Clubs. Es ist nichts Ungewöhnliches, dass Banks erst später auftaucht. Der Präsident ist wie ein einsamer Leitwolf. Er hat keine Familie, keine Lady und auch sonst keine nennenswerten Schwachstellen. Banks scheint nur für den Club zu leben. Seit ich ihn beobachte, hat er mit unzähligen Nutten gefickt, Dutzende von Waffen verkauft und literweise Jack Daniels in sich reingeschüttet. Selbst wenn ich scheitere und es mir nicht gelingen sollte, ihn zu töten, würde ihn sein Lebensstil in den nächsten Jahren garantiert trotzdem ins Grab bringen.

Einen weiteren Schluck von meinem Bier nehmend, beobachte ich, wie die Türe aufgeht und Rabble, ein weiterer Red Devil, das *Billy's* betritt. Er ist der Kassenwart des Clubs und hat, soweit ich das in Erfahrung bringen konnte, nichts mit dem Tod meines Bruders zu tun.

Trotzdem werde ich ihn umbringen, wenn sich mir die Gelegenheit bietet. Keiner dieser Kutten tragenden Harleyfahrer ist unschuldig. Dieser MC ist eine Einheit, er funktioniert nur, wenn alle Member zusammenarbeiten. Was bedeutet, dass im Grunde genommen jeder von ihnen für Kings Tod verantwortlich ist.

Kaum dass Rabble die Kneipe betreten hat, taucht Banks ebenfalls auf. Endlich!

Wie üblich, wenn ich ihn sehe, schnellt mein Puls in die Höhe.
Trotz der Narben, die ihm mein Bruder zugefügt hat, ist dieser Rockerpräsident der attraktivste Mann, den ich je gesehen habe.
Die rötlichen Linien, die sich von seinem Hals über seinen markanten Kiefer hinauf bis unter sein Auge ziehen, verleihen dem Outlaw etwas Dämonisches. Der, dank den Verletzungen, nach oben gezogene Mundwinkel zerstört die Symmetrie seines einzigartigen Gesichts. Banks ist heiß, verflucht heiß – aber auf eine gefährliche, düstere und Herzrasen bereitende Art. Der dunkle Bartschatten, in Kombination mit seinen tiefblauen Iriden und seinem muskelbepackten Körper, sorgt dafür, dass sich alle Frauen nach ihm umdrehen.
Was verrückt ist, denn er ist genau die Art von Mann, vor der jede Mutter ihre Tochter warnt. Langsam lasse ich meinen Blick über ihn gleiten, mustere die ausgeblichene Jeans, die an seinem Oberschenkel hängende Messerscheide und die dank den Jahren abgewetzte Kutte, die von unzähligen Patches geziert wird.

Ich würde meine rechte Hand darauf verwetten, dass der gut sichtbare Dolch an seinem Bein nicht die einzige Waffe ist, die er bei sich trägt.

Wenn er wollte, könnte er jedem Typen im Umkreis von drei Meilen das Genick brechen und er müsste sich dabei nicht mal sonderlich anstrengen. So wie ich das sehe, gibt es auf der Welt drei verschiedene Arten von Männern.

1. Die Schafe, die ihrem Hirten folgen und bei dem ersten Anzeichen von Gefahr die Flucht ergreifen.
2. Die Wölfe, die im Rudel jagen, ihrem Alpha folgen und sich dem Stärksten in ihrer Gruppe unterwerfen.
3. Die Alphas, die gefährlichsten Raubtiere dieses Planeten. Sie jagen und töten aus purem Vergnügen, verlangen absoluten Respekt und zeigen keine Gnade.

Mein Bruder hat zu Kategorie Nummer zwei gehört. Banks hingegen ist der Alpha aller Alphas, für ihn wurde Kategorie 3. überhaupt erst erfunden.

Jeder, der sich mit ihm anlegt, ist so gut wie tot. Sich ihm in den Weg zu stellen, ist, als würde man damit beginnen, mit bloßen Händen sein eigenes Grab auszuheben.

Ich muss also völlig verrückt sein, dass ich dennoch hier sitze und darüber nachdenke, wie ich ihn möglichst qualvoll umbringen kann.

Banks scheint zu spüren, dass ich ihn beobachte, noch bevor er an der Bar ankommt, bleibt er stehen, dreht sich in meine Richtung und sieht mich direkt an.

Ach du heilige Scheiße!

Mein Herz gerät aus dem Takt, erleidet Rhythmusstörungen und bleibt für einen kurzen Moment stehen, ehe es zu meinem Glück seine Arbeit wieder aufnimmt und so kraftvoll gegen meine Rippen schlägt, dass es schmerzt. Mir wird schwindelig, meine Finger krallen sich an der Bierflasche fest, es ist ein Wunder, dass sie nicht in tausend Teile zerbricht. Verzweifelt versuche ich, meine Mimik ausdruckslos zu halten, doch es gelingt mir nicht. *Verdammt!*

Während mein Kreislauf völlig durchdreht, steht Banks seelenruhig da, mustert mich interessiert und lässt die Hände in die Hosentaschen gleiten. *Tödlich – gefährlich – sexy ...*

Es ist fast schon schade, dass ich ihn umbringen werde, Kerle wie er gehören zu einer aussterbenden Spezies. Es gibt nicht viele Männer, die es schaffen, die Welt so zu beherrschen wie er.

Wie es sich wohl anfühlen muss, von seinen großen Händen gehalten, an seinen starken Körper gedrückt und von seinen Muskeln umgeben zu sein? Gut wahrscheinlich, viel zu gut ...

Gerade als ich befürchte, dass Banks auf mich zugeht, beginnen seine Mundwinkel zu zucken und er wendet sich wieder von mir ab.

Puuhhhh, das war knapp!

Mit durchdrehendem Puls sehe ich ihm dabei zu, wie er Rabble an die Bar folgt und seine Brüder mit Schulterklopfern und derben Sprüchen begrüßt. Evelyn begrüßt er mit einem knappen Nicken und einem charmant klingenden „Hey Süße!“ was ihm wiederum einen finsteren Blick seines Sergeants einbringt. Wenn ich eines über diese Biker in Erfahrung gebracht habe, dann dass es lange dauert, bis sie sich für eine Frau entscheiden, wenn sie es dann aber getan haben, ist ihre Wahl endgültig und sie verstehen absolut keinen Spaß, wenn es um ihre Old Ladys geht. Ryker ist, was Evelyn betrifft, mehr als nur ein bisschen besitzergreifend. Er hasst es, wenn sein Mädchen von einem anderen Mann berührt oder auch nur zu lange angesehen wird – bei seinen Brüdern macht seine Eifersucht keine Ausnahme.

Schon verrückt!

Diese Rocker wirken hart und herzlos, aber wenn es um ihre Frauen geht, werden sie weich und angreifbar.

Vielleicht sollte ich doch bei meinem ursprünglichen Plan bleiben und Evelyn als Köder benutzen. Wenn ich sie entführen würde, würden alle Devils des Landes loseilen, um sie zu retten. Mit ihr als Lockmittel wäre es ein Leichtes, Banks und seine Brüder an den Ort meiner Wahl zu locken. Nachdenklich beobachte ich Rykers Lady dabei, wie sie lachend durch das *Billy's* eilt, die Bestellungen abarbeitet und sich mit den Gästen unterhält.

King hätte nicht gezögert und jederzeit eine Unschuldige für seine Machtspielchen verwendet, aber ich bin nicht er. In diesem Punkt unterscheiden wir uns maßgeblich.

Er hat immer gesagt, dass ich ein zu weiches Herz hätte, um in dieser harten Welt bestehen zu können. Vielleicht hat er damit recht gehabt – vielleicht. *Zum Teufel!*

Wie soll ich mich selbst ertragen können, wenn ich weiß, dass ich, nur um Rache zu üben, zu einem Monster geworden bin?

Fluchend leere ich mein Bier, riskiere noch einen Blick Richtung Rockerpräsident und beschließe, dass es nicht schaden kann, für ein paar Minuten an die frische Luft zu gehen.

Auch wenn es mir schwerfällt, es mir selbst gegenüber einzugestehen, aber der Hass, den ich auf Banks und seine Brüder empfunden habe, wird mit jedem Tag mehr von einer krankhaften Faszination abgelöst. Die Gang, die mein Bruder vor vielen Jahren gegründet hat, ist nichts weiter als eine Ansammlung von Kriminellen, die zwar immer von Loyalität und Vertrauen sprechen, aber eigentlich nicht wissen, was diese zwei Wörter wirklich bedeuten.

Bei den *King's* ist sich jeder selbst am nächsten. Zum Teufel, die meisten der Männer würden ihrem besten Freund für ein Kilo Koks das Genick brechen. Fressen oder gefressen werden – sterben oder töten – ganz einfach – ganz unkompliziert.

Bei den Red Devils verhält sich das anders. Jeder der Biker würde für seine Brüder, ohne zu zögern, sein Leben geben. Diese Kuttenträger passen auf sich auf und führen ein Leben, von dem die meisten Menschen nur träumen können. Von ihnen ist niemand allein und die Old Ladys des Clubs werden nicht ausgenutzt oder geschlagen, sie bilden den Mittelpunkt des MCs und werden wie Königinnen behandelt.

Wenn ich jetzt so verrückt wäre, meine Waffe ziehen und auf Evelyn zielen würde, würde keiner der Rocker auch nur eine Sekunde lang zögern, sie alle würden sich instinktiv zwischen mich und Rykers Mädchen stellen und sich, ohne mit der Wimper zu zucken, mit Blei vollpumpen lassen.

So eine grenzenlose Loyalität habe ich noch nie zuvor erlebt.

Die Liebe, die der Sergeant at Arms für seine Frau empfindet, ist grenzenlos und er zögert nicht, sie der Welt zu zeigen. Der knallharte Outlaw wird, wenn es um seine Lady geht, verdammt weich.

Wie es sich wohl anfühlen muss, so unglaublich stark geliebt zu werden? Eine bittere Sehnsucht breitet sich in mir aus und lässt mein Herz schwer werden.

Vielleicht habe ich ja auch irgendwann mal das Glück, einen Mann zu finden, für den ich einfach alles bedeute. Aber damit kann sich das Schicksal ruhig noch etwas Zeit lassen, ich habe, was meine eigene Zukunft angeht, den Pausenknopf gedrückt. Erst wenn es mir gelungen ist, meinen Bruder zu rächen, kann ich mich wieder auf mein Leben konzentrieren. Ein paar Dollar auf den Tisch legend, stehe ich auf, zünde mir eine Kippe an und mache mich auf den Weg nach draußen.

Ich wäre nie auf die Idee gekommen, dass es so verdammt anstrengend sein kann, Menschen zu beobachten, die glücklicher sind als man selbst.

Draußen angekommen überquere ich die Straße, setze mich auf den Asphalt und lehne mich mit dem Rücken an die blecherne Wand der Lagerhalle, die sich direkt gegenüber von der Kneipe befindet.

Laut meinen Informationen soll der MC angeblich in ihr seine Waffen und Munitionsvorräte lagern. Vielleicht sollte ich den ganzen Scheiß einfach in die Luft jagen, das würde den Club sicherlich hart treffen. Dumm nur, dass ich mich mit Sprengstoff so überhaupt nicht auskenne ...

Die Zigarette fertig rauchend, beobachte ich die vorbeifahrenden Autos, die flackernde Straßenlaterne und die Gruppe Jugendlicher, die einige Meter von mir entfernt steht, und sich lautstark über das letzte Baseballspiel unterhält.

Was zur Hölle tue ich hier eigentlich?

Nicht zum ersten Mal frage ich mich, warum ich nicht einfach aufstehe, meine Sachen packe und Chicago den Rücken zuwende? Diese korrupte Stadt hat mir bis jetzt nur Kummer bereitet ...

Ein letztes Mal an der Gauloises ziehend, schnippe ich den glühenden Stummel durch die Luft und strecke die Beine aus.

Wenn ich nicht bald eine erfolgversprechende Strategie entwickle oder irgendetwas anderes passiert, dann wird es mir nie gelingen, die Devils bluten zu lassen.

Das alles zieht sich jetzt schon seit fast einem Jahr in die Länge.

Scheiße! Scheiße! Scheiße!

Wie heißt dieses blöde Sprichwort noch mal?

Rache schmeckt am besten, wenn sie heiß serviert wird. In meinem Fall ist sie jedoch längst eiskalt. Am 8. August jährt sich der Todestag meines Bruders zum ersten Mal und ich habe noch nicht mal eine Idee, wie ich in Banks Nähe kommen soll. Hier draußen zu sitzen und Trübsal zu blasen, wird mir allerdings garantiert nicht weiterhelfen.

Es ist echt zum Heulen ...

Das Töten von Menschen ist definitiv nicht meine Stärke! Entschlossen stehe ich wieder auf, klopfe mir den Staub von der Hose und atme tief durch. Ich habe die Schnauze voll davon, nur rumzusitzen, abzuwarten und zu beobachten. Vielleicht sollte ich es doch auf Kings Art machen, meine Waffe ziehen und wie verrückt um mich ballern.

Jetzt oder nie ... Noch bevor ich auch nur einen Schritt in die Richtung der Kneipe machen kann, werde ich plötzlich von hinten gepackt und kraftvoll auf den Boden gestoßen. Erschrocken schreie ich auf, falle und knalle mit den Knien auf die Straße.

„Hübsch ist sie ja und schau dir mal den Arsch an! Geil! Ich darf als Erster ran! Ihr Wichser könnt euch um die Reste streiten, die ich euch übrig lasse!“

Entsetzt lausche ich den fremden Stimmen und drehe mich mit schmerzverzerrtem Gesicht zu den Typen um. Mein Versuch aufzustehen wird mit einem Tritt unterbunden. Der Schuh trifft mich direkt in die Rippen, ein fieser Stich zuckt durch meinen Brustkorb.

„Bleib unten Bitch, oder du wirst es bereuen!“

Bitch? Dem Arschloch zeige ich, wer hier die Bitch ist!

Panisch sehe ich mich nach der Handtasche um, zu meinem Pech liegt sie außerhalb meiner Reichweite auf dem Boden. Blitzschnell rolle ich mich in ihre Richtung und bekomme den weichen Stoff sogar tatsächlich zu fassen, doch bevor es mir gelingt, die Waffe aus dem Seitenfach zu ziehen, packt mich jemand am Knöchel und zieht mich zurück Richtung Lagerhalle.

Verzweifelt versuche ich mich loszureißen, es gelingt mir nicht.

Wenn ich es nicht schaffe, an meine Tasche zu kommen, bin ich erledigt. Dann bin ich ein weiteres namenloses Opfer, das irgendwann in den nächsten Wochen halb verwest in einem Müllcontainer gefunden wird ... Kleine Steine bohren sich in meine Haut, mein Kopf schlägt gegen den Rand des Gehwegs, vor meinen Augen tanzen grelle Blitze. Die Kerle stacheln sich gegenseitig an, prahlen damit, was sie mit mir vorhaben und schließen Wetten ab, wie laut ich wohl schreien werde, während sie mich vergewaltigen.

„Lasst mich sofort los! Wisst ihr eigentlich, wer ich bin? Ihr werdet es noch bitter bereuen, mich angefasst zu haben!“

Die drei tauschen amüsierte Blicke.

Der Größte der Gruppe sieht mich herausfordernd an.

„Na komm schon, Schätzchen ... Spuck es aus. Was glaubst du, wer du bist? Denkst du wirklich, dass es auch nur eine Bitch auf der Welt gibt, deren Name mich beeindrucken würde?“

So langsam kommen mir Zweifel. Wenn mein Bruder noch am Leben wäre, hätte es mir vielleicht etwas gebracht, seine Schwester zu sein. So aber? Mir bleibt nichts anderes übrig, als zu hoffen, dass diese Wichser nicht wissen, dass er tot ist.

„Ich bin Mia, Kings Schwester. Und wenn er erfährt, dass ihr mich angegriffen habt, wird er sich so lange mit seinem Messer an euch austoben, bis euch eure Mamas nicht mehr wiedererkennen werden.“

Überraschung blitzt in ihren Augen auf, es ist offensichtlich, dass sie von meinem Bruder gehört haben.

„Willst du uns verarschen? Wenn King wirklich dein Bruder war, was ich stark bezweifle, denn dann wüsstest du, dass er längst tot ist, würde mich eure Verwandtschaft nicht im Geringsten beeindrucken. Ganz im Gegenteil! Du bist hier in Austin, Mädchen, im Lieblingsviertel der Devils und wenn meine Informationen richtig sind, dann hassen die Biker deinen Bruder, seine Gang und seine gesamte Familie. Wahrscheinlich würde mir Banks eine dicke Rolle Dollars schenken, wenn ich dich in ihrem Clubhaus abliefere.“

Oh verdammt ...

Vielleicht hätte ich doch lieber meine Klappe halten sollen.

Nicht sicher, was ich jetzt tun soll, sehe ich dabei zu, wie der Dickste von den dreien bereits seinen Gürtel öffnet. Ohne lang darüber nachzudenken, beginne ich, so laut ich kann um Hilfe zu schreien. Meine Stimme hallt von den Wänden, bahnt sich ihren Weg durch die Straßenschluchten und verhallt ungehört.

Ich bekomme einen Stein zu fassen, hole aus und werfe ihn dem Arschloch, das damit gedroht hat, mich an die Devils auszuliefern, an die Stirn. Einen Fluch ausstoßend, reibt er sich über die nun blutende Stelle, beugt sich zu mir nach unten und verpasst mir einen harten Schlag mitten ins Gesicht.

Mein Kopf wird durch die Wucht nach rechts geschleudert, meine Lippe platzt auf. Ein Auto fährt an uns vorbei, für eine Sekunde hoffe ich, dass der Fahrer aussteigt und mir zur Hilfe eilt, aber er tut es nicht – natürlich nicht. Austin ist ein gefährliches Viertel, jeder, der es schafft, hier zu überleben, hat gelernt, wegzusehen und sich nur um seinen eigenen Kram zu kümmern.

Wieder schreie ich, wieder hört mich keiner. Ich sehe zu den hell erleuchteten Fenstern des *Billy's* und bereue zutiefst, dass ich nicht in der Kneipe geblieben bin.

Der größte der Kerle, der, den ich für den Anführer halte, beugt sich zu mir herab, öffnet meine Hose und beginnt, sie nach unten zu ziehen.

Oh mein Gott, das passiert wirklich ...

Das Entsetzen, das durch meine Adern pulsiert, lähmt mich beinahe, dennoch gelingt es mir weiterzukämpfen, wie wild um mich zu treten und aus voller Kehle zu schreien. Es nützt alles nichts, meine Jeans und meine Schuhe sind innerhalb weniger Atemzüge verschwunden.

„Bitte ... bitte nicht! Lasst mich gehen! Bitte!"

Meinen Stolz über Bord werfend, versuche ich es mit Flehen, es ist genauso nutzlos wie all meine zuvor ausgestoßenen Drohungen.

„Yeah! Ich mag es, wenn sie weinen und schreien. Das macht mich erst so richtig geil!"

„Halt sie fest, Pix. Die Zicke ist wehrhaft."

Pix? Soll das ein Name sein?

Der Typ macht sich daran, meine Hände einzufangen, und presst sie mühelos auf den harten Boden. Immer wilder um mich tretend, versuche ich, den Größten der dreien mit den Füßen abzuwehren, was nicht wirklich funktioniert.

So laut wie möglich schreiend, beobachte ich entsetzt, wie der Wichser seine Jeans öffnet und seinen Schwanz herausholt. Dick und lang reckt er sich mir entgegen. Mein Magen dreht sich um, ich muss würgen, was die Männer zum Lachen bringt.

„Hey, yeah shit! Die Kleine scheint nicht wirklich beeindruckt von dir zu sein, Mikel."

Mikels Mundwinkel ziehen sich nach unten, er wirkt amüsiert und irgendwie gelangweilt, für ihn scheint es nichts Besonderes zu sein, eine Frau gegen ihren Willen auf offener Straße zum Sex zu zwingen.

„Ich scheiße auf beeindruckt, Hauptsache ihr Loch ist eng und fotzig."

Die drei beginnen zu lachen, für sie ist das alles nur ein großer Spaß.

Mühelos packt er mich an den Beinen, kniet sich vor mir auf den Boden und beißt sich grinsend auf die Unterlippe.

„Auf geht's Bitch. Bist du bereit für einen wilden Ritt?"
Niemals!
„Fick dich, du Arschloch. Wenn du mich anrührst, töte ich dich!"
Wieder beginnen die drei zu lachen, so als ob ich einen Witz gemacht hätte.
Seine Finger graben sich immer fester in meine Haut, ein heftiger Schmerz zuckt durch meine Beine.
„Sehr geil! Der Plan war eigentlich dich zu ficken. Erzähl doch mal, wie willst du mich *töten*? Ist deine Pussy giftig? Ja? Bist du eine Giftschlange?"
Seine Freunde stoßen eine Art Zischen aus, fassen sich zwischen die Beine und kneten sich die Eier.
„Man sieht sich immer zwei Mal im Leben, Mikel. Du solltest für den Rest deiner Tage immer wieder über deine Schulter schauen. Ich werde dich jagen, finden und dir, wenn du überhaupt nicht damit rechnest, das Genick brechen."
Im ersten Moment wirkt er überrascht, dann runzelt er die Stirn und stößt einen Fluch aus. Ein Grunzen ausstoßend, schüttelt er den Kopf und lacht mir direkt ins Gesicht.
„Scheiße, du bist ja echt geil drauf. Ehrlich! Ich habe schon viele Schlampen gefickt, aber du toppst sie alle. Vielleicht stimmt es ja tatsächlich und du bist doch Kings Schwester. Krass genug wärst du allemal."
Falls das ein Kompliment sein soll, war es das schlechteste, das ich jemals bekommen habe. Ein winziger Funken Hoffnung wallt in mir auf.
„Das heißt, du lässt mich laufen?"
Er gibt ein Schnalzen von sich.
„Never ... Dank deiner Warnung werde ich einfach dafür sorgen, dass es unmöglich ist, dass wir uns zweimal sehen. Pech gehabt, Miststück."
Was soll das heißen? Wird er mich töten? Oh Gott!
Warum konnte ich nicht meine Klappe halten? Was habe ich nur getan?
„Fick sie endlich, Alter. Ich will heute auch noch drankommen."
„Halt's Maul, Pix."
Während sich die beiden darum streiten, wer mich als Erstes vergewaltigen darf, versuche ich meine Hand loszureißen und doch noch irgendwie an die Waffe zu kommen. Es funktioniert nicht, aber dafür öffnet sich die Tür des *Billy's*.

Ich sehe, wie eine große Gestalt rauskommt und sich rauchend an die Hauswand lehnt. Das ist meine Chance, erneut schreie ich so laut ich kann.

„Hilfe! Bitte! Hilfe ..."

Mehr schaffe ich nicht, ehe sich eine Hand fest auf meinen Mund presst.

Doch die drei Worte reichen aus, um die Gestalt auf mich aufmerksam zu machen.

Im ersten Augenblick befürchte ich, dass die Person mir genauso wenig hilft wie der Autofahrer vorhin, als ich dann aber sehe, wie sie sich daran macht, die Straße zu überqueren und dabei eine Waffe hervorzieht, kann ich mein Glück kaum fassen.

Mit neuem Mut kämpfe ich gegen meine Peiniger an, schaffe es, eines meiner Beine zu befreien und verpasse diesem Mikel einen kraftvollen Tritt in die Weichteile.

Er stöhnt gequält und kippt zur Seite – Treffer!

Voller Hoffnung sehe ich zu der bewaffneten Gestalt, die auf uns zueilt und stelle entsetzt fest, dass es sich dabei um niemand geringeren als den Präsidenten des Red Devils Motorcycle Clubs handelt, den Mann, den ich mir geschworen habe zu töten.

„Lasst das Mädchen los! Sofort!"

Es schwingt so viel natürliche Autorität in seinem Befehl mit, dass die zwei Typen, die mich bisher noch festgehalten haben, sofort ihren Griff lösen und zurückweichen. So viel zu meiner These über die Alphas. Weinend richte ich mich auf und stütze mich am Boden ab. Dank des Adrenalins zittere ich so heftig, dass meine Zähne klappernd aufeinanderschlagen. Pix räuspert sich und versucht mutig zu sein.

„Was soll das, Devil? Was mischst du dich in unsere Angelegenheiten ein?"

Der Biker spuckt vor seinem Stiefel auf die Straße, entsichert seine Halbautomatik und legt den Finger auf den Abzug.

„Das hier ist *meine* Straße, *mein* Viertel, *meine* Stadt und *mein* Revier. Alles was hier passiert, ist *meine* Angelegenheit. In *meinem* Territorium gibt es keinen Platz für Vergewaltiger. Fuck off!

Ich hasse Männer, die sich an unschuldigen Frauen vergreifen!

So was macht mich echt wütend – wirklich echt wütend und es ist nicht ratsam, mich wütend zu machen! Also kniet euch auf den Boden und sprecht eure letzten Worte."

Ich höre, was er sagt, und bin fassungslos.

Was geschieht hier gerade? Verdammt!

Wie kann es sein, dass ausgerechnet Banks mein Retter ist, was denkt sich das Schicksal nur dabei, mir den Rocker zur Hilfe zu schicken, den ich lieber jetzt als später umbringen will?

Was für eine Ironie! Falls es einen Gott gibt, und das ist für mich ein großes *Falls*, dann sitzt er gerade irgendwo da oben auf einer Wolke und lacht sich über diese Scheiße hier schlapp. Pix wirft einen unsicheren Blick zu dem noch immer am Boden liegenden Mikel.

Als er kapiert, dass dieser wohl noch eine Weile damit beschäftigt sein wird, sich den Schwanz zu halten und zu heulen, wendet er sich Banks zu. „Komm schon Outlaw, so war das doch nicht gemeint. Ehrlich! Die Kleine ist nur irgendeine verrückte Schlampe, wegen der müssen wir uns doch nicht bekriegen."

Der Rockerpräsident lacht, zieht eine Schachtel Kippen hervor und zündet sich eine an. Er wirkt völlig gelassen, so als würde er nur hier rumstehen, weil er auf den Bus wartet und nicht, weil er gerade eine Vergewaltigung verhindert hat und im Begriff ist, drei Männer zu exekutieren.

Erst nachdem er den ersten Zug genüsslich inhaliert hat, würdigt er Pix eines Blickes.

Mit der Hand, in der sich die Zigarette befindet, deutet er auf den Typen, der mich gerade als verrückte Schlampe bezeichnet hat, und nickt lachend.

„Hahaha ... ha ... ha ... Du bist lustig, dich töte ich zuletzt."

Ach du heilige ...!

Dieser Biker hat einen echt schrägen Humor. Bevor die Situation eskaliert, ziehe ich schnell meine Hose wieder hoch, sammle meine Schuhe ein und stehe auf. Ich wanke, meine Knie fühlen sich an wie aus Pudding, aber es geht mir verhältnismäßig gut und ich lebe – das ist alles, was zählt. Pix, der sich immer noch nicht sicher zu sein scheint, ob Banks das als Scherz gemeint hat, unternimmt einen erneuten Versuch, den Rocker milde zu stimmen.

„Also was ist jetzt? Ich meine, wenn du sie für dich willst, dann schenken wir sie dir. Kein Thema – ehrlich!"

Schenken? Echt jetzt? Wie kann man einen Menschen bitte verschenken? Zur Hölle, ich bin doch keine Blumenvase!

Gespannt wie Banks auf diesen Vorschlag reagieren wird, sehe ich zu ihm und stelle fest, dass er mich beobachtet.

„Was sagst du dazu, Mädchen? Schließlich geht es hier um dich."

Ähm ... Verdammt! Was soll man dazu noch sagen?

„Ich finde ihn nicht einmal annähernd lustig und würde es bevorzugen, ihn als Erstes sterben zu sehen."

Überrascht zieht Banks die Augenbrauen nach oben, nickt mir kurz zu, hebt die Hand und drückt, ohne sich lang mit dem Zielen aufzuhalten, ab.

Der Knall des Schusses ist ohrenbetäubend. Perplex sehe ich dabei zu, wie sich die Kugel mitten in das Herz des Arschlochs bohrt. Volltreffer! Respekt! Pix schafft es gerade noch ein gequältes Keuchen auszustoßen, dann fällt er tot um.

Der Dicke, der vorhin meine Hände festgehalten hat und Mikel, tauschen einen kurzen Blick. Sie scheinen endlich kapiert zu haben, dass sie vom Jäger zum Gejagten geworden sind.

Tja! So schnell kann's gehen!

An seiner Zigarette ziehend, sieht Banks wieder zu mir.

„Noch irgendwelche Wünsche die Reihenfolge betreffend?"

Ich nicke.

„Als Nächstes ist er dran," Ich deute auf Mikel. „Aber lass dir Zeit und schieß ein paar Mal daneben, ich will, dass er leidet!"

Banks grunzt amüsiert, grinst und legt los. Drei Schüsse, zwei Kniescheiben und einen Kopfschuss später, liegt die zweite Leiche vor mir.

Äußerst effizient. Das noch verbleibende Arschloch macht sich vor Angst beinahe in die Hose. Der Dicke schluchzt so heftig, dass die Speckrollen seines Bauches zu wackeln beginnen, was ein echt ekelhafter Anblick ist.

Mein Brustkorb schmerzt noch immer höllisch, ich kann nur hoffen, dass keine meiner Rippen gebrochen ist. Erneut öffnet sich die Türe des *Billy's*, von den Schüssen alarmiert stürmen Rabble, Ryker, Blake und Chazz auf uns zu.

Völlig ruhig, klemmt Banks sich seine Kippe in den Mundwinkel und wartet, bis seine Brüder bei uns ankommen.

„Hey Präs, alles klar bei dir?"

Die Stimme des Sergeants klingt besorgt. Erst als er sieht, dass Banks nichts fehlt, entspannt er sich etwas.

„Yeah, alles bestens. Ich bin nur ein bisschen am Aufräumen."

So habe ich das Ermorden von Menschen auch noch nie genannt.

Ryker lacht emotionslos.

„Für mich sieht das eher so aus, als würdest du eine Sauerei machen. Aber na ja, das ist wohl Ansichtssache."

Der Enforcer der Devils mustert mich kritisch und betrachtet anschließend die zwei Leichen und das um sein Leben flehende fette Arschloch.

„Was sind das für Typen?"

Banks lässt den Rauch seiner Zigarette durch die Nase entweichen und wendet sich Chazz zu.

„Keine Ahnung. Irgendwelche Wichser.“

Dem scheint die Antwort nicht auszureichen.

„Warum hast du sie abgeknallt?“

„Sie wollten das Mädchen vergewaltigen ... Außerdem waren sie respektlos. Du weißt, wie sehr ich es hasse, wenn mich irgendwelche Pisser blöd von der Seite anquatschen.“

Chazz und Blake beginnen zu lachen, der Vizepräsident verschränkt seine baumstammartigen Arme vor der Brust und deutet mit einem Kopfnicken auf den noch immer heulenden Dicken.

„Und was ist mit ihm? Lässt du ihn laufen, damit er überall herumerzählen kann, wie brutal wir Biker sind, oder was?“

Mein Retter raucht seine Zigarette fertig und schnippt den glühenden Filter vor sich auf den Boden.

„Ich warte nur darauf, dass mir das Mädchen sagt, wie viele Kugeln der Wichser verdient hat.“

Nun mischt sich auch Rabble in das Gespräch ein.

„Fuck? Echt jetzt? Spielt ihr eine Runde ‚*Wünsch dir was*‘, oder was ist hier los?“

Trotz der Schmerzen, die wie ein Buschbrand in mir wüten, kann ich nicht umhin, kichern zu müssen. Was für eine völlig verrückte Situation. Banks sieht mich fragend an, anscheinend kann er nicht verstehen, was ich so amüsant finde.

„Also meine Schöne, wie hättest du es gern? Schnell oder langsam?“

Noch während ich darüber nachdenke, beschließt der letzte noch lebende meiner Angreifer, dass er vielleicht doch versuchen sollte, zu flüchten. Keuchend rennt er über die Straße, biegt nach links ab und steuert das nächste Hauseck an.

„Zwei Kugeln, eine in den Rücken und eine in den Hinterkopf.“

Ganz ohne Eile hebt der Rockerpräsident den Arm, zielt und drückt das erste Mal ab. Rykers gemurmeltes

„Fuck! Das Mädchen ist ja mal voll heftig drauf.“

Wird von dem lauten *Bumm* des ersten Schusses übertönt. Zufrieden sehe ich dabei zu, wie der Flüchtende von der Wucht des Treffers von den Füßen gerissen und auf den Boden geschleudert wird. Einen Herzschlag später setzt Banks sich in Bewegung, geht zu dem vor Schmerzen schreienden Mann und setzt seiner erbärmlichen Existenz mit einem Kopfschuss ein Ende.

Die plötzlich eintretende Stille ist unheimlich.

Keiner sagt etwas, ich spüre die vielen Augenpaare, die auf mir ruhen und weiß, dass das meine Chance ist. Die ganze Zeit über habe ich auf eine Gelegenheit gewartet, um an die Devils ranzukommen – jetzt ist es endlich so weit. Männer lieben es, wenn sie sich als Helden präsentieren können, Biker sind da keine Ausnahme.

Wenn ich jetzt meine Rolle als armes, hilfloses Ding gut spiele, besteht durchaus die Möglichkeit, dass Banks mich mit zu sich nimmt. Dann bin ich endlich mit ihm allein, und wer weiß, vielleicht habe ich bis zum Morgengrauen meinen Bruder gerächt ...

Zu meinem Entsetzen muss ich mich nicht sonderlich anstrengen, um hilfsbedürftig zu wirken. Jetzt, wo alles vorbei und die Gefahr abgewendet ist, wird das Zittern in meinen Beinen immer stärker, meine Zähne schlagen klappernd aufeinander und am Rand meines Sichtfelds tanzen schwarze Punkte. *Scheiße!*

Ich wanke, mir wird schwindelig und ich wäre auf den Boden zu den zwei ausblutenden Leichen gesunken, wenn Rabble mich nicht im letzten Moment aufgefangen hätte.

„Hoppla Baby! Schön langsam ... Du bist wohl doch nicht ganz so tough, wie du gedacht hast."

Anscheinend nicht. Wenn King noch am Leben wäre, würde er mich auslachen. Er fand es immer witzig, dass ich zwar versuche, stark zu sein, es aber nie wirklich bin. Der Tod, die Gefahr und das alles ist einfach nichts für mich – war es noch nie.

Aber mein Bruder ist nicht mehr am Leben, er ist tot – ermordet von denselben Männern, die mich gerade gerettet haben.

Was für ein schreckliches Durcheinander!

Wegen mir sind gerade drei Menschen gestorben, und nicht nur das, ich war auch diejenige, die darüber entschieden hat, wie viele Kugeln sich in ihre Körper gebohrt haben ... Alle Coolness fällt von mir ab, ich muss würgen. Wenn Banks nicht aus dem *Billy's* gekommen und auf meine Schreie reagiert hätte, dann wäre ich mehrfach vergewaltigt und anschließend umgebracht worden. Der rostige, geradezu metallische Geruch des Blutes hängt in der Luft. Ich kneife die Augen zusammen, kämpfe darum stark zu sein. Banks taucht neben mir auf, packt mich am Arm und zieht mich zu sich.

Rabble lacht, hebt die Hände in einer entschuldigenden Geste in die Luft und zwinkert mir frech zu. Für die Biker scheint das alles nichts Besonderes gewesen zu sein. Sie wirken unbeschwert und locker ...

„Wie geht es dir, Mädchen?"

Ich beschließe ehrlich zu sein.

„Nicht so besonders."

Banks nickt, legt seinen Arm um meine Taille und zieht mich fest an sich. Meine Nase streicht über seine Kutte. Der Geruch von Leder, Mann, Waffenöl und Schießpulver lässt meinen Puls in die Höhe schnellen.

Ich reiche ihm gerade mal bis zur Schulter. Banks ist nicht einfach nur riesig, sondern auch beeindruckend gebaut. Die Hitze, die er ausstrahlt, in Kombination mit all seiner Kraft – meine Knie werden noch etwas weicher, als sie es eh schon sind. *Oh verdammt!*

Sein breiter Rücken und seine harten Muskeln schirmen mich von der Welt ab. Und obwohl ich es nicht darf und es absolut falsch ist, lehne ich mich an ihn und lasse zu, dass er mich stützt.

Ich rede mir ein, dass ich mich nur so verhalte, weil ich will, dass er denkt, dass ich ein schutzloses Mädchen bin, das dringend einen starken Beschützer braucht, aber das ist alles Quatsch – in Wirklichkeit muss ich mir eingestehen, dass ich mich zu dem Mörder meines Bruders hingezogen fühle. *Hölle und Verdammnis ...*

Ich bin so was von am Arsch!

Banks bewegt sich etwas, sein Bizeps spannt sich an und die Wölbungen seines Sixpacks zucken.

„Komm mit ins *Billy's*, Evelyn kann sich deine Verletzungen ansehen."

Rykers Vorschlag klingt verlockend. Ich zögere kurz, wenn ich zu schnell auf sein Angebot eingehe, könnten die Rocker misstrauisch werden. Banks wartet meine Zustimmung erst gar nicht ab, sondern hebt meine Handtasche auf und führt mich entschlossen über die Straße in Richtung Kneipe. Bevor Rabble die Türe öffnen kann, bleibe ich kurz stehen und sehe Banks fragend an.

„Und was ist mit den Toten? Was passiert jetzt mit denen? Ich meine, wir können sie ja wohl schlecht liegen lassen."

Blake lacht und verschwindet kopfschüttelnd im *Billy's*, Chazz folgt ihm und klopft mir im Vorbeigehen auf die Schulter, während Banks mich mit zuckenden Mundwinkeln ansieht.

„Warum nicht? Was sollten wir deiner Meinung nach sonst mit diesen Wichsern tun? Willst du in einem Bestattungsinstitut deiner Wahl anrufen? Drei Gräber im Wald ausheben oder gar die Bullen rufen?"

Erst jetzt, wo er mir die verschiedenen Möglichkeiten aufgezählt hat, wird mir klar, wie lächerlich meine Frage war. Trotzdem kann ich nur schwer glauben, dass wir uns jetzt in eine Kneipe setzen, ein Bier trinken und so tun, als ob die Welt in Ordnung wäre, während sie das absolut nicht ist. Ich meine, Scheiße!

Banks und seine Brüder sind meine Feinde.

Ich plane seit Monaten ihren Tod und jetzt stehe ich in ihrer Schuld – so war das nicht gedacht ...

„Wir lassen sie also wirklich einfach liegen?"

Banks nickt und schiebt mich vor sich her. Ryker scheint seine Lady schon über den Vorfall informiert zu haben, denn kaum dass ich das *Billy's* betreten habe, eilt sie auch schon mit besorgter Miene auf mich zu. Unter Blakes wachsamen Blicken führt Evelyn mich in einen der Personalräume im hinteren Bereich des Hauses und befiehlt mir, mich zu setzen, worüber ich echt dankbar bin, meine Beine fühlen sich immer noch so an, als würden sie jede Sekunde nachgeben.

Mit der ganzen Situation überfordert, betrachte ich die Schürfwunden an meinen Handballen und zupfe einen Kieselstein aus meiner Haut.

Autsch ...

Banks lehnt sich groß und stark an den Türrahmen, füllt diesen mit seinen breiten Schultern fast vollständig aus. Ohne mich aus den Augen zu lassen, zündet er sich eine Zigarette an und überkreuzt die Knöchel. Sein von Narben durchzogenes Gesicht und der unergründliche Ausdruck in seinen dunkelblauen Iriden lässt mich erschaudern. Mit seinen schweren Stiefeln, der von Aufnähern übersäten Kutte und dem Dolch an seinem Bein ist er der Inbegriff eines gnadenlosen Outlaw Bikers. Unsere Blicke begegnen sich, mein Herz gerät aus dem Takt und in meinem Bauch beginnt es wie verrückt zu kribbeln. *Oh nein, das darf nicht sein ...*

Während Evelyn mir Dutzende von Fragen stellt und über all die perversen Arschlöcher dieser Welt schimpft, taucht Chazz plötzlich in dem kleinen Raum auf und reicht mir ein Glas mit eisgekühltem Wodka.

„Hier Kleines, der wird deinen Nerven guttun."

Dankend nehme ich die klare Flüssigkeit entgegen und zucke gepeinigt zusammen, als ein weiterer fieser Stich durch meine Rippen zuckt. Auch mein Kopf fühlt sich immer noch so an, als würden darin ein paar Kampfjets Loopings fliegen.

Doppel Autsch ...

Es fühlt sich gut und zugleich merkwürdig an, so umsorgt zu werden.

Vor allem, weil mir ausgerechnet die Menschen, denen ich eigentlich schaden will, so selbstlos zur Hilfe eilen. Entschlossen ertränke ich meine aufsteigenden Gewissensbisse in dem Wodka und zwinge mich dazu, an meinen Bruder zu denken.

King war meine Familie, wir waren vom selben Blut und diese Biker haben ihn ermordet!

Dass sie mir helfen, bedeutet gar nichts und es ändert auch nichts an meinem Vorhaben, so viele Red Devils wie nur möglich zu töten. Dumm nur, dass ich tief in meinem Inneren spüre, dass sich sehr wohl etwas geändert hat ...

Der Hass, den ich nach dem Mord an meinem Bruder für die Rocker empfunden habe, ist mit der Zeit immer weniger geworden. Je länger es gedauert hat, meine Rache endlich auszuüben, und je länger ich sie beobachtet habe, je weniger wollte ich den Tod von Banks und seinen Männern. Und jetzt, wo ich quasi unter dem Schutz des Präsidenten stehe und von seinem Club versorgt werde, fällt es mir schwer, überhaupt noch so etwas wie Abscheu zu empfinden.

Doch mein Ehrgefühl lässt diese Wandlung nicht zu. Als Kings Schwester ist es meine Pflicht, ihn zu rächen, so will es das Gesetz der Straße, es gibt keinen anderen Ausweg.

Tränen der Verzweiflung steigen mir in die Augen, laufen über und tropfen schlussendlich in den Wodka. *Verflucht!*

„Was um alles in der Welt soll ich jetzt nur tun?"

Ich bemerke erst, dass ich die Frage laut ausgesprochen habe, als Banks Evelyn mit einer Handbewegung fortschickt, sich von der Wand abstößt und auf mich zukommt.

„Ich verlange von dir, dass du so tust, als ob nichts gewesen wäre. Vergiss den Vorfall, diese Typen sind Geschichte!"

Er verlangt? Interessant!

Das mit dem vergessen klingt hingegen gar nicht schlecht. Das Problem ist nur, das mir das wohl nicht so leichtfallen wird, wie er sich das vorstellt.

Wenn ich die Augen schließe, kann ich noch immer die Tritte spüren und die Stimmen hören ...

„Wenn du nicht aus der Kneipe gekommen wärst, oder einfach nur zehn Minuten später, dann hätten mich die drei vergewaltigt und ermordet, und dann wäre es jetzt meine Leiche, die da draußen auf der Straße liegt und darauf wartet, gefunden zu werden."

Einen Fluch ausstoßend, geht er vor mir in die Hocke, packt mich am Kinn und sieht mich so eindringlich an, dass es sich so anfühlt, als könnte er mir bis in die Seele schauen. Aus Angst, dass er meine innere Zerrissenheit entdecken könnte, zwinge ich mich dazu, den Blick abzuwenden.

„Sieh mich an, Mädchen."

Ich weigere mich, was ihn wütend werden lässt.

„Sofort!"

Seine Stimme verwandelt sich in ein Knurren, die Härchen in meinem Nacken stellen sich auf, instinktiv komme ich seinem Befehl nach und ertrinke in den Tiefen seiner faszinierenden Augen.

„Hör auf über *Wenns* und Abers nachzudenken. Das bringt nichts und es macht dich nur verrückt. Du lebst im Hier und Jetzt. Vergangen ist vergangen. Sie sind tot und du bist es nicht, der Rest ist unwichtig!"

Ohne es zu wollen, wende ich seine Worte für die Sache mit meinem Bruder an.

Banks hat recht, zumindest mit dem *vergangen ist vergangen* und dem *im Hier und Jetzt* Teil. King ist tot und ich lebe, und im Hier und Jetzt sitze ich seinem Mörder gegenüber und frage mich, wie es sich wohl anfühlen würde, von ihm geküsst zu werden.

Ich zögere kurz, dann hebe ich die Hand und spure so sanft wie möglich mit meiner Fingerspitze die Narbe an seinem Hals nach, folge ihr nach oben, am Mundwinkel vorbei bis hoch zu Banks Schläfe.

Das abgestorbene Gewebe ist wulstig und irgendwie glatt.

Banks erstarrt, seine Nasenflügel blähen sich und seine Iriden werden schwarz.

Seine Atmung stockt, aus seiner Kehle löst sich eine Art Knurren. Erschrocken ziehe ich die Hand zurück und räuspere mich leise.

„Tut mir leid, ich hätte das nicht tun dürfen."

Er deutet ein Nicken an und steht ruckartig wieder auf.

Für die Dauer eines Herzschlags sehen wir uns an, dann wendet er sich ab, verschwindet aus dem Zimmer und lässt mich allein.

Oh mein Gott! Was war das gerade und was noch viel wichtiger ist, was hatte es zu bedeuten?

2. Kapitel

Banks

Bloody, holy, fucking Hell!

Was passiert hier gerade?

Die Finger des Mädchens waren weich, zärtlich und sie verbrannten mich regelrecht. Keine Ahnung wann mich das letzte Mal jemand so sanft berührt hat – es muss eine halbe Ewigkeit her sein.

Seit King sich mit seinem Messer an mir ausgetobt hat, meide ich es, angefasst zu werden. Was nicht sonderlich schwer ist, die Bitches, mit denen ich meine Zeit verbringe, legen keinen sonderlichen Wert aufs Kuscheln. Sie lassen sich ficken, akzeptieren meine Regeln und lieben die Dollars, die ich ihnen zuschiebe.

Mein Leben ist unkompliziert, einfach und emotionslos.

Seit der Nacht, in der mir dieser Bastard ein neues Gesicht verpasst hat, hat sich einiges verändert. Bis auf die paar Besuche im *Billy's* habe ich mich extrem zurückgezogen. Ich ertrage den Lärm nicht mehr, meide die wilden Clubpartys und widme mich der Arbeit.

Früher wäre es ein Graus für mich gewesen, die Nächte alleine in meiner Wohnung zu verbringen, heute hingegen liebe ich die Stille und die Einsamkeit.

Das eine oder andere Mal habe ich mit dem Gedanken gespielt, mir eine Old Lady zu suchen, ihn jedoch gleich wieder verworfen.

Bis jetzt ist mir noch keine Frau begegnet, bei der ich das Gefühl hatte, sie für den Rest meines Lebens ertragen zu können.

Fluchend nippe ich an meinem Bier, starre auf die verspiegelte Rückwand der Bar und versuche verzweifelt, mir in Erinnerung zu rufen wie sich die kleinen Finger des Mädchens auf meinem Gesicht angefühlt haben.

„Schlechte Laune, Präs?"

Blake sieht mich prüfend an, er ist der Einzige, der wirklich kapiert hat, was die Scheiße mit King bei mir ausgelöst hat.

„Nicht schlechter als sonst!"

Er lacht, bestellt sich bei Evelyn noch einen Whisky und klopft mit seinem Feuerzeug auf die abgeschrammte Holzplatte des Tresens.

„Na dann ist ja alles beim Alten ... Sag mal, was ist da draußen eigentlich genau passiert?"

„Nichts."

Ungläubig runzelt er die Stirn.

„Seit wann sind drei Tote und ein verstörtes Mädchen, das dir vorgibt, mit wie vielen Kugeln du jemanden abknallen sollst, denn nichts?“

Eine berechtigte Frage, auf die ich keine logische Antwort habe.

„Sie war in Not und ich habe ihr geholfen. So einfach ist das!“

Er grunzt und reibt sich über den kahlen Schädel.

„So einfach, ja?“

Ich grunze zurück und trinke das Bier leer.

So schwarz meine Seele auch schon immer gewesen sein mag, bei Frauen habe selbst ich eine Grenze gezogen. *Fuck!*

In dem Moment, in dem ich kapiert habe, was sich da auf der anderen Straßenseite abgespielt hat, war für mich klar, dass die drei Wichser sterben werden. Niemand vergewaltigt vor meinen Augen eine Frau und kommt mit dem Leben davon ... Bis vor einem Jahr, bis zu dem Augenblick, in dem King angefangen hat, seinen Dolch an mir zu wetzen, wusste ich nicht, wie es sich anfühlt, in der Opferrolle zu sein. Bis dahin war ich immer nur der Täter, der Killer und der Folterer. Doch jetzt weiß ich, wie es ist, zu bluten, und daher werde ich niemals zulassen, dass einer Frau Gewalt angetan wird.

„Aye, so einfach. Also spar dir deine blöden Kommentare, für die habe ich heute echt keinen Nerv mehr.“

Evelyn stellt ihm den Whisky vor die Nase, er bedankt sich bei ihr und leert das neue Glas mit einem großen Schluck.

„Und dass die Kleine verteufelt schön ist, hat mit deinem selbstlosen Eingreifen natürlich nichts zu tun, oder?“

Genervt reibe ich mir über die Stirn und zünde mir eine Kippe an.

„Nein! Ob du es glaubst oder nicht, das hat es nicht. Außerdem solltest du mal schön dein Maul halten, wer hat denn in Woodbury einen auf Cowboy gemacht und sich ’ne Lady geangelt?“

Kaum dass wir über Scarlett reden, verschwindet die Kälte aus seinen Augen. Immer wieder erstaunlich ...

Wenn es um seine Frau geht, verwandelt sich mein ansonsten so blutrünstiger Vize in einen Softie.

„Glaub mir, dass ich meinen Schwanz an die Leine legen lasse, war nicht geplant. Trotzdem ist meine Süße das Beste, was mir je passiert ist.“

Da das Gespräch irgendwie schnulzig zu werden scheint, beschließe ich das Thema zu wechseln.

„Hast du deinen Job heute erledigt?“

„Jepp, es ist alles geregelt. Die ersten vier Kisten habe ich heute ausgeliefert, die restlichen Kalaschnikows bringe ich morgen zu den Käufern."

Genau das wollte ich hören.

„Wie viele stehen dann noch in unserem Lager?"

Blake reibt sich nachdenklich über den Kiefer.

„Zehn Kisten, plus – minus, aber die sind alle schon verkauft. Wird Zeit, dass die neue Lieferung eintrifft."

Die Geschäfte laufen gut. Neben den Bordellen, den Casinos und den Schutzgeld-Aufträgen verdient der Club am meisten mit dem Waffengeschäft. Gerade russische Sturmgewehre wie Kalaschnikows und deutsche Handfeuerwaffen sind unsere Verkaufsschlager.

Heckler & Koch ist ein deutsches Rüstungsunternehmen und gehört zu den fünf größten Gewehr- und Pistolenherstellern weltweit.

H&K beliefert die Armeen der meisten NATO-Staaten. Gut für uns ist, dass das Unternehmen Niederlassungen in Virginia, Georgia und New Hampshire hat. Es spielt uns in die Hände, dass diese Waffen zum Teil in den USA hergestellt werden, je weniger Landesgrenzen wir überqueren müssen, umso höher ist unser Gewinn.

Nur was die AK's betrifft, haben wir seit ein paar Wochen Lieferschwierigkeiten, doch den Engpass haben wir mit einer satten Preiserhöhung ausgeglichen. Unsere Kunden sind bereit, tief in die Taschen zu greifen – es bleibt ihnen auch nichts anderes übrig.

Die Zeiten sind hart, jeder noch so kleine Gangster versucht, bei den ganz Großen mitzumischen. King ist nur ein Beispiel von vielen.

„Nächste Woche Freitag füllt sich unser Lager wieder auf, bis dahin will ich, dass es leer ist, schaffst du das oder brauchst du Hilfe?"

Ryker setzte sich zu uns, tippt auf seinem Handy herum und stößt, als ein bläuliches Licht durch die Fenster des *Billy's* hereinscheint, einen lauten Fluch aus.

„Die Bullen sind da."

Ach, was er nicht sagt.

„Geh zum Safe und hol ein Kuvert raus."

Blake wirkt nicht sonderlich begeistert, tut jedoch, was ich ihm gesagt habe.

„Diese blöden Bullen lassen sich auch für jeden noch so kleinen Scheiß extra bezahlen."

Geld regiert die Welt ...

Rabble schubst eine kleine, kurvige Blondine von seinem Schoß, steht auf und zieht seine Knarre. „Diese gierigen kleine Wichser!"

Er klingt so wütend, dass ich zum Lachen anfange.

„Reg dich nicht auf und sei froh, dass die Uniformclowns unsere Drecksarbeit erledigen."

Motzend öffnet er die Türe und sieht dabei zu, wie sich jede Menge Cops um die drei Leichen scharen.

„Das werden von Mal zu Mal immer mehr – wie Ameisen. Mehr oder weniger nützliche Schädlinge, die sich um die Reste der Raubtiere kümmern."

Ein passender Vergleich.

„Kann es sein, dass du zu viele Tierdokus schaust?"

Meinen Kommentar überhörend, schimpft er einfach weiter.

„Jetzt komm schön, Präs. Stell dich nicht dumm ... Seit wir das Viertel übernommen haben, streiten sich die Bullen regelrecht darum, wer bei einem Funkspruch als Erster nach Austin fahren darf. Bevor wir uns hier breitgemacht haben, hast du monatelang keinen einzigen Cop in diesem Viertel gesehen, aber seit wir hier sind, können sie es kaum erwarten, endlich zu einem Einsatz nach Austin zu eilen. Es hat sich rumgesprochen, dass der Club gut bezahlt – jedes dieser gierigen Schweine will ein Stückchen vom Red-Devil-Polizisten-Gehalts-Aufbesserungs-Fond abbekommen. Das geht mir auf den Sack! Vielleicht sollten wir die Reihen mal etwas ausdünnen. Mit dem Geld könnten wir uns Dutzende Schlampen und schicke Bikes kaufen."

Blake kommt anstatt mit einem mit drei Kuverts wieder, er hat gehört, was Rabble gesagt hat und schüttelt genervt den Kopf.

„Ich habe ein gutes Bike und eine sexy Lady, ich brauche keine Schlampen. Was ich aber brauche, ist meine Ruhe. Seitdem wir die Cops in der Tasche haben, schlafe ich viel ruhiger. Solange das Gesetz bestechlich ist, sollten wir großzügig und nicht geizig sein. Fuck, Bro. Wir haben so viel Geld – genug für unser ganzes Leben. Wir können auf ein paar Tausender locker verzichten. Stell dir einfach vor, dass du dich jedes Mal aus dem Knast rauskaufst. Wie bei Monopoly. Jeder gefüllte Briefumschlag ist eine Gefängnisfreikarte."

Was für ein Vergleich ...

Rabble bemerkt ebenfalls, dass Blake drei Kuverts voller Geld aus dem Tresor, der in Evelyns Büro steht, geholt hat.

„Echt jetzt, VP? Hast heute wohl deine Spendierhosen an."

Blake lässt sich nicht aus der Ruhe bringen, sondern zuckt lässig mit den Schultern.

„Drei Leichen – drei Umschläge, für mich eine ganz einfache Gleichung."

Wütend gegen die Wand tretend, stemmt Rabble die Hände in die Hüften.

„Wollt ihr mich verarschen? Wer ist eigentlich der verdammte Kassenwart? Hä? Wofür habe ich diesen Posten übernommen, wenn dann jeder mit dem Clubgeld macht, was er für richtig hält?“

Blake lässt sich nicht beirren, geht an unserem schlecht gelaunten Bruder vorbei, raus auf die Straße. Zwischenzeitlich sind es immer mehr Cops geworden, vielleicht hat Rabble mit seiner Ameisentheorie doch recht.

„Fuck! Was soll das, Vize? Seit du dir eine Lady ins Bett gelegt hast, tickst du nicht mehr ganz richtig. Vielleicht sollte ich auch mal an Scarletts Pussy lecken, vielleicht habe ich ja dann auch so bescheuert gute Laune wie du.“

Kaum dass die Worte ausgesprochen wurden, geht ein Ruck durch meinen Vize. Ein lautes Brummen ausstoßend, wirft er die drei Kuverts raus auf die Straße, dreht sich um und marschiert mit geballten Fäusten zurück in die Kneipe. Evelyn kapiert, was los ist, und stellt sich kampflustig zwischen die zwei Streithähne.

„Nope! Keine Chance! Vergesst es lieber gleich. Das letzte Mal, als ihr Idioten euch hier geprügelt habt, musste ich drei Tische und sieben Stühle ersetzen. Ihr könnt nicht jedes Mal, wenn ihr anderer Meinung seid, mein Mobiliar zerstören.“

Die beiden übergehen sie einfach. Rabble macht einen weiteren Schritt auf Banks zu, dieser beißt die Zähne zusammen und beginnt damit, seine Schultern zu rollen. Evelyn drückt jedem eine Hand gegen die Brust und versucht, sie so auseinander zu halten.

Was ziemlich leichtsinnig ist. Rykers Lady wiegt maximal sechzig Kilo, sie wirkt zwischen meinen Brüdern wie ein Blümchen zwischen zwei Panzern.

Da von meinem Sergeant jede Spur fehlt und ich nicht zulassen werde, dass Evelyn zwischen die Fronten gerät, rutsche ich von dem Barhocker und mache mich daran, sie aus der Schusslinie zu holen.

Mittlerweile haben auch die restlichen Gäste im *Billy's* mitbekommen, dass es gleich knallt. Bis auf ein paar wenige legen alle ein paar Scheine auf die Tische und verpissen sich. Wenn es zwischen den Devil's kracht, will niemand in der Nähe sein.

Es gelingt mir gerade noch so, Evelyn zu packen und in Sicherheit zu bringen, ehe die ersten Schläge ausgetauscht werden.

Ich versuche gar nicht erst, die Schlägerei zu unterbinden, sondern zünde mir eine Kippe an, halte Rykers schimpfende Lady fest und sehe dabei zu, wie Banks Rabble mit einem harten Punch zu Boden schickt.

Dieser springt fauchend wieder auf die Beine, tritt Blake in die Kniekehlen und bringt ihn so zum Wanken.

Die nächsten Minuten ist nichts außer dem dumpfen Klatschen von Fäusten, die auf Fleisch treffen, Evelyns Schimpfwörtern und das begeisterte Grölen der wenigen Zuschauer zu hören.

Es dauert einige Zeit, bis Ryker endlich auftaucht und sich um seine vor Wut zitternde Frau kümmert.

Erst als ich meine Kippe fertig geraucht habe, fällt mir auf, dass Chazz spurlos verschwunden zu sein scheint und auch von dem Mädchen, das ich gerettet habe, ist nichts zu sehen.

Ich mache mich auf die Suche nach den beiden. Noch bevor ich den großen Gastraum hinter mich gebracht habe, höre ich auch schon das vertraute Geräusch von zersplitterndem Holz. *Fuck!*

Wenn Rabble und Blake die nächsten Wochen so weitermachen, wird Evelyn ihnen noch Hausverbot erteilen ...

3. Kapitel

Mia

Die Straßenschluchten sind in Blaulicht getaucht, trotz der vielen Streifenwagen ist es erschreckend still.
Keine einzige Sirene wurde angeschaltet, was ich merkwürdig finde, schließlich wurden die Cops zu einem dreifachen Mord gerufen und der Täter ist immer noch flüchtig.
Im erstem Moment dachte ich, die Rocker hätten mir eine Falle gestellt und wollten mir den Tod der drei Typen in die Schuhe schieben, doch so langsam wird mir klar, dass all die Polizisten nicht aufgetaucht sind, weil sie für Recht und Ordnung sorgen, sondern weil sie Geld einkassieren wollen.
Weder wird der Tatort irgendwie gesichert noch wird nach Spuren und Beweisen gesucht. All die vielen Polizisten stehen einfach nur rum, rauchen Zigaretten, unterhalten sich und stehen sich die Füße platt.
Das alles könnte ein echt merkwürdiger, wenn nicht sogar lustiger Anblick sein. Aber die Betonung liegt auf könnte ...
Es mag scheinheilig klingen, vor allem da mein Bruder ein Krimineller war und ich ebenfalls kein Unschuldsengel bin, trotzdem dachte ich immer, dass die meisten Bullen pflichtbewusst sind und ihre Arbeit erledigen. Das, was ich jetzt hingegen beobachte, macht mir jedoch klar, dass ich mich getäuscht habe. Diese Stadt ist so korrupt wie nur irgendwie möglich!
Seit dem mysteriösen und noch immer nicht aufgeklärten Tod des ehemaligen Bürgermeisters Ricardo Sanchez haben die Devils leichtes Spiel und seit der Club auch noch den Polizeipräsidenten gekillt hat, ist Chicago endgültig in der Hand des Red Devils Motorcycle Clubs.

Die Macht dieser Outlaws nimmt von Tag zu Tag noch mehr zu. Wenn das so weitergeht, sind sie unbesiegbar.

Ach Scheiße! Wahrscheinlich sind sie das sogar schon längst.

Einfach lächerlich, dass ich tatsächlich so naiv war und gedacht habe, dass ich dem Club schaden und seine Mitglieder töten kann.

Banks und seine Männer sind Teufel, sie entscheiden, wer in der Hölle schmoren muss. Nervös wage ich einen Schritt durch die Hintertüre, sodass ich besser sehen kann, was sich hier draußen genau abspielt. Die Polizisten wirken so, als würden sie auf etwas warten ... Aber auf was?

Es dauert einige Zeit, dann taucht plötzlich Blake, der Vize des Clubs, am Vordereingang auf, erst wirkt es so, als würde er zu den Cops rausgehen, aber irgendetwas hält ihn davon ab, sodass er die drei weißen Briefumschläge, die er in der Hand hält, einfach vor dem Einsatzleiter auf die Straße wirft, sich umdreht und mit großen Schritten zurück in die Kneipe eilt. *Seltsam ...*

Ich beobachte, wie sich der Sheriff nach den Kuverts bückt, sie öffnet und einen dicken Batzen Dollars herausholt.

Ach du heilige ...

Ist das der Preis, den Banks dafür bezahlen muss, dass er mich gerettet hat? Wenn ja, stehe ich noch tiefer in seiner Schuld, als bisher angenommen. Bis jetzt hat mir der Mut gefehlt, den kleinen Raum, in dem Evelyn mich verarztet hat, zu verlassen und dem unheimlichen Rockerpräsidenten unter die Augen zu treten.

Seit diesem einen Moment, in dem ich seine Narben berührt und ihm so verdammt nahe gekommen bin, weiß ich endgültig nicht mehr, was ich fühlen oder tun soll.

Verdammt!

Es wäre meine Pflicht, ihn zu töten, das bin ich meinem Bruder schuldig, das Problem ist nur, das ich es nicht mehr will.

Dieser Rocker hat mir das Leben gerettet, wie soll ich ihn da jetzt noch umbringen?

Tief in meinem Inneren spüre ich, das Banks gefährlich für mich ist. Aber nicht, weil er seine Kraft gegen mich einsetzen und mich verletzen könnte, sondern weil er meine Gefühle auf die urtümlichste Art anspricht, die möglich ist. Vorhin, als wir uns so nah gewesen sind, dass ich ihn inhalieren konnte, hat weder seine Kutte noch mein Bruder eine Rolle gespielt. Alles was gezählt hat, war, dass er ein Mann ist und ich eine Frau bin und dass wir uns voneinander angezogen fühlten.

Verfluchte Scheiße! Wenn King wüsste, dass ich gerade im Begriff bin, ihn zu verraten, würde er sich im Grab umdrehen. Im Schatten, auf der anderen Straßenseite, bewegt sich etwas, auch ohne hinzusehen weiß ich, dass Chazz dort steht, das tut er schon die ganze Zeit.

Der Vollstrecker der Devils traut mir nicht – ein kluger Mann – denn ich traue mir ja nicht mal selbst. Für ein paar Minuten beobachte ich noch das rege Treiben der vielen Uniformträger, dann atme ich mehrmals tief durch und gehe direkt auf Chazz zu. Dieser Biker soll wissen, dass ich mich nicht vor ihm fürchte ...

„Behältst du alles im Blick, Enforcer?“

Er mustert mich prüfend?

„Es gehört zu meinen Aufgaben, eventuelle Gefahren noch vor meinen Brüdern zu bemerken.“
Oh ... Oh … Soll das eine Warnung sein?
„Und? Hast du eine entdeckt?“
Vor Nervosität beginnen meine Finger zu kribbeln.
Mit einem leisen Fluch stößt er sich mit der Schulter von der Wand ab und zieht die Mundwinkel nach unten.
„Da bin ich mir noch nicht ganz sicher.“ *Na wunderbar ...*
Seine Augen verengen sich, Chazz Blick brennt sich regelrecht in mein Gesicht.
„Du kommst mir irgendwie bekannt vor, Mädchen. Was hast du noch mal gesagt, wie du heißt?“
Ich beschließe, ihm nur die halbe Wahrheit zu sagen. Eigentlich heiße ich Miranda, aber so nennt mich eigentlich niemand.
„Ich habe gar nichts gesagt, aber ich heiße Mia.“
Meinen Namen murmelnd, packt er mich am Arm und zieht mich in die Richtung des *Billy's*.
„Merkwürdig. Dein Name sagt mir nichts, aber ich hätte schwören können, dass wir uns schon mal begegnet sind. Hast du Familie? Eine Schwester vielleicht?“
Zum Glück hat er mich nicht nach einem Bruder gefragt.
„Ähm nein, keine Schwester.“
Bevor Chazz sein Verhör fortführen kann, taucht Banks vor uns auf. Seine Augen legen sich sofort auf die Stelle, an der sich Chazz Finger fast schon schmerzhaft in meinen Arm graben. Sofort lässt mich der Vollstrecker der Devils los und tritt einen Schritt beiseite – interessant.
„Was geht hier vor?“
Banks klingt wütend. Aber warum?
„Wir haben uns nur gerade über mögliche Gefahren unterhalten, nichts weiter.“
Der Rockerpräsident wirkt nicht gerade überzeugt.
„Blake und Rabble eskalieren gerade mal wieder, geh rein und klär die Sache, ehe Evelyn ihre Flinte rausholt.“
Lachend verschwindet der Enforcer im Haus, allerdings nicht, ohne mir einen weiteren skeptischen Blick zuzuwerfen.
Banks schirmt mich mit seinen breiten Schultern vor den vielen Einsatzkräften ab.
„Ist sicher alles okay?“
Ich nicke.

„Den Umständen entsprechend.“ Unsicher deute ich auf die Bullen hinter mir. „Bist du dir sicher, dass das klargeht? Ich meine, das sind verdammt viele Polizisten!“

Er wirkt absolut sorglos.

„Aye, und sie haben verdammt viel Geld dafür bekommen, dass sie ihr Maul halten und die drei Wichser von meiner Straße schaffen. Bleib cool, Mädchen.“

Eine Zigarettenschachtel aus der Hosentasche ziehend, bietet er mir eine Kippe an, ehe er sich auch eine anzündet und genüsslich den ersten Zug inhaliert.

„Und du bist dir sicher, dass du nicht zu einem Arzt musst, oder so?“ Ich fülle meine Lunge ebenfalls mit dem warmen Rauch und schüttle den Kopf.

„Glaube mir, ich habe schon Schlimmeres erlebt.“

Und das ist nicht gelogen, als Mädchen mit einem kriminellen großen Bruder lernt man ziemlich schnell, dass der Boden hart, Waffen gefährlich und manche Männer grausam sind.

Seine blauen Augen verdunkeln sich.

„Hast du einen Mann?“

Eine ziemlich intime Frage.

„Du kennst meinen Namen nicht, willst aber wissen, ob ich Single bin?“

„Falsch, Baby. Ich will wissen, ob du einen Beschützer hast.“

Bevor ich ihm antworten kann, stößt Banks ein genervtes Brummen aus, schiebt mich plötzlich beiseite und baut sich zu seiner vollen Größe vor mir auf. Noch bevor ich ihn fragen kann, was das soll, höre ich, wie er einen der Officer mit dem Namen begrüßt.

Die zwei unterhalten sich. Warnungen werden ausgesprochen, der Polizist sucht schnell das Weite. Mit einem gemurmelten „gieriger kleiner Pisser!“ dreht sich der Rocker wieder zu mir um.

„Wo waren wir stehen geblieben?“

„Bei meinem Namen.“

Wieder zieht er an seiner Kippe.

„Nein. Wir waren dabei, zu klären, ob schon jemand Anspruch auf dich erhoben hat.“

Irritiert runzle ich die Stirn.

„Also willst du doch wissen, ob ich Single bin.“

Das alles verwirrt mich irgendwie. Banks wirkt genervt.

„Ob du jemanden fickst, ist mir egal, so jemand ist schnell beiseitegeschoben. Was mich interessiert ist, ob du jemandem *gehörst* – ob es jemanden gibt, den ich erst töten muss, falls ich Interesse an dir habe.“

Auweia ...

Irgendwie scheint Banks noch nicht verstanden zu haben, dass das Mittelalter längst vorbei ist und dass wir im einundzwanzigsten Jahrhundert leben.

„Hältst du mich für eine Topfpflanze?“ Jetzt ist er derjenige, der verwirrt zu sein scheint. „Ich bin eine erwachsene Frau und kein Gegenstand. Ich gehöre niemandem!“

Seine Mundwinkel biegen sich nach oben.

„Also bist du noch frei. Sehr gut! Das vereinfacht die Sache.“

Wie bitte, was?!

„Falls es dich interessiert, mein Name ist Mia.“

Mit dieser Ansage lasse ich ihn stehen und gehe zurück in die Kneipe. Ich höre ihn hinter mir lachen und weiß, dass das zwischen ihm und mir gerade erst angefangen hat.

Der Tag war lang und die Nacht voller Schrecken.

Ich werde mich jetzt bei allen bedanken, verabschieden und dann nach Hause gehen. Die letzten Stunden waren echt heftig, mein gesamtes Weltbild wurde auf den Kopf gestellt, was bedeutet, dass ich dringend nachdenken muss.

Schon bevor Banks mich gerettet hat und ich ihn persönlich kennengelernt habe, hatte ich meine Zweifel, ob ich es schaffe ihn umzubringen.

Aber jetzt ... *Verdammt!*

Wo soll ich genug Kaltblütigkeit hernehmen um den Biker, der ausnahmslos gut zu mir war, und der mich anzieht, wie die Motte das Licht, zu töten?

Es ist eine Sache, zu entscheiden, mit wie vielen Kugeln jemand sterben soll, aber eine ganz andere, selbst den Abzug zu drücken ...

4. Kapitel

Banks

Gebannt beobachte ich, wie Mia sich zuerst bei Evelyn und anschließend bei meinen Brüdern bedankt und zugleich verabschiedet. Sie wirkt nervös, so als ob sie sich nicht sicher wäre, wie sie sich zu verhalten hat. Interessant ist auch, dass ich der Einzige bin, der von ihr kein Danke bekommt.
Woran das wohl liegt?
Vielleicht spürt sie genau wie ich, dass wir beide noch lange nicht miteinander fertig sind.
Dafür, dass es erst so gewirkt hat, als würde mir ein langweiliger Abend bevorstehen, war ganz schön was los ...

Auf der Straße vor dem *Billy's* kehrt langsam wieder Ruhe ein. Die Bullen rücken nach und nach ab, die Leichen sind verschwunden, nur das Blut deutet noch auf das hin, was sich abgespielt hat. Allein wenn ich daran denke, wie Mia zitternd, verheult und blutend neben mir gestanden und mir gesagt hat, mit wie vielen Kugeln und in welcher Reihenfolge ich die Bastarde erledigen soll, bekomme ich einen Ständer.

Holy Fuck!

Dieses Mädchen verkörpert alles, was eine Frau für mich haben muss.

Lange Haare, volle Titten, ein schönes Gesicht, Mut und zugleich eine ungeheure Verletzlichkeit. Mia ist sexy, aber nicht auf diese nuttige Art, die all die Bitches im Club an sich haben, es ist kompliziert zu beschreiben, weshalb ich sie so anziehend finde.

Noch immer kann ich ihre samtenen Finger auf meinem Gesicht spüren, diese kurze Berührung, das federleichte Nachspuren des toten Gewebes, das mich auf immer zeichnen wird ...

Es gibt genau zwei mögliche Reaktionen. Manche Frauen finden die wulstigen Erhebungen, die meinen Mundwinkel in einem unnatürlichen Winkel nach oben ziehen, attraktiv, andere empfinden sie als abstoßend. Mia scheint kein Problem mit meiner Optik zu haben. Im Gegenteil, anstatt auf Abstand zu gehen, wie es die meisten Menschen machen, hat sie meine Nähe gesucht.

Was hat das zu bedeuten?

Und was noch viel wichtiger ist, was bedeutet es, dass ich darüber nachdenke, was es bedeuten könnte?

Chazz scheint Mia nicht zu vertrauen. An der Art, wie er sie beobachtet, und dem Ausdruck, den seine Augen dabei annehmen, kann ich erkennen, dass er sie für eine Bedrohung hält.

Was ich nicht verstehen kann. Ich meine, Scheiße!

Mia ist wie groß? 1,60 maximal 1,70 Meter – kurzum sie ist winzig. Wie soll ein Mädchen wie sie eine Gefahr für den mächtigsten Motorcycle Club des Landes darstellen?

Wenn sie wütend wird, könnte sie es vielleicht schaffen, mir ans Schienbein zu treten, aber das war es dann auch schon.

Dumm nur, dass ich Chazz Menschenkenntnis vertraue.

Bisher lag er mit seiner Einschätzung noch nie falsch.

Unser Enforcer hat das unheimliche Talent, immer genau zu spüren, wenn sich jemand gegen unseren Club stellt.

Aber wieso sollte Mia das tun? *Bullshit!*

Ich habe sie gerettet, wenn ich nicht eingegriffen, sondern einfach stehen geblieben wäre und in Ruhe meine Zigarette fertig geraucht hätte, dann wäre sie jetzt tot.

Irgendwann ist immer das erste Mal.

Chazz muss sich täuschen, eine andere Möglichkeit gibt es einfach nicht. Dafür, dass sie nur knapp einer mehrfachen Vergewaltigung entgangen ist, hält Mia sich ziemlich tapfer. Ich wüsste nur zu gern, was genau sie mit dem Satz, dass sie schon Schlimmeres erlebt habe, gemeint hat?!

Wurde sie schon mal vergewaltigt? Hatte sie eine schlimme Kindheit oder einen gewalttätigen Mann? *Fuck!* Allein die Vorstellung, dass sie jemand verletzt hat, reicht aus, um mich wütend werden zu lassen.

Was absolut untypisch für mich ist. Niemand weiß besser, wie brutal diese Welt sein kann. Bisher hat es mich einen Scheiß interessiert, was die Tussis, die ich gefickt habe, schon alles durchstehen mussten.

Das Einzige, was mir wichtig war, war, dass sie das Maul gehalten und ihre Beine gespreizt haben ...

Was das über mich aussagt ist klar – ich bin ein herzloser Bastard. Aber was soll's? Ich habe nie behauptet, ein guter Mensch zu sein.

Nachdem Mia sich von allen verabschiedet hat, sieht sie kurz in meine Richtung, dann verschwindet sie ohne ein weiteres Wort aus der Kneipe. *Oh nein!* So schnell entkommt sie mir nicht ...

Blakes wissenden Blick ignorierend, folge ich Mia nach draußen und beobachte, wie sie für einen Moment mein Bike anstarrt, ehe sie einen lauten Fluch ausstößt, sich selbst gegen die Stirn schlägt und die Straße überquert.

„Hey Mädchen!“

Anders als erwartet bringt mein Ruf Mia nicht dazu, stehen zu bleiben, sie beschleunigt eher noch ihre Schritte.

Was zum Teufel soll das?

Ich steige auf mein Bike, starte mit einem kraftvollen Tritt den Motor folge ihr, überhole sie und stelle mich ihr mitten in den Weg, sodass sie mich nicht länger ignorieren kann.

„Zur Hölle, Mädchen! Was soll das werden?“

Unsicherheit blitzt in ihren Augen auf.

„Das sollte ich wohl eher dich fragen, Outlaw. Schließlich stehst du mit deinem Motorrad mitten auf dem Fußgängerweg.“

Touché!

„Du bist ohne ein Wort abgehauen? Ist das deine Art, mir dafür zu danken, dass ich dir den Arsch gerettet habe?“

Seufzend verschränkt sie die Arme vor der Brust und sieht sich unsicher um. Es ist ihr deutlich anzusehen, dass sie Angst hat. Nachdem, was sie erlebt hat, kein Wunder.

„Okay, du hast recht. Das war nicht die feine Art. Also danke. Ich danke dir und jetzt geh mir aus dem Weg.“

So eine Zicke!

„Dafür, dass du keine Topfpflanze bist, bist du aber ziemlich stachelig. Sicher, dass in dir nicht doch etwas von einem Kaktus steckt?“

Ein Lachen zuckt an ihren Lippen – fuck – sie ist einfach wunderschön. Die schönste Frau, die mir je begegnet ist, und das, trotz der Spuren des Überfalls, die sichtbar ihre Hände und ihr Gesicht zieren.

„Hör zu, ich hatte eine beschissene Nacht. Genau genommen waren sogar die letzten Monate beschissen. Ich habe keinen Nerv für das ...“ Sie deutet von sich zu mir und wieder zurück. *Interessant!*

Ich habe mir diese Anziehung zwischen uns beiden also nicht nur eingebildet. „Das ist nur verständlich. Lass mich dich nach Hause bringen. Ich habe dich nicht gerettet, damit du an der nächsten Straßenecke in die Arme des nächsten Vergewaltigers läufst.“

Sie zuckt zusammen, wieder scannt sie unsicher die Umgebung ab. Der Killer in mir kann ihre Furcht geradezu wittern.

Unsere Blicke begegnen sich, für einen Moment sehen wir uns einfach nur an.

„Warum habe ich nur das Gefühl, dass du im Umkreis von 1000 Meilen die größte Gefahr für mich darstellst?“

Eine berechtigte Frage. Ich beschließe, ehrlich zu ihr zu sein.

„Weil es wahrscheinlich so ist.“

Instinktiv weicht sie einen Schritt zurück, schafft so etwas mehr Abstand zwischen uns.

In der einen Sekunde wirkt sie verschüchtert und panisch, in der nächsten drückt sie die Schultern durch und ein kämpferisches Funkeln blitzt in ihren opalgrünen Iriden auf.

„Schon mal auf die Idee gekommen, dass ich ebenfalls gefährlich für dich sein könnte? Was ist, wenn ich nur mit dir spiele, dich anschließend in mein Bett locke und dich dort, nachdem wir Sex hatten, erschieße? Was ist dann, Rockerpräsident?"

Ob ihr bewusst ist, dass sie gerade ein verdammt riskantes Spiel treibt?

Wenn ich wollte, könnte ich sie packen, auf den Boden schleudern und mich innerhalb von wenigen Minuten bis zum Anschlag in ihren kleinen Körper rammen. Im Gegensatz zu den Wichsern von vorhin, würde mich niemand stoppen!

Ohne sie aus den Augen zu lassen, zünde ich mir eine Kippe an und lehne mich entspannt mit den Armen auf den Lenker meines Bikes.

Mir gefällt die Richtung, in die sich unser Gespräch entwickelt.

„Ich könnte mir eine schlimmere Art zu sterben vorstellen."

Mia wirkt überrascht.

„Was soll das heißen?"

„In den vergangenen Jahrzehnten, haben unzählige meiner Feinde versucht, mich zu töten. Sie wollten mich erstechen, erschießen, überfahren, erhängen, ertränken oder zu Tode prügeln, geschafft hat es keiner." Ich deute kurz auf die Narbe, die sich über mein komplettes Gesicht zieht. „Wobei einer verdammt nah dran war. Trotzdem stehe ich hier, mitten in der Nacht, im schlimmsten Viertel Chicagos und unterhalte mich mit dem faszinierendsten Mädchen, das mir je begegnet ist. Das Leben ist unberechenbar! Keiner von uns weiß, wann und wie ihn der Tod holen kommt. Aber in deinem Bett, mit deinem Geschmack auf meinen Lippen und meinem Schwanz tief in deiner Pussy ... Bloody hell! What a beautiful Death ..."

Überrascht sieht Mia mich an.

„Das klingt fast so, als würdest du sterben wollen."

Falsch. Da hat sie mich missverstanden.

„Nein! Dafür ist mein Leben viel zu gut. Es ist nur einfach so, dass ich den Sensenmann nicht fürchte. Wenn er mich holen kommt, bin ich bereit, mit ihm zu gehen. Und sollte es auch noch auf eine angenehme Art sein, werde ich mich bestimmt nicht beschweren."

Mutig wie sie ist, stibitzt sie mir meine Kippe und nimmt einen tiefen Zug.

„Du bist verrückt, Banks. Das alles ist verrückt. Dass wir hier stehen und uns über das Sterben unterhalten ist verrückt!“

Sie raucht die Zigarette fertig, ich reiche ihr wortlos meinen Helm.

„Komm schon. Lass dich von mir heimbringen. Wenn dich an der nächsten Ecke irgendein Psycho erwischt, wird es nie so weit kommen, dass du mich erst fickst, ehe du mir eine Kugel in den Kopf ballerst.“

Sie wirkt entsetzt und zugleich amüsiert, schnappt sich den Helm und stülpt ihn sich über den Kopf. Anschließend schwingt sie sich, ohne zu zögern, hinter mir auf den Sitz.

Das ist definitiv nicht das erste Mal, dass sie auf einem Motorrad sitzt.

Bevor ich losfahren kann, beugt sie sich zu mir vor und wispert mir leise ins Ohr, dass ich darüber keine Scherze machen sollte, und dass sie durchaus mit dem Gedanken spielt, mir diesen schönen Tod zu schenken.

Der Killer in mir erkennt, dass sie das nur halb im Spaß gesagt hat, und dass ich in der Nähe dieses Mädchens aufpassen sollte.

Vielleicht hatte Chazz mit seiner Vorsicht Mia gegenüber doch nicht so ganz unrecht ...

Eine Stunde später passiere ich die bewachte Zufahrt auf das Clubgelände. Zwei Lagerfeuer brennen in verrosteten Ölfässern, zu sehen ist allerdings niemand. Mittlerweile ist es vier Uhr am Morgen. Vom Osten her färbt sich der schwarze Nachthimmel in einem düster wirkenden Violetton, es ist gespenstisch still.

Das Rätsel, das Mia für mich darstellt, ist, nachdem sie sich von mir vor einem Hotel hat absetzen lassen, nur noch größer geworden.

Zum Teufel! Ich würde mein Bike darauf verwetten, dass sie nicht in diesem schläft, sondern mithilfe dieses Tricks verhindern wollte, dass ich herausfinde, wo sie wohnt. Sie ist ein gerissenes kleines Biest, das muss ich ihr lassen. Unter anderen Umständen wäre ich wütend, weil sie mich verarscht hat, doch ich bin es nicht. Diese Frau wurde heute überfallen, es ist also nur verständlich, dass sie vorsichtig ist.

Müde steige ich von meiner Maschine, hänge den Helm über den Lenker und lasse meine Fingerknöchel knacksen.

Schon verrückt, alles, was ich über diese Frau weiß, ist, dass ihr Name nur aus drei Buchstaben besteht. Weder habe ich eine Adresse, eine Telefonnummer oder irgendetwas, was mir dabei helfen könnte, sie wiederzufinden.

Im Nachhinein bereue ich, dass ich nicht hartnäckiger war.

Was für eine Ironie ... Ich habe für diese Frau drei Männer getötet und kenne nicht mal ihren Nachnamen.

Über die unergründlichen Wege des Schicksals lachend, kneife ich mir in den Nasenrücken, betrete das Clubhaus und sehe als Erstes den nackten Arsch von Nikko, einem weiteren Member und Mitglied der First Nine.

Zwei schlanke Beine sind um seine Mitte geschlungen, rote Fingernägel krallen sich in das Leder seiner Kutte. An dem unverkennbaren Stöhnen erkenne ich, dass Sally die Bitch ist, die sich gerade von ihm auf dem Billardtisch ficken lässt.

Das leise Quieken, das sie ausstößt, verrät mir, dass sie kurz davor ist, zu kommen.

„Yeah, Baby! Yeah, deine Pussy ist der Hammer!"

Wieder und wieder stößt Nikko zu, fickt Sally mit aller Kraft und bemerkt nicht, dass ich an ihm vorbei und nach oben in den ersten Stock gehe, in dem sich meine Wohnung befindet.

Vielleicht sollte ich es ihm nachmachen, mir eine Clubmaus packen und sie so lange bearbeiten, bis ich Mia und ihre grünen Augen vergessen habe. Kaum dass mir dieser Gedanke durch den Kopf geschossen ist, kommt mir auch schon Bonnie entgegen.

Die Bitch hängt seit etwa einem halben Jahr bei uns ab. Ein gutes Mädchen. Sie stellt keine Fragen, erwartet keine Extra-Behandlung und steht auf die härtere Gangart. Was mir in die Hände spielt, mit lieb und langsam habe ich es nicht so. Es ist erst ein guter Fick, wenn die Bitch schreit, stöhnt und sich nicht sicher ist, ob sie mich um Gnade oder um mehr anflehen soll.

„Na Mister Präsident, auf der Suche nach etwas Spaß?"

Mit wiegenden Hüften kommt sie auf mich zu, drückt ihre Titten gegen meinen Arm und fasst mir in den Schritt.

„Tief und hart?"

Sie leckt sich die Lippen.

„Klingt perfekt."

Na also ...

Meine Faust in ihren Haaren vergrabend, drücke ich sie gegen die Wand, fülle meine Hand mit dem prallen Fleisch ihrer rechten Titte und pinne meinen Mund auf den ihren. Sie schmeckt nach Bier, Rauch und Frau. Keuchend reibt sie ihre Mitte an meinem Bein, ich schließe die Augen und stelle mir vor, dass es Mia ist, deren Zunge durch meine Mundhöhle gleitet. *Fuck!* Ich wette, dass dieses Mädchen nach Sonnenschein, Freiheit und diesem gewissen Etwas schmeckt, nach dem sich jeder Mann verzehrt, das er aber nicht genau definieren kann.

Den Schlüssel aus der Hosentasche ziehend, sperre ich die Türe auf, zerre Bonnie durch den Flur direkt in mein Schlafzimmer und befehle ihr, auf die Knie zu gehen. Sie zögert kurz, was kein Wunder ist, erst letzte Woche habe ich sie so tief in die Kehle gefickt, dass sie vor lauter Atemnot beinahe umgekippt wäre.

„Entweder tust du, was ich will, oder aber du verpisst dich!"

Unsicherheit blitzt in ihren Augen auf, während sie vor mir auf den Boden sinkt. Kaum dass ihre Beine den Laminat berühren, öffne ich meine Hose, ziehe sie nach unten, sodass sie mir in den Kniekehlen hängt und hole meinen Schwanz raus.

„Mach ihn hart!"

Ihre kleinen Finger schließen sich um mein Glied, pumpen und massieren es so, wie ich es brauche. Keine Minute später ziehen sich meine Eier puckernd zusammen. Ihre Hand beiseite schlagend, klatsche ich ihr meine Erektion ein paar Mal ins Gesicht, ehe ich meine Eichel zwischen ihre Lippen schiebe. Sofort schnellt ihre Zunge vor. Warm und rau leckt sie über den Schlitz, saugt an mir und sorgt so dafür, dass zumindest ein Teil der Anspannung von mir abfällt.

Bloody Hell! Ja das ist es ...

Was gibt es Besseres als den feuchten Rachen einer willigen Frau?

„Wie sieht es aus, Bitch? Bereit, jeden Zentimeter zu schlucken?"

Um mir zu zeigen, wie bereit sie ist, krallt sie sich an meinen Beinen fest, drückt ihre Finger tief in meine Haut und lässt meinen Schwanz Stück für Stück weiter in ihren Hals gleiten. Ich spüre, wann es ihr zu viel wird, fluche leise und packe sie an den Haaren.

Ohne ihr die Möglichkeit zu geben, zurückweichen zu können, schiebe ich mein Becken vor und bohre mich bis zum Anschlag in ihre Kehle. Sie würgt und kämpft gegen mich an. Zumindest die ersten Sekunden, dann hingegen besinnt sie sich eines Besseren und ergibt sich meiner Führung.

„Sei eine brave Bitch und sieh mich an."

Bonnie tut es, zufrieden beobachte ich, wie die ersten Tränen über ihre Wangen tropfen. Der Mascara verwischt und lässt diesen herrlichen Fick-mich-Blick entstehen, den ich so liebe.

Wieder und wieder stoße ich zu, falle in einen schnellen Rhythmus und lasse sie erst, als ihr Blick immer unschärfer wird, nach Luft schnappen. Bonnie gehört zu den wenigen Huren, die mit meiner Länge umgehen können, und die keine Probleme damit hat, wenn ich mich bis zum Schaft in sie schiebe. Ihre Leidensfähigkeit ist beeindruckend!

Alle Gedanken beiseiteschiebend, konzentriere ich mich auf das Hier und Jetzt. Darauf, wie weich ihre langen roten Haare sind, wie eng sich ihr Hals und wie rau sich ihre Zunge anfühlt. Etwas Speichel tropft ihr über das Kinn. Die warme Flüssigkeit rinnt über meine Hoden, entlockt mir ein gieriges Knurren.

Die Anspannung in meinen Beinen nimmt zu, nicht mehr lange und ich werde ihren Hals mit meinem Saft vollpumpen. So sehr ich es auch versuche, mich auf Bonnies braune Augen zu konzentrieren, muss ich immer wieder an das Opalgrün von Mias Iriden denken.

Dieses verfluchte Mädchen ... *Fuck!* Ein Blitz zuckt an meiner Wirbelsäule nach unten, schießt mir direkt in die Eier und lässt meinen Schwanz regelrecht explodieren.

Fluchend pumpe ich Bonnie mein Sperma in den Hals, brülle Mias Namen an die Zimmerdecke und weiß schlagartig, dass nicht die Bitch gefickt ist, sondern dass ich es bin!

Holy Shit!

Blake, Ryker und all die anderen dürfen es nicht erfahren, aber ich werde mich auf die Suche nach diesem Mädchen machen, und wenn ich es gefunden habe ... *Bei Gott!*

Dann will ich hoffen, dass es bereit für mich ist.

Das 1%-Patch ziert mein Leder schließlich nicht umsonst.

Ich bin der Präsident des mächtigsten Outlaw Motorcycle Clubs des Landes, wenn ich beschließe, dass ich ein ganz bestimmtes Mädchen für mich will, dann nehme ich es mir zum Teufel noch eins auch und nichts und niemand wird mich davon abhalten können!

Noch bevor ich mich aus Bonnies Mund rausgezogen habe, beginnt die bloße Anwesenheit der Bitch mich zu nerven. So ist es immer.

Ich ertrage die Nähe der Nutten nicht mehr. Ihre anklagenden Blicke, ihr süßlicher Geruch und einfach alles ...

„Du weißt, wie's läuft. Also verpiss dich!"

Mit vor Wut funkelnden Augen steht Bonnie auf und wischt sich mit dem Handrücken das Sperma von den Lippen.

„Du bist ein Arschloch, Banks."

Ich lasse mich nicht provozieren und ziehe grinsend eine meiner Augenbrauen nach oben. „Ach und das merkst du erst jetzt?"

Mir ihren Mittelfinger entgegenstreckend, zupft sie ihren Rock zurecht.

„Wir hatten was von Spaß gesagt. Schon vergessen."

Witzig! Irgendwie klingt die Clubmaus gerade wie ein kleines Kind, dem der Lolly weggenommen wurde.

„Also ich habe meinen Spaß gehabt? Du etwa nicht?"

Sie schüttelt genervt den Kopf, schimpft darüber, dass alle Rocker egoistische Schweine sind, und verschwindet aus meinem Schlafzimmer. Endlich Ruhe!

Genauso wie ich dastehe, lasse ich mich rückwärts in mein Bett fallen, schließe die Augen und muss grinsen.

Topfpflanze ... Was ein merkwürdiges Wort.

Zu wissen, dass Mia niemanden hat, der sie beschützt, erfüllt mich mit Genugtuung. Sobald ich sie gefunden habe, wird sich das ändern. Natürlich bin ich nicht so blöd wie meine Brüder, ich bin nicht auf der Suche nach einer Old Lady, eher nach einem süßen kleinen Spielzeug, mit dem ich mir die Zeit vertreiben kann.

Sollte Mia mich nach dem Abspritzen genauso ankotzen wie Bonnie, hat sich das alles eh ziemlich schnell wieder erledigt.

Falls aber nicht – falls es mit ihr anders ist ... Na ja!

Darüber mache ich mir erst Gedanken, wenn es so weit ist.

Zuerst muss ich sie finden. Langweilen wird mich dieses Mädchen jedoch gewiss nicht. Ihre Androhung, erst mit mir Sex zu haben, und mich anschließend abzuknallen, ist schon mal sehr vielversprechend. Die Kleine hat das Potenzial, ein echtes Abenteuer zu werden.

Und was ein Zufall.

Abenteuern konnte ich noch nie widerstehen!

5. Kapitel

Mia

Die Sonne geht unter – mal wieder. Seit ich Banks das letzte Mal gesehen habe, ist eine Woche vergangen. Sieben lange Tage, die ich damit verbracht habe, mich selbst zu bekriegen. In mir herrscht ein totales Durcheinander. Mein Pflichtgefühl kämpft gegen die unterschiedlichsten Sehnsüchte an. Und immer, wenn ich denke, dass ich mich entschieden habe, dass ich endlich weiß, wie ich handeln soll, meldet sich mein Gewissen zu Wort.

Einerseits will ich diesen Rockerpräsidenten und seine Clubbrüder für das, was sie meinem Bruder angetan haben, leiden lassen und töten, andererseits hingegen will ich mich an ihn schmiegen, seine Wärme spüren und herausfinden, wie es sich wohl anfühlt, von ihm geküsst zu werden.

Verdammt! Verdammt! Verdammt!

Wenn ich King nicht räche, bin ich eine Verräterin.

Wie soll ich jemals wieder meinem Spiegelbild in die Augen sehen können, wenn ich mich auf den Mörder meines Bruders einlasse?

Gar nicht! Aber wie soll ich es tun, wenn ich den Biker töte, der mir wortwörtlich den Arsch gerettet hat?

Ich stecke in einer Zwickmühle und habe keine Ahnung, was ich tun soll.

Die letzte Woche habe ich mein kleines Apartment kaum verlassen, ich habe mich vor Gott und der Welt versteckt. Dennoch ist mir zu Ohren gekommen, dass ich vom Club gesucht werde.

Was hat das zu bedeuten?

Hat Banks herausgefunden, wer ich bin?

Hat er kapiert, dass meine Drohung, ihn erst in mein Bett zu locken und anschließend zu erschießen, nicht einfach nur ein makabrer Scherz war? *Vielleicht ...*

Wissen werde ich das erst, wenn ich mich dazu durchringen kann, Banks wieder vor die Augen zu treten. Vielleicht sollte ich einfach versuchen, sein Vertrauen zu gewinnen, für eine Weile meinen Spaß mit diesem Outlaw haben und ihn dann, wenn er überhaupt nicht damit rechnet, für das, was er mit King gemacht hat, töten.

An sich ein megagenialer Plan, er hat nur einen Haken – mich.

Ich bin kein eiskalter Killer. Mein Bruder hat mir immer vorgeworfen, dass ich zu weich bin und dass ich zu viel fühle.

Damit hatte er durchaus recht. Wenn es mir jetzt schon so schwerfällt, Banks eine Kugel in den Kopf zu jagen, wie soll ich es dann erst schaffen, wenn ich mehr Zeit mit ihm verbracht habe?

Eine Sache spricht jedoch für diesen Plan: Wenn ich tatsächlich so verrückt bin und mit diesem Biker schlafe und mehr Zeit mit ihm verbringe, finde ich heraus, was für ein Mensch er ist. Und wenn sich dann herausstellt, dass er das Monster ist, für das ich ihn eine Weile lang gehalten habe, dann wird es mir leichtfallen, ihn umzubringen. Falls ich mich aber getäuscht habe, und er ein guter Mann ist, dann werde ich meine Rache aufgeben und ihn am Leben lassen.

Es ist nicht so, dass ich meinen Bruder verraten will, ehrlich.

Zur Hölle!

Dass ich diese Entscheidung treffen muss, ist einfach nicht fair.

Mein Bruder hat sich bewusst für eine Existenz am Rand der Gesellschaft entschieden. Er wollte die Dunkelheit – hat sich regelrecht nach ihr verzehrt.

Er hat sich gegen die Gesetze und für das Recht des Stärkeren entschieden und die Waffen selbst gewählt. Niemand hat ihn dazu gezwungen, sich gegen den MC zu stellen, den Präsidenten zu entführen und ihm das Gesicht zu zerschneiden. King hat sich für Krieg und Blut entschieden und ist dabei gestorben.

Hätte er das alles nicht getan – hätte er einen anderen Weg eingeschlagen, dann wäre er noch am Leben und ich müsste mir keine Gedanken darüber machen, ob ich mich auf die eine oder andere Art auf den gefährlichsten Mann, der mir je begegnet ist, einlasse.

Wenn ich ein kluges Mädchen wäre, würde ich einfach meine Siebensachen packen und ohne einen Blick zurück diese Stadt verlassen.

Das Problem ist nur, dass ich nicht gehen *will*. Ich *will* bleiben, ich *will* Banks wiedersehen und mich erneut in seine Nähe wagen.

Ich kann noch immer die wulstige Haut seiner Narben an meinen Fingern spüren und mich an seinen einzigartigen Geruch erinnern.

Dieser Rocker hat etwas an sich, das mir unter die Haut geht.

Für mein Alter habe ich schon so einige grenzwertige Erfahrungen gemacht. Diese Beinahe-Vergewaltigung war nicht das erste schlimme Erlebnis und es wird sicherlich nicht das letzte sein. Ich bin jetzt zweiundzwanzig Jahre alt und war die kleine Schwester des Anführers. Viele der Männer meines Bruders haben in mir eine Art Herausforderung gesehen, mir war das recht. Harter Sex, lange Nächte und kurze Tage sind genau mein Ding. Und daher weiß ich auch, dass Banks und ich uns in dieser Hinsicht gut verstehen werden.

Wir schwarzen Seelen erkennen uns untereinander, manchmal scheint es fast so, als würden wir uns gegenseitig anziehen.

Seufzend stehe ich von der Couch auf, öffne das Fenster, setze mich auf die Fensterbank und zünde mir eine Zigarette an.

Mehr oder weniger interessiert beobachte ich das rege Treiben auf der Straße und sehe dabei zu, wie eine Mutter mit ihrem Sohn an der Hand in den Bus steigt. So ungern ich es mir auch eingestehe, die Welt ist ohne Männer wie meinen Bruder besser dran.

King war keiner von den Guten. Er hat gemordet, ohne den Hauch eines schlechten Gewissens zu verspüren. Für mich war schon immer klar, dass er, wenn seine Zeit abgelaufen ist, keines natürlichen Todes sterben wird. Sein Abgang musste gewaltsam, blutig und brutal sein ...

Und obwohl ich das alles weiß, steigen mir bei der Erinnerung an ihn die Tränen in die Augen. Mein Herz denkt nicht, es fühlt, und Gefühle haben die dumme Angewohnheit, unlogisch und irrational zu sein.

Auch Arschlöcher verdienen es, geliebt zu werden!

Wieder und wieder fülle ich meine Lunge mit dem warmen Rauch, das dunkle Bollern eines Bikes hallt von den Hauswänden, erfüllt die Straßenschluchten. Die Wahrscheinlichkeit, dass es sich bei diesem Motorradfahrer um Banks handelt, war so gering, dass ich sie nicht mal in Betracht gezogen habe. Ein blöder Fehler, denn jetzt ist es zu spät, um mich zu verstecken. Ruhig sitzen bleibend, beobachte ich, wie der Devil das Tempo verringert und zielsicher vor meinem Wohnhaus anhält.

Oh Mist! Dieser Rocker muss einfach nur auf seiner Maschine sitzen, sich den Helm vom Kopf ziehen und grimmig kucken und ist dabei heißer als die Hölle.

In dem ziemlich abgeschrammten und in die Jahre gekommenen Gebäude, dessen Außenwände mit verschiedenen Graffiti Tags überzogen sind, befinde ich mich im fünften Stock. Mal sehen, wie lange es dauert, bis er mich entdeckt. Nachdem er den Helm über den Lenker gehängt hat, fährt er sich mit den Händen durch die kurzen braunen Haare und lässt anschließend den Kopf im Nacken hin und her rollen, ehe er in einer geschmeidigen Bewegung absteigt, sein Handy hervorzieht und kurz telefoniert.

Gegen das heftige Prickeln in meinem Bauch ankämpfend, lecke ich mir über die Lippen und verfluche die Freude darüber, dass er sich echt die Arbeit gemacht hat, mich zu suchen.

Stellt sich mir nur die Frage, aus welchem Grund er sich die Mühe gemacht hat.

Weil er als der Mann, der er ist, an mir interessiert ist, oder aber, weil er herausgefunden hat, dass ich Kings kleine Schwester bin, und er mich töten will?

So reglos wie möglich bleibe ich sitzen und sauge jedes Detail von ihm in mich auf.

Die Farbe seiner Haare, der Dolch an seinem Bein, das abgewetzte Leder seiner Kutte und die ausgewaschene Jeans in Kombination mit den schweren Stiefeln an seinen Füßen. Auch ohne, dass ich sie sehen kann, weiß ich, dass er die Waffe bei sich trägt, mit der er die drei Arschlöcher abgeknallt hat, die mich angegriffen haben.

Gnadenlos – sexy – durch und durch Mann!

Als ob er meinen eindringlichen Blick gespürt hätte, hebt er den Kopf und sieht mich direkt an. Vor lauter Schreck wäre ich fast von der Fensterbank in den sicheren Tod gestürzt. Ein überraschtes Quietschen ausstoßend, halte ich mich in letzter Sekunde am Fensterrahmen fest und stoße einen lauten Fluch aus.

Banks wirkt von meiner Tollpatschigkeit wenig begeistert.

Gott wie peinlich!

„Fuck Mädchen! Ich rette dich gerne erneut, ehrlich! Aber warte mit den Faxen, bis ich unter deinem Fenster angekommen bin, damit ich dich auffangen kann.“

Die Wut und die Sorge in seiner Stimme erwecken ein paar lebensmüde Schmetterlinge in meinem Bauch zum Leben.

Mit wackeligen Beinen klettere ich zurück in meine Wohnung und stütze mich nun mit den Armen an der Fensterbank auf.

„Was machst du hier, Devil?“

Die Hände in die Hosentaschen gleiten lassend, sieht er zu mir hoch.

„Na was wohl, ich genieße die Aussicht.“

Idiot!

„Na dann will ich dich mal nicht davon abhalten.“

Seine Mundwinkel zucken. Selbst von hier oben ist die Narbe, die sich wie eine tödliche Schlange über sein markantes Gesicht rekelt, deutlich zu sehen.

Ich tue so, als würde ich im Inneren verschwinden, was ihn den Kopf schief legen lässt.

„Wenn du denkst, dass du in dem Haus vor mir sicher bist, muss ich dich enttäuschen!“

Wie bitte, was?

„Bin ich etwa in Gefahr, oder warum sprichst du von Sicherheit?“

Er übergeht meine Frage, was mich nur noch etwas nervöser werden lässt.

„Es war gar nicht so leicht, dich aufzuspüren."

Diese acht Worte berauben mich auch meiner letzten Coolness.

„Warum hast du es überhaupt getan?"

Mittlerweile werden immer mehr Leute auf uns aufmerksam. Es ist meinen Nachbarn deutlich anzusehen, dass es sie ziemlich irritiert, dass einer der gefürchteten Red Devils in ihrer Straße steht und sich mit mir durch das Fenster hindurch unterhält.

Da ich erst vor Kurzem hier eingezogen bin und mich allen unter falschem Namen vorgestellt habe, weiß zum Glück niemand, dass ich Kings Schwester bin.

Noch ist mein Geheimnis sicher. Die Frage ist nur wie lang ...

„Komm runter und ich zeig es dir!"

Oh ... Oh ...

„Mir gefällt es, so wie es ist, ganz gut. Hat ein bisschen was Romantisches, findest du nicht. Fast wie bei Shakespeares Romeo und Julia."

Banks raues Lachen hallt zu mir nach oben.

„Sorry Mädchen, aber ich kann bis heute nichts Romantisches an dieser Geschichte erkennen. Zum Schluss sind beide tot. Das weißt du doch, oder Kleines?"

Das weiß ja wohl die ganze Welt.

„Tja, das ist dann wohl der beste Beweis dafür, dass ihr Biker einfach keinen Sinn für Romantik habt."

Sein Lachen wird noch lauter – ich mag das Geräusch.

„Falsch. Das beweist nur, dass wir uns gut mit dem Tod auskennen. Glaube mir Mia, am Sterben ist nichts Romantisches. Absolut nichts. Ich bevorzuge das Leben."

Da ist was Wahres dran. Da ich bis jetzt nicht den Eindruck habe, dass er hierhergekommen ist, um mich kaltzumachen, entspanne ich mich etwas. Zumindest so weit, wie das überhaupt möglich ist, mit dem Präsident des Red Devils Motorcycle Clubs vor meinem Haus.

Was eine Katastrophe!

Ich flirte mit dem Mörder meines Bruders und es fühlt sich toll an.

„Was willst du hier, Banks?"

„Dich sehen!"

Seine Antwort kommt prompt und lässt meine Hormone völlig durchdrehen.

Hol die Pistole aus der Handtasche, ziel und drück ab!

Die fiese Stimme meines Pflichtbewusstseins ausblendend, konzentriere ich mich ganz auf den Rocker.

„Warum?“
Dieses Mal dauert es einen Moment, bis er etwas sagt.
„Weil ich deine Finger noch immer auf meinem Gesicht spüren kann. Weil du mir zum Teufel noch mal nicht aus dem Kopf gehst.“
Seine gnadenlose Ehrlichkeit lässt mich eine fatale Entscheidung treffen.
„Gib mir fünf Minuten.“
Er nickt, ich schließe das Fenster, lehne mich von innen an die Wand und kämpfe gegen das emotionale Wirrwarr in meinem Herzen an.

Für eine Weile bleibe ich einfach so stehen, betrachte das Bild meines Bruders, das neben mir auf der Kommode steht, und murmle ihm ein leises „Entschuldige ...“ zu, ehe ich etwas frisches Make-up auftrage, meine Ballerinas anziehe, mir die Handtasche schnappe und meine Wohnung verlasse.

Vielleicht bleibt mir nichts anderes übrig, als mich auf meinen verrückten Plan einzulassen. Ich werde Banks besser kennenlernen, Zeit mit ihm verbringen und so herausfinden was für eine Art Mensch er ist. Stelle ich fest, dass er ein Monster ist, töte ich ihn und King bekommt seine Rache. Sollte Banks aber kein blutrünstiger Psycho sein, werde ich ihm nichts tun.

Mag sein, dass das die falsche Entscheidung ist – mag sein, dass ich dafür in die Hölle komme – das nehme ich in Kauf!

Die Regeln bestimmen noch immer die Lebenden, das wird meinem Bruder, wo auch immer er jetzt ist, sicherlich nicht gefallen, aber darauf kann ich keine Rücksicht nehmen.

6. Kapitel

Banks

Es hätte nicht so schwer sein dürfen, dieses Mädchen ausfindig zu machen. Aber das war es, verdammt!
Stunden – Tage habe ich damit verbracht, eine Spur zu finden, die mich zu Mia führt. Ich war kurz davor, aufzugeben ...
Diese Frau war wie vom Erdboden verschluckt. Je unwahrscheinlicher es geworden ist, dass ich sie jemals aufspüren werde, umso größer wurde mein Bedürfnis, noch mal ihren Duft einzuatmen.
Dass ich jetzt hier stehe und auf sie warte, verdanke ich nicht meinen enormen Fähigkeiten als Killer und Jäger, sondern einzig und allein dem Zufall.

Diego, unser Prospect, falsch, ehemaliger Prospect – er hat, kurz nachdem King sich an mir ausgetobt hatte, sein Full Patch bekommen – wohnt nur ein paar Blocks weiter. Er hat Mia heute Morgen beim Einkaufen gesehen und ist ihr unauffällig bis zu diesem Haus gefolgt. Glück muss man haben!

Die ersten zwei Tage ist es mir noch gelungen, meine Suche geheim zu halten, dann hat Ryker mich dabei erwischt, wie ich Evelyn nach Mia ausgefragt habe und zack wusste innerhalb kürzester Zeit der halbe Club, dass ich nach dem Mädchen suche. Die Geschichte von neulich Nacht hat die Runde gemacht. Mittlerweile ist jeder auf das Mädchen gespannt, das mir vorgegeben hat, mit wie vielen Kugeln ich die Wichser hinrichten soll, von denen es angegriffen wurde, und dem es gelungen ist, mein Interesse so nachhaltig zu wecken, dass ich halb Chicago nach ihm abgesucht habe.

Mehr oder weniger geduldig an meinem Bike lehnend, starre ich die Haustüre an und warte darauf, dass Mia endlich zu mir rauskommt.

Ich muss wissen, ob sie wirklich so süß ist, wie ich sie in Erinnerung habe. Über mich selbst verwundert schüttle ich den Kopf und zünde mir eine neue Kippe an.

Fuck! Was ist nur los mit mir?

Gedankenverloren spure ich mit dem Zeigefinger die wulstige Erhebung der Narbe an meinem Hals nach und fülle meine Lungenflügel mit Nikotin.

Romeo und Julia – was ein Schwachsinn!

Wie um alles in der Welt kann man im Tod etwas Romantisches sehen?

Entweder ist Mia dem Sensenmann noch nicht allzu oft begegnet, oder aber sie ist hoffnungslos verloren und braucht viel dringender als bisher angenommen einen Beschützer.

Die Zeit verstreicht, vor Ungeduld wippe ich mit dem Fuß auf und ab.

Warum dauert es so lange, von da oben nach hier unten zu kommen?

Gerade als ich befürchte, dass sie den Hinterausgang benutzt hat und abgehauen ist, verlässt sie den heruntergekommenen Betonklotz, in dem sie wohnt, und kommt auf mich zu.

Allein, dass ich hier stehe, ist schon aussagekräftig genug, also zwinge ich mich einfach, meine Kippe fertig zu rauchen, anstatt mit großen Schritten auf sie zuzugehen, sie an die Hauswand zu pinnen und vor all ihren Nachbarn zu ficken. Zögerlich überwindet Mia die Distanz zwischen uns, das eng anliegende schwarze Kleid, das sie trägt, endet eine Handbreit über ihren Knien und erlaubt mir, den Anblick ihrer schlanken Beine in mich aufzusaugen. Wie es sich wohl anfühlt, wenn sie sich um meine Mitte schlingen, während ich mich wieder und wieder in ihre enge Pussy ramme?

Die Vorstellung lässt mich hart werden, ich beiße die Zähne zusammen und lasse meine Augen vom Scheitel bis zur Sohle über das Mädchen gleiten. Ihre langen braunen Haare fallen in sanften Wellen über ihre Schultern. Unglaublich grüne Augen, helle Haut und Sommersprossen. Mia ist jung und strahlt eine Schutzbedürftigkeit aus, die mich wie magisch anzieht. Sie weckt den Krieger in mir.

Sie ist bedeutend jünger als ich, geschätzte fünfzehn Jahre, doch ihr fehlt diese typische Unschuld, die Frauen in ihrem Alter eigentlich wie einen Schutzschild vor sich hertragen. Ich spüre instinktiv, dass Mia in ihrem Leben schon so einige Scheiße durchstehen musste.

Das tut mir leid für sie!

Rote Lippen, lange schwarze Wimpern und eine kleine Nase – absolut perfekt.

Obwohl sie alles versucht, um ihre Unsicherheit vor mir zu verbergen, ist es ein Leichtes für mich, sie zu bemerken.

Sie kann nicht verstehen, warum ich hier stehe – mir geht es da ähnlich. Es ist absolut unlogisch, dass ich trotz der vielen Arbeit, die auf mich wartet, meine Zeit dafür vergeudet habe, sie zu suchen und schlussendlich zu finden.

Eine Armlänge von mir entfernt bleibt sie stehen, krallt sich am Riemen ihrer Handtasche fest und sucht meinen Blick. Sichtlich nervös leckt sie sich die Lippen, was meinen Schwanz nur noch härter werden lässt.

„Um ehrlich zu sein, weiß ich gerade nicht, was ich sagen soll.“
Ihr Eingeständnis, bringt meine Mundwinkel zum Zucken.
„Dann sag nichts, sondern steig auf.“
Mir ist klar, dass ihr Kleid nicht das richtige Outfit für eine Tour auf meinem Bike ist. Aber verdammt! Ich will nicht, dass sie sich umzieht, sie sieht so fucking perfekt darin aus.
Die Stirn runzelnd, deutet Mia auf ihre nackten Beine.
„So?“
Ich nicke, nehme den Helm und reiche ihn ihr.
Zu meiner Erleichterung nimmt sie ihn und setzt ihn sich auf. Eine Hand auf meiner Schulter abstützend, steigt sie zu mir auf die Harley und rutscht mit weit gespreizten Beinen nah an mich heran.
Das Wissen, dass nichts weiter als der dünne Stoff ihrer Unterwäsche zwischen mir und ihrer Muschi ist, hilft mir nicht gerade dabei, cool zu bleiben. Begierig darauf, Mia noch fester an mir zu spüren, packe ich sie an den Händen und ziehe sie entschlossen zu mir.
Ihre Schenkel pressen sich an die meinen, das weiche Fleisch ihrer Titten drückt sich gegen meinen Rücken, die Spitzen ihrer Haare kitzeln mich im Nacken – perfekt.
„Was hast du vor, Devil?“
Unsicherheit schwingt in ihrer Stimme mit.
„Ich bringe dich aus der Stadt!“
Mia versucht prompt, mir ihre Hände zu entziehen, zweifellos, um wieder von dem Motorrad zu steigen. Den Griff festigend, halte ich das Mädchen gefangen, drücke ihre kleinen Finger gegen meine Kutte und befehle ihr, sich festzuhalten.
Routiniert klappe ich den Ständer ein, starte den Motor und gebe Gas.
Genau wie beabsichtigt, schießt die Harley nach vorne, sodass Mia sich erschrocken an mir festkrallt. Ihre Fingernägel kratzen dabei über die Haut an meinem Hosenbund, meine Eier ziehen sich so heftig zusammen, dass es schmerzt.
Bloody Hell!
Noch nie habe ich auf ein Mädchen so krass reagiert wie auf Mia. Und das will was heißen. Ich werde nächsten Monat siebenunddreißig, ich habe schon so viele Frauen gefickt, dass ich mich nicht mal mehr an ihre Namen, geschweige denn an ihre Gesichter erinnere, doch so war es nie. Fuck! Sie muss nur in ihrem knappen Kleidchen hinter mir sitzen und ich bin kurz davor, in meiner Hose abzuspritzen.
Über mich selbst verärgert, missachte ich jegliche Geschwindigkeitsbegrenzungen und peile die südliche Stadtgrenze an.

Rabble kommt uns an einer Kreuzung entgegen, ich grüße ihn mit einem Handzeichen, setze den Blinker, folge der *Interstate 90* und lasse die Wolkenkratzer hinter uns.

Meile für Meile schaffe ich immer mehr Abstand zwischen uns und dem Club, eine knappe Stunde später hat sich die Umgebung drastisch verändert. Anstatt Hochhäusern säumen nun knorrige Bäume den Straßenrand. Die großen Straßen gegen immer kleinere eintauschend, brauchen wir noch weitere zwanzig Meilen, ehe wir an dem Ort ankommen, den ich für unseren ersten gemeinsamen Tag ausgesucht habe.

Die kleine Hütte am Ufer des Chicago Rivers gehörte einst Scarletts Vater, nach seinem Tod hat sie sie geerbt und dem Club zur Verfügung gestellt.

Seitdem komme ich immer mal wieder hierher, nehme mir eine Pause vom Alltag und genieße die Stille, die hier herrscht.

Hin und wieder begleitet Ryker mich, doch der ist die meiste Zeit damit beschäftigt, auf Evelyn aufzupassen und dafür zu sorgen, dass ihr kein anderer Kerl zu nahe kommt. Die fast schon kranke Besitzgier meines Sergeants konnte ich bisher nur schwer nachvollziehen.

Wenn ich mir aber vorstelle, dass Mia auf dem Bike eines anderen Mannes sitzen und ihre Schenkel an dessen Rückseite drücken würde ... *Shit!* Vielleicht kann ich langsam, aber sicher, verstehen, was Ryker zu seinem extremen Verhalten treibt.

Auf den letzten Metern verwandelt sich der mittlerweile private Weg in eine Schotterpiste, was bedeutet, dass wir hier anhalten und den Rest zu Fuß gehen werden.

Ich parke das Bike, schalte den Motor aus und ziehe mir die ledernen Handschuhe von den Händen. Der Versuchung nachgebend, fasse ich nach hinten und streiche über Mias entblößten Oberschenkel.

Ich muss weit nach oben langen, um den Saum ihres Kleids zu fassen zu bekommen. Das Ding ist aber auch verteufelt kurz und in dieser sitzenden Position so gut wir gar nicht mehr existent. Mias Haut ist weich und kalt. Sie stößt ein leises Keuchen aus, mein Schwanz zuckt.

Wäre sie eine Bitch und nicht das Mädchen, das sie nun mal ist, hätte ich sie längst ins Koma gefickt, so aber ist es mir bis jetzt gelungen, mich zurückzuhalten.

Wofür mir, verdammt noch mal, ein Orden verliehen werden sollte. Es fühlt sich so an, als wären meine Hoden längst blau angelaufen.

Noch nie ist es mir so schwergefallen, das Richtige zu tun.

Meine Selbstbeherrschung ist beinahe aufgebraucht.

Mit letzter Willenskraft nehme ich die Hand von ihrem Bein, löse ihre, vor meinem Bauch verschränkten, Finger und steige von der Maschine.

Abstand – ich brauche Abstand – sonst drehe ich durch!

Mia sieht mich irritiert an, sie scheint zu spüren, dass etwas nicht mit mir stimmt.

„Alles okay, Banks?“

„Fuck! Nein!“

Mit dieser geknurrten Antwort lasse ich sie stehen, wende mich ab und richte meinen Blick auf den Horizont.

Einatmen – ausatmen – einatmen – ausatmen ...

Ich höre, wie sie ebenfalls absteigt, kann mir vorstellen, wie süß sie dabei aussieht, und wie sie ihr Kleid so weit wie möglich nach unten zieht.

Warum hat sie sich eigentlich so aufgerüscht?

Sie wusste ja gar nicht, dass ich kommen würde!

Hat sie einen anderen Kerl? War sie verabredet?

Bullshit!

Meine Gedanken sind unangebracht, meine Eifersucht ebenfalls.

Die Tatsache, dass es mich im Grunde genommen überhaupt nichts angeht, was Mia macht, ausblendend, eile ich mit drei großen Schritten auf sie zu, schlinge meine Hände um ihre Arme und grabe die Finger so tief in ihr Fleisch, das sie gepeinigt zusammenzuckt.

Es ist mir egal, dass ich Angst in ihrem Blick erkennen kann und dass sie versucht, sich von mir loszureißen. Im Augenblick könnte meine Harley explodieren – es würde mich nicht interessieren ...

Ich drehe durch, das ist mir klar.

Aber es fühlt sich gut an, also kämpfe ich nicht gegen die Wut in meinem Inneren an, sondern lebe sie aus.

„Warum hast du das an? Warum bist du geschminkt? Fuck Mädchen! Fuck! Fuck! Fuck! Warum zur Hölle siehst du aus wie ein verfluchter Engel, der es darauf abgesehen hat, den Teufel am Schwanz zu ziehen?“

Furcht spiegelt sich in ihren moosgrünen Iriden, das Blut in meinen Adern beginnt zu kochen, meine Erektion drückt sich so hart gegen den Stoff der Jeans, dass es schmerzt.

Bei allen Göttern, was ist nur los mit mir?

„Bitte! Lass mich los, du tust mir weh!“

Ich ignoriere ihre Gegenwehr, Mia scheint zu kapieren, dass ich Antworten brauche.

„Das ist nur ein Kleid, Banks. Ich trage es oft und nein, ich war mit niemandem verabredet.“

Ihre Worte sickern langsam in meinen Verstand, gleich einem heftigen Regenschauer, der auf viel zu trockene Erde trifft.

„Banks!“

Nicht bereit, sie freizugeben, lockere ich zumindest den Griff etwas, und suche in ihren Augen nach dem Anschein einer Lüge. Mia scheint die Wahrheit zu sagen. Sehr schön ...

„Ich will dich, Mädchen! Jetzt!“

Sämtliche Farbe weicht aus ihrem Gesicht. Mir ist durchaus bewusst, dass ich mich gerade wie ein Irrer verhalte, aber ich kann nicht anders.

„Kann ich *Nein* sagen?“

Erstaunlicherweise klingt ihre Stimme nicht schwach oder zittrig, sondern beinahe schon herausfordernd.

Bloody Death!

„Natürlich kannst du das!“

Sie nickt zufrieden.

„Gut, dann tue ich das hiermit.“

Einzig der Umstand, dass ich sie nicht vergewaltigen will, rettet sie vor mir – für den Moment zumindest. Blitzartig, so als ob ich mich an ihr verbrannt hätte, lasse ich sie los und trete einen großen Schritt zurück.

„Sorry Baby. Mir sind die Sicherungen durchgebrannt.“

Eine schlechte Entschuldigung, Mia scheint sie zu reichen.

Sie reibt sich über die Arme, schöpft zittrig Atem und kommt auf mich zu. Sie muss verrückt sein. An ihrer Stelle würde ich so schnell wie möglich die Flucht ergreifen.

Obwohl ich sie im Augenblick nicht berühre oder bedrohe, ist uns beiden klar, dass sie mir ausgeliefert ist – schutzlos! Wenn ich wollte, könnte ich mit ihr anstellen, was immer ich will, Mia hat keine Chance gegen mich und es ist niemand da, der ihr helfen kann.

Ihr Leben, ihre Gesundheit und ihr Körper gehören in diesem Moment mir. Ein Umstand, der mir mehr als gut gefällt.

Und das wiederum macht mir Sorgen!

„Ja, das habe ich bemerkt. Aber warum? Ich bin mit dir mitgekommen, oder nicht? Ich bin hier und ich habe nicht vor wegzugehen. Du musst mich nicht verletzen, Devil du musst mich auch zu nichts zwingen – du kannst mich haben – nur noch nicht jetzt! Okay?“

Bei allen Devils! Diese wenigen Sätze sind mein endgültiger Untergang!

Bis jetzt wollte ich Mia einfach nur, ich habe sie begehrt, wie noch nie etwas zuvor. Aber jetzt *muss* ich sie *besitzen.* Ich habe gar keine andere Wahl mehr. Entweder sie gehört mir, oder sie gehört niemandem! So einfach ist das!

Erst als sie mir so nah ist, dass mir ihr unverkennbar weiblicher Geruch in die Nase steigt, stoppt sie, streckt langsam ihre Hände nach mir aus und umfasst mein von Gewalt gekennzeichnetes Gesicht.

Im Vergleich zu mir ist sie so klein und zerbrechlich.

Ein kraftvoller Schlag würde ausreichen, um ihre Knochen zu zerschmettern und sie zu töten. Also halte ich ganz still, warte ab, was nun passiert.

Es ist ungewohnt für mich, die Kontrolle abzugeben.

Sie leckt sich über die Unterlippe, stellt sich auf die Zehenspitzen und haucht mir einen federleichten Kuss auf das Kinn. Ich erstarre. Mein Herz rast. Es schlägt so kraftvoll gegen meine Rippen, dass es wehtut. Den Anfang der Narbe berührend, lässt sie ihre Finger über die glatte Erhebung streichen, an meinem Kiefer nach oben, an meinem Mund vorbei, bis hoch zur Schläfe. Ich erschaudere, schließe die Augen und genieße das warme Gefühl, das sich in meinem Brustkorb ausbreitet.

Was geschieht mit mir?

Mit aller Kraft kämpfe ich gegen den Drang an, mir das Mädchen zu schnappen, auf den Boden zu werfen und mich in sie zu stoßen.

Ihr Kleid spielt mir in die Hände.

Es wäre so leicht nach oben geschoben ...

„Halt mich, Banks."

Ich sehe sie an, suche ihren Blick. Ich zwinge mich dazu, sanft zu sein, lege meine Hände auf ihre Taille, spüre die Wärme ihres kleinen Körpers.

„Berühr mich."

Über ihren Rücken streichend, stoße ich ein wildes Knurren aus.

So wunderbar – so perfekt – so meins ...

„Küss mich."

Ich zögere. Sie weiß nicht, worauf sie sich da einlässt. Sie kann es nicht wissen! Woher auch? Ich selbst kann nicht begreifen, was gerade zwischen uns geschieht.

„Bist du dir sicher, dass du das willst? Wenn ich dich erst mal gekostet habe, gehörst du mir. Hölle und Verdammnis! Im Grunde genommen tust du das schon, seit dem Augenblick, in dem ich deine Hilfeschreie gehört habe."

Mia wispert mir ein kaum hörbares „Ja" zu, diese minimale Zustimmung reicht mir aus.

In meinem Kopf legt sich ein Schalter um, ich verliere die Kontrolle, packe sie so fest, dass sie erschrocken aufkeucht, hebe sie hoch und pinne meinen Mund auf den ihren.

Mit ihrem Gewicht in meinen Armen stoße ich mit der Zunge vor, fordere Einlass und zwinge ihre Lippen auseinander. Mia öffnet sich mir seufzend, schlingt ihre Arme um meinen Nacken und lässt zu, dass ich mich durch ihre samtene Mundhöhle wühle.

Der Hunger nach ihr erreicht einen neuen Höhepunkt, die Erdachse kippt, ich verliere den Bezug zur Realität. Wieder und wieder stoße ich mit meiner Zunge zu, winde mich um die ihre und trinke ihren Atem.

Danach habe ich all die Jahre gesucht ...

Es fühlt sich so an, als wäre ich jetzt, nach all der Scheiße, die ich bisher erlebt habe, am Ziel angekommen. Jeder Tag, jedes Jahr, jeder Tote, King und der ganze andere Bullshit, der in meinem Leben bisher passiert ist, war nichts weiter als ein langer und harter Weg, den ich gehen musste, um zu dieser Frau zu kommen.

Wimmernd erwidert Mia den Kuss, ich vergrabe meine Faust in ihren Haaren, ziehe ihren Kopf nach rechts und vertiefe unser Zungenspiel. Unsere Zähne schlagen krachend aufeinander, vor meinen Augen wird es schwarz und meine Knie werden weich. Keine Ahnung wie viel Zeit vergeht, bis Mia sich langsam aus dem Kuss zurückzieht und mich aus verträumten Augen ansieht. Ich spüre, dass sie zittert.

„Was passiert hier gerade?“

Ihre Stimme ist leise und heiser.

„Fuck Mädchen, keine Ahnung.“

Sie sieht mir tief in die Augen, was auch immer sie darin entdeckt, bringt sie dazu, eine weitere Frage zu stellen.

„Wirst du mir wehtun?“

Eine berechtigte Frage.

„Ich weiß es nicht! Du löst seltsame Dinge in mir aus.“

Mia nickt, so als ob sie mit dieser Antwort gerechnet hätte.

Mit großen Schritten trage ich sie zu der Hütte, setze mich auf die vom Wetter gezeichnete Bank vor der Türe und platziere das Mädchen auf meinem Schoß.

Das Kleid wird, genau wie zuvor auf meinem Bike, nach oben geschoben. Entblößt helle Haut, weiche Rundungen und die roten Spitzen ihres Strings.

Ich schlucke schwer und betrachte das V zwischen ihren gespreizten Schenkeln.

Nicht mehr lange und dann wird der Augenblick gekommen sein, in dem ich mich bis zum Anschlag in ihr Loch ramme.

Ich werde keine Gnade kennen, sie meine Kraft spüren lassen und mich so tief in ihr versenken, dass sie mich für den Rest ihres Lebens in sich spüren kann!
So als ob sie die Gefahr, die ich im Augenblick für sie darstelle, fühlen kann, hält sie ganz still. Ihre Hände ruhen auf meinen Schultern, ihr warmer Atem streift mein Gesicht. Die Minuten vergehen, ich brauche eine gefühlte Ewigkeit, um mich wieder in den Griff zu bekommen.

Erst als ich mir sicher bin, dass ich mich wieder unter Kontrolle habe, erlaube ich mir, ihr wieder in die Augen zu sehen.

„Für einen Moment dachte ich, dass du mich jetzt und hier so lange ficken wirst, bis ich in zwei Teile zerbreche."

Bämm ... Sie hat mich durchschaut.

„Ich war kurz davor, genau das zu tun!"
Mit dieser Ehrlichkeit hat Mia offensichtlich nicht gerechnet. Ihre Pupillen weiten sich überrascht.

„Und warum hast du es nicht getan?"

„Hättest du es denn gewollt?"
Sie überlegt kurz, schüttelt dann verneinend den Kopf.

„Da hast du deine Antwort. Wenn ich dich das erste Mal nehme, mir deinen Körper aneigne und dich zu der Meinen mache, dann will ich, dass du es auch willst. Kapiert?"

Sie nickt, küsst mich erneut und knabbert an meiner Unterlippe. Hart und dick drückt sich mein Schwanz durch den Denimstoff hindurch gegen ihren Po.

Zum ersten Mal in meinem Leben küsse ich um des Küssens willen. Langsam beginnt Mia damit, ihren Unterleib an mir zu reiben, ihr Becken kippt, ihre Haare streichen über meine Stirn.

Bis auf das Rauschen des Flusses und unseren stoßweise kommenden Atemzügen ist nichts zu hören. Und obwohl ich faktisch nichts über diese Frau weiß, spüre ich, dass sie ab jetzt mir gehört.

Diese Entscheidung ist riskant und wird meine Welt auf den Kopf stellen, aber das nehme ich gerne in Kauf.

7. Kapitel

Mia

Bis auf das aus dem Takt geratene Pochen meines Herzens und die Geräusche der Natur um mich herum höre ich nichts – absolut nichts. Weder das Rauschen von Autos noch irgendwelche Sirenen oder das Gemurmel von unzähligen Stimmen.
Keine Ahnung, wann ich das letzte Mal aus der Stadt rausgekommen bin, es muss Jahre her sein ... Die Hütte, oder soll ich es kleines Landhaus nennen, hat eine abgeschiedene Lage.
Man könnte fast meinen, dass Banks und ich die einzigen Menschen auf der Welt sind. Das aus Glas und Holz bestehende Häuschen ist wunderschön und auf eine kostspielige Art rustikal. Die Hälfte der Einwohner Chicagos wären wahrscheinlich froh, wenn ihr Zuhause nur halb so luxuriös wäre wie diese Hütte, in der ich mich gerade mit dem Präsidenten des Red Devils Motorcycle Clubs befinde. Meine Lippen sind noch immer von seinen Küssen geschwollen und zwischen meinen Beinen zieht es sehnsüchtig. In dem Moment, in dem ich zu ihm auf seine monströs wirkende, schwarze Harley gestiegen bin, bin ich ein enormes Risiko eingegangen.

Banks ist groß, muskulös und scheint mehr Kraft zu haben als ein Grizzlybär. Wenn er wollte, könnte er mit mir machen, was er will, doch er tut es nicht. Der Hunger in seinen Augen verrät mir, wie sehr er mich will, und dass es ihn einiges an Beherrschung kostet, sich zurückzuhalten. Die Art, wie sich sein harter Schwanz gegen meinen Hintern gedrückt und wie er mich geküsst hat, war alles andere als harmlos.

Noch immer hallen seine Worte durch meinen Kopf:

... Wenn ich dich das erste Mal nehme, mir deinen Körper aneigne und dich zu der Meinen mache, dann will ich, dass du es auch willst. Kapiert? ...

Wumm! Diese Ankündigung hat mich beinahe umgehauen.
So viel Dominanz, Arroganz und Romantik in nur einem Satz. Wie um alles in der Welt soll ich mich da nicht in diesen Biker verlieben? Banks ist auf seine ganz eigene und düstere Art extrem sexy.

Seit seiner Androhung, sich meinen Körper anzueignen, stelle ich mir vor, wie es wohl ist, von ihm überwältigt zu werden.

Es muss fantastisch sein, ihn in mir zu spüren, während ich von seinen Muskeln umgeben bin. Das Problem ist nur, das Banks gefährlich für mich ist.

Mit ihm wird es nicht einfach nur Sex sein – dafür hat er bereits jetzt schon viel zu viel Macht über mich – er wird mich vereinnahmen, für sich beanspruchen und auf ewig an sich binden.

An sich ist das nichts Schlechtes, ich habe beobachtet, wie die Devils mit ihren Old Ladys umgehen – jede von ihnen ist zu beneiden – aber wie kann ich das mit dem vereinbaren, was zwischen ihm und King passiert ist?

Mit dem Mörder meines Bruders zu vögeln ist eine Sache, mich auch emotional auf ihn einzulassen, eine ganz andere.

Banks taucht mit zwei Flaschen Bier hinter mir auf.

Wortlos reicht er mir eine und setzt sich neben mir auf die Bank.

Die Sonne spiegelt sich in der tiefblauen Oberfläche des Chicago Rivers. Der Fluss wirkt dunkel und unheimlich, genau wie der Devil neben mir.

„Woran denkst du, Mädchen?“

Soll ich ehrlich sein?

Warum eigentlich nicht? Ich habe nichts zu verlieren ...

„An die Vergangenheit, die Gegenwart und die Zukunft.“

Ein freudloses Lachen ausstoßend, nippt er an seinem Bier und reicht mir eine Zigarette.

„Konzentrier dich auf die Gegenwart. Die Vergangenheit kannst du nicht ändern und die Zukunft ist unberechenbar.“

Äußerst weise ...

„Kann ich dich etwas fragen?“

Er nickt und zieht an seiner Kippe.

„Kommt drauf an, worum es geht.“

Aha, es gibt also Einschränkungen.

„Du bist ein Killer.“

Seine Augen ruhen auf mir.

„Das war keine Frage. Außerdem warst du dabei, als ich die drei Wichser kaltgemacht habe. Worauf willst du hinaus, Mia?“

Er klingt gereizt. Verständlich!

Nervös zupfe ich das Etikett von der braunen Flasche und meide es, ihn anzusehen. Sein Blick brennt sich regelrecht in mein Gesicht.

„Hast du es jemals bereut? Also ich meine, hast du schon mal jemanden getötet und im Nachhinein erkannt, dass es falsch war?“

Die Augen auf das rauschende Wasser richtend, gibt er ein undefinierbares Geräusch von sich, ehe er mir antwortet.

„Nein. Nie! Im Gegenteil! Bei so manchem Wichser bereue ich, dass ich ihm nicht schon bei der ersten Begegnung eine Kugel in den Kopf gejagt habe. Auch die Kerle, die dich angegriffen haben, hatten einen viel zu leichten Tod.“ Wieder sieht er zu mir. „Geht es darum? Fühlst du dich wegen dem, was passiert ist schuldig?“
Ich zwinge mich zu einem Lächeln.

„Nein, es war nur eine ganz allgemeine Frage.“
Banks mustert mich prüfend, es ist ihm anzusehen, dass er mir nicht glaubt.

Er nimmt sich meine Hand, verflicht seine Finger mit den meinen und beginnt mit seiner schwieligen Daumenkuppe über die empfindliche Stelle an meinem Gelenk zu streichen, an der sich mein Puls regelrecht überschlägt.

In den Tiefen seiner ozeanblauen Augen versinkend, beobachte ich, wic er mir immer näher kommt.

„Hör zu Mia! Das zwischen dir und mir ist gerade erst am Anfang, also sehe ich mich verpflichtet, dich über eine Sache aufzuklären, um eventuellen Missverständnissen vorwegzugreifen.“
Seine Stimme klingt ernst, das Blau seiner Iriden wird noch eine Nuance dunkler.

„Ich habe dich beschützt und ich werde es jederzeit wieder tun. Jeder, der dir zu nahe kommt oder dich verletzen will, muss zukünftig erst an mir vorbei. Diese drei Typen waren nur der Anfang. Mit dem Töten habe ich kein Problem. Um dich in Sicherheit zu wissen, würde ich Dutzende Morde begehen.“

Ach du heilige ... Dieser Rocker meint das absolut ernst.

„Warum?“

Wieder sieht er zum Fluss, beobachtet, wie das Wasser unbeeindruckt an uns vorbeirauscht.
„Du faszinierst mich.“

„Das ist alles?“

Meine Frage belustigt ihn.

„Aye, gibt es einen besseren Grund?“
Mir will keiner einfallen.

In der einen Sekunde sitze ich noch neben, in der nächsten auf ihm.

„Was hast du vor?“
Nervosität breitet sich in mir aus.

„Ich will dich spüren, schmecken und festhalten. Eine Woche lang habe ich nach dir gesucht, ich dachte schon, ich würde dich niemals finden.“
Vielleicht wäre das für uns beide das Beste gewesen.

So ehrlich er seinen Schutzschwur auch gemeint haben mag, das war nicht das, was ich eigentlich hören wollte. Irgendwie hatte ich gehofft, dass er sagt, dass er es bereut, King getötet zu haben, dann hätte ich ihm das alles vielleicht verzeihen können.

Im Nachhinein kapiere ich erst, wie naiv diese Hoffnung war.

Mein Bruder war der Anführer einer Gang, die im Revier der Red Devils für jede Menge Ärger gesorgt hat. Das lassen sich die Biker natürlich nicht gefallen ... Ganz davon abgesehen war mein Bruder so irre, dem Chefrocker das Gesicht zu zerschneiden. Wie um alles in der Welt sollte Banks es also bereuen, einen Mann getötet zu haben, der ihn gefoltert hat?

Dumm ... Dumm ... Dumm ...

Ich bin innerlich zerrissen, denn mit jeder Sekunde, die ich länger in Banks Nähe verbringe, wird mir bewusster, dass ich es nie schaffen werde, ihn zu töten.

Mit der Nase an meiner Schläfe hinab zu meinen Lippen streifend, vergräbt er seine Finger in meiner Taille, teilt mit seiner Zunge meine Lippen und dringt gemächlich in meinen Mund ein.

Sein Kuss ist langsam und bedächtig, entfacht ein Verlangen, so alt wie die Zeit.

Entschlossen all meine Sinne beisammen zu halten, beginne ich ein paar der Dinge, die gegen uns sprechen laut aufzuzählen. Zittrig löse ich mich von ihm.

„Wir kennen uns gar nicht, Banks."

Er nickt.

„Ja, das ist richtig, aber das ist auch nicht wichtig."

Wieder schiebt sich seine Zunge in meinen Hals. Es fühlt sich einfach so verdammt gut an, von ihm geküsst zu werden. Meine Zurückhaltung zerbröselt wie ein zu weicher Butterkeks. Nicht bereit, so leicht aufzugeben, unterbreche ich unseren Kuss erneut.

„Du weißt nicht das Geringste über mich, Devil."

Er brummt.

„Wir haben genug Zeit, um das zu ändern."

Mit der Zunge spurt er die Konturen meiner Lippen nach, mit letzter Willenskraft drehe ich den Kopf beiseite, sodass er mich nicht erneut küssen kann.

Jetzt stößt er einen ungeduldigen Fluch aus.

„Fuck, Mädchen! Was soll das werden?"

„Was, wenn ich bei unserer ersten Begegnung nicht gelogen habe und dich wirklich tot sehen will?"

Ein raues Lachen ausstoßend, sieht er mir tief in die Augen und atmet geräuschvoll aus.

„Du bist kein Killer, Mia. Und wenn du irre genug bist und es versuchen willst, dann tu es. Wunder dich aber nicht, wenn schlussendlich du diejenige bist, die blutet."

Ohhhhh ...

„Ich kann nicht verstehen, warum du mich so unbedingt willst?"

„Daran gibt es auch nichts zu verstehen. Es ist so! Fertig!"

Er macht es sich schon verdammt leicht.

Aber wer bin ich, ihn deswegen zu kritisieren?

Schließlich sitze ich auf seinem Schoß, meine Finger in dem Leder seiner Kutte vergraben und mit seinem Geschmack auf den Lippen.

Entschlossen packt er mich an den Haaren, dreht meinen Kopf zurecht und küsst mich so stürmisch, dass ich gar nicht mehr auf die Idee komme, ihm auszuweichen. Sein Atem wird zu meinem, unsere Herzen schlagen im Gleichklang und sein harter Schwanz presst sich ungeduldig gegen meinen Po ... *Hilfe!*

Keine Ahnung was sich das Schicksal dabei denkt, mich so auf diesen Mann reagieren zu lassen, aber es fühlt sich fast so an, als hätte ich gar keine Chance, mich gegen diesen Devil zu sträuben. Er will mich und ich will ihn – so einfach ist das.

Alle Widrigkeiten, die gegen uns sprechen, verlieren bei jedem erregenden Vorstoß seiner Zunge mehr und mehr an Bedeutung. Kreisend presse ich mein Becken fester gegen seine Erektion, beiße mich an seiner Unterlippe fest und blende die warnende Stimme meines Unterbewusstseins endgültig aus.

Soll mich doch der Teufel holen ...

„Ich will dich, Banks!"

Ein Fauchen ausstoßend, reißt er meinen Kopf nach hinten und sucht meinen Blick.

„Sicher?"

Was für eine Frage – natürlich nicht.

„Ja!"

Seine Nasenflügel blähen sich.

„Hier?"

Da ich meiner Stimme nicht traue, nicke ich einfach nur.

„Fuck! Ich muss dich warnen, Mädchen. Ich kann jetzt nicht zärtlich sein. Wenn ich dich jetzt ficke, dann tief und gnadenlos."

Ich bezweifle, dass dieser Outlaw überhaupt im Stande für zärtlichen Sex ist. Dafür ist er einfach zu rau, zu wild und zu kraftvoll.

„Tief und gnadenlos klingt perfekt!"

Für den Bruchteil einer Sekunde sieht er mich einfach nur prüfend an. So als würde er abwägen, ob ich stark genug bin, um das Kommende zu überstehen. Dann springt er auf, trägt mich zu seinem Bike und pinnt seinen Mund grob auf den meinen. Seine Zunge erobert mich, unsere Zähne schlagen aufeinander.

Noch bevor ich den Kuss auch nur ansatzweise erwidern kann, löst Banks sich wieder von mir, dreht mich um und beugt mich über seine Harley.

Wenige Handgriffe später hat er mein Kleid nach oben geklappt und meinen String regelrecht zerfetzt. Geschickt teilt er mit seinen langen Fingern meine empfindlichen Schamlippen. In dem Moment, in dem er die Feuchtigkeit ertastet, raunt er mir leise ins Ohr, dass er es kaum erwarten kann, sich bis zum Anschlag in mich zu stoßen.

Da geht es ihm wie mir – ich kann es kaum erwarten, ihn so tief wie möglich in mir zu spüren. Mag sein, dass das hier gerade ein Fehler ist, aber das macht nichts. Wenn es so ist, dann ist Banks der heißeste Fehler meines Lebens ...

Zwei seiner Finger schieben sich in meinen engen Kanal, weiten mich und entlocken mir einen rauen Schrei. Kreisend umzirkelt sein Daumen meinen Kitzler, meine Knie geben schlagartig nach. Keuchend drücke ich ihm meine Rückseite entgegen, lehne mich auf das weiche Leder des Sitzes und halte mich an seinem Motorrad fest.

Es dauert nur wenige Atemzüge, bis ich kurz vor einem heftigen Orgasmus stehe.

Banks scheint es zu spüren, stoppt das dekadente Spiel seiner Finger und verpasst meiner Muschi einen leichten Klapps.

Zitternd und mit rasendem Puls lausche ich dem Klirren seiner Gürtelschnalle und dem Rascheln seiner Hose. Von Nervosität getrieben, versuche ich, mich aufzurichten, Banks hindert mich daran, indem er mich am Nacken packt und bestimmend wieder nach unten drückt.

Das allzu vertraute *Ratsch* einer aufreißenden Kondomverpackung lässt mein Herz hilflos durch meinen Brustkorb stolpern – Rhythmusstörungen.

„Bitte Banks! Ich ähm ...“ Nicht sicher, ob ich ihn stoppen oder anfeuern will, verstumme ich wieder. Will ich das wirklich durchziehen? Jetzt, wo es ernst wird, werden Zweifel laut.

Du fickst mit dem Mörder deines Bruders ...

Die fiese Stimme in meinem Großhirn kann es nicht lassen und muss mich unentwegt an diese Tatsache erinnern, obwohl das gar nicht nötig wäre – wie sollte ich das je vergessen können?

Die Hände, die dich gerade berühren, sind dieselben, die King getötet haben! Tränen schießen mir in die Augen.

Was soll ich nur tun?

Gerade als ich den Mund öffne und Banks stoppen will, spüre ich seine dicke Eichel an meinem zuckenden Eingang. Ich bringe gerade noch ein heiseres „Nei..." zustande, dann rammt er sich auch schon unaufhaltsam und bis zum Schaft in mich hinein.

Unglaublich dick und verflucht lang pfählt mich sein Schwanz regelrecht. Es fühlt sich so an, als würde ich in zwei Teile gerissen werden.

Mein lauter Schrei durchbricht die Stille, verhallt ungehört.

Bank stöhnt, lässt die Hüften kreisen und beugt sich über mich, sodass ich zwischen ihm und seinem Bike eingeklemmt bin.

„Yeah Baby! Yeah! Du fühlst dich an wie das gottverdammte Paradies!"

Die Pein, die durch meine Adern rauscht, bringt meine Nervenbahnen zum Vibrieren. Mein Unterleib steht in Flammen. Der heftige Dehnungsschmerz raubt mir die Luft. Der Puls dröhnt mir in den Ohren. Keuchend japse ich nach frischem Sauerstoff, mit jeder Sekunde, die er länger in mir ist, lässt die Pein etwas nach und verwandelt sich in ein angenehmes Ziehen.

„Du bist so verflucht eng, Mädchen. Man könnte meinen, dass du noch Jungfrau warst."

War ich aber nicht. Ich hatte im vergangenen Jahr nur einfach keine Zeit für Sex, weil ich jeden Tag damit beschäftigt war, die Devils zu beobachten und meine Rache zu planen.

Was für eine Ironie ...

„Es fühlt sich an, als hättest du mich innerlich zerrissen."

Banks lacht, zieht sich ein Stück zurück und bohrt sich wieder unfassbar tief in mich hinein. „Es wir einige Zeit dauern, bis du dich an mich gewöhnt hast. Fuck! Ich werde dich oft ficken müssen, damit sich dein Körper dem meinen anpasst."

Seine Worte machen mir Angst und erregen mich gleichermaßen.

Mit der Nase über mein Ohr streichend, knabbert er erst nur leicht an meinem Hals, ehe er mich seine Zähne spüren lässt. Er beißt fest zu und saugt meine Haut in seinen heißen Mund. Ich kreische, was ihn nur noch mehr anzustacheln scheint.

Sein Sixpack spannt sich an, sein Bizeps wölbt sich und die Muskeln in seinen Oberschenkeln werden hart, machen sich bereit, um in einen kraftvollen Rhythmus zu verfallen.

Banks fickt mich immer tiefer und härter, rammt sich gnadenlos in meine Pussy und knurrt dabei wie ein wilder Wolf.

Der bösen Stimme in meinem Kopf gehen die Lichter aus, ich lasse mich fallen, inhaliere den Geruch von Mann und Leder und spüre, wie sich auch das letzte bisschen Schmerz in pure Lust verwandelt. Banks bemerkt die Veränderung, die in mir vonstattengeht und stöhnt zustimmend.

„Braves Mädchen, lass locker und beug dich noch ein bisschen weiter vor."

Ich tue es, was dafür sorgt, dass er noch ein Stückchen tiefer in mich eindringt. Keuchend beiße ich mir auf die Unterlippe und presse mich seinen Stößen entgegen.

Halleluja!

Wenn ich gewusst hätte, dass dieser Biker wie ein Pferd ausgestattet ist, hätte ich bei unserem ersten Mal auf eine andere Stellung bestanden.

In dieser spüre ich ihn so dick und intensiv, dass es mir die Sprache verschlägt. Ich murmle etwas Unverständliches und kneife die Augen zusammen, als das Ziehen in meinem Unterleib immer heftiger wird.

Der Orgasmus, der wie eine Bombe einschlägt, reißt mich von den Füßen. Am ganzen Körper zitternd schreie ich meine Lust hinaus, lausche dem klatschenden Geräusch seines Unterleibs, der immer wieder auf den meinen trifft und spüre, wie mir eine vereinzelte Träne über die Wange rinnt. Welle für Welle rauscht das heiße Prickeln durch meine Glieder. Am Rand meines Sichtfelds zucken rote Blitze – ich bin verloren.

Banks legt immer noch mehr Kraft in unseren Fick. Es fühlt sich fast so an, als würde er gar nicht tief genug in mich stoßen können.

Ein Ruck geht durch seinen Körper, er brüllt und schlingt mir einen Arm um die Taille, um mich in eine stehende Position zu ziehen.

Kaum dass ihm das gelungen ist, legen sich seine Finger um meine Kehle. Er drückt zu, würgt mich leicht und löst so – unglaublich, aber wahr – einen weiteren Höhepunkt aus. Anstatt einem Schrei entweicht mir nur ein leises Gurgeln. Die Dunkelheit streckt ihre Fänge nach mir aus, ich heiße sie nur allzu gerne willkommen. Anstatt mich gegen seinen Griff zu wehren, lasse ich mich bereitwillig gegen ihn sinken und spüre, wie sein Schwanz tief in mir zuckt und pocht. Kurz bevor ich ohnmächtig werde, verschwinden seine Finger von meinem Hals und legen sich besitzergreifend auf meinen Bauch. Japsend schnappe ich nach Luft, erneut beißt Banks sich an meinem Nacken fest.

„Wie ich sehe, verstehen wir uns, Baby."

Seine gegen meine Haut gemurmelten Worte, lösen ein aufgeregtes Flattern in meinem Magen aus. Das hier war nur eine kleine Kostprobe von dem, was mich erwartet, und zur Hölle, ich kann es kaum erwarten, mich diesem Outlaw erneut zu unterwerfen ...

Als wir eine Stunde später die Heimfahrt antreten, zucke ich in dem Moment, in dem ich mich auf sein Motorrad setze, schmerzerfüllt zusammen. Ich bin wund, der Sozius ist hart und mein Gleichgewichtssinn noch immer nicht wieder ganz hergestellt.

Banks mustert mich mit einem zufriedenen und einem prüfenden Auge.

„Bist du dir sicher, dass du fit genug bist? Wir können noch etwas warten?“

Trotz der Sorge, die sich in seinem Blick spiegelt, schwingt purer männlicher Stolz in seiner Stimme mit. Es gefällt ihm, was er mit mir angestellt hat. Verrückterweise ist er damit nicht allein, ich kann es kaum erwarten, erneut seinen Schwanz in mir und seine Hand an meiner Kehle zu spüren.

Das, was da zwischen uns passiert ist, hatte nicht viel mit normalem Sex zu tun. Es war ein grenzwertiges Spiel aus Schmerz, Angst und Lust und ich habe jede Sekunde genossen.

Wir haben nicht besprochen, wie es jetzt weitergeht, dennoch bin ich irgendwie davon ausgegangen, dass er mich nach Hause bringt.

Falsch gedacht! Kaum dass wir die Stadtgrenze passiert haben, fährt er direkt zum Club. Es fühlt sich merkwürdig an, hier zu sein.

Die letzten Monate habe ich unzählige Stunden damit verbracht, dieses Gelände auszukundschaften, die Devils zu beobachten und mir auszumalen, wie es wohl sein wird, einen nach dem anderen umzubringen. Doch anstatt mit einer Waffe in der Hand und einem Kopf voller Rachepläne, sitze ich hinter dem Präsidenten des MCs und habe noch immer seinen Geschmack auf den Lippen.

Ich spüre das kraftvolle Spiel seiner Muskeln, genieße seine Wärme und seinen unverkennbar männlichen Geruch.

So schnell kann sich das Leben ändern ...

Das Haus, in dem sich das Hauptquartier der roten Teufel befindet, und in dem regelmäßig die wildesten Partys gefeiert werden, ist ein eigentlich unscheinbarer, würfelförmiger Betonbau.

Das Gelände ist groß, geradezu riesig, und wird von einem Zaun und einer hohen Mauer vom Rest der Welt abgeschirmt.

Unzählige Bikes stehen mit dem Hinterreifen zum Club geparkt da, die Sonnenstrahlen brechen sich im aufpolierten Chrom.

Aus den offen stehenden Werkstatttoren dringt dunkles Lachen, das von einem gleichmäßigen Gehämmer unterbrochen wird. Es herrscht eine rege Betriebsamkeit, die irgendwie beruhigend auf mich wirkt.

Links von mir stapeln sich Hunderte von Autoreifen, es stinkt nach Benzin und Rauch.

Obwohl uns niemand besondere Aufmerksamkeit zu schenken scheint, spüre ich dennoch die vielen fragenden Blicke auf mir.

Es wundert mich nicht, dass Banks Brüder vor Neugierde beinahe umkommen. In all der Zeit, in der ich ihn nun schon beschattet habe, habe ich nie gesehen, dass Banks es einer Frau gestattet hat, sich seinem Motorrad auch nur zu nähern.

Gefickt hat er viele, auch hier mitten im Hof und vor den Augen aller Anwesenden – aber das war es dann auch. Sobald er mit ihnen fertig war, hat er sie wie Luft behandelt.

Ich kann mir also durchaus was darauf einbilden, dass er nicht nur die Stadt nach mir abgesucht, sondern mich auch auf seiner heiß geliebten Harley gevögelt hat. Wie üblich parkt er direkt neben der Eingangstüre, kaum dass der Motor verstummt ist und er den Ständer ausgeklappt hat, legt sich seine Hand auf mein Bein und schiebt sich langsam nach oben. Die Tatsache, dass mein String unseren Trip nicht überlebt hat, scheint Banks gut zu gefallen. Seine rauen Fingerspitzen streichen über meine empfindlichen Schamlippen, entlocken mir ein sehnsüchtiges Wimmern.

„Bist du bereit für Runde Nummer zwei?“

Mein Inneres brennt und pocht, ich bin wund und fühle mich extrem schutzlos, dennoch kann ich es kaum erwarten, erneut von ihm überwältigt zu werden.

„Finde es doch heraus, Outlaw.“

Mit ruckartigen Bewegungen steigt er ab, zieht mir den Helm vom Kopf und sieht mich aus zusammengekniffenen Augen an.

„Ich werde wieder nicht sanft zu dir sein.“

Nervosität breitet sich in mir aus.

„Ich will nicht, dass du sanft zu mir bist. Ich will, dass du mir wehtust.“

Das Eingeständnis kam mir so leicht über die Lippen, dass es uns beide erstaunt.

„Du willst schreien?“

Es verschlägt mir die Sprache. Sodass ich einfach nur mit weit gespreizten Beinen vor ihm auf dem Bike sitze und zustimmend nicke.

Einen derben Fluch ausstoßend, ballt er die Hände zu Fäusten.

„Ich könnte dich schwer verletzen.“

Oh ja und dafür müsste er sich nicht mal anstrengen.
„Ich vertraue dir."
Sein Blick gleitet an mir herab zwischen meine Schenkel.
„Das könnte ein Fehler sein!"
Wie aufs Stichwort beginnt sein Handy zu klingeln, er zieht es aus der Tasche, checkt den Namen am Display und geht ran.
Ich atme zittrig aus und frage mich, was zur Hölle eigentlich mit mir los ist!?
„Blake?"
Aha, der Vize verlangt nach dem Big Boss.
„Vier tote Nutten?"
Banks klingt genervt. Mein Interesse ist geweckt. Für ein paar Sekunden lauscht er den Worten seines VPs, dann stößt er einen Fluch aus.
„Ach, Shit! Kannst du sie nicht einfach irgendwo im Wald verscharren? Am besten weit weg von uns. In Woodbury oder so, in den Wäldern dort kennst du dich doch schon gut aus."
Wie bitte? Was?
Entsetzt starre ich den Rocker an, dem ich vor einer Minute noch zugesichert habe, dass ich ihm vertraue. Sein Lachen klingt freudlos geradezu eiskalt.
„Aye, reg dich ab, Bro. Bin schon längst da und komme gleich ins Büro. Informiere Chazz und Ryker, sie tragen doch dieses verdammte *Red-Light-Crew-Patch* auf dem Leder."
Nach diesen Worten beendet er das Gespräch einfach und packt das Telefon wieder in die Jeans.
Fluchend fährt er sich mit der rechten Hand durch die Haare und sieht mich aus zusammengekniffenen Augen an.
Es ist ihm deutlich anzusehen, dass ihm diese Unterbrechung nicht gefällt.
„Sorry, Mädchen. Die Pflicht ruft. Um dich kümmere ich mich später. Versprochen."
Irgendwie bin ich um diesen Aufschub gerade ganz froh.
Ich zwinge mich zu einem kurzen Lächeln.
„Keine Sorge, ich laufe dir schon nicht weg."
Irgendwas muss mich verraten haben, denn er stößt ein Grunzen aus und zieht die Mundwinkel nach unten.
„Stimmt, das wirst du nicht. Das Tor ist bewacht und ohne meine ausdrückliche Erlaubnis wird dich niemand vom Gelände lassen. Betrachte dich für unbestimmte Zeit als mein Gast."

Etwas, das sich verdächtig nach Wut anfühlt, braut sich in meinem Bauch zusammen.

„Willst du mich verarschen?"

Jegliche Amüsiertheit rutscht aus seinen Gesichtszügen. Zack sieht er wieder ganz wie der eiskalte und tödliche Rockerpräsident aus, der er tief in seinem Inneren auch ist.

„Nein Mia, ich will dich ficken! Wieder und wieder und wieder und wieder und wieder!"

Oha! Mein Unterleib zieht sich instinktiv zusammen, diese Reaktion war rein intuitiv. Der dunkle, verruchte und devote Teil meines Ichs kann es kaum erwarten ...

Dazu sage ich nichts. Mich ihm zu verweigern würde nichts bringen. Und abzustreiten, dass ich scharf auf ihn bin, ist absolut sinnlos. Banks hat mich längst durchschaut. Seit dem Moment, in dem sich seine Finger gnadenlos um meinen Hals geschlungen haben und ich mich nicht dagegen gewehrt habe, weiß er, wie verloren meine Seele ist.

„Komm Baby. Ich bringe dich rauf in meine Wohnung. Dort kannst du dich frisch machen und dich anschließend etwas ausruhen. Du siehst etwas derangiert aus."

Nett ...

Mit dem letzten bisschen Würde, das mir noch geblieben ist, steige ich von seinem Bike, drücke meine Handtasche fest gegen meine Seite und zupfe mein Kleid so weit wie möglich nach unten.

Er beobachtet mich mit zuckenden Mundwinkeln, kaum dass meine Füße den Boden berühren, packt er mich am Handgelenk und zieht mich ins Innere des Clubs. Obwohl es einen Lift gibt, nehmen wir die Treppe. Oben im ersten Stock angekommen, führt er mich an mehreren verschlossenen Türen vorbei, ehe wir endlich vor einer haltmachen.

Er sperrt sie auf, zerrt mich regelrecht in seine Wohnung und presst mich rücklings gegen die nächstbeste Wand.

Hart und rau drückt sich das Mauerwerk gegen mein Gesicht. Er bedeckt mich mit seinem Körper, lässt mich seine Kraft spüren und streicht trügerisch sanft über meine Schulter, ehe sich seine Finger über meinen Nacken, an meinem Ohr entlang um meinen Hals legen. Erst ruhen sie dort nur, mein Puls schnellt dennoch in die Höhe, dann übt er stetig immer mehr Druck aus, sodass ich kaum noch Luft bekomme.

Keuchend schließe ich die Augen und warte gespannt, was jetzt passiert. Seinen Unterleib gegen meine Rückseite drückend, lässt er mich seine beeindruckende Erektion spüren.

Heilige Mutter Gottes!

„Mein schönes Mädchen ... Wenn ich zurückkomme, werde ich mir viel Zeit mit dir lassen. Deine Titten, dein Arsch und deine Lust werden dann mir gehören, sogar deine Tränen beanspruche ich für mich."

Die bittersüße Furcht, die ich empfinde, lähmt mich.

Eine verräterische Feuchtigkeit rinnt aus mir heraus, läuft an der Innenseite meines Oberschenkels herab. Banks vergräbt seine Finger noch etwas fester in meinem Hals, ich zucke zusammen, was ihm ein Stöhnen entlockt.

„Fuck Mia! Fuck! Wie soll ich mich so auf die Arbeit konzentrieren?"

Für ein paar Sekunden hält er mich noch so gefangen, meine Lunge krampft und vor meinen Augen flirrt es. Dann lässt er mich so abrupt los, als hätte er sich an mir verbrannt. Meine Knie geben nach, ich sinke zu Boden und stütze mich an der Wand ab. Meine Schwäche bringt ihn zum Knurren und ich weiß instinktiv, dass mich das, was Banks für mich geplant hat, an meine Grenzen bringen wird. Perverserweise kann ich es kaum erwarten.

Es ist leichter für mich, die Lust zu genießen, wenn er mich quält und dominiert. So ist das schlechte Gewissen, das mich plagt, weil ich mit dem Killer meines Bruders schlafe, nicht ganz so groß, als wenn Banks mich liebevoll und zärtlich verführen würde.

Noch bevor ich mich zu ihm umdrehen kann, ist er auch schon zur Türe hinaus verschwunden und lässt mich allein in seiner Wohnung zurück. Erschaudernd fülle ich meine Lunge mit frischem Atem und zwinge mich dazu, aufzustehen.

Wenn ich wirklich herausfinden will, was für ein Mensch der Präsident des Red Devils Motorcycle Clubs ist, dann ist jetzt die beste Gelegenheit, um sein Zuhause zu durchsuchen.

Das Wohnzimmer ist bis auf eine wunderschöne alte und liebevoll restaurierte Harley, die direkt neben dem riesigen Flat-Screen steht, und einer großen schwarzen Ledercouch, so gut wie leer. Eine alte abgewetzte Kommode steht direkt neben der Türe. An der Wand hängen Dutzende von Fotos, manche sind schon etwas älter, sodass ich in den Genuss komme, die jüngere Version von Banks betrachten zu können, andere hingegen sind neu und bieten mir einen Einblick in die Welt der Devils.

Ich ziehe die oberste Schublade auf und stoße auf einen Ordner voller privater Unterlagen. Mehrere Waffen und drei Päckchen Munition liegen daneben.

Alles ist genauso, wie ich es auch erwartet habe – nur viel sauberer.

Banks scheint ein echter Ordnungsfanatiker zu sein.

Dreißig Minuten durchsuche ich jede Ecke, jede Schublade und jeden Zentimeter und finde nichts, was mir irgendwie verraten könnte, ob Banks ein brutaler, herzloser Killer ist. Fluchend lasse ich mich auf die Couch fallen und ärgere mich über mich selbst.

Was ist nur aus mir geworden?

Mein früheres Ich würde mich verabscheuen.

Ich ficke mit dem Mörder meines Bruders, während ich mir einrede, dass ich das nur tue, um herauszufinden, was für ein Mensch er wirklich ist. Ich belüge mich selbst und gehe das Risiko ein, mich in all dem Chaos zu verlieren.

Die Frage was *ich* will, *ich ganz alleine*, habe ich mir schon lange nicht mehr gestellt. Vielleicht sollte ich das endlich tun! Banks ist der erste Kerl seit Jahren, der mich wirklich interessiert. Dass er nicht der nette Typ von nebenan ist, muss mir niemand sagen ...

Schließlich weiß ich, was die meisten Patches, die seine Kutte zieren, bedeuten. Dennoch bin ich der Meinung, dass zwischen einem psychopathischen Monster, dass kleine Kinder zum Frühstück isst, und einem kriminellen, mit Waffen handelnden Outlaw immer noch Unterschiede gemacht werden müssen.

Killer ist nicht gleich Killer, zumindest versuche ich mir das seit einer Ewigkeit einzureden. Mein Bruder war ebenfalls ein Mörder, dennoch wollte ich immer daran glauben, dass er trotzdem tief in seinem Herzen ein guter Mensch war.

Himmel, ich stecke so was von in der Klemme ...

Dieser Rocker ist der erste Mann seit Jahren, zu dem ich mich wirklich hingezogen fühle und mit dem ich mir mehr als nur wilden Sex vorstellen könnte.

Unter anderen Umständen würde ich also vor Glück platzen, so aber verspüre ich nichts als Reue. Ich bombardiere mich selbst mit Vorwürfen, stehe wieder auf und mache mich daran, erneut nach Hinweisen zu suchen.

Keine Ahnung, wie viel Zeit schlussendlich vergeht – etwas wirklich Belastendes habe ich allerdings nicht gefunden. Das Einzige, das mich immer noch verstört, sind die Bruchstücke des Telefonats, das ich gehört habe.

Was hat es mit den toten Nutten auf sich und warum empfand Banks nicht das geringste Mitleid mit ihnen?

Die Art, wie er davon geredet hat, die vier im Wald zu verscharren – so mitleidslos und kalt – hat mich echt geschockt.

Mir kommt ein schrecklicher Gedanke.

Was, wenn sich Banks und seine Männer an ihren Nutten austoben, ihre Fantasien ausleben und es in dem Fall einfach zu weit getrieben haben? Instinktiv fasse ich mir an den Hals, atme zittrig aus und frage mich, ob ich es Banks zutraue, dass er beim Sex so die Kontrolle verlieren könnte, dass er nicht mitbekommen würde, wenn er es zu weit getrieben hätte?

So viele Könnte und Hätte – so viele Vielleicht's?

Schlussendlich weiß ich es eben einfach nicht. Natürlich könnte ich ihn einfach fragen, aber das würde natürlich gar nicht komisch kommen ...

Hey Banks, hast du schon mal eine Frau so hart gefickt und so lang gewürgt, dass sie daran gestorben ist? Stehst du darauf, Prostituierte beim Sex zu töten?

Kein besonders nettes Gespräch, keines das Vertrauen aufbaut oder auch nur irgendwie angemessen wäre!

Vielleicht war mein ganzer Plan von vornherein zum Scheitern verurteilt! Mir anzumaßen, darüber entscheiden zu können, ob Banks ein guter Mann ist oder nicht – so lachhaft.

Hier geht es nicht um gut oder böse, fair oder unfair, sondern einzig und allein um die Tatsache, dass King mein Bruder war und Banks ihn getötet hat, Punkt.

Entweder vergesse ich meine Rache und gebe dem, was zwischen Banks und mir gerade beginnt, eine faire Chance, oder aber ich deponiere meine Waffe neben seinem Bett, verführe ihn und ballere ihm anschließend das gesamte Magazin in die Brust.

Beide Optionen sind schrecklich und keine davon macht mich glücklich! Wie hat mein Bruder immer gesagt: *Wir sind nicht auf der Welt, um möglichst glücklich zu werden, kleine Schwester, sondern, um unsere Spuren zu hinterlassen und unsterblich zu werden!*

Ach verdammt!

Wenn er geahnt hätte, wie sterblich er ist, hätte er vielleicht nicht den Fehler begangen und sich mit den Red Devils angelegt.

Unsicher beginne ich auf und ab zu gehen, suche im Flur nach meiner Tasche und ziehe die Halbautomatik hervor.

Das Magazin ist voll – jedes der 9-Millimeter Projektile ist, wenn ich gut ziele, tödlich.

Die Sache ist nur die, falls ich mich dazu entscheide, Banks abzuknallen, ist die Wahrscheinlichkeit, dass ich lebend aus dem Club komme, extrem unwahrscheinlich.

Alle seine Brüder werden, von den Schüssen alarmiert, in diese Wohnung stürzen, ich kann nur hoffen, dass es nicht mehr sind, als ich Kugeln im Magazin habe.

Scheiße! Scheiße! Scheiße!

Das gut versteckte Seitenfach öffnend, ziehe ich das schon sehr verknickte Foto heraus, auf dem ich in Kings Armen liege, eine Schnute ziehe und in die Kamera grinse. Auch wenn nicht immer alles rosa und flauschig war, hatten wir sehr wohl unsere guten Zeiten. Bevor er seine Gang gegründet hat, waren wir beinahe unzertrennlich. Doch dann begann das Blut zu fließen und alles hat sich verändert ...

Leben oder sterben? Rache oder Friede?

Zwei Fragen, an denen ich im letzten Jahr beinahe zerbrochen bin.

Was, wenn ich diejenige gewesen wäre, die durch den Club zu Tode gekommen ist, was hätte King dann gemacht? Ganz einfach!

Er hätte nicht gezögert, keinen Gedanken an sich selbst verschwendet und wäre gleich einer Ein-Mann-Armee auf das Gelände der Devils gestürmt und hätte ein Massaker angerichtet.

Ich habe einfach keine andere Wahl!

Das Schicksal verfluchend, gebe ich dem schon leicht verblichenem Foto einen Kuss, stecke es zurück an seinen Platz, hole die Waffe raus, löse die Sicherung und deponiere sie unter Banks Bett.

Eine unheimliche Kälte breitet sich in meinem Brustkorb aus, es fühlt sich so an, als würde mein Herz gefrieren.

Weder weiß ich, ob Banks und seine Brüder diese Nutten getötet haben, noch, was die nächsten Stunden für mich bereithalten, dennoch ist es meines Erachtens das Beste, wenn ich mir alle Möglichkeiten offenhalte.

Schon verrückt. Die letzten Monate habe ich mir den Kopf darüber zerbrochen, wie es mir gelingen soll, in das Clubhaus und in die Nähe des Präsidenten zu kommen, und jetzt, wo ich es geschafft habe, will ich ihn nicht mehr töten, sondern mit ihm ficken!

Immer nervöser werdend, gehe ich zurück ins Wohnzimmer, starre aus dem Fenster und beobachte das rege Treiben auf dem Hof.

Die Old Ladys stehen neben der Werkstatt, sie strahlen vor Glück und wirken zufrieden.

Wenn ich die Waffe nicht benutze, sondern mich endlich auf meine Zukunft konzentriere, könnte ich vielleicht mal eine von ihnen werden.

Dann würde ein *Property of Banks* meinen Rücken zieren und ich hätte endlich einen Platz gefunden, an dem ich leben und glücklich werden kann ... *Fuck!*

Ein dumpfes Pochen breitet sich hinter meinen Schläfen aus, mir wird schlecht. Dieses ewige hin und her wird mein Hirn irgendwann explodieren lassen!

Für eine Weile stehe ich einfach nur da – beinahe reglos – und lasse alle Möglichkeiten wieder und wieder in einer Art Dauerschleife durch meinen Kopf kreisen.

Gerechtigkeit oder Hoffnung – Tod oder Leben – Glück oder Unglück ...

Das Universum hat mir alle Türen und Tore geöffnet, es hat mir gezeigt, wie es sein kann und es gibt mir die Möglichkeit, selbst zu entscheiden.

Was, um ehrlich zu sein, echt fies ist.

Das Wissen, dass es allein in meiner Hand liegt, wie es nun weitergeht, lastet schwer auf meinen Schultern und zwingt mich beinahe in die Knie!

Einzig die Tatsache, dass die Waffe bereits unter Banks Bett liegt, hilft mir dabei, nicht endgültig durchzudrehen ...

8. Kapitel

Banks

Bullshit! Ich bin so was von erledigt!

Ich hatte gehofft – falsch – ich war mir sicher, dass die Faszination, die Mia auf mich ausübt, weniger wird, sobald ich meinen Schwanz in sie geschoben habe, wenn nicht sogar nachlässt. So verhält es sich schließlich bei all den Nutten, die ich ficke, auch.

Aber verdammt ... Das absolute Gegenteil ist eingetreten. Jetzt, wo ich weiß, wie fantastisch sie sich anfühlt, wie eng sie ist und was für süße quiekende Geräusche sie macht, wenn ich sie gnadenlos rannehme, ist mein Interesse an ihr nur noch gestiegen.

Ich bin geliefert!

Das Schlauste wäre, wenn ich mir die Knarre an den Kopf halte und abdrücke.

Ich weiß, worauf das mit diesem Mädchen hinausläuft auf ein Ladyleder, und dazu bin ich noch nicht bereit.

Nicht einmal ansatzweise.

Dieser verschissene Pussyfluch hat auch vor mir nicht haltgemacht, das Schicksal ist ein mieser Verräter.

Wenn dieses Mädchen doch nur nicht so perfekt zu mir passen würde.

Mias Bereitschaft, sich mir zu unterwerfen, ihre Leidensfähigkeit und die Tatsache, dass es sie erregt, gewürgt zu werden ...

Die komplette Rückfahrt, habe ich einen Kampf mit mir selbst ausgefochten. Gedanklich habe ich alle Möglichkeiten und Variationen durchgespielt und bin schlussendlich immer wieder auf das eine Ergebnis gekommen – diese Frau muss mir gehören.

Allein die Art, wie sie unruhig hinter mir umhergerutscht ist, um ihre durchgefickte Pussy zu schonen – so verteufelt sexy.

Anstatt sie direkt zu ihrer Wohnung zu fahren, habe ich sie aus einem Impuls heraus mit zum Club genommen. Doch bevor ich meinen Plan in die Tat umsetzen und mich erneut in sie rammen konnte, hat Blake mich angerufen und mir irgendeinen Quatsch über tote Nutten erzählt. Jetzt sitze ich seit zwei Stunden in meinem Büro, höre Chazz und Ryker dabei zu, wie sie von vier ermordeten Bitches reden und ärgere mich darüber, dass diese Scheiße immer wieder auf meinem Schreibtisch landet. So einträglich das Rotlichtmilieu auch sein mag – mindestens so arbeitsaufwendig ist es auch.

Nutten machen lebend schon genug Ärger, aber ohne Puls sind sie erstaunlicherweise meist noch viel anstrengender.

Diese Schlampen haben die Angewohnheit, blutig und unfreiwillig zu sterben, was mich extrem ankotzt.

Seit wir King getötet haben, herrscht Krieg.

Seine kleinen Gangster-Brüder machen uns bedeutend mehr Ärger, als ich es für möglich gehalten habe.

Angefangen hat die Scheiße vor zwei Jahren, dann haben wir der Schlange den Kopf abgeschlagen und ich dachte wirklich, dass sich die Sache damit erledigt hat – falsch gedacht.

Diese Pisser sind zwar verdammt schlecht organisiert, aber absolut durchgeknallt. King war verrückt genug, sich mit dem Club anzulegen, er war verrückt genug, mich zu foltern und er war ausreichend verrückt zu glauben, dass er gegen mich und meine Brüder gewinnen kann.

Er hat sich getäuscht!

Mein Gesicht ist der beste Beweis dafür, dass er es erstaunlicherweise geschafft hat, uns zu schaden, aber es ist ihm nicht gelungen, uns zu zerstören! Seine Männer sind immer noch versessen darauf, Rache zu üben, und weil sie feige kleine Schwanzlutscher sind, wagen sie es nicht, uns Devils persönlich anzugreifen, sondern töten unsere Nutten und verüben Anschläge auf unsere Casinos.

Genug ist genug!

Es wird Zeit, diesem ganzen Bullshit endlich ein Ende zu setzen.

Fluchend reibe ich mir über die Stirn, zwinge mich dazu, Mia aus meinem Hirn zu verbannen, und wende mich unserem Vollstrecker zu.

„Chazz, ich will, dass du dir eine Handvoll Männer nimmst und herausfindest, wo sich diese Bastarde zurzeit verstecken. Sobald du es weißt, kommst du zu mir, und dann räuchern wir diese Ratten ein für alle Mal aus!"

Er nickt, Ryker reibt sich voller Vorfreude die Hände.

„King war ein Psycho und seine Männer sind es ebenfalls."

Dem kann ich nur zustimmen. Chazz lehnt sich in seinem Sessel zurück und zündet sich eine Kippe an.

„Für das, was sie den Nutten angetan haben, werden wir sie leiden lassen."

Ich nicke und leere das vor mir stehende Bier.

Blake räuspert sich, und verkündet, dass er sich um die Leichen der Girls kümmern wird. Ryker bietet ihm seine Hilfe an, damit wäre das ebenfalls schon mal erledigt.

Immer ungeduldiger sehe ich in stetig kürzer werdenden Abständen auf die Uhr, was meinen Brüdern natürlich nicht entgeht.

„Langweilen wir dich, Präs? Oder hat deine Unruhe etwas mit der Tussi zu tun, die du angeschleppt hast?"

Mein Vize klingt amüsiert, es war so klar, dass er noch irgendeinen dummen Kommentar abgeben musste.

Ich überhöre ihn einfach und stehe auf.

„Jetzt, wo das alles geklärt ist und jeder weiß, was er zu tun hat, bin ich weg. Traut euch ja nicht, mich heute noch mal anzurufen!"

Ein kollektives Lachen wird laut.

„Hat die Kleine eine goldene Pussy, oder was?"

Nicht golden aber verteufelt eng, höllisch heiß und paradiesisch feucht.

„Fick dich, Sergeant."

Herausfordernd eine Augenbraue nach oben ziehend, erwidert er meinen Blick.

Entweder schlage ich ihm jetzt die Fresse ein oder aber ich gehe zu Mia und ficke sie so lange, bis mir der Schwanz abfällt.

Die Entscheidung fällt mir leicht. Ohne einen Blick zurück verlasse ich das Büro, ignoriere die vielen Witze, die allesamt auf mein Konto gehen, und eile, immer zwei Stufen nehmend, rauf in den ersten Stock.

Grüne Katzenaugen, braunes, geradezu seidenweiches Haar und kirschrote Lippen – eine Kombination, der ich einfach nicht widerstehen kann.

Ich hoffe, Mia hat die letzten Stunden dazu genutzt, sich etwas auszuruhen, ich habe nicht vor, sie zu schonen!

Vor meiner Türe angekommen, bleibe ich kurz stehen, zwinge mich zur Ruhe und atme tief durch.

Diese Frau hat etwas an sich, das mir die Kontrolle raubt, ich muss sie nur ansehen und zack hat sie mich so weit, dass ich drei Typen für sie abknalle, Bullen besteche und die halbe Stadt nach ihr absuche.

Bloody Hell!

Betont langsam stecke ich den Schlüssel ins Schloss, drehe ihn nach rechts und sperre die Türe auf. Kaum dass ich die Wohnung betreten habe, bilde ich mir auch schon ein, Mia riechen zu können. Schweigend gehe ich ins Wohnzimmer und finde sie dort am Fenster stehend vor. Sie dreht sich nicht zu mir um, also stelle ich mich direkt hinter sie, schlinge meinen Arm um ihre Mitte und ziehe ihren Po gegen meinen Unterleib.

Mit der Nase an ihrem Scheitel entlangfahrend, inhaliere ich ihren köstlichen Duft und spüre, wie das Blut in meinen Adern zu kochen beginnt.

Noch nie hatte eine Frau eine so krasse Wirkung auf mich.

„Du bist wieder da."
Mias Stimme klingt neutral, stellt mich vor ein Rätsel.

„Offensichtlich."

Sie bewegt sich leicht, lehnt ihren Kopf gegen meine Schulter.

„Sind die Nutten eines natürlichen Todes gestorben?"
Ihre Frage irritiert mich.

„Vier auf einen Streich, wohl eher unwahrscheinlich."
Sie nickt und blickt dabei weiter aus dem Fenster.

Täusche ich mich oder hat sich ihre Stimmung während meiner Abwesenheit irgendwie verändert?!

Entschlossen herauszufinden, was mit dem Mädchen los ist, drehe ich es mit einem Ruck zu mir um. Kaum dass sich unsere Blicke begegnen, drücke ich meine Lippen auf die ihren und zwinge sie mit meiner Zunge auseinander.

Warm, weich und einladend erwidert Mia meinen Kuss.

Ihre Arme um meinen Nacken schlingend, stöhnt sie leise und reibt ihren Unterleib an dem meinen. Zuckend presst sich mein Schwanz gegen die Jeans, die toten Nutten, die *King's* und alles andere, was mir das Leben schwer macht, rückt schlagartig in den Hintergrund.

Alles was jetzt noch zählt, sind sie und ich und die Tatsache, dass ich nicht bereit bin, Mia so schnell wieder gehen zu lassen.

Chicago gehört mir, das Mädchen gehört mir und diese Nacht gehört uns ... Unsere Zungen umschlingen sich immer wilder, ihr Geruch vernebelt mir das Hirn.

Ohne lang darüber nachzudenken, hebe ich sie hoch und will sie zur Couch tragen. Zu meiner Überraschung beendet Mia abrupt unseren Kuss und fordert mit heiserer Stimme, dass ich sie ins Schlafzimmer tragen soll. Da es mir prinzipiell egal ist, wo ich sie ficke, tue ich ihr diesen Gefallen. Kaum dort angekommen, übernimmt Mia die Kontrolle, reißt mir die Kutte von den Schultern und schiebt ihre kleinen Hände unter mein Shirt.

Ihr Blick hat etwas Verzweifeltes, irgendetwas stimmt hier nicht ...

Mit den Nägeln streift sie durch die Rillen meines Sixpacks, das leichte Kratzen, lässt mich erschaudern.

„Baby."

Eine Art Schnurren ausstoßend, macht sie sich an meiner Gürtelschnalle zu schaffen, drückt den Knopf durch das Loch und zieht den Schlitten des Reißverschlusses nach unten. Äußerst effizient, hat sie meine Hose keine Minute später bis zu meinen Knien nach unten geschoben.

„Du kannst es wohl kaum erwarten, endlich gefickt zu werden."
Mias Ungeduld amüsiert mich. Ich trete mir die Schuhe von den Füßen, schiebe ihr zeitgleich das Kleid über den Kopf und sauge den Anblick, den sie mir bietet, tief in mich ein.

Kein Slip, lange Beine, eine glatt rasierte Muschi und pralle Titten, die in einem sexy BH stecken. Ihre Haare sind verwuschelt und ihre Lippen betteln geradezu darum, sich endlich um meinen Schwanz schließen zu dürfen. Ein Knurren ausstoßend, vergrabe ich meine Faust in ihren Haaren, zerre sie zu mir und küsse sie grob.

Wild und ungebändigt wühlt sich meine Zunge durch die samtene Höhle ihres Mundes. Mit dem Mädchen in meinen Armen, lasse ich mich aufs Bett fallen, drehe mich so, dass Mia auf mir landet und platziere meine Hände auf ihrem Arsch. Ich trinke ihr Keuchen, presse meine Erektion gegen ihren Bauch und genieße das süße Quieken, das sie von sich gibt.

Einerseits will ich sie tief und hart ficken, mich sofort bis zu den Eiern in ihre Pussy stoßen und am besten für den Rest meines Lebens in ihr bleiben, andererseits, will ich mir viel Zeit lassen, ihren Körper erkunden und herausfinden, wo sich ihre besonders empfindlichen Stellen befinden. Bevor ich mich entscheiden kann, wie es weitergehen soll, löst sie sich aus meinem Griff, grinst mich herausfordernd an und leckt sich dabei die Lippen.

„Wollen wir doch mal sehen, wie so ein Rockerpräsident schmeckt."

Bingo – Bingo – Bingo!

Sie taucht nach unten ab und packt mich am Schwanz. Die seidigen Strähnen ihrer Haare streifen über meine Oberschenkel, meine Hoden ziehen sich puckernd zusammen.

Ja, das ist es ...

Mit einer Hand auf ihrem Hinterkopf schließe ich die Augen und zucke ungeduldig zusammen, als ihr heißer Atem über die empfindliche Haut meiner Eichel weht.

Bloody, fucking hell!

Eine Sekunde später spüre ich auch schon die Hitze ihres Mundes an der Spitze meines zuckenden Glieds. Rau und geschickt züngelt sie über die dicke Ader, die sich an der Unterseite meiner Erektion befindet – es fühlt sich so geil an, dass ich kurz davor bin abzuspritzen.

Es war nicht geplant, dass ich Mia die Kontrolle überlasse, aber *holy shit*, wenn sie an meinem Schwanz lutschen will, werde ich den Teufel tun und sie davon abhalten.

Endlich nimmt sie ihn in den Mund, sie saugt, züngelt und leckt, während ich immer tiefer in ihren Hals gleite.

Hinter meinen geschlossenen Augenlidern explodieren rote Punkte, wenn ich jetzt sterben müsste, würde ich als glücklicher Mann diese Welt verlassen ...

Mia stoppt und ihre Kehle zuckt. Ganz der egoistische Bastard, der ich nun mal bin, übe ich mit der Hand auf ihrem Hinterkopf immer mehr Druck aus. Pinne sie so noch etwas fester auf meine Härte. Zuerst lässt sie es sich widerstandslos gefallen, dann sträubt sie sich dagegen – das Spiel beginnt.

„Ganz ruhig Baby! Ich werde erst zufrieden sein, wenn deine Nase meinen Bauch berührt."

Sie wimmert, ich stoße mit dem Becken nach oben, rutsche noch etwas tiefer in ihren Rachen. Mia würgt, das Krampfen in ihrem Hals entlockt mir ein Fauchen. Entschlossen keine ihrer Regungen zu verpassen, öffne ich die Augen, stopfe mir das Kissen unter den Kopf und sehe zu ihr herab.

Tränen rinnen ihr aus den Augenwinkeln, verwischen den Mascara und verpassen ihr so die berühmte Blow-Job-Optik. Sich immer stärker gegen meinen Griff wehrend, gibt sie ein lautes Gurgeln von sich.

Mir ist klar, dass ich bereits so tief in ihr bin, dass sie keine Luft mehr bekommt.

Langsam zähle ich bis zehn, ehe ich sie einmal kurz Luft holen lasse.

„So Baby, und jetzt einmal bis zum Anschlag."

Noch bevor ich fertig gesprochen habe, drücke ich ihren Kopf wieder nach unten und stoße gleichzeitig mit der Hüfte nach oben. Genau wie geplant rutsche ich bis zum Anschlag in ihren Hals.

Fuck fühlt sich das gut an!

Meine Süße bockt, würgt und heult – sie hat nie schöner ausgesehen. Etwas Speichel tropft über ihr Kinn, läuft mir über das Bein.

Diesen Vorgang wiederhole ich wieder und wieder. Circa beim zehnten Mal hat sie kapiert, wie es geht, und kommt mit dem Deep Throat gut klar. Ich ficke ihren Mund, ihre Zunge und ihren Rachen, stoße wieder und wieder zu und beiße die Zähne dabei so fest aufeinander, dass es knackt.

Als es sich so anfühlt, als würde ich gleich abspritzen, drücke ich sie ein letztes Mal bis zum Anschlag auf meinen Schwanz, lausche dem Schmatzen und spüre, wie ihre Atmung stockt. 1 – 2 – 3 – 4 ... bei 30 höre ich auf zu zählen, lasse die Hüfte kreisen und bohre mich immer weiter in den engen Schlund. Erst als ich befürchte, dass Mia umkippt, packe ich sie und werfe sie neben mir auf den Rücken. Sie hustet, keucht und japst nach Atem.

Schnell nehme ich mir eines der Kondome vom Nachttisch, rolle es mir über den von ihrem Speichel nassen Schwanz und bringe mich über ihr in Position. Ihre Pupillen sind geweitet, das Make-up ist auf der blassen Haut verschmiert.

„Du bist wunderschön, Baby!"

Noch immer leicht weggetreten, leckt sie sich die geschwollenen Lippen und sieht zu mir herauf.

„Ich mag es, wie du schmeckst!"

Ihre Stimme ist heiser und rau.

„Wusste ich doch, dass du zu deinem Glück gezwungen werden musst."

„Ich mag es, wenn du mich zwingst."

Bloody Hell!

Yeah! Dieses Mädchen passt perfekt zu mir.

Eine Hand zwischen ihre Beine gleiten lassend, spüre ich, wie nass und geschwollen ihre Pussy bereits ist. Zufrieden verpasse ich ihrer Mitte einen harten Klaps, entlocke ihr so einen lauten Schrei und ramme mich eine Sekunde später so tief in ihre enge Spalte, dass sie durch die Wucht auf der Matratze nach oben geschoben wird.

Kreischend krallt sie sich an meiner Schulter fest, lässt die Knie noch etwas weiter auseinander fallen und beißt sich auf die Unterlippe.

„Wie willst du es? Hart oder härter?"

Ihr gewispertes „härter!" lässt mir die Sicherungen durchbrennen.

Wieder und wieder – so kraftvoll wie möglich, stoße ich zu. Ficke sie gnadenlos und sauge die Mischung aus Schmerz und Lust, die sich auf ihrem Gesicht abzeichnet, in mich auf. Das alles, diese Frau und dieser Fick, machen das Leben aus.

Ein heißer Blitz schießt an meiner Wirbelsäule nach unten, meine Synapsen brennen durch, ich bin schachmatt.

Mia hat es geschafft, sämtliche meiner Sicherungen durchbrennen zu lassen. Sie zuckt und stöhnt, wird von einem heftigen Orgasmus überrollt. Ich versuche es zu verhindern, kämpfe gegen meine eigene Erlösung an und scheitere. Mein Schwanz wird noch etwas dicker, meine Hoden pulsieren, ich spritze ab und sehe schwarz.

Der Höhepunkt ist heftig, knockt mich beinahe aus.

„Holy Shit!"

Den Rücken wölbend, presst Mia sich mir entgegen, und gibt ein langgezogenes Stöhnen von sich, das von den Wänden widerhallt. Erschöpft lasse ich mich neben ihr auf die Matratze fallen, winkle den Arm an und bedecke damit mein verschwitztes Gesicht.

Meine Süße bewegt sich neben mir, ein scharrendes Geräusch ertönt, dann setzt sie sich mit gespreizten Beinen auf meine erschlaffende Erektion. Ihre Nässe tropft auf meinen Bauch, die Hitze, die sie ausstrahlt, ist beinahe zu viel.

Erst als sich mein Puls wieder einigermaßen normalisiert hat, öffne ich das nächste Mal die Augen und starre prompt in den schwarzen Lauf einer Waffe.

Fuck!

Das mir nur allzu vertraute *Klack* verrät mir, dass sie die Sicherung gelöst hat.

Doppel Fuck!

Mia thront wie eine Königin auf mir, in ihren Augen spiegelt sich eine gefährliche Mischung aus Angst, Verwirrung und Entschlossenheit.

Nicht sicher, was hier gespielt wird, erstarre ich und sehe sie fragend an.

„Was soll das werden, Mädchen?“

„Ich muss das tun.“

Wie bitte! *Bullshit!* Ich kann sie hören, doch ich verstehe kein Wort.

„Warum?“

„Du hast meinen Bruder getötet. Blut von meinem Blut! Auch wenn ich es nicht will, aber ich muss ihn rächen.“

Scheiße! In der Vergangenheit habe ich so viele Kerle getötet, dass ich unmöglich erraten kann, wer davon ihr Bruder war.

„Nenn mir seinen Namen?“

Sie zögert, ich riskiere einen Blick auf ihren am Abzug liegenden Zeigefinger, er zittert.

„King.“

Ein Wort – vier Buchstaben – ich sehe rot!

„Stopp! Warte! Du meinst, der Bastard, der mir das Gesicht zerschnitten hat, war dein Bruder?“

Mia nickt, das Blut in meinen Adern gefriert. Hass so tief und rein wie nur irgend möglich schlägt über mir zusammen.

Was bei allen Devils wird hier gespielt?

Nach und nach verstehe ich all ihre versteckten Anspielungen.

Die Frage, ob ich einen Mord bereue, das Gerede über den schönen Tod.

„Bist du nur zu mir ins Bett gestiegen, damit du mich töten kannst?“

Sie wirkt verwirrt, schüttelt entschieden den Kopf.

„Nein! Das hier“, sie deutet mit der Waffe von mir zu sich und wieder zu mir, „war nicht geplant. Du warst nicht geplant und das warme Gefühl in meinem Herzen auch nicht.“

Eine dicke Träne tropft lautlos über ihr schönes Gesicht.

„Es fällt mir schwer, das zu glauben, Mädchen!“

Ein wehmütiges Lächeln zupft an ihren Mundwinkeln.

„Das Schicksal ist ein Arschloch! Falls es einen Gott gibt, scheint er mich zu hassen. Anders kann ich mir nicht erklären, warum er mich dazu zwingt, den Mann zu erschießen, in den ich mich langsam, aber sicher, verliebe.“

Ihr leise geflüstertes Eingeständnis bringt mich noch mehr durcheinander als die auf meine Stirn gerichtete Knarre.

„Niemand zwingt dich das zu tun, Mia. Niemand!

Sie schnieft.

„Doch. Du hast meinen Bruder ermordet.“

Und wie ich das habe, und ich würde es jederzeit wieder tun.

„King war ein brutaler, machtgieriger und gefährlicher Mann. Er hat den Club angegriffen, der Krieg war seine Entscheidung.“

Sie wirkt nicht überrascht.

„Was weißt du über die Machenschaften deines Bruders?“

Meine Reflexe sind die eines Killers. Wenn ich wollte, würde Mia innerhalb einer Sekunde entwaffnet und tot neben dem Bett auf dem Boden liegen. Dumm nur, dass ich dieses Mädchen, trotz der krassen Nummer, die sie gerade abzieht, für mich will!

Als sie nichts sagt, sondern immer stärker zu weinen anfängt, rede ich einfach weiter.

„Du weißt, dass er mich mit dem Messer bearbeitet hat?“

Sie nickt.

„Du weißt auch, dass er kleine Mädchen entführt und zur Prostitution gezwungen hat?“

Jetzt wirkt sie überrascht.

Tja, sie hatte wohl keine Ahnung, was für ein Monster ihr Bruder war.

„Du lügst.“

Ich wehre mich immer noch nicht.

„Nein. Warum sollte ich? Selbst jetzt, nach seinem Tod, bringen seine Männer wehrlose Frauen um. Die vier toten Nutten – sie haben für den Club gearbeitet. Die Handlanger deines Bruders haben sie getötet, um dem MC zu schaden. Sie wollen genau wie du Rache, doch sie haben nicht genug Mut, sich uns in einem fairen Kampf zu stellen, also greifen sie wehrlose Huren an.“

Sämtliche Farbe weicht ihr aus dem Gesicht, sie wankt leicht.

Ich habe beinahe schon Mitleid mit ihr.

Für eine Weile sehen wir uns einfach nur schweigend an. Ich gebe ihr ein paar Minuten, um das Gehörte zu verarbeiten, und beobachte besorgt, wie ihre Finger immer mehr zu zittern beginnen.

Fuck! Obwohl es hier um nichts Geringeres als mein Leben geht, muss ich zugeben, dass ich noch nie etwas Heißeres gesehen habe.

Mein Mädchen ist eine verdammte Killerbraut!

„Was soll ich denn jetzt tun?“

Was? Das fragt sie mich?

„Nimm die Waffe runter, ehe ich mich gezwungen sehe, dir wehzutun.“

Natürlich tut sie das nicht.

„Willst du meinen Tod?“

Mia zögert, dann schüttelt sie den Kopf.

„Nein.“

Erleichterung breitet sich in mir aus.

„Was willst du dann, Mädchen?“

Endlich nimmt sie den Finger vom Abzug. Die Waffe hält sie jedoch weiter auf mich gerichtet.

„Ich will glücklich sein.“

Ein bescheidener Wunsch.

„Und was hält dich davon ab?“

Trauer zuckt über ihre Mimik.

„Die Vergangenheit, die Gegenwart und die Zukunft.“

Sie wirkt so verzweifelt, dass ich jetzt tatsächlich Mitleid mit ihr habe.

„Du täuschst dich. Die Vergangenheit ist vorbei und über das Hier und Jetzt entscheidest allein du. Vergiss die Toten. King hatte es verdient zu sterben, du hingegen verdienst es zu leben. Die Zukunft kann uns gehören, Mia. Zumindest wenn du die Waffe endlich runternimmst und wieder zu Verstand kommst.“

Hilflos drückt sie den Rücken durch, was dafür sorgt, dass sich ihre rosa Brustspitzen in meine Richtung recken.

Gott, diese Frau ist so verteufelt schön!

„Woher soll ich wissen, dass du mich nicht tötest, wenn ich die Pistole weglege?“

Irgendwie süß. Sie glaubt wirklich, dass sie die Kontrolle über die Situation hat.

„Es wird Zeit, diesem Spuk ein Ende zu bereiten.“

Noch bevor meine Stimme verhallt ist, bewege ich mich blitzschnell, entwende ihr die Waffe, werfe Mia auf den Rücken und pinne sie mit meinem Gewicht auf das Bett.

Ihr erschrockener Schrei schrillt mir in den Ohren.

Mit geübten Handgriffen lasse ich das Magazin rausschnappen, nehme die letzte Patrone aus der Kammer und lasse alles neben uns auf den Boden fallen.

Endlich scheint sie zu begreifen, dass sie nie auch nur den Hauch einer Chance gegen mich hatte. Ein heftiges Schluchzen von sich gebend, dreht sie den Kopf beiseite und bricht völlig zusammen.

Keine Ahnung ob aus Angst vor meiner Reaktion, der Tatsache, dass sie ihren Bruder nicht gerächt hat, oder weil ihr einfach alles zu viel ist.

So oder so ... Es spielt im Grunde genommen überhaupt keine Rolle.

„Hätte nicht gedacht, dass du so eine Nummer abziehst."

Ein trockenes Lachen ausstoßend, gehe ich von ihr runter, setze mich an die Bettkante und zünde mir eine Kippe an. Der warme Rauch gleitet an meinem Hals hinab, füllt meine Lunge und hilft mir dabei, die Gedanken wieder etwas zu klären.

„Du hast gesagt, es gibt Schlimmeres als einen Kopfschuss nach dem Sex."

Mutig ist sie ja.

„Danke, aber ich verzichte. Diesen *Beautiful Death* darfst du mir anbieten, wenn ich hundert oder so bin."

Sie schnieft und wischt sich mit dem Handrücken über die Nase.

„Hundert? Da hast du garantiert keinen Sex mehr."

Bullshit!

„Zum Teufel! Erst überfällst du mich in meinem eigenen Bett und hältst mir eine Knarre an den Kopf und dann prognostizierst du mir Impotenz? Bist du irre, Weib?"

Noch immer heulend, stemmt sie sich in eine sitzende Position hoch.

„Das muss ich wohl sein, sonst würde ich ja wohl kaum mit dem Killer meines Bruders ficken."

An die Tatsache, dass sie die Schwester des Wichsers ist, der mir das Gesicht zerschnitten hat, gewöhne ich mich nur äußerst ungern.

„Nur weil ich nicht Psycho genug bin, dich für die Verfehlungen deines Bruders hinzurichten, bedeutet das noch lange nicht, dass ich dir diese Aktion einfach so verzeihe!"

Sofort senkt sie den Blick und zieht die Bettdecke hoch bis ans Kinn.

„Auch wenn es jetzt irgendwie komisch klingt, aber es tut mir leid. Glaube mir bitte, Banks. Ich wollte dich nicht abknallen – nicht wirklich zumindest. Aber na ja, irgendwie habe ich das Gefühl, dass ich verpflichtet bin, King zu rächen."

Auf eine schräge Art kann ich das sogar nachvollziehen.

Den Rauch durch die Nase entweichen lassend, drehe ich mich zu Mia, reiche ihr die Kippe und sehe ihr tief in die Augen.

„Dein Bruder war ein Kämpfer. Er wusste, worauf er sich einlässt, und hat den Club dennoch herausgefordert. King wollte Krieg. Verstehst du das, Mia? Er wollte ihn unbedingt. Es ist also nicht so, dass ich ihn ohne Vorwarnung hinterrücks kaltgemacht habe. Wir wussten beide, wie das laufen wird ... Das zwischen ihm und mir war eine ganz einfache Sache, die nur mit dem Tod beendet werden konnte. Es hieß er oder ich und ihn hat es getroffen. Wobei diese Entscheidung knapp war, wie die Narben beweisen."

Sie wirkt traurig, also noch trauriger als eh schon, aber auf eine andere Art und Weise. So als würde es nicht mehr um die Sache mit der Waffe, dem Sex und dem Mordversuch gehen, sondern um das, was mir zugestoßen ist.

Zögerlich streckt sie die Hand nach mir aus, so, als würde sie befürchten, dass ich sie wegschlage und streicht, als ich das aber nicht tue, sanft mit ihren Fingerspitzen über die wulstigen Erhebungen, die mich für immer zeichnen werden.

„Das, was er dir angetan hat, tut mir leid."

Die Aufrichtigkeit in ihrer Stimme vertreibt auch den letzten Rest meiner Wut.

„Wir sind beide ziemlich abgefuckt, was Baby?"

Mia nickt, zieht an meiner Kippe und gibt sie mir wieder zurück.

„Wie geht es jetzt weiter?"

Wenn ich das nur wüsste.

„Ich behalte dich!"

Diese Aussage scheint sie zu überraschen.

„Ich dachte, wir hätten schon geklärt, dass ich keine Topfpflanze bin!?"

Jetzt sind wir also wieder an diesem Punkt angekommen ...

„Du hast mich gerade mit einer Waffe bedroht und traust dich schon wieder zu zicken? Mutig!"

Sie verstummt schlagartig.

„Wirst du mir das irgendwann verzeihen können?"

Ein Schnauben ausstoßend, greife ich nach ihrer Hand.

„Das muss ich wohl, wenn ich dich behalten will, mein süßes kleines Topfpflänzchen. Außerdem bist du nicht die Erste, die den Fehler macht und mir eine Knarre an den Kopf hält. Du bist nur die Einzige, die ihn überlebt!"

Ihre weichen Fingerspitzen streifen über meine rissigen Handflächen.

Am liebsten würde ich sie sofort küssen.

„Das alles hat auch etwas Gutes an sich."
Sie verdreht die Augen.
„Ach ja? Und was?"
„Chazz hat dir vom ersten Moment an misstraut. Was mich gewundert hat. Mein Enforcer hat eine untrügliche Menschenkenntnis. Sein Verhalten dir gegenüber hat mir gezeigt, dass er dich für eine Gefahr gehalten hat. Was ich seltsam fand. Ich war mir sicher, dass er sich, was dich betrifft, täuschen muss und das wäre besorgniserregend gewesen. Denn Teufel noch eins, er hat sich noch *nie* getäuscht. Dass du eine Waffe unter meinem Bett versteckt und geplant hattest, mich abzuknallen, zeigt mir, dass er, wie immer, recht hatte. Das ist gut. Sehr gut. Echt! Denn es wäre voll scheiße gewesen, wenn ihn seine Intuition im Stich gelassen hätte. Reicht schon, dass deine süße, magische Pussy mein Hirn vernebelt hat."
Mit einem Ruck entzieht sie mir ihre Hand und macht Anstalten, aus dem Bett zu steigen.
„Was soll das werden, Mädchen?"
„Ich glaub, ich will nach Hause."
Witzig, denkt sie wirklich, dass es mich im Augenblick interessiert, was sie will?
„Du bleibst!"
Ihre katzenhaften Augen funkeln kampflustig.
„Nein werde ich nicht."
Dieses Temperament – der Wahnsinn!
Mit Mia an meiner Seite wird es mir nie langweilig werden.
„Den Umstand, dass du noch am Leben bist, verdankst du einzig und allein der Tatsache, dass ich dich will. Sorg besser dafür, dass sich das nicht ändert."
Nicht gewillt, ein braves Püppchen zu sein, verschränkt sie die Arme vor der Brust und reckt das Kinn arrogant in die Höhe.
Sie wirkt wie eine Königin – eine nackte Königin, die von ihrem Thron gestoßen wurde und nun der Gnade ihrer Feinde ausgeliefert ist.
„Spar dir deine Drohungen, Banks. Entweder tötest du mich, oder du lässt es. Aber ich werde mich nicht von dir einschüchtern lassen!"
Bämm ...
Ihre Worte wirken auf mich wie eine Herausforderung.
„Wirst du nicht?"
Entschlossen schüttelt sie den Kopf.
„Das werden wir ja sehen ..."

Mit einem Knurren stürze ich mich auf sie, bedecke sie mit meinem Körper und fülle meine Handflächen mit dem weichen Fleisch ihrer Titten.

Trotz der Wut in ihrem Blick gibt sie in dem Moment, in dem ich ihr in die empfindlichen Nippel kneife, ein williges Stöhnen von sich.

Völlig egal, was auch alles zwischen uns stehen mag, die Anziehung zwischen uns lässt sich nicht verleugnen.

Gierig nach ihrem Geschmack sauge ich einen ihrer Nippel in den Mund, lasse sie meine Zähne spüren und spreize mit einem Knie ihre Beine. Willig lässt sie sie auseinander fallen, reibt ihre feuchte Pussy an meiner Erektion und schließt die Augen.

Jetzt – in genau diesem Moment spielt es keine Rolle, dass Chazz ihr misstraut, dass King ihr Bruder war und dass sie mich töten wollte. Ihre Rache, meine Wut und die Vergangenheit sind absolut nebensächlich. Das Einzige, worauf es ankommt, sind sie und ich und das, was wir aus unserer Zukunft machen.

Die nächsten Tage und Wochen werde ich dazu nutzen, alles über dieses Mädchen herauszufinden. Ich werde sie durchleuchten, ficken und für mich beanspruchen.

Sollte die Faszination, die sie auf mich ausübt, nicht wie durch ein Wunder verschwinden, werde ich Mia mein Leder anziehen.

Was bleibt mir auch anderes übrig?

Dank Ryker, Blake und Chazz weiß ich, dass man sich diesem Pussyfluch nicht entziehen kann ...

Und Fuck! Seltsamerweise will ich das auch gar nicht!

Die Art, wie sie in mein Leben getreten ist, und die Tatsache, dass sie mutig genug war, mich in meinem Club – in meinem Bett – mit einer Waffe zu bedrohen, passt auf eine skurrile Weise zu der Art, wie wir Devils auf unsere Ladys treffen.

Durchschnittlich und langweilig ist einfach nichts für uns ...

Knurrend bringe ich mich in Position, pinne meine Lippen auf die ihren und ramme mich mit einem festen Stoß tief in ihren zuckenden Unterleib.

Mit ihrem Geschmack auf meinen Lippen, den Fingern tief in ihrem Fleisch vergraben und meinem Schwanz in ihrer Pussy verliere ich alle Gedanken und konzentriere mich nur noch aufs Fühlen.

Dieses Mal habe ich bewusst auf ein Kondom verzichtet. Ich will Mia spüren, ich will sie so intensiv wahrnehmen wie nur irgend möglich.

Zur Hölle!

Ich habe keine Ahnung, was die Zukunft für uns bereithält, aber ich kann intuitiv spüren, dass diese Frau nur für mich geschaffen wurde.

Sie ist wild, unberechenbar, gefährlich und dennoch schutzbedürftig, sanft und weich.

Mia ist mein passendes Gegenstück, wir komplettieren uns auf eine Weise, die sich nicht in Worte fassen lässt ...

Mit jedem weiteren Stoß, mit jedem Mal, wo ich mich tief in ihrem Körper vergrabe, wird das Gefühl der Zusammengehörigkeit stärker.

Sie ist mein ... für immer!

9. Kapitel

Mia

Banks ist auf mir, in mir und um mich herum.
Seine Kraft und seine Wärme hüllen mich in einen schützenden Kokon.
Dieses Mal ficken wir nicht wie wilde Tiere, sondern berühren uns wie ein Liebespaar. Unsere Lippen finden sich und verschmelzen wieder und wieder miteinander.
Unsere Körper vereinen sich, besiegeln einen Pakt, für den es keine Worte gibt ...
Fest, rau und besitzergreifend halten mich seine Hände an Ort und Stelle, während sich sein Schwanz tief und dick in mir bewegt.
Wir gehören zusammen – das kann ich bis in den hintersten Winkel meines Herzens spüren. Wir sind gerade erst am Anfang unserer gemeinsamen Geschichte und dennoch haben wir so einiges miteinander erlebt.
Sanft knabbere ich an seiner Unterlippe, genieße das raue Kratzen seiner dunklen Bartstoppeln und spure federleicht die glatten Linien seiner Narben nach.
Ich mache mir nichts vor, es war nicht die Liebe, die mich in die Arme dieses Rockers getrieben hat, sondern die Rache.
Das, was Banks mir über meinen Bruder erzählt hat, ist heftig.
Ich zweifle keine Sekunde daran, dass er mir die Wahrheit gesagt hat, schließlich gibt es für ihn keinen Grund, mich anzulügen. Nach und nach wird mir klar, dass King sich seinen Weg selbst ausgesucht hat. Er wusste genau, dass er keine Chance gegen den Red Devils Motorcycle Club hat, und dennoch hat er einen Krieg angezettelt.
Es kam, wie es kommen musste – er ist tot und ich bin am Leben.
Die Rache ist wie eine gefährliche Krankheit, sie vergiftet uns, lässt uns den Blick für das Hier und Jetzt verlieren und hält uns in der Vergangenheit gefangen.
Was meinem Bruder widerfahren ist, tut mir leid. Egal was für ein Monster er auch gewesen sein mag, als seine Schwester werde ich ihn immer lieben.
Dennoch bin ich es mir selbst schuldig, meine Zukunft nicht wegen seinen Verfehlungen zu ruinieren. Wie durch ein Wunder ist Banks bereit, mir zu verzeihen. Seine Bereitschaft an das, was da gerade zwischen uns entsteht, zu glauben, erfüllt mich mit Hoffnung.

Wer hätte gedacht, dass ausgerechnet der Präsident des Red Devils Motorcycle Clubs in der Lage ist, mich meine Trauer vergessen zu lassen?

Dieser Biker strotzt nur so vor Leben, Mut und Kraft – alles an ihm zieht mich wie magisch an.

Als er sich das nächste Mal bis zum Anschlag in mich schiebt, wölbe ich den Rücken und presse mich ihm willig entgegen. Seine Lippen lösen sich von den meinen, ich spüre seine Finger an meinem Hals, öffne die Augen und suche seinen Blick.

Immer fester zudrückend, raubt er mir den Atem, ich wehre mich nicht, sondern lege mein Leben in seine Hände und spüre, wie meine Mitte erregt zu zucken beginnt.

Zusammen erreichen wir den Höhepunkt. Heiß und warm flutet sein Sperma meinen Unterleib. Ich keuche, er knurrt und pinnt seinen Mund gierig auf den meinen. Sein Griff löst sich, ich schnappe japsend nach Luft, während die Zuckungen in meiner Pussy immer heftiger werden. Es fühlt sich an, als wäre ich gerade gestorben und als ein neuer Mensch wiedergeboren worden.

What a beautiful death ...

Für mich beginnt, genau in diesem Moment, ein völlig neues Leben!

Ich fühle mich wie ein Vogel, der zum ersten Mal aus seinem Käfig gelassen wurde.

Ich fühle mich so frei und unbeschwert wie noch nie zuvor ...

Von meinen Gefühlen überwältigt, kralle ich mich an Banks fest. Lasse zu, dass er seine Arme um mich schlingt und seine Zähne tief in meinem Hals vergräbt. Saugend und beißend zeichnet er mich als sein Eigentum. Ich lasse mich gegen ihn sinken – seine Nähe ist tröstlich warm und trügerisch sicher.

Obwohl noch so einiges zwischen uns steht, viel besprochen und Vertrauen aufgebaut werden muss, kann ich bis in die Zehenspitzen fühlen, dass wir zusammenbleiben werden ...

Nicht ganz ein Jahr später ...

Banks

Zufrieden lehne ich mich im Schatten an die Wand, überkreuze die Füße an den Knöcheln und zünde mir eine Kippe an.

Der Sommer ist heiß – zu heiß für meinen Geschmack, aber daran lässt sich nichts ändern. Wir haben zwar die Stadt im Griff, aber auf das Wetter haben selbst wir Devils keinen Einfluss.

Alles läuft bestens, niemand sitzt im Knast und Evelyn ist schwanger. Das erste Clubbaby – ich werte das als ein gutes Omen für die Zukunft.

Den nikotinhaltigen Rauch inhalierend, beobachte ich Scarlett, Evelyn und Charly, die Old Lady von Chazz, wie sie zusammen auf einer Decke im Schatten liegen, Eis essen, in Zeitschriften blättern und sich unterhalten. Aus den geöffneten Toren der Werkstatt dringt ein geschäftiges Hämmern, die Auftragslage ist gut – unsere Kassen sind bis oben hin gefüllt.

Ein trügerischer Frieden hat sich über Chicago gelegt, mal sehen, wie lange er anhält. Es wird immer wieder Drecksäcke wie King geben, doch mit ihnen werden wir fertig.

Mia taucht in meinem Blickfeld auf, in ihrem sonnengelben Kleid wirkt sie jung und unschuldig. Das Erste trifft definitiv zu, immerhin ist sie ganze vierzehn Jahre jünger als ich, aber unschuldig?

Fuck! Never!

Nacht für Nacht treibt sie mich in den Wahnsinn, selbst nach all den Monaten kann ich mich kaum auf etwas anderes als ihre enge Pussy konzentrieren.

Wer hätte gedacht, dass ausgerechnet ich mir eine Old Lady nehme?? Dieses Mädchen für mich zu beanspruchen war das Beste, was ich je getan habe!

Drei Leichen, Tausende Dollar Schmiergeld und eine Knarre im Gesicht ... Unsere Geschichte mag krass angefangen haben, doch der ganze Bullshit hat längst keine Auswirkungen mehr auf uns.

Wir sind glücklich – Fuck! Seit Mia mir gehört, fühle ich mich so lebendig wie noch nie zuvor. Dieses Mädchen hat meine inneren Dämonen vertrieben und mir meinen Frieden geschenkt.

Auch wenn ich es nie laut ausgesprochen habe, liebe ich Mia mehr als mein Leben!

Wenn ich einen Wunsch frei habe, dann will ich, dass wir für immer so glücklich bleiben, wie wir es in diesem Augenblick sind.

Die Kippe fertig rauchend, bleibe ich im Schatten stehen, lasse die Umgebung auf mich wirken und beobachte meine Frau dabei, wie sie sich zu den anderen Ladys setzt. Ihr lautes Lachen hallt über den Hof, bringt meinen Puls aus dem Takt.

Chazz entdeckt mich und gesellt sich zu mir.

Er trinkt von seiner Wasserflasche und wischt sich den Schweiß von der Stirn.

„Fuck Präs, dieser Sommer ist heiß wie die Hölle."

Als ich nichts erwidere, folgt er meinem Blick und gibt ein Grunzen von sich.

„Das Paradies auf Erden."

Nicht sicher, was er meint, sehe ich ihn fragend an.

„Was meinst du?"

Mit einem Nicken deutet er auf unsere Frauen.

„Das alles hier. Der Club, die Bikes, unsere Ladys und das Leben im Allgemeinen. Wir haben es verdammt gut getroffen, was Präs?"

Oh ja, daran besteht kein Zweifel ...

„Besser geht nicht."

Ein Grunzen ausstoßend, stellt er seine Flasche auf den Boden und schiebt die Hände in die Hosentaschen.

„Ich habe mich getäuscht."

„Worin?"

Seine Mundwinkel ziehen sich nach unten.

„In deinem Mädchen. Am Anfang war ich mir sicher, dass sie dir und dem MC schaden will, dass sie etwas im Schilde führt. Damit lag ich falsch. Mia hat sich dem Club angepasst. Sie ist eine tolle Frau und ich bin froh, dass du ihr dein Leder angezogen hast. Du weißt, wie es läuft, ich werde sie mit meinem Leben beschützen."

Es kostet mich einiges an Beherrschung, nicht laut loszulachen.

Wenn er wüsste ...

Um meiner Süßen den Einstieg in meine Welt zu erleichtern, habe ich niemandem auch nur ein Wort von dem erzählt, was sich in unserer ersten Nacht zwischen uns abgespielt hat. Niemand außer mir weiß, dass sie Kings Schwester ist.

„Jeder macht mal Fehler, auch der gefürchtete Enforcer der Devils."

Seinen Fluch überhörend, stoße mich von der Wand ab, überquere den Hof und packe mir meine Lady.

Ich muss sie schmecken, berühren und mich bis zu den Eiern in ihr vergraben. Wieder und wieder – bis zu meinem letzten Atemzug.

Wenn es nicht so extrem kitschig wäre, würde ich behaupten, dass Mia und ich unser perfektes Happy End bekommen haben.

Aber da ich ein harter Outlaw bin, glaube ich natürlich nicht an so einen romantischen Scheiß.

Das zwischen uns ist einfach perfekt und so wird es immer bleiben ...

The lucky Outlaw

Prolog

Samantha

Aufmerksam sehe ich mir zum gefühlt tausendsten Mal das YouTube-Video an, in dem ein kleiner, fies aussehender Chinese erklärt, wie man beim Black Jack die Wahrscheinlichkeit der Karten berechnen und somit seine Gewinnchancen erhöhen kann, ohne von den Casinoangestellten erwischt zu werden. Das Ziel ist es, möglichst 21 Punkte zu erreichen und ja niemals darüber zu kommen.

Echt unglaublich, wie kompliziert so ein doofes Kartenspiel doch sein kann ...

Bis auf ein paar Pokerpartien unter Freunden, bei denen es entweder um Gummibären, Schokoladenriegel oder ein paar unbedeutende Dollars ging, habe ich mich noch nie am Glücksspiel versucht.

Was zum einen daran liegt, dass ich kein prall gefülltes Konto habe, und zum anderen daran, dass das Glück leider nie auf meiner Seite zu stehen scheint.

Für jemanden wie mich, der vom Pech verfolgt ist, wirkt alleine die Bezeichnung *Glücksspiel* schon ziemlich abschreckend.

Ich bin ein sehr abergläubischer Mensch: zerbrochene Spiegel, schwarze Katzen, die von links nach rechts laufen, und aufgestellte Leitern meide ich wie die Pest.

Wer das nicht tut, fordert das Schicksal heraus – da bin ich mir sicher.

Aber es gibt da eben auch noch diese eine Weisheit:

Glück in der Liebe bringt Pech im Spiel. Damit konnte ich mich bisher gut arrangieren. Welche Frau auch nicht?

Lieber habe ich doch Mister Perfect in meinem Bett als beim Pokern einen Royal Flush in der Hand. *Und verflixt!*

Ich war mir sicher, dass Liam und ich füreinander bestimmt sind. *Aber na ja ...* So wie es aussieht, haben sich meine Chancen auf jede Menge Herz-Spielkarten oder 21 Punkte beim Black Jack erheblich verbessert.

Die Tatsache, dass Liam mich erst monatelang betrogen und anschließend verlassen hat, würde nur halb so wehtun, wenn es wegen einer richtigen Frau passiert wäre und nicht wegen seiner halb verhungerten, oberflächlichen, scheiß blöden, mit Silikon aufgespritzten und glatt gebotoxten Sekretärin.

Seit ich denken kann, habe ich ein paar Kilos zu viel auf den Rippen.

Wobei ich die meiste Zeit gar nicht finde, dass sie *zu viel* sind.

Wer zur Hölle hat eigentlich beschlossen, dass Frauen nur bis maximal 60 Kilo schön sind?

Wer hat diese blöde Regel aufgestellt? Ich habe 80 Kilo und bin verdammt glücklich damit, zumindest war ich das, bis ich herausgefunden habe, dass mein Freund anscheinend nicht auf runde Titten, sondern auf magere, knochige Ärsche steht.

Am liebsten würde ich Amok laufen, zu seiner neuen Freundin gehen, sie an einen Stuhl fesseln und mit so viel Schokolade vollstopfen, dass ihr ihre überteuerten Designerjeans in XXXS nicht mehr passen.

Aber dafür habe ich Gott sei Dank genug Selbstbeherrschung.

Keine Ahnung ob man wegen dem Vorwurf, einer magersüchtigen Schlampe tausende von Kalorien in die Fresse gestopft zu haben, in den Knast kommen kann?

Ich will es lieber gar nicht erst herausfinden ...

Im Grunde genommen ist Liam diesen ganzen Ärger auch überhaupt nicht wert. Soll er sich doch mit seiner dürren Tussi amüsieren, ein Vollweib wie mich hat er gar nicht verdient. Mein Hirn weiß das auch, nur mein Herz ist irgendwie noch nicht richtig einsichtig und aus genau diesem Grund muss ich mich ablenken!

Was ich brauche, ist etwas Spaß, eine Herausforderung und, da ich die Miete nun alleine bezahlen muss, etwas mehr Geld. Zack-bum-bäng wären wir wieder bei den Themen Aberglauben, schlauen Sprichwörtern und dem Glücksspiel.

Mein Kerl ist jetzt seit fast vier Monaten weg – was ganz klar für Pech in der Liebe steht – und das wiederum bedeutet, dass ich JETZT endlich Glück im Spiel haben muss.

Die Möglichkeit, dass ich nun in allen Bereichen des Lebens Pech haben könnte, ziehe ich gar nicht erst in Betracht. So gemein kann das Schicksal doch gar nicht sein.

Es ist also nur allzu logisch, dass ich mich dazu entschlossen habe, in ein Casino zu gehen. Denn was kann mehr Spaß machen, als gewinnen? Was ist eine größere Herausforderung, als die Bank abzuzocken und somit genug Geld zu haben, um die für mich eigentlich viel zu große Wohnung zu bezahlen?

Um der Wahrscheinlichkeit, schlussendlich ein verlassenes Mädchen ohne Bargeld zu werden, entgegenzuwirken, habe ich beschlossen, meine Erfolgschancen zu erhöhen und zu üben. Das Problem ist nur, dass der Chinese ein Genie sein muss.

So langsam zweifle ich nämlich daran, dass es mir je gelingen wird, zu kapieren, was er da eigentlich die ganze Zeit redet und erklärt.

Alles was ich bis jetzt verstanden habe, ist, dass eine Kombination von 21 Punkten, bestehend aus den ersten beiden Karten – also Ass und Zehn, bzw. Ass und Bild – das beste Resultat beim Black Jack ist und *Siebener-Drilling* genannt wird. Und dass ich auf keinen Fall über die magische Grenze von 21 kommen darf – sonst habe ich verloren. Dieses ganze Wahrscheinlichkeitsrechnen ist einfach nur megaunlogisch für mich.

So wie ich das sehe, werde ich mich einfach auf mein Glück verlassen müssen. Aber was soll da schon schiefgehen?

Es geht hier ja schließlich nicht um eine Reise zum Mond, sondern nur um ein lächerliches Kartenspiel ...

Mein Herz wurde nicht nur gebrochen, sondern in tausend Teile zertrümmert, und so schmerzhaft die Trennung von Liam auch gewesen sein mag, ist sie die beste Voraussetzung für Glück im Spiel.

Es ist Freitag und ich bin festentschlossen, mich heute Nacht in eines der vielen Casinos zu wagen. Natürlich nicht in so einen Schickimickiladen, in denen sich die Reichen und Berühmten treffen, sondern eher in eine der Spielhöllen in Austin.

Wenn man den Gerüchten Glauben schenkt, gehören all die Casinos dem Red Devils Motorcycle Club und somit den gefürchtetsten Bikern des Landes ... Falls das so ist, und da bin ich mir echt nicht sicher, ist das ja auch absolut irrelevant. Schließlich habe ich nicht vor zu betrügen, alles was ich will, ist, gewinnen und mit einer Handtasche voller grüner Scheine nach Hause zu gehen.

Selbst wenn ein oder zwei dieser gefährlichen Outlaws anwesend sind, werden die sich wohl kaum für mich interessieren.

Zumindest hoffe ich das, denn ich muss zugeben, dass mir diese Devils gehörigen Respekt einjagen.

Jeder, der in dieser Stadt wohnt, weiß, dass Chicago von den Devils beherrscht wird. Unser Polizeichef und unsere Politiker sind nichts weiter als die Marionetten dieser Lederkutten tragenden Kriminellen.

Ein Umstand, den ich schon immer als falsch empfunden habe, aber gegen den ich nichts ausrichten kann. *Scheiße!* Im Grunde genommen kann es mir völlig egal sein, wer in dieser Stadt das Sagen hat, mich betrifft das nicht wirklich ...

Weder handle ich mit Waffen, noch kaufe ich welche.

Die wenigen Male, in denen mir einer dieser Rocker bisher begegnet ist, kann ich an einer Hand abzählen. Man könnte unseren Bürgermeister fast schon als nette Dekoration bezeichnen.

Wobei man ihm sein Verhalten nicht wirklich übel nehmen kann. Jeder weiß, was Ricardo Sanchez, dem alten Bürgermeister, zugestoßen ist. Er wurde tot und ohne Hände im Hafenbecken treibend aufgefunden. Seine Tochter ist seit ein paar Jahren mit dem Vizepräsidenten der Devils zusammen, zur großen Überraschung der meisten scheinen die beiden echt glücklich miteinander zu sein.

Ich hingegen könnte mir zwar nicht vorstellen, mit dem Mörder meines Vaters ins Bett zu steigen, aber wer weiß schon, was hinter den Kulissen geschehen ist?

Schlussendlich muss jeder selber wissen, wie er sein Leben gestalten will, und was Männer betrifft ... *pahhh* ... da bin ich garantiert nicht die beste Beraterin, wie mein neues Singledasein beweist.

Entschlossen klappe ich mein Notebook zu, bringe den Chinesen damit zum Verstummen und riskiere einen Blick auf die 500 Dollar, die neben mir auf dem Küchentisch liegen.

Wenn alles nach Plan läuft, und das muss es, denn ich kann es mir eigentlich überhaupt nicht leisten, dieses Geld ins Casino zu schleppen, werde ich den Betrag vervierfachen und kann endlich die Miete bezahlen, ohne dann den restlichen Monat pleite zu sein.

Auch wenn es finanziell besser wäre, einfach in eine kleinere und billigerere Wohnung zu ziehen, will ich das einfach nicht. Liam hat mir mein Leben schon genug versaut, mein Selbstwertgefühl hat durch ihn ganz schön gelitten – für ein paar Wochen war es quasi nicht mehr existent – doch mein Zuhause lasse ich mir von diesem Scheißkerl nicht auch noch nehmen.

Seufzend breche ich ein kleines Stückchen von meiner Lieblingsschokolade ab, schiebe es mir in den Mund und lasse die kakaohaltige Köstlichkeit langsam auf der Zunge zergehen.

Seit ich keinen Sex mehr habe, sind meine Heißhungerattacken völlig außer Kontrolle geraten.

Was wirklich gar nicht gut ist ...

Ich bin zwar längst noch nicht bereit für eine neue Liebe, aber das bedeutet ja noch lange nicht, dass ich mir keinen Loverboy anlachen kann.

Einen Kerl, der mit leckerem Essen vom Italiener vorbeikommt, mit dem ich einen guten Film ansehen, grandiosen Sex haben und den ich anschließend wieder rauswerfen kann, wäre perfekt. Zukünftig werde ich den Fehler, mich zu 100 Prozent auf einen Typen einzulassen, nicht mehr machen. Wer auch immer das Privileg bekommt, mich befriedigen zu dürfen, der muss sich mit meiner Klitoris zufriedengeben, mein Herz steht nicht mehr zur Debatte!

1. Kapitel

Rabble

„Fuck Baby! Tiefer! Fester ... Mehr!“

Das laute Gedudel der Spielautomaten vermischt sich mit dem feuchten Schmatzen der Bitch, die vor mir kniet und an meinem Schwanz lutscht. Ihre kleinen Finger krallen sich an meinen Eiern fest, ziehen leicht an ihnen und entlocken mir ein wildes Knurren.

Yeah!

Ich liebe es, wenn sich die Arbeit mit dem Vergnügen vermischt.

Als Kassenwart des Red Devils Motorcycle Clubs gehört es zu meinen Aufgaben, mich um die Geldgeschäfte des MCs zu kümmern.

Tageseinnahmen, Kontostände und derlei sind mein Gebiet. Ich treibe die offenstehenden Beiträge ein, breche ein paar Knochen, wenn Schulden nicht bezahlt werden, und verlange horrende Zinsen, ohne mich schlecht dabei zu fühlen.

Es mag fast so klingen, aber ich bin kein Kredithai – ich hole mir nur, was dem Club zusteht. Gerade in unseren Casinos und Bordellen fließt das Geld nur so in unsere Kassen. *Money, Money, Money ...*

Erfahrungsgemäß gibt es da, wo am meisten Cash unterwegs ist, auch den meisten Ärger. In letzter Zeit waren immer mehr Trickbetrüger unterwegs. Sie haben versucht, das Casino zu verarschen, zu meinem Pech ist es sogar einigen gelungen, uns Tausende von Dollars abzunehmen. Aus genau diesem Grund bin ich hier. Banks, der Präsident der Devils, hat genug um die Ohren, genau wie Blake, unser Vize, was bedeutet, dass die Scheiße an mir hängen bleibt.

Die letzten Stunden habe ich damit verbracht, die Leute zu beobachten, auf ihre Finger zu schauen und aufzupassen, dass niemand krumme Dinger dreht.

Vor Langweile bin ich fast gestorben ...

Im Gegensatz zu den meisten meiner Brüder kann ich dem Glücksspiel nicht viel abgewinnen. Diese nervtötenden Einarmigen Banditen sind die dümmste Erfindung der Menschheit.

Was bringt es mir, stundenlang vor so einem blinkenden Kasten zu sitzen und an einem Hebel zu ziehen? Und was Kartenspiele angeht? Kein Bedarf! Black Jack ist das idiotischste Spiel von allen.

Was interessiert es mich, wie viele Karten 21 Punkte ergeben? Bei Roulette bin ich erst recht raus, Rot, Schwarz – eine Kugel und ein bisschen Französisch ... *What a Fuck!*

Das einzige Französisch, das mir Spaß macht, hat mit einer Frau, dicken Lippen und einer geschickten Zunge zu tun.

Wieder und wieder gleitet die raue Zunge der Bitch über meine Eichel, das gierige Saugen und die geschickten Finger an meinen Eiern ...

Fluchend packe ich mir eine Handvoll der weichen Haare, presse die Tussi noch etwas weiter auf meinen Schwanz und spüre, wie ich ein göttliches Stückchen tiefer in ihre Kehle gleite.

Heiß, feucht und eng zuckt ihr Hals an meiner Härte, sie würgt, was mich beinahe abspritzen lässt.

Sie gibt ein ersticktes Keuchen von sich, als ich mich mit einem kraftvollen Stoß bis zur Wurzel in ihren Rachen stoße.

Das Zucken ihres Gaumens, die Nässe ihres Speichels und die rotierenden Bewegungen ihrer Zunge sorgen dafür, dass der Ärger der vergangenen Stunden langsam von mir abfällt. Die Augen auf ihr Gesicht pinnend, beobachte ich jede ihrer Regungen.

Als sie zu lutschen beginnt und sich ihre Wangen nach innen wölben, entfährt mir ein raues Stöhnen. Zufrieden atme ich mehrmals tief ein und aus und falle in einen langsamen, jedoch tiefen Rhythmus. Wann immer ich bis zum Anschlag in ihren Hals gleite, spüre ich, wie sie zu würgen anfängt. Ihre Augen füllen sich mit Tränen, während ihr etwas Spucke aus dem Mundwinkel tropft.

Bloody Hell! Was ein geiler Anblick ...

Fauchend ziehe ich mich zurück und widerstehe nur schwer dem Drang, ihren Mund gnadenlos zu ficken.

Das Mädchen scheint zu ahnen, dass es sich in Gefahr befindet. Unsicher sieht es zu mir herauf, packt sich meinen Schwanz und massiert die komplette Länge, sodass ich noch etwas härter werde. Wieder und wieder reibt sie vom Schaft bis zur Wurzel, erhöht gekonnt den Druck und lässt ihre Daumenkuppe über den kleinen Schlitz an der Spitze gleiten.

Unter halb geschlossenen Lidern sehe ich dabei zu, wie sie den Kopf senkt. Ihr heißer Atem streift über meine Eichel, ehe sie die Wulst erneut in den Mund nimmt. *Yes! Das ist so verdammt gut!*

Knabbernd, saugend, leckend und lutschend sorgt sie dafür, dass es mir nicht mehr möglich ist, auch nur einen klaren Gedanken zu fassen.

Jetzt in diesem Augenblick könnte jemand das halbe Casino leer räumen, es wäre mir scheißegal!

Kleine Zähne knabbern an meinem empfindlichen Fleisch – meine Knie werden weich.

Die Bitch, deren Name ich mir nicht gemerkt habe, saugt meinen Schwanz langsam, jedoch stetig tiefer in ihre Kehle.

Schnurrend erhöht sie den Druck ihrer Lippen, umspielt mit ihrer Zungenspitze die Unterseite meiner Erektion und beginnt wie wild zu saugen.

In der Vergangenheit hatten viele Tussis ein Problem damit, meine Länge komplett zu schlucken, diese hier hingegen scheint gut geübt zu sein.

Meine Hoden knetend, fährt sie mit ihren scharfen Fingernägeln über die empfindliche Haut meines Damms und streift federleicht über meinen Anus.

Obwohl sie am Anfang gezickt hat, lässt sie sich nun Zeit und gibt mir das Gefühl, dass sie sich nichts Schöneres vorstellen kann, als jetzt genau hier vor mir zu knien und mir den Schwanz zu lutschen.

Vor Anspannung zitternd, sauge ich ihren Anblick in mich auf und beobachte, wie meine Härte immer wieder zwischen ihren Lippen verschwindet.

Ihr heißer Atem, der über meine Beine streift, und das schmatzende Geräusch, das sie von sich gibt, sind beinahe zu viel für mich.

Wer hätte gedacht, dass die Bitch so blasen kann?

Ein Schauer rieselt an meiner Wirbelsäule entlang, das Pochen in meinem Unterleib wird immer stärker. Es wird nicht mehr lange dauern, bis ich sie meinen Samen schlucken lasse. Nicht in der Lage mich noch länger zurückzuhalten, packe ich mit beiden Händen ihren Kopf, während ich mein Becken nach vorne drücke und ihre Kehle ficke. Ihre Nase streift meinen Bauch, ihre Atmung stockt, während sich ihre Finger tief in meinen Arschbacken vergraben. Anstatt sich zu sträuben, bleibt die Bitch ganz locker und sieht aus verschleierten Augen zu mir herauf.

Die Gier nach der Erlösung, die meinen Verstand lahmlegt, ist so intensiv, dass sich schwarze Punkte vor meinem Sichtfeld ausbreiten.

Knurrend ramme ich mich in ihren Mund, wühle mich durch ihre Haare und ziehe mich ein letztes Mal zurück.

„Sieh mich an!“

Röchelnd tut sie, was ich will.

Mein Schwanz ruht auf ihrer geschwollenen Unterlippe.

Die Muskeln in meinen Beinen zucken.

Ohne ihren Blick freizugeben, schiebe ich mich langsam und bis zum Anschlag in ihren Hals. Das Letzte, was ich sehe, ist, wie sich ihre Pupillen weiten, ehe ich die Kontrolle verliere. Ein lautes Brüllen ausstoßend, spritze ich Schub für Schub mein Sperma auf ihre Zunge.

Ihre Schluckbewegungen melken mich regelrecht, quetschen bis auf den letzten Tropfen alles aus mir heraus. Dieser Orgasmus war mehr, als ich erwartet hatte, und extrem nötig.

Nachdem sie mich sauber geleckt hat, zieht sie sich zurück, wischt sich mit dem Handrücken über die geschwollenen Lippen, und entfernt so die letzten Sperma-Reste von ihrem Mundwinkel.

„Du schmeckst gut."

Fuck was? Ich glaube, ich habe mich verhört.

„Danke für die Info."

Kichernd steht sie auf, legt mir ihre Hände auf die Schultern und knabbert an meinem Ohrläppchen. Die harten Spitzen ihrer Titten reiben über meinen Brustkorb, sorgen dafür, dass sich mein Schwanz erneut mit Blut vollpumpt.

„Blake hat gesagt, dass ich, wenn ich hierherkomme und mich um dich kümmere, auch auf meine Kosten komme und dass dein Revolver immer geladen ist. Stimmt das?"

Es dauert einen Moment, bis mein wortwörtlich leer geblasenes Hirn kapiert, wovon sie spricht.

Dafür, dass mein Vize so *nett* war und mir eine Bitch vorbeigeschickt hat, danke ich ihm. Er weiß genau, wie wenig ich für Casinos übrighabe. Trotzdem nervt es mich, dass er der Nutte versprochen hat, dass sie ebenfalls ihren Spaß haben wird. Wie kommt er dazu? Ich meine … Fuck! Was ist, wenn ich sie gar nicht ficken will?

Prüfend lasse ich die Augen über ihren nur spärlich bekleideten Körper gleiten und muss zugeben, dass die Kleine heiß ist.

Im Optimalfall bevorzuge ich Frauen mit etwas mehr Fleisch auf den Rippen. Es ist nicht so mein Ding, wenn man jeden Knochen sehen kann. Aber die Nutte hat einen prallen Arsch und volle Titten, es dürfte mir nicht schwerfallen, sie zu bumsen.

„Meine beiden Waffen sind immer einsatzbereit."

Sie grinst. „Willst du gar nicht meinen Namen wissen?"

Was sollte mir der bringen?

Desinteressiert zucke ich mit den Schultern.

„Eigentlich nicht, nein."

Die Augen zusammenkneifend, reckt sie ihr Kinn in die Höhe.

Wenn sie jetzt zickt, schmeiße ich sie so schnell raus, so schnell kann sie nicht mal bis drei zählen. Bevor sie damit anfangen kann, mir auf die Nerven zu gehen, schupse ich sie auf das Sofa neben uns und befehle ihr, die Beine zu spreizen.

Noch immer etwas eingeschnappt, zögert sie kurz.

Ich bedenke sie mit einem finsteren Blick, endlich kapiert sie, dass ich keinen Bock auf diese Spielchen habe. Zögerlich lässt sie die Knie auseinanderklappen und präsentiert mir ihre glatt rasierte Pussy.

Dank der offen stehenden Bürotür kann ich genau hören, was nebenan im Hauptbereich der Spielhalle los ist.

Die nervtötenden Melodien der Spielautomaten bereiten mir Kopfschmerzen.

Gleich morgen werde ich irgendjemand anderen für diese Arbeit hier einteilen. Noch eine Woche in diesem Casino und ich jage diesen Scheißladen eigenhändig in die Luft.

Mit der rechten Hand in die Schachtel unter der Couch fassend, ziehe ich ein Kondom hervor und reiße die silberne Verpackung auf.

„Mach ihn hart und ich ficke dich."

Die Bitch leckt sich über die Lippen und richtet sich auf.

„Rabble will, dass ich ihm einen rubble?"

Echt jetzt? Sollte das etwa witzig sein?

„Mit meinem Schwanz im Mund warst du mir sympathischer."

Schmollend packt sie mich an den Eiern, lässt mich ihre Fingernägel spüren und zieht leicht an ihnen. Fluchend beiße ich die Zähne zusammen, und spüre, wie ich erneut hart werde.

Ohne kostbare Zeit zu verlieren, schlage ich ihre Hand weg, rolle den Gummi über meine Erektion und stoße sie zurück auf das weiche Polster der Couch.

„Hey mach langsam, Devil ..." Ihr Gezeter ignorierend, bringe ich mich vor ihrer Pussy in Position und lasse meine Eichel durch ihre feuchten Falten gleiten.

Mein Schwanz badet regelrecht in ihrer Nässe.

„Verdammt Rabble. Ich will einen Marathon und keinen Sprint."

Über die Absurdität ihrer Äußerung lachend, schüttle ich den Kopf und stoße mich mit einem kraftvollen Ruck in ihr zuckendes Loch. Sie kreischt gepeinigt auf, stöhnt jedoch einen Atemzug später zufrieden und drückt mir ihre Muschi entgegen. Ihre Finger krallen sich in meiner Kutte fest, typisch Bikergroupie ...

„Du wolltest, dass ich dich ficke und das tue ich gerade. Also was ist jetzt schon wieder das verfluchte Problem?"

Keuchend schnappt sie nach Luft.

„Ich will es langsam."

Dann hat sie Pech, langsamer Sex ist absolut nicht mein Ding.

Fuck! Für eine Bitch hat sie eine echt enge Pussy!

Mein Schwanz ist dick und lang, die Reibung ist der Hammer. Ich frage mich, wie geil es wohl wäre, sie ohne Gummi zu ficken, verwerfe diesen Gedanken aber schnell wieder.

Ich bin nicht so dumm wie der Sergeant at Arms unseres Clubs. Ryker hat seinen Schwanz an die Leine legen lassen, er hat sich eine Old Lady genommen und Evelyn auch noch geschwängert.

Für ihn mag dieses ganze Bindungsding gut sein, für mich ist das die Hölle. Allein bei der Vorstellung, für den Rest meines Lebens nur noch eine Muschi zu ficken, läuft es mir eiskalt den Rücken runter.

Trotzdem muss ich mir eingestehen, dass die vielen Clubhuren nach all den Jahren langsam, aber sicher an Reiz verlieren. Diese Frauen sind auf eine schlechte und billige Art identisch: blondierte Haare, blumige Parfums, künstliche Nägel und bunt geschminkte Lippen.

Sie schmecken nach Schweiß und Verzweiflung und hinterlassen nach jedem Fick einen bitteren Nachgeschmack. Es ist ätzend, aber ich stecke in einer Zwickmühle.

Nutten ficken und mich ärgern oder mir eine Lady suchen und meine Freiheit an einen goldenen Nagel hängen.

Bullshit!

Beides äußerst suboptimal, aber eine dritte Variante will mir einfach nicht einfallen!

Plötzlich von der Bitch genervt, ziehe ich mich kurz aus ihr heraus, drehe sie auf den Bauch und ramme mich von hinten wieder in ihr enges Loch.

Oh ja, das ist besser! Viel besser!

Jetzt muss ich nicht diesen enttäuschten und dennoch erwartungsvollen Blick ertragen, mit dem sie mich schon während des Blowjobs angesehen hat.

Stoß für Stoß vertreibe ich alle Gedanken aus meinem Kopf.

Ihre weichen Haare um meine Finger wickelnd, reiße ich ihren Kopf nach hinten, fahre mit der Nase an der verschwitzten Haut ihres Nackens entlang und inhaliere den süßen, unverkennbaren Geruch, den Frauen beim Sex verströmen.

All meine Kraft dazu verwendend, mich immer wieder in dem zitternden Körper der Bitch zu vergraben, schließe ich die Augen und konzentriere mich ganz aufs Fühlen ...

Die kleine Nutte bockt und keucht, das Blut in meinen Adern beginnt zu kochen.

Entschlossen endlich meinen Spaß zu haben, packe ich sie an der Hüfte, halte sie fest und stoße noch fester zu.

Ihr gepeinigtes Keuchen, das Zucken in ihrer Muschi und das Gefühl ihrer prallen Arschbacken, die sich gegen meine Lenden drücken ... Mehr brauche ich nicht.

Ich spritze ab, die Nutte unter mir flucht unbefriedigt auf, was mir ein fieses Lachen entlockt.

„Scheiße Rocker, hast du schon mal was von einem G-Punkt oder dem Kitzler gehört?"

„Jepp, habe ich."

Mit einem Ruck ziehe ich mich aus ihr heraus, stehe auf und schmeiße das klebrige Kondom in den Mülleimer neben dem Schreibtisch.

„Und?"

Sie sieht mich fragend an.

„Was und?"

„Na, warum hast du weder den G-Punkt noch meinen Kitzler gefunden?"

Zufrieden vor mich hin pfeifend, ziehe ich die an den Knien hängende Jeans hoch, schließe den Reißverschluss und drücke den Knopf durchs Loch. Kaum dass ich mit dem Gürtel fertig geworden bin, zünde ich mir eine Kippe an und fülle meine Lungenflügel mit dem warmen Rauch.

„Weil ich nicht danach gesucht habe."

Wütend springt sie von der Couch, zupft ihren Rock zurecht und funkelt mich wütend an.

„Warum müsst ihr Biker immer solche Arschlöcher sein?"

Ich schätze, das ist eine berechtigte Frage. Vor der offen stehenden Türe geht jemand vorbei. Alles was ich erkenne, sind lange schwarze Haare, helle Haut und feine Gesichtszüge. Müde reibe ich mir über die Stirn und zwinge mich zur Ruhe.

„Wahrscheinlich aus Desinteresse. Es ist mir fucking egal, ob du gekommen bist oder nicht. Wenn du deinen Spaß hattest, gut. Und wenn nicht, dann eben nicht. So einfach ist das! Und jetzt verpiss dich. Dein Gezicke hilft nicht gerade gegen meine Kopfschmerzen."

Erneut zupft sie an dem winzigen Ding, das sie einen Rock nennt, reckt das Kinn in die Höhe und stolziert auf ihren viel zu hohen Absätzen an mir vorbei Richtung Ausgang.

Ich folge ihr ein paar Schritte, aber nicht, weil ich sie aufhalten, sondern weil ich sichergehen will, dass sie auch garantiert verschwindet. Bevor sie das Casino verlässt, dreht sie sich noch mal zu mir um und sieht mich aus hasserfüllten Augen an.

„Ihr Devils seid alle Schweine. Arrogante, eingebildete und dumme Schweine ...“

Mit diesen Schlussworten lässt sie mich stehen, ein Typ am Black Jack Tisch beginnt zu lachen – die Situation hatte schon was Witziges.

Die Kippe fertig rauchend, reibe ich mir über die Stirn und beschließe, dass ich was zum Trinken brauche – einen Whisky – am besten gleich eine ganze Flasche. Es gibt so Nächte, die sind nur mit dem guten alten Jacky zu überstehen.

Auf dem Weg zur Bar stechen mir erneut die langen rabenschwarzen Haare in die Augen. Dieses Mal habe ich mehr Zeit, mir die Frau genauer anzusehen. Sie ist klein, hat eine tolle Figur und ein faszinierend schönes Gesicht, und ich bin mir absolut sicher, dass ich sie hier noch nie zuvor gesehen habe.

Ihre Körperhaltung strahlt Unsicherheit und Nervosität aus, die Art, wie sie immer wieder prüfend über ihre Schulter schaut, macht mich misstrauisch.

Entweder ist sie einfach nur extrem aufgeregt oder aber sie hat was vor.

Aus Erfahrung weiß ich, dass Betrüger keine festen Altersgrenzen haben. Manche sind gerade erst volljährig geworden, andere sind längst in Rente. So als ob die Fremde meine Augen auf sich spüren würde, zuckt sie leicht zusammen und dreht sich zu mir um. Unsere Blicke begegnen sich, sie wirkt entsetzt. Es ist ihr deutlich anzusehen, dass sie am liebsten aufspringen und davonlaufen würde.

Aber warum?

Liegt es an dem, was sie aufgeschnappt hat, als sie Richtung zu den Toiletten am Büro vorbeigegangen ist, oder daran, dass sie nicht damit gerechnet hat, dass ein Devil da ist, der alles im Blick behält?

Beides ist möglich, ich tippe jedoch auf Letzteres.

Gespannt wie sie reagiert, bleibe ich einfach stehen und sehe sie weiter unverhohlen an.

Max, der Croupier, beginnt die neue Runde, jeder der sieben Plätze an dem halbkreisförmigen Spieltisch ist besetzt. Für eine Sekunde rechne ich damit, dass die Frau aufspringt und davonläuft, doch sie überrascht mich, indem sie so gut wie reglos sitzen bleibt, herausfordernd eine Augenbraue in die Höhe zieht und sich einen Atemzug später wieder dem Spiel zuwendet.

Sie platziert ihren Einsatz und ich gehe zur Bar und gebe Adam mit einem Handzeichen zu verstehen, dass er eine Flasche Whisky und ein Glas bereitstellen soll.

Sein wissendes Grinsen lässt mich die Faust ballen. Am liebsten würde ich ihm eine verpassen. Aber ich tue es nicht, stattdessen gebe ich mich damit zufrieden, ihm ein „Blöder Wichser!“ zuzumurmeln, was ihn nur noch mehr belustigt.

Es ist kein Geheimnis, wie sehr ich das Spiel mit dem Glück verachte.

In meinen Augen ist Geld nichts, was man verwetten sollte, schon gar nicht bei so etwas Unkalkulierbarem wie einem Kartenspiel oder Roulette. In unseren Casinos haben schon so manche ihren letzten Dollar verloren und ihren finanziellen Ruin gefunden.

Es ist nicht so, dass ich die Vergnügungen des Lebens nicht zu schätzen weiß, ich kann nur einfach nicht nachvollziehen, was so toll daran sein soll, dem Zufall zu vertrauen.

Woche für Woche gebe ich ein kleines Vermögen für mein Bike, teure Nutten, gutes Essen und alten Whisky aus.

Wir leben alle nur ein Mal und wir Devils haben die unschöne Angewohnheit, jung und blutig zu sterben, was bedeutet, dass meine Uhr tickt.

Der kalte Stahl des Sensenmanns liegt mir im Nacken, ich kann ihn regelrecht spüren. Umso mehr ärgert es mich, meine Zeit in diesen verfickten Casinos zu verbringen.

Kaum dass Adam das Glas mit der goldenen Flüssigkeit gefüllt hat, kippe ich mir den Whisky in den Rachen und zünde mir eine neue Zigarette an.

„Verdammt Rabble. Zieh nicht so eine Fresse. Versuch doch einfach mal dein Glück. Vielleicht passiert ja das Unglaubliche und du hast Spaß!“

Ungläubig, dass er mir so einen absurden Vorschlag macht, ziehe ich meine Mundwinkel nach unten und sehe ihn genervt an.

„Wenn du vorhast, mir auf den Sack gehen – dann lass es!“

Lachend macht er sich wieder an die Arbeit, poliert Gläser und füllt die Regale auf.

Erst als auch das zweite Glas leer ist, drehe ich mich wieder zu dem Black Jack Tisch um.

Der Stapel Chips vor der schönen Fremden ist besorgniserregend größer geworden. Irgendetwas stimmt da nicht ...

Aus zusammengekniffenen Augen beobachte ich, wie sich ihre Lippen bewegen, fast so, als würde sie irgendetwas berechnen.

Bei Kartenspielen gibt es jede Menge Tricks.

Manche haben Asse im Ärmel, andere zinken die Spielkarten, sodass sie sie im Lauf des Spiels wiedererkennen können und andere, die berechnen Wahrscheinlichkeiten und zählen irgendetwas.
Die ersten zwei Tricks werden von mir mit Knochenbrüchen vergolten, aber das Zählen und Berechnen, na ja ich glaube nicht wirklich, dass man damit Erfolg haben kann.
Bei der Frau hingegen scheint es zu funktionieren, ich beschließe, sie für eine Weile zu beobachten. Nach vier vollen Gläsern Jacky komme ich zu dem Entschluss, dass die Kleine definitiv kein Profi sein kann. Wann immer sie gewinnt, wirkt sie völlig überrascht, so als ob sie selber nicht damit gerechnet hat, als erstes Black Jack rufen zu können. *Fuck!* Wenn das so weitergeht, werde ich sie zur Rede stellen müssen.
Innerlich verfluche ich sie dafür, dass sie nicht in ein anderes Casino gegangen ist.
Musste sie hier auftauchen und mir den Abend verkomplizieren?
Meine Lungenflügel mit Nikotin füllend, beobachte ich, wie sie sich mit der Hand durch die Haare streicht, diese einfache Geste lässt sie erstaunlich verletzlich wirken.
Diese Frau passt weder in dieses Stadtviertel noch in dieses Casino noch in meine Welt! Also was zur Hölle hat sie hier zu suchen?
Ein Glas polierend, stellt Adam sich neben mich und folgt meinem Blick.
„Hübsch die Kleine, hat so etwas Unschuldiges an sich. Da steh ich echt voll drauf."
Seine Zunge vorschnellen lassend, wackelt er mit den Augenbrauen.
So ungern ich es auch zugebe, aber er hat recht, das Mädchen ist verteufelt sexy.
„Lass deine Finger von ihr, Alter. Du bist hier, um zu arbeiten."
Mit einem aufgebrachten *Hmpf* verschwindet er wieder hinter dem Tresen und stellt das auf Hochglanz polierte Glas ins Regal.
„Das musst du gerade sagen. Wer hat denn gerade eine Bitch im Büro gebumst?"
An meinem Whisky nippend, sehe ich Adam herausfordernd an.
„Tja, manchmal hat es eben auch seine Vorteile, der Boss zu sein."
Grummelnd schnippt er gegen meine Kutte.
„Scheiß auf das Boss-sein, die Tussis sinken reihenweise vor dir auf die Knie, weil du dieses Leder trägst. Verdammt! Manchmal kommt es mir so vor, als würden sich die Höschen aller Frauen regelrecht entmaterialisieren, sobald sie einen Red Devil sehen. Vielleicht sollte ich auch Member werden. Muss geil sein. Muschis, Macht und Money. Die drei goldenen M's."

Bei dem ganzen Quatsch, den er da von sich gibt, verschlucke ich mich vor lauter Lachen an dem Rauch und schlage mir mit der Faust mehrmals auf den Brustkorb.

Fuck! Das brennt so heftig, dass mir Tränen in die Augen steigen.

„Shit! Was laberst du da? Entmaterialisieren? Sind wir hier bei Star Wars, oder was? Und diese drei goldenen M's … Bullshit, bist du high? Hast du gekifft?"

Wütend schlägt er mit seinem Geschirrtuch nach mir.

„Ach komm schon, Rabble. Sieh dich an. Du siehst aus wie ein lebender Toter. Fast als wärst du aus dem ersten Teil von dem Piratenfilm Fluch der Karibik gefallen. Und trotz der vielen Tinte in deinem Gesicht schleppst du eine Tussi nach der anderen ab. Erzähl mir ja nicht, dass du so viel Erfolg bei den Frauen wegen deines tollen Charakters hast!"

Okay, er muss high sein, anders kann ich mir den Schrott, den er da von sich gibt, nicht erklären.

„Drogen sind während der Arbeitszeit verboten, Adam. Das ist ein Kündigungsgrund!"

„Ich bin clean. Ehrlich."

Keine Ahnung, ob mich das beruhigen soll.

„Das würde dann also bedeuten, dass du nüchtern so viel Mist redest?"

Er nickt stolz, dann kapiert er, was ich gesagt habe, und sieht mich finster an.

„Was soll das, Devil? Denkst du etwa, ich hätte nicht das Zeug zum Member?"

Es haben schon viel größere Idioten versucht, dem Club beizutreten, sie alle haben noch während der Anwärterzeit ihr Leben verloren.

„Um einer von uns zu werden, müsstest du ein Jahr als Prospect durchstehen. Das ist dir klar, oder? Diese Kutten", ich deute auf mein Leder, „gibt es nicht im Walmart. Und die Patches schon gar nicht! Die musst du dir mit Schweiß, Loyalität und Blut verdienen."

Kampflustig verschränkt er die Arme vor der Brust.

„Das ist mir alles sehr wohl bewusst. Morgen rede ich mit Banks, wirst schon sehen, in zwölf Monaten sind wir Clubbrüder."

Niemals!

„Ich glaube eher, dass ich in weniger als vier Wochen auf deiner Beerdigung tanzen werde."

Sein gezischtes „Du arroganter Wichser!" stört mich nicht im Geringsten. Es ist hart, die Wahrheit zu hören.

Da mir die Diskussion zu blöd wird, ziehe ich kurzerhand meine Waffe aus dem Holster, das sich unter meiner Kutte verbirgt, entsichere sie und lege sie Adam vor die Nase.

„Also gut, zeig, was in dir steckt."

Perplex sieht er mich an.

„Was soll das werden?"

Blöde Frage.

„Knall jemanden ab, jetzt sofort."

Er betrachtet meine 9-Millimeter als ob sie eine giftige Schlange wäre, die ihn mit einem Biss töten könnte.

„Und wen? Ich meine, warum?"

Sehr blöde Frage.

Ich beuge mich etwas zu ihm vor, sodass außer uns niemand meine Worte verstehen kann.

„Ich bin bereit, für diese Kutte, meinen Club und für das Leben, das ich führe, jeden Menschen in diesem Raum hinzurichten. Solange du diese Bereitschaft nicht hast, vergiss deinen Traum, ein Devil zu werden."

Sein Puls überschlägt sich geradezu an seinem Hals, ihm bricht der Schweiß aus.

„Du machst einen Scherz."

„Über dieses Thema würde ich niemals scherzen."

Jetzt sieht Adam mich an, als würde er mich zum ersten Mal überhaupt als den Killer wahrnehmen, der ich bin. Was lächerlich ist, wenn man bedenkt, dass wir uns seit gut drei Jahren kennen.

„Das ist krank. Du bist krank!"

„Mag sein ..."

Ohne zu zögern, schnappt er sich die viereckige Jack Daniels Flasche und trinkt mehrere große Schlucke.

Erst als er sich mit der Hand über den Mund gewischt und ein weiteres Mal die Knarre angesehen hat, redet er weiter.

„All diese Menschen sind unschuldig. Sie haben mir nichts getan, also warum sollte ich einen von ihnen töten?"

Diese Argumentation ist mir nur allzu vertraut, vor einem Jahrzehnt habe ich auch noch so gedacht.

„Ich maße mir nicht an, zu entscheiden, ob sie unschuldig sind, denn das spielt im Grunde genommen überhaupt keine Rolle. Ich tue, was getan werden muss – immer – ohne zu zögern, und ohne Ausnahme. Der Club steht über allem, sein Wohlergehen ist wichtiger als das meine.

Wenn ich für den MC töten muss, tue ich es, ohne mit der Wimper zu zucken, und wenn ich für ihn sterben soll, werde ich auch das. Ich als Individuum bin nicht wichtig – das große Ganze zählt."

Ich tippe mir gegen die Stirn.

„Solange du das nicht kapiert hast, wirst du keinen Tag in meiner Welt überleben. Vergiss deine schwachsinnige Idee, ein Devil werden zu wollen. Bleib einfach hinter der Bar, polier Gläser und träum weiter von sich in Luft auflösenden Höschen."

Ohne ein weiteres Wort wendet er sich von mir ab und verschwindet im Kühlhaus.

Fuck off!

Es mag Adam momentan nicht klar sein, aber ich habe ihm gerade das Leben gerettet. Hätte er tatsächlich versucht, ein Teil des MCs zu werden, wäre er spätestens nach einer Woche tot im Straßengraben gelegen, oder aber er wäre panisch zum nächsten Polizeirevier gerannt. Was ebenfalls seinen Tod bedeutet hätte. Verräter enden für gewöhnlich mit einer Kugel im Kopf oder einem Dolch im Herzen.

Genervt reibe ich mir mit den Händen übers Gesicht und drehe mich zum Black Jack Tisch um. Die schwarzhaarige Schönheit hat mittlerweile einen ordentlichen Stapel Chips angehäuft, was bedeutet, dass das, was auch immer sie da macht, funktioniert.

Komm schon Mädchen, steh auf und geh!

Fast so, als hätte sie meinen warnenden Gedanken gehört, ruckt ihr Kopf in meine Richtung. Genau wie zuvor starren wir uns an. Sie ist das Kaninchen und ich bin der Wolf.

Doch anstatt endlich Vernunft walten zu lassen, steigt sie auch in die nächste Runde ein.

Ach, verdammt ...

Als sie die 9-Millimeter entdeckt, weiten sich ihre Augen entsetzt.

Nicht wirklich motiviert, stehe ich auf, drücke meine Kippe im Aschenbecher aus, stecke meine Waffe wieder ein und gehe auf sie zu.

Willkommen in Austin Mädchen ...

2. Kapitel

Samantha

Karte für Karte – Spiel für Spiel, steigt mein Puls.
Ich fühle mich wie berauscht, was zum einen daran liegt, dass ich tatsächlich gewinne, und zum anderen an den vielen bunten Cocktails, die einfach viel zu lecker schmecken, um langsam getrunken zu werden. Vor lauter Nervosität habe ich heute bis auf ein bisschen Schokolade nicht viel gegessen, was bedeutet, dass der Alkohol voll reinschlägt und ich mich echt konzentrieren muss, um gerade sitzen zu bleiben. Mein Gleichgewichtssinn ist *etwas* angeschlagen, aber das stört mich nicht weiter, meine Stimmung ist bestens.

In all den Ratgebern, die ich zum Thema Glücksspiel gelesen habe, hieß es ausnahmslos, dass Alkohol kein guter Casinobegleiter ist und dass man auf alle Fälle nüchtern bleiben sollte. *Pahh ...*

Mir geht es super!

Meinen ursprünglichen Einsatz von 500 Dollar habe ich sicherlich schon verdreifacht. Bis jetzt habe ich nur einmal verloren.

Keine Ahnung, ob es an dem Chinesen aus dem YouTube-Video oder an meiner Trennung von Liam liegt. Im Grunde genommen ist es mir auch völlig egal, warum ich gewinne – Hauptsache ich tue es.

Dieser Nervenkitzel in Kombination mit dem Risiko macht mir echt Spaß. Es fühlt sich fast so an, als würde ich etwas Verbotenes machen. Eigentlich muss ich Liam dankbar sein, dass er mir das Herz gebrochen hat. Wenn er es nicht getan hätte, würde ich jetzt wahrscheinlich zu Hause sitzen und auf seinen Anruf warten, während er es in seiner Anwaltskanzlei mit seiner Sekretärin treibt.

Herr Gott! Ich war so naiv und dumm ...

Im Nachhinein kann ich nicht verstehen, warum ich nicht schon viel früher kapiert habe, was da ablief.

Aber jetzt bin ich frei, ich kann tun und lassen, was ich will, und reite auf einer Welle des Glücks durch mein Leben.

Vielleicht ist das eh der bessere Weg: Tausche alle Männer dieser Welt gegen jede Menge wunderschöne, runde, bunte und wertvolle Casinochips!

Ich war mir sicher, dass Liam mein Traumprinz ist, leider habe ich zu lange gebraucht, um zu verstehen, dass er kein Prinz, sondern einfach nur ein in Alufolie gewickelter Vollidiot war. An sich könnte also alles perfekt sein, wäre da nicht dieser gruselig aussehende Rocker mit den vielen Tattoos im Gesicht.

Ich hatte echt gehofft, dass ich keinem dieser gefürchteten Red Devils über den Weg laufe ...

Eigentlich sollte mich sein düsteres Äußeres nicht so faszinieren, aber ich erwische mich immer wieder dabei, wie ich in seine Richtung starre und jedes noch so unheimlich wirkende Detail des Mannes in mich aufsauge. Das abgewetzte Leder seiner schwarzen Kutte, die vielen bunten Aufnäher und die lässige, selbstsichere Haltung, mit der er auf dem Hocker an der Bar sitzt und sich unterhält.

Wie er sein Bein angewinkelt hat, die Art, wie er sich bewegt, und die nonchalante Arroganz, die er ausstrahlt ... *seufz* ...

Dieser Outlaw passt so überhaupt nicht in mein Beuteschema.

Wobei es auch ziemlich lächerlich ist, diesen Devil überhaupt als Beute zu betiteln. Jeder, der ihn ansieht, erkennt sofort, dass er der Jäger ist. Er ist ein Stückchen größer als mein Ex, aber das ist nicht schwer, Liam war mit seinen 1,70 Metern nur zehn Zentimeter größer als ich. Der Rocker hat schulterlange blonde Haare, die er mit einem Lederband in seinem Nacken zu einem Pferdeschwanz zusammengebunden hat. Das Wort Respekt wurde in großen schwarzen Lettern auf ewig in die Haut seines Halses gestochen.

Eine rote Schlange windet sich über seine rechte Schläfe, deren gespaltene Zunge endet auf seinem Wangenknochen.

Wie unheimlich ...

Das größte Tattoo, das sein Gesicht ziert, sind fünf dicke Kratzspuren, die sich von seiner Stirn, über das rechte Auge, bis hinab zu seinem Kinn ziehen. Sie wirken, als wären sie von einem großen Raubtier, einem Grizzly oder vielleicht von einem Tiger.

Was sie wohl zu bedeuten haben?

In einem Zeitungsartikel habe ich mal gelesen, dass die Tattoos der Mitglieder des Red Devils Motorcycle Clubs immer für etwas stehen. Ob das stimmt, weiß ich nicht. Die Presse ist nicht wirklich dafür bekannt, immer nur über wahre Begebenheiten zu berichten. Die Leute lieben es, über die fast schon berühmten Rocker Chicagos zu lesen ... Ich denke, das liegt an der Angst und der Faszination, die diese gefährlichen Männer in einem auslösen.

Mir geht es da nicht anders. Dieser Motorradclub ist wie eine ganz eigene, geheimnisvolle Welt. Wir normalen Menschen können uns doch gar nicht vorstellen, was dort alles passiert und abläuft.

Es ist kein Geheimnis, dass diese Biker nach ihren ganz eigenen Gesetzen und Moralvorstellungen leben.

Ich denke, man könnte den Club durchaus mit einem Indianerstamm vergleichen: wild, undomestiziert und mit Stammeszeichen übersät.

Die Art, wie dieser Devil mit Frauen umgeht, will ich lieber gar nicht erst beurteilen. Erst die Sache, die ich belauscht habe, als ich an dem Büro vorbeigegangen bin, und dann der Abgang dieser eher fragwürdigen Dame.

Gerade als ich mich wieder auf das Spiel konzentrieren will, dreht sich besagter Devil um und sieht mich direkt an. Erneut hebe ich den Blick, unsere Augen verschmelzen miteinander. Die Intensität, mit der er mich betrachtet, lässt mich erschaudern.

Mit einem Schlag nehme ich nichts anderes mehr wahr als den Biker mit dem tätowierten Gesicht. Meine Spielkarten geraten in Vergessenheit, die nervtötende Musik der Spielautomaten tritt in den Hintergrund und mein Herz gerät aus dem Takt. *Himmel hilf!*

Ich entdecke die Waffe in seinen Händen und schlucke schwer.

Was hat er vor?

Was soll das werden?

Unsicher knabbere ich auf meiner Unterlippe herum, die feinen Härchen in meinem Nacken stellen sich auf. In dem Moment, in dem er sich von seinem Barhocker erhebt, breitet sich ein mulmiges Gefühl in meinem Bauch aus. Ich beobachte, wie er seine Kippe im Aschenbecher ausdrückt, die Waffe unter seiner Kutte verschwinden lässt und *oh verdammt* auf mich zukommt ...

Panisch sehe ich nach links und rechts, suche die Umgebung nach einem Fluchtweg ab und entdecke leider keinen.

Ich bin am Arsch ...

Natürlich könnte es auch einfach sein, dass er nur herkommt, weil er meine Blicke in den letzten Stunden immer wieder auf sich gespürt hat und jetzt denkt, dass ich an ihm interessiert bin.

Blöder Fehler!

Wie sollte ich denn bitte einen Kerl attraktiv finden, bei dem sich mir die Haare aufstellen? Ich meine, er hat Tattoos im Gesicht, trägt eine Waffe bei sich und wirkt, als würde er kleine Kinder zum Frühstück essen. Einem Mann wie ihm gehen alle klugen Mädchen aus dem Weg.

Aber was ist, wenn er nicht kommt, weil er denkt, dass zwischen uns was laufen könnte, sondern weil er herausgefunden hat, dass ich mich an die Tricks des Chinesen halte und damit sogar erfolgreich bin?

Gilt das, was ich mache, als schummeln?

Weder habe ich magnetische Würfel in der Hosentasche noch ein paar Asse im Ärmel.

Schritt für Schritt kommt er mir näher, ich bilde mir ein, dass der Boden unter seinem Gewicht zu beben beginnt.

Das muss wohl am Alkohol liegen.

Nicht bereit, mich von ihm durcheinanderbringen zu lassen, konzentriere ich mich wieder auf das Spiel und schlucke schwer.

Wie erwartet, bleibt der Devil direkt neben mir stehen, ich ignoriere ihn stoisch und tue einfach so, als würde ich nicht bemerken, dass da ein großer, muskulöser, nach Leder und Motoröl duftender Outlaw mit Kratzspuren im Gesicht hinter meinem Stuhl steht und mich anstarrt. *Hilfe!* Das gelingt mir genau drei Sekunden lang, dann gibt der Biker dem Croupier ein Zeichen und die laufende Runde wird einfach unterbrochen.

Was ich echt ärgerlich finde, denn meiner Wahrscheinlichkeitsrechnung nach war die Chance, dass ich gleich 21 Punkte habe, verdammt hoch. Genervt drehe ich den Kopf so, dass ich zu dem Biker hochschauen kann, und zucke unwillkürlich zusammen. So nah wie jetzt war ich ihm noch nie, was bedeutet, dass ich auch sein Gesicht noch nie so genau betrachten konnte.

Mir ist klar, dass ich diesen Devil eigentlich abstoßend und hässlich finden sollte. Er entspricht absolut nicht den allgemeinen Schönheitsidealen, die gesellschaftlich anerkannt sind. Aber!

Und das ist ein großes, dick geschriebenes und unterstrichenes **ABER**, irgendwie hat er auf verbotene Weise sehr wohl etwas Anziehendes an sich.

Schon seltsam. Wie kann man einen Mann angsteinflößend und zugleich höllisch sexy finden? Dunkle Bartschatten zieren sein eckiges Kinn. Er hat unverschämt volle Lippen, die fürs Küssen wie geschaffen sind, eine leicht schief stehende Nase, die sicher mal etwas Aristokratisches an sich hatte, ehe sie irgendwann mal gebrochen wurde. Ein paar hellbraune Strähnen durchziehen sein eigentlich blondes Haar, betonen den faszinierenden Farbton seiner Iriden.

Egal wie tief ich ihm auch in die Augen schaue, ich kann nicht bestimmen, ob sie nun grau oder blau sind. Der Duft von Mann, Seife, Leder und noch etwas, das ich nicht genau zuordnen kann, steigt mir in die Nase. Wenn dieser Rocker schon so gut riecht, wie gut er dann wohl erst schmeckt?

Upss ... Wo kam denn dieser verstörende Gedanke her?

Ich räuspere mich leise und sortiere meine durcheinander geratenen Gedanken.

Entweder steht er hier, weil er denkt, dass ich scharf auf ihn bin, oder aber, weil er kapiert hat, dass meine Berechnungen tatsächlich funktionieren. So oder so – beides ist nicht gut!

„Gibt es einen adäquaten Grund für diese Unterbrechung oder ist sie reine Willkür?“

Auch wenn ich versuche, mich möglichst cool zu geben, schlägt mir das Herz bis zum Hals. Seine Mimik ist völlig ausdruckslos, verrät mir nicht, ob ich in der Scheiße stecke.

Ein perfektes Pokerface ...

Kein Wunder, dass er für die Arbeit in einer Spielhölle eingeteilt wurde. Um herauszufinden, mit wem ich es zu tun habe, mustere ich die vielen Aufnäher, die seine Kutte zieren und die, wenn ich mich nicht täusche, im Rockerjargon Patches genannt werden.

Als Erstes fällt mir das rautenförmige *1%*-Zeichen auf, anschließend betrachte ich das offizielle Colour des Red Devils MCs, den gehörnten Totenkopf, der von Flammen umrahmt wird. Daneben steht in einem schwarzen Quadrat in weißer Schrift *Dequiallo* geschrieben.

Wenn ich mich nicht täusche, wird das nur an Biker verliehen, die einen Polizisten krankenhausreif geprügelt haben. Direkt darunter stehen vier Großbuchstaben *GFOD*. Leider habe ich keine Ahnung, was sie bedeuten – sicherlich nichts Gutes.

Bevor ich meine visuelle Rundreise beenden kann, werde ich am Arm gepackt und vom Stuhl gezogen. Mein erschrockenes Quietschen hallt durch das plötzlich unheimlich stille Casino. Es kommt mir so vor, als würden selbst die Automaten ihre Melodien vor lauter Angst leiser abspielen. Was natürlich völliger Quatsch ist, ich kann sie nur nicht mehr hören, weil mir der Puls unnatürlich laut in den Ohren dröhnt.

„Finger weg!“

Mein wütendes Fauchen ignorierend, zerrt er mich durch den Raum Richtung Ausgang. Entsetzt stelle ich fest, dass meine Chips noch immer auf dem halbrunden Tisch liegen.

„Stopp, mein Geld!“

Dieses Mal hört der Rocker endlich. Mit einem Knurren dreht er sich kurz zu mir um und sieht dann zum Croupier.

„Max, du passt auf!“

Der nickt.

„Mach ich, Rabble.“

Rabble? Soll das ein Name oder ein Witz sein?

Da der Biker zufrieden nickt, scheint er wohl tatsächlich so genannt zu werden.

Rabble bedeutet Pöbel und na ja, das ist nicht gerade ein schmeichelhafter Spitzname.

Für gewöhnlich bezeichnet man so nur ungebildete und gewaltbereite Menschen, die Ärger machen und sich der Gemeinschaft nicht anpassen.

Hmmm ...

Wenn man es genau bedenkt, könnte dieser Spitzname vielleicht doch ganz gut gewählt sein. Unfreiwillig folge ich dem Pöbel nach draußen, zucke gepeinigt zusammen, als er mich hart gegen die Wand stößt und reibe mir über den schmerzenden Ellenbogen.

„Aua! Was zur Hölle soll das? Spinnst du?"

Mit dieser Reaktion scheint er nicht gerechnet zu haben, denn jetzt zucken seine Mundwinkel tatsächlich kurz belustigt.

Endlich lässt er mich los. Sein Griff war so fest, dass ich bestimmt blaue Flecken bekommen werde. Ich bin zwischen ihm und der Mauer gefangen und muss, weil er mir so nah ist, den Kopf in den Nacken legen, damit ich zu ihm hochsehen kann.

Das gefällt mir nicht – ganz und gar nicht.

Schnell ducke ich mich und versuche, unter seinem Arm hindurchzuschlüpfen, was mir natürlich nicht gelingt. Alles was ich erreiche, ist, dass er seine Hände neben meinem Gesicht an die Wand lehnt, und mich so nur noch mehr einengt.

Zwischen uns ist so wenig Platz, dass meine Nase beinahe gegen seinen mit Leder gekleideten Brustkorb stößt. Da er noch immer nicht mit mir spricht, rede ich einfach weiter.

Schweigende Männer haben mich schon immer nervös gemacht.

„Lass mich sofort los!"

„Ich halte dich gar nicht fest."

Mist! Das stimmt ...

Seine Stimme klingt dunkel und rau, fast wie das Grollen eines Donners und geht mir durch Mark und Bein.

„Du weißt ganz genau, was ich meine."

Wieder zucken seine Mundwinkel, dieses Mal kann ich sein Grinsen deutlich erkennen.

„Was ich weiß, ist, dass du nicht ehrlich spielst, und dich somit selbst in diese Situation gebracht hast!"

Oh verdammt ...

„Natürlich spiele ich ehrlich. Wie sollte man beim Black Jack auch betrügen können? Es ist ja nicht so, dass man Schummelwürfel verwenden kann."

Er zieht seine Augenbrauen nach oben, dann lacht er laut auf.

Es klingt wie ein Bellen, fast schon so, als wäre dieser Rocker es nicht gewöhnt, zu lachen.

„Oh Baby. Schummelwürfel? Fuck! Wie alt bist du? Fünf, oder was?" Er schüttelt den Kopf, und gibt ein Grunzen von sich. „Hör auf, dich dumm zu stellen, du hast beim Rechnen deine Lippen bewegt."

Das hat mich verraten? *Mist!*

Aber wenn das Rabbles einziger Beweis ist, dann kann er mir eh nichts nachweisen. Oder?

„Ich habe nur ein Stoßgebet zum Himmel geschickt, das ist ja wohl erlaubt, oder? Immerhin habe ich nirgends ein Beten-verboten-Schild hängen sehen."

Schlagartig weicht jegliche Belustigung aus seinem Gesicht. Seine Mimik ist hart, reglos und abweisend und ich weiß instinktiv, dass er mich durchschaut hat. Rabbles Augen wirken kalt, das gnadenlose Funkeln jagt mir eine höllische Angst ein.

Ich bin geliefert ...

„Hör auf mich zu verarschen, Mädchen."

Mädchen? Was denkt der Typ eigentlich, wie alt ich bin?

Dank des vielen Alkohols, zu dem sich nun auch noch Adrenalin mischt, fällt es mir schwer, logisch zu denken.

Ich wanke – kein gutes Zeichen.

Verdammt! Warum habe ich auch unbedingt so viele Cocktails trinken müssen?

Nicht bereit, so leicht aufzugeben, öffne ich den Mund, um etwas zu sagen, doch als seine Mimik erstaunlicherweise noch fieser und bedrohlicher wird, klappe ich ihn schnell wieder zu.

„Sag mir die Wahrheit, vielleicht lasse ich dann Gnade walten."

Gnade? Ach, herrje ... Was heißt da Gnade? Was zum Teufel hat er denn bitte vor? Will er mir die Finger brechen?

So wird es zumindest immer in den ganzen Mafiafilmen gemacht. Mir läuft es kalt den Rücken runter. Und wie immer, wenn ich besonders unter Stress stehe, schaltet mein Hirn einfach ab und ich beginne wie verrückt zu reden.

„Ich habe nicht betrogen. Ehrlich ... ich meine, vielleicht ein bisschen. Aber woher hätte ich denn auch wissen sollen, dass dieser Chinese aus dem Internet recht hat? Ich meine, ich habe kein Wort von dem, was er gesagt hat, verstanden. Und in Mathe war ich noch nie gut. Wahrscheinlichkeitsrechnen ist ja auch kein richtiges Rechnen, sondern mehr ein Raten. Und das ich gewonnen habe, liegt nur daran, dass mein Freund – also vielmehr mein Ex-Freund, seine unterernährte Botoxschlampe fickt. Wenn Liam mich nicht betrogen und verlassen hätte, dann hätte ich nie gewonnen. Es ist also seine Schuld, dass ich jetzt so viele Chips habe, dass sie gar nicht mehr in meine Handtasche passen. Wenn du also jemandem die Finger brechen willst, dann tu dir keinen Zwang an.

Liam hat schöne Finger, die knacken bestimmt laut ... Außerdem wollte ich doch nur etwas gewinnen, damit ich die Miete bezahlen kann. Wäre mein Herz nicht gebrochen, hätte ich auch nie gewonnen. So ist das im Leben, man kann immer nur in einer Sache Glück haben. Im Spiel oder in der Liebe ... beides geht nun mal nicht! Leider.

Da hat sich Amor einen ganz schönen Scheiß einfallen lassen. Und wenn du Liam erst mal die Finger gebrochen hast, kann er seine blöde Sekretärin nicht mehr anfassen. Das würde ich sogar gut finden. Denn ich bin echt ganz schön eifersüchtig. Klar weiß ich, dass er nur ein in Alufolie eingewickelter Idiot war und dass er mich gar nicht verdient hat, aber trotzdem tut es weh, dass er mich für so eine dürre Tussi verlassen hat. Betrogen zu werden ist ätzend. Er zerstört einen von innen und dann muss man extrem viel Schokolade essen, nur um darüber hinwegzukommen, und das ist nicht gut für den BMI oder wie dieser Quatsch heißt ..."

Ich bemerke erst, dass ich zum Heulen angefangen habe, als ich die salzige Flüssigkeit schmecke. Mir ist klar, dass ich gerade dabei, bin vor einem der tödlichen Red Devils einen Seelenstriptease hinzulegen, aber ich kann einfach nicht damit aufhören zu reden.

Immer mehr Worte purzeln aus mir heraus. Ich erzähle dem Kutten tragenden Pöbel, dass ich Sex vermisse, dass Süßigkeiten keine gute Ersatzbefriedigung sind und dass ich wegen Liam, dem Arschloch, so viel zugenommen habe, dass meine Lieblingsjeans fast schon zu eng geworden ist, was mich erneut in Tränen ausbrechen lässt.

Schniefend wische ich mir mit dem Handrücken über meine Rotznase und japse nach Luft.

„Weißt du, ich wollte wirklich niemandem schaden. Ich habe einfach gedacht. Wenn ich schon Pech in der Liebe habe, muss ich ins Casino gehen. Und weil ich zu den Menschen gehöre, die sich gerne vorbereiten, habe ich auf YouTube dieses blöde Video angesehen. Ich konnte ja wirklich nicht ahnen, dass es funktioniert! Unglaublich, oder? Es fühlt sich so verdammt gut an, endlich mal zu gewinnen. Natürlich gehe ich immer noch unter keiner Leiter durch und schwarze Katzen, die von links nach rechts gehen, meide ich wie die Pest.

Aber trotzdem ... Soll Liam, das Schwein seine Botoxmuschi vögeln, ich spiele ab jetzt einfach Karten. Kein schlechter Tausch, wenn man es genau nimmt. Nur das Küssen, oh ja ... das vermisse ich am meisten."

Ich zwinge mich zu einem zittrigen Lächeln.

„Gott, es fühlt sich so gut an, sich endlich mal so richtig auszusprechen."

Tief durchatmend, rolle ich mit den Augen, um gegen einen neuen Schwall Tränen anzukämpfen, und sehe den Biker direkt an.

Sein entsetzter, geradezu fassungsloser Gesichtsausdruck irritiert mich.

Wenn ich es nicht besser wüsste, würde ich fast meinen, dass er mit der Situation völlig überfordert ist. Er hat wohl nicht so oft mit heulenden Frauen zu tun.

Vielleicht hätte ich ihm das alles gar nicht erzählen sollen. Vor allem nicht das mit der Ersatzbefriedigung und meiner zu engen Jeans. Wahrscheinlich hätte ich gar nichts sagen sollen ... Zu spät.

Plötzlich ist mir mein emotionaler Ausbruch furchtbar peinlich.

Als er nichts sagt, sondern mich einfach nur eindringlich anstarrt, würde ich am liebsten im Boden versinken. Ich brauche keine komplizierte Berechnung, um zu wissen, dass die Wahrscheinlichkeit, dass sich vor mir ein großes schwarzes Loch auftut, in das ich mich stürzen kann, sehr gering ist.

„Ich ... ähm ... Es tut mir leid."

Zwei tiefe Falten bilden sich auf seiner Stirn.

„Was genau? Dass du das Casino und somit meinen Club betrogen, oder dass du mir deine verdammte Lebensgeschichte erzählt hast?"

Eine berechtigte Frage.

„Beides irgendwie."

Er nickt, und schaut mich finster an.

„Und wie geht es jetzt weiter?"

Selbst mir fällt auf, wie zittrig ich klinge.

Für eine Weile sagt Rabble nichts, dann stößt er den angehaltenen Atem aus und drückt sich von der Wand ab, sodass ich endlich wieder etwas mehr Freiraum habe.

Prüfend sehe ich nach rechts. Wenn ich jetzt loslaufe, schaffe ich es dann bis zur U-Bahn?

„Versuch es gar nicht erst, Baby."

Ich stelle mich unwissend.

„Was?"

„Davonzulaufen. Menschen, denen ich nachjagen muss, passieren schlimme Dinge!"

Das glaube ich sofort.

Betont lässig zieht er eine zerknitterte Zigarettenschachtel hervor, schüttelt sich zwei Marlboro in die Hand und reicht mir eine. Ich zögere kurz, eigentlich habe ich vor ein paar Wochen aufgehört zu rauchen, aber verdammt ... Ich denke, jetzt ist der richtige Zeitpunkt gekommen, um wieder damit anzufangen.

Ein „Danke.“, murmelnd nehme ich sie und inhaliere den ersten Zug.

Gott fühlt sich der gut an ...

Das Bimmeln eines Telefons durchbricht die Stille. Ohne mich aus den Augen zu lassen, zieht der Biker sein Handy aus der Tasche, wirft einen prüfenden Blick auf das Display und steckt es, ohne den Anruf anzunehmen, zurück.

„Willst du nicht rangehen?“

„Offensichtlich nicht.“

Meine Neugierde wird mich irgendwann mal umbringen.

„Warum nicht?“

Rabble wirkt genervt. Kein Wunder.

„Weil das mein Präs ist, der wissen will, ob irgendetwas Berichtenswertes vorgefallen ist.“

Oh ...

„Und?“

Er zuckt mir seinen breiten Schultern.

„Was und? Wenn ich jetzt rangehe, muss ich ihm sagen, dass ich ein Mädchen dabei erwischt habe, wie es uns abgezockt hat. Glaube mir, das willst du nicht. Banks ist kein Mann, der die Bedeutung des Wortes Gnade kennt. Solange wir also nicht geklärt haben, wie wir jetzt weitermachen, halte ich es für das Beste, ihn rauszuhalten.“

Das ist wohl mehr als nur ein bisschen in meinem Interesse.

„Und wie sollen wir das klären?“

„Das werden wir jetzt besprechen.“

Hoffnung wallt in mir auf.

„Das heißt, du wirst mir nicht die Finger brechen?“

Ein Lächeln huscht über seine Lippen. Wie schön, dass zumindest einer von uns seinen Spaß hat.

„Nein! Das ist nicht so mein Stil.“

Wie beruhigend.

Wieder ziehe ich an der Zigarette, wieder genieße ich den herben Geschmack des warmen Rauchs.

„Und was ist dann dein Stil?“

Die wenigen Sekunden, die ich auf seine Antwort warten muss, kommen mir vor wie Stunden.

„Was bietest du mir als Entschuldigung an?“

Oha! Scheiße!

Die Art, wie seine Augen über meinen Körper gleiten, löst ein heftiges Prickeln in meinem Bauch aus und kann nur schwer missverstanden werden.

Schwer schluckend, sammle ich etwas Spucke, befeuchte meine plötzlich trockenen Lippen und inhaliere den Rest der Marlboro in Rekordzeit.

„Die Hälfte meiner Chips!"

„Von deinem Einsatz?"

Spinnt er?

„Nein von meinem Gewinn!"

Im ersten Moment wirkt Rabble erstaunt, dann erheitert.

„Du machst Witze?"

„Nein! Ich meine das ernst. Ich hab dir doch gesagt, dass ich meine Miete bezahlen muss. Mehr Verlust kann ich mir echt nicht leisten."

Er stößt ein lautes „Fuck! Ist das zu fassen!" aus und sieht mich belustigt an.

„Du scheinst nicht zu kapieren, in welcher misslichen Lage du dich befindest, Baby."

Oh, und wie ich das tue.

Trotzdem werde ich nicht einfach so nachgeben und mich in ein zitterndes Häufchen Frau verwandeln, das laut um Hilfe schreit.

Mein Instinkt verrät mir, dass dieser Rocker Mut respektiert und Feigheit missbilligt. Also was bleibt mir anderes übrig, als so tapfer wie nur irgend möglich zu sein? Nichts!

„Du denkst, dass ich gewonnen habe, weil ich irgendeinen Quatsch berechnet habe und ich bin mir sicher, dass ich einfach nur Glück hatte, weil Liam mich verlassen hat. Jeder von uns hat also seine ganz eigene Theorie. Wir werden nie herausfinden, wer von uns beiden nun recht hat. Also finde ich, ist eine 50/50 Regelung am fairsten."

Den glühenden Stummel seiner Kippe auf den Boden schnippend, kneift er sich mit zwei Fingern in den Nasenrücken und murmelt irgendetwas Unverständliches über Bordelle, zickige Nutten, verrückte Weiber und höllische Kopfschmerzen.

„Das Leben ist nie fair. Das solltest du nach der Scheiße, die dein Ex mit dir abgezogen hat, echt kapiert haben."

Seufzend lehne ich mich an die Hauswand und schließe kurz die Augen.

„Ich will das aber nicht *kapieren*. Und wie unfair das Universum ist, muss mir niemand erklären, schließlich bin ich die ungeküssteste Frau auf diesem Planeten und muss mich mit einem über und über tätowierten Devil um das Geld für meine Miete streiten, während Liam wahrscheinlich bis zum Anschlag in seiner Sekretärin steckt."

Grinsend lässt besagter Devil seinen Kopf in den Nacken fallen und flucht leise vor sich hin. Als er mich wieder ansieht, sind seine Augen so dunkel wie der schwarze Nachthimmel. Wieder stemmt er seine Hände gegen die Mauer, wieder sind wir uns verboten nah.

„Nur um das mal kurz klarzustellen. Du empfindest das Leben als ungerecht, weil ich dich beim Betrügen erwischt habe und weil dich das miese Arschloch namens Liam, das dich nicht zu schätzen wusste, verlassen hat und du deswegen ungeküsst bist?"

Vielleicht liegt es an dem vielen Alkohol, aber ich finde, dass Rabble das wirklich sehr schön zusammengefasst hat und darum nicke ich zustimmend.

„Was ist das denn für eine Welt, in der eine Frau immer nur Salat essen und Kleidergröße XS tragen muss, um als schön zu gelten? Was ist das für eine Scheiß-Welt, in der man nicht mal mehr Glück im Spiel haben darf, ohne gleich als Betrüger dargestellt zu werden? Und was ist der Sinn des Lebens, wenn man nicht mindestens drei Mal am Tag geküsst wird?"

Plötzlich wird mir das alles wieder viel zu viel und ich fange erneut zu schluchzen an.

Ich habe echt ganz vergessen, wie schlecht ich im Single-sein bin.

Ich gehöre einfach zu der Sorte Menschen, die nicht gerne alleine sind. Einsam einschlafen und einsam aufwachen ist einfach Mist!

Rabbles gestöhntes „Oh Mädchen ..." geht in meinem lauten Hicksen unter. Es ist mir egal, dass er viel größer und stärker ist als ich. Wenn er es jetzt wagt, sich über mich lustig zu machen, schlage ich ihn!

„Ich mache dir einen Vorschlag. Wir beide spielen eine Runde Black Jack – gegeneinander. Du rechnest nicht, sondern verlässt dich einfach nur auf dein Glück. Wenn du gewinnst, scheinst du mit deiner seltsamen Theorie recht zu haben und du kannst alle deine Chips behalten. Wenn du aber verlierst, geht dein Gewinn komplett zurück ans Casino."

Ach du Heilige ...

„Meinst du das ernst?"

Rabble nickt.

„Das klingt fair!"

Grunzend schüttelt er den Kopf.

„Das hat nichts mit Fairness zu tun, sondern einzig und allein damit, dass ich nicht mit heulenden Mädchen klarkomme."

Komisch, das ist mir noch gar nicht aufgefallen.

Irgendwie süß, dass der harte, kriminelle Outlaw eine Schwäche für weinende Frauen hat.

Ohne zu zögern, strecke ich ihm meine Hand entgegen und sehe ihn herausfordernd an.

„Abgemacht?“

Rabble nickt.

Es ist ihm deutlich anzusehen, dass er nicht besonders glücklich über diese Angelegenheit ist. Bevor er einschlägt, kneift er die Augen zusammen und fixiert mich mit einem warnenden Blick.

„Dieser Deal gilt nur, wenn du mir versprichst, dass du nie wieder hierherkommst. Dieses Casino ist für dich ab jetzt tabu.“

Wie bitte?

„Du erteilst mir Hausverbot?“

Er nickt.

„Dafür, dass du eigentlich damit gerechnet hast, dass ich dir die Finger breche, ist das doch eine erstaunlich nette Lösung.“

Hmpf!

„Es wäre mir lieber, wenn du einfach Liam dafür die Hände gebrochen hättest.“

Indem er den Kopf schief legt, macht er mir klar, dass ich gefälligst zustimmen soll.

Ich tue es, was habe ich auch für eine andere Wahl?!

Kaum dass unser Pakt mit einem Handschlag besiegelt ist, packt er mich am Arm und zieht mich zurück in die Spielhölle.

Wenn ich jetzt wieder gewinne, werde ich den Teufel tun und mit dem Zocken aufhören.

Wie sagt man so schön? Ich habe Blut geleckt.

Wenn Rabble der Aufpasser für dieses Casino ist, dann gehe ich halt einfach in ein anderes. Die Devils betreiben in Chicago mehrere solcher Etablissements. Ich bezweifle, dass Rabble überall Augen und Ohren hat. Er wird also nie erfahren, wenn ich morgen einfach woanders mein neu gefundenes Glück versuche ...

An dem halbrunden Tisch angekommen, stelle ich fest, dass er bis auf Max und meine Chips leer ist.

Der Croupier mustert mich eingehend, anscheinend kann er nicht glauben, dass ich unversehrt geblieben bin. Da geht es ihm wie mir.

„Habt ihr alles klären können?“

Rabble brummt etwas Unverständliches, ich nicke schüchtern.

„Noch nicht. Wir spielen das jetzt aus.“

Täusche ich mich, oder fallen dem Croupier bei dieser Ankündigung beinahe die Augen aus dem Kopf.

„Wie? Du und Glücksspiel? Willst du mich verarschen, Alter?“

In Anbetracht der Tatsache, dass ich ganz genau weiß, dass Rabble eine Waffe bei sich trägt, finde ich es echt mutig, dass Max so mit ihm spricht.

„Halt's Maul und fang an."

Ein beschwichtigendes „Schon gut, Devil" von sich gebend, mischt er die Karten und wartet, bis wir uns beide gesetzt haben.

Vor Nervosität beginne ich wie verrückt zu schwitzen, mir wird schlecht und meine Hände zittern. Der Rocker bemerkt, was los ist und sieht mich skeptisch an.

„Alles klar, Baby? Angst, dass du mit deiner Herzschmerz-Theorie falsch liegst?"

Er kann offensichtlich nicht verstehen, wie sehr ich auf das Geld angewiesen bin.

„Für mich geht es hier um ein kleines Vermögen. Wenn ich verliere, bin ich, nachdem ich die Miete bezahlt habe, pleite."

Jegliche Belustigung weicht aus seinem Blick.

„Warum suchst du dir keine billigere Wohnung?"

Das wäre natürlich die einfachste Lösung.

„Weil ich nicht auch noch mein Zuhause verlieren will. Diese Genugtuung gönne ich Liam nicht. Er, der große Anwalt, hat sich schon immer über mein Verkäuferinnengehalt lustig gemacht."

Das scheinen die beiden Herren zu verstehen.

„Sorry. Wenn ich dir jetzt deinen Traum nehme, aber glaubst du echt, dass du jeden Monat ausreichend im Casino gewinnst, um deinen Lebensunterhalt bestreiten zu können. So naiv kannst du doch nicht sein."

1:0 an Max. So weit habe ich noch gar nicht gedacht.

Nach einem Seitenblick auf Rabble setze ich mich aufrechter hin und warte, dass es endlich losgeht.

„Darüber mache ich mir Gedanken, sobald ich hier raus bin."

Der Croupier lacht – der Outlaw nicht.

„Und du bist dir sicher, dass es so laufen soll?"

Max wiederholte Nachfrage irritiert mich.

Rabble nickt.

„Ja. Und jetzt hör auf zu nerven. Oder du kannst dir ab morgen einen neuen Job suchen."

In einer beschwichtigenden Geste hebt Max die Hände.

„Was läuft hier?"

Die beiden sehen mich irritiert an.

Schlussendlich ist Max derjenige, der mir eine Antwort gibt.

„Unser Rabble hier hasst Casinos und jegliche Art von Glücksspiel. Er verachtet die Leichtigkeit, mit der die Menschen hier ihr Geld verwetten."

Wow! Das ist krass.

Neugierig drehe ich mich zu Rabble um.

„Wenn du das alles hier nicht magst, warum arbeitest du dann hier? Die Geschäfte eures Motorradclubs sind doch breit gestreut. Warum arbeitest du nicht in einer Pfandleihe, oder so?"

Wieder zündet er sich eine Marlboro an.

„Ich arbeite nicht direkt im Casino, sondern ich bin der Kassenwart der Devils. Alles was mit Geld zu tun hat, fällt in mein Aufgabengebiet. Und weil in den Casinos immer mehr betrogen wird, bin ich hier und behalte alles im Auge. Damit gewisse Trickbetrügerinnen nicht auf unsere Kosten ihre Miete bezahlen."

Autsch! Dieser Seitenhieb hat wehgetan ...

„Weder habe ich euch betrogen noch getrickst. Ich hatte einfach Glück. Und das beweise ich dir jetzt!"

Max sieht meinen Satz als sein Stichwort, die Runde geht los.

Als Erstes bekomme ich ein Ass, eine Minute später habe ich genau 21 Punkte und falle vor Erleichterung beinahe rückwärts vom Stuhl. Max sieht mich breit grinsend an, Rabble hingegen ballt die linke Hand zur Faust und springt auf die Füße.

Sein gezischtes „Mehr Glück als Verstand!" schafft es auch nicht, meine gute Laune zu ruinieren.

„Sag ich doch. Pech in der Liebe, Glück im Spiel!"

„Laber keinen Bullshit, Baby. Wenn das so wäre, wäre ich bereits reicher als dieser Zuckerberg, der Facebook erfunden hat."

Mit einem belustigten Glucksen schiebt Max mir all meine Chips zu.

„Man muss auch spielen, um gewinnen zu können. Das ist dir schon klar, oder Rabble?"

Während sich die beiden gegenseitig aufziehen, stelle ich fest, dass bis auf uns niemand mehr da ist. Entweder haben alle gemerkt, dass der anwesende Biker schlechte Laune hat und haben die Flucht ergriffen, oder aber sie hatten einfach die Schnauze für heute voll.

Gerade als ich mich auf den Weg mache, um meine Plastikchips in echtes Geld zu tauschen, taucht Rabble neben mir auf.

„Hey, wir hatten einen Deal."

„Keine Sorge, Mädchen. Ich mache dir deine Miete nicht streitig."

Ob ich ihm das glauben kann?

„Und was soll das dann werden?"

„Na ich bring dich heim."

Vor Schreck stolpere ich über meine eigenen Füße und verliere das Gleichgewicht. Ein paar der Chips fallen auf den Boden und rollen über den azurblauen Teppich.

Rabble bückt sich, hebt sie auf und lässt sie in meinen Ausschnitt fallen, während er mir frech zuzwinkert.

„Warum?"

„Ganz einfach. Weil ich nett bin und sichergehen will, dass du wohlbehalten zu Hause ankommst."

Fast so, als ob er einen Witz gemacht hätte, beginnt er zu lachen. Dann räuspert er sich laut und atmet tief durch.

„Quatsch, das klang fast so, als ob ich der nette Casinobetreiber wäre, der sich um eine ehrliche Kundin Sorgen macht. Aber so ist es nicht. Weder bin ich nett noch bist du ehrlich. Also lassen wir den Shit und kommen zum Punkt. Du hast uns bestohlen und wieso auch immer lasse ich dich damit durchkommen. Ich begleite dich, weil ich wissen will, wo du wohnst. Und wenn du dich das nächste Mal hier blicken lässt und deine raffinierte Masche von dem verlassenen, unglücklichen, ungeküssten und armen Mädchen abziehst, werde ich zu dir kommen und dir klarmachen, dass es Konsequenzen nach sich zieht, wenn man sich mit dem Red Devils Motorcycle Club anlegt. Unschöne Konsequenzen!"

Ach du heilige Scheiße!

„Das ist unheimlich und krank. Entweder bist du ein Psycho oder du schaust zu viele Horrorfilme."

Er wartet, bis die freundliche Dame hinter dem Sicherheitsglas meine Chips entgegennimmt und zu zählen anfängt, ehe er sich von hinten so nah zu mir beugt, dass sein heißer Atem über die empfindliche Haut an meinem Nacken streift.

„Ich bin kein Psychopath und ich schaue kein Fernsehen. So läuft das nun mal in meiner Welt. Du hast keine Ahnung, zu was für Grausamkeiten ich fähig bin. Also danke dem Schicksal, dass ich heute den einzigen sozialen Tag in meinem Leben habe und strapaziere dein Glück nicht aufs Neue! Halte dich von diesem Casino fern, oder unser nächstes Aufeinandertreffen endet damit, dass du viel Blut verlierst und um Hilfe schreist."

Seine Androhungen lassen mir die Knie weich werden, mir wird schlecht und eiskalt. Ein Schauer lässt mich erbeben, er bemerkt es und knurrt zufrieden. Ich zweifle keine Sekunde daran, dass er das alles absolut ernst meint.

Wie erstarrt beobachte ich, wie knapp sechstausend Dollar vor mir abgezählt werden, ich traue mich kaum das Geld einzustecken.

Mit zittrigen Fingern mache ich es dann doch.

„Was, wenn ich dir verspreche, dass ich nie wieder hierherkomme. Lässt du mich dann gehen?“

Sein geflüstertes „Nein!“, macht mir mehr Angst als alles, was ich je erlebt habe. Die Art, wie er diese eine Silbe ausspricht, lässt mich an Friedhöfe, brennende Kreuze und Höllenqualen denken.

In Zeitlupe drehe ich mich zu Rabble um, sehe ihm direkt in die Augen.

„Du machst mir Angst.“

„Kluges Mädchen. Mich nicht zu fürchten, wäre dein größter Fehler.“

Ohhhh meeeinnnnn Gooootttttt ...

Noch ehe ich mich versehe, hat er mich am Arm gepackt und zerrt mich (mal wieder) aus dem Casino.

Bis auf eine silberne Harley, die im Mondlicht schimmert, ist der Parkplatz so gut wie leer. Es ist dunkel und eine leichte Brise lässt mich frösteln.

Je mehr ich versuche, mich von ihm loszureißen, umso fester wird sein Griff. Als meine maximale Schmerzgrenze erreicht wird, gebe ich nach und lasse mich widerstandslos zu seinem Bike führen. Gedanklich formuliere ich tausend Ausreden, warum ich auf gar keinen Fall zu ihm auf dieses Ding steigen kann.

Doch als er mir dann ungefragt seinen Helm über den Kopf zieht, bringe ich keinen verständlichen Satz zustande und bleibe einfach nur schweigend stehen.

Während ich meinen persönlichen Albtraum erlebe, amüsiert er sich köstlich.

„Steig auf!“

„Niemals! Keine Chance! Eher sterbe ich!“

Kaum dass ich den letzten Satz ausgesprochen habe, bereue ich ihn auch schon.

„Ähm ... Das war eine etwas unglückliche Formulierung ...“

Er lacht laut auf. Mal wieder.

„Stimmt! In der Nähe eines Killers sollte man mit solchen Äußerungen mit Bedacht umgehen.“

„Schön, dass du deinen Spaß hast.“

Nickend stemmt er die Hände in die Hüfte.

„So viel gelacht habe ich schon lange nicht mehr. Eines muss ich dir lassen, Mädchen. Du bist sehr unterhaltsam ...“

Was ein Kompliment. Mein dank Liam zerstörtes Selbstbewusstsein meldet sich zu Wort. *Die fette Lustige ...*

„Du meinst, wenn ich schon dick bin, kann ich zumindest witzig sein?"
Schlagartig wird er ernst – sehr ernst.
Was ihn *zack* einen halben Meter größer und breiter wirken lässt, so als hätte er sich in Hulk verwandelt, nur das Rabble nicht grün angelaufen ist.
„Hör auf, so einen Dreck zu reden. Du bist halt ein Zuckerarsch. Ist doch geil! Frauen brauchen Kurven."
Von wegen ...
„Und weil du das so siehst, war die Tussi, mit der du dich heute Abend amüsiert hast, auch so dürr."
Genervt verdreht er die Augen.
„Die war einfach nur zum Ficken. Eine geeignete Öffnung, um Druck abzubauen, nicht mehr und nicht weniger. Fuck! Ich kann mich nicht mal mehr an ihr Gesicht erinnern, geschweige denn an ihre Haarfarbe."
Ist das sein Ernst?
Natürlich bemerkt er meine Zweifel. Die Arme vor der Brust verschränkend, sieht er aus zusammengekniffenen Augen auf mich herab.
„Du bist sexy, witzig und schlau. Zumindest soweit ich das beurteilen kann. Vergiss den Bastard und schau in die Zukunft."
Echt unglaublich!
Jetzt gibt mir schon ein komplett mit Tattoos übersäter Biker Ratschläge, wie ich mein Leben führen soll. *Heijeijei ...*
Wenn ich morgen meiner Freundin Tina erzähle, dass ich einen der gefürchteten Devils kennengelernt, ihm mein Herz ausgeschüttet und ihn anschließend im Black Jack abgezockt habe, wird sie mir kein Wort glauben, sondern mich einfach nur fragen, wie viel ich getrunken habe.
Ich kann es ihr nicht verübeln ...
Das alles ist schon ziemlich freaky.
Groß, böse und beeindruckend steht Rabble vor mir. Seine Beine sind leicht gespreizt und die muskelbepackten Arme wölben sich so sehr, dass sein schwarzes, ziemlich ausgewaschenes T-Shirt so extrem gespannt wird, dass ich schon befürchte, dass es reißt.
Aber so viel Glück habe ich dann doch nicht. Leider...
Der Totenkopfring an seinem Daumen funkelt im Mondlicht, lässt den Rocker noch etwas unheimlicher erscheinen, beinahe wie einen Geist.
Nicht zum ersten Mal fällt mir auf, dass dieser Kutten tragende Teufel fast nur aus Muskeln besteht.

„Falls du irgendwann mal etwas Seriöses machen und kein Krimineller mehr sein willst, könntest du sicherlich als Stripper arbeiten."

Seine Augen weiten sich überrascht.

„Du empfindest es also als seriös, dich für Geld auszuziehen? Interessant. Vielleicht solltest du in einem unserer Bordelle arbeiten? Nur nackt ohne Sex macht doch keinen Spaß. Im ‚Black Panther' ist sicherlich noch ein Zimmer frei."

Argh ... So habe ich das natürlich nicht gemeint.

„Du weißt genau, worauf ich hinauswollte. Und nein, ich ziehe es nicht in Betracht, eine Nutte zu werden."

Sein gemurmeltes „Schade, mich hättest du als Kunde sicher" lässt mich rot anlaufen.

Jetzt bin ich sprachlos und das passiert wirklich nicht oft.

„Nenn mir deine Adresse."

Ich zögere, was ihm ein gefährlich klingendes Brummen entlockt.

„Du kennst ja noch nicht mal meinen Namen."

Rabble nickt.

„Dann will ich den und deine Adresse wissen."

Na klasse. Da mir wohl nichts anderes übrig bleibt, tue ich es.

Zufrieden streckt er seine Hände nach meinem Gesicht aus und lässt den Verschluss des Helms einrasten. Dabei streifen seine schwieligen Fingerkuppen über meine Haut. Es fühlt sich fast so an, als würde er mich mit dieser eigentlich harmlosen Berührung verbrennen.

„Aber jetzt hast du keinen Helm mehr."

Seine Mundwinkel ziehen sich nach unten, er zuckt nichtssagend mit den Schultern.

„Das ist nicht wichtig."

Das sehe ich anders.

„Dafür, dass du dir vorhin so viel Mühe dabei gegeben hast, dafür zu sorgen, dass ich mich vor dir fürchte, bist du jetzt ziemlich um mein Wohlergehen besorgt. Das passt irgendwie nicht so ganz zusammen, Devil."

Er denkt kurz darüber nach und nickt dann zustimmend.

„Da ist was Wahres dran."

Mehr sagt er nicht, sondern packt mich an der Hüfte und hebt mich mühelos auf seine Harley, so als würde ich nicht achtzig Kilo, sondern nur so viel wie eine Feder wiegen, was meiner inneren Göttin mehr als gut gefällt. Neben diesem Outlaw fühle ich mich zart und feminin, überraschenderweise gefällt mir das sehr gut.

„Du bist schon ein seltsames Geschöpf, kleine Betrügerin."

Bevor ich auf diesen unschmeichelhaften Kosenamen reagieren kann, steigt er vor mir auf seine Maschine, packt sich meine Hände und zieht sie vor seinen Bauch.

„Halt dich an mir fest. Richtig fest. Ich bin deine Sicherheit! Wenn was ist, klopf und ich halte an.“

Seine Worte sind kaum verklungen, da klappt er mit dem Fuß den Ständer ein, startet mit einem kraftvollen Tritt den Motor und zack rasen wir auch schon davon. Im ersten Moment bin ich noch verzweifelt bemüht, möglichst viel Abstand zwischen uns zu lassen, aber als er, kaum dass wir den Parkplatz verlassen haben und auf der Straße sind, immer schneller fährt, rutsche ich so nah wie möglich an seinen breiten Rücken und halte mich mit aller Kraft an ihm fest.

Mein Puls rast, mir wird heiß und mein armes Herz steht kurz vor einem Kollaps.

Um mir selbst nicht eingestehen zu müssen, dass ich so auf die Nähe dieses Devils reagiere, rede ich mir einfach ein, dass ich Angst habe. Doch tief in meinem Inneren weiß ich ganz genau, dass ich mich selbst belüge, denn das verräterische Kribbeln zwischen meinen Beinen kann nur schwer missverstanden werden.

Er hat mich Zuckerarsch genannt ...

Einzig die Tatsache, dass er das dümmliche Grinsen, zu dem sich meine Lippen verziehen, nicht sehen kann, bewahrt mich davor, vor Scham an der nächsten roten Ampel einfach von der Harley springen zu müssen.

Was ist nur los mit mir?

Dieser Rocker passt so gar nicht in mein übliches Beuteschema.

Liam hat immer Anzüge getragen, sogar am Wochenende.

Als Anwalt war es ihm wichtig, sich an alle Gesetze und Regeln zu halten, er hat nie auch nur im Halteverbot geparkt, nicht mal für eine Minute. Tattoos, Motorräder und Rocker empfand er immer als dreckig und asozial. Im Nachhinein muss ich mir eingestehen, dass er ein ziemlich eingebildetes Arschloch ist.

Vielleicht sollte ich mich auch tätowieren lassen?

Dumm nur dass ich so eine Angst vor Nadeln habe.

Die nächsten zehn Minuten versuche ich mir einzureden, dass ich diesen Biker und die viele Tinte in seinem Gesicht absolut abstoßend finde und dass ich nicht auf Bad Boys stehe.

Was lächerlich ist ...

Alle Mädchen stehen insgeheim auf die bösen Jungs, das ist, glaube ich, genetisch, oder so.

Zumindest kenne ich keine Frau, die sich nicht irgendwann mal in ihrem Leben an einem echten Bad Boy die Finger verbrannt hat. Das gehört irgendwie dazu.

Wahrscheinlich bin ich die Einzige, die in fünfzig Jahren im Seniorenbingo sitzt und keine spannende Liebesgeschichte zu erzählen hat, weil ich einfach immer zu vorsichtig war.

Fast schon traurig. Vielleicht sollte ich ein Wagnis eingehen und diesem Outlaw einen Kuss stibitzen.

Wenn ich mich das traue, dann kann mir niemand mehr vorwerfen, langweilig und prüde zu sein, und außerdem wäre das der beste Beweis dafür, dass ich endgültig über Liam hinweg bin.

Die restliche Fahrt wäge ich alle Für und Wider ab, genieße das Gefühl von Rabbles breitem Rücken und spüre, wic sich die Muskeln in seinen Beinen bei jeder Kurve anspannen.

Ich hätte nicht gedacht, das Motorradfahren eine so intime Angelegenheit ist ...

3. Kapitel

Rabble

Samantha ist süß, klein und hat einen extrem heißen Zuckerarsch.

Dass sie Single ist und geküsst werden will, spielt mir in die Hände ...

An sich ist alles perfekt. Wäre da nicht der Umstand, dass sie das Casino und somit den Red Devils Motorcyclce Club bestohlen hat.

Wobei *bestohlen* etwas hart formuliert ist.

Sie scheint der festen Überzeugung zu sein, dass sie nur gewonnen hat, weil ihr Ex sie verlassen hat. Was ein Quatsch ...

Sie hat gerechnet – ich habe sie dabei erwischt – ganz einfach.

Dieses ganze Gerede von Glück im Spiel, Pech in der Liebe geht mir am Arsch vorbei.

Ich glaube nicht an diesen abergläubischen Schwachsinn.

Wenn sie ein Kerl wäre, hätte ich ihr eine Lektion erteilt, so aber fahre ich sie nach Hause. Angeblich, um sie einzuschüchtern, in Wirklichkeit will ich einfach nur wissen, wo sie wohnt.

Die Kleine hat etwas an sich, das mir gefällt. Die letzten Stunden ist es mir kaum gelungen die Augen von ihr zu lassen. Was verrückt ist, denn an die Bitch, die ich gebumst habe, kann ich mich kaum noch erinnern. Die Ampel vor uns springt von Grün auf Rot, ich halte an, schließe die Augen und rufe mir jedes noch so kleine Detail ihres Gesichts in Erinnerung.

Den intensiven Braunton ihrer Iriden, die sanften Grübchen in ihren Wangen und das Muttermal über ihrem linken Mundwinkel. Ich weiß genau, wie schwarz ihre Haare sind und dass Samantha, wenn sie verlegen ist, auf den Boden sieht, weil ihr das Selbstbewusstsein fehlt, um meinem Blick standzuhalten.

Was mich wütend macht. Ihr Ex ist ein Wichser.

Ihr Vorschlag, dass ich doch ihm die Hände brechen soll, gefällt mir gut – vielleicht werde ich ihn in Betracht ziehen.

Wenn ich daran denke, wie sie völlig verängstigt vor mir gestanden und mir ihr Herz ausgeschüttet hat, breitet sich ein warmes Ziehen in meinem Brustkorb aus.

Das Mädchen war völlig panisch und dennoch hat sie mich nicht um Gnade angefleht, sondern hat sich mir gestellt, mich herausgefordert und auf ihre Art und Weise gekämpft.

Das bewundere und respektiere ich.

Samantha war mir so nah, dass ich die Wärme ihres Körpers gespürt und ihren Duft eingeatmet habe.

Atemzug für Atemzug haben sich die verschiedenen Nuancen ihres Parfüms in mein Hirn gebrannt. Es hat mich einiges an Kraft gekostet, dass ich die süße Betrügerin nicht einfach gepackt, gegen die Mauer gedrückt und an Ort und Stelle gefickt habe.

Wie es wohl ist, in diesen weichen, fraulichen Körper zu stoßen? Mein Schwanz wird hart, die Muskeln in meinen Beinen beginnen zu zucken. Fluchend zwinge ich mich dazu, die Augen wieder zu öffnen, sehe, dass wir wieder Grün haben, und fahre weiter.

Die Tatsache, dass sie quasi an meinem Rücken klebt, mache es mir nicht gerade leichter, cool zu bleiben. Ich spüre ihre Beine an den meinen, ihre Finger bewegen sich an meinem Bauch, sofort ziehen sich meine Hoden puckernd zusammen.

Zum Teufel noch eins!

Ich bin es nicht gewohnt, eine Frau auf meinem Bike zu haben. Woher auch?

Im Gegensatz zu einigen meiner Clubbrüder habe ich mich bisher geweigert, mir eine Old Lady zu nehmen.

Diese Bindungssache ist nichts für mich. Zumindest denke ich das, wirklich ausprobiert habe ich es noch nie ...

Wie es wohl ist, ein Mädchen wie Samantha mein Eigen nennen zu können?

Während sie, was ihre Figur betrifft, anscheinend Komplexe hat, finde ich ihre weichen Rundungen mehr als sexy. Allein bei der Vorstellung, wie ich mein Gesicht zwischen ihren Titten vergrabe, baue ich beinahe einen Unfall. Es gelingt mir im letzten Moment gerade noch, zu verhindern, dass wir in den Gegenverkehr geraten. Samantha kreischt – zu Recht.

Fuck! Was bei allen Devils ist nur mit mir los?

Mein Verhalten ist unentschuldbar. Die Zähne fest aufeinanderbeißend, zwinge ich mich zur Konzentration und halte wenige Minuten später vor der von Samantha angegebenen Adresse.

Irgendwie rechne ich damit, dass sie so schnell wie möglich von meinem Bike springt und davonläuft. Doch anstatt die Flucht anzutreten, bleibt sie noch einen Moment lang sitzen, ehe sie zögerlich die Arme von mir löst und etwas ungeschickt absteigt.

„Das war interessant."

Wenn sie das so nennen will ...

Ich bleibe sitzen, klappe den Ständer aus und zünde mir eine Zigarette an. Irgendwie bin ich ja schon gespannt, ob sie mir die richtige Adresse genannt hat, oder in Wirklichkeit ganz woanders wohnt.

Das Haus, vor dem wir stehen, ist schick, neu und modern und würde im Prinzip ganz gut zu dem Bild passen, dass ich mir gedanklich von ihrem Ex gemacht habe.

„Hier wohnst du?“

Samantha nickt und krallt sich an ihrer Handtasche fest. Sie wirkt unsicher, so als wüsste sie nicht genau, was nun auf sie zukommt. Wenn sie ahnen könnte, was ich am liebsten mit ihr anstellen würde ...

Yeah ... Dann würde sie definitiv nicht mehr so ruhig dastehen und mich so hoffnungsvoll aus ihren rehbraunen Augen ansehen, sondern Fersengeld geben und laut nach Hilfe schreien.

„Ja. Mal sehen wie lange noch.“

„Such dir was Bezahlbares. Casinos sind kein guter Ort für Mädchen wie dich. Außerdem ist Glücksspiel Teufelszeug. Diese Scheiße kann dich unwiderruflich zerstören.“

Keine Ahnung wo das Bedürfnis, sie zu warnen und zu beschützen, herkommt. Wenn Banks und Blake erfahren, was heute Nacht abgelaufen ist, werden sie sich totlachen. Das muss ich unbedingt verhindern, ich habe keinen Bock, dass sie mir die nächsten zwanzig Jahre vorhalten, dass ich einer Betrügerin ihren Gewinn gelassen und dass ich als Dank dafür, dass sie uns beschissen hat, auch noch Taxi gespielt und sie nach Hause gefahren habe.

Bloody Hell!

Hat mir die Bitch das Hirn aus dem Kopf geblasen oder was ist los?

„Wenn du das Glücksspiel und Casinos so hasst, warum arbeitest du dann in einem?“

„Meine persönlichen Belange spielen nur eine untergeordnete Rolle. Der Club steht im Vordergrund.“

Samantha kichert.

„Also, wenn ich dir jetzt eine Wette vorschlagen würde, würdest du sie ablehnen?“

Das Funkeln in ihren Augen verrät mir, dass sie sich viel zu sicher fühlt.

„Du bist verrückt Mädchen ...“

„Kann schon sein. Trotzdem merke ich, dass du vom Thema ablenkst.“

Wenn ich ein guter Mensch wäre, würde ich ihren angetrunkenen Zustand nicht ausnutzen, sondern dafür sorgen, dass sie endlich einen Abgang macht. Aber ich bin nicht gut, sondern böse, und darum lasse ich mich auf ihr Spiel ein.

„Was für eine Wette?"
In ihrer Tasche kramend, zieht sie einen Hundertdollarschein hervor und wedelt mit ihm durch die Luft.
Gespannt worauf sie hinaus will, schnippe ich die Kippe in einen Gully auf der Straße und verschränke die Arme vor der Brust.
Die Tatsache, dass sie mir vorgeschlagen hat, ein Stripper zu werden, erheitert mich noch immer.
„Also, an was für eine Wette hast du gedacht, Zuckerarsch?"
Nervös leckt sie sich die Lippen und kommt einen Schritt auf mich zu.
„Ich wette mit dir um hundert Dollar, dass ich mich traue, dich zu küssen."
Holy Fuck! Keine Ahnung womit ich gerechnet habe, aber ganz bestimmt nicht damit, dass es auf einmal ums Küssen geht.
„Du willst einen Kuss von mir?"
Fragend ziehe ich eine Augenbraue in die Höhe und sehe Samantha gespannt an.
Lachend schüttelt sie den Kopf.
„Nein, du hast da was völlig falsch verstanden. Hier geht es nicht ums Wollen, sondern ums Tun."
So langsam verstehe ich gar nichts mehr.
„Lass mich das kurz zusammenfassen. Wenn du mich küsst, kannst du nicht nur deinen Schein behalten, sondern bekommst auch noch hundert Dollar von mir?!"
Sie nickt. „Richtig Rabble. Und wenn ich dich nicht küsse, bekommst du meine hundert Dollar."
Das ergibt alles überhaupt keinen Sinn.
„Warum zum Teufel soll ich mich auf diesen Schwachsinn einlassen?"
Samantha wirkt irritiert.
„Warum solltest du das nicht? Ich meine, wenn du einen besseren Wetteinsatz hast, dann nur zu, raus damit. Ich habe eine Glückssträhne, ich lasse mich auf alles ein!"
Oha ... Jetzt wird es langsam interessant!
Die letzten sechs Wörter hätte sie lieber nicht laut aussprechen sollen.
„Auf alles?"
Sie nickt tapfer, wobei sie langsam zu verstehen scheint, dass sie es ein bisschen zu weit getrieben hat. Allerdings scheint ihr Stolz sie daran zu hindern, diese unglückliche Formulierung zurücknehmen zu können.

Die vielen Möglichkeiten, die sich mir nun eröffnen, abwägend, steige ich von meinem Bike und gehe auf sie zu.

Langsam lasse ich meinen Blick über ihre sexy Rundungen gleiten, verweile an dem tiefen Ausschnitt ihres Dekolletés und weiß genau, was ich als Wetteinsatz fordern werde.

„Lass uns den Einsatz verdoppeln."

Samanthas Augen weiten sich überrascht. Ihre Angst erregt mich – so langsam beginnt mir dieses Spiel Spaß zu machen.

„Du meinst zwei Küsse?"

Süß! Sie hat noch immer nicht geschnallt, was ich wirklich von ihr will. Wie ein Raubtier seine Beute umkreise ich sie, streiche mit meinen Fingern über ihre Schultern – die entblößte Haut ihrer Arme und zeichne schlussendlich mit der Daumenkuppe die Konturen ihrer verführerischen Lippen nach.

„Ich rede von der ganzen Nacht."

Erschrocken schnappt sie nach Luft.

„Du willst die ganze Nacht knutschen?"

Irgendwie hat ihre Naivität etwas Amüsantes.

Mein lautes Lachen hallt von der Hauswand wider.

„Nein! Ich will dich ficken."

Sie keucht überrascht auf. Ich rechne fest damit, dass sie einen Rückzieher macht, doch sie überrascht mich – mal wieder.

„Lass uns eine Sache klarstellen, du wettest mit mir, dass ich mich nicht traue, die ganze Nacht mit dir zu verbringen?"

Ich nicke.

„So sieht es aus, Mädchen."

Nachdenklich kaut sie auf ihrer Unterlippe herum.

„Wenn du den Einsatz so erhöhst, dann finde ich, dass einhundert Dollar als Gegenwert zu gering sind. Wie wäre es, wenn wir eintausend daraus machen? Wenn ich mich nicht traue, die ganze Nacht in deinen Armen zu verbringen, bekommst du von mir tausend Dollar, wenn ich es aber doch tue, bekomme ich tausend von dir."

Den Kopf leicht schief legend sieht sie mich herausfordernd an und streckt mir ihre Hand entgegen.

Checkt sie wirklich nicht, was hier gerade abgegangen ist?

Im Grunde genommen geht es nicht um eine verdammte Wette.

Wir haben gerade nichts anderes getan, als ihren Preis verhandelt. Und weil ich mich, seit ich sie das erste Mal gesehen habe, frage, wie es sich wohl anfühlen muss, sie zu ficken, schlage ich ein und besiegle damit unseren Deal.

Ihr geflüstertes „Ach du heilige Scheiße!“ verrät mir, dass ihr die Tragweite des eben Geschehenen jetzt erst bewusst wird. Zu spät!

„Heißt das, dass wir jetzt Sex haben?“

Gut erkannt, Baby.

„Oder aber du gibst mir einfach eintausend Dollar von dem Geld, das du dem Casino abgeluchst hast.“

Zu meiner Erleichterung schüttelt sie entschieden den Kopf.

„Keine Chance! Ich lasse mich nur auf Wetten ein, wenn ich mir sicher bin, dass ich sie auch gewinne.“

Perfekt!

„Na das will ich doch hoffen. Die tausend Dollar interessieren mich nämlich einen Scheißdreck. Ich will dich ficken, Zuckerarsch.“

Noch bevor sie darauf reagieren oder es sich vielleicht doch noch anders überlegen kann, packe ich sie an der Hüfte, ziehe sie mit einem Ruck zu mir heran und pinne meinen Mund auf den ihren. Ich nutze ein erschrockenes Aufkeuchen und schiebe meine Zunge tief in ihren Hals. Die Mischung aus Frau und Alkohol steigt mir zu Kopf, macht mich high.

Knurrend wühle ich mich durch ihren Mund, vergrabe meine Fäuste in ihren langen, seidigen Haaren und genieße den Sieg, als sich ihre anfängliche Schockstarre nach und nach auflöst und sie mit einem willigen Seufzen gegen mich sinkt.

Zögerlich legt sie mir ihre Hände auf die Schultern und erwidert mein gieriges Zungenspiel.

Saugend, leckend und beißend erobere ich ihren Mund.

Fuck! Mittlerweile bin ich so hart, dass es sich anfühlt, als würde mein Schwanz gleich platzen.

Das will ich schon seit Stunden ...

Erst als sie sich atemlos von mir löst, gebe ich sie wieder frei.

Dank ihren geschwollenen Lippen und ihren verwuschelten Haaren sieht sie sehr verrucht aus.

„Ich weiß nicht, wie das jetzt abläuft. Das ist mein erster One-Night-Stand.“

Ihr geflüstertes Eingeständnis macht mir umso deutlicher, dass ich mich bei diesem Mädchen extrem zurückhalten muss. Weder ist sie eine erfahrene Bitch noch eine Clubmaus. Samantha kommt aus einer anderen Welt und sie hat absolut keine Ahnung, worauf sie sich da eingelassen hat ...

„Wer sagt, dass es eine einmalige Gelegenheit ist?“

Irritiert runzelt sie die Stirn.

„Aber wir haben gewettet und ich dachte ... na ja ... hmm ... eigentlich hast du recht. Wir können machen, was wir wollen!“
Noch immer sichtlich nervös, sieht sie zur Eingangstüre und dann wieder zu mir.
„Versprich mir, dass du kein Psycho-Killer oder so was bist.“
„Sorry Baby, das kann ich nicht. Aber ich kann dir versprechen, dass du die Nacht genießen wirst und dass ich nichts mit dir tun werde, was du nicht auch willst.“
Diese Zusicherung hat sie nicht wirklich beruhigt, was ich ihr nicht verdenken kann.
„Du bist mein erster Ausflug auf die andere Seite des Gesetzes. Vom Anwalt zum kriminellen Outlaw. Das könnte interessant werden.“
Nicht bereit, das bisschen Zeit, das uns bleibt, damit zu verschwenden, über ihren Ex zu reden, schnappe ich sie mir erneut, packe ihren prallen Arsch und drücke sie gegen die Hauswand. Dieses Mal zögert Samantha nicht, sondern ergreift die Initiative, küsst mich stürmisch und schiebt ihre Hand geschickt in meine Hose.
Als sie ertastet, wie hart ich bereits für sie bin, stößt sie ein zufriedenes Stöhnen aus.
„Nicht schlecht, Devil. Wenn du jetzt noch damit umgehen kannst, wird das eine interessante Nacht.“
Das klingt fast nach einer Herausforderung.
„Soll ich es dir gleich hier beweisen oder willst du lieber reingehen?“
Lachend stemmt sie ihre Hände gegen meine Schultern und versucht mich wegzudrücken, was ihr natürlich nicht mal ansatzweise gelingt.
„Mach keinen Scheiß, Rabble.“
Obwohl ich mehr als bereit bin, sie direkt hier im Stehen zu ficken, lasse ich sie los, trete einen Schritt zurück und lasse sie zur Eingangstüre.
„Nach dir, Zuckerarsch.“
Ihre Mundwinkel zucken. Nicht zum ersten Mal fällt mir auf, wie schön diese Frau ist.
„Ist es verrückt, wenn ich es mag, dass du mich so nennst?“
„Nein, warum sollte es?“
Mit zittrigen Händen holt sie den Schlüssel aus der Tasche und sperrt die Türe auf. So cool Samantha sich auch geben mag, sie scheint sich noch nicht so ganz im Klaren zu sein, wie sie zu dieser Wette wirklich steht.
„Stimmt. An dieser Nacht ist absolut alles verrückt, da kommt es auf dieses kleine Detail absolut nicht an.“
Wenn sie das so sehen will?

Nach einem letzten Blick auf meine Harley folge ich ihr in das Wohnhaus, hinauf in den zweiten Stock und in ihre Wohnung.

Ich lasse ihr keine Sekunde Zeit, um eventuell doch noch einen Rückzieher zu machen, sondern ziehe ihr die Tasche von der Schulter und lasse diese auf den Boden fallen.

Wenn sie es langsam wollte, hat sie Pech ...

Meine Selbstbeherrschung ist in dem Moment verpufft, in dem sich ihre Finger um meinen Schwanz geschlossen haben.

Sie hatte die Idee zu wetten – sie wollte ein Abenteuer und jetzt muss sie schauen, wie sie damit zurechtkommt ...

Zufrieden beobachte ich, wie sie meine Gier nach ihr in meinem Blick erkennt. Anstatt auf Abstand zu gehen, leckt sie mit der Zungenspitze über ihre Unterlippe.

Ohne groß darüber nachzudenken, schiebe ich meine Hand über die rechte Seite ihres Gesichts, sodass ich mit den Fingerspitzen ihren Nacken umfassen kann.

Noch immer sind unsere Blicke ineinander verschlungen und ich weiß, dass es ab jetzt kein Zurück mehr für uns gibt. Ein letztes Mal tief durchatmend, schließe ich die Augen, während sie sich auf die Zehenspitzen stellt und mich sanft küsst.

Jede Zelle meines Körpers ist angespannt, dank meiner eisernen Zurückhaltung beginnen meine Muskeln zu schmerzen, doch ich muss mich noch etwas kontrollieren.

Samantha scheint mich genauso dringend zu wollen, wie ich sie will. Aber ich kann mir nicht vorstellen, dass es besonders hilfreich wäre, ihr die Klamotten vom Leib zu reißen, um innerhalb der nächsten sechs Sekunden mit einem harten Stoß in sie eindringen zu können. Hungrig duellieren sich unsere Zungen. Mit jeder Sekunde, die vergeht, wird meine Gier nach ihn noch stärker.

Meine Hände gleiten über ihren Körper, ertasten jedes Fleckchen ihrer weichen Haut, ehe sie sich besitzergreifend um ihre vollen Titten legen. Hart und gierig pressen sich ihre Nippel gegen meine Handfläche.

Anstatt scheu oder zurückhaltend zu sein, erwidert Samantha meinen Kuss mit derselben Wildheit, die auch ich in mir spüre.

Stöhnend presst sie sich meinen Händen entgegen, ehe sie ihre Beine spreizt und wir zusammen auf den Boden sinken.

Verflucht, das Letzte, was ich will, ist ihr wehzutun, aber wenn sie so weitermacht, werde ich wie eine Bestie über sie herfallen und besinnungslos ficken!

Knurrend und nach Atem ringend, beende ich unseren Kuss, fange ihre Hände ein und presse sie über ihrem Kopf auf den harten Boden.

„Wenn du nicht langsamer machst, drehe ich durch!"

Ihre Lippen sind feucht und von meinen Küssen geschwollen, ihre perfekten Titten kommen mir mit jedem ihrer schweren Atemzüge entgegen und ihre Beine hat sie um meine Mitte geschlungen.

Mit zusammengebissenen Zähnen reibe ich meinen harten Schwanz durch den Stoff unserer Hosen an ihrer Pussy.

Wie gebannt beobachte ich, wie Samantha stöhnend die Augen schließt und sich meinen Bewegungen entgegenpresst.

4. Kapitel

Samantha

Ein Kuss Herr Gott noch mal!

Ich wollte ihm eigentlich nur einen Kuss stibitzen ...

Jetzt liege ich zitternd, seufzend und erregt unter dem furchteinflößendsten Mann, der mir jemals begegnet ist und kann es kaum erwarten, ihn endlich in mir zu spüren.

Was zum Teufel ist nur los mit mir?

Sind das die ersten Anzeichen von Wahnsinn?

Dieser Rocker ist ein Krimineller der schlimmsten Sorte.

Der gehörnte Totenkopf, der seine Kutte ziert, verhöhnt mich regelrecht, während er mich aus seinen schwarzen Augenhöhlen anstarrt.

Vielleicht sollte ich das mit dem Wetten und den vielen Cocktails zukünftig lieber lassen?! Wahrscheinlich sollte ich meine große Klappe und meinen übertriebenen Alkoholkonsum verfluchen – doch ich tue es nicht. Im Gegenteil!

Selbst wenn ich gewusst hätte, was meine Entscheidungen schlussendlich für Konsequenzen nach sich ziehen, hätte ich wieder so gehandelt.

Zum ersten Mal, seit Liam mich verlassen hat, fühle ich mich frei, lebendig und begehrenswert.

Seiner Erektion nach zu urteilen, hat Rabble nicht gelogen, als er behauptet hat, dass er mich und meinen Zuckerarsch heiß findet.

Überhaupt, je öfters ich in sein mit Tattoos überzogenes Gesicht schaue, desto weniger stört mich all die Tinte. Dieser Red Devil hat durchaus etwas Anziehendes an sich ...

Hart und dick presst sich sein Schwanz gegen meinen Kitzler, was dafür sorgt, dass mein Slip immer feuchter wird. Ich stöhne, er knurrt.

„Letzte Chance für einen Rückzug, Baby. Oder dein Zuckerarsch gehört mir."

Welle für Welle rast ein heißes Glücksgefühl durch meinen Körper. Mühelos hält er meine Hände gefangen, pinnt sie über meinem Kopf auf den Boden. Sein harter Schwanz gleitet weiterhin rhythmisch über meine Mitte und ich weiß, dass ich verloren bin.

Wie soll ich jetzt noch Nein sagen können?

Wenn sich diese Sache hier mit Klamotten schon so gut anfühlt. Wie fantastisch muss es dann erst sein, wenn wir endlich nackt sind?

Halleluja!

Mein letztes Mal Sex ist schon so furchtbar lange her, dass ich ganz vergessen habe, wie es sich anfühlt, auf diese Art und Weise berührt zu werden. Wobei ich mir sicher bin, dass ich *so* noch nie verführt wurde. Liam wäre nie auch nur auf die Idee gekommen, sich mit mir über den Boden zu rollen. Für ihn wäre das viel zu unhygienisch gewesen.

Obwohl dem Großteil meines Verstands die Lichter ausgegangen sind, schaffe ich es, entschlossen den Kopf zu schütteln.

„Ich bin mehr an einem Vorstoß interessiert als an einem Rückzug."

Meine Antwort entlockt dem Biker über mir ein zufriedenes Fauchen.

Die Frage, ob das hier richtig oder falsch ist, stelle ich mir erst gar nicht. Ich weiß auch so, dass es falsch ist.

Trotzdem bereue ich meine Entscheidung nicht. Wieso auch, es fühlt sich gut an, und das ist im Augenblick alles, was zählt.

In einem Moment knabbert Rabble noch verspielt an meinem Ohrläppchen, im nächsten lässt er abrupt meine Hände los, wirbelt mich durch die Luft und steht mit mir in seinen Armen auf.

Ich quietsche erschrocken und sehe ihn irritiert an.

„Warum hast du aufgehört?"

Er verdreht genervt die Augen.

„Ich werde dich bei unserem ersten Mal nicht auf dem harten Boden deines Flurs ficken!"

Meine Hormone drehen durch. Habe ich mich etwa gerade verhört oder hat er das gerade wirklich gesagt?

Ich beschließe das herauszufinden ...

„Bei unserem ersten Mal? Wird es denn noch weitere geben?"

Ganz der gefährliche Devil, der er nun mal ist, braucht er nur einen finsteren Blick, um mich einzuschüchtern.

„Verdammt, Frau! Antworte mir endlich!"

Ähm ...

„Den Flur entlang, die erste Türe links."

Wenige große Schritte später bleibt er vor meinem Bett stehen und sieht mich für die Dauer eines Herzschlags an. Dann schmeißt er mich auf die weiche Matratze, legt sich auf mich und lässt mich sein Gewicht spüren. Seine Finger gleiten zu meiner Hose und ziehen sie nach unten, mein Slip folgt und mein Oberteil ist eine Sekunde später ebenfalls nicht mehr in meiner Reichweite. Plötzlich bin ich nackt, meine alten Selbstzweifel kommen mit einem Schlag zurück, sofort fühle ich mich wieder dick und unattraktiv. Instinktiv bedecke ich meine Brüste und meinen Bauch mit den Händen.

Rabble merkt, was los ist, kniet sich zwischen meine gespreizten Schenkel und packt mich an den Handgelenken.

Mit wohldosierter Kraft zieht er meine Arme beiseite und lässt seinen Blick über meine entblößten Rundungen gleiten.

„Du bist wunderschön, Baby. Also versteck dich nicht vor mir."

Sanft lässt er seine Finger über meine Beine tanzen, bis sie die Innenseite meiner Oberschenkel erreicht haben.

Nie im Leben hätte ich diesem harten Outlaw so viel Einfühlungsvermögen und Zärtlichkeit zugetraut. Zitternd schließe ich die Augen, während ich verzweifelt versuche, etwas Atem in meine Lunge zu bekommen.

„Sieh mich an, Samantha."

Ich tue es. In der Sekunde, in der seine Fingerspitzen meine bereits feuchten Falten teilen, bin ich endgültig verloren. Meine Synapsen fangen Feuer, kleine Schweißtropfen bilden sich in meinem Nacken während er mit einem Finger langsam, jedoch tief, in mich eindringt.

Wimmernd genieße das Gefühl, das er in mir auslöst.

Rabble beugt sich über mich, seine Zunge umzirkelt träge kreisend meine Brustwarzen, ehe er die rechte sachte in seinen Mund saugt.

Er beißt leicht zu, lässt mich seine Zähne spüren und schickt eine Welle von bittersüßer Lust durch mein Nervensystem.

Ungeschickt versuche ich, seine Jeans zu öffnen, ich will ihn endlich nackt auf mir spüren, ich will die Wölbungen seiner Muskeln sehen, seinen Schwanz in die Hand nehmen und ihn in mich einführen.

Jede Zelle meines Körpers schreit nach seinem Eindringen ...

„Bitte ich ..." Meine Worte verlieren ihre Bedeutung, als er mit einem zweiten Finger in mich gleitet.

Keuchend kralle ich mich an seiner Kutte fest.

„Sieh mir in die Augen, Baby. Ich will, dass du genau weißt, wer dich kommen lässt."

Als ob mir das nicht zu 1.000 Prozent bewusst wäre.

Blinzelnd komme ich seinem Befehl nach, genieße seine zustoßenden Finger und zerschmelze regelrecht. In meinem Unterleib entsteht ein Feuerball, der kurz davor ist, zu zerplatzen. Der Druck, der sich in mir aufbaut, ist zu stark, ich will um Gnade flehen, und dann passiert es.

Meine Zehenspitzen kringeln sich, meine Atmung stockt und mein ganzer Körper fängt an zu beben. Heiser und atemlos erfüllt mein lauter Schrei die Stille des Schlafzimmers, während mich ein unglaublich intensiver Orgasmus überrollt.

Grelle Blitze schießen durch mein Nervensystem, das Blut in meinen Adern kocht.

Wow, was war das denn?

Atemlos spüre ich, wie er seine Finger aus meiner Mitte zieht und beobachte, wie er sie sich zufrieden brummend in den Mund steckt.

Hat er das gerade tatsächlich getan?

„Du schmeckst köstlich."

Verwirrt sehe ich dabei zu, wie er aus dem Bett steigt und sich auszieht.

Na endlich!

Kaum dass er die Kutte ausgezogen hat, fällt mein Blick auch schon auf die Waffe, die sich, in einem Holster steckend, an seine Rippen schmiegt.

Ach du heilige Scheiße!

Beinahe hätte ich vergessen, mit wem genau ich es gerade zu tun habe ... Rabble bemerkt meinen entsetzten Blick und lacht.

„Keine Angst, Süße. Ich tue dir nichts!"

„Nach nichts hat sich das aber gerade eben nicht angefühlt."

Nachdem er das Holster zu seinem Leder gelegt hat, zieht er sich in einer geschmeidigen Bewegung das Hemd über den Kopf und entblößt so einen perfekt definierten, megamuskulösen und mit Tattoos übersäten Brustkorb.

Völlig schamlos verschlinge ich ihn mit meinen Blicken.

Rabble ist ein großer Mann, der vor Kraft nur so strotzt. Dutzende Tätowierungen und Narben zieren seine braune Haut.

Es besteht kein Zweifel, dass dieser Rocker bisher ein hartes Leben hatte und aus einer völlig anderen Welt kommt als ich.

Er kickt sich die Schuhe von den Füßen und steigt aus seiner Hose.

Nervös lecke ich mir über die Lippen und vergesse meine eigene Nacktheit völlig.

Rabbles Beine sind lang und enden in einem Knackpo.

Und sein Schwanz ... *Ooooohhhhhh!* Ich war noch nie ein besonders gläubiger Mensch, aber der ist absolut anbetungswürdig.

Dick, lang und steinhart wartet er nur darauf, endlich in mich einzudringen. Seine Erektion ist leicht nach oben gebogen, die Wulst seiner Eichel schimmert in einem dunklen Rotton.

Das Kribbeln in meinem Bauch wird immer stärker, meine Mitte zieht sich sehnsüchtig zusammen. Ich will, dass er mich endlich nimmt und zum Schreien bringt.

Endlich kommt er zurück ins Bett und legt sich auf mich.

Von Lust getrieben, presse ich meine Lippen wieder auf die seinen.

Rabbles Zunge wühlt sich durch meinen Mund, stiehlt mir den Atem.

Seine Augen verweilen auf meinen Brüsten, seine Wangenmuskulatur beginnt zu zucken. „Ich will dich, kleine Betrügerin ..."

Ich kann hören, dass er sich nicht mehr lange beherrschen kann.
„Nenn mich nicht so. Ich habe nicht betrogen, ich hatte einfach nur Glück."
Plötzlich verdunkelt sich seine Mimik. Innerhalb des Bruchteils einer Sekunde verwandelt Rabble sich in einen finsteren Rocker.
Unsicher erwidere ich seinen Blick.
Ein dunkles Grollen löst sich aus seiner Kehle.
„Es ist mir egal, ob du betrogen hast oder nicht. Das Geld in deiner Tasche spielt keine Rolle und die blöde Wette auch nicht. Mir wird diese eine Nacht nicht reichen, Süße. Also stell dich darauf ein, dass ich dich ab heute öfters besuchen komme."
Er redet mit solch einer Entschlossenheit, dass ich erschaudere.
Seltsamerweise löst seine Ankündigung keine Furcht, sondern pure Vorfreude in mir aus. Was vielleicht daran liegen könnte, dass mich dieser Rocker von der ersten Sekunde an fasziniert hat.
Rau und heiß gleitet seine Zunge über meinen Hals, an meinem Schlüsselbein hinab, durch das Tal zwischen meinen Brüsten zu meinem Bauchnabel.
Ich spüre seine Zähne, die an mir knabbern, ehe er mit seinen Fingern meine Schamlippen teilt und über meine Klitoris züngelt.
„Ich muss dich einfach schmecken ..."
In meinen Kitzler beißend, entlockt er mir einen lauten Schrei.
Instinktiv will ich seinem Mund ausweichen, die Empfindungen sind im ersten Moment einfach zu intensiv, doch dann beginnt er zärtlich zu saugen und ich schmelze regelrecht dahin ...
Das zwischen diesem Biker und mir ist verrückt, zum Scheitern verurteilt und ohne die geringste Chance auf ein Happy End und trotzdem unternehme ich nichts, um ihn zu stoppen.
Bisher war ich mein ganzes Leben lang immer die brave und anständige Samantha, die allen Erwartungen gerecht geworden ist und stets darum bemüht war, das Richtige zu tun.
Damit ist ab heute endgültig Schluss!
Wenn ich diesen Devil will, dann nehme ich ihn mir – so einfach ist das! Zwei seiner langen Finger schieben sich in mich, er krümmt sie leicht und trifft auf diesen einen magischen Punkt tief in meinem Inneren, der all meine Gedanken zerplatzen lässt.
Wie ein Wolf vergräbt er seine Zähne so fest in der Innenseite meines Oberschenkels, dass ich mich aufbäume und laut schreie. Der heftige Schmerz vermischt sich mit der Lust, die durch meinen Kreislauf pulsiert.
„Yeah das ist es."

Ich höre seine gebrummten Worte und weiß, dass er recht hat.

Der Sex mit diesem Biker ist wild, grenzwertig und verdammt gut, und ganz anders als alles, was ich bisher erlebt habe.

Der immer stärker werdende Druck, der sich in meinem Schoß ausbreitet, raubt mir den Atem. Meine inneren Scheidenwände zurren sich um seine Finger zusammen, ich stehe erneut vor einem heftigen Höhepunkt.

Mein hilfloses Keuchen wird immer lauter, es fühlt sich so an, als wäre ich kurz davor zu explodieren. Dieser Rocker leckt mich nicht einfach nur, er frisst mich regelrecht auf und verschlingt mich mit Haut und Haar.

Aus Rücksicht zu meinen Nachbarn versuche ich, wirklich leise zu sein, und kämpfe gegen das Zittern, das sich in mir ausbreitet, an, doch diesen Kampf kann ich nicht gewinnen.

Dafür ist das, was Rabble in mir auslöst, einfach zu stark.

Ein letztes Mal stößt er mit seinen Fingern tief in mich und saugt sich zeitgleich an meinem Kitzler fest.

Ohhh meiiiinnnn Goottt! Was geschieht mit mir?

Seine breite Brust vibriert dank des dunklen Knurrens, das sich aus seiner Kehle löst. Kraftlos und irgendwie nicht ganz bei mir, beobachte ich, wie er sich vor mir zu seiner beeindruckenden Größe aufrichtet.

Seine Iriden glühen und an seinem Hals treten die Sehnen deutlich hervor.

Plötzlich lässt er sich auf mich fallen und umfasst mit einem unnachgiebigen Griff meinen Kiefer.

„Du hättest mich stoppen sollen, Zuckerarsch. Aber jetzt, wo ich dich erst einmal gekostet habe, bin ich angefixt. Zum Teufel! Ich kann es kaum erwarten, dich wieder und wieder zu ficken."

Ein ungläubiges Lachen ausstoßend, schüttelt er den Kopf.

„Seit ich mein Leder trage, habe ich so viele Bitches gebumst, dass ich dir keine genaue Zahl nennen kann. Jede von ihnen war nichts weiter als ein Ventil, um Druck abzulassen. Doch bei dir ist es anders – du bist anders. Du bringst mich zum Lachen und deine Pussy schmeckt nach Sonnenschein. Fuck! Solange ich dich will, werde ich dich behalten, danach sehen wir weiter."

Rabbles dominante Art ist höllisch sexy und doch auch irgendwie einschüchternd. Unsicher, was ich darauf erwidern soll, sehe ich ihn einfach nur an.

„Du meinst, du willst öfters mit mir wetten?"

Grinsend verdreht er die Augen.

„Wenn das der einzige Weg ist, um dich ficken zu dürfen, dann ja."

Oh wow.
„Und das kannst du dir leisten?“
Mit der Zunge schnalzend, tut er so, als müsste er erst darüber nachdenken.
„Aye, das kann ich. Außerdem stelle ich so sicher, dass du dich nicht mehr in unseren Casinos blicken lässt und trotzdem deine Miete bezahlen kannst.“
Das klingt fast so, als ob ich meinen Körper verkaufen würde.
Na ja, im Prinzip tue ich das ja auch, aber was soll’s?
Es fühlt sich gut an und es macht Spaß.
„Wenn du jetzt deinen Schwanz in mich schiebst und mich noch mal kommen lässt, kann ich dir die Wahrscheinlichkeit, mit der ich Ja sagen werde, berechnen.“
Lachend stößt er einen Fluch aus, beugt sich zu mir herab und gibt mir einen nassen Kuss.
Zwischen meinen Beinen pocht es verlangend, mein Puls rast und mich beschleicht das Gefühl, dass diese verrückte Nacht mein ganzes Leben auf den Kopf stellen wird.
„Hast du ein Kondom?“
Seine Frage reißt mich aus meiner Traumwelt und holt mich zurück in die Realität.
Zum Glück denkt er an die Verhütung.
Wirklich sehr verantwortungsvoll.
„Ja, in meiner Nachttischschublade.“
Warum auch immer, diese Tatsache scheint ihm nicht sonderlich zu gefallen.
„Wieso? Hattest du vor, dir einen Kerl anzulachen?“
Ich zucke mit den Schultern.
„Na ja, die hatte ich halt noch ...“
Er nickt brummend.
„Wenn du gefickt werden willst, musst du es nur sagen. Also denk lieber nicht daran, dir einen anderen Typen zu suchen. Dein Zuckerarsch gehört erst mal mir.“
Rabble scheint mehr als nur ein wenig besitzergreifend zu sein.
Das gefällt mir.
Ich mag es, wenn Männer echte Männer und keine Waschlappen sind.
„Wenn das so ist, dann will ich aber auch nicht, dass du, während wir um Sex wetten, weiterhin mit komischen Nutten vögelst.“
Über meinen Einwand kurz nachdenkend, stößt er ein „Okay“ aus.

Wow, das ging leicht. Ich habe mir gerade die Exklusivrechte an diesem Outlaw gesichert. Keine Ahnung, ob ich das schon bald bereuen werde, aber im Augenblick gefällt mir das ganz gut.

Seufzend beobachte ich, wie er sich das Kondom überzieht und sich vor mir in Position bringt.

„Bist du bereit, so richtig durchgefickt zu werden, Zuckerarsch?"

Seine ordinäre Art bringt mein Herz aus dem Takt.

„Mehr als das ... Zeig mir, wie es ist, unter einem echten Red Devil zu liegen."

Sein harter Schwanz stupst gegen meinen Eingang. Lang, verdammt dick und leicht nach oben gebogen wartet er nur darauf, endlich zum Einsatz zu kommen.

Ich schlucke und presse mich ihm sehnsüchtig entgegen.

Rabble packt mich an den Knien, reißt sie weit auseinander und legt sich auf mich. Das schabende Geräusch, als seine Barthaare über meine Wange streichen, lässt mich erbeben. Meinen Hals mit unzähligen Küssen übersäend, entlockt er mir ein lustvolles Stöhnen. Mit rauer Stimme flüstert er mir ins Ohr, dass er mich am liebsten auffressen würde. Und um seinen Worten mehr Nachdruck zu verleihen, lässt er seinen Schwanz durch meine Spalte gleiten und saugt sich an meinem Hals fest.

Dieser Biker verführt mich, er bringt mich dazu, all meine Vorurteile zu vergessen und mich ihm völlig hinzugeben.

„Ich will dich, Outlaw!"

Die dicke Wulst seines Schwanzes drückt sich in mich, ich keuche gequält auf. Sein Schwanz ist einfach so verdammt groß!

Allein die wenigen Zentimeter, die er bis jetzt in mich eingedrungen ist, dehnen mich so sehr, dass ich kaum noch atmen kann.

„Oh Gott, du wirst mich zerreißen."

Hilflos versuche ich ihm auszuweichen, doch er hält mich bestimmend fest und sieht mich warnend an.

„Sei ein tapferes Mädchen und halt still."

Seine Muskeln spannen sich an und seine Härte gleitet noch ein Stückchen tiefer in mich.

„Bist du bereit?"

Ich will Nein sagen, doch er wartet gar nicht erst auf meine Antwort, sondern pinnt mir einen Kuss auf die Stirn und stößt sich mit aller Kraft in mich. Die Wucht, mit der er sich in mich rammt, bringt das Bettgestell zum Knacken und mich zum Schreien.

„Ahh ... Verdammt!"

Es fühlt sich unglaublich an, seinen dicken Schwanz komplett in mir zu haben. Er steckt so tief in mir, dass ich nicht mehr spüren kann, wo ich anfange und wo er endet.

Für ein paar Atemzüge gelingt es Rabble, stillzuhalten, damit ich mich an seine Invasion gewöhnen kann. Ich spüre deutlich, wie viel Kraft es ihn kostet, nicht sofort in einen tiefen, schnellen Rhythmus zu verfallen.

„Atmen Baby, du musst atmen."

Er hat leicht reden ...

Mit seiner großen Hand bedeckt er meinen Bauch, fast so, als würde er spüren wollen, wie weit er in mich eingedrungen ist. Mein Unterleib zuckt, sein raues Stöhnen übertönt mein gepeinigtes Keuchen.

„Du fühlst dich unglaublich an, Süße ... höllisch gut! Echt unglaublich gut. So was habe ich noch nie erlebt."

Das Herz schlägt mir wummernd gegen die Rippen, der Schmerz verwandelt sich mit jeder Sekunde mehr in pure Lust, die wie Feuer in meinen Nervenbahnen lodert.

„Ich will dich, Devil. Lass mich spüren, wie es ist, wenn man es von einem Bad Boy besorgt bekommt." Ich spanne meinen Unterleib an, fordere ihn so wortlos auf, sich endlich zu bewegen.

„Mein Zuckerarsch will es hart?"

Ich nicke. „Sicher?" Ich nicke erneut.

Mehr Aufforderung braucht Rabble nicht.

Mit einem Ruck zieht er sich aus mir heraus, nur um einen Atemzug später mit aller Kraft wieder in mich einzudringen. Der Rhythmus, in den er verfällt, ist tief und gnadenlos. Bei jedem Vorstoß werde ich auf der Matratze nach oben katapultiert.

Ich schnappe japsend nach Luft, kralle mich an seinen Schultern fest und kneife die Augen zusammen.

Mein Inneres ist bis aufs Äußerste gedehnt, sodass ich jede Ader und jede Erhebung seiner Erektion spüren kann.

Wimmernd komme ich ihm entgegen, biege den Rücken durch, werde immer aktiver und fordere ihn so heraus, mich noch etwas härter ranzunehmen.

Wir verbinden uns, verlieren uns ganz in dem Gefühl, eins zu sein.

In meinem Bauch beginnt ein Sternenregen, es fühlt sich an, als würde ich gen Himmel fliegen. Meine Zehenspitzen krümmen sich, meine Beine zittern und ich vergesse alles um uns herum.

Nichts ist mehr wichtig – nichts außer dem Rocker, der mich mit seinen dunklen Augen ansieht.

Der Druck, der sich in meinem Unterleib aufgebaut hat, erreicht seinen Höhepunkt und explodiert mit einem Knall. Der Orgasmus, der mich gleich einem Tornado überrollt, ist so heftig, dass ich das komplette Haus zusammenschreie.

Zitternd drücke ich mich Rabble entgegen, inhaliere seinen Duft und beiße mich an seiner Schulter fest.

Er rammt sich immer fester in mich, verliert die Kontrolle und knurrt bei jedem Vorstoß. Ein letztes Mal vergräbt er sich bis zur Wurzel in mir und verharrt dann reglos in dieser Position.

Er zuckt, brüllt und lässt den Kopf in den Nacken fallen.

Ich spüre, wie sein Schwanz tief in mir pocht und pulsiert, und spanne meinen Unterleib so fest ich kann an, was ihm ein Fauchen entlockt.

Unsere Blicke treffen sich, ich versuche, das gerade eben Erlebte zu verstehen und scheitere kläglich. Mit Liam war es nie so – nicht einmal annähernd.

Der Outlaw schweigt. Keiner von uns findet die richtigen Worte, um zu beschreiben, was da gerade mit uns passiert ist. Ich traue mich nicht, mich zu bewegen ... Rabble sieht mich an, beugt sich zu mir herab, streichelt mir zärtlich eine Strähne aus dem Gesicht und küsst mich sanft, während er langsam aus mir herausgleitet.

Ich stöhne leise, am liebsten hätte ich ihn noch für eine Weile in mir behalten.

„Alles okay, Zuckerarsch?“

Wenn ich das nur wüsste.

„Um ehrlich zu sein, hat der Sex eben mein komplettes Weltbild auf den Kopf gestellt.“

Er wirkt irritiert.

„Warum?“

Wie soll ich das nur erklären?

„Soll ich ehrlich sein?“

Die Art, wie er seine rechte Augenbraue nach oben zieht, ist mir Antwort genug.

Das kann ja heiter werden ...

„Hmmm ... Ich weiß nicht recht, wie ich es formulieren soll, ohne dass du auf mich böse bist.“

„Sag es einfach. So schlimm kann es ja wohl kaum sein.“

Na hoffentlich.

„Ich dachte immer, dass ihr Rocker kalt, brutal und gefühllos seid. Harley fahrende Monster ohne Herz und Mitgefühl. Aber du bist anders, Rabble. Das, was da gerade zwischen uns passiert ist, das hat mich echt durcheinandergebracht. Ich glaube, ich will das wieder, verstehst du? Und damit habe ich nicht im Geringsten gerechnet."

Anstatt böse auf mich zu sein, sieht er mich mit wissendem Blick an.

„Und wo ist das Problem dabei?"

Eine gute Frage.

„Ganz einfach. Ich habe keine Ahnung, wie das funktionieren soll? Wer weiß, wie lange ich mir noch diese Wohnung leisten kann und wo ich dann hinziehen werde? Mein Leben steht seit der Trennung von Liam auf dem Kopf. Und ich weiß nicht, wie viele Risikofaktoren ich noch verkraften kann ..."

Die Art, wie seine Mundwinkel zucken, verrät mir, dass er genau kapiert hat, dass ich ihn gerade als Risikofaktor betitelt habe.

„Hör auf, dir so viele Gedanken zu machen, Samantha. Solange wir unseren Spaß miteinander haben, treffen wir uns. Ganz einfach ... Außerdem wette ich mit dir, dass du keine Ahnung hast, *wie viel* Spaß wir beide noch miteinander haben werden."

Oh Gott! Noch eine Wette ...

„Und um welchen Einsatz?"

Noch während ich Rabble das frage, wird mir klar, dass ich auf mein Herz aufpassen muss. Bedeutungsloser Sex war noch nie meine Stärke.

Ich bin ein Herz- und kein Kopfmensch. So war ich schon immer.

„Das sage ich dir dann, wenn es so weit ist, und bis dahin gehört diese Nacht mir."

Seinen Mund auf den meinen pinnend, rollt er sich auf mich und reibt mit seinem Daumen über meinen geschwollenen Kitzler.

Ich stöhne, spüre, wie sein Schwanz erneut hart wird, und vergesse zu denken.

Er hat recht, es bringt nichts, mir jetzt den Kopf über Dinge zu zerbrechen, auf die ich eh keinen Einfluss habe. Ich sehne mich nach Abenteuern, Schmetterlingen im Bauch, stürmischen Küssen und heißen wildem Sex. Und der muskulöse Rocker zwischen meinen Schenkeln wird mir all das bescheren ...

Epilog

Rabble

Zufrieden ziehe ich an der Zigarette, inhaliere das Nikotin und beobachte, wie meine Süße zusammen mit Evelyn, Charly, Scarlett und Mia an einem Tisch sitzt und ihnen die Black Jack Regeln erklärt. Seit ich ihr verboten habe, unsere Casinos abzuzocken, ist sie immer auf der Suche nach neuen Spielmöglichkeiten.
Mir soll es recht sein.
Die Ladys meiner Brüder haben genug Geld.
Obwohl Evelyn mit ihrer Kneipe gut verdient, weiß ich, dass Ryker für alle Unkosten aufkommt, also weshalb sollte ich ein schlechtes Gewissen haben, wenn Samantha sie alle abzockt.
Wir Devils sind, wenn es um unsere Mädchen geht, verdammt besitzergreifend und wollen sicherstellen, dass sie alles haben, was sie brauchen. In den vergangenen sechs Monaten habe ich nicht nur Samanthas Miete bezahlt, sondern auch meine komplette freie Zeit mit ihr verbracht, und obwohl mir längst klar ist, dass diese Frau meine Old Lady wird, habe ich noch keine Schritte in diese Richtung unternommen. Banks ahnt längst, was Sache ist, und grinst mich ständig blöd an.
Der Arsch wartet nur darauf, dass ich ein Ladyleder bei ihm bestelle. Doch ich habe es nicht eilig. Warum auch?
Zwischen meiner Süßen und mir läuft es bestens, ich sehe keinen Grund, unsere Beziehung möglichst schnell voranzutreiben – wir haben alle Zeit der Welt ...

Diego hat sich bereit erklärt, den Croupier zu geben. Breit grinsend sitzt er bei den Frauen am Tisch, belauscht ihre Gespräche und nippt an seinem Wodka.

Es vergeht eine kleine Ewigkeit, bis das Spiel endlich losgeht.

Als es dann aber endlich so weit ist, scheint Samanthas gute Laune schlagartig zu verpuffen. Spiel um Spiel werden die Dollarscheine vor ihr weniger. Nach einer halben Stunde steht sie frustriert auf, schnappt sich Diegos Glas und leert es in einem Zug.

Fuck, irgendetwas stimmt da nicht!

Noch bevor ich aufstehen und zu ihr gehen kann, kommt sie auch schon auf mich zu und setzt sich auf meinen Schoß. In ihren rehbraunen Augen schwimmen dicke Tränen, sie wirkt total durcheinander.

„Was ist los, Zuckerarsch?“

Schniefend wischt sie sich über die Nase und sieht mich verzweifelt an.

„Ich habe verloren."

Sie sagt das so bedrückt, dass ich zum Lachen anfangen muss.

„Na und? Jeder verliert mal. Auch du. Das ist doch nicht schlimm."

Mein Versuch, sie zu trösten, schlägt fehl.

„Scheiße Rabble, du kapierst nicht, was das zu bedeuten hat."

Wütend versucht sie, von meinem Schoß zu springen, was ich nicht zulasse. Entschlossen herauszufinden, was hier los ist, festige ich meinen Griff und halte sie fest.

„Dann erklär es mir doch einfach."

Sie zögert, so langsam werde ich nervös.

Warum zum Teufel regt sie sich nur so auf?

„Ich habe in den letzten Monaten kein einziges Spiel verloren. Gar keins! Verstehst du? Aber jetzt, wo das zwischen uns etwas ernster geworden ist, und ich mich in dich ver..."

Sie bricht ab und fängt zu weinen an.

Nicht sicher, was hier eigentlich gerade abgeht, streiche ich ihr eine Strähne aus der Stirn und küsse sie sanft.

„Was wolltest du gerade sagen?"

Ein Schauer lässt sie erbeben.

„Nichts. Ich wollte nichts sagen."

Sie knetet ihre Finger, ein klares Anzeichen dafür, dass sie immer nervöser wird.

„Doch wolltest du. Also raus damit!"

Auf ihrer Unterlippe herumkauend, sucht sie meinen Blick und sieht mich prüfend an.

„Versprich mir erst, dass du auf gar keinen Fall aufstehen und davonlaufen wirst, wenn ich es dir gesagt habe."

Bloody Hell!

So ein Gezicke wegen ein paar verlorener Kartenspiele.

Das soll *Mann* erst mal verstehen ...

„Ich schwöre es."

Meine Süße nickt zufrieden, schweigt aber weiter.

„Also was jetzt? Erklärst du mir endlich, was los ist?"

Seufzend lehnt sie sich an mich und streicht mit ihrer Nase an meinem Hals entlang, sofort werde ich hart. Selbst nach all den Monaten kann ich sie gar nicht oft genug ficken.

„Du kennst meine Theorie, du weißt, dass ich fest davon überzeugt bin, dass man entweder Glück in der Liebe oder im Spiel hat, beides ist nicht möglich ... In den letzten Monaten haben wir zwei viel Zeit miteinander verbracht, und irgendwie bist du nach und nach zum Mittelpunkt meiner Welt geworden. In den letzten Wochen habe ich es schon gespürt, aber jetzt ist es mir erst so richtig klar geworden ..."

Sie macht eine kurze Pause, setzt sich wieder etwas aufrechter hin und sieht mich direkt an. Da ich ahne, was gleich kommt, breitet sich in meinem Brustkorb ein heftiges Pochen aus.

„Ich habe mich in dich verliebt, Rabble. Bis jetzt wollte ich es nicht wahrhaben. Aber jetzt, wo ich wieder Pech im Spiel habe, muss ich es mir endlich eingestehen."

Bämmm ...

Die Bedeutung ihrer Worte explodiert in meinem Inneren.

Diese wunderschöne, faszinierende und absolut perfekte Frau liebt mich.

Fuck! Einfach unglaublich!

So sanft wie möglich umfasse ich mit beiden Händen ihr Gesicht, öffne mit der Zunge ihre Lippen und dringe tief in ihren samtenen Mund ein. Unser Kuss ist langsam und intensiv. Ich trinke ihr lustvolles Stöhnen und presse meinen harten Schwanz fester gegen ihren Arsch.

Keine Ahnung wie lange wir so dasitzen, als ich mich wieder von ihr löse, würde ich am liebsten aufspringen und sofort eine Kutte für sie bestellen. Plötzlich kann ich es kaum erwarten, sie als mein Eigentum zu markieren.

„Ich kenne mich zwar mit Liebeserklärungen nicht aus. Aber ich dachte immer, dass ihr Frauen glücklich seid, wenn ihr euch verliebt habt?!"

Samantha gibt ein aufgebrachtes Schnauben von sich.

„Wir sind nur glücklich, wenn dieses Gefühl erwidert wird."

Echt jetzt? *Bullshit!*

Weiß sie denn nicht, wie verdammt wichtig sie mir geworden ist?

Den Tränen nach, die ihr über die Wangen rinnen, weiß sie es tatsächlich nicht.

„Du dummes Mädchen. Hast du denn gar nichts kapiert? Ich bin so besessen von dir, dass ich kaum noch klar denken kann. Ich will dich, Baby! Ich will dich mehr als den nächsten Atemzug."

Hoffnung blitzt in ihren Augen auf.

„Ehrlich?"

„Yeah! Ehrlich. Sonst hättest du ja wohl kaum Pech im Spiel, oder? Zum Glück in der Liebe gehören schließlich immer zwei dazu. Oder etwa nicht?"

Sie denkt kurz nach, dann verziehen sich ihre Lippen zu einem strahlenden Lächeln.

„Stimmt. Du hast recht.“

Wieder küssen wir uns, mein Schwanz zuckt ungeduldig, ich ignoriere ihn.

„Du weißt schon, was das bedeutet, oder?“

Fragend runzelt sie die Stirn.

„Nein was?“

„Dass es ab jetzt kein Entkommen mehr für dich gibt. Sobald ich dich gefickt habe, werde ich bei Banks ein Leder für dich bestellten und dann kann die ganze Welt auf den ersten Blick erkennen, dass du ab jetzt zu mir gehörst. Dann bist du offiziell ein Teil des Red Devils Motorcycle Clubs.“

Sie lacht, schiebt ihre Hand in meine Hose und packt mich an den Eiern.

„Klingt gut. Aber nur in dieser Reihenfolge, Outlaw.“

Nicht zum ersten Mal bin ich froh darüber, dass meine Süße regelrecht sexbesessen ist.

„Dein Zuckerarsch kann es wohl kaum erwarten, gebumst zu werden.“

Sich an meiner Lippe festbeißend, reibt sie ihren Po an meinem Schwanz, schlingt ihre Arme um meinen Nacken und presst ihre Titten gegen meinen Brustkorb.

Fuck! Yes!

Diese Frau ist der Wahnsinn – ich werde sie nie wieder gehen lassen.

Bevor ich Samantha begegnet bin, war ich einfach nur ein Outlaw, aber durch sie bin ich zu einem lucky Outlaw geworden, wer hätte gedacht, dass es sich so verdammt gut anfühlt, meine Freiheit an den Nagel zu hängen?

Buchempfehlung

Kennt Ihr die weiteren Rocker Romane von Bärbel Muschiol?

1. Rocker Dämon – Ace und Amy
2. Rocker Devil – Slide und Ellen
3. Rocker Bastard – Razzor und Nicki
4. Rocker Heart – Spider und Abigail
5. Rocker Ghost – Ghost und Angel

Ihr könnt die Rocker Romane als Taschenbücher und eBooks lesen!

„Rocker Dämon – Ace und Amy“

Klappentext:
Es ist ein Deal, um ihren Vater zu retten. Amy liefert sich Ace, dem dämonischen Präsidenten der Dead Riders aus. Doch schon bald genießt sie diese neue und gefährliche Welt des gefürchteten Rockerclubs. Das vollkommene Ausgeliefertsein, Aces Gier und der harte, bedingungslose Sex führen sie in immer neue Höhen. Aber die Schatten der Vergangenheit drohen das neue Glück zu zerstören. Gewalt bricht über die Familie der Riders herein und führt in ein tödliches Blutbad. Prickelnde Erotik, gnadenlose Härte und Dominanz und wahre Freundschaft zeichnen diese spannende Geschichte aus, die mehr als eine Lovestory ist: furchteinflößend, dabei sexy, verdammt heiß und voller Gefühl!

Taschenbuch ISBN: 978-3-95573-549-4
eBook ISBN: 978-3-95573-550-0

Klarant Verlag

Lernen Sie die Titel des Klarant Verlages kennen und besuchen Sie uns im Internet unter:

www.klarant.de

Sie können dort Näheres über unsere Autoren erfahren, viele weitere interessante Bücher und eBooks finden und Leseproben herunterladen.

Mit dem kostenlosen Newsletter unter

www.liebe-lesen.de

erhalten Sie aktuelle Informationen rund um das Verlagsprogramm, wie beispielsweise spannende Neuerscheinungen und Gewinnspiele.